Perry Rhodan

Atlan

Gefahr für das Imperium

MOEWIG

Alle Rechte vorbehalten
© by Pabel-MoewigVerlag KG, Rastatt
www.perry-rhodan.net
Bearbeitung: Rainer Castor
Redaktion: Sabine Kropp
Titelillustration: Arndt Drechsler
Vertrieb: edel entertainment GmbH, Hamburg
Druck und Bindung: Ebner & Spiegel, Ulm
Printed in Germany 2009
ISBN: 978-3-8118-4112-3

ÜBERSICHT TAI ARK'TUSSAN

um 10.500 da Ark

| 0 | 5.000 | 10.000 | 15.000 | 20.000 | 25.000 | 30.000 | 35.000 | 40.000 |

Marlackskor (+19)

0

- Tabraczon (+2.444)
Taponar-Sektor (-11) · **Pwllheli (+28)** (Sol)

Topanor-Sektor (-11)

Themis-Sterngruppe (+119) Manol (+468) **Ormeck-Pan (+27)**
· Margon (+2.179) Latin-Oor (+1.041) · Trebola (+1.053)

-5.000

Frossargon (-469) · Eppith (+362) Opghan (+307) Gefir (+2.985)
Sogantvort (+875) **Vayklon (+225)**
Zhygor (+2.377) · Dopmorg (-636) Hayok-Sternenarchipel (+2.139)
12-LOKORN (+333) · Suskor (+144)

-10.000

Kraumon (+68) Holpolis-Ballung Alslafton VI (+333) Visal V (-33)
Dolphart (+86) **Falgrohst (+8)** · Zakreb V (+112)
Sogmanton-Barriere (-925) **Flottenstützpunkt Amozalan (+4)**
Ganberaan (+33) · **39-KARRATT (+197)** · Schwarzes System (-11)

-15.000

Maahkoradan (-7.357) Zalak (+349) **Zirkamer (-88)**
Alfonthome (+244) Toncag/Gikoo (+12.671) Zhoyt (+86) Voolynes (+767)
Dron (+2.005) Corodoc-Sektor (+274)
Tagganor (-215) · Trumschvaar (+19) Karnak (+215) **Gortavor (-25)**
Birridom (+311) Gandorakor (+97)
Xuura (-4) Travnor (+26) · Mervgon (+192)
Tricoron-Sektor (+155) Boszna (-19) Kergon (-478)
Iskolart (+232) · Skrantasquor (+903) **Arkon (+20.528) THANTUR-LOK**
Krassig (+27) · Varlakor (+139)
Flottenstützpunkt Perpandron (+3.093)
Trantagossa (+429) Iacupos (+4.786) Vor'phamor (+1.219) Ortanoor (-16)
Valissa (+222) **Largamenia (+18.432)** · Olg (+1.312) Torren-Box (+1.003)
Sulppun (-23) **CERKOL** Huertain (+1.729) Rachoor (-2.488)
Jacinther (+2.143)

-30.000

Cherkaton (+196) Ark'alor (-283) **Flottenstützpunkt**
Vassantor (+328) · Kanza-Kasatrop (-19) **Calukoma (-23)** Oppäk VIII (-9)
Haspro (+163) Syclíden-Sterne (-1.083) · Oulouhat (-15)

-35.000

Helpakanor (+213) Forynth (-3) Zarlton (-256)
Mirkkain (-384) Molniag (-486)
Aubadhir (+05) Exbrox-Exbrol (-111) Glaathan (+031)

-40.000

Zercascholpek (-109) Gradosima (+88)

-45.000

© Rainer Castor

Atlan

Gefahr für das Imperium

Prolog

Aus: *Klinsanthor, der Magnortöter – Klinsanthor-Epos von Klerakones*
(hier: Kurzfassung); Gos'Ranton/Arkon I, Kristallpalast, Archiv der
Hallen der Geschichte, Katalognummer A:224.225/236 – Entstehungs-
zeit um 2100 da Ark auf Hiaroon

*... und das Volk von Arkon erhob sich gegen die, die es in seiner Frei-
heit unterdrückten. So, wie das wilde Xarph sich nach der Entwöhnung
selbst gegen die Mutter stellt und kämpft, bäumte Arkon sich gegen
Bevormundung und Unfreiheit auf. Aber der Krieg dauerte lange, und
die Opfer waren schwer. Das junge Arkon bemühte sich, die Fesseln
seiner Kindheit abzustreifen, aber die Ketten wurden immer schwerer.
Als die Kraft der Arkoniden fast erloschen war, richtete das Volk sich
ein letztes Mal auf und schrie nach Hilfe.*

*Der Ruf fand Gehör. Ein gewaltiger Sturm erhob sich zwischen den
Welten und zerbrach die Bande. Klinsanthor in seiner unfassbaren, unschaubaren Gestalt warf seinen Schatten über die, die im Unrecht waren, und sie wichen angstvoll zurück. Die Vernichtung folgte ihnen und
trieb sie vor sich her, und Klinsanthors Schlachtruf klang schauerlich
zwischen den Sonnen und brachte die Kristallobelisken von Arbaraith
zum Klingen. Als die Feinde, geschlagen und von Furcht erfüllt, in ein
Versteck zurückwichen, aus dem es für sie kein Entkommen mehr geben
würde, jubelte das Volk von Arkon laut.*

*Von Freude und Dankbarkeit erfüllt, eilte es dem Magnortöter entge-
gen. Aber Klinsanthor wandte sein Gesicht von ihnen und eilte zurück
in die Skärgoth, seine Umwelt, und ein Teil seines Schattens überzog die,
die ihm danken wollten. Wen der Schatten berührt hatte, der welkte
dahin wie eine Blume. Unzählige starben, und das Volk der Arkoniden
erstarrte in Furcht und Trauer, bis der mächtige Klinsanthor in die Ruhe der Grüfte zurückgekehrt war. Dann erst verlor auch der Schatten
seine Macht ...*

*Nur geflüstert wurden seither die Berichte: vom Aufgehen im Welt-
raum verlorener Arkoniden in rätselhaften Energieströmen und die Herkunft des Magnortöters. Denn es war einmal in fernster Vergangenheit
ein Raumfahrer. Er gehörte einem unbekannten Volk an, und er hieß
Klinsanthor. Er geriet zufällig in einen Schnittpunkt kosmischer Kraft-*

5

linien, blieb dort hängen und wurde von den She'Huhan persönlich mit übernatürlichen Kräften ausgestattet, die Klinsanthor völlig veränderten. Seine Fähigkeiten hätten ihm zu großer Macht verhelfen können, aber er konnte sich ihrer nicht frei bedienen. So geriet er in Abhängigkeit zu anderen Wesen, die ihn rufen und sich seiner bedienen konnten.

Die Art der Kontaktaufnahme wird nirgends konkret geschildert, dennoch gelangten immer wieder Wesen an das Geheimnis, und sie riefen Klinsanthor. Dem Fremden blieb nichts anderes übrig, als derart erteilte Aufgaben zu erfüllen. Bezeichnenderweise wendeten sich hauptsächlich Leute an ihn, deren Ziele nicht unbedingt positiv waren: Der verschollene Raumfahrer wurde gründlich missbraucht. Es gab große Katastrophen, die man auf ihn zurückführte, und so kam Klinsanthor zu dem Beinamen Magnortöter. Später hieß es, dass nur der Imperator von Arkon selbst Klinsanthor rufen könne ...

Arkon I, Kristallpalast, Hallen der Geschichte: 24. Prago des Messon 10.499 da Ark

Orbanaschol III. starrte auf die große Bildwand und bemühte sich, die von Andeutungen und geheimnisvollen Umschreibungen gespickten Aussagen zu durchschauen. Es gelang ihm nicht, und er wandte sich ärgerlich ab.

»Gibt es wenigstens einen Bericht über Klinsanthor, der aus jüngerer Zeit stammt und verständlich ist?«, keifte der Imperator mit seiner Fistelstimme, die zu dem massiven, aufgeschwemmten Körper einen geradezu lächerlichen Kontrast bildete.

Konph El Trajn hütete sich, seine wahren Gefühle zu zeigen. Es war lange her, seit sich zum letzten Mal eine ähnlich hochgestellte Persönlichkeit in diesen Teil der Hallen der Geschichte verirrt hatte. »Verzeiht, Euer Erhabenheit. Klinsanthor ist eine Gestalt aus der Mythologie unseres Volkes. Vielleicht gab es ihn gar nicht. Die Überlieferungen sind uralt, und im Laufe der Zeit wurden sie immer ungenauer.«

»Das merke ich auch«, zischte der Imperator wütend. Er bemühte sich um eine imponierende Körperhaltung, denn dieser alte Mann, der die Mythologien und Überlieferungen des arkonidischen Volkes ständig um sich hatte, flößte ihm beinahe so etwas wie Angst ein.

»Darf ich jetzt einen anderen Text abrufen?«

Orbanaschol zuckte zusammen, als ihm die Unverschämtheit des alten Mannes bewusst wurde. Niemand sonst wagte es, den Herrscher des Großen Imperiums so respektlos anzusprechen. Aber Konph El Trajn hatte zum Leidwesen des Imperators eine gewisse Bedeutung – wenigstens vorläufig noch. Wenn alles vorbei war, würde er dafür sorgen, dass El Trajn die nötige Achtung vor dem Höchstedlen lernte. »Also gut, schauen wir uns das nächste Ammenmärchen an.«

Der Alte wandte sich dem Schaltpult zu und deutete dann auf die Bildwand. »Das ist der einzige als weitgehend *echt* eingestufte Bericht über das Eingreifen Klinsanthors.«

Die Positronik hatte eine Abbildung des Originals projiziert. Die altmodisch verschlungenen, kalligrafischen *Altakona*-Buchstaben ließen sich kaum entziffern. Obwohl Orbanaschol nur einen Teil des Textes lesen konnte, erfasste ihn eine irrationale Angst. Er hatte das unangenehme Gefühl, als strahle dieses Schriftstück eine unfassbare Drohung aus. Ohne auf einen direkten Befehl zu warten, begann Konph El Trajn mit der Übersetzung: »*... und das Volk von Arkon erhob sich gegen die, die es in seiner Freiheit unterdrückten ...*«

Der Bericht, den der Alte in leierndem Singsang vortrug, versetzte Orbanaschol in eine befangene Stimmung. »Wann geschah das ungefähr?«

»Das *Klinsanthor-Epos* stammt aus der Zeit um zweitausendeinhundert da Ark und wurde auf Hiaroon abgefasst. Die Geschehnisse selbst datieren auf die Zeit der *Unabhängigkeitskriege*. Unser Volk war fast geschlagen, heißt es, als eine rätselhafte Macht eingriff und die Schlacht beendete. Allerdings waren die Opfer auf der Seite unseres Volkes vermutlich genauso hoch wie bei den Gegnern. Angeblich wurde damals das legendäre Arbaraith vernichtet. Andere Legenden berichten dagegen, dass das sagenhafte, von Bestien bedrohte *Land der Kristallobelisken* mit der Entrückung des Heroen Tran-Atlan verschwand.«

Der Höchstedle reagierte unwillig. »Es gibt viele Historiker, die daran zweifeln, dass ebendiese Auseinandersetzungen jemals stattgefunden haben.«

»Vielleicht haben sie sogar recht. Es ist alles so lange her. Geschichtsverfälschungen können nicht ausgeschlossen werden. Meiner Meinung nach gab es sie auf jeden Fall. Aber es ist nicht meine Aufgabe, dem nachzuforschen. Ich hüte die Überlieferungen. Ein Urteil über den Wahrheitsgehalt der Mythologien steht mir nicht zu.«

»Du zweifelst daran, dass Klinsanthor existiert?«

»Ich weiß es nicht, Euer Erhabenheit. Niemand scheint ihn je gesehen zu haben. Selbst wenn er es war, der den Arkoniden damals zur Freiheit verhalf, müsste er inzwischen längst gestorben sein. Es sei denn, es handelt sich bei dem Magnortöter um ein Wesen, das mit einer anderen Mythologie verbunden ist – der von der *Welt des ewigen Lebens* ...«

»Was die Angelegenheit noch interessanter macht. Es heißt, dass nur der Imperator persönlich Klinsanthor rufen kann. Wer weckte ihn damals?«

»Der Name wurde nicht überliefert.«

Orbanaschol starrte den Alten an. »Niemand hätte es gewagt, den Namen eines solchen Helden zu verschweigen. Du lügst, Alter! Nenn mir den Namen dessen, der Klinsanthor rief.«

»Ich bin ein sehr alter Mann, Höchstedler.« Konph seufzte. »Ihr braucht mir nicht zu drohen. Mein Wissen steht jedem zur Verfügung, aber den von Euch geforderten Namen kenne ich nicht. Ich vermute, dass man den Erwecker Klinsanthors absichtlich vergessen und ihm damit das Schlimmste angetan hat, was einem Arkoniden zustoßen kann.«

»Warum?«

»Viele unseres Volkes mussten sterben, und die Schuld gab man offensichtlich dem, der den Unheimlichen rief – vorausgesetzt, die Überlieferungen stimmen. Auch ohne sein Eingreifen wäre die Entscheidung zweifellos irgendwann gefallen. Die Opfer waren unnötig. Sollte Klinsanthor in der geschilderten Weise existieren, gilt meiner Meinung nach, dass nur in der allerletzten Not, wenn alle anderen Mittel versagen und die Existenz des Imperiums an sich einer übermächtigen Drohung ausgesetzt ist, Kräfte wie diese gerufen werden sollten. Sonst werden Gefahren heraufbeschworen, die sich mithilfe von Impulskanonen und Schlachtschiffen ganz gewiss nicht beseitigen lassen.«

In den Augen des Imperators erschien ein gefährliches Glitzern. Er trat drohend auf den dürren Alten zu. »Ich brauche deinen Rat nicht, Alter.«

Konph zuckte mit den Schultern und sagte gelassen: »Meine Zeit ist bald abgelaufen. Ob ich durch den Schatten des Magnortöters sterbe oder auf andere Weise, kann mir ziemlich gleichgültig sein. Aber es geht um Arkon, Imperator, um das Imperium!«

»Genug!«, schrie Orbanaschol mit überschnappender Stimme. »Behalte deine Weisheiten für dich. Lässt man das viele Geschwätz beiseite, steht für mich der eigentliche Kern fest: Klinsanthor ist ein Werkzeug, um die absolute Macht zu erringen. Ich will Kommandos aussenden, die die Unwelt aufspüren und Klinsanthor benachrichtigen sollen. Die Unterlagen sind zwar ungenau, aber es sollte der ruhmreichen Flotte Arkons doch möglich sein, den richtigen Planeten zu finden. Gibt es Wissenschaftler, die in dieser Hinsicht mehr wissen?«

»Ein paar; sie haben meist einen zweifelhaften Ruf. Ein gewisser *Lenth Toschmol* dürfte der führende Experte sein. Angeblich hat er aus den Legenden sogar eine Sternkarte abgeleitet. Seit Jahren versucht er, eine Forschungsexpedition zu finanzieren, die in Sektoren weit jenseits der Grenzen des Imperiums führen soll ...«

»Er wird sie bekommen! Mit der Hilfe des Magnortöters werde ich im Imperium aufräumen, wie man es noch nie zuvor erlebt hat, und ich versichere dir, dass man *meinen* Namen nicht ›vergessen‹ wird!«

Um das zu erreichen, dachte Konph El Trajn, *brauchst du aufgeblasener Kerl nicht erst die Mythologie zu bemühen. Du wirst ewig im Bewusstsein der Arkoniden bleiben – in Form von Flüchen und Verwünschungen.* Er hütete sich selbstverständlich, diese Gedanken laut auszusprechen. Eine Bemerkung konnte er sich dennoch nicht verkneifen.

»Wenn es so ist, kann ich nur hoffen, dass wirklich alles nur ein Märchen ist.«

Orbanaschol schnappte nach Luft. Aus vorquellenden Augen stierte er den zerbrechlichen Alten an. Dann drehte er sich abrupt um und verließ ohne ein weiteres Wort die Hallen der Geschichte.

Konph El Trajn sah ihm nach und lächelte spöttisch. Er wusste nur zu gut, dass Orbanaschol manche seiner Untertanen schon wegen weitaus harmloserer Bemerkungen hatte hinrichten lassen. Hätte es bei diesem Gespräch Zeugen gegeben, wäre Konph jetzt bereits so gut wie tot gewesen. Aber der alte Mann kannte seinen Wert genau. Und er hatte keine Angst. Nachdenklich rief er die Angaben über die *Skärgoth* ab. Die Unterlagen waren so vage, dass seine Hoffnungen berechtigt schienen. Nur ein unglaublicher Zufall vermochte ein Raumschiff zu diesem Ort zu führen – falls es ihn gab. Konph hoffte inbrünstig, dass das nicht der Fall war, im Gegensatz zu dem von ihm empfohlenen Toschmol. Orbanaschol hatte ohnehin zu viel Macht. Der Alte lebte seit Langem fast ausschließlich in den weitläufigen Hallen der Geschichte; seit Gonozals Tod hatte er sie immer seltener verlassen. Dennoch wusste er genau, was auf Arkon I und den anderen Welten des Imperiums geschah. Und es gefiel ihm gar nicht.

1.

1231. positronische Notierung, eingespeist im Rafferkodeschlüssel der wahren Imperatoren. Die vor dem Zugriff Unbefugter schützende Hochenergie-Explosivlöschung ist aktiviert. Fartuloon, Pflegevater und Vertrauter des rechtmäßigen Gos'athor des Tai Ark'Tussan. Notiert am 4. Prago des Tedar, im Jahre 10.499 da Ark.

- *Bericht des Wissenden. Es wird kundgegeben: Wir haben auf der Totenwelt Hocatarr Gonozals Leichnam in unsere Gewalt gebracht, die Flucht aus dem Hoca-System gelang, ebenso Gonozals körperliche Reanimation durch das Lebenskügelchen aus dem Mikrokosmos. Auch der erste Einsatz auf der Seniorenwelt Xoaixo erwies sich unter dem Strich als erfolgreich.*

Wir haben Thaher Gyats »Legende« zu der eigenen gemacht: Demnach hat Orbanaschol damals seinen Bruder ausgeschaltet, um selbst an die Macht zu kommen – offiziell wurde der Unfalltod auf Erskomier verkündet, tatsächlich aber wurde der Verwundete nach Xoaixo verschleppt und dort versteckt. Gonozal wurde zum Schweigen gebracht, seine Psyche zerstört, praktisch lebt nur noch der Körper Seiner Erhabenheit. Der Imperator spricht nicht, scheint kaum etwas zu hören, von Verstehen ganz zu schweigen. Dennoch ist der Höchstedle trotz seines Zustands irgendwie seinen Bewachern entwischt, vielleicht gab es unbekannte Helfer? Der Rest ist seit den Ereignissen auf Xoaixo bekannt – es gelang uns, ihn Orbanaschols Häschern zu entreißen.

Xoaixo mit den dort ansässigen Alten war jedenfalls exakt der Ort, um die Wirkung Gonozals zu studieren. Nach wie vor bin ich mir dabei durchaus bewusst, dass mein Blickwinkel sehr von dem eines Wissenschaftlers und Bauchaufschneiders geprägt ist; in Atlans Augen zweifellos ein zu kalter, gefühlloser Blickwinkel, der ihn innerlich in Aufruhr versetzt, obwohl er sich bemüht hat, sich möglichst wenig anmerken zu lassen. Weitere »Einsätze« seines Vaters sieht er inzwischen ebenso skeptisch wie seine Mutter. Zweifeln lässt Yagthara vor allem das, was auf Hocatarr passiert ist, obwohl gerade die Priesterinnen der Totenwelt und Ihre Heiligkeit Organa Metella die große Unbekannte in der Gleichung gewesen waren.

Im Hoca-System herrscht zu unserem Glück weiterhin bemerkens-

*werte Stille. Die Priesterinnen wollen die Ereignisse keineswegs auf-
bauschen. Ganz im Gegenteil. Dass der Tod der Arkanta eine wichtige
Rolle bei den geschockten Priesterinnen spielt, dass es vielleicht sogar
zu internen Machtkämpfen um die Nachfolgerin kommt, wird von uns
zwar vermutet, doch bislang gibt es keine Bestätigung. Unabhängig
davon sind das Dinge, die die Frauen der Totenwelt von jeher unter sich
geregelt haben. Vor diesem Hintergrund sind wir inzwischen sicher, dass
sie sich nicht an Orbanaschol wenden werden. Fest steht allerdings
auch, dass wir uns die Priesterinnen natürlich nicht zu Freunden gemacht haben.*

*Inzwischen wurde Yagtharas diplomatische Note den Priesterinnen
übermittelt. Inwieweit es etwas bringt, bleibt abzuwarten; als grundsätzlichen Versuch, die aufgepeitschten Wogen zu glätten, habe ich ihr Vor-
haben begrüßt. Zwischen den Zeilen hat Yagthara angedeutet, dass sie
zu höchster Buße bereit sei, sollte es auf Hocatarr als erforderlich und
angemessen betrachtet werden. Zur Not sei sie sogar bereit, den Rest
ihres Lebens auf der Totenwelt in strenger Klausur zu verbringen. Es
wird sich zeigen, ob und wie die Priesterinnen auf dieses Angebot reagieren.*

*Die CRYSALGIRA hat Thantur-Lok verlassen und befindet sich auf
dem Rückflug nach Kraumon. Nach den drei ersten Transitionen haben
wir in der Nähe des bedeutenden Transitions-Orientierungspunkts 39-
KARRATT – eines markanten Doppelsonnensystems aus zwei roten Riesensternen – Ortungsschutzposition in der Sonnenkorona eines namenlosen Sterns bezogen. Von hier aus ist es leicht, wichtige
Hyperfunkrelaisstrecken abzuhören. Immerhin ist 39-KARRATT durch
die hier und in der Nähe stationierten Relaissatelliten auch in dieser
Hinsicht ein wichtiger Knotenpunkt. Da wir dank unserer an vielen Orten im Tai Ark'Tussan eingesetzten Mitarbeiter über etliche Flottenkodes
verfügen, können wir neben den zivilen auch militärische Botschaften
entschlüsseln – nicht zuletzt jene des nur 3707 Lichtjahre entfernten
Hauptstützpunkts Amozalan. Den dortigen Aktivitäten zufolge – vor
allem mit Blick auf die große Zahl hochgradig verschlüsselter Botschaften – scheint an einer ganzen Reihe von Aktionen gegen die Maahks gearbeitet zu werden.*

*Die über Xoaixo verhängte Nachrichtensperre hat bislang verhin-
dert, dass großflächig Informationen über die dortigen Ereignisse ins
Imperium gesickert sind. Andererseits war und ist sie keineswegs so
total, wie es sich der Fette wohl erhofft hat. Erste Gerüchte über Gonozals Auftreten breiten sich aus. Noch sind es nur vereinzelte Stim-*

men, jegliche Bestätigung fehlt. Unter normalen Bedingungen würden sie sich bald verlaufen. Dem könnten wir mit gezielten Aktionen entgegenwirken – doch solche wollen gut geplant sein. Nicht jeder Ort eignet sich für einen Auftritt von Imperator Gonozal VII., nicht jedes Risiko ist gerechtfertigt. Vor allem ist zu bedenken, dass der Fette zwar ein Mörder, Tyrann und Feigling sein mag, aber keineswegs dumm ist. Er wird fieberhaft an Gegenplänen arbeiten und natürlich versuchen, noch mehr Fallen aufzustellen. Es heißt also, noch vorausschauender zu planen, klug zu handeln und die Gegenzüge schon im Ansatz zu erkennen.

Falgrohst, Schule der Kampftaucher: 5. Prago des Tedar 10.499 da Ark

Die Faktoren der Angst umgaben ihn: Der wahnsinnige Sturm, der durch die Veränderliche Schlucht gepresst wurde und Vallard – *Nummer Zwei* – traf. Auf kaum einer anderen bekannten Welt, die den Arkoniden zugänglich war, erreichten Stürme eine solche Geschwindigkeit. Er wusste, dass ihn der winzigste Materialfehler binnen Augenblicken töten konnte. Ein Riss im Anzug, ein nicht ganz schließendes Gelenk, ein Versagen der vielen Servoanlagen. Sicher, es gab Redundanzen, Sicherheitseinrichtungen, jede nur denkbare Vorsorge, doch das Restrisiko blieb.

Die Schwerkraft war ein anderer Faktor. Sie würde ihn ebenso schnell umbringen, als würde ein Felsblock aus großer Höhe auf ihn fallen. Nummer Zwei drehte langsam und vorsichtig den Kopf. Jetzt färbte sich der Methanschnee, der in Form von polyedrischen Hagelkörnern durch die Veränderliche Schlucht gedrückt wurde, und prasselte heftig auf den schweren Panzer. Wieder war der »Vulkan« tätig. Die Erschütterung des Bodens war ein eindeutiges Zeichen.

Noch gab es Licht. Noch war die undeutlich sichtbare Scheibe der dunkelroten Sonne – ein riesenhaftes Gestirn hinter den zackigen Schroffen, den Nadeln aus Ammoniak, den sich pausenlos auflösenden und wieder aufbauenden Türmen und anderen Formen aus gefrorenem Ammoniak und Methan – nicht ganz untergegangen. Aber die leuchtenden Zahlen, die im Hohlraum des Helms an eine milchige Stelle des Visiers gespiegelt wurden, verrieten Vallard, dass es nur noch eineinhalb Tontas hell sein würde. Dann brach die Nacht in Kuppel Sigmon Vier an. Er hob den Arm.

»Vallard«, sagte eine gepresste Stimme im Halbdunkel des Helminneren. »Wir haben einen genau umrissenen Auftrag. Wie lange willst du noch warten?«

Sie hatten vier Tontas Zeit. In diesen vier Tontas würden Vallard und seine Gokan folgende Aufgaben wahrnehmen.

Erstens: Ausschleusen von Männern und Maschinen aus dem gelandeten Beiboot.

Zweitens: Suche nach dem Methanatmer-Stützpunkt. Marsch beziehungsweise Fahrt dorthin. Einnahme der Station. Keine Gefangenen!

Drittens: Die Gruppe besteht aus zwölf Personen. Benötigt werden sämtliche Unterlagen über den rätselhaften Stützpunkt. Alles ist zu dokumentieren.

Viertens: Rückkehr. Dabei ist darauf zu achten, dass sämtliche Teilnehmer des Kommandounternehmens lebend sowie die Maschinen und Spezialwaffen unversehrt das Beiboot erreichen, das sofort startet.

»Das ist alles, Männer«, hatte Sonnenträger Olfkohr gesagt.

»Ich muss mich erst orientieren«, sagte Vallard. »Hast du Impulse angemessen?«

»Nein. H'Noyr justiert die Geräte. Die Maschinen sind draußen.«

»Ich komme.« Vallard war der Kommandant der zwölfköpfigen Gokan. Er wusste genau: Die Wirklichkeit würde einfacher sein – und: Die Wirklichkeit würde ungleich schwieriger sein. Dieser Widerspruch an sich war die *Regel eins.* Denn derzeit befanden sie sich nicht auf einem echten Maahkplaneten, sondern in der Trainingskuppel *Sigmon Vier.* Versagten sie hier – in einem Szenario der Gefahren, die weit oberhalb der Wirklichkeit von Maahkplaneten angesetzt waren –, konnten sie unter Umständen noch gerettet werden. In der Wirklichkeit jedoch, auf einem der Feindplaneten, rettete sie nichts und niemand. Vallard drehte sich um. Ein Hagelschauer aus fingergroßen Eisnadeln prasselte gegen seinen Panzeranzug. Der Gürtelscheinwerfer flammte auf. Vallard veränderte den Strahlungskegel und erkannte im Hagel die vier Raupenfahrzeuge. »Tern, Kaarn – habt ihr die Station entdeckt?«

»Ja. Standort angemessen. Befindet sich unterhalb der Kiesmoräne. Auf den Schirmen sind ein paar Eingänge zu erkennen.«

»Verstanden. Fangen wir an.« Vallard zwang sich zur Ruhe. Er stampfte auf den ersten Panzer zu, hielt sich am Griff fest, schwang sich über drei Stufen ins Innere und schloss das Luk. »Los! Fahrzeug eins führt.«

Sie waren Angehörige einer Elitetruppe. Die Männer, die sich selbst *Kampftaucher* nannten, waren ein verschworenes Korps von mehreren tausend Spezialisten. Alles, was sie konnten, verdankten sie Admiral

Olfkohr da Khaal. Aber auch der Gedanke an den Einsonnenträger konnte Vallard die Furcht nicht nehmen. Schon als er in den Panzeranzug gestiegen war, hatte er gewusst, dass es schiefgehen würde, ohne dass er einen rationalen Grund hierfür angeben konnte.

Die breiten Gleisketten bewegten sich. Die Maschinen brummten auf und verwandelten die enge Kabine des Spezialfahrzeugs in eine vibrierende Kiste. Die beiden anderen Männer – Fahrer und Geschützführer – konzentrierten sich auf die Instrumente.

»Abschirmung in Ordnung?«, fragte Vallard über Systemfunk und beugte sich über die Kartenprojektion. Es war eine Ansammlung geologischer Daten, denn die optisch erfassbare Oberfläche von Wasserstoff-Methan-Ammoniak-Planeten war einem ununterbrochenen Wandel unterworfen; nicht einmal die großen Ammoniakgebirge hielten länger als eine Arkonperiode. Gegen diese Veränderungen waren Wanderdünen geradezu Ausdruck der Ewigkeit.

»Abschirmung aller vier Fahrzeuge intakt. Bisher keine Ortung«, erklang die Antwort aus den Lautsprechern.

Die beiden kardanisch gelagerten Kugelbehälter zwischen der Lafette mit ihren Gleisketten, den zahlreichen Projektoren und dem Energieaggregat drehten und schaukelten langsam, als der führende Panzer über die Masse von schmutzigem Methangeröll fuhr. Mit geringer Geschwindigkeit walzte das Gefährt auf das U-förmige Tal zu – die Veränderliche Schlucht. Der rasende Sturm, der hier herrschte, warf sich ihnen entgegen.

»Weiter bis zum nächsten Kartenpunkt.«

»Verstanden.«

Bisher hatten sie Folgendes geschafft, ohne bemerkt zu werden: Das Beiboot war gelandet und hatte die vier Maschinen ausgeschleust. Jetzt wartete es zwischen den Hügeln voller Ammoniakflecken und Methanbrocken auf die Rückkehr der zwölf Spezialisten, der *Kampftaucher* durch tödliche Gashüllen. Die acht Männer, die in die Maschinen zugestiegen waren, hatten die Oberfläche des Trainingsgeländes auf eine andere Art betreten. Sie waren, durch lange Seile miteinander verbunden, durch die Gashülle abwärts geschwebt. Sie hatten mit ihren Flug- und Antigravaggregaten manövriert, waren Stürmen und Vulkanausbrüchen ausgewichen, hatten den Landeplatz gesucht und sich mit den Kameraden getroffen. Dann waren sie in die Panzer gestiegen. Nun näherten sie sich der Maahkbasis. Zwei Mannslängen Abstand trennten die vier Fahrzeuge. Sie drangen über einen schrägen, rampenförmigen Berg aus Ammoniak und Methan dorthin vor, wo zwei Felsbarrieren das

Ende der Schlucht markierten. Kurze Zeit später sahen die Fahrer im Licht der roten Sonne den nackten, von der Gewalt der Elemente rundgeschliffenen Fels. In jedem Spalt auf der sturmabgewandten Seite lagerten gefrorenes Methan und die vielfarbigen Schichten von Ammoniak.

»Maschinenfunktionstest *Panzer eins*«, sagte Vallard leise und drehte den Kopf im Helm. Seine Augen wechselten zwischen den Instrumenten und Bildern hin und her. Flüchtig dachte er an seinen Freund, für den diese Form der Ausbildung inzwischen blutiger Ernst geworden war. Galbayn Tsoehrt und seine Männer operierten auf Ormeck-Pan, einem Planeten der Maahks. Lebten sie noch? Befanden sie sich vielleicht schon auf dem Rückflug, nachdem sie ihren Auftrag erledigt hatten?

»Alle Systeme in Ordnung.« Kaarn, der an der Steuerung des Panzers saß, drehte sich nicht um. Virtuos bediente er Hebel und Knöpfe. Unbeirrbar walzte das Fahrzeug weiter. Um eine vorzeitige Ortung durch den Gegner zu vermeiden, fuhren die Maschinen ohne Schutzschirme.

»Panzer zwei?«

Sie befanden sich jetzt im oberen Viertel der Veränderlichen Schlucht. Der Sturm war hier ein rasendes Inferno. Kreischend und heulend nahm er alles mit, was ein bestimmtes Gewicht unterschritt. Der erste Panzer erzitterte unter diesen infernalischen Kräften.

»Wir folgen im vorgeschriebenen Abstand, *Nummer Zwei*.«

»Technik klar?«

»Alles funktioniert mit Sollwerten.«

»Wir halten am übernächsten Kartenpunkt.«

»Verstanden.«

So ging es weiter, die Klarmeldungen der Fahrzeuge drei und vier liefen ein. Je mehr sie sich auf die oberste Kante der Schlucht zubewegten, desto mehr wuchs zumindest in Vallard die Vorahnung von etwas Entsetzlichem.

Kurze Zeit später hielt der erste Panzer. Das lange Rohr des Waffenprojektors senkte sich und schwenkte auf das Ziel ein. Noch waren die würfelförmigen Eingangsgebäude der Maahkfestung mehr zu erahnen als zu sehen, denn ununterbrochen jagten Wolken aus Ammoniakschnee und Methanhagel vorbei. Der zweite, der dritte und dann der vierte Panzer schoben sich die letzten Meter hoch und bremsten neben dem Führungsfahrzeug. Sie standen jetzt nebeneinander und warteten, die Maschinen im Leerlauf. Dort unten war der Feind, dieses Tal mussten sie noch ungesehen durchqueren. Die Sonne beherrschte noch immer das Bild, berührte mit ihrem unteren Rand den Horizont und hätte die

Männer ohne Filter geblendet. Links war das Halbrund der Berge aus Fels und Ammoniak, die ihre Formen schnell veränderten. Am Fuß dieses Gebirgszugs gab es das Feld aus einer riesigen schrägen Fläche, bestehend aus Kies, Felsen und Ammoniakschneeverwehungen. Hin und wieder klang der Sturm ab, dann konnte Vallard durch die Giftatmosphäre die Würfelbauten erkennen – Eingänge, durch die sie stürmen mussten.

Und gerade als sie sich wieder in Bewegung setzten, schlug der Vulkan zu. Als Vallard merkte, wie die wuchtigen Gasdruckfedern zu arbeiten begannen, zuckte er zusammen. »Achtung, an alle! Der Vulkan! Wir nutzen seinen Ausbruch, um ungesehen durchzukommen. Los, starten!«

Viermal hörte er ein »Verstanden« aus den Lautsprechern, dann ruckten die Gleisketten an, und der Panzer neigte sich nach vorn. Hinter den vier Fahrzeugen, die ins Tal rasselten, flogen Eisbrocken und Steine in die Höhe und wurden vom Wind weggerissen.

Eine Spalte riss auf. Lava drang unter hohem Druck empor, vermischte sich mit Ammoniak, verwandelte es in expandierendes Gas. Dampf zischte und breitete sich rasend nach allen Seiten aus. Blitze schmetterten in den Boden. Die Erschütterungen nahmen zu. Mit rasenden Ketten, schlingernd und rutschend, bahnten sich die Panzer einen Weg durchs Inferno.

Vallard fühlte, wie plötzlich alle Angst von ihm abfiel und einem neuen Gefühl Platz machte. Er wusste jetzt, dass sie alle in der Lage waren, den Auftrag zu erfüllen und die letzte, schwerste Prüfung zu bestehen. Hatten sie diese Lakhros überstanden, gehörten sie endgültig zu der Elite, die Olfkohr gnadenlos gedrillt hatte. Dann würden sie vielleicht helfen können, den Krieg für Arkon zu entscheiden. Vallard sah auf die Uhr und bemerkte, dass sie einen kleinen Vorsprung in ihrem Zeitplan hatten. Er holte tief Atem und sagte: »Geschütze klarmachen. Nach drei Schüssen Schirme aufbauen. Vorbereiten auf Sturm! Fahrzeug eins vorrücken bis *Punkt Cata*.«

Die Waffenprojektoren schwenkten halb automatisch während der Fahrt auf das Ziel ein. Die Männer spannten die Muskeln, dann gab der Geschützführer des ersten Fahrzeugs den ersten Schuss ab. Das Projektorrohr des Impulsgeschützes entlud sich, der obere Teil eines Würfeleingangs löste sich in der glühenden Detonation des Treffers auf. Bis zu diesem Augenblick hatten die Roboter, die als Maahkverteidiger programmiert waren, nichts bemerkt. Jetzt reagierten sie mit maschinenhafter Schnelligkeit und ihren tödlichen Waffen. Der kritische Punkt war erreicht. Auch die anderen Fahrzeuge feuerten gezielt. Das Gebiet rings um die Einstiege, die Schleusen und die verkleideten Abwehrforts verwandelte sich in eine Zone aus Feuer und Explosionen.

Einsonnenträger Olfkohr aus dem Khasurn der Khaal, einem alten Adelsgeschlecht, kauerte in dem Sessel. Das weiße Haar war kurz, das Gesicht mit den tiefen Kerben um Nase und Mund trug die Spuren von Ammoniakverätzungen. Vor dem bulligen Mann waren im Halbrund zwanzig Bildschirme angeordnet, und er starrte ununterbrochen auf die Szenen.

»Was halten Sie davon, Frayn?«, knurrte Olfkohr, ohne aufzusehen.

»Bis jetzt halten sich Vallard und sein Team hervorragend.«

»Kein Wunder, meine Schule.«

»Ihre Schule, richtig. Aber ... Has'athor, ich kenne Sie lange genug. Sie sind unruhig.«

»Richtig.«

»Warum?«

Olfkohr winkte ab. Männer wie er waren Relikte aus einer anderen Zeit. Formal gesehen war er der *On-tharg* dieser Welt, ein On-Baron Sechster Klasse. Die Schule der Kampftaucher auf Falgrohst war von Orbanaschols Vorgänger gegründet und mit genauen Richtlinien versehen worden. Auch die gewaltigen Kuppelbauten, in denen die Giftatmosphären durch ein riesiges Instrumentarium simuliert wurden, waren in der Regierungszeit von Gonozal VII. errichtet worden. »Stören Sie nicht, Frayn.«

Die Bilder flimmerten; es gab eine Menge Störungen. Aber Olfkohr und Frayn Porthor sahen deutlich, wie die vier Panzer aus dem Feuer und Rauch des Vulkanausbruchs hervorkrochen und in ununterbrochener Folge gezielte Schüsse auf die Station abgaben. Unter realistischen Bedingungen wäre dies eine geglückte Überraschungsaktion gewesen. Die untere Reihe der Bildschirme zeigte hier im Trainingszentrum die Gegenseite – die Maschinen waren von dem arkonidischen Angriff eindeutig überrascht worden.

Nos'ianta Frayn Porthor kannte Olfkohr als einen unerschrockenen und draufgängerischen Mann. Es musste etwas geben, was ihm Sorgen machte, sonst würde er nicht deutliche Anzeichen von starker Unruhe zeigen. Jetzt hob er, ohne die Schirme aus den Augen zu lassen, die Hand.

»Ja?«

»Die Rettungsmaschinerie ist bereit?«

»Selbstverständlich, Erhabener.«

»Lassen Sie zwei durchgetestete Anzüge bereitstellen. Einen für mich, einen für Sie.«

»Sie rechnen damit, eingreifen zu müssen?»

Für einen Augenblick warf der Admiral dem jungen Orbton einen durchdringen Blick zu. Der Einmondträger glaubte, so etwas wie Besorgnis oder gar Verzweiflung in den Augen des erfahrenen Mannes erkennen zu können.

»Es geht mir zu glatt.«

»Die Anzüge sind sofort bereit«, sagte Frayn und verließ den Raum.

Die letzte Prüfung der zwölf Männer dort drüben war in das entscheidende Stadium eingetreten. Es wurden tödliche Waffen verwendet. Unterdessen waren Galbayn Tsoehrt und drei seiner Leute bei einem echten Einsatz unterwegs, auf dem 16.461 Lichtjahre entfernten Ormeck-Pan. Olfkohr erwartete bald eine Nachricht; auch das ein Grund seiner Sorge. Auf den Bildschirmen war zu sehen, dass die vier Fahrzeuge in einem Halbkreis stehen geblieben waren. Über den Kettenpanzern wölbten sich die Schutzschirme, aber noch feuerten die Geschütze. Die Luken waren offen. Aus einzelnen kleinen Forts entlang des Hangs schlug den Angreifern Abwehrfeuer entgegen. Aber mit hervorragend platzierten Schüssen wurde eine der Abwehrstationen nach der anderen vernichtet.

Olfkohr stand auf, war erregt. Er sah, wie aus jedem Panzerfahrzeug zwei Männer sprangen. Das bedeutete, dass sämtliche Anlagen der Anzüge auf Hochleistung geschaltet waren. Die Fahrer übernahmen die Kontrolle der Waffensteuerung. Alle acht Angreifer trugen schwere Zweihandstrahler in den Armen und rannten mit weiten Schritten auf die zerstörten Eingänge zu. Die schweren Anzüge bewegten sich ungefüge, aber hervorragend gesteuert. Im Zickzack, zwischen schmelzenden Brocken, von denen Gasfahnen weggeweht wurden, geduckt gegen den Sturm, drangen die Männer zur Station vor. Und dann tauchte der erste Maahk auf ...

Jetzt, während er sich geschickt fallen ließ und den Körper vor sich ins Ziel nahm, hatte Vallard seine Angst und Unsicherheit vergessen. Er zielte und feuerte. Der Roboter, der sich bewegte und handelte wie ein leibhaftiger Feind, war rasend schnell. Auch er schoss. Er war aus einem bisher unsichtbaren Tunnel gekommen, der abseits der Eingänge und Geschützkuppeln lag. Aber während der Feuerstoß aus der Robotwaffe dicht neben Vallard einen Ammoniakbrocken vergaste, traf der Mann die Maschine in die Brust. Er wusste nicht, wie viele Gegner es dort unten gab, rechnete aber mit ein paar Dutzend. Einer der Kameraden sprang auf, feuerte und stürzte auf das verkohlte und ausgeglühte Material des nächstgelegenen Eingangs zu. Ein Maahk, der im gleichen Moment auftauchte, wurde zerfetzt.

»H'Noyr! Angreifen! Die Zeit wird knapp«, rief Vallard und sprang nach vorn. Er warf sich halb durch den Eingang und landete auf einem Maahk, der »starb«, als die Waffe in Vallards Händen aufdröhnte.

Schlagartig änderte sich die Umgebung. Das Zerren und Reißen des Winds hörte unvermittelt auf. Statt des Sonnenlichts gab es hier Kunstlicht. Vallard hörte H'Noyrs Antwort über Funk: »Ich dringe mit Kaarn in die Funkabteilung vor.«

»Verstanden, weiter. Tern?«

»Keine Zeit ... Moment ...«

Während Vallard auf zwei Maahks schoss, die in den kurzen Korridor gerannt kamen, glaubte er, den stechenden Geruch wahrzunehmen, der das erste Zeichen dafür war, dass der Anzug ein winziges Leck hatte. Draußen herrschte Überdruck. Er ignorierte den Geruch und tötete auch den zweiten Verteidiger. Dann erst konnte er aufstehen und den Schutzschirmprojektor einschalten. Augenblicklich hüllte sich sein Körper in das den Konturen folgende Feld. »Durchzählappell«, rief er. »Die Fahrzeuge dicht vor die Ausgänge, drehen und startbereit halten.«

Viermal kamen die zustimmenden Antworten aus den Panzern, dann meldeten sich die anderen sieben Männer. Einer sagte: »Es gibt keine Gegenwehr mehr.«

»Das halte ich für einen frommen Wunsch«, antwortete Vallard. »Wir sind erst sicher, wenn das Beiboot diese Welt verlassen hat.«

Sie liefen langsam weiter, umgingen Fallen, wurden beschossen und schossen zurück. Binnen kurzer Zeit war das Schema der Anlage entschlüsselt, sie versuchten, an die wichtigen Daten heranzukommen. In Vallards Anzug wurde der Geruch nach Ammoniak stärker. Offensichtlich versagte die automatische Abdichtung. Normalerweise analysierte eine winzige Robotautomatik des Anzugs die eingedrungenen Giftgase sofort. Raumfahrer, speziell die Männer der Landungstruppen und erst recht die Kampftaucher, waren nach überraschend erfolgten Ammoniakvergiftungen überwiegend nicht mehr in der Lage, die Absorberdusche selbst zu betätigen. Also hatte das eine Automatik zu übernehmen. Dem Atemgas wurden dann schwach saure Dämpfe zugesetzt, die schnell das grauenhafte Brennen milderten. Über Vallards rechtem Oberschenkel zischte die in den Anzug eingebaute Hochdruck-Injektions-spritze, kreislaufstabilisierende Medikamente wurden in das Gewebe gepresst. Der Mann blieb stehen und vergrößerte den Sauerstoffanteil in der zirkulierenden Atemluft seines Anzugs. Der Geruch blieb, die Absorberdusche meldete eine Fehlfunktion. Furcht kroch wieder in den Verstand des Mannes. Es gab keine Möglichkeit – von den Panzerfahrzeugen abgesehen –, einen Raum zu schaffen, in dem die Luft nicht giftig war, denn hier wurden reale Bedingungen simuliert. Vallard sagte mit mühsam erzwungener Ruhe ins Helmmikrofon: »Zwei spricht. Zuletzt war Colant neben mir. Wo bist du?«

»Zweiter Eingang, von dir aus gesehen. Warum fragst du?«

»Ich glaube, ich werde Hilfe brauchen.«

»Giftalarm?«

Dreimal hatten ihn gegnerische Schüsse fast gestreift. Entstand dabei das Leck? Irgendwo musste es eins geben, das sich nicht durch den selbsttätig wirkenden Dichtschaum schließen ließ. Vermutlich im Bereich der Gelenke. Würde er die Nottaste drücken, entstand zwischen der äußersten Schicht der Unterkleidung und der Innenwandung des Anzugs eine zweite Schaumisolierung, die innerhalb von wenigen Zentitontas steinhart wurde. Und das bedeutete, dass ihn seine Männer wie einen Toten würden schleppen müssen.

»Ja«, sagte er so ruhig wie möglich.

Die Unterhaltung hatte nur wenige Augenblicke gedauert. In diesen verrichteten die Männer der Kommandoeinheit alles, was nötig war, um die Räume mit den wichtigen Daten zu finden und aufzusprengen. Immer wieder übertrugen die Außenmikrofone das Geräusch von heftigen Schusswechseln.

»Ich sehe dich, Vallard.«

Die Anzüge waren mit großen Nummern gekennzeichnet. Vallards *Zwei* stand nun im Mittelpunkt des Interesses. Giftalarm – das war schlimmer als ein neuer Gegner. Von hundert Schülern, die hier ausgebildet wurden, überlebten fünf die Abschlussprüfungen nicht.

»Weiter zum Zentrum.«

Sie hatten die zahllosen Berichte studiert und wussten, dass solche Stationen immer nach einem bestimmten Schema erbaut waren. Die Männer drangen sternförmig zum Zentrum vor. Nethac zerschoss die schweren Riegel eines Panzerschotts, Colant warf sich mit der Schulter gegen die massive Platte. Die Pforte schwang auf. »Hier! Warte – ich komme von rechts.«

Vallard drehte sich, riss die Waffe herum und sah, dass ein Maahk im

Kreuzfeuer zweier Männer zusammenbrach. Dann rannte *Nummer Sieben* auf ihn zu und fragte: »Ernst?«

»Ja. Automatik versagt. Es stinkt. Aber die Anlage hat noch nicht gesummt.«

»Weißt du, wo?«

Die giftige Gashülle vereiste im Allgemeinen die betreffende Körperstelle, sodass eine grobe Lokalisierung eines Lecks möglich wurde. In diesem Fall halfen zur Not auch Spezialklebebänder, die für eine Weile Sicherheit boten.

»Nein, ich spüre nichts.« Aber er roch es. Vallard sah, wie seine Kameraden das Zentrum des Stützpunktes stürmten, wie sie nach den Daten suchten – eine planmäßig und überlegte Arbeit. Er ging etwas langsamer auf den zerstörten Eingang zu.

»Was willst du unternehmen?«, fragte Colant.

»Jetzt noch nichts. Später im Panzer.«

»Verstehe.«

Sie liefen weiter und schafften es, innerhalb der zur Verfügung stehenden Zeit ihre Dokumentation anzufertigen. Vallard, der in dieser Phase nicht arbeitete, sondern nur koordinierte, entdeckte einen kleinen Safe und wies darauf. Tatsächlich fanden sie darin einen Kodeschlüssel. In wenigen Augenblicken konnten sie zurück. »Panzer klar?«

In seinem Gesichtsfeld wechselten die eingespiegelten Zahlen. Der Gestank wurde immer schlimmer. Vallard kämpfte mehr und mehr gegen Brechreiz und Übelkeit an. Aber er musste noch so lange durchhalten, bis sie wieder in den Fahrzeugen waren. Der Mann lehnte sich an die Wand und hatte das dringende Bedürfnis, sich den kalten Schweiß von der Stirn zu wischen. Schließlich, als er es nach etwa fünfzig Herzschlägen nicht mehr aushalten konnte, schaltete er ein winziges Aggregat ein. Es lief an und pumpte das Luftgemisch aus dem Anzug, kämpfte gegen den Außendruck an und schaltete sich aus, als ein Pseudovakuum geschaffen wurde. Dann hörte Vallard das Schnappen eines Ventils und das Zischen, mit dem frische Luft in den Helm strömte. Aber augenblicklich stank es wieder nach Ammoniak.

»Kommt raus. Das Boot hat uns angefunkt«, rief einer der wartenden Fahrer, die weiterhin die Geschützrohre ausrichteten und die Ortungsanzeigen betrachteten.

»*Zwei* hier«, hörte sich Vallard krächzen. »Wir gehen. Schnell!«

Sie warfen alle Funde in Netze und bildeten zwei Gruppen. Dann rannten sie den Weg zurück, den sie gekommen waren. Vallard taumelte und schlug schwer gegen die Wand. Tern packte ihn und stieß ihn vorwärts. »Val«, schrie er aufgeregt. »Schaffst du es noch?«

»Ja, ich ... glaube.«

Aus ihrem Rückzug wurde eine Flucht. Die ersten Kampftaucher erreichten die Ausgänge und rannten auf die wartenden Fahrzeuge zu. Sie wussten, dass es Probleme geben würde – mit Vallard. Je weniger sie den anderen im Weg standen, desto besser. Vallard schaffte es genau bis zum Einstieg ins Panzerfahrzeug. Hinter ihm war Tern, der ihm half und seine Beute bereits in den Innenraum geworfen hatte. Beide standen sie auf dem Metallgitter, hingen an den Griffen, vor ihnen war das Luk.

»An ... alle: Los! Starten!«

Der Panzer ruckte zu scharf an – und der Ruck schleuderte beide Männer rückwärts zu Boden. Der Fahrer merkte es nicht sofort – und als Tern aufschrie, war es zu spät. Die Fahrzeuge hatten erst wenige Meter zurückgelegt – der zweite Panzer rollte mit der rechten Kette über Tern hinweg, während Vallard in eine Spalte geschleudert wurde, in letzter Not den Schalter fand, drückte und hörte, dass die Schaumautomatik ansprang. Der dritte Panzer kam in einer gewaltigen Wolke aus Kristallen zum Stillstand. Zwei Kampftaucher sprangen rechts und links von den Abdeckungen und rannten zu Tern, packten ihn und zogen ihn in rasender Eile zum Fahrzeug.

»Tern! Wie geht es dir? Schmerzen?«

Ein röchelndes Stöhnen war die Antwort. Der Hochdruck-Schutzanzug des Mannes war stark genug, um dem halben Gewicht des Panzers standzuhalten. Aber die Verbindungen und Gelenke knackten und rissen auf. Zwei Blinklichter außerhalb und ein dröhnender Summer innerhalb des Anzugs bewiesen, dass die Automatik alle Möglichkeiten ausschöpfte, den Träger am Leben zu halten.

»Tern! Wir schaffen es.«

Sie brachten es fertig, den Mann zum Fahrzeug zu schleppen und in die Kammer zu bugsieren.

»Holt mich hier raus!«, schrie keuchend der Anführer der Gokan. Rings um ihn waren Sturm, Ammoniakschneetreiben und die Dämpfe des Vulkans. Innerhalb weniger Augenblicke hatte sich der erhärtende Schaum gebildet. Zwei Männer näherten sich Vallard. Die Kameraden hakten ein Stahltau fest und zogen die schwere Masse des Anzugs, der sich nicht mehr bewegen ließ, aus der Spalte heraus. Nachdem Vallard in die Höhe gezogen war, fuhr der Panzer wieder langsam an. Die Kampftaucher sprangen auf und arbeiteten schweigend und konzentriert.

Inzwischen besagte eine Meldung aus dem davonrasenden Fahrzeug, dass die Schleuse geflutet sei. Sie versuchten gerade, Tern aus dem Anzug zu befreien.

Plötzlich, etwa auf der Mitte der Fluchtstrecke, knackte es in sämtlichen Funkgeräten. Es war unverkennbar Olfkohrs Stimme, die laut und deutlich sagte:»Panzer zwei, drei und vier ins Beiboot. Ich kümmere mich um Vallard.«

Eine als Gesteinswand getarnte Schleuse öffnete sich. Olfkohr schoss im Schutzanzug mit voll arbeitendem Flugaggregat aus der Kammer und nahm mit eingeschalteten Anzugscheinwerfern Kurs auf den dahinschlingernden Panzer. Er hatte vor, Vallards Leben zu retten. *Es wird nicht leicht sein,* sagte er sich, als er sich mit einer Leine an einem Handgriff sicherte und das Gerät aktivierte, das deutliche Ähnlichkeit mit einer schweren Energiewaffe hatte. Während sich die verzweifelte Crew bemühte, durch den Orkan und die Schlucht das Beiboot zu erreichen, handelte Olfkohr schnell. Zuerst entfaltete er eine Folie in Form eines ballonartigen Sacks und zog ihn über den Oberkörper des regungslosen Mannes. Dann drückte er durch die schlaffe Folie einen Hebel, die Sichtscheibe sprang aus der Fassung. Gleichzeitig fauchte eine Hochdruckdüse und blies den Ballon auf. Innerhalb kürzester Zeit füllten sich Vallards Lungen mit frischer Luft, die allerdings unter hohem Druck stand.

»Schneller fahren!«, rief Olfkohr.

»Viel schneller geht es nicht mehr«, knurrte der Fahrer, aber er schob die Geschwindigkeitshebel dennoch ganz nach vorn.

Die Luken waren geschlossen, die Pumpen verdrängten die Giftgasatmosphäre aus dem Panzerinneren. Das letzte Fahrzeug raste schlingernd und schleudernd, den Sturm von hinten, die Veränderliche Schlucht hinunter.

Dort vorn, hinter Nebel, Schneeschauern und Dampfwolken, befand sich die Schleuse des Beibootes, die sie erreichen mussten. Auch das Beiboot war eine Attrappe, die Schleusentore führten durch die Wandung der gewaltigen Trainingskuppel.

Vor einem würfelförmigen Anbau gab es eine abfallende Rampe, auf der bereits die Rettungsfahrzeuge und Mannschaften warteten. Jedes Jahr forderte Falgrohst Opfer. Jeder Tote schwächte die Kraft des Imperiums,

Olfkohr litt darunter wie ein Vater, der seinen Sohn verlor. Unruhig warteten die von Robotern unterstützten Teams. Sie waren bereit, blitzschnell zuzupacken. Die äußeren Schleusentore blieben geschlossen ...

Frayn Porthor schirmte seine Augen ab und blickte sich um. Er war diszipliniert genug, die Aktion des Sonnenträgers nicht zu stören. Sollte Olfkohr Hilfe benötigen, würde er sich melden. Auch Frayn war bereit, sich in die Schleuse zu stürzen; er trug den schweren Schutzanzug. Im Gleiter ertönte ein Summer, eine Lampe strahlte auf. »Porthor hier. Was ist los?«

»Zentrale. Eine Botschaft für den She'ianta«, sagte eine Stimme, aus der deutlich Niedergeschlagenheit zu hören war.

»Im Augenblick kann ich sie nicht weitergeben. Olfkohr ist in der Kuppel, rettet zwei Männer. Giftalarm am Ende der letzten Übung. Du kennst Vallard, den Gokanleiter?«

»Ja. Ist er ...?«

»Keine Ahnung. Wie lautet die Nachricht?«

»Ormeck-Pan hat sich gemeldet. Ein Funkspruch wurde empfangen und vom Einsatzschiff an die Relaiskette weitergeleitet: Tsoehrt und seine Leute wurden von den Methans gefangen genommen.«

Der Mondträger unterdrückte die abgrundtiefe Enttäuschung. Er wusste, dass ihm dieses Schicksal ebenso drohte wie allen anderen Kampftauchern, die in diesem geheimen Stützpunkt ausgebildet wurden. »Wann kam diese Meldung?«

»Vor wenigen Millitontas. Sofort nach der Entschlüsselung meldete ich mich.«

»Ich verstehe.« Als Frayn eine Bewegung sah, drehte er den Kopf. Die Stahlportale glitten auseinander. Gleichzeitig driftete aus der Schleuse eine gewaltige Wolke. Die Gase wurden von einem Gebläse in die Höhe gerissen und bis zu einer unschädlichen Konzentration verdünnt. Der erste Panzer ratterte auf die Hilfsmannschaften zu; die Luken des kugelförmigen Sicherheitsraums waren geöffnet. Frayn stand auf und blieb neben dem Gleiter stehen. »Eben ist die erste Gruppe, anscheinend unversehrt, aus der Schleuse gekommen. Wir treffen uns später im Büro des Admirals. Versuch, mehr in Erfahrung zu bringen.«

»Verstanden. Ende.«

Von allen Seiten stürzten Helfer zum bremsenden Fahrzeug. Die Männer in ihren Schutzanzügen, die sich augenblicklich mit Eis beschlagen hatten, kletterten schnell aus der Kugelkabine. Frayn war sich sicher, dass er nicht mehr einzugreifen brauchte. Etliche subplanetarische Sicherheitsstollen zogen sich unter jeder Trainingskuppel hin und boten die Möglichkeit, schnell mitten in der giftigen Atmosphäre, den Stürmen oder künstlichen Vulkanen aufzutauchen. Olfkohr hatte einen solchen Stollen benutzt.

Frayn Porthor war ein hervorragender Kampftaucher, aber er hatte einen Fehler, den er selbst genau kannte: Sein zu stark entwickelter Ehrgeiz. Aber hier ging es um seine Freunde und Kameraden, und bei dieser Rettungsaktion war Ehrgeiz ebenso unangebracht wie überflüssig. Panzer eins schien intakt zu sein, und auch die Insassen waren unverletzt. Das zweite Fahrzeug rasselte aus der Schleuse hervor, bremste scharf vor einem Bergegleiter. Sofort folgte der nächste Panzer, der ebenfalls in die Richtung raste, die das erste Fahrzeug genommen hatte. Frayn sah, wie der Fahrer aus der offenen Luke winkte und das »Alles-in-Ordnung-Zeichen« machte. Noch ein Fahrzeug fehlte. Als es die Schleuse verließ, standen zwei Männer auf den Kettenabdeckungen. Bedeckt mit rußigem Schnee, das Geschützrohr schräg nach oben gerichtet, schleuderte auch dieser Panzer auf die bereitstehenden Bauchaufschneider zu.

»Verdammt!« Der Mondträger schaltete das Funkgerät aus und ging schnell zu den Helfergruppen hinüber. Gruppen versammelten sich um die beiden letzten Panzer. Einige Männer sprangen ab und kletterten hinaus. Plattformen schwebten heran.

»Es sind Tern und Vallard!«, rief jemand, der an Frayn vorbeihastete.

Frayn sah den Sonnenträger, der Befehle brüllte und den Anzug öffnete. Die beiden Verletzten schwebten zu Gleitern, in denen sie behandelt werden konnten. Zwischen dem Augenblick, an dem sie über Funk von Vallards Zustand gehört hatten, und dem Zeitpunkt, an dem die erste gezielte medizinische Hilfe einsetzte, waren elf Zentitontas vergangen. Frayn schob sich zwischen den hastenden Helfern hindurch und trat zu Olfkohr. Zwei Techniker halfen dem Admiral, den Schutzanzug abzulegen. Die Männer starrten sich an – der massige Kommandeur der Kampftaucher und der schlanke, hochgewachsene Orbton. Olfkohr senkte den Blick und sagte: »Vielleicht kommen sie durch. Sonst ist alles in Ordnung. Der Einsatz verlief mustergültig.«

»Freut mich. Was denken Sie, Erhabener?«

»Ich denke, dass Vallard und Tern gute Chancen haben. Wir werden es in einer Tonta wissen.«

Die Gleiter entfernten sich mit heulenden Sirenen und aufblitzenden Signallichtern in Richtung der lang gestreckten Gebäude weit abseits der Kuppeln. Während des Transports liefen die Maßnahmen an, die mit dem höchsten Stand der arkonidischen Überlebenstechnik versuchten, die Männer zu retten.

»Admiral«, sagte Frayn leise. »Die Maahks haben Galbayns Gruppe gefangen genommen!«

»Nein!«, stöhnte Olfkohr und riss den rechten Arm in die Höhe. »Mannschaften! Hierher!«

Die Eigenschaften des Sonnenträgers waren bekannt, und jeder konnte sich darauf verlassen, dass er genau das tat, was er zu tun versprochen hatte. Er kannte seine Aufgabe und nahm sie so ernst, wie er es aus den Zeiten Gonozals gewohnt war. Die Ausbildung der Männer war hart und gnadenlos. Diejenigen, die für diesen selbstmörderischen Beruf nicht geeignet waren, schieden bereits in einem Stadium aus, in dem sie nicht in den Simulatoren getötet werden konnten. Aber in dem Augenblick, da einer seiner Schützlinge Hilfe brauchte, setzte er sich mit all seinem Können und bedingungsloser Hingabe ein.

»Was haben Sie vor?«, fragte Frayn.

»Zuerst zur Leitstelle.«

»Wenn es nicht zu spät ist ...«

»Die Methans töten nicht so schnell. Außerdem werden sie versuchen, Falgrohsts Koordinaten zu erfahren. Hier hilft nur noch massiver Einsatz der Flotte.«

»So, wie ich den Imperator zu kennen glaube ...«, begann Frayn, aber Olfkohr winkte ab.

»Zuerst benötigen wir weitere Informationen.«

Die Männer rasten mit dem Gleiter des Ausbilders hinüber zur Leitstelle des Planeten. Frayn war sich sicher, dass sie nicht viel würden ausrichten können. Olfkohr schwieg. Sein Gesicht war weiß und wirkte verschlossen. Es ging nicht nur um das Leben von vier höchstqualifizierten Männern, sondern um das Geheimnis des Trainingsplaneten.

Ormeck-Pan: 5. Prago des Tedar 10.499 da Ark

Sie standen auf einem riesigen leeren Platz, auf den Sturm ununterbrochen Ammoniakschnee warf. Die Maahks, die ihre Waffen auf sie gerichtet hatten, beachteten den Sturm nicht. Der Himmel über diesem Teil von Ormeck-Pan war stumpfsilbern und von den breiten Streifen vulkanischer Asche durchzogen. Es war nicht zu erkennen, an welcher Stelle sich die Sonne verbarg.

»Aus!«, sagte Tsoehrt. »Wir können sterben oder uns ergeben.«

Noch hielten sie ihre Waffen in den Händen. Von allen Seiten des

Platzes kamen die riesigen Gestalten der Methans näher. Die vier Augen mit den nach vorn und hinten gerichteten Schlitzpupillen starrten die Arkoniden an und warteten nur auf ein Zeichen.

»Mindestens zweihundert!«, flüsterte einer der Männer. »Keine Chance. Und wir haben ihre Funkstation vernichtet.«

»Das ist es, was ich meine.« Tsoehrt warf seinen Strahler zu Boden. Die Maahks zeigten keine Reaktion, abgesehen davon, dass sich der Kreis um die vier Gefangenen enger schloss. Die Arkoniden kannten das Risiko, das sie eingegangen waren. Jetzt gab es für sie nur noch drei Möglichkeiten.

»Tsoehrt?« Die beklommene Frage kam vom Jüngsten des Teams.

Die Schwerkraft auf Ormeck-Pan betrug ziemlich genau das Dreifache der Kristallwelt. Die massigen Gestalten stapften näher, gingen keinerlei Risiko ein. Es würde nur noch wenige Augenblicke dauern. Kurz verdunkelte eine Wolke Methanschnee den Mittelpunkt des Platzes, und selbst Tsoehrt spielte mit dem sinnlosen Gedanken, sich auf seine Waffe zu stürzen und zu versuchen, sich und seinen drei Freunden den Weg frei zu schießen, damit sie mit voller Kraft ihrer Anzugflugaggregate nach oben starten konnten.

»Ja?«

»Werden sie uns herausholen? Ich meine, wird uns der Admiral helfen?«

»Keine Ahnung.«

Die Maahks benötigten hier keine Schutzanzüge. Aber sie trugen Waffen und Kombinationen, die wie Uniformen aussahen.

»Sie *müssen* uns helfen ...«

Das war die erste Möglichkeit. Wachsende Furcht ließ die vier Männer erstarren. Sie waren tapfer und hätten sich wehren können, aber es war sinnlos. Jetzt trennten nur noch fünfzig Meter die beiden Gruppen.

»Wir sollten uns darauf vorbereiten, verhört zu werden. Sie werden versuchen, alles aus uns herauszuholen. Deshalb wichtig: Niemand von uns kann ihre Sprache!«

Das war die zweite Möglichkeit. Natürlich sprachen die Kampftaucher das *Kraahmak* perfekt, und es würde hier auch einen *Grek* geben, der das *Satron* beherrschte. Kommandoeinsätze von Kampftauchern waren den Methans von vielen ihrer Planeten her bekannt. Deshalb würden die Wasserstoffatmer versuchen, mehr über die Ausbildung und die Einsatzkommandos herauszufinden, die ihnen schon empfindliche Niederlagen bereitet hatten.

»Oder sie töten uns sofort«, sagte Carnth und warf ebenfalls seine Waffe fort.

In den Helmlautsprechern der vier Männer erklang plötzlich die dumpf grollende Stimme eines Maahks. Er sprach ein undeutliches, aber genügend verständliches Satron. »Betrachten Sie sich als Gefangene. Wir werden Sie nicht töten. Sie dort, werfen Sie Ihre Waffe weg.«

Der Angesprochene ließ den Strahler fallen. Tsoehrt dachte an ihren kleinen Sender, den sie vernichtet hatten, als die Lage unhaltbar geworden war. War die Nachricht an das Mutterschiff aufgefangen und weitergeleitet worden? Hatten die Kameraden entkommen können? Oder waren sie von den Methans abgefangen worden? Befreiung durch ein Einsatzgeschwader, lange und qualvolle Verhöre oder der Tod – das waren die einzigen Aussichten, die die Männer noch hatten. Bis zu diesem Augenblick hatte Tsoehrt noch gehofft, aber jetzt griff die Müdigkeit nach ihm. Das Ende war nahe. Die plötzliche Schwäche ließ den Mann taumeln, aber er beherrschte sich einigermaßen.

»Sie werden weggebracht und verhört. Kommen Sie!«

Wuchtige Tentakelarme bewegten sich. Blitzschnell wurden Tsoehrt und seine Kameraden abgetastet, alle Ausrüstungsgegenstände verschwanden, ebenso die Strahler auf dem Pflaster. Den Maahks war keinerlei Gefühlsregung anzusehen, während die Arkoniden von Furcht gepackt wurden. Sie wussten nicht einmal, ob der Funkspruch durchgedrungen war, eine Bestätigung hatte es nicht gegeben. Hoffnungslosigkeit, Resignation.

»Kommen Sie!«

Die Methans verhielten sich korrekt und bar jeder Emotion. Sie nahmen die Männer in die Mitte, blieben aber unverändert wachsam. Die Gruppe überquerte den Platz und verschwand in einem der Gebäude, die durch den Angriff auf die Hyperfunkanlage nicht gelitten hatten. Alles, was jetzt passieren würde, wusste Tsoehrt, geschah ohne Hass, ohne Wut, ohne Emotion. Die Maahks waren ein Volk ohne Gefühle, wie Arkoniden sie kannten. In ihrer Mentalität waren Gefühle kaum vorhanden, es überwog das streng Logische. Sie waren rational wie ein Großrechner. Deshalb würden sie auch kein Mitleid haben. Das Ende der vier Kampftaucher war völlig offen, aber Galbayn Tsoehrt begann zu ahnen, dass die Tontas gezählt waren.

Hinter ihnen schloss sich hallend ein stählernes Schott.

Zuerst knisternde Störungen, dann der Text.

»Galbayn Tsoehrt spricht. Wir sind von Maahks umzingelt. Zweihundert bis dreihundert! Wir sind in eine Falle geraten ...«

Wieder Störungen, eine Pause, dann das scharfe Peitschen einer Entladung.

»... nicht vorauszusehen. Wir vernichten den Minisender. Wir haben die Hyperfunkstation der Gegner sprengen können ...«

Unterbrechung, Störungen.

»... aussichtslose Lage. Sie kommen auf uns zu, wir haben keine Chance mehr ...«

Ein Knistern, dann nur noch Störungen, die vom Empfangsgerät aufgenommen worden waren.

»Das Bild wird deutlicher«, knurrte Olfkohr da Khaal. Er rief sich die Jahre ins Gedächtnis, in denen er selbst an solchen Einsätzen teilgenommen hatte. Sie waren eine nicht abreißende Kette von Gefahren und letztlich Siegen gewesen, sonst hätte er es nicht zum Sonnenträger gebracht. Er glaubte, die Mentalität der Methans zu verstehen. Ein wenig jedenfalls.

»Verbindung zu Amozalan?« Frayn biss sich auf die Lippen.

»Noch nicht«, sagte die Arkonidin, die seit dem Eintreten der beiden Männer versuchte, die Verbindung zum Hauptstützpunktsystem herzustellen. Aber die Relaisstrecke war unterbrochen, Ausweichpassagen wurden nun genutzt.

»Beeilt euch, ja?«, flüsterte Olfkohr abwesend. Er spielte in Gedanken die Möglichkeiten durch, die es noch gab. Das Mutterschiff, welches das Einsatzkommando abgesetzt hatte, musste unbeschadet entkommen sein, denn es hatte die aufgefangene Nachricht weitergeleitet. Bislang war es aber nicht gelungen, mit ihm Kontakt aufzunehmen. Der Admiral glaubte fest daran, dass seine Schüler in diesem Augenblick noch lebten. Aber Ormeck-Pan war fast 16.500 Lichtjahre entfernt.

»Natürlich, Erhabener.«

Olfkohr stützte sein hartes Kinn in die Hand und schaute endlich hoch, begann leise zu fluchen. Die Kuppelbauten mit den gewaltigen Maschinen, die in der Lage waren, nahezu jede Form von giftiger und ungiftiger Atmosphäre, dazu Schwerkraftwirkungen von fast null bis mehr als zehn Standardeinheiten, einschließlich aller Stürme, Blitze, Schwerkraftanomalien, Vulkanausbrüche und Überschwemmungen oder sonstiger programmgesteuerter Unbilden, waren das Werk des Sonnenträgers. Er wusste nicht mehr, wie viele Schüler aus dieser harten Schule hervorgegangen waren, aber er würde jeden von ihnen erkennen. Das alles war in unmittelbarer Gefahr. Tsoehrt und seine drei Männer waren so etwas wie seine Söhne. Er musste sie retten. Und vielleicht war es Porthor, der dabei seinen Ehrgeiz austoben und eine Auszeichnung erhalten würde. Oder ... sollte er selbst versuchen, eine Rettungsaktion zu organisieren? Nein. Das war sinnlos. Was sie brauchten, war eine kleine Flotte schwerbewaffneter Schiffe, die blitzartig zuschlugen und Landetruppen absetzten. Die vier Männer mussten befreit werden. Olfkohrs Lebenswerk war in Gefahr, denn die Chance, dass den Gefangenen die Geheimnisse der Schule und dieses Planeten entrissen wurden, war groß.

»Verbindung steht, Sonnenträger!«, rief die junge Frau. »Kanal offen, Sie können sprechen.«

»Danke.«

Es dauerte lange, bis Olfkohr auf Amozalan einen Ansprechpartner vor sich hatte. Nach einer Tonta bekam der Sonnenträger den ersten Tobsuchtsanfall.

Vier Tontas später hob Olfkohr den Arm, die Faust krachte auf die Tischplatte. Sämtliche Gegenstände auf der Fläche klirrten und vibrierten. Olfkohrs Gesicht war kreidebleich. »Diese Stümper!«, keuchte er. Frayn hatte ihn noch niemals so erlebt, und er kannte ihn inzwischen fast drei Jahre. »Diese elenden Schranzen! Der Kerl ...« Seine Stimme erstickte. Nur langsam beruhigte er sich, aber zwei geborstene Bildschirme und ein Scherbenhaufen waren die stummen Zeugen des Ausbruchs. »Ich schleudere ihnen die Orden ins Gesicht ...«

Wieder sprang er auf. Seine Wut brauchte ein Ventil. Er musste sich bewegen, musste handeln. Frayn hob die Hand und sagte zögernd: »She'ianta! Ich glaube, wir sollten diesen Vorfall vergessen. Er bringt uns außer Wut, Hass und Enttäuschung nichts. Die Frage ist, was können wir tun?«

Olfkohr warf ihm einen funkelnden Blick zu. Noch immer war der alte Haudegen halb außer sich. »Was glauben Sie, was ich in den letzten Tontas getan habe?«

»Entschuldigen Sie, Erhabener.«

»Schon gut.«

Olfkohr hatte sich, nachdem Amozalan jegliche Hilfe verweigert hatte, direkt an die Kriegswelt im Arkonsystem gewandt, in der Hierarchie der Befehlshaber im Flottenzentralkommando von Arkon III Stufe um Stufe hinaufgearbeitet und förmlich durchgebettelt. Aber von jedem Orbton, jedem Kommandeur, jedem Thek'athor war er vertröstet oder an die nächsthöhere Stelle verwiesen worden. Er wollte, dass seine Leute von Ormeck-Pan geholt wurden. Eine Flotte ... ein Geschwader ... ein Schlachtschiff ... wenigstens ein Schlachtkreuzer ... Nichts! Die Kampftaucher mussten befreit werden, ehe sie starben oder die Geheimnisse dieser Ausbildungswelt verrieten. Aber die Ablehnung war umfassend! Angeblich sammelte Arkon Raumstreitkräfte, um einen entscheidenden Schlag zu führen. Angeblich ging es gegen den Stützpunkt Marlackskor. Niemand wollte die Kräfte verzetteln, die Einsatzgeschwader auseinanderreißen, den Aufmarschplan stören.

»Vertröstet!«, fauchte er. Abermals packte und schüttelte ihn die Wut. Staunend und nur zum Teil fähig, seine Überlegungen nachzuvollziehen, hatten die wenigen Mitarbeiter Olfkohrs dessen Wutanfall über sich ergehen lassen. »Und sie wissen so gut wie ich, dass jede Tonta kostbar ist. Später wird keine Rettung mehr möglich sein. Und die Maahks werden uns hier überfallen und den Planeten zerstören, auf dem Arkon seine Elitetaucher ausbildet!«

Letztlich hatte ihn Orbanaschol im Stich gelassen. Olfkohr empfand dies als persönliche Kränkung und Zurücksetzung. Aber er war in der Lage, diese Empfindungen zu ignorieren. Es ging um vier Leben – und um die Existenz von Falgrohst. Sie selbst hatten im Augenblick auf dieser Welt nur einige große Beiboote, mit denen niemand Ormeck-Pan erreichen konnte. Die übrigen Schiffe waren im Einsatz, und vom Mutterschiff, das Tsoehrts Kommando abgesetzt hatte, gab es keine weitere Meldung; es war überfällig, vermutlich von Methans vernichtet ...

»Ein Schiff!«, stöhnte er laut. »Woher bekommen wir ein Schiff? Ein schnelles Schiff! Frayn?«

»Ich habe nicht die geringste Ahnung.«

Olfkohr zog den Kopf zwischen die Schultern. »Ich leider auch nicht.«

Sie schwiegen. Es gab eine entfernte Möglichkeit, aber sie war fast utopisch.

»Wir haben hier mehr als dreitausend Schüler, von den ausgebildeten Kampftauchern ganz zu schweigen. Sie alle sind in der Lage, an einem solchen Einsatz teilzunehmen. Wir haben auch Waffen und Fahrzeuge. Es gibt auf Ormeck-Pan nicht viele Methans. Mit einem Schiff könnten wir einen gut geplanten Angriff fliegen und die vier heraushauen.«

Frayn überlegte. Was Olfkohr sagte, war sachlich richtig. Die Voraussetzung dafür war, dass der Sonnenträger seine Kompetenzen drastisch überschritt und auf eigene Faust handelte. Im Flottenzentralkommando und vermutlich auch im Kristallpalast würde man toben, wenn man davon erfuhr. »Sie meinen, Has'athor, der inoffizielle Weg würde funktionieren?«

Er ahnte Schlimmes. Und vor allem ahnte er, dass er selbst als Mitverschworener einer solchen Aktion Ärger und Schwierigkeiten bekommen würde. Und zwar im Übermaß. Ärger, der sich sehr nachteilig auf seine Karriere auswirken würde.

»Vielleicht. Wir brauchen ein Schiff! Ein einigermaßen großes Schiff, dessen Kommandant uns hilft.«

»Woher?«

»Wir haben einen leistungsstarken Hypersender. Und die *Öde Insel* ist voller Schiffe der Flotte. Es gibt genügend Stützpunkte und auch Raumer in der Nähe.«

Steif fragte der Mondträger zurück: »Sie wissen, dass Sie ein Unternehmen starten wollen, das uns alle Kopf und Kragen kosten kann? Der Imperator hat etwas gegen Eigenmächtigkeiten; er ist allergisch gegen solche verwegenen Kraftakte.«

»Wollen Sie, Frayn, dass Ihre Kameraden sterben? Dass unser Stützpunkt an die Methans fällt? Dass dann keine Elitekampftaucher mehr ausgebildet werden? Dass wir alle sterben? Und Letzteres werden wir, sollten wir unseren Leuten nicht helfen!«

»Ich gehe sogar mit Ihnen nach Ormeck-Pan, um die vier herauszuholen, Erhabener. Trotzdem warne ich. Ich hoffe, Sie haben verstanden, wie und was ich meine.«

»Ich denke schon.«

Ihre Lage war undankbar und fast aussichtslos. Was immer sie unternehmen wollten, es war gefährlich und riskant. Ob Olfkohr tobte oder ruhig blieb, ob Frayn um seine Karriere zitterte oder seine Befürchtungen vergaß, war gleichgültig. Ob die Männer von Falgrohst massiert eingriffen oder ob sie hierblieben ... Es würde auf alle Fälle Ärger geben. Ärger und schließlich eine Art von Resignation, von der sie alle gezeichnet werden würden. Sofern sie überlebten.

Schweigend dachten sie nach, ihre Gedanken bewegten sich in Kreisen, und sie fanden keinen Ausweg, der sich relativ leicht anbot. Zwischen dem Eingehen der Meldung und ihrer Ratlosigkeit waren inzwischen fast sechs Tontas vergangen. Vergegenwärtigte sich Olfkohr, dass jetzt seine Schüler in den Verhörsesseln der Methans angeschnallt waren und ihnen immer wieder dieselben Fragen gestellt wurden, fühlte er seine Ohnmacht besonders deutlich. In ihm hockte etwas wie ein selbstständiges Wesen, das sich nach außen bohren wollte. Er musste etwas unternehmen; es ging nicht anders. Er drückte die Taste des Visifons, das ihn mit dem Spezialsektor der Medostation verband. »Olfkohr hier. Wie geht es Tern und Vallard?«

»Augenblick, Sonnenträger.«

Das Bild wechselte. Kurz darauf erschien der leitende Bauchaufschneider auf dem Schirm und nickte Olfkohr zu. Sein Gesicht war ernst, und der Sonnenträger ahnte, was das zu bedeuten hatte. Eine weitere Tragödie bahnte sich an. »Sie möchten Auskünfte über unsere Freunde?«

»Ja.«

Der Arzt schwieg kurz. Olfkohr fühlte, wie sich in seinem Magen ein harten Klumpen bildete.

»Vallard wird sterben, sofern kein Wunder geschieht. Tern ist außer Gefahr. Seine Haut sieht furchtbar aus, aber wir haben selbst die schwersten Wunden unter Kontrolle. In einigen *Votanii* kann er wieder laufen. Aber Vallards Lunge ist schwer geschädigt.«

»Danke, Utkaam.« Der Admiral stützte die Arme auf die Tischplatte und verbarg das narbige Gesicht in den Händen. Schließlich stand er wieder auf und begann, unruhig im Raum hin und her zu gehen. Er war ratlos.

2.

1232. positronische Notierung, eingespeist im Rafferkodeschlüssel der wahren Imperatoren. Die vor dem Zugriff Unbefugter schützende Hochenergie-Explosivlöschung ist aktiviert. Fartuloon, Pflegevater und Vertrauter des rechtmäßigen Gos'athor des Tai Ark'Tussan. Notiert am 5. Prago des Tedar, im Jahre 10.499 da Ark.

Bericht des Wissenden. Es wird kundgegeben: Für einige Tontas erfüllte eine bemerkenswerte Aufregung den Hyperäther. Begonnen hatte es mit einer dringenden Anfrage, die die Schule der Kampftaucher von Falgrohst an den 2451 Lichtjahre entfernten Hauptflottenstützpunkt Amozalan richtete und die Bitte um ein Transportschiff zur Rettung von gefangenen Kampftauchern beinhaltete. Diese aber wurde abschlägig beschieden, verbunden mit diversen kodierten Meldungen, die von Amozalan aus an verstreut stehende Einsatzgeschwader und Einzelschiffe hinausgingen. Später wandte sich Falgrohst unter Umgehung des korrekten Dienstwegs ans Flottenzentralkommando, doch auch dort stieß die Anfrage auf taube Ohren – und wiederum gab es kodierte Reaktionen, die diesmal vom Arkonsystem nach Amozalan hinausgingen. Schließlich wandte sich Falgrohst direkt an Flotteneinheiten in der Umgebung – es werde dringend ein Schiff benötigt, um eine von Methans auf Ormeck-Pan gefangen genommene Einsatzgruppe der Kampftaucher zu retten. Bislang sieht es so aus, als reagiere niemand darauf.

Falgrohst gehört formal zu einer ganzen Reihe von Stützpunkten, die Amozalan umgeben. Ich kenne diese Welt und den dortigen Kommandeur. Olfkohr da Khaal hat die Schule der Kampftaucher im Auftrag Gonozals VII. aufgebaut und leitet sie seit fast drei Jahrzehnten. Dass er bis heute nur den Rang eines Admirals Vierter Klasse bekleidet, hängt nicht zuletzt damit zusammen, dass er aus seiner Einstellung nie einen Hehl gemacht hat, andererseits als Ausbilder der Kampftaucher zu wichtig ist, um »ausgeschaltet« zu werden. Das kann aber nicht der Grund sein, weshalb er derzeit überall auf taube Ohren stößt. Auf Amozalan ist Dreisonnenträger Geltoschan da Saran Oberbefehlshaber, der De-Keon'athor gilt als einer der erfolgreichsten Flottenführer im Kampf gegen die Methans. Wenn er, der Oberkommandierende der 4. Imperiumsflotte, derart auf stur schaltet, wird wohl tatsächlich eine große Flot-

tenoperation vorbereitet, die um keinen Preis gefährdet werden soll. Es mag bitter klingen, aber vor diesem Hintergrund muss der Verlust von wenigen Kampftauchern in Kauf genommen werden.

Und genau das ist unsere Chance! Von 39-KARRATT aus sind es 6156 Lichtjahre bis Falgrohst; eine Distanz, die mit zwei bis drei Transitionen in wenigen Tontas zurückzulegen ist. Aus der ersten Idee entwickelt sich ein Plan – nun muss ich Atlan und Yagthara überzeugen ...

An Bord der CRYSALGIRA: 6. Prago des Tedar 10.499 da Ark

»Ich bin sicher, dass wir viele gute Freunde finden werden.« Fartuloon wirkte überzeugt. Für meine Begriffe wiederholte er sich aber etwas zu häufig.

»Dort, auf Falgrohst?«, sagte ich zweifelnd.

»Ja, genau dort. Ich kenne Olfkohr ein wenig besser als er mich. Dein Vater hat diese Schule gegründet und Olfkohr zum Ausbilder bestimmt. Der Sonnenträger identifiziert sich mit allem, was dort geschieht. Und sie sind in einer verzweifelten Situation.«

»Vermutlich hast du recht. Aber ich fürchte, erkannt und verraten zu werden. Wir können nicht einmal ausschließen, dass es sich um eine Falle handelt.« Mir war aus verschiedenen Gründen unwohl. Der offenbar geplante Großeinsatz der Imperiumsflotte, dem die Rettung der von Maahks Gefangenen nicht in die Quere kommen sollte, war nur ein Aspekt.

»Das ist zu beachten. Aber ich weiß, dass wir dort Freunde und Mitkämpfer finden werden. Und sowohl Mitkämpfer als auch Freunde können wir noch ein paar Millionen brauchen, mein Junge.«

»Ja.« Ich biss auf meine Lippe und dachte an die *schweigende Mumie.* Obwohl Gonozal VII. mein leiblicher Vater war, konnte ich das Bild meines Vaters, das ich in mir hatte, nicht mit diesem ... Etwas identifizieren. Es waren zwei verschiedene Dinge, denn diese grausame Parodie eines Arkoniden konnte schwerlich als solcher bezeichnet werden. Dieses seelenlose Zerrbild, in dem nur noch – genauer: wieder – der biologische Mechanismus der Körpers funktionierte. Es war ein lebender Leichnam, der aus der Behandlung mit dem *Lebenskügelchen* hervorgegangen war.

Fartuloon warf mir einen unergründlichen Blick zu. »Sehe ich richtig? Du bist nachdenklich, misstrauisch, unsicher?«

»Aus mehreren Gründen.«

»Amozalan, Arkon und Orbanaschol werden den Kommandeur dieser Ausbildungsstation nicht unterstützen.« Der Bauchaufschneider sprach energisch. »Ein großer Angriff auf die Methans wird vorbereitet, und überdies hat Olfkohr unter den Hofschranzen des Dicken eine Reihe von Feinden.« Er sah auf die Anzeigen. »In wenigen Tontas erreichen wir Falgrohst.«

Fartuloon hatte mir und unseren Freunden detailliert geschildert, welchem Zweck die Anlagen auf dem Planeten dienten, den wir ansteuerten. Längst hatte die Beschleunigung für die letzte Transition begonnen, das Dröhnen der Impulstriebwerke verwandelte die Kugelzelle der CRYSALGIRA in eine Glocke. Wir sahen einander an und wussten, dass es ein Risiko war. Wir hofften, neue Helfer und Freunde zu finden, verbunden mit einem abermaligen Einsatz einer »Waffe«, die grausiger kaum sein konnte – jener in Gestalt des wiederbelebten Körpers meines Vaters. Wir hatten ihn aus der KARSEHRA auf Hocatarr geholt. Die Mumie, ein lebloser Körper. Das Lebenskügelchen hatte aus dem erstarrten Leichnam einen sich bewegenden Leichnam gemacht. Ohne Ego, ohne Seele. Der Bauchaufschneider war es gewesen, der mich zurückgehalten hatte, diesen Körper zu vernichten.

Erinnerungen: 30. Prago des Messon 10.499 da Ark

Ich hatte bislang vermieden, meinen toten Vater zu betrachten, schritt nachdenklich durch die aufgleitenden Türen, passierte die Gänge und traf mit meiner Mutter zusammen, die fast gleichzeitig die Medostation erreichte. Wir umarmten uns kurz, traten wortlos ein. Nun musste nur noch das Lebenskügelchen verabreicht werden ...

War unsere Entscheidung richtig? Durften wir – ich! – die Totenruhe meines Vaters stören? Die Zweifel wurden beklemmend. Ich zögerte, ehe ich den Wärmesensor der Tür zum Behandlungsraum berührte. Bei einer anderen, vor Kurzem verstorbenen Person hätte ich vermutlich keinen Augenblick gezögert. Crysalgira war mehrmals von den Lebenskügelchen gerettet worden. Aber mein Vater? Ermordet vor sechzehn Arkonjahren! Mein Vater! Er war für mich zum idealisierten Vorbild geworden; eines Tages wollte ich sein Nachfolger werden. Unwillkürlich fragte ich mich, ob ich den Anblick seines erweckten Leichnams ertragen konnte.

Unbewusst hast du es bereits ins Auge gefasst, als du erstmals die Wirkung der Lebenskügelchen erkannt hast, behauptete der Logiksektor. *Du wusstest tief in dir, dass es irgendwann darauf hinauslaufen würde.*

Wirklich?

Die Tür glitt zur Seite. Fartuloon stand allein neben dem Tisch, auf dem mein Vater lag. An meiner Seite versteifte sich Mutters Körper. Auch ich stockte. Der Geruch von Chemikalien stieg in meine Nase. Zahlreiche Kanülen perforierten die gelbhäutigen Arme des Leichnams. In durchsichtigen Behältern perlten Flüssigkeiten, Überwachungssensoren waren am Körper befestigt.

»Das ist also mein Vater«, flüsterte ich. »Fast sieht er genauso aus wie auf den Bildern und Holos.«

»Die Wiederherstellung hat ihm nur die Haare gekostet. Im Grab trug er eine Perücke. Die Priesterinnen sind hervorragend im Konservieren und Einbalsamieren«, bestätigte der Bauchaufschneider. »Meine Untersuchung hat ergeben, dass es keine Anzeichen von Verwesung oder körperlichem Zerfall gibt. Dein Vater hat die Jahre in der Gruft unversehrt überstanden. Den Priesterinnen ist es sogar gelungen, die Wunden verschwinden zu lassen; der zerschmetterte Schädel wurde rekonstruiert. Nicht einmal eine Narbe ist zu sehen.«

Das musste man den Bewohnerinnen der Totenwelt lassen – sie hatten eine großartige Leistung vollbracht. Ihre geheimen Techniken kamen bis zu einem gewissen Grad einer körperlichen Regeneration gleich. Dennoch hatte die Haut etwas Pergamentartiges an sich, war gelblich gefärbt. Die Knochen waren vermutlich brüchig, die Muskeln mürbe. Der kahle Schädel glänzte im Licht der Deckenbeleuchtung. Mutter hielt die Hand vor den Mund gepresst, sagte kein Wort.

»Ein erster Medikamentencocktail versorgt den Körper mit Aufbaustoffen«, erläuterte Fartuloon mit der Sachlichkeit des Bauchaufschneiders. »Jetzt fehlt nur noch das Lebenskügelchen.«

Er reichte mir die kleine Schachtel. Ich öffnete sie, musterte die rote Perle. Die ihr innewohnende Kraft ließ mich schaudern. Nach kurzem Zögern ließ ich die kleine Kugel in einen transparenten Zylinder fallen, der über einem dünnen Schlauch mit der linken Armvene meines Vaters verbunden war. Ein zweiter Schlauch verband den Zylinder mit dem Vorratsbehälter für eine blutähnliche Emulsion. Das Kügelchen wurde angesaugt, gemeinsam mit der Flüssigkeit erreichte es den Körper. Augenblicke später war es verschwunden.

»Wer weiß, ob es hier überhaupt wirkt«, murmelte ich hilflos.

»Warten wir's ab.«

Ich sah lange auf den reglosen Körper. In den Behältern und Schläuchen pulsierten die Medikamente und Präparate. Auf den Bildschirmen ruhten noch sämtliche Anzeigen beim Nullwert. Es bedeutete, dass mein

Vater tot war. Noch wussten wir nicht, ob das Lebenskügelchen einem Leichnam nach so langer Zeit wieder Leben einhauchen konnte. Fest stand allerdings schon jetzt, dass es nicht in der Lage sein würde, ihm Seele und Ego zurückzugeben.

Plötzlich erstarrte ich: Die kleinen Lichtpunkte auf den Anzeigen hatten sich bewegt!

»Da!«

»Ja, ich habe es auch gesehen.«

Er folgte ein schrecklich klingendes Geräusch, das sich anhörte, als würden uralte Blasebälge mit Luft gefüllt. Kanülen wurden aus Adern gerissen, weil der linke Arm meines Vater mit einer einzigen, ruckartigen Bewegung hochgerissen wurde. Die Finger verkrampften und öffneten sich wieder.

»Das ... halte ich ... nicht aus!«, wisperte meine Mutter. »Ihr She'Huhan, was haben wir getan?«

»Mach Schluss!«, brüllte ich Fartuloon an, der sich nicht rührte.

»Ganz ruhig, Atlan. Die Instrumente und ich haben alles unter Kontrolle.«

»Nichts ist unter Kontrolle!«

Inzwischen hob und senkte sich die faltige Brust meines Vaters, die Anzeigen bewiesen, dass das Herz regelmäßig, wenngleich etwas beschleunigt schlug. Das scheußliche Keuchen wurde noch lauter, klang wie bei einem Asthmakranken, der kaum Luft bekam. Ich schrie entsetzt auf – starrte in die geöffneten Augen, die bis auf die Pupille weiß in weiß gefärbt waren. Und ohne jegliches Leben! Der faltige Mund bebte, brachte kein einziges Wort zustande. Mutter schrie, als sich Vaters Oberkörper langsam aufrichtete, begleitet von weiteren dieser fürchterlichen Atemgeräusche. Eine erschreckende Wandlung trat ein, überzog den gesamten Körper, als der Wiederbelebte vom Tisch rutschte, sich instinktiv abfing und aufrichtete ...

»Schluss! Wir müssen ... es vernichten. Das ist ...«

Fartuloon verlor keinen Augenblick die Ruhe und den Überblick. Nur diesem Umstand war es zu verdanken, dass die sterbliche Hülle meines Vaters am Leben blieb. Mit arkonstählernem Griff umfasste er mein rechtes Handgelenk, verhinderte schon im Ansatz, dass ich den Kombistrahler packte.

Gonozal VII. stand nun nackt und aufgerichtet vor uns. Seine pergamentartige Haut war über und über von Runzeln bedeckt. Kahle und gelbliche Haut spannte über dem Schädel. Weiterhin waren die Augen weiß und leer. Die Arme zitterten unablässig. Und jeder Atemzug war ein asthmatisches Keuchen. Aus dem linken Mundwinkel rann Speichel.

»Das ist nicht mehr mein Vater«, ächzte ich und wich einen Schritt zurück. Mutter drehte sich herum und lief aus dem Behandlungsraum. »Dieser ... Körper ist ohne Geist und Verstand. Leer wie ein gelöschtes Robothirn.«

»Das stimmt.« Fartuloon nickte. »Aber wir werden dennoch diesen Körper für unsere Pläne nutzen. Wir haben die Mittel, um ihm sein früheres Aussehen zu verleihen. Seine Reflexe funktionieren, möglicherweise kann er sogar einfachen Anweisungen folgen. Er wird tun, was wir verlangen. Und das Wichtigste: Er ist der wahre Imperator. Seine Identität ist über jeden Zweifel erhaben, hält jeder Prüfung stand. Vor allem musst du dir bewusst machen, dass dein Vater das nicht umsonst durchmacht! So, wie ich ihn kannte, wäre er stolz darauf, dir helfen zu können! Darauf kommt es an. Deshalb nutze den seelenlosen Körper für deine Zwecke; mit ihm kannst du den Thron von Arkon zurückerobern und die Mörder bestrafen!«

Ich sah ihn nur an. Eine Weile hielt der Bauchaufschneider meinem Blick stand, dann senkte er ihn. Ohne weiteres Wort verließ ich den Raum, konnte den Anblick dieses seelenlosen Leibs nicht länger ertragen. Sogar der Logiksektor schwieg. In meiner Kabine schluckte ich ein starkes Schlafmittel. Für eine Weile versank ich in wohltuender Dunkelheit.

Nur im Untergrund meines Bewusstseins tobte eine ferne Stim-me: *Die Toten dürfen nicht in ihrer Ruhe gestört werden. Es gibt keine schlimmere Verfehlung nach dem Gesetz der Großen Muttergöttin!*

Auf Xoaixo im System Llaga del Armgh hatten wir einen ersten Versuch unternommen. Auch Olfkohr, der Gonozal VII. gekannt hatte, als er in der Blüte seiner Herrscherjahre stand, würde ihn voraussichtlich als echten Eximperator anerkennen. Abermals durchfuhr mich das Schaudern, als ich an den Körper dachte, der sich in der Obhut der Fachleute befand, zwischen Leben und Tod, ohne Geist, ohne eigenen Antrieb. Und wir hatten die schauerliche Geschichte, die klar aussagte, was Orbanaschols Helfer aus dem Imperator gemacht hatten. Olfkohr würde dieses Märchen glauben.

»Manchmal wünschte ich, Bauchaufschneider, dass ein anderer das alles erleben würde, nicht ich.«

»Jemand, der um sein Leben kämpft, hat nicht viel Auswahl, was seine Möglichkeiten betrifft.«

Ich nickte. Bei allem, was folgte, würde ich mich im Hintergrund halten.

»Es ist eine Elitetruppe. Jeder Kampftaucher kann unsere Macht verstärken. Wir werden dem verzweifelten Olfkohr unsere Hilfe anbieten.«

»Er wird sie kaum ablehnen.«

»Schwerlich.«

Kurz nach der Wiederverstofflichung am Systemrand wurde die Hyperfunkverbindung zu Falgrohst hergestellt. Von unserer Seite aus zunächst rein akustisch. Auf dem Bildschirm vor Fartuloon zeichnete sich die Gestalt eines Mannes ab, der gewisse Ähnlichkeit mit dem Bauchaufschneider hatte. Sie beide waren mittelgroß und gedrungen, und bei beiden war man versucht, die körperliche Fülle falsch einzuschätzen. Aber sowohl der Mann dort als auch Fartuloon waren Muskelpakete. Bei den Gesichtern endete die Ähnlichkeit.

»Olfkohr, hier ist ein alter Freund«, sagte Fartuloon formlos. »Wir befinden uns im Anflug auf Falgrohst. Du kennst mich. Lass dich überraschen.«

Ein Blick in Olfkohrs Gesicht zeigte, dass dieser die Stimme in der Tat kannte. Nicht ganz. Er erkannte sie, aber schien sich nicht genau zu erinnern, wem sie gehörte. »Wer sind Sie, Mann? Irgendwie erkenne ich Sie, aber ...«

»Ich sagte schon, dass du dich überraschen lassen sollst.« Fartuloon ließ ein leises, dunkles Lachen hören. »Dürfen wir landen? Oder besser: Ich ersuche hiermit offiziell um Landeerlaubnis. Darüber hinaus – solltest du Hilfe benötigen, Sonnenträger ...« Erst jetzt schaltete der Bauchaufschneider die Bildübertragung hinzu. »Erkennst du mich jetzt, alter Schurke? Erinnerst du dich an den Ball bei Gonozal, wo wir die Jagdhütte geflutet haben?«

Er hob die Hand und machte ein Zeichen mit den Fingern, das ich nicht kannte. Olfkohr brach in ein dröhnendes Lachen aus und rief mit rauer Stimme: »Fartuloon! Jetzt dämmert's. Und wer hat damals das Zeug in den Wein geschüttet?«

»Ich natürlich«, bekannte mein Pflegevater. »Ist das ein Grund, die Landeerlaubnis zu verweigern?«

»Ich denke nicht daran. Du hast deine Hilfe angeboten – gilt das?«

»Ja. Brauchst du einen guten Bauchaufschneider?«

Schlagartig wich jeder freudige Ausdruck aus dem Gesicht des

Stützpunktkommandeurs. »Ich brauche einen wirklich guten Freund.«

Fartuloon nickte. »Dann kann ich ja landen. Komm zum Schiff, ich habe wirklich eine Überraschung für dich.«

Nach kurzer Zeit, in der er zweifellos überlegte, was er laut sagen konnte, murmelte Olfkohr: »Wir werden einiges zu besprechen haben, denke ich.«

»Du hast recht.«

Der Mann war mir sympathisch. Er sah aus wie jemand, der seine Freunde nicht verriet und mit ihnen bis zum letzten Funken Energie kämpfte, hatte er sich einmal dazu entschlossen. Fartuloon hob grüßend die Hand. Die Funkverbindung endete.

Drei Tontas später setzte die CRYSALGIRA zur Landung an. Wir waren nach Fartuloons Berichten gespannt auf das, was wir vorfinden würden. Falgrohst war ein schöner Planet, der dritte von acht einer gelben Sonne. Wir sahen Meere und Küsten, Inseln, Wolken und Gebirge. Der Raumer folgte dem Leitstrahl, der uns über einen großen Kontinent dirigierte, an einer Kette von Bergen entlang, die wie riesengroße, uralte und erodierte Hügel aussahen. Sie waren fast vollständig bewachsen.

»Er ist ein schlauer Bursche«, bemerkte Fartuloon.

»Weil keinerlei klare Energieemissionen anzumessen sind?«, fragte der Orter.

»Genau.«

Wir hielten nach den Trainingskuppeln Ausschau, von denen Fartuloon berichtet hatte. Sie mussten riesig und von gewaltigen Energieanlagen umgeben sein. Doch nichts dergleichen wurde angemessen. »Nur unbedeutsame Streufelder, die niemandem auffallen, sofern er nicht gerade danach sucht.«

Der Leitstrahl führte uns über eine weitere Reihe der bewachsenen Hügel. Unsere Augen bohrten sich förmlich in die Bilder, und nicht nur mir fiel auf, dass etliche der Berge bemerkenswert regelmäßige Formen aufwiesen. Für die weiteren Schlüsse bedurfte es keines Logiksektors. »Perfekte Tarnung.«

Nach einer Weile verbreitete sich eine Savanne vor uns zur Wüste. Dort erhob sich eine Reihe von Felsnadeln.

»Der Raumhafen!«

Falgrohst war tatsächlich ein Musterbeispiel vollendeter Tarnung. Wir entdeckten die eigentlichen Raumhafenanlagen erst, als wir direkt angefunkt wurden. Fauchend fuhren die abgespreizten Teleskopstützen aus, das Kugelschiff verringerte die Geschwindigkeit nahezu auf null und setzte behutsam in der Nähe der Felstürme auf. Die gelbe Sonne befand sich im späten Nachmittag.

Fartuloon drehte sich um und sagte leise, aber entschieden: »Holt jetzt den Imperator, bereitet den Konferenzraum vor. Und du, *Zerkon*, bleibst im Hintergrund.«

»Selbstverständlich.«

Die Bildübertragung war einwandfrei. Am Ende der Bodenrampe standen einige Gleiter, die schon lange in Gebrauch sein mussten, denn sie sahen zerbeult und mitgenommen aus. Etwa fünfzig Personen – meist Männer in abzeichenlosen Uniformen – warteten schweigend dort draußen. Nur aus Bodennähe waren in der Ferne die Fassaden von flachen und lang gestreckten Gebäuden zu erkennen, deren Dächer perfekt der Wüstenlandschaft angepasst waren. Das Murmeln leiser Unterhaltungen drang in die Schleuse. Der Bauchaufschneider trug sein *Skarg* am Gürtel, als er Olfkohr da Khaal empfing und kurz darauf mit einer kleinen Delegation den Konferenzraum betrat.

Fast zur gleichen Zeit: Zwei Medoroboter flankierten den lebenden Leichnam. Einige Betreuer und meine Mutter folgten. Alle Gespräche verstummten. Ich bemühte mich, meine Spannung nicht zu zeigen, und warf einen langen, betont gleichgültigen Blick in die Gesichter der Nächststehenden.

Keine Gefahr, flüsterte der Extrasinn. *Ihre Aufmerksamkeit gilt nicht dir.*

Natürlich nicht. Ich befeuchtete die trockenen Lippen. Die gebannt starrenden Augen waren alle auf Gonozal VII. gerichtet. Die programmierten Bewegungen des lebenden Leichnams wirkten schwerfällig. Die Behandlung meines Vater mit dem kleinen OMIRGOS, dem aus dem Zhy Bewussten Seins materialisierten Kristall, hatte nur bedingt Erfolg; Vater konnte einfache Anweisungen befolgen, blieb aber der seelenlose Körper. Bis zu einem gewissen Grad war es meinem Pflegevater über den Kristall der 1024 Facetten möglich, Kontakt zu ihm herzustellen. Gonozal bewegte den Kopf, blickte mit seinen glänzenden Haftschalen die wartenden Männer an, konzentrierte sich dann scheinbar, weil er genau in der Richtung stand, auf Olfkohr. Ich hasste dieses Schauspiel, aber ich musste mitmachen. Ich schob mich auf jene Seite unserer Abordnung, auf der ich vor den Blicken am meisten geschützt war. Es ließ sich nicht vermeiden, dass wir alle angestarrt und genauestens gemustert wurden.

Gonozal VII. war immer noch tot, obwohl sein Körper »aufgeweckt« worden war. Verstand, Persönlichkeit, Geist, Seele, das Wahre Sein – egal, wie man es nennen wollte – hatten wir nicht zurückrufen können. Abermals quälten mich die Fragen. Hatte ich das Recht, so mit dem Leib meines Vaters zu verfahren? Was wussten wir schon von der »anderen Seite« der Grenze, die das Leben vom Nichtleben trennte? Fartuloon war sich weiterhin sicher: Wäre dieser Körper beseelt, würde er mir auch in dieser Form helfen wollen. Das mochte sogar stimmen. Aber was, wenn sich mein Lehrmeister irrte?

Zunächst: Sie erkannten den Imperator. Sein Bild war noch immer bekannt, etliche Ältere waren ihm zu seinen Lebzeiten persönlich begegnet. Der angeblich Gestorbene hatte diesen Stützpunkt gegründet, selbst den jüngsten Kadetten war das – trotz oder wegen Orbanaschols Herrschaft – bewusst. Die Gestalt meines Vaters war die eines hochgewachsenen Arkoniden, dessen Aussehen dem eines rund sechzig Arkonjahre alten Mannes unseres Volks entsprach. Von der Veränderung als Folge der Wiederbelebung war fast nichts mehr zu sehen. Verschwunden waren die gelbliche Farbe und der pergamentartige Eindruck der Haut, hatten einer deutlich glatteren und bleichen Konsistenz Platz gemacht. Kontaktlinsen ergaben das Rot der Augen, eine Perücke mit halblangem Haar bedeckte den kahlen Schädel – mit speziellem Biokleber unverrückbar platziert. Das markante Gesicht, das meinem so ähnlich sah, war den meisten Arkoniden noch bestens bekannt. So hatte Gonozal VII., Imperator des Großen Imperiums, zu seinen Lebzeiten ausgesehen.

Dann die Zweifel: War er es wirklich? Warum bewegte er sich wie ein schwer kranker Mann? Warum sprach er nicht? Und warum mussten ihn die Medoroboter nun stützen? Der Öffentlichkeit bekannt war, dass Seine Erhabenheit am 17. Prago des Tarman 10.483 da Ark auf dem Planeten Erskomier bei einem Jagdunfall umgekommen war. Seither regierte sein Halbbruder Veloz unter dem Thronnamen Orbanaschol III. das Tai Ark'Tussan.

Schließlich Misstrauen: War es ein Doppelgänger? Waren wir, die Personen an seiner Seite, Betrüger? Rebellen gegen den Thron?

»Das ist keiner deiner bekannten schlechten Scherze, Bauchaufschneider?«, vergewisserte sich der Sonnenträger und kniff die Augen zusammen. »*Imperator Gonozal lebt?*«

»Der Mann, der dich zum Sonnenträger befördert hat, wurde von

Orbanaschol und seinen Schergen in ein Wrack verwandelt. Mehr tot als lebend. Du kennst Xoaixo?«

»Natürlich.«

»Dort haben sie ihn fertiggemacht.«

Gewissheit: Ja, das war der angeblich tote Imperator. Letzten Ausschlag gab meine Mutter, als sie vortrat und sich an Gonozals Seite stellte, den Arm um seine Hüfte legte.

»Imperatrix Yagthara«, entfuhr es Olfkohr. Die Reaktionen Olfkohrs und Fartuloons beseitigten jeden Zweifel. Nachdem der Sonnenträger salutiert hatte, begrüßten sich die Männer wie zwei alte Freunde, und das waren sie ja auch, ungeachtet unserer Pläne. Auch einige – nicht alle – Männer aus Olfkohrs Delegation standen stramm. Ich sah, wie Fartuloon seinem Freund leise etwas ins Ohr flüsterte. Olfkohr nickte verständnisvoll. Sein Gesichtsausdruck war schwer zu deuten, aber ich konnte mir vorstellen, dass ihn ein Dutzend einander widersprechender Empfindungen heimsuchte. Sie und die damit verbundenen Überlegungen würden vermutlich jenen von Orbanaschol entsprechen, als ihm mitgeteilt wurde, dass derjenige Mann, den er hatte ermorden lassen, noch lebte und sich öffentlich zeigte. Unsere Hoffnung war, dass uns auf der abgelegenen Stützpunktwelt noch keine Reaktionen entgegenschlugen, die den inzwischen erlassenen Befehlen des Brüdermörders folgen mussten.

Ein angeblich toter Imperator, der sich als geistiges Wrack präsentiert, als Geschädigter, sagte der Logiksektor. *Versuch, dich in die Stimmung der Männer zu versetzen. Sie wissen nicht, wie sie sich verhalten sollen.*

Ich blieb neben der Tür stehen, ein einfaches Besatzungsmitglied. Eine Maske verhinderte, dass ich sofort als der gesuchte Kristallprinz erkannt wurde. Sicher war sicher. Fartuloon erklärte, wie wir den geknechteten und systematisch zum Wrack gemachten Imperator auf Xoaixo befreit hatten. Nicht zuletzt die Anwesenheit meiner Mutter unterstrich den Bericht des Bauchaufschneiders.

»... gibt keine Zweifel, dass Orbanaschol für die psychische Lage verantwortlich ist. Und wenn nicht der Imperator selbst, dann die Gestalten aus seiner unmittelbaren Umgebung«, schloss Fartuloon den Bericht. Er und Olfkohr nickten einander zu. Der Bauchaufschneider spielte seine Rolle hervorragend.

»Wie lange ist das her?«

»Wir haben ihn vor ein paar Pragos befreit. Die offizielle Version kennst du – angeblich soll er in der KARSEHRA bestattet worden sein.«

»Angeblich .... Wie stehen die Aussichten, ihn wieder zu einem normalen Wesen zu machen?«

Der Schock saß tief in Olfkohr. Er schüttelte fassungslos den Kopf; am Wahrheitsgehalt von Fartuloons Bericht hatte er keine Zweifel.

»Ich weiß es nicht.« Der Bauchaufschneider macht eine Geste der Hilflosigkeit. Schweigen senkte sich über den Konferenzraum, bis Fartuloon nach angemessener Zeit fragte: »Und worin bestehen deine Sorgen?«

Olfkohr sagte unschlüssig: »Wir brauchen Hilfe.«

Der Umstand, dass Gonozal ihn nicht beachtete, machte ihn verlegen. Seine Blicke jedoch hingen in grenzenloser Verehrung am Höchstedlen. Mitleid und die unterdrückte Wut auf die Peiniger mischten sich hinzu. Ich fing den langen, bohrenden Blick eines jungen Orbtons auf. Dem Aussehen nach schien er aus einer der besten Familien Arkons zu kommen. Er betrachtete mich schweigend, aber sehr genau. Fartuloon sorgte für Ablenkung, indem er aufstand und den Betreuern und Medorobotern einen Wink gab.

»Die Anstrengung hat den *Tai Moas* erschöpft. Sie sehen selbst, in welchem Zustand er sich befindet. Es wird Jahre dauern, sofern kein Wunder geschieht, bis er sich wieder einigermaßen erholt haben wird, trotz der intensiven Pflege. Bringen Sie ihn zurück. Erlauchte, Sie begleiten ihn, ja?«

Meine Mutter nickte kaum merklich. Begleiter und Medoroboter führten Gonozal hinaus, Mutter schloss sich der Gruppe an.

Olfkohr stöhnte auf, seine Augen funkelten. »Diese Verbrecher.« Wut und Entsetzen hatten ihn im Griff. »Was haben sie ihm nur angetan?«

Es dauerte einige Zentitontas, bis sich der Has'athor gefangen hatte und uns von seinen Problemen berichtete. Er brauchte ein Raumschiff, um zu einer Wasserstoffwelt zu fliegen. Dort sollten vier Männer aus der Gefangenschaft der Maahks befreit werden – falls sie noch lebten. Und er brauchte dieses Schiff wieder für den Rückflug. Etwas von seiner inneren Qual wurde deutlich, als er leise sagte: »Ich bin nicht unloyal. Orbanaschol ist der amtierende Herrscher. Ich gehorche Befehlen. Aber ich hasse jene, die mir und meinen Leuten die Hilfe verweigert haben, jene Speichellecker auf Amozalan, der Kriegswelt und im Kristallpalast. Und wenn ich an Gonozal denke ...«

»Das geht uns nicht anders«, antwortete Fartuloon. »Darüber hinaus haben wir eine eigene Ansicht über gewisse Dinge. Unabhängig davon bieten wir dir unsere Hilfe und unser Schiff an.«

Der Admiral sprang auf. Spätestens in diesem Augenblick wurde ihm bewusst, in welch gefährliche Situation er sich begab. Ob loyal oder nicht – Arkon würde ihm vorwerfen, er habe Befehle verweigert und mit Rebellen und Verrätern zusammengearbeitet. Fartuloons Vorwurf gegen Orbanaschol wog schwer. »Eine kleine Einsatzgruppe«, murmelte der Olfkohr. »Blitzschnell vorstoßen, auf Ormeck-Pan absetzen ...«

Der junge Orbton, der sein Misstrauen mir gegenüber zu vergessen haben schien, hob die Hand. »Natürlich komme ich mit.«

»Ich ohnehin«, sagte Fartuloon. »Und vielleicht einige meiner Leute. Allerdings sollten wir einige Tontas üben. Ich weiß nicht, ob ich noch so gut bin wie in alten Zeiten. Abgesehen davon werden eure Schutzanzüge sicher besser und moderner sein als die Modelle meiner Zeit.«

»Einverstanden, Fartuloon. Nur ... jede Tonta ist kostbar. Und es geht nicht nur um das Leben von vier hervorragenden Männern aus unseren Reihen, sondern auch um den Fortbestand dieses Stützpunkts. Sollten die Methans davon erfahren ...«

»Ich weiß, Olfkohr. Mein Vorschlag: Wir starten morgen bei Sonnenaufgang. Du bestimmst die besten Männer für den Einsatz, ich und Zerkon« – er wies auf mich – »frischen unsere Kenntnisse auf. Ist eine eurer Kuppeln auf die Bedingungen von Ormeck-Pan programmiert?«

»Selbstverständlich; Sigmon Hey diente der Vorbereitung des Einsatzes.«

»Dann lasst uns anfangen. Wir bereiten uns vor. Überspielt die Daten und Koordinaten. Deine Männer werden, sollten sie noch leben, gerettet.«

»Los«, sagte Fartuloon eine Tonta später. »Einige Übungstontas stehen an. Zusammen mit Olfkohr.«

»Wir kennen die Technik ...«

»Olfkohr gibt sich nicht mit allgemeinen Versicherungen zufrieden. Warum, meinst du wohl, gibt es diese Trainingswelt? Wir müssen ihn überzeugen.«

»Du hast natürlich recht.« Für eine Handvoll solcher Männer, ihre Erfahrung und ihre Freundschaft würde ich noch mehr tun. Ich folgte dem Bauchaufschneider aus dem Schiff; der Gleiter mit Olfkohr am Steuer wartete bereits.

»Alles ist vorbereitet. Wie fühlst du dich, Bauchaufschneider?«

»Ausgezeichnet.«

Wir starteten und schwebten auf einen der Hügel zu. Ich schwieg und starrte hinaus in die Abenddämmerung. Alles war hervorragend getarnt. Selbst das Wissen, dass die Hügel getarnte Kuppeln waren, half nicht, die Tarnung zu durchschauen. Der Gleiter schraubte sich zu einer ebenfalls bestens getarnten Schleusenanlage hinauf. Von dort aus würden wir die Kuppel betreten, und für uns würde es sein, als stürzten wir aus dem Weltall in den tödlichen Mahlstrom einer Maahk-Giftwelt.

Der erste, harte Ruck drehte mich halb herum. Ich breitete die Beine aus und versuchte, die Eigenbewegung des schweren Anzugs auszusteuern. Das lange, dünne Seil aus widerstandsfähigem, mit Spezialplastik beschichtetem Arkonstahl hatte sich plötzlich gestrafft. Ich sah schräg unter mir die Positionslichter von Olfkohrs Anzug.

»Achtung, wir erreichen dichtere Gasschichten«, erklang seine Stimme im Helm.

Alles war täuschend echt. Schon wenige Augenblicke nachdem sich unter uns die Schleusenklappe geöffnet und uns in den nachtschwarzen Schlund des Giftgasinfernos geschleudert hatte, vergaßen wir, dass wir eine Simulation erlebten.

»Verstanden«, sagte ich.

Das Seil verband uns miteinander. Entweder landeten wir in geringer Entfernung voneinander, oder der Orkan, der die Gasmassen unter uns umherwirbelte, tötete uns gemeinsam. Noch arbeiteten die Triebwerke mit ganz geringem Wirkungsgrad. Wir schwebten schräg abwärts, unsere Körper hingen noch immer senkrecht in der Lufthülle aus Wasserstoff, Helium, Methan und Ammoniak. Unsere Sohlen wiesen auf das unsichtbare Ziel. Die Zahlen der Höhenmessanzeige veränderten sich rasend schnell, der Boden kam näher.

»Antigrav in Drosselphase, noch keine Leistung geben«, rief Fartuloon.

»Ausgezeichnet. Diesen Befehl wollte ich soeben geben.«

Ich schwieg und konzentrierte mich auf die Geräte und auf das ungewohnte Gefühl, in diesem schweren und scheinbar unbeweglichen Hochdruck-Schutzanzug zu stecken.

»Antigrav an.«

Es war Nacht, alles war finster.

Vergiss nicht: Die Kuppel ist riesengroß. Und die Gefahren hier sind ebenso tödlich wie auf Ormeck-Pan, sagte der Logiksektor unbarmherzig. Der dortige Stützpunkt war eher klein, schien aber im Kommunikationsnetzwerk der Methans eine durchaus wichtige Funktion gehabt zu haben. Der Auftrag der von den Maahks Gefangenen hatte darin bestanden, die Hyperfunkstation zu vernichten. Berücksichtigte ich die bevorstehende Flottenoperation, war der Einsatz der Kampftaucher auf Ormeck-Pan zweifellos nur eine von vielen vergleichbaren Missionen gewesen, die derzeit im Vorfeld abliefen. Letztlich ein Todeskommando, wenngleich nicht ohne Chancen.

Wir sanken weiter, nach meinem Empfinden und den Instrumenten in einem Winkel von etwa vierzig Grad. Die ersten dichteren Schichten der Gase zerrten an uns. Jetzt straffte sich auch das zweite Verbindungsseil, der Ruck ging weiter und wirbelte Fartuloon herum. Eine wilde Kraft versetzte mir einen harten Schlag in den Rücken und trieb mich schräg nach unten. Die Instrumente zeigten einen rasenden Sturz an. Sie waren natürlich manipuliert und gaben eine vielfach höhere Geschwindigkeit und Flughöhe an.

Unsere selbst gestellte Aufgabe war, ein bestimmtes Ziel zu suchen und es wie ein Taucher auf dem Meeresgrund zu finden. Dann schloss sich ein Marsch von einigen Kilometern an, gefolgt von einem Gefecht mit einer Maahk-Patrouille. Soeben erreichten wir die Zone, in der die bewegten Gasmassen zu einer Gefahr wurden. Wir mussten den Fallwinkel einhalten, durften die Geschwindigkeit nicht verändern und hatten nur die Möglichkeit, uns mithilfe der Flugaggregate gegen den ständig wachsenden Orkan zu stemmen. Ich orientierte mich an den winzigen Lichtern rechts und links von mir, erhielt einen weiteren Stoß der tosenden Gasmassen und gab mehr Leistung auf das Flugaggregat. Gleichzeitig versuchte ich, die Hauptrichtung festzustellen, aus der die bewegten Gase kamen.

Sorgfältig, aber mit einem chaotischen Gefühl in der Magengrube betrachtete ich die winzigen Instrumentenanzeigen auf der Helminnenseite. Hin und wieder schoben sich bereits leichte Schleier aus Kristallen oder Ammoniaknebelstreifen vor das Visier.

»Alles klar, Zerkon?« Fartuloons besorgte Stimme.

»Ja.«

Er hing über, Olfkohr unter mir; die Leinen waren noch immer straff. Der Sonnenträger rief: »Achtung! Zehntausend Meter Höhe. Jetzt beginnt die kritische Phase.«

»Verstanden.«

Kurz darauf begann das Inferno. Die stark gedrosselten Außenmikrofone übertrugen das Tosen und Heulen der Gashülle. Wir wurden umhergewirbelt und aus unserer Flugbahn gerissen. Augenblicklich stemmten wir uns gegen den Druck und fuhren unsere Maschinen auf höchste Leistung. Werte der Abdrift, der Windgeschwindigkeiten und verschiedenen Richtungsänderungen wurden verglichen und einander angepasst; die Hauptarbeit übernahmen die Anzugpositroniken. Eiskristalle, Hagelkörner und Nebelschwaden begleiteten den Fall, angezogen von der gewaltigen Masse des Planeten, in Wirklichkeit von der simulierten Schwerkraft des Geländes unter uns.

»Fünftausend Meter«, rief Fartuloon.

Wir überschlugen uns, und immer wieder riss einer den anderen in eine andere Richtung. Mitunter schwindelte mir, doch positronische Unterstützung und eine Phase instinktiver Hellsichtigkeit ließ uns blitzschnell schalten und stets das Richtige tun. Längst war der freie Fall beendet; die Vibrationen der überschweren Flugaggregate erschütterten brummend die aus stählernen Segmenten bestehenden Anzüge.

»Viertausend.«

Auf der Einblendung des Ortungsschirms erschienen undeutliche Geländemerkmale. Ich verglich sie mit den Karten, die mein fotografisch exaktes Gedächtnis gespeichert hatte. Wir mussten unseren Kurs korrigieren. Aber eine bodennahe Strömung ergriff uns und riss uns mit sich, obwohl die Flugaggregate mit Höchstleistung arbeiten.

»Weiter nach Norden«, stöhnte Olfkohr.

Ich dachte flüchtig an die bevorstehende Landung auf Ormeck-Pan und an den folgenden Aufstieg, falls wir es schafften und die Männer befreien konnten. »Verstanden.«

Es war, als würden wir durch einen völlig unberechenbaren Mahlstrom in eine Tiefseezone hinabtauchen. Das Medium, in dem wir uns bewegten, war so dick wie Wasser, und unsere Bewegungen waren die eines gepanzerten Tauchers. Noch immer arbeiteten die Triebwerke, fortan unterstützt von den hochfahrenden Antigravprojektoren. Es war, als risse uns eine neue Kraft wieder nach oben, aber der Eindruck täuschte. Die Einzelheiten auf dem kleinen Bildschirm wurden deutlicher. Wir schwebten an einem System gewaltiger Ammoniaknadeln vorbei und erreichten ihren Windschatten.

»Wir sind im richtigen Tal«, knurrte Olfkohr. »Tiefer!«

Wir überschlugen uns. Einmal flogen wir waagrecht durch die Gasmassen, dann wieder wiesen unsere Köpfe nach unten, und ununterbrochen schalteten wir Aggregate ein und aus. Versagten sie, wurden wir getötet – dreifache Standardschwerkraft war tödlich auch bei geringer Flughöhe. Jeder von uns war in dieser stählernen, beschichteten, mit

Dutzenden Hilfsgeräten inner- und außerhalb der eigenen Überlebenssphäre ausgestatteten Rüstung allein. Mir wollte sie wie ein beweglicher Sarg erscheinen. Als mein Kopf wieder einmal nach oben wies, schaltete ich die Aggregate auf volle Leistung. Keinen Augenblick zu früh, denn dicht vor mir erstreckte sich eine riesige, schräg geschwungene Fläche. Ein gewaltiger Methan-Ammoniak-Gletscher.

»Vorsicht!«, rief ich. »Unter uns! Wir landen!«

Fast gleichzeitig hielten unsere Antigravprojektoren und die wild feuernden Triebwerke den Sturz auf. Nicht ganz, denn wir sanken weiter, schlugen dann in eine aufstäubende weißliche Masse und krachten auf hartes Eis oder Felsen. Aus dem mehr oder weniger senkrechten Fall wurde ein schräges Gleiten und Rutschen.

»Die richtige Stelle, Olfkohr?«, ächzte Fartuloon.

Ich schaltete den Antigrav ab; die Wirkung des Gravoneutralisators reduzierte die mörderische Schwerkraft. Unter uns geriet die Masse in Bewegung.

»Ja. Das Tal ist richtig – aber es gibt ständig Verformungen.«

»Wo ist die Patrouille?«, fragte ich. Die Taue waren straff wie die Saiten eines Instruments. Wir rutschten schneller. Der Ammoniakschnee leuchtete fahl; es gab nicht eine einzige Lichtquelle. Lichtquelle?

Positionslampen aus!, befahl der Logiksektor.

Ich grinste schief und sagte augenblicklich ins Mikrofon: »Ich habe meine Positionslichter ausgeschaltet ...«

Olfkohr stieß einen Fluch aus, Fartuloon hüstelte anerkennend. Die schwach glimmenden Lichter erloschen fast gleichzeitig. Und wir waren immer noch wie Schlitten, die in rasender Fahrt abwärts sausten, der Talsohle oder dem Ende des Gletscherhangs entgegen. Sollte sich uns ein Felsen entgegenstellen, würden wir zerschmettert, unsere Anzüge aufbrechen, uns die Giftgase zusammen mit dem hohen Außendruck ersticken. Ich wartete auf den richtigen Augenblick, Arme abgespreizt und breitbeinig. Hinter uns stoben Schneewolken in die Höhe. Als ich in einer günstigen Position war, zündete ich das Triebwerk und drehte den Regler auf höchste Leistung. Die Bremswirkung war stark, die Kräfte stauchten mich in die Rüstung. Die elastische Innenschicht presste sich zusammen. Die Stahlseile wurden straff, spannten sich, und die direkt benachbarten Kampftaucher wurden ebenfalls abgebremst. Ich hielt das Aggregat auf volle Leistung und spürte, dass sich die rasende Geschwindigkeit schnell verringerte.

Ich sank nun tiefer in die Masse, die wie ein klebriges Pulver wirkte. Schließlich, nach einer Serie von Rucken und Erschütterungen, hörte das Rutschen auf. Das Seil mit dem Gewicht von Olfkohr samt Anzug daran zog mich nach links. »Um deine Frage zu beantworten«, sagte er, und seinem hastigen Atem entnahm ich, dass er sich bemühte, auf die Beine zu kommen und sich zu orientieren, »folgende Auskunft: Die Patrouille kann uns an jedem Punkt des nun folgenden Marsches überraschen. Wir müssen sie zuerst sehen, nicht umgekehrt.«

Fartuloon murmelte etwas von »beschwerlichen Leibesübungen« und schloss dann, etwas lauter und weniger unglaubwürdig: »Das ist, Freund Olfkohr, das Geheimnis eines jeden Überfalls. Wer zuerst sieht, schießt zuerst.«

»Das gilt ebenfalls für die Maahks. Wir gehen geradeaus. Seht ihr den Drillingsfelsen, hinter der Spiralwolke?«

Wir richteten unsere Sichtgeräte in die angegebene Richtung und erkannten die dunkle Formation, die wie drei gekrümmte Finger mit langen Krallen aussah. Sie wirkte aus der Distanz spukhaft; wie eine Konstruktion, die jeden Augenblick zusammenbrechen konnte. Entfernung: schätzungsweise dreitausend Meter.

»Ich sehe sie.«

»Zwischen der Basis der Felsen, die wir erreichen müssen, und dem Spalt dort vor uns – diese Strecke wird von den Maahkrobotern überwacht.«

»Wir können auch beim Gehen reden«, fügte Fartuloon gemütlich an, während wir die Waffen entsicherten, überflüssige Energieverbraucher ausschalteten und dann starteten.

Olfkohr ging vor mir. Wir bewegten uns durch Ammoniakschnee, der uns fast bis zu den Hüften reichte. Aber die Profilsohlen der Anzüge berührten Eis oder die Felsschicht unter dem Schnee.

Zwei Tontas schlichen wir dahin. Jede Zentitonta war voller Gefahren. Zuerst tappten wir, geduckt und so schnell wie möglich, den riesigen Hang hinunter. Wir wechselten uns in der Führung ab; einer von uns musste im rasenden Sturm den Pfad treten. Die heftigen Böen fegten den Gletscherhang hinunter und schoben uns vorwärts und abwärts. Ununterbrochen trieben lang gezogene Wolken aus Eiskristallen an uns vorbei und nahmen uns die Sicht. Am tiefsten Punkt des Hangs rissen die Ammoniakeismassen ab. Wir schwebten in eine Art Flussbett, das aus riesigen weißen Steinen bestand, um die flüssiges Ammoniak spülte. Die Szenerie wirkte wie ein Gletscherbach, der der Flanke der massiven Eiswand entsprang. Nur fehlten darüber grüne Hügel und die

Berge, der Himmel und das Sonnenlicht. Der Gletscher bestand aus giftigem Methan-Ammoniak-Gemisch.

Als wir hintereinander das merkwürdige, fast windstille Flussbett durchquerten, sah ich aus dem Augenwinkel eine undeutliche Bewegung. »Halt! Deckung! Rechts!«

Wir blickten genauer hin und richteten unsere Instrumente auf das vermeintliche Ziel, nachdem wir uns zwischen den größten Felsbrocken und rund geschliffenen Steinen niedergeworfen hatten. Das vergrößerte Ausschnittsbild zeigte deutliche Bewegungen. Vom schmalsten und obersten Punkt des Flussbetts kletterten die grauen Gestalten von Methans. Deutlich größer als ein Arkonide, ungleich breiter in den Schultern – dennoch bewegten sie sich ausgesprochen leichtfüßig. Ich erkannte sie genau, war Maahks schon oft genug begegnet.

»Die Patrouille! Sieben Maahks«, flüsterte Olfkohr. »Natürlich hervorragende Roboter, hier und jetzt. Ich warne euch: Sie sind bestens programmiert und genauso schwer auszuschalten wie echte Gegner.«

»Verstanden.«

Sie schienen uns nicht bemerkt zu haben. Wir lagen in weitem Abstand voneinander in einigermaßen guter Deckung. Die Verbindungsseile waren nun gelöst, die schweren Waffen lagen im Anschlag, die Restlichtaufheller zeigten uns, dass die sieben Spezialroboter in einer unregelmäßigen Reihe das gesamte Flussbett absuchten. Auch sie trugen Waffen, kamen selbstbewusst näher.

Olfkohr murmelte: »Lasst sie nicht zu nahe heran. Sie sind tödlich! Merkt euch den eckigen Felsen. Sobald er passiert ist, eröffnen wir das Feuer.«

»Verstanden.«

Wir lagen da und wurden halb von flüssigem Ammoniak überspült. Die Waffen deuteten auf die Ziele. Wir bewegten uns nicht, nichts deutete darauf hin, dass die Maahks etwas von uns ahnten. Ich hatte die Feuereinstellung auf Maximum gedreht. Unaufhaltsam kamen die sieben mächtigen Gestalten näher. Auch sie drehten Suchgeräte in alle Richtungen, kontrollierten unaufhörlich die Umgebung, starrten aus den vier Doppelaugen der Kopfwülste in unsere Richtung, hinauf zum Gletscher, suchten die Zone zwischen den Bergkanten ab. Als der erste Maahk etwa diese Linie überschritt, zielte ich genauer und feuerte. Ich wusste, dass ich getroffen hatte, und schwenkte die lange Waffe herum. Augenblicklich reagierten beide Gruppen. Sowohl Fartuloon als auch Olfkohr schossen ohne Pause, aber gut gezielt. Vier der Roboter lösten sich in einer Reihe von Detonationen auf. Drei zogen sich ebenfalls feuernd zurück, warfen sich in Deckung und deckten uns mit einem Fächer aus Thermostrahlen ein. Mit meinem letzten Schuss traf ich den fünften Maahkroboter; er rannte brennend und rauchend im Zickzack durch das Flussbett.

»Nicht weiterschießen«, knurrte Olfkohr schließlich. Ringsum schien das Ammoniak zu kochen und entwickelte mächtige Dampfwolken. Gleiches galt für die zwei verbliebenen Maschinen. Unser Feuerüberfall war richtig gewesen; die Empfindlichkeit der Roboter entsprach ihren »Originalen«, denn sonst hätten wir kaum eine Chance gehabt. Dann feuerte Olfkohr eine schnelle Folge von Einzelschüssen ab. Einer der Riesen sprang aus seiner Deckung, drehte sich mehrmals und brach dann explodierend auseinander. Eine Schneewolke und mehrere Dampfsäulen verhüllten das Bild. Und dann schob sich mit hoch erhobenen Tentakelarmen der letzte Robot aus dem Dampf. Olfkohr sprang auf die Beine.

»Nicht schießen!« Er hob den Arm, drückte einen Schalter und fuhr fort: »Die Maschine wird uns nicht mehr stören.«

Mit gesenkter Waffe kam der Roboter näher, blieb vor uns stehen, und Olfkohr steckte ein dehnbares Kabel in den Körper der Maschine. Wir konnten die Kommunikation nicht verstehen, aber der Roboter schaltete einen Satz Scheinwerfer an und stapfte an uns vorbei zum gegenüberliegenden »Ufer« des Gletscherflusses. Plötzlich begann die Landschaft zu leben.

»Er öffnet für uns eine Schleuse«, sagte Olfkohr.

Einige Zentitontas später waren wir in Sicherheit. Der Roboter schritt voraus, öffnete einen der zahlreichen Ein- und Ausgänge der Kuppel für uns und verschwand. Ein Team von Helfern wartete außerhalb der Schleuse.

Später saßen wir, aus der Dusche und der medizinischen Nachuntersuchung kommend, in dicke Bademäntel gehüllt an einem Tisch. Wir zitterten vor Erschöpfung, trotz der Massagen, der heißen und kalten Duschen, der stärkenden Getränke und der Substanzen im Blutkreislauf, die uns beruhigen und entspannen sollten. Noch war die Anspannung nicht abgeklungen.

»Ich habe dir immer alles zugetraut, Bauchaufschneider«, sagte der Sonnenträger schließlich. »Aber unser junger Freund hier ... *Zerkon* ... hat mich überrascht.«

»Danke«, erwiderte ich. Dass er meinen Namen besonders betonte, ignorierte ich.

Fartuloon machte eine wegwerfende Handbewegung und zuckte mit den breiten Schultern. »Zerkon ist noch jung, aber er kann eine ganze Menge. Ich glaube, man kann ihm eine Reihe instinktiver Fähigkeiten zubilligen.«

Olfkohr senkte den Kopf. »Intuition! Sollte er lange genug leben, wird er ein erstaunlicher Kämpfer werden. Er ahnt Gefahren, bevor sie sich zeigen.«

»Ich bemühe mich«, sagte ich, etwas verlegen. Die Unterhaltung der beiden Männer machte mich zugleich stolz und verlegen.

Olfkohr weiß, wer du bist!, behauptete der Logiksektor. Ich widersprach nicht.

Fartuloon stand auf und lehnte sich an die Wand. »Ich denke, Zerkon und ich gehen zurück ins Schiff. Ihr kommt nach, sorgt für die Ausrüstung, Anzüge und dergleichen. Abgemacht?«

»Einverstanden. Bereitet euch darauf vor, schon im Orbit von Ormeck-Pan auf Maahkschiffe zu treffen. Vielleicht sogar eine ganze Flotte. Es wird ein Einsatz auf Leben und Tod.«

»Ich habe nichts anderes erwartet.«

»Ich auch nicht«, sagte ich.

3.

Aus: *Kerron da Hay-Boor an Glonar da Ragnaari*, 8. Prago des Eyilon 4000 da Ark, auf echtem Khasurn-Blatt mit Chimon-Tinte niederge-schrieben – in: *Privatkorrespondenz der Ragnaari-Sammlung* (3. Auf-lage), Gos'Ranton/Arkon I, Kristallpalast, Archiv der Hallen der Ge-schichte, 4200 da Ark

Gruß Dir, werter Cousin, es hat mich sehr gefreut, Dir anlässlich des großen Festaktes im Kristallpalast bei den Pragos der Katanen des Capits und zum Jahreswechsel 3999/4000 da Ark wieder einmal be-gegnet zu sein; unsere Wege haben sich in den vergangenen Jahr-zehnten ja leider selten gekreuzt, was allerdings in diesen Zeiten des Höchstedlen Barkam I. (das Licht der She'Huhan möge mit ihm sein!), der immer häufiger als »der Große« umschrieben wird, wohl nur zu verständlich sein dürfte.

Ausdrücklich möchte ich mich bei Dir noch einmal auf diesem Wege für unseren Streit entschuldigen, der die Freude des Wiedersehens et-was eintrübte und weder der Umgebung noch den irritierten Zuhörern angemessen war. Dennoch: Ich hielt – und halte – Deine kategorische Feststellung, die gewaltigen Hyperstürme der erst seit knapp zweihun-dertfünfzig Jahren nach Arkon-Zeitmaß überwundenen Zarakhgoth-Votanii seien Klinsanthors Schatten *gleichzusetzen oder – mehr noch – gar auf das Wirken des legendären Magnortöters zurückzuführen, nach wie vor für ziemlich daneben, gelinde gesagt; auch und gerade weil bis heute niemand schlüssig erklären kann, wie und warum es zu dieser galaxisweiten Katastrophe kommen konnte, die unserer Kultur den langen Niedergang bescherte, sodass wir mit Imperator Bar-kam I. erst den fünften Zhdopanthi seit dem Ende der Archaischen Perioden auf Arkons Kristallthron erleben.*

Ungeachtet dessen war meine heftige Reaktion Dir gegenüber un-angemessen, werter Cousin, aber zu meiner Entschuldigung sei ange-führt, dass ich es als überaus peinlich empfand, dass die wahrhaft Großen des wiedererstarkten Tai Ark'Tussan in unseren Streit verwi-ckelt wurden und sich auf die eine oder andere Weise bemüßigt sahen, Stellung zu beziehen. Ob Ka'Marentis Belzikaan, Mascant Rhazun Ta-Zoltral oder gar Chariklis, Ihre Heiligkeit, die Arkanta von Hoca-

tarr – sie alle äußerten sich in einem nicht minder heftigen Pro und Contra. Schon bei der Frage nach der Existenz Klinsanthors an sich scheiden sich die Geister, ganz zu schweigen bei den ihm zugeschriebenen Wirkungen.

Natürlich hast Du völlig korrekt aus den überlieferten Legenden zitiert: In den Grüften und Meeren der Unwelt – *in älteren Fassungen auch* Skärgoth *genannt* – träumt Klinsanthor, der Magnortöter. Weckt ihn und ruft ihn, aber achtet darauf, dass sein schrecklicher Schatten nicht auf euch fällt. *Und im Klinsanthor-Epos von Klerakones heißt es in der Tat:* Ein gewaltiger Sturm erhob sich zwischen den Welten und zerbrach die Bande. Klinsanthor in seiner unfassbaren, unschaubaren Gestalt warf seinen Schatten über die, die im Unrecht waren. *Es dürfte allerdings schwer sein, aus diesen Zeilen die von Dir abgeleitete Behauptung herauszulesen – selbst wenn man die Wirkung des »schrecklichen Schattens« möglichst weitläufig interpretiert. Dennoch hat mir die Angelegenheit keine Ruhe gelassen. Gleich nach der Rückkehr nach Hiaroon habe ich diverse Archive durchstöbert, und es könnte sein, dass ich sogar fündig wurde.*

In vielerlei Hinsicht scheint es sich beim Magnortöter umgekehrt zu einer anderen, weitverbreiteten Legende zu verhalten: Ungezählte haben, wie wir wissen, nach der Ranton Votanthar'Fama gesucht – doch niemand hat bislang, so jedenfalls meine Überzeugung, die Welt des ewigen Lebens tatsächlich gefunden (ja, ja, werter Cousin, auch ich kenne die Gerüchte, die sich um unseren Höchstedlen und viele seiner engsten Vertrauten ranken; doch diese halte ich eben für das, was sie sind: aufgeblasenes Geplapper ohne realen Hintergrund!). Im Gegensatz dazu sind die Erzählungen um Klinsanthor keineswegs von geringerer Zahl, doch in seinem Fall scheint nahezu niemand seine Unwelt gesucht zu haben, obwohl ich nun Anzeichen dafür gefunden zu haben glaube, dass es doch der Fall war!

Wie Du weißt, werter Cousin, entstand vor rund 1900 Arkonjahren auf meiner Heimatwelt das nach wie vor hochgelobte Klinsanthor-Epos, aus dem Du unter anderem zitiert hast. Hiaroon wurde von Imperator Darrid I. feierlich nur ein Jahrhundert vorher im Jahr 2000 da Ark als allererste Arkonkolonie gegründet, und es heißt nicht umsonst, dass bei uns die Tradition eifriger gepflegt werde als auf den Arkonwelten selbst, obwohl Hiaroon, weil es abseits der großen Schifffahrtswege liegt, mit dem Restimperium nicht allzu viel Kontakt hat. Meiner – unbescheiden formuliert – Hartnäckigkeit (ja, werter Cousin, ich weiß, dass andere es auch Penetranz nennen) ist es zu verdanken,

dass ich nicht nur in den Originalaufzeichnungen Klerakones' recher-
chieren, sondern auch Einsicht in einige seiner unveröffentlichten
Quellen nehmen konnte.

Höre und staune, werter Cousin: Vieles spricht nach der Auswertung
dieser Aufzeichnungen dafür, dass das Ende des Großen Befreiungs-
krieges *– von mir nun anhand der mir zugänglichen Informationen auf*
das Jahr 1755 da Ark datiert (und ja, ich weiß, dass dieses Datum
überaus strittig sein dürfte, weil viele bestreiten, dass es überhaupt
einen solchen Krieg gegeben hat!) – tatsächlich mit einem Eingreifen
Klinsanthors im Zusammenhang steht. In den Aufzeichnungen von
Klerakones findet sich zwar nicht der Name dessen, der den Magnor-
töter gerufen hat, aber es gibt eine verklausulierte Beschreibung der
Umgebung der Unwelt sowie eine Koordinatenbestimmung – wenn-
gleich Letztere nur vage ausfällt –, ich zitiere: Das gelb-rote Doppelauge, umgeben vom Sechseck der Kleinen Roten, weist den Weg zur
Skärgoth – doch meide die Flanken und den Fußstern, denn nur der
Kopf ist das Ziel. *Im Anhang findest Du eine Karte, in die ich die Da-*
ten eingetragen habe – Skärgoth müsste demnach mehr als 40.000
Lichtjahre von Arkon entfernt sein ...

An Bord der PROTALKH: 6. Prago des Tedar 10.499 da Ark

Der Raumer hing wie ein riesiger Ball zwischen den Sternen. Der
größte Teil der Besatzung ruhte sich aus. Sie alle waren erprobte Raumfahrer, die wussten, dass die Zeit der Ruhe ein Geschenk war, das so
schnell nicht wiederkam. Sie hatten es aufgegeben, die Transitionen
zu zählen. Die Orbtonen warfen ab und zu besorgte Blicke auf die
Kursschreiber, aber die brauchten die Frauen und Männern der PRO-
TALKH nicht, um zu wissen, dass längst Gebiete erreicht waren, über
die kaum Berichte vorlagen – mehr als 40.000 Lichtjahre von Arkon
entfernt. Sie hatten die Hauptebene der *Öden Insel* durchquert und
waren, etwas abseits des galaktischen Zentrums, fast 6000 Lichtjahre
weit nach »unten« vorgestoßen. Natürlich kursierten alle möglichen
Gerüchte über das Ziel dieser Reise. Es ging um irgendeinen Planeten,
auf dem Kommandant Zenkoorten und Lenth Toschmol etwas finden
sollten. Etwas, das sehr wertvoll, aber auch sehr gefährlich war.

Zenkoorten war ein stahlharter Mann, der bedingungslose Disziplin
forderte. Es gab niemanden an Bord, der ihn als Freund bezeichnet
hätte, aber er wurde allgemein geachtet und war in gewisser Weise
sogar beliebt, denn sein Gerechtigkeitssinn war sprichwörtlich.

Lenth Toschmol war neu im Schiff und wurde schon deswegen mit Misstrauen angesehen. Er war Wissenschaftler und beschäftigte sich mit Mythologien – genauer: mit dem wahren Kern dieser auf den vielen Welten und Raumern kursierenden Geschichten. Der Wunder gab es viele in der *Öden Insel*, fast jeder Raumfahrer – etliche galten als anfällig für Aberglauben – konnte eine Erzählung beisteuern. Die Besatzung der PROTALKH machte da keine Ausnahme. Viele waren im Grunde genommen davon überzeugt, dass ein Mann wie Toschmol dem Schiff nichts Gutes bringen würde. Toschmol selbst schien alles zu tun, um dieses Misstrauen zu stärken. Dass er für arkonidische Maßstäbe abgrundhässlich war, hätte man ihm verziehen. Aber sein Benehmen, vor allem seine Arroganz, führte dazu, dass er auch den letzten Rest von Sympathie bei der Besatzung verlor.

Zenkoorten kannte die Abneigung, die seine Untergebenen diesem Mann entgegenbrachten.

Offiziell behandelte er Toschmol neutral – privat stimmte er seinen Leuten voll und ganz zu.

»Wir müssen endlich zu einer Entscheidung kommen.« Er seufzte und legte in einer Geste, die Müdigkeit und unterdrückten Ärger ausdrückte, die Hände flach auf den Konferenztisch.

»Nichts leichter als das«, konterte Lenth Toschmol. Er sprach langsam, Zenkoorten hatte sich noch immer nicht daran gewöhnt. Auch nicht an die Angewohnheit Toschmols, während des Sprechens mit den hageren Händen kreisende Bewegungen vor der Brust zu vollführen. Alles an diesem Mann machte Zenkoorten nervös. Selbst wenn Toschmol gesagt worden wäre, seine Kabine brenne, hätte dieser Kerl sein Sprechtempo vermutlich nicht erhöht. »Wir setzen Kurs auf diese Sonne dort.«

Toschmol streckte die Hand aus und deutete auf einen Punkt auf der Sternkartenprojektion.

Zenkoorten zuckte unwillkürlich zurück, als er die Schmutzränder unter den Fingernägeln entdeckte. »Die Sonne existiert nicht«, sagte er schärfer als beabsichtigt. »Ich habe Ihnen das schon zehnmal gesagt. Die Karte taugt nichts.«

»Das bezweifle ich. Ihre Leute sollen richtig suchen, die Ferntaster neu justieren, was auch immer. Die Karte beweist, dass wir im richtigen Sektor sind. Diesen gelb-roten Doppelstern dort haben wir gefunden.«

»Es gibt unzählige von seiner Sorte in der *Öden Insel*.«

»Aber bestimmt nicht viele, die von sechs roten Zwergsternen in

exakter geometrischer Anordnung mit einem Abstand von rund eineinhalb Lichtjahren umgeben sind.«

»Es sind nur fünf«, korrigierte Zenkoorten. »Der sechste existiert
nur in Ihrer Fantasie.«

»Wir müssen nur etwas näher heran.« Toschmol kratzte sich unge-
niert den Kopf und gähnte ausgiebig. Der Kommandant beobachtete
ihn in einer Mischung aus Widerwillen und Faszination. Im hellen
Licht des Konferenzraums wirkte Toschmols langes, strähniges Haar
noch unordentlicher. Und dann diese Farbe – Rotblond! Und die Nase:
Sie ragte wie ein gebogener Haken aus dem langen Gesicht, die Spitze
reichte bis über die Oberlippe.

»Sobald wir den Doppelstern erreichen, sind wir in einer wesentlich
besseren Position«, fuhr Toschmol gelassen fort. »Ich bin mir meiner
Sache absolut sicher. Wir befinden uns in direkter Nähe der Unwelt.
Der Schlüssel ist die rote Zwergsonne. Diese müssen wir finden, und
wir werden sie auch entdecken. Sie kann sich nicht spurlos aufgelöst
haben.«

Zenkoorten seufzte. Er war diese Streitereien leid. Toschmol war
völlig der fixen Idee verfallen, er und kein anderer könne den Weg zu
diesem geheimnisumwitterten Ort entdecken, an dem angeblich Klinsanthor zu finden war. Der Kommandant kannte sich im Umgang mit
Wissenschaftlern aus und kam normalerweise mit ihnen zurecht. Aber
bei Toschmol war das anders. Das lag nicht zuletzt daran, dass dieser
Mann weitreichende Vollmachten hatte, vom Imperator persönlich.
Zenkoorten war zwar der Kommandant, aber den Kurs der PRO-
TALKH bestimmte Toschmol.

»Bestehen berechtigte Bedenken hinsichtlich der Sicherheit des
Raumschiffs?«, bohrte Toschmol unbarmherzig. »Haben Sie Beweise
dafür, dass die Mission gefährdet ist, sollten wir den Doppelstern ansteuern?«

»Nein«, gab Zenkoorten widerwillig zu. »Aber wir verlieren Zeit.
Fünfzig Lichtjahre entfernt gibt es eine vergleichbare Konstellation.
Vielleicht finden wir dort eine Spur?«

»Der Zeitverlust – sofern es ihn gibt – sollte Ihnen gleichgültig
sein, Kommandant. Meine Berechnungen besagen, dass die Skärgoth
hier zu finden ist, nicht fünfzig Lichtjahre weiter. Sollten Sie dennoch darauf bestehen, das andere System zuerst zu untersuchen, so
werden Sie die Verantwortung übernehmen. Denn das ist Zeitverlust.«

»Sie sind ein verdammt hartnäckiger Mann. Aber gut. Sie sollen

Ihren Willen haben. Hoffentlich kommen Sie dabei nicht in Konflikt mit Ihrem Verantwortungsbewusstsein.«

Toschmol lächelte, während er dem Kommandanten folgte. Sie überquerten den Ringkorridor und betraten die Zentrale. Die Leute, die dort zur Routineüberwachung während der Ruhezeit an den Stationen saßen, sahen den beiden ungleichen Männern neugierig entgegen. Zenkoorten war groß und hielt sich sehr gerade. Seine Uniform saß perfekt. Das etwas kantige, ausdrucksvolle Gesicht war von halblangem, silbrigem Haar umrahmt, und die rötlichen Augen streiften mit einem kühlen, aufmerksamen Blick die Besatzungsmitglieder. Toschmol dagegen, etwas über mittelgroß, war mager und leicht gebeugt; er wirkte neben dem Kommandanten wie eine archaische Vogelscheuche.

»Pilot?«

»Alle Systeme in Ordnung«, meldete Varka, ein noch junger Mann.

»Startbereitschaft herstellen!«, befahl Zenkoorten. »Ich erwarte alle diensthabenden Orbtonen zur Einsatzbesprechung beim Kartentank. Ausführung sofort!«

Varka wandte sich kommentarlos seinen Instrumenten zu. Während Alarmsirenen erklangen, dachte Zenkoorten mit leichtem Mitleid an die über sechshundert Leute der Freiwache, die jetzt aus dem Schlaf gerissen wurden. Toschmol folgte ihm wie ein Schatten. Als sie beim Kartentank durch die transparenten Wände vor den neugierigen Ohren der Besatzung geschützt waren, sagte er herausfordernd: »Ist eine Besprechung notwendig?«

»Jetzt passen Sie mal auf, Toschmol. Zweifellos sind Sie eine Kapazität auf Ihrem Gebiet, sonst hätten Sie – neben vielen anderen – vom Imperator nicht den Auftrag erhalten, nach der Unwelt zu suchen. Aber von Raumfahrt haben Sie so wenig Ahnung wie ich von uralten Mythologien und ihrer Einordnung. Hören Sie also auf, mir in meine Arbeit hineinzureden, und konzentrieren Sie sich auf Ihre. Wir befinden uns in einem praktisch unerforschten Raumsektor. Sollte wir die Skärgoth finden und werden dabei vernichtet, ist niemandem geholfen.«

Toschmol zuckte zusammen. Zenkoorten sah, wie es in dem schmalen Gesicht des Wissenschaftler arbeitete. Früher oder später würde es zu ernsthaften Konflikten kommen. Der Kommandant erkannte das sehr klar, aber er sah keine Möglichkeit, den kommenden Schwierigkeiten auszuweichen. In seinen Augen war Toschmol ein Fanatiker – sein Ziel war ihm wichtiger als die Sicherheit der rund zweitausendvierhundert Arkoniden an Bord der PROTALKH. Zenkoorten war durchaus bereit, bis zur Selbstaufopferung zu kämpfen, sofern es dafür einen vernünftigen Grund gab. Auch ihm lag viel am Erfolg der Mission. Aber das hieß noch lange nicht, dass er die Verantwortung für seine Besatzung in die Hände dieses Fanatikers legte.

Lenth Toschmol hatte eigentlich beabsichtigt, der Besprechung beizuwohnen. Aber die knappen, mit Fachausdrücken durchsetzten Kommentare der Offiziere langweilten ihn schon nach kurzer Zeit. So verließ er den Bereich beim Kartentank und schlenderte durch die Zentrale. Natürlich verfügte er über Raumerfahrung, und er stand nicht zum ersten Mal vor der Panoramagalerie und den Schaltpulten eines Großraumschiffs. Aber es faszinierte ihn immer weniger, diese Atmosphäre zu spüren. Varka hatte im Augenblick noch wenig zu tun. Dennoch wirkte er wachsam und verfolgte das Farbenspiel der Kontrolllampen und Monitoreinblendungen mit flinken Blicken. Vereinzelt erklangen Anweisungen und Klarmeldungen. Die Ortungsstationen waren voll besetzt. Eine junge Frau, die wegen ihrer außergewöhnlichen Schönheit Toschmols Aufmerksamkeit erregt hatte, diskutierte heftig mit dem alten Leiter der Astronomischen Abteilung. Wahrscheinlich drehte es sich um die rote Sonne, die nur auf der Karte verzeichnet war, sich aber nicht anmessen ließ.

Toschmol zuckte überrascht zusammen, als plötzlich eine Alarmsirene losheulte. Seltsam unbeteiligt beobachtete er Varka, der in rasender Eile Schalter und Hebel betätigte. Der Kommandant stürmte herbei. »Was ist los?«

»Suchen Sie sich einen Platz und schnallen Sie sich an!«, fauchte Zenkoorten und rannte weiter.

Suchend sah sich Toschmol um, entdeckte einen freien Kontursessel und ließ sich in die Polster sinken. Die Gurte schnappten zu, die Sirene verstummte.

»Kommandant an alle«, hallte im nächsten Augenblick Zenkoortens Stimme aus den Lautsprechern. »Alarmstufe eins! Alle Stationen doppelt besetzen. Die Freiwache übernimmt Reservepositionen.«

»Hier, ziehen Sie sich das an«, grollte eine tiefe Stimme neben Toschmol. Der Wissenschaftler starrte fassungslos auf den Raumanzug, den ihm ein bärtiges Individuum hinhielt. »Nun machen Sie schon!«

Toschmol wollte den Mann wegen seines unfreundlichen Tonfalls mit einigen bissigen Bemerkungen bedenken, da bemerkte er, dass auch alle anderen Besatzungsmitglieder im Wechsel mit der Zweitbesetzung der Instrumente die Schutzanzüge anlegten. Schweigend mühte er sich mit dem Kleidungsstück ab. Der Bärtige hatte sich unterdessen im Nachbarsessel niedergelassen. Toschmol schloss die letzten Dichtungsbahnen und setzte sich ebenfalls wieder. Noch waren überall die Falthelme geöffnet.

»Ich könnte mir denken, dass es Sie interessiert, was eigentlich passiert«, sagte Toschmols Nachbar beiläufig. »Nun, da kommt ein mittelprächtiger Hypersturm auf uns zu. Wenn wir Glück haben, erwischt uns das Biest nur mit einem Ausläufer, und wir werden kräftig durchgeschüttelt. Aber ich fürchte, es hat es auf uns abgesehen.«

»Wer?«

»Der Sturm.«

»Swann, wo sind Sie?«

Der Bärtige zupfte am Mikrofondraht. »Hinter Ihnen, Kommandant.«

»Wie sieht es aus?«

Erst jetzt bemerkte Toschmol, dass der Bärtige ein Handterminal bediente, über dem einige Holoprojektionen flirrten. Parallel dazu wurden die Daten in die Panoramagalerie eingeblendet. Zwischen der markierten Position der PROTALKH und dem markanten Doppelstern schwebte etwas, das wie ein rasend rotierender Trichter aussah. Auf der normaloptischen Darstellung war dagegen nichts zu erkennen.

»Kommt direkt auf uns zu«, sagte Swann. »Auswertung vervollständigt. Ziehen Sie unsere Kugel so schnell wie möglich zur Seite und leiten Sie eine Transition ein. Distanzempfehlung: nicht unter zehn Lichtjahren.«

Längst war Routine eingekehrt. Die Zentralebesatzung befand sich vollständig auf ihren Plätzen, jede Station war doppelt besetzt. Toschmol konnte sich des Eindrucks nicht erwehren, dass es Zenkoorten und seine Leute übertrieben. Die PROTALKH schwebte noch immer im freien Fall, die Panoramagalerie zeigte nichts Beunruhigendes. Es war das gewohnte Bild der Sterne. Wäre da nicht die Ortungseinblendung gewesen, hätte in dem Wissenschaftler der Verdacht gekeimt, Zenkoorten könne die ganze Geschichte nur inszeniert haben, um das nur drei Lichtjahre entfernte Doppelsonnensystem nicht anfliegen zu müssen. Aber ein leichter Ruck riss den Mann aus den Überlegungen. Quer über einen Teil der Panoramagalerie zuckte ein greller Blitz. Toschmol duckte sich unwillkürlich; der Bärtige neben ihm lachte trocken. »Das war ein winziger Ableger des Burschen, der da draußen auf uns lauert.«

Toschmol musterte erneut die Projektion von Swanns Handterminal und erschrak. Der Spiraltrichter war größer geworden, und von seinem Rand griffen nun lange Ausläufer ins All hinaus. »Sie reden von einem Naturereignis, als sei es ein lebendes Wesen.«

Er bemühte sich, die Furcht zu verbergen, die von ihm Besitz ergriff.

»Warum nicht? Sieht er nicht aus wie ein gefräßiges Ungeheuer?«

Toschmol kam nicht dazu, zu antworten. Erneut schüttelte sich das Schiff. Längst donnerten die Impulstriebwerke, ein Filigranmuster von Blitzen durchzog die energetische Schutzblase.

»Beschleunigung sinkt«, rief jemand.

»Warum springen wir nicht?«, fragte Toschmol nervös.

»Zu wenig Fahrt«, antwortete Swann nüchtern. »Sofern er uns noch einige Zentitontas Zeit lässt, gelingt es vielleicht.«

Obwohl es nun in dem großen Kuppelraum vor Geschäftigkeit summte, hatte Toschmol den unbehaglichen Eindruck einer sich ausbreitenden Lähmung. Alle Augen hingen an den Einblendungen der Panoramagalerie. Zahlenkolonnen wechselten.

»Die Zahlen links kennzeichnen die Eigengeschwindigkeit und die Position, die wir erreichen müssen, um eine Nottransition durchführen zu können. Rechts davon können Sie als Differenzwerte ablesen, was noch nötig ist. Bei null erfolgt die Transition.« Toschmol verstand zu wenig von der Raumfahrt, um die Bedeutung der Zahlen voll zu durchschauen. Aber eins erkannte er sehr deutlich: Die Differenzwerte schrumpften anfangs, doch dann wuchsen sie wieder an. »Oh, verdammt! Jetzt hat er uns! Kommandant!«

»Nichts zu machen. Die Felder sind zu stark. Wo ist das Zentrum?«

Der Bärtige drückte einige Tasten. »Hat sich hinter den Doppelstern verlagert. Der Gesamtdurchmesser ist aber deutlich gewachsen, und die Ausläufer ... Ich fürchte, wir können ihn nicht abreiten. Versuchen Sie wenigstens, an die Randzone des Arms zu kommen, ehe er uns voll erwischt.«

Zwei Männer und eine Frau assistierten dem Piloten, während Zenkoorten wachsam alle Vorgänge verfolgte und laufend Befehle ins Mikrofon murmelte, die den verschiedenen Stationen der PROTALKH galten. Für den Wissenschaftler hatte die Situation etwas Unwirkliches. An verschiedenen Anzeichen erkannte er, dass alle Anwesenden unter starker Belastung standen. Dennoch gab es keine direkt sichtbare oder greifbare Gefahr.

»Sektor Rot-Drei«, sagte Swann.

»Energiezentrale!«, rief Zenkoorten. »Alles auf die Schirme!«

Die helle Beleuchtung in der Zentrale wich dem schwachen Rotlicht der Notlampen. Bildschirme und Monitoren flackerten. In der Panoramaprojektion sah Toschmol das grelle Aufflammen der Entladungen, mit denen die Schutzschirme auf die draußen tobenden Hyperkräfte reagierten.

»Ortung?«

»Wir stecken mittendrin.«

»Swann?«

Der Bärtige tippte zwei Tasten, die kleine Projektion veränderte sich. »Der Arm hat sich abrupt verlagert. Er folgt uns! Möglicher-weise bilden die Schutzschirme einen anziehenden Gegenpol! Gleichzeitig dehnt sich der Wirbel weiter aus – in zwei Zentitontas dürfte uns der Rand erreichen. Das ist die letzte Chance für eine Transition.«

»Koppeln Sie an die Sprungautomatik!«, befahl Zenkoorten. »Wir springen, sobald die Mindestgeschwindigkeit erreicht ist.«

Die PROTALKH rüttelte heftig, das Dröhnen der Impulstriebwerke wurde lauter. Auf dem Bodenbelag rutschten Gegenstände hin und her, die von den Ablagen an den Pulten gefallen waren. Die Schiffshülle der Kugel begann immer heftiger zu schwingen, während das Energiegewitter außerhalb der Schutzschirme so stark wurde, dass Toschmol nur noch Flammen und Schlieren sah. Die Sterne waren verschwunden. Rings um die PROTALKH gab es nur noch ein von starken Turbulenzen durchzogenes Wabern. Dennoch war die anfängliche Furcht des Wissenschaftlers verschwunden. Ein eigenartiges Gefühl des Unbeteiligtseins breitete sich in ihm aus.

»Jetzt!«, rief Swann. Obwohl der Mann leise sprach, klang es in Toschmols Ohren wie ein Schrei. Er zuckte zusammen. Im selben Augenblick machte das Schiff scheinbar eine Reihe von ruckhaften Sprüngen. Er hörte ein infernalisches Kreischen und Krachen, dann traf etwas hart seinen Schädel.

Zenkoorten beneidete alle, die bewusstlos waren. Sie erlebten die Lakhros nicht, und sollten sie sterben, merkten sie nichts davon. Die Transition war nicht geglückt: Im selben Augenblick, in dem das Strukturfeld aufgebaut wurde, rissen die Schutzschirme an einer Stelle auf.

Der Strahleneinbruch reichte aus, um die Schiffswandung zu durchdringen. Die starken Magnetfelder, die den Hypersturm begleiteten, zerbeulten die beiden obersten Hauptdecks der PROTALKH und verwandelten die dortigen Räume in ein Gewirr von ineinander verkeilten Gegenständen. Nur der Verschlusszustand verhinderte das Entweichen der Atemluft. Aber Kommandant Zenkoorten gab sich keinen Illusionen hin. Obwohl die Strahlung nur kurz hereingeflutet war, musste es im oberen Teil des Schiffs zahlreiche Todesfälle gegeben haben – von den übrigen Auswirkungen ganz zu schweigen.

Swann hatte seinen Platz in dem Augenblick verlassen, als klar wurde, dass diesem Hypersturm nicht auf dem bequemen Weg der Transition zu entkommen war. Varka und der Bärtige bildeten ein Team, das in der Gefahr hervorragend zusammenarbeitete. Die hyperenergetischen Felder, in denen die PROTALKH gefangen war, hatten mit der achthundert Meter durchmessenden Riesenkugel des Schlachtschiffs keine Mühe. Sie warfen das Schiff herum, als spielten sie mit einem Ball. Noch immer befanden sie sich in den turbulenten Außenzonen des Wirbels. Weiter drinnen herrschte allem Anschein nach eine einheitliche Drehung. Dort konnte versucht werden, was die Arkoniden als »Abreiten« umschrieben: sich mit der Rotationsströmung bewegen, statt gegen sie anzukämpfen. Swann, dem der Schweiß auf der Stirn stand, drehte kurz den Kopf und sah Zenkoorten an. »Noch eine Zentitonta, dann haben wir ihn.«

Der Kommandant hatte keine Zeit, sich mit dem Versprechen zu beschäftigen. Die Kontrollen vor ihm zeigten nicht einen einzigen Wert, der als normal hätte bezeichnet werden können. Zenkoorten stellte mit unnatürlicher Ruhe fest, dass sein Schiff schon jetzt einem fliegenden Wrack glich. Zwar konnte es sich noch fortbewegen, aber es war in seiner Manövrierfähigkeit so beschränkt, dass selbst eine einfache Landung zu einem Sicherheitsrisiko wurde. Dass sich die PROTALKH dennoch innerhalb der Hyperfelder bewegte, war inzwischen weniger auf die Wirkung der Triebwerke zurückzuführen, sondern mehr auf die Geschicklichkeit, mit der Varka und Swann die äußeren Einflüsse nutzten.

Längst war die Geräuschkulisse so laut geworden, dass Zenkoorten auf die Kopfhörer angewiesen war. Die allgemeine Aufladung auch innerhalb der Schiffshülle war so stark, das auf kabelgebundene Verständigung umgeschaltet wurde. Der Kommandant konnte kaum noch feststellen, welche Abteilung der PROTALKH dem Wüten der Naturkräfte zum Opfer fiel. Er hörte ein Gewirr von Alarmmeldungen und

Hilferufen, und er bemühte sich, koordinierend in das Geschehen einzugreifen. Ein urweltliches Brüllen ließ ihn kurz aufblicken.

»Verdammt!«, knurrte Swann.

Die PROTALKH bockte wie ein verwundetes Tier, als sich erneut eine Lücke im Schutzschirm bildete. Die Triebwerke feuerten plötzlich unkontrolliert. Die Blase, die den eigentlichen Schiffskörper von dem Inferno trennte, flackerte mehrfach, als wertvolle Energie sinnlos verschwendet wurde. Brach der Schirm zusammen, war es endgültig aus. Schneller als die anderen erkannte Swann mit untrüglichem Instinkt den Ursprung der Gefahr. »Die KSOL dreht durch!«, brüllte er ins Mikrofon. »Alle Verbindungen zu den Triebwerken kappen. Macht schon, sonst ...« Lampen flackerte, dann erneut Swanns Stimme: »Schutzschirm verkleinern! So nahe ran wie möglich. Achtet auf die Neutralisatoren und Inerter. Alle, die nichts zu tun haben, auf die die Konturlager.«

Der Bärtige beherrschte jetzt die Szene. Sogar Zenkoorten unterstellte sich seinen Anweisungen – immerhin war Swann ein Spezialist für Hyperstürme. Er hatte mehr Katastrophen dieser Art erlebt als sonst ein anderer Raumfahrer an Bord.

Die PROTALKH war nun völlig den hyperenergetischen Strömungen überlassen, die sie mit sich rissen. Es war ein riskantes Spiel. Die Blase des Schutzschirms lag so eng um den Schiffskörper, dass die Innenseite fast den Ringwulst berührte und es kaum Spielraum gab. Durchdrang jetzt Strahlung die Hülle, müsste die geballte Energie voll in die PROTALKH durchschlagen – anderseits verstärkten Volumen- und Oberflächenverringerung die Felddichte. Gleichzeitig gab das Schiff jeder Bewegung nach, die ihm von außen aufgezwungen wurde. Der Raumer schlingerte, ruckte und hüpfte förmlich auf und ab. Ohne die Andruckneutralisatoren wären alle lebenden Wesen an Bord längst zerquetscht worden. Die Mannschaft verlor die Kontrolle über die Funktionen. Messgeräte lieferten unter diesen Bedingungen Werte, die mit der Wirklichkeit nichts mehr zu tun hatten – sofern sich nicht die Wirklichkeit an sich unter den tobenden Hypergewalten veränderte und sogar Uhren zu unzuverlässigen Instrumenten machte.

Niemand wusste deshalb, wie lange die PROTALKH diesen Tanz der Sternendämonen mitmachte. In den Kabinen und Kontrollständen starrten von Todesangst erfüllte Arkoniden die Wände an. Ab und zu schlug ein Bruchteil erhöhter Schwerkraft durch, ehe die Synchronisation der Neutralisatoren griff. Ganze Hallen sackten in sich zusammen, das Schiff ächzte und stöhnte, als sei es ein lebendes Wesen.

Zenkoorten und alle anderen, die noch bei Bewusstsein waren, hörten diese Signale des Untergangs, aber sie waren unfähig, etwas dagegen zu unternehmen.

Und plötzlich herrschte Ruhe ...

Lenth Toschmol hörte Stimmen und bewegte sich unruhig. Er schwankte am Rand der Bewusstlosigkeit. Etwas Kaltes berührte seinen Oberarm, dann spürte er den Stich, und von dem schmerzenden Punkt strahlte Wärme aus. Flüssiges Feuer ergoss sich in seinen Körper. Muskeln zuckten unkontrolliert, die Glut erreichte das Gehirn, und der Mund öffnete sich zu einem lauten Stöhnen. Als sei mit dem Schmerzenslaut eine unsichtbare Tür aufgestoßen worden, wurden die Stimmen ringsum deutlicher, die Wörter bekamen Sinn.

»... steht fest, dass ein Weiterflug unmöglich ist.«

»Aber ... Landung ...«

Der Rest versank in knisternden und knackenden Geräuschen, die Toschmol nicht identifizieren konnte. Unendlich langsam zwang er die Lider auseinander. Der Anblick, der sich ihm bot, ließ den letzten Rest von Benommenheit verschwinden.

»Zenkoorten«, ächzte er und richtete sich hastig auf. Wieder spürte er diesen kalten Widerstand am linken Oberarm. Er drehte den Kopf und entdeckte einen Medorobot. Die Maschine bemühte sich, Toschmol sanft auf die weiche Unterlage zurückzudrücken. »Lass mich in Ruhe!«

Die Zentrale sah aus, als hätte eine Schlacht getobt. Zahlreiche Bildschirme waren zerstört, einige kleine Brandherde schickten stinkenden Rauch in die ohnehin schlechte Luft – Löschautomaten versprühten Schaum, der das Chaos nur noch größer erscheinen ließ. Überall hingen verletzte und bewusstlose Arkoniden in den Sesselgurten. Der Medoroboter, der sich eben noch um Toschmol gekümmert hatte, eilte sofort weiter, als er feststellte, dass sein Patient keine weitere Hilfe benötigte.

Etliche Meter entfernt drängte sich eine Gruppe Männer vor einem noch funktionierenden Abschnitt der Panoramagalerie. Toschmol eilte hinüber, schob zwei Raumfahrer zur Seite und hielt den Atem an. Sie befanden sich zweifellos in einem Sonnensystem; das Gestirn glomm in einem drohenden, düsteren Rot. *Die rote Zwergsonne!*

Toschmol hatte von dem rasenden Flug durch den Hypersturm zu wenig mitbekommen, um zu erkennen, wie unsinnig seine Schlussfolgerung eigentlich sein musste. Das Schiff konnte überall und nirgends aus dem tödlichen Strudel geschleudert worden sein und dabei transitionsgleich Lichtjahre überwunden haben. Die Wahrscheinlichkeit, ausgerechnet den Rand des gesuchten Systems zu treffen, war ausgesprochen gering. Dennoch war der Wissenschaftler fest davon überzeugt, dass er sein Ziel erreicht hatte. So und nicht anders musste seiner Meinung nach jene Sonne aussehen, unter der der unheimliche Klinsanthor weilte.

»Wir haben es geschafft!«, behauptete Toschmol und wandte sich an Zenkoorten, der zwei Meter neben ihm stand. Der Kommandant wirkte jetzt keineswegs mehr so penibel ordentlich. Teile seines Schutzanzugs waren versengt, das Gesicht war von Ruß bedeckt und zeigte einige blutige Risse. Zenkoorten starrte Toschmol an, als müsse er sich erst mühsam erinnern, was der Wissenschaftler andeuten wollte. Dann lachte er humorlos.

»Sie ahnungsloser Narr! Wir sind am Ende, und Sie werden bald merken, warum. Wir sitzen in einem fliegenden Sarg, Mann, der jeden Moment endgültig auseinanderbrechen kann!«

»Wir leben noch.«

»Noch!«, bestätigte der Kommandant bitter. Dann wandte er sich abrupt ab. »Was ist mit den Beibooten?«

»Drei haben es überstanden«, sagte ein junger Offizier.

»Nur rund achthundert registrierte Überlebende. Und hoffentlich kommen noch möglichst viele hinzu, die sich bis jetzt nicht melden konnten, weil sie von den Verbindungen abgeschnitten sind. Wird eng werden.«

»Kommandant«, sagte ein anderer Orbton.

»Was gibt es?«

»Wir könnten eins der Beiboote bemannen und ausschicken, damit es Hilfe holt. Es handelt sich bei der VALKARON um einen Ultraleichtkreuzer mit ausreichender Reichweite.«

»Bemerkenswerte Idee, Grarogg.« Zenkoorten seufzte. »Swann, sagen Sie es ihm.«

»Wir sitzen in der Falle, mein Lieber. Der Hypersturm hat das System eingeschlossen!«

»Dann sind wir verloren ...«

»Nicht so schnell.« Swann lächelte freundlich. »Hier ist alles ruhig, es wurden zwei Planeten geortet – sie teilen sich offenbar eine gemeinsame Umlaufbahn! Im Zweifelsfall müssen wir die Überlebenden schubweise dorthin bringen, zu jener Welt, die die geeignetste ist. Irgendwann wird der Hypersturm nachlassen, dann können wir uns um Hilfe von außen kümmern.«

»Reißt euch also zusammen!«, befahl der Kommandant. »Das Schlimmste haben wir überstanden. Wir schaffen auch den Rest. Denkt an die übrige Mannschaft. Wenn ihr bereits die Nerven verliert, wie sollen sie dann ruhig bleiben?«

»Ich übernehme die Erkundung«, meldete sich Swann ins Schweigen hinein.

Zenkoorten nickte ihm zu. »Nehmen Sie sich zuerst die vermeintliche Paradieswelt vor. Und gehen Sie kein unnötiges Risiko ein.«

Swann stapfte schwerfällig davon, gefolgt von zwei Männern, die sich stillschweigend dem Bärtigen anschlossen. Toschmol hielt den Zeitpunkt für gekommen, seine Ansprüche anzumelden. »Wir müssen sofort mit der Erforschung des Systems beginnen. Die Skärgoth ...«

»Halten Sie den Mund, Mann!«, fuhr ihm Zenkoorten dazwischen. »In etwa einer Tonta habe ich Zeit für Sie. Bis dahin stehen Sie niemandem im Weg.«

Gedemütigt schlich der Wissenschaftler davon. Das Hauptschott schloss sich hinter ihm; er sah sich im Ringkorridor um und hatte plötzlich eine Idee. Da der Kommandant seine Fragen nicht beantworten wollte, musste er sich eben einen anderen Informanten beschaffen. Die Spuren der allgemeinen Zerstörung waren selbst hier, im innersten Kern der PROTALKH, unübersehbar. Ein Teil der Leuchtplatten war ausgefallen, andere flackerten unstet und würden bald ebenfalls ihren Dienst aufgeben. Toschmol kam an einem Lüftungsgitter vorbei, aus dem statt Frischluft erstickender Qualm drang. Ihm wurde klar, dass Zenkoorten nicht ganz im Unrecht war, weil er der Suche nach Klinsanthor keine Priorität einräumte. Dennoch ging er weiter.

»Was suchen Sie hier?«

Er fuhr herum und erkannte verblüfft die Frau, die ihm kurz vor der Katastrophe aufgefallen war.

»Ist die Astronomische Abteilung besetzt?«

Sie zögerte, dann winkte sie ab. »Kommen Sie mit.« Er folgte ihr bis zu einem halb offenen Schott, hinter dem das Gemurmel zahlreicher Stimmen hervordrang. »Unser Gast möchte sich bei uns umsehen.«

Der Wissenschaftler ignorierte den Spott der Frau und streifte mit einem kurzem Blick die Frauen und Männer, die sich um eine Projektion versammelt hatten. »Was ist das?«

»Sieht man doch«, konterte seine hübsche Begleiterin spitz. »Ein planetengroßer Schlackehaufen. Sind Sie hergekommen, um zu erfahren, dass man einen solchen Körper noch nie zuvor gefunden hat?«

Toschmol drehte sich und betrachtete die Frau kühl. »Wer sind Sie?«

»Vrenaja Zortain.« Ihre Verbeugung war purer Spott. »Erster Stellvertretender Astronom an Bord dieses Schrotthaufens, der in den unerreichbar fernen Registern Arkons unter dem Namen PROTALKH geführt wird.«

»Handelt es sich bei dem Schlackehaufen um einen der beiden Planeten des Systems?«

Zortain lächelte verächtlich. »Natürlich. Was dachten Sie? Und das dort ist der zweite Begleiter dieser herrlich düsteren Sonne.«

Toschmol starrte ausdruckslos in die Projektion. Planet Nummer zwei war der totale Kontrast zu dem ersten. Eine wahrhaft paradiesische Welt – jedenfalls sah es auf die Entfernung so aus. Mehrere kleine Kontinente und zahlreiche Inseln sprenkelten die ausgedehnten Wasserflächen. Obwohl weiße Wolken einen Teil der Oberfläche verhüllten, ließ sich eine abwechslungsreiche Landschaft erkennen. Weiß glitzernde Bereiche wiesen auf verschneite Gebirgsketten hin, blaugrüne Flächen zeigten an, dass es eine reich entwickelte Pflanzenwelt gab.

»Bruder und Schwester«, sagte Zortain beinahe traurig. »Sie umkreisen ihre Sonne im gleichen Abstand auf einer gemeinsamen Bahn auf gegenüberliegender Position. Beide erhalten das identische Quantum an Licht und Wärme, beide stimmen in Masse und Größe überein – doch der eine ist schwarz und verbrannt und der andere strahlend schön und voller Leben.«

Die Worte hinterließen eine merkwürdige Wirkung. Bruder und Schwester – Toschmol fand den Vergleich unpassend. Er dachte eher an Gut und Böse. Faktoren, die sonst gemeinsam das Bild eines Planeten prägten, hatten sich hier strikt voneinander getrennt. Planet zwei schien alles Hässliche und Schlechte auf seinen kosmischen Begleiter abgeschoben zu haben, während dieser im Gegenzug alles Schöne, Helle und Gute dem Gegenüber verlieh. Konnte eine solche Trennung zufällig passieren? Oder hatten hier geheimnisvolle Kräfte eingegriffen und einen Zustand geschaffen, der in der Natur unmöglich war? Toschmol dachte an die Synchronwelten Arkons – *Tiga Ranton* vereinte drei Welten auf gemeinsamer Umlaufbahn, angeblich ein Geschenk der Sternengötter. Nur wenige wussten, dass dieses System vor langer Zeit im Auftrag eines Imperators künstlich geschaffen wurde. War auch das hiesige Doppelweltsystem künstlicher Natur?

»Ein Beiboot soll die beiden Planeten erkunden«, sagte Toschmol noch langsamer als sonst. »Kennt der Kommandant diese Aufnahmen und Daten?«

»Ja. Aber sie sagen noch nicht viel aus. Selbst die Lufthülle der einladend aussehenden Welt könnte giftige Beimischungen aufweisen, die wir aus dieser Distanz nicht feststellen können. Unser Schiff ist in einem derart schlechten Zustand, dass wir mit unzureichenden Daten arbeiten müssen. Sollte die PROTALKH landen, wird es für immer sein ...«

Toschmol nickte, dann sah er die anderen Astronomen an.

»Baskor ist tot«, beantwortete Vrenaja Zortain seine stumme Frage. Sollte sie erwartet haben, dass Toschmol auf irgendeine Weise reagieren würde, hatte sie sich getäuscht.

»Der verbrannte Planet ist ein interessantes Untersuchungsobjekt«, murmelte er. »Wollen Sie ihn nicht erforschen?«

»Wir würden ihn uns sehr gern aus der Nähe ansehen«, stimmte die junge Frau zu. »Aber daran ist in unserer derzeitigen Situation nicht zu denken. Später vielleicht.«

Toschmol war enttäuscht, schien den Ernst der Lage noch gar nicht begriffen zu haben. »Es gibt doch noch mehr Beiboote«, versuchte er die Frau umzustimmen. Diese grausig entstellte Welt faszinierte ihn. Ein sicheres Gefühl sagte dem Wissenschaftler, dass er ganz dicht vor dem Ziel war. Befand sich die PROTALKH erst auf der anderen Welt, würde er es schwer haben, jemanden für einen Abstecher zu dem schwarzen Planeten zu gewinnen. Zenkoorten würde sich selbstverständlich weigern, auf dem Schlackehaufen zu landen – selbst wenn sich herausstellen sollte, dass der Rest der Besatzung auch dort überleben konnte. Gelang es Toschmol aber, die Astronomen zu überzeugen, hatte er vielleicht eine Chance. Doch Vrenaja Zortain machte diese Hoffnung zunichte.

»Wir werden keins der Beiboote einer überflüssigen Gefahr aussetzen«, stellte sie energisch klar. »Sie sind vielleicht unsere einzige Rettung. Und jetzt entschuldigen Sie mich bitte – wir haben noch viel Arbeit vor uns.«

Als Lenth Toschmol wieder zur Zentrale ging, überkam ihn zum ersten Mal seit langer Zeit wieder jenes Gefühl, von dem er geglaubt hatte, es für immer überwunden zu haben. Er war einsam. Selbst wenn er sich in der Gesellschaft vieler anderer Arkoniden befand, blieb er allein. Es war, als stünde eine Schranke zwischen ihm und den anderen, und diese unsichtbare Trennwand ließ sich durch nichts überwinden.

Auch hier, auf der PROTALKH, umgab ihn diese Einsamkeit. Es gab nur ein Mittel, sie zu vergessen: Er musste erfolgreicher, tüchtiger und besser sein als die anderen. Dann waren sie gezwungen, zu ihm aufzusehen, und suchten seine Nähe. Noch galt er an Bord wenig. Zenkoorten hielt ihn für einen verbohrten Fanatiker, und die anderen verachteten ihn mehr oder weniger. Sie zeigten es nicht offen, weil sie ihm misstrauten oder gar Angst hatten, aber jetzt, da es für sie feststand, dass die Mission der PROTALKH gescheitert war, verloren sie alle Furcht und den Respekt. Sie würden bald umdenken müssen. Auch Toschmol kannte ein paar wirkungsvolle psychologische Tricks.

An Bord der PROTALKH: 7. Prago des Tedar 10.499 da Ark

Das Schiff bewegte sich fünfzehn Tontas später im freien Fall und mit geringer Geschwindigkeit durch das seltsame System. Alle Kräfte an Bord konzentrierten sich darauf, die gröbsten Schäden wenigstens so weit zu beheben, dass eine Landung durchgeführt werden konnte. Der Einzige, der sich nicht an den Arbeiten beteiligte, war Toschmol. Wie ein unruhiger Geist strich er durch das Schiff. Er versuchte, mit Besatzungsmitgliedern ins Gespräch zu kommen, und wurde – da er meistens nur im Weg stand und störte – mit für ihn enttäuschender Regelmäßigkeit abgewiesen.

Er wusste, dass Swann von seinem Erkundungsflug bald zurückerwartet wurde, und ging rechtzeitig zur Zentrale. Zenkoorten sah ihn kommen und wunderte sich, dass Toschmol nicht versuchte, den Kommandanten mit seinen Hirngespinsten zu belästigen. Zenkoorten war froh darüber, denn er hatte genügend zu tun. Mehrere Impulstriebwerke waren beschädigt, die Antigravprojektoren, die bei der zu erwartenden Notlandung die wichtigste Rolle spielten, arbeiteten unregelmäßig. Hinzu kam die allgemeine Situation. Aufräumungskommandos wurden ausgeschickt, Bergungstrupps holten Tote aus den zerstörten Schiffsteilen, und vor allem galt es, einen Überblick zu bekommen, was von den Vorräten an Atemluft, Nahrung und Wasser noch brauchbar war. Alles, was später zum Überleben wichtig war, musste besonders gegen die Zerstörung abgesichert werden.

Endlich meldete sich Swann aus der VALKARON zurück. Zenkoorten atmete auf. Während das Beiboot unterwegs war, hatte es keine Funkverbindung zu dem Erkundungskommando gegeben. Die Verhältnisse in diesem System waren verwirrend und rätselhaft genug, und als aus den Empfängern nur ein unverständliches Krächzen und Krachen drang, hatte der Kommandant bereits das Schlimmste befürchtet. Auch die hyperschnellen Ortungsgeräte versagten. Zwar lieferte die Astronomische Abteilung gute Aufnahmen der beiden Planeten, aber selbst bei den einfachen Entfernungsbestimmungen gab es wiederholt widersprüchliche Ergebnisse. Das Beiboot schließlich hatte sich überhaupt nicht erfassen lassen. Der Kommandant überließ seinen Platz dem Ersten Offizier, rief die wichtigsten Orbtonen zusammen und bat Swann in den Konferenzraum.

»Darf ich an der Besprechung teilnehmen?«, fragte Toschmol mit einer Bescheidenheit, die Zenkoorten misstrauisch machte. Aber er hatte keinen Vorwand, der es ihm erlaubte, den Wissenschaftler zurückzuweisen.

»Der Planet weist außerordentlich günstige Verhältnisse auf«, kam der Bärtige ohne Umschweife zum Thema. »Die mittlere Temperatur ist etwas geringer, als wir es von der Kristallwelt gewohnt sind, aber sollten wir am Äquator landen, kommen wir auch dort ins Schwitzen. Die Luft ist atembar, gefährliche Gase oder Kleinstlebewesen ließen sich nicht feststellen. Die Gravitation liegt etwas unter dem Standardwert, was unsere Reparaturarbeiten erleichtern dürfte. Die Eigenrotation des Planeten beträgt etwa sechzehn Tontas. Die von den Sonden eingebrachten Boden-, Wasser- und Pflanzenproben befinden sich noch im Labor, aber eine Voruntersuchung ergab, dass wir trinkbares Wasser und mit großer Wahrscheinlichkeit auch genießbare Pflanzen vorfinden werden. Es gibt zahlreiche Plätze, die für eine Landung geeignet sind.«

»Wir werden uns die Karten gemeinsam ansehen.« Zenkoorten nickte. »Gibt es Anzeichen für eine Besiedlung?«

Swann kratzte sich nachdenklich den Bart. »Nicht direkt. Aber zweifellos wurde der Planet schon von Intelligenzwesen besucht. Es gibt an vielen Stellen metallische Türme. Diese nadelförmigen Bauwerke oder was immer es sein mag, sind durchschnittlich hundert Meter dick und nahezu zwei Kilometer hoch. Welchem Zweck sie dienten oder noch dienen, ließ sich nicht feststellen.«

»Wir werden es herausfinden«, versprach Zenkoorten. »Auf jeden Fall müssen wir beim Anflug darauf achten, dass wir nicht genau auf einem solchen Ding landen.«

»Haben Sie auch den dunklen Planeten erkundet?«, fragte Toschmol.

Swann sah ihn erstaunt an, dann nickte er. »Natürlich. Es gibt dort nichts, was weitere Beachtung verdient.«

»Da bin ich anderer Meinung.«

Zenkoorten sah ihn unwillig an und machte eine Handbewegung, als wolle er den Wissenschaftler daran hindern, weiterzureden. Aber Toschmol kümmerte sich nicht darum.

»Was haben Sie gesehen?«

»Nicht mehr als das, was auch auf den Fernaufnahmen zu erkennen ist. Der Planet ist steril. Die gesamte Oberfläche sieht aus, als sei sie zerschmolzen und verbrannt. Eine einzige gewaltige Schlackewüste.«

»Wurden Impulse aufgefangen? Funksignale oder etwas Ähnliches?«

»Nein. Wer sollte wohl auch auf diesem toten Klumpen herumlaufen?«

»Jenes Wesen, das wir suchen, läuft nicht herum«, sagte Toschmol ärgerlich. »Es schläft. Und ich bin sicher, dass sich Klinsanthor auf dem dunklen Planeten befindet.« Zenkoorten kniff die Augen zusammen. »Sie hören richtig, meine Herren! Wir haben die Skärgoth gefunden! Die Gruft des Magnortöters befindet sich auf dem dunklen Planeten. Dort können wir unseren Auftrag erfüllen.«

»Sie sind verrückt!« Zenkoorten erholte sich nur langsam von der Überraschung.

»Schicken Sie ein Beiboot aus«, empfahl Toschmol hochmütig. »Sie werden sehen, dass ich recht habe.«

»Auf solche Spielchen können wir uns nicht einlassen. Haben Sie immer noch nicht begriffen? Wir haben keine Chance, mit der PRO-TALKH dieses System zu verlassen. Das Schiff ist zu stark beschädigt, als dass wir im All auf Hilfe warten könnten, die ohnehin nicht von allein kommen wird. Es gibt nur eine Möglichkeit: Wir müssen landen und abwarten, bis der Hypersturm abgeklungen oder weitergewandert ist. Erst dann können wir ein Beiboot ausschicken, um Hilfe zu holen. Es ist durchaus möglich, dass ein oder zwei der kleinen Schiffe verloren gehen. Das Risiko, uns durch eine Expedition zu diesem toten Planeten in eine noch schwierigere Lage zu bringen, ist zu hoch.«

Toschmol spielte seinen letzten Trumpf aus. »Sobald wir Klinsanthor gefunden haben, sind wir gerettet. Dieses Wesen wird uns helfen; es wird vom Imperator persönlich gerufen. Ihm wird es keine Mühe bereiten, den Hypersturm zu durchdringen.«

Zenkoorten betrachtete den Wissenschaftler, als habe er ein gefährliches Insekt vor sich. »Und wegen dieser fixen Idee wollen Sie uns alle in Gefahr bringen? Wie kommen Sie überhaupt zu der Annahme, er müsse sich in diesem System aufhalten?« Toschmol setzte zu einer Antwort an, aber der Kommandant ließ ihn gar nicht zu Wort kommen. »Ich diskutiere mit Ihnen über diesen Punkt nicht weiter. Sicherheit und Überleben gehen vor! Später, wenn wir in der Lage sein sollten, uns über unseren Auftrag Gedanken zu machen, können wir uns darüber unterhalten.«

»Ich werde dem Imperator berichten, wie ernst Sie Ihre Befehle nehmen«, stieß Toschmol hasserfüllt hervor.

»Das steht Ihnen frei.« Zenkoorten nickte spöttisch. »Aber um diesen Vorsatz umzusetzen, müssen Sie nicht nur am Leben bleiben, sondern auch dieses System wieder verlassen. Und es ist meine Aufgabe, dafür zu sorgen.«

Später, als der Kommandant und Swann über den Aufnahmen und Karten der Planetenoberfläche brüteten, sagte der Bärtige plötzlich: »Vielleicht hat er doch recht?« Zenkoorten wusste im ersten Moment gar nicht, wer gemeint war. »Toschmol.«

»Fangen Sie jetzt auch noch damit an?«

»Irgendetwas stimmt hier nicht, das ist eine Tatsache«, murmelte Swann besorgt. »Das heißt, eigentlich hat es schon früher begonnen! Dieser Hypersturm ... Wir haben ihn erst geortet, als wir beinahe schon mittendrin waren. Für ein erfolgreiches Ausweichmanöver blieb keine Zeit ...«

»Und was leiten Sie daraus ab?«

»Haben Sie schon einmal einen solchen Sturm erlebt? Ich nicht! Das Biest tauchte aus dem Nichts auf, ohne Vorwarnung. Strahlenausbrüche dieser Art entwickeln sich, und in dieser Zeit lassen sie sich anmessen. Aber das haben wir nicht! Und dann, als er uns gepackt hat, lässt er uns plötzlich fallen. Ausgerechnet hier in diesem rätselhaften System. Mir kommt es so vor, als hätte uns eine fremde Macht gezielt hierher transportiert!«

»Reden Sie keinen Unsinn!«, sagte Zenkoorten energisch. »Hyperstürme sind Naturkräfte. Es gibt niemanden, der sie künstlich erzeugen und auch noch gezielt lenken kann. Helfen Sie mir lieber, einen guten Landeplatz auszusuchen.«

Swann nickte. Aber obwohl er über seinen Verdacht nicht mehr sprach, ging ihm der beunruhigende Gedanke nicht mehr aus dem Kopf. Es war sich sicher, dass er recht hatte. Jemand – oder etwas – hatte sie mit Absicht in genau dieses System befördert, und diesem Jemand oder Etwas standen Mittel zur Verfügung, die die arkonidische Technik bei Weitem übertraf. Klinsanthor?

Unwillkürlich dachte er an jenen uralten Text, den Toschmol wiederholt zitiert hatte: ... *Klinsanthor in seiner unfassbaren, unschaubaren Gestalt warf seinen Schatten über die, die im Unrecht waren, und sie wichen angstvoll zurück. Die Vernichtung folgte ihnen und trieb sie vor sich her, und Klinsanthors Schlachtruf klang schauerlich zwischen den Sonnen und brachte die Kristallobelisken von Arbaraith zum Klingen ...*

4.

Nos'ianta Frayn Porthor erreichte sein Quartier. Es bestand wie alle Unterkünfte auf Falgrohst aus zwei Wohnräumen. Der Mann schloss hinter sich ab, goss sich ein Glas voll Alkohol, lehnte sich an die Wand und trank langsam. Er dachte nach, hatte einen schweren Entschluss zu fassen.

Bringt mir seinen Kopf!, *hatte Imperator Orbanaschol befohlen. Frayn hatte den jungen »Zerkon« erkannt. Er war sich sicher, dass es sich bei ihm um den gesuchten Sohn des psychisch ruinierten Eximperators handelte.* Es ist Atlan! *Selten in seinem Leben war sich der Mondträger einer Feststellung so sicher gewesen. Orbanaschols Befehl bezog sich zwar auf einen »Hochstapler«, denn ein echter Kristallprinz hätte seine Position gefährdet, aber durch das Auftreten von Fartuloon, Imperatrix Yagthara sowie von Gonozal VII. in diesem Zustand gab es für den Orbton keinen Zweifel mehr, dass auch Atlan echt sein musste. Der Mann war der rechtmäßige Kristallprinz. Und nun gab es für Frayn eine Reihe ineinandergreifender Probleme. Er versuchte, für sich leidenschaftslos den Fall zu klären. Wie sollte er sich verhalten?*

Er hatte nicht das Geringste gegen Atlan. Der junge Mann war ihm sympathisch, er konnte verstehen, dass er gegen Orbanaschol rebellierte. Auch er, Frayn Porthor, fand schon seit einiger Zeit, dass das Tai Ark'Tussan einen weitaus würdigeren Herrscher haben sollte als Orbanaschol. Aber Orbanaschol saß auf dem Kristallthron, kontrollierte die Hebel der Macht. Er war da, war die Realität. Er suchte mit aller Kraft denjenigen, der ihm mit Recht den Thron streitig machen konnte.

So weit, so gut, *dachte Frayn. Jetzt begann die Angelegenheit für ihn wichtig zu werden. Er hatte eine große Chance in die Hand bekommen. Innerhalb weniger Pragos würde seine Karriere steil aufwärtsführen, sollte er Atlan ausliefern – und mit ihm gleich die anderen ebenfalls, denn auch ein psychisch kranker Eximperator war für Orbanaschol eine Gefahr, brach doch durch sein Auftauchen die Legende vom angeblichen Jagdunfall in sich zusammen. Und damit auch Orbanaschols Anspruch auf den Kristallthron, während sich Atlans Legitimität weiter erhöhte. Sollte er Atlan und die anderen ausliefern? Sollte er den jungen Mann, dessen Mutter und Gonozal VII. verraten? Die Alternative war,* sich den Rebellen anzuschließen und abzuwarten, bis Atlan seinen Onkel gestürzt hatte. Auch dann war Frayns Karriere gesichert, sofern er sich nicht besonders dämlich anstellte. Dieser Weg aber konnte lang und beschwerlich sein, das Ergebnis war keineswegs sicher, und er war auf keinen Fall angenehm.

»Die Macht, Frayn«, sagte er leise, »korrumpiert! Selbst der winzige Ausschnitt der Macht, den du jetzt in den Fingern hältst. Was tun?«

Im Augenblick war er noch völlig unentschlossen. Würde er Atlan hassen, hätte er es leichter. Aber er hasste ihn keineswegs. Frayn wusste, was er wert war, kannte seine Qualifikationen und hatte ein Dutzend von tödlich gefährlichen Einsätzen hinter sich. Nach derzeitiger Planung sollte er Falgrohst bald verlassen und zunächst ins Arkonsystem zurückkehren. Dort beabsichtigte er, Karriere zu machen; ihm schwebte als Endpunkt eine hohe Position vor. Diesen Punkt würde er – mit Atlans Kopf und Gonozal VII. »im Gepäck« – weitaus schneller erreichen. Er hatte Gelegenheit, den Befehl des Despoten zu realisieren. Hatte er sich einmal entschlossen, würde es ein sicherer Weg sein, Arkon als Mann zu erleben, der zu den Begünstigten des Imperators gehörte. Andererseits ... Falgrohst und Sonnenträger Olfkohr standen ganz in der Tradition Gonozals. Auf dieser Welt stand Orbanaschols Regime wie auch er selbst keineswegs in hohem Kurs. Und gerade für Orbanaschol galt, dass zwar Verrat geschätzt wurde, nicht aber der Verräter. Frayn murmelte: »Es scheint, ich muss mich bald entscheiden.«

Er hatte kurz mit Colant, Kaarn und H'Noyr gesprochen. Sie waren neben ihm und Olfkohr als Einsatzteam vorgesehen. Fünf Männer aus der verschworenen Gruppe dieses Planeten. Die Anzüge befanden sich in der Spezialwerkstatt, wurden getestet, überarbeitet und neu ausgerüstet. Zwei weitere standen für Fartuloon und »Zerkon« bereit. Sieben Kampftaucher sollten auf Ormeck-Pan landen. Für ihn, Frayn Porthor, würde der Einsatz dreifach gefährlich sein. Zuerst der Planet und die Maahks. Dann Fartuloon und Atlan, die sich wehren würden. Frayn war intelligent genug, um zu wissen, dass weder der Bauchaufschneider noch Gonozals Sohn Tölpel oder Feiglinge waren. Und zum Dritten die eigenen Leute, an ihrer Spitze Sonnenträger Olfkohr, der ein Anhänger des alten Imperators war – also auch ein Freund des Kristallprinzen ...

An Bord der CRYSALGIRA: 7. Prago des Tedar 10.499 da Ark

Der Maahkplanet erschien auf der Panoramagalerie – zunächst nur ein Punkt, dann als Scheibe, schließlich als voll ausgeleuchtete Halbkugel. Wir flogen Ormeck-Pan von der Sonne her an. Das Team, das die Kampftaucher befreien sollte, befand sich in der Zentrale der CRYSAL-GIRA. Fartuloon beobachtete aufmerksam die eingeblendeten Daten und fragte knapp: »Ortung?«

Wir waren in einem rasenden Flug von Falgrohst gestartet, hatten mit Präzision und Schnelligkeit sieben Transitionen durchgeführt und waren vor drei Tontas in diesem Sonnensystem materialisiert.

Ich überlegte noch immer, ob der Aufwand das mögliche Ergebnis rechtfertigte.

»Es gibt die vermutete Maahkflotte nicht.«

Fartuloon sah Olfkohr scharf an. Der breitschultrige Mann winkte ab. »Es war eine berechtigte Vermutung. Mir soll es recht sein, wenn hier keine Schiffe sind. Aber sie können immer noch eintreffen.«

»Aber achtunddreißig Tontas, Sonnenträger?«, erinnerte Frayn Porthor.

Wir waren wie geplant bei Sonnenaufgang gestartet, nach einigen Tontas der Ruhe und der Vorbereitungen. Schwere Panzerfahrzeuge, Schutzanzüge und die Freiwilligen befanden sich an Bord. Seit dem Augenblick, an dem die vier Kampftaucher Olfkohrs ihren letzten Notruf abgestrahlt hatten, waren rund 38 Tontas vergangen. Die Anspannung wuchs. Wir wussten, was zu tun war, die Einweisungen waren abgeschlossen.

»Keine Ortung, es wird nicht der geringste Impuls angemessen«, meldete die Ortungsstation.

Der Planet wurde unmerklich größer, wir näherten uns mit einem Zehntel der Lichtgeschwindigkeit. Gonozals lebender Leichnam war in einem abgeschlossenen Bereich des Schiffs untergebracht. Weiteren Fragen der Männer von Falgrohst wichen wir aus. Meine Mutter vermied ebenso wie Ra eine Begegnung.

Has'athor Olfkohr murmelte: »Wir haben die besten Männer. Wir sind zu allem entschlossen. Wir haben gute Freunde, die uns unterstützen. Die besten Voraussetzungen.« Seine Blicke wanderten zwischen der rein optischen Bilderfassung und den eingeblendeten Ortungsdaten hin und her. »Merkwürdig! Ich bin der festen Überzeugung, dass die Methans mit unserer Befreiungsaktion rechnen. Und zwar nicht mit einer durch ein Einsatzkommando, sondern durch eine Flotte. Verdammtes Arkon!«

Colant, Frayn, Kaarn und H'Noyr waren etwa im selben Alter. Und sie verkörperten auch etwa den gleichen Typ Mann: durchtrainiert, klug, abwartend und bereit, blitzschnell zu handeln. Es waren Arkoniden, wie ich sie schätzte – sofern sie nicht auf Orbanaschols Seite standen.

Colant sagte: »Admiral, wir sind sieben Männer. Ich werde nötigenfalls für Tsoehrt und die anderen sterben, aber meinen Sie, dass wir tatsächlich genügend Männer sind, um die Freunde zu befreien?«

»Ja«, behauptete Olfkohr.

»Die letzte Meldung«, sagte Kaarn – ein Mann mit einer scharfen, adlerähnlichen Nase und einer stark gebräunten Gesichtshaut, »besagte, dass es etwa zwei- bis dreihundert Methans seien. Sieben gegen dreihundert ... Halten Sie, Sonnenträger, das für ein ausgewogenes Verhältnis?«

Olfkohrs Gesicht blieb unbewegt. »Ja.«

H'Noyr, der uns als einer der fähigsten Panzerfahrer vorgestellt worden war, hob die Hand. »Wie bereits zur Einsatzplanung von Tsoehrts Team nehmen wir an, dass sich auf Ormeck-Pan nur eine Kontrollstation befindet. Ihre Hyperfunkanlage wurde vernichtet. Auch ich bin skeptisch. Was macht Sie so sicher, Has'athor?«

Ich saß schweigend daneben und hörte zu. Die kritischen Äußerungen der Männer ihrem Kommandeur gegenüber zeigten das besondere Verhältnis der Kampftaucher untereinander; das waren keine sturen Befehlsempfänger. Olfkohr musterte uns nacheinander. Seine Gestalt straffte sich, verlor gleichzeitig etwas von der reptilienhaften Ruhe. Schließlich sagte er mit durchdringender Stimme: »Ich habe keineswegs vor, Selbstmord zu begehen. Wir wissen seit einem Vierteljahr, dass es auf Ormeck-Pan nur diese kleine Wachstation gibt. Das wurde bei Tsoehrts Einsatz einkalkuliert. Die Hyperfunkanlage in ihrer Funktion als Relais war das Wichtige. Die Methans rechnen damit, dass Arkonschiffe – wie in einem solchen Fall üblich – aus dem Weltall vorstoßen und gezielt angreifen, dass wir mit einer massierten Anstrengung versuchen werden, die Gefangenen zu befreien. Womit sie nicht rechnen, sind die Landung von sieben Männern in einem Panzerfahrzeug und ein Vorstoß vom Boden aus. Genau das ist unsere Chance! Wir gehen entsprechend vorsichtig vor. Die Daten und Koordinaten sind bekannt, wir haben den Mut und die Entschlossenheit, und wir haben Freunde, die uns helfen.«

Er deutete auf Fartuloon.

»Richtig!«, sagte der Bauchaufschneider fast feierlich. Ich blieb ruhig im Kontursessel sitzen und konzentrierte mich auf das größer werdende Bild des Planeten, seiner Monde und die eingehenden Ortungsdaten. »Der Anflug des Schiffs beansprucht noch drei Tontas. Zeit, um so viel zu orten und zu suchen, wie es möglich ist. In drei Tontas erfolgt der Vorbeiflug im Ortungsschatten der Monde.«

Er und Olfkohr wechselten einen Blick, gefolgt von einem unmerklichen Nicken. Die beiden Männer verstanden sich so gut, dass ich fast ein wenig eifersüchtig wurde. »Ich überzeuge bis dahin meine Schüler.«

In der gesamten Zeit hatte Frayn kaum ein Wort gesprochen. Aber er beobachtete mich ständig, obwohl er es zu verbergen versuchte. Auf einen Wink Fartuloons stand ich auf, verließ die Zentrale und traf mich mit ihm in seiner Kabine.

Es geht um neun hervorragende Männer, sagte der Extrasinn. *Fünf entschlossene Kampftaucher, vier, die ihr befreien wollt.*

Fartuloon schloss das Schott und ging zu einem Sessel. Er ließ sich in die weichen Polster fallen und sagte leise: »Ich weiß, was du denkst, mein Junge. Wir alle begeben uns in Lebensgefahr, das ist sicher. Der Preis dafür sind diese neun Männer und möglicherweise noch viele andere, die wir nach Kraumon bringen und für unseren Kampf gewinnen können. Richtig?«

Ich nickte. »Ich bin unsicher und glaube nicht an Wunder, Bauchaufschneider.«

»Ich auch nicht, das weißt du. Aber darüber hinaus erfüllen unser Besuch auf Falgrohst und die jetzt beabsichtigte Aktion einen weitaus wichtigeren Zweck.«

»Du meinst, wir erschrecken und demütigen mitten im Imperium den Imperator ein zweites Mal, indem wir beweisen, dass mein ... Vater noch lebt?«

»Genau das ist das Ziel! Es wird sich herumsprechen, schneller, als es der Dicke verhindern kann. Du weißt, was dieses Wissen für Orbanaschol bedeutet?«

»Ich weiß es.«

Auf einem Bildschirm an der Wand wuchs der Planet mehr und mehr. Detailausschnitte wurden eingeblendet, Einzelheiten sichtbar. Die wilden Turbulenzen der vielfarbigen Atmosphäre glühten im Licht der Sonne. Das Schiff raste diesem Ziel entgegen, verzichtete auf einen weiteren Einsatz der Impulstriebwerke. Auch auf Aktivtastung wurde verzichtet, die Passivortung musste ausreichen, um die vorliegenden Daten abzugleichen. Der Stützpunkt der Maahks befand sich in Äquatorhöhe und derzeit noch hinter dem Rand der beleuchteten Scheibe; der Standort bedeutete, dass sich das Operationsgebiet in den nächsten Tontas im Licht der Sonne befinden würde. Vor- und Nachteil gleichermaßen. Die Annäherung erfolgte im Ortungsschatten.

»Sieben Kampftaucher gegen eine Übermacht – also ein Himmelfahrtskommando«, sagte ich.

»Ich sorge dafür, dass wir alle lebend zurückkommen«, versprach der Bauchaufschneider. Bei ihm hörte es sich nicht einmal großspurig an.

Wir wurden von den Besatzungsmitgliedern geradezu rührend versorgt. Sie halfen uns, in die schweren Rüstungen einzusteigen. Die Riegel und Verschlüsse, die Blenden und Dichtungen wurden abgetastet, durchleuchtet, gecheckt und nochmals überprüft. Längst hing der Panzer in dem halbrobotischen Gerüst, das ihn zur Oberfläche bringen sollte. Wir arbeiteten konzentriert. Sieben Männer steckten jetzt in den Schutzanzügen. Die Helme waren noch nicht auf die Halsringe geklappt. Wir befestigten die Waffen, die Granaten und diversen Geräte. Die Stille im großen Schleusenraum wurde wiederholt von metallischen Geräuschen unterbrochen. Kleine Servomaschinen, mit Kabeln angeschlossen, prüften nochmals sämtliche Funktionen. Einmal musste bei Olfkohrs Anzug ein Aggregat ausgetauscht werden, eine Arbeit von wenigen Zentitontas.

Ein Lautsprecher klirrte übersteuert; der Pilot Eigurd Terbakh meldete: »Das Schiff nähert sich dem kritischen Punkt.«

Die Funkverbindungen zwischen uns sowie die Fernsteuerung des Landegerüsts funktionierten einwandfrei. Ich gab das Zeichen – der kuppelförmige Druckhelm wurde nach unten geklappt und von den Helfern verriegelt. Die Innenklimatisierung lief an. Es war kühl, ein leichter Ammoniakgestank stieg in meine Nase. *Einbildung!,* behauptete der Extrasinn. *Die Rüstungen wurden gereinigt und entgiftet.*

Die Innenversorgung lieferte Sollwerte, ich justierte die Antigravlamellen, zog probeweise die Halteseile aus den Schlitzen der Automatiktrommeln. Die nächste Meldung: »Schleuse räumen. Die Außentore werden geöffnet.«

Letzte Besatzungsmitglieder murmelten irgendwelche guten Wünsche, hielten die Daumen in die Höhe und verließen die Schleuse. Frayn war der Erste in der Reihe und kletterte auf das Traggerüst, verschwand im Panzer. Wir folgten.

»Olfkohr spricht: Alle bereit?«

Sechsmal erklang aus den Innenlautsprechern die Antwort. Rote Signallampen leuchteten auf. Langsam schoben sich die Portale in die Schiffshülle auseinander. In der sich vergrößernden Öffnung wurde eine silbergraue, von feuerroten und dunkelbraunen Spiralfäden durchzogene Gashülle sichtbar – der schmale Ausschnitt dessen, was uns erwartete. Wieder ein Signal. Das Schiff näherte sich dem Punkt knapp oberhalb des Atmosphärenrands, an dem der Abwurf stattfinden würde. Windgeschwindigkeit, planetare Eigenrotation, die vorherrschende Richtung der zyklonartigen Stürme und viele andere Parameter waren in die Berechnung eingeflossen, um die richtige Fallkurve zu ermitteln. Mit etwas Glück würden wir nahe jener Stelle landen, wo auch die vier gefangenen Kampftaucher Ormeck-Pan erreicht hatten.

»Katapultstart!«

Ein rasender Sturz begann. Erst später würden die Triebwerke des Landegerüsts aufblitzen, dessen hochgespannte Prallschirme zu glühen begannen. Keiner von uns sprach, aus den Lautsprechern drangen nur die Atemgeräusche, bald überdeckt vom lauter werdenden hohlen Sausen und Fauchen der dichteren Atmosphäre.

»Frayn, Ortung. Wo sind wir?«, erkundigte sich Olfkohr.

»Noch zweitausend Kilometer vom Zielberg entfernt.«

»Winkel?«

»Dreiunddreißig Grad.«

Der Abstieg vollzog sich plangemäß, ein Drittel hatten wir hinter uns. Inzwischen drang über die Außenmikrofone ein schneidendes Heulen an meine Ohren. Wenig später erreichten wir dichtere Schichten, die Geschwindigkeit wurde sogar erhöht, denn der rasende Sturm, der uns packte und herumwirbelte, war schneller als die Eigengeschwindigkeit. Auf einen Befehl Olfkohrs wurden die Triebwerke des Landegerüsts aktiviert, das nun einem Wellenreiter glich. Wir nutzten die Strömung aus, ritten auf ihr und sanken gleichzeitig. Hagelstürme überholten uns und feuerten ihre Projektile ab. Das Klappern und Dröhnen marterte unsere Nerven. Plötzlich riss der Hagel ab, wir schossen in eine gewaltige Wolke hinein. Das Gas war so dicht, dass keine Sicht mehr möglich war. Die optische Isolierung in diesem Nebel griff ebenfalls nach unserer Psyche. So ging es weiter. Hagel und klebriger Regen, Nebel und plötzlich aufreißende Wolken, die kurz Blicke auf die Landschaft gestatteten.

Lass dich nicht täuschen. Das ist keine Berglandschaft mit Eis und Schnee, warnte der Logiksektor.

Tatsächlich wirkte die Landschaft nur auf den ersten Blick seltsam vertraut. Doch wir näherten uns keiner Oberfläche einer Sauerstoffwelt im hohen Norden oder während des Winters in einem Berggebiet.

»Noch sieben Kilometer«, meldete Frayn.

»Verstanden.«

Schließlich die Landung: Unter uns breitete sich eine Art Ebene aus. Sturm heulte über die Fläche, riss gefrorenes Ammoniak in die Höhe und lagerte es hinter dicken Stämmen der Gewächse aus Polymeren und Wasserstoffverbindungen ab, die an Bäume erinnerten. Die Triebwerke des Landegerüsts heulten auf. Der Panzer krachte in das Geäst eines Baums, riss Schnee herunter, brach Äste ab und zerfetzte Blätter, die wie aus Plastik ausgeschnitten aussahen. Antigravprojektoren und Triebwerke fuhren zur letzten Leistung hoch. Der Koloss fing sich, stabilisierte den Flug und landete in einer Wolke aus Baumteilen, pappigem Schnee und verdampfendem Ammoniak.

»Alles klar? Jemand verletzt?«, erkundigte sich Olfkohr.

Klarmeldungen liefen ein. Niemand war verletzt. Der Sturm brach sich an Felsen oder riesigen Brocken aus Ammoniak. Olfkohr, Fartuloon und Frayn arbeiteten in rasender Geschwindigkeit an den Elementen, mit denen das Traggestell am Panzer befestigt war. Verschlüsse öffneten sich, Streben schwangen zur Seite, Kabel wurden gelöst. H'Noyr aktivierte die Steuerung in der vorderen Kugel. Erste weitere Schaltungen galten den Ortungsgeräten, Antennen fuhren aus, Bildschirme flammten auf. Jeder von uns hatte eine genau umschriebene Aufgabe, jeder arbeitete so schnell, wie er nur konnte. Colant, Kaarn und Frayn nahmen Platz. Die breiten Ketten des Fahrzeugs ruckten an, der Panzer bewegte sich rückwärts, drehte auf der Stelle und fuhr dann geradeaus. H'Noyr steigerte die Geschwindigkeit der Maschine und steuerte souverän.

Olfkohr heftete die in schützende Folie eingeschweißte Karte ans Armaturenbrett und sagte: »Wir sind am Rand des Zielgebiets gelandet. Dieser Berg dort drüben ist mit Punkt zwei der Karte identisch.«

Inzwischen versuchten wir, unsere Empfangsgeräte auf die Frequenzen der Methans einzustellen. Vielleicht konnten wir sie abhören und erfahren, ob die vier Kampftaucher noch lebten. Der Panzer wurde schneller. Der Nebel hatte sich etwas gelichtet, der Sturm war abgeklungen. Wir hatten einigermaßen freie Sicht. Aber die nächsten tief hängenden Wolken drifteten bereits heran, wie der Blick auf die Bildschirme der rückwärtigen Anzeige verdeutlichte.

»Ich bin sicher, dass es die Ebene ist. Die Station ist demnach rund fünfzig Kilometer entfernt.«

»Richtig«, sagte Kaarn.

H'Noyr war der hervorragende Fahrer, als der er vorgestellt worden war. Er schien Felsen und Spalten unter der trügerischen Decke aus Ammoniakschnee zu erahnen. In einem Tempo, das beträchtlich war, rasten wir in einer weit ausschwingenden Zickzacklinie zwischen Bäumen und den skurrilen Gebilden aus Eis dahin. Die Karte zeigte zwischen uns und der Station der Maahks zunächst einen tiefen Taleinschnitt, dann eine Kette von seltsam spitzen Hügeln, schließlich einen Fluss und dahinter einen langen Hang. In den Hang hineingebaut und halb verdeckt von einzelnen Felsen lag die Station. Immer wieder rief ich mir ins Gedächtnis, dass diese Landschaft, die für uns reiner Terror und Tod war, für die Methans etwas ganz anderes bedeutete. Es war ihr natürlicher Lebensraum.

»Zerkon, wie fühlst du dich?«, fragte Fartuloon.

»Noch ganz gut«, erwiderte ich wahrheitsgemäß. »Obwohl ich die Spannung kaum noch aushalte.«

»So geht es uns allen«, tröstete mich H'Noyr. »Selbst in den Trainingskuppeln weiß ich, dass es der letzte Einsatz sein kann. Eigentlich ist es Wahnsinn, einen Feind dieser Art in dessen natürlichem Lebensraum anzugreifen. Trotzdem haben wir es immer wieder geschafft.«

Hinter den Kettenspuren, die in den harten Schnee gedrückt waren, wirbelten plötzlich fadenförmige Fetzen von Ammoniak auf. Nebel und brodelnde Gase, die wie gelblicher Dampf aussahen, krochen zwischen den Bäumen und gespenstischen Figuren heran. H'Noyr wich mit dem Panzer aus und konzentrierte sich auf die Infrarotschirme. Er verstand es meisterhaft, die Bilder, die er auf den Schirmen sah, zu interpretieren. Der Panzer dröhnte und rasselte weiter und glitt hinunter in das spitze Tal, hinter dem sich die Kette der gefährlichen Hügel erhob.

»Kein einziger Maahk«, brummte jemand, als sich der Panzer endlich auf der anderen Seite der Ammoniakschlucht den Hang hinaufschob.

Tatsächlich! Es hatte nicht ein einziges Signal gegeben, nicht einmal einen Funkspruch hatte wir auffangen können.

»Vielleicht haben sie den Stützpunkt aufgegeben und den Planeten verlassen?« Ich sprach aus, was ich vermutete. »Die Zeit reichte jedenfalls aus, um einem möglicherweise bevorstehenden Angriff unserer Flotte zu entgehen.«

Niemand antwortete.

Der Panzer schraubte sich rutschend und mit Unterstützung von Antigravprojektoren in einer schrägen Linie aufwärts, und schließlich hielten wir an. Noch immer befanden wir uns im Schutz des dampfenden und brodelnden Nebels. Mehr als schwarze Schatten neben uns sahen wir nicht, aber der Panzer stand jetzt zwischen zweien der surreal geformten Spitzen. Sie bildeten laut Karte einen Wall vor dem Flusslauf und dem Hang mit der eingegrabenen Station.

»Noch immer nichts«, sagte Fartuloon. Auf den Geräten, die nicht auf direkte optische Sicht angewiesen waren, zeichneten sich keine Impulse ab. Wir erkannten die Umrisse der nächsten, an die hundertfünfzig Meter hohen Türme und Schroffen, dann sahen wir das Gelände des Flusslaufs – er führte allerdings geschmolzenes Ammoniak oder vergleichbare Verbindungen –, darüber den Hang und die Umrisse von niedrigen, geduckten Gebäuden. Bis auf unseren Fahrer verließen wir die Kugeln des Panzers und klammerten uns an die Haltegriffe.

Ich meldete mich und fragte: »Wie nahe, denkt ihr, können wir mit dem Panzer heranfahren?«

Frayn warf mir einen Blick zu; ich verstand seinen Gesichtsausdruck nicht. Er schien ärgerlich oder unentschlossen zu sein. »Sofern wir einen Haken schlagen, können wir vielleicht bis auf tausend Meter herankommen. Immer vorausgesetzt, sie bemerken uns nicht.«

»Dann weiter! Die Zeit drängt«, sagte der Bauchaufschneider.

In dem Augenblick, da wir aus dem Halbschatten des weitestgehend unsichtbaren Ammoniakkegels herausfuhren, meldete sich deutlich und drängend mein Extrasinn: *Über dir! Das Ammoniak löst sich auf. Trümmer!*

Ich konnte nichts erkennen, aber ich handelte instinktiv und rief: »Schneller! Ammoniakbrocken fallen herab.«

Fast zeitgleich gab es ein hartes, krachendes Geräusch. Ein riesiger Brocken hatte die Abdeckung durchschlagen und war auf der linken Kette gelandet. Colant und Kaarn schrien erschrocken auf. H'Noyr begriff und handelte schnell und sicher. Der Motor brummte auf, Vibrationen erschütterten den Panzer, aber dann griffen die Ketten und trieben die Maschine schneller vorwärts. Vor uns krachte, wie aus dem Nichts kommend, ein fast hausgroßer Brocken zu Boden. H'Noyr konnte nicht mehr ausweichen und hielt mitten auf den halb durchlöcherten Monolithen zu, der wie ein Teil eines Eisbergs aussah. Wir hielten uns fest. Der Brocken spaltete sich, die Teile kippten zur Seite, und die Ketten walzten mitten hindurch. Als der gepresste Ammoniakschnee und die Eisbrocken darin die Mechanik erreichten, heulte das Getriebe überlastet auf, aber der Panzer kam frei. Als wir weiterrasten, verfolgte uns noch eine Weile das dumpfe Krachen der zusammenstürzenden Formen.

Fartuloon seufzte. »Das war knapp.«

Als wir uns in der Mitte des Flussbetts befanden, rissen die Wolken wieder auf und gestatteten einen Blick über die Landschaft.

»Rechts von uns, zweitausend Meter. Dort sind die Maahks!«, rief der Bauchaufschneider.

Nur eine Millitonta waren sie zu sehen, dann schaltete der Fahrer in den Rückwärtsgang und steuerte die schwere Maschine zurück in den kochenden Nebel. Aber wir hatten genug gesehen. Wir ahnten, was dort geschah – es war die einzige Erklärung für das Fehlen von Patrouillen. Eine lange Kette von Maahks, teilweise zu Fuß, teilweise mit Gleitern oder anderen Fahrzeugen, bewegte sich wie ein Zug blassgrauer Insekten den Hang abwärts. durch die schmalste Stelle des Flusses und in die Richtung, aus der wir gekommen waren.

»Sie evakuieren den Stützpunkt«, sagte Frayn. »Hoffentlich leben die Gefangenen noch.«

»Wie viele sind es?«, erkundigte sich Olfkohr.

»Ungefähr zweihundertfünfzig«, sagte ich spontan nach einem Impuls meines Logiksektors.

»Sie rechnen eindeutig mit einem Angriff aus dem All.«

H'Noyr steuerte den Panzer wieder vorwärts. Wir rumpelten und kletterten im Schutz des Nebels geradeaus durch den Fluss, dessen strömendes Ammoniak gurgelte und plätscherte.

»Und somit rechnen sie nicht mit einem Einsatzkommando«, sagte Olfkohr; die Erleichterung war seiner Stimme anzuhören.

»Noch wichtiger: Sie haben noch keine Spur von uns«, ergänzte Kaarn. »Das erhöht unsere Chancen.«

Niemand sprach es aus, aber wir hofften, dass wir die Gefangenen noch in der Station finden würden. Der Panzer verließ das Flussbett, wich nach links aus und näherte sich auf dem Kamm des Hangs, direkt unter den hochstrebenden Feldswänden, der Station. Fünfhundert Meter vor dem ersten Gebäude hielt das Fahrzeug an. H'Noyr blieb – er würde das Geschütz bedienen, uns nötigenfalls zu befreien versuchen, den Kontakt zum Raumschiff herstellen und unseren Vormarsch absichern. Wir stiegen ab und machten uns auf den Weg. Olfkohr übernahm die Spitze, ich ging vor Frayn, der den Schlussmann machte und nach hinten sichern sollte.

Es waren nicht die ersten Gebäude einer Maahksiedlung, die ich sah. Aber es fiel auf, dass sie ausgesprochen leer und ausgestorben wirkten. Wir befanden uns auf einem schmalen Grat, der mit Platten aus einer unbekannten Steinart belegt war. Noch immer zerrte der Sturm an uns. Aber dadurch, dass sich der Wind im Flusstal staute, durch den langen Hang umgelenkt wurde und vor der Feldwand fast senkrecht nach oben heulte, riss er verdampfendes Ammoniak mit sich und erfüllte diese Passage mit Nebel und Hagelschlag.

Immer wieder rutschten wir aus oder wurden gegen die Felswand geworfen.

Vor mir sah ich den Rücken des Anzugs, in dem der Bauchaufschneider steckte. Er hielt mühelos eine der schweren Waffen und stützte sich mit dem linken Arm am Felsen ab. Ununterbrochen prasselten faustgroße Geschosse gegen die Rüstungen. Ich ging weiter, orientierte mich am Rücken des Anzugs und hoffte, dass Frayn nicht in mich hineinrannte. Drei Schritte weiter packte mich eine unsichtbare Kraft, meine Sohlen verloren den Halt, und ein wuchtiger Schlag fegte mich zur Seite. Ich taumelte, schlug gegen den Felsen und kippte zur anderen Seite.

Gefahr!, schrie der Extrasinn.

Ich merkte, dass ich mit der Schulter schwer gegen Stein schlug, stieß einen Schrei aus – und dann kippte ich im Hagel der Ammoniakschloßen nach rechts und vorn. Ich ruderte mit den Armen, aber schon in dem Augenblick, in dem ich fiel, erreichten meine Finger den Schalter des Flugaggregats. Es heulte auf und riss mich seitlich von dem Sims weg.

»Zerkon! Hilf mir, Fartuloon!«, hörte ich Frayns Stimme.

Hat er mich vom Sims gestoßen?

»Wo ist er?«, hörte ich die Stimme des Bauchaufschneiders.

Ich sah undeutlich die Felsen an mir vorbeihuschen, einen Streifen Weiß, dann wirkten Antigrav und Triebwerk. Ich fiel nicht mehr, sondern begann zu schweben und startete schräg durch. Mehr Leistung aufs Triebwerk! Ich schwebte vorwärts und drehte mich langsam, versuchte mich im Nebel zu orientieren und wurde langsamer, als ich laut Logiksektor den Pfad erreichte.

»Ich lebe noch«, sagte ich leise und streckte den Arm aus. Vorsichtig ließ ich mich vom Sturm schieben. Dann war plötzlich die Felswand vor mir, ich fing mich ab und verringerte die Leistung der Aggregate.

»Was ist passiert?«, fragte Fartuloon, sich mühsam beruhigend.

»Ein besonders starker Stoß hat mich aus dem Gleichgewicht gebracht.«

»Vielleicht eine Ammoniaklawine«, versuchte Frayn den Vorfall zu erklären. »Ich hab nichts gesehen. Plötzlich warst du weg, *Zerkon*.«

Die besondere Betonung meines Namens fiel mir auch ohne den Hinweis meines Extrasinns auf.

»Wir sind gleich da«, sagte der Bauchaufschneider. »Die ersten Gebäude – dort.«

»Wenn wir stürmen und die Gefangenen erreichen, bevor die Karawane der Abziehenden alarmiert wird ... Vielleicht reicht die Zeit«, sagte ich keuchend und hakte meine Finger in die Haltebügel an Fartuloons Gürtel.

»Sie wird reichen!«

Wenig später standen wir vor einem befestigten Tor. Es war eindeutig, dass Teile der Ausrüstung abmontiert waren. Wir blieben stehen. Hier, zwischen den Wänden der Gebäude, gab es keinen Nebel, nur eine Art dünnen Regen, der alles gleichmäßig mit schmieriger Nässe überzog und glänzen ließ. Sechs Männer überprüften ihre Waffen und entsicherten sie. Wir hatten keine Ahnung, wo sich die Räume befanden, in denen die Gefangenen sein konnten. Leise berieten wir uns und kamen zu dem Entschluss, zwei Gruppen zu bilden und zu suchen. Olfkohr führte die erste Gruppe, Fartuloon die zweite. Schließlich, nach einem letzten Check, stürmten wir los.

Fartuloon, Frayn und ich rannten über einen großen, leeren Platz auf einen deutlich sichtbaren Eingang zu. Alles war hier auf die Größe der Wasserstoff atmenden Riesen zugeschnitten. Eine halbe Zentitonta brauchten wir, um den Platz zu überqueren. Frayn sicherte nach links, ich nach rechts. Niemand sah uns. Nur die Kameraden, die zwischen einem Turm und einem kuppelförmigen Gebäude auf der anderen Seite verschwanden. Wir sprangen mit vollem Schwung in einen Saal. in dem Gepäckstücke gestapelt waren. Die schweren Rüstungen klirrten und dröhnten. Der Saal musste ein Knotenpunkt sein. Von ihm zweigten Rampen und Treppen, Türen und offene Portale ab.

»Nach unten.« Fartuloon stoppte an einer Rampe. Hier gab es keinen Nebel, keinen Regen und keine Nässe. Wir rannten nebeneinander die nach links gekrümmte, gelb ausgeleuchtete Rampe hinunter. Niemand hielt uns auf.

»Gruppe Olfkohr: Habt ihr Kontakt zu Methans?«, rief der Bauchaufschneider, als wir das Rampenende erreicht hatten und nun die Wahl zwischen zwei Korridoren hatten.

»Noch nicht ... aber jetzt ... Schusswechsel.«

Fartuloon hob die rechte Hand. »Zerkon, Frayn! Wir gehen systematisch vor. Jede Tür prüfen.«

»Verstanden.«

Wir wandten uns nach rechts – der kürzere Teil des Gangs. Einer von uns sprang vor, riss die Metalltür auf oder öffnete das Schott, die beiden anderen deckten ihn mit feuerbereiten Waffen. Ich stürmte vor, schlug mit wuchtigen Hieben die Riegel herunter und trat gegen die dicke Platte. Sie schwang geräuschlos nach innen auf. Ich hatte die Waffe bereits im Anschlag, als sich der Spalt bildete und vergrößerte. Aus den Lautsprechern erklangen wirre Kommandos und ein aufgeregter, kurzer Schrei.

»Nichts!«, sagte ich scharf, drehte mich um und rannte weiter. Der Raum war eine Art Messe gewesen, mit Regalelementen an den Wänden, Tischen und Sesseln und allerlei technischem Kram. Kein einziger Maahk befand sich dort. Wir öffneten den zweiten Raum, den dritten, vierten. Ebenfalls alle leer.

»Die anderen haben Feindkontakt«, sagte ich leise. Plötzlich war in unseren Lautsprechern ein kurzer scharfer Ruf. Er schien aus großer Distanz zu kommen; Zeichen, dass der Sender mit geringer Energie arbeitete.

»Helft uns«, glaubte ich zu verstehen.

»Die meisten Methans sind weg. Aber es wird hier noch eine Gruppe geben, die wohl stärker ist als wir«, knurrte Frayn, während wir diesen Abschnitt des Gangs verließen und die gegenüberliegende Seite betraten. Sämtliche Räume waren leer, teilweise vollständig ausgeräumt.

Als wir am Fuß der Rampe vorbeirannten, bemerkten wir Schatten von links. Der Extrasinn rief: *Maahks!*

»Die Gefangenen leben noch.« Frayn warf sich zu Boden und begann wütend zu feuern. Fartuloon und ich sprangen noch vier Schritte weiter und erreichten die Deckung der Gangecke. Die Waffen hoben sich, die Zielgeräte gaben Klarmeldung. Ich sah die langen Glutbahnen aus der Waffe des Kampftauchers die Rampe emporblitzen. Gas glühte entlang der Thermostrahlen auf und erlosch. Dann schoben sich zwei Maahks ins Blickfeld. Fartuloon und ich schossen gleichzeitig – es war keinerlei Kunst, auf diese Distanz zu treffen. Die beiden Methans, die ebenfalls wild um sich schießend in rasendem Lauf die Rampe herunterrannten, wirbelten herum. Ich registrierte hinter den Wänden aus Flammen und auseinanderplatzenden Feuerkugeln, aus aufflammendem Gas und schwarzem Rauch, wie sie ihre Tentakelarme hochwarfen und dann zusammenbrachen. Durch das Röhren und Donnern der Schüsse drang die Stimme des jungen Kampftauchers. »Es folgt keiner mehr. Machen wir weiter.«

»Einverstanden«, erwiderte ich und lief, sobald mich die Kameraden decken konnten, auf die nächste Tür zu. »Ich bin sicher, einen Notruf der Gruppe Tsoehrt gehört zu haben.«

»Ich habe es ebenfalls gehört«, bestätigte Fartuloon. Das Schott glitt auf, dahinter war ein leerer Raum.

»Aber wir wissen nicht, wo sie sind«, schloss Frayn.

Mit derselben Systematik untersuchten wir diesen Abschnitt. Es gab vierzehn Türen, aber dieses Stockwerk war leer. Am Ende des Korridors entdeckten wir eine Treppe, deren Stufen für die großen Maahks ausgelegt waren, uns aber keinerlei Schwierigkeiten bereiteten.

»Hinunter?«, fragte Frayn, der die Spitze übernommen hatte. Ich warf einen Blick zurück in den raucherfüllten Korridor, aber dort war kein Gegner zu sehen.

»Ja. Versuchen wir, uns zum Gefängnis führen zu lassen.« Fartuloon gab Frayn einen Stoß und rannte hinter ihm her. »Wir suchen euch, Gruppe Tsoehrt. Wo seid ihr?«

Wir rannten, so schnell es möglich war, die Treppe hinunter. Zweimal wechselte die Richtung. Ein schwaches Signal erklang aus den Lautsprechern. »*Dritte Ebene unter dem großen Platz. Wir befinden uns in einer Überlebenszelle.*«

»Habt ihr die Anzüge in der Nähe?«

Wir befanden uns in einem Raum, der spärlich ausgestattet war. Er ähnelte einem Kreisring. In der Mitte, hinter einem Kreis von Säulen, die nichts anderes waren als Felszylinder, die beim Aushöhlen des Berges stehen gelassen worden waren, führte eine spiralige angelegte Treppe zur dritten Ebene. Wir rannten auf den Beginn der Treppe zu.

»Wir haben die Anzüge«, sagte einer der Gefangenen, bereits deutlich verständlicher.

Fartuloon sah eine Bewegung, warf sich zur Seite und brüllte: »Achtung!«

Sofort schlug über seinem Helm Feuer in die Wand. Aus Nischen oder Eingängen kamen mindestens fünf Maahks in die Halle. Sie hatten uns gesehen und wussten, was geschehen war. Ich warf mich in die Deckung einer Felssäule und sah, wie der erste Wasserstoffatmer im Feuer von Fartuloons Zweihandstrahler starb. Ich hakte eine der kleinen Bomben vom Gürtel und zielte.

»Achtung! Es werden immer mehr.« Fartuloon feuerte auf das nächste Ziel. Frayn rutschte hinter einer Säule hervor und schlug schwer gegen jene, hinter der ich stand. Ich holte mit aller Kraft aus und schleuderte die Bombe in die Richtung, aus der die vier oder mehr Riesen kamen.

»Bombe!« Ich kniete nieder, hob die Waffe und bemerkte, dass sich ein Maahk in großem Bogen entfernte und den Bauchaufschneider von der anderen Seite angreifen wollte. Ich zielte auf den Kopf, der sich aus diesem Blickwinkel als schmaler, konisch zulaufender Grat darstellte. Ich wusste, dass die Maahks Rundumseher waren, trotzdem glaubte ich, dass er mich nicht gesehen hatte. Gleichzeitig mit meinem ersten Schuss detonierte die Bombe und schleuderte die Gruppe der Herankommenden auseinander. Frayn gab lange Feuerstöße ab; ich traf den Maahk in den dicken Oberarm. Der Gegner stieß ein hohes, schrilles Winseln aus und drehte sich um, entdeckte mich durch Flammen und Rauch und schoss. Unsere Thermostrahlen kreuzten sich. Während ich mich in dem klappernden Anzug abstieß und um die Längsachse drehte, feuerte ich ununterbrochen, traf den Maahk tödlich. Er brach zusammen.

»Tsoehrt – zieht eure Anzüge an. Wir sind da, um euch abzuholen. Aber bitte keine Fehler«, rief Frayn.

»Verstanden«, kam es zurück. »Wo seid ihr?«

»Offensichtlich ziemlich genau über euch.«

Wir verließen die Deckung und zogen uns nach allen Seiten feuernd auf den Anfang der Treppe zurück. Die Maahks auf dieser Ebene waren tot oder so schwer verletzt, dass sie sich nicht mehr wehren konnten. Wir sahen einander an, ich sagte: »Weiter! Nach unten!«

Noch während des letzten Wortes hörten wir alle einen gurgelnden Schrei aus den Lautsprechern. Der Todesschrei eines Arkoniden! Augenblicke später, als wir uns wieder gefangen hatten, hörten wir die vor Schmerz und Wut verzerrte Stimme des Sonnenträgers:»Kaarn ist tot. Vier Methans. Er hatte keine Chance. Wir werden angegriffen. Vermutlich werden wir flüchten müssen.«

»Wir können später trauern«, antwortete Fartuloon. »Unsere Aufgabe ist, mit den Gefangenen zurückzukommen.«

Wir wussten noch nicht, wie es den anderen Teilnehmern der Gruppe ging. Es waren nur noch Olfkohr und Colant. Fartuloon winkte, wir sprangen die Treppe hinunter, hörten über die Außenmikrofone den Widerhall einer erbitterten Schießerei. Je tiefer wir kamen, desto lauter wurde der Kampflärm.

»Galbayn – wo seid ihr? Beschreibt die Umgebung«, rief Frayn. Der Bauchaufschneider rannte schneller, wir folgten ihm, immer wieder nach hinten sichernd. Bisher tauchte kein einziger Maahk auf. Ich durchschaute die Absicht des Bauchaufschneiders. Er wollte, wenn möglich, den Methans in den Rücken fallen und Olfkohr frei kämpfen. Der nächste Ausruf bestätigte meine Vermutung.

»Ich sehe dort drüben nach. Sucht und findet die Gefangenen.«

»In Ordnung«, sagte ich.

Etwas deutlicher war jetzt die Stimme Galbayn Tsoehrts zu hören: »Wir sind in einer Kammer in einem Labyrinth aus schmalen Gängen und vielen Räumen. Wir ziehen gerade die Anzüge an. Die Schleusen sind verriegelt. Helft uns, schnell ...«

»Wir kommen«, rief ich und wandte mich an Frayn. »Wo kann das sein?«

Er deutete mit der Waffe auf rechteckige Durchgänge; sie waren die einzigen, die so aussahen, als würden sie uns an unser Ziel bringen. »Dort.« Wieder rannten wir geradeaus, erreichten die gelbe Helligkeit eines Korridors und öffneten Türen. Schließlich, nach schätzungsweise fünf Zentitontas, sagte Frayn: »Dort! Kein Zweifel.«

Wir hatten eine Halle erreicht, deren Decke bis zum Ende der Höhlung zu sehen war. Viele würfelförmige Kammern unterteilten den Raum – sie bildeten im Mittelpunkt der Anlage einen Block. Die Verständigung mit den Gefangenen wurde besser. Aber auch die Geräusche des wütenden Kampfes, der auf der anderen Seite der Halle stattzufinden schien. Wieder begannen wir mit der Suche. Nachdem wir etwa zehn Räume geöffnet hatten, fühlte ich eine unbestimmte Drohung hinter mir. Wir befanden uns schon jenseits der Mitte der Anlage, als ich einen Schatten bemerkte, gefolgt von einem Schlag, der mein Handgelenk traf. Gleichzeitig schrie mein Extrasinn warnend. Ich sprang zur Seite – und erstarrte. Mit einer blitzschnellen Bewegung hatte Frayn Porthor meine Waffe aus den gefühllos werdenden Fingern gerissen und richtete jetzt zwei schwere Thermostrahler auf mich. Er flüsterte mit geringer Sendeleistung, um die anderen nicht aufmerksam zu machen: »Ich kenne deinen wahren Namen. Du bist nicht Zerkon, sondern Atlan. Versuch nicht, es abzustreiten, Kristallprinz.«

»Bist du verrückt geworden. Willst du mich umbringen? Hier? Jetzt?«

Ein eisiger Schrecken hielt mich gefangen. Die Situation war absurd; nur gemeinsam würden wir den Methans widerstehen können.

»Ich verdiene mir den Kopfpreis und beschleunige meine Karriere.« Ich sah mich langsam um. Merkwürdigerweise schien er zu zögern. Aber es gab für mich keine Fluchtmöglichkeit. Mindestens fünfzehn Meter bis zu einer Tür. Zeit genug, um getötet zu werden, trotz des Panzeranzugs. Ich schluckte und sagte heiser: »Gibt es nichts, was deine Ansicht ändern kann? Deine gefangenen Freunde? Die Methans? Jede weitere Schwächung unserer Gruppe erhöht die Wahrscheinlichkeit, dass du diese Welt nicht lebend verlässt.«

»Ich fürchte, nein. Ich habe nichts gegen dich persönlich, Kristallprinz. Bist eigentlich ein sympathischer Bursche ...«

Er hob beide Waffen. Die Mündungen zeigten genau auf die schwächste Stelle der Rüstung – die haarfeine Linie zwischen Helm und Brustteil. *Bring ihn aus dem Konzept,* rief der Logiksektor. *Noch lebst du!*

Ich holte Luft und glaubte zu sehen, wie sich seine Finger krümmten. Ich spannte meine Muskeln, stieß mich ab und warf mich nach vorn. Vielleicht erreichte ich ihn – oder sprang ins Feuer hinein. Zwanzig Meter entfernt erschien Olfkohr, ich erkannte die Kennung seiner Rüstung. Seine Waffe spuckte dicke Thermostrahlen. Frayn wurde in den Rücken getroffen und nach vorn geschleudert. Eine Energiezelle im Tornister detonierte, Frayns Waffen spien Feuer – aber die Strahlen röhrten fauchend an meinem Helm vorbei. Ich ließ mich fallen und versuchte, den Bahnen der drei Hochenergiewaffen auszuweichen. Mit einem klirrenden Krachen landete ich auf dem glatten Boden, die Luft wurde mir aus den Lungen gepresst. Während ich mich aufrichtete, sah ich den weiß glühenden Fleck auf Frayns Rücken, Metall schmolz tropfend und Funken sprühend.

»Niemand schießt auf den Sohn meines Imperators!«, hörte ich Olfkohrs Stimme. Im nächsten Augenblick erbebte alles, und ich wurde eine Handbreit in die Höhe geschleudert. Der halbe Berg schien explodiert zu sein.

Die CRYSALGIRA!, rief der Extrasinn.

Die Ereignisse überschlugen sich. Hinter Olfkohr tauchte, rutschend und stolpernd, der Bauchaufschneider auf. Auch er hielt die Waffe auf die Stelle gerichtet, an der Frayn zusammengebrochen war. Erleichtert rief er: »Du lebst!«

»Ich wusste von Anfang an, Kristallprinz, wer du wirklich bist, trotz deiner Maske«, sagte Olfkohr. »Schnell, an der Oberfläche wird gekämpft.«

Fartuloon spurtete heran. Ich holte die beiden Waffen aus den verkrampften Fingern des toten Arkoniden.

»Frayn wollte dich schon auf dem Sims umbringen«, sagte Fartuloon, während wir uns der Stelle näherten, an der Colant gegen Methans kämpfte.

»Habt ihr das Schiff gerufen?«, fragte ich und rutschte neben dem Kampftaucher in Deckung. Wir nahmen die Maahks unter Beschuss, die uns den weiteren Weg aus der Station abschneiden wollten. Wieder erschütterten schwere Treffer die ganze Umgebung.

»Nein, haben wohl eigenmächtig gehandelt ...«

Wir bildeten jetzt eine Gruppe von vier Männern, feuerten ununterbrochen auf die Maahks und konnten zwei von ihnen töten. Die anderen zogen sich vor der Feuerwalze zurück. Noch lag der gesamte Rückweg vor uns; und noch immer hatten wir nichts für die Gefangenen tun können. Ich gab einen letzten Feuerstoß ab und traf einen der Riesen in die Schulter. Er ließ die Waffe fallen und verschwand im blitzdurchzuckten Qualm. Ich justierte das Anzugfunkgerät auf höchste Sendeenergie und rief: »Tsoehrt! Gebt uns ein Zeichen!«

Ich hörte hastiges Atmen, einen erregten Wortwechsel, schließlich durch das Dröhnen von der Oberfläche: »Großer, rechteckiger Raum aus Metallplatten.«

»Verstanden.«

Aus den Lautsprechern erklang plötzlich eine andere Stimme – Jedim Kalore: »Die CYRSALGIRA fliegt Angriffe zu eurer Entlastung. Wir holen euch ab!«

»Verstanden.«

Die Maahks würden sich wehren, waren aber während ihrer Evakuierung überrascht worden. Noch hatten wir also etwas Spielraum.

»Ich suche die Gefangenen«, sagte ich. »Gebt mir Rückendeckung.«

»Alles klar«, antwortete der Admiral.

Ich zog mich vorsichtig zurück, passierte Frayns Leiche und drang in das Labyrinth ein. Eine Bombe wurfbereit, hastete ich weiter. In der Rechten hielt ich eine Waffe, die andere hatte ich über die Schulter geworfen. »Ich suche euch, Galbayn«, sagte ich. »Sendet, ich versuche euch anzupeilen.«

Ich riss eine Tür auf, blickte in den leeren Raum.

»Du bist ganz in der Nähe.«

Zwei weitere Eingänge. Eine Ahnung sagte mir, dass ich hier auf keinen Methan treffen würde. Der erste Eingang führte zu einem Magazin, der zweite in einen lang gestreckten, matt erleuchteten Raum. Die Geräusche der Gefangenen wurden deutlicher, während ich den Raum durchquerte und mich den Bildschirmen an der Stirnwand näherte. Es waren Monitoren einer Überwachungsanlage. Auf ihnen sah ich aus verschiedenen Winkeln und Vergrößerungsstufen eine leere Kammer – und die vier Gestalten in Hochdruckwelt-Rüstungen, die meinem Modell entsprachen. »Ich habe euch gefunden«, sagte ich. »Bin im Kontrollraum der Überwachung.«

»Schnell!«, rief Fartuloon. »Wir werden angegriffen.«

Eine Reihe von Schaltern und Knöpfen überzog die Pulte. Was sollte ich tun? Ich kannte die Anlage nicht. Auf den Bildschirmen war zu sehen, dass sich die Männer wiederholt gegen eine Tür warfen. Augenblicke verstrichen ungenutzt. Ich versuchte mich im Wirrwarr der Schaltungen zurechtzufinden. Mehrmals riefen Fartuloon und Olfkohr nach mir. Wiederholt liefen Erschütterungen durch den Boden. Die CRYSALGIRA griff weiterhin die Maahks an. Ich sah mich verzweifelt um, bis ich am äußersten rechten Rand ein Lämpchen bemerkte, das jedes Mal aufglühte, wenn die Männer mit ihren gepanzerten Schultern das Schott berührten. Ich rannte hin und kippte den Schalter unterhalb des Lämpchens. Und tatsächlich – auf dem Monitor war zu sehen, dass das Schott nach außen schwang und augenblicklich in einer Wolke vermischter Gase verschwand. Kurz entschlossen bewegte ich drei weitere Schalter und wartete.

»Wir sind frei! Wir kennen den Weg.«

»Verstanden, schnell!«, rief Fartuloon.

Dieser Raum hatte keinen zweiten Eingang, also lief ich zurück. Als ich in den hallenartigen Vorraum hinauslief, sah ich aus einem Seitengang die vier Kampftaucher taumeln. Der Logiksektor drängte: *Zurück zu Olfkohr.*

Ich hob grüßend die Hand und winkte die vier hinter mir her. Einem Mann warf ich Frayns Waffe zu; er fing sie geschickt und rannte schweigend hinter mir her.

»Wo bleibt ihr?«, rief jemand. Olfkohr? Fartuloon? Ich passierte Frayns Leiche und näherte mich der Stelle, an der die anderen warteten. Inzwischen waren sie eindeutig in der Defensive. Aus den Tiefen der Station waren weitere Maahks vorgedrungen und kämpften sich vorwärts. Dennoch machten sie auf mich einen etwas halbherzigen Eindruck – zweifellos versuchten die Logiker abzuwägen, welcher Kampfschauplatz der wichtigere war: Jener in der Station gegen einige Arkoniden oder der an der Oberfläche gegen das angreifende Schiff.

»Wir sind da«, rief ich.

Schnell raus, rief der Logiksektor. *Zeigt euch der CRYSALGIRA.*

»Höchste Zeit«, antwortete Olfkohr. »Ist der Weg frei?«

Er konnte nur jenen meinen, auf dem wir gekommen waren. Wir erreichten die Gruppe. Einer der ehemaligen Gefangenen und ich schossen auf Methans.

»Sieht so aus.«

Und wieder gab es an der Oberfläche Detonationen. Olfkohr hob den Arm, schwenkte ihn und deutete nach hinten. »Also hauen wir ab.«

»Mit Vergnügen«, knurrte ich. Ersatzwaffen wurden an die Befreiten verteilt, dann zogen wir uns zurück. Olfkohr und ich eilten voraus und sicherten, die anderen feuerten ununterbrochen auf die nachrückenden Maahks. Wir wurden schneller. Vier ehemalige Gefangene, Colant, Olfkohr, Fartuloon und ich. Draußen wartete H'Noyr im Panzer. Als wir den Korridor erreichten und hinter uns verbrannte Zonen aus Flammen und Rauch hinterließen, hörten und spürten wir in der Isolierung durch die schweren Rüstungen eine Serie harter Detonationen. Obwohl wir erschöpft waren, nahmen wir uns zusammen und liefen noch schneller. Jeden Augenblick konnten Maahks auftauchen und versuchen, uns den Weg abzuschneiden. Die Spiraltreppe war erreicht. Ich hakte eine besonders gekennzeichnete Bombe vom Gürtel, schärfte sie und schleuderte sie mit aller Kraft dorthin, wo die Verfolger bald erscheinen mussten. Die Druckwelle traf uns, als wir bereits die Treppe nach oben eilten.

»Zuerst zur Oberfläche«, rief Fartuloon. »Dann zum Panzer.«

Er konnte uns Feuerschutz geben, bis die CRYSALGIRA uns aufnahm. Unangefochten erreichten wir keuchend die nächsthöhere Ebene.

Olfkohr lachte rau. »Triebwerke zünden und in die offene Schleuse – keine Zeit für eine Landung des Schiffs. Sie sollen uns im Zweifelsfall per Traktorstrahl einfangen.«

»Richtig.«

Es gab für uns nur eine Richtung – und wir schlugen sie ein. Weil wir nicht wussten, wie viele Methans sich hier aufhielten, war es sinnvoller, alle zeitraubende Vorsicht aufzugeben. In dem Augenblick, in dem wir mithilfe der Flugaggregate und Antigravprojektoren zu schweben und zu fliegen begannen, waren wir weitaus hilfloser. Während sich unten, wo die Treppe endete, nach weiteren Bomben Glutbälle und schwarzer Qualm ausbreiteten, kamen wir an die geschwungene Rampe, die zur Oberfläche führte.

Ich sah zum silbergrauen Himmel. Hinaus auf den Platz. »Colant, alles klar?«

»Ja. Wo seid ihr?«

»Wir starten jetzt in deine Richtung«, rief Olfkohr. »Mach dich bereit, mit uns zum Schiff zu starten.«

»Verstehe. Deckungsfeuer?«

»Noch nicht.«

Wir handelten als Team. Fast gleichzeitig wurden die Triebwerke aktiviert, die Antigravprojektoren auf volle Leistung gedreht. Wir schwebten dicht über den nassen Boden, vorbei an einigen zerstörten Gebäuden, zum Standort des Panzers.

»Fartuloon hier! CRYSALGIRA – wo bleibt ihr?«

Der Schiffssender strahlte die Antwort mit so großer Energie ab, dass die Lautsprecher dröhnten. »Bereits im Anflug. Alles in Ordnung?«

»Ja«, sagte ich. »Schleusen auf! Wir steigen senkrecht auf. Bereitet euch auf eine schnelle Flucht vor. Alarmstartwerte!«

»Verstanden.«

Ich konnte mich auf die Besatzung verlassen; raue Gesellen, die genau wussten, was zu tun war. Im Flug dicht über den Boden erreichten wir schnell den Panzer. Der Kampftaucher stand auf der Abdeckung der Ketten und erwartete uns. Als wir aus dem Ammoniakdunst auftauchten, schloss er sich uns an. Wir änderten die Flugrichtung und stiegen senkrecht in die Wolken, wurden vom Sturm gepackt und abgetrieben. Aber wir versuchten zusammenzubleiben. Die Instrumente zeigten an, dass wir schnell aufstiegen, jedoch in Richtung Berge abgetrieben wurden.

»Wir haben euch in der Ortung. Peilstrahl aktiviert.«

Die CRYSALGIRA näherte sich, von uns ungesehen. Doch die Methans maßen das Schiff an. Während wir mit allen Kräften versuchten, Höhe zu gewinnen und dem Peilstrahl folgten, feuerten vom Boden aus schwere Geschütze. Wir sahen die Glutbalken schräg nach oben zucken und in den Wolken verschwinden. Olfkohrs Zählappell wurde auch von der CRYSALGIRA empfangen; wir waren vollzählig, stiegen noch immer höher. Die Gipfel der ammoniakerstarrten Felsen lagen bereits unter uns.

»Da!«

Sie machten es sehr geschickt. Das Schiff feuerte aus sämtlichen Geschützen und Projektoren. Die Zerstörungskraft der Energieflut genügte, nun, da keine Rücksicht mehr auf uns genommen werden musste, um das Gebiet rund um den Stützpunkt in ein Glutmeer zu verwandeln. Dann schwenkte das Schiff zur Seite. Längst waren die winzigen Echos unserer Anzüge erfasst. In den Lautsprechern ertönte ein gellender Pfiff. Zwischen den Wolken war die CRYSALGIRA optisch nicht zu erkennen, die Ortungsanzeige war jedoch eindeutig. Zwischen uns und dem Schiff zuckten immer wieder schwere energetische Entladungen. Endlich griffen die Traktorstrahlen. Ich wurde zu einem plötzlich hell aufleuchtenden Viereck gezerrt; ein Anzug überholte mich. Ich wusste nicht, wer in ihm steckte. Doch statt seiner gab es unvermittelt nur noch einen sich ausdehnenden Glutball, dessen Ausläufer mich streifte.

»Nein!«, schrie ich auf. Der Schuss von unten hatte den Mann getroffen und im selben Augenblick in Moleküle zerfetzt. Ich erreichte die Sicherheit der Schleuse.

»Olfkohr spricht: Zählappell«, rief der Sonnenträger. »Schnell!«

»Zerkon.«

Fartuloon, Colant, H'Noyr, Tsoehrt. Zwei weitere ...

»Wo ist Achburn?«

Keine Antwort.

»Er muss vor mir gewesen sein«, sagte ich leise. »Wurde von einem Strahl getroffen. Er ist tot.«

»Alarmstart!«, rief der Bauchaufschneider.

Während sich die Schleuse schloss, dröhnten die Triebwerke auf. Drei Tote hatte dieser Einsatz gekostet. Frayn Porthor erschossen, Kaarn von den Methans getötet, Achburn kurz vor der Rettung noch erwischt. Elf Männer hatten sich auf der Maahkwelt befunden, acht kehrten zurück. *Vielleicht wären es mehr gewesen, hätte Frayn nicht ...*

Atembare Luft ersetzte die Giftatmosphäre in der Schleuse, die Innenschotten fuhren auf, Hilfsmannschaften eilten herbei. Sie halfen uns aus den Anzügen. Solange wir gezwungen waren, um unser Leben zu kämpfen, hatten wir die Erschöpfung nicht bemerkt. Aber jetzt, da die CRYSALGIRA den freien Weltraum erreichte und mit Maximalbeschleunigung dem Transitionspunkt entgegenraste, schlugen Erschöpfung, Durst und Hunger über uns zusammen. Wir schliefen ein, nachdem wir geduscht, etwas getrunken und etwas gegessen hatten. Wir merkten es nicht, dass sich der ersten weitere Transitionen anschlossen, die uns nach Falgrohst brachten.

5.

Arkon I, Kristallpalast: *Die vier Männer, die unruhig und gespannt auf den unbequemen Stühlen kauerten und sich wünschten, Lichtjahre weit entfernt zu sein, sahen im Gesicht des Mannes vor ihnen, dass er innerlich kochte. Das steinerne Schweigen war bedrohlicher als jede andere Äußerung. Niemand wusste, wie der Imperator reagieren würde, als er gefährlich leise fragte:* »Und was passierte weiter?«

Es war ein kleiner Raum im Kristallpalast. Eben waren die letzten Nachrichten eingetroffen. Zögernd hob Dreisonnenträger Spronthrok die Hand und antwortete leise: »Das Schiff erreichte am achten Tedar unbeschadet Falgrohst.«

Orbanaschol III. hatte ausdrücklich befohlen, ihn bei jeder Nachricht, Atlan oder den angeblich »wiederbelebten Gonozal« *betreffend, zu stören. Er krallte seine Finger um den Halsausschnitt des prächtigen Morgenmantels.* »Ja? Weiter!«

»Wir waren darüber informiert, dass Admiral Olfkohr da Khaal zweifellos alles versuchen würde, seine vier Leute zu retten. Die Hilfe des Flotte wurde ihm, wie befohlen, verweigert ...« *Der Imperator starrte an ihm vorbei und machte eine kurze, unbeherrschte Handbewegung.* »Wir wissen nicht, ob die Rettung der vier Kampftaucher gelungen ist. Vermutlich ja, denn Olfkohr ist einer der besten Kampftaucher, und aus seiner Schule stammt die Elite. Jedenfalls wurden zwanzig Schlachtkreuzer nach Falgrohst beordert, um die CRYSALGIRA abzufangen.«

Orbanaschols Finger spielte nervös mit dem Stiel eines prunkvollen Glases, in dem ein aufmunterndes Getränk perlte. Die vier Männer hatten keine Getränke serviert bekommen. »Und?«

»Alles war auf das Trefflichste vorbereitet. Die Orbtonen wussten, was zu tun war. Aber ... sie brannten darauf, den plötzlich wieder aufgetauchten Gonozal zu sehen. Beziehungsweise Gewissheit zu bekommen, dass es sich auch hier um einen niederträchtigen Betrug handelte ...«

Orbanaschol sagte mit unheildrohender Stimme: »Zur Sache, Mann!«

»Nun ...« *Der Mascant wand sich förmlich in Verlegenheit, obwohl er auf die Ereignisse nicht den geringsten Einfluss gehabt hatte, sondern* nur von ihnen berichtete. Der schwergewichtige Mann war einer der mächtigsten Militärs, seinem Befehl unterstand die Heimatflotte Arkon/ Thantur-Lok. »Die CRYSALGIRA materialisierte, brach den Anflug auf Falgrohst aber plötzlich ab – vielleicht ahnte der Kommandant, dass Gefahr drohte. Das Schiff beschleunigte und transitierte.«

Er stöhnte auf und wischte sich den Schweiß von der Stirn, obwohl der Raum wunderbar kühl war.

»Es wurde verfolgt?«

»Selbstverständlich. Aber es ... entkam ... und ist seither spurlos verschwunden.«

»Mit Atlan und dem falschen Gonozal!«

»Jawohl, Euer Erhabenheit.«

»Und mit Olfkohr und einer Handvoll seiner besten Männer.«

»Ich fürchte, so ist es.«

Es sah so aus, als habe die Besatzung des Schiffes geahnt, welches Schicksal ihm zugedacht gewesen war. Ihm hatte ein heißer Empfang bereitet werden sollen, um ein für alle Mal sowohl Atlan auszuschalten als auch um hinter das Mysterium des Eximperators zu kommen. Aber mit dem gekonnten, schnellen und in jeder Hinsicht hervorragenden Manöver hatte sich das Schiff abgesetzt. Eine Reihe risikoreicher Transitionen über große Distanzen brachte es aus der Ortungsreichweite der Verfolger, die zwar das Risiko eingingen, ebenfalls nahezu »blind« transitierten, dann aber die Spur verloren.

Stille breitete sich in dem Raum aus. Es war jene unbehagliche Stille, die den berüchtigten Wutausbrüchen des Imperators vorausging. Wutausbrüche, die Deportation, Folter, Tod oder Vergleichbares bedeuteten. »Ich bin«, begann der Höchstedle schließlich leise, »von Schwachköpfen und Stümpern umgeben.« Die vier Männer nickten schweigend. »Niemand in meiner Umgebung hat es bislang geschafft, diesem Albtraum vom Imperium zu nehmen. Ich denke, ich werde zu unkonventionellen Mitteln greifen müssen.« Schweigend starrten ihn die Männer an. Er grinste sie an. Sie begannen zu zittern, kannten diesen Ausdruck. Orbanaschol war berüchtigt für die ausgesuchten Scheußlichkeiten, die dieses Grinsen einzuleiten pflegte. »Ich denke an Klinsanthor!«

»Ihr scherzt, Euer Erhabenheit«, flüsterte einer der Männer.

»Würde ich scherzen«, erwiderte der Imperator und trank einen Schluck aus dem juwelenbesetzten Glas, »wärt ihr bereits tot oder am anderen Ende der Öden Insel auf einem Strafplaneten. Nein, ich denke ernsthaft daran. Und ich weiß, dass die Mythologien im Kern zutreffen. Klinsanthor ist ein realer Machtfaktor!«

»Dann kennt Ihr auch das Risiko, ihn zu rufen, Tai Moas?«

»Ich kenne es. Aber ich denke, dass es unter den derzeitigen Umständen richtig ist, den Magnortöter zu rufen.«

Der Imperator schien sich einen Spaß daraus zu machen, ihre Reaktionen zu beobachten. Er blickte von einem der erstarrten Gesichter zum anderen und sah dort Angst. Pure Angst.

»Wir glauben, dass es klüger wäre, diesen Entschluss noch einmal zu überdenken.«

»Seit dem Auftauchen dieses Gonozal-Doppelgängers bin ich fester denn je entschlossen. Es bleibt dabei!« Er trank das Glas leer und stand auf. Das Zeichen, nun allein sein zu wollen. Die Männer erhoben sich, grüßten ehrerbietig und gingen zur Tür, die Köpfe gesenkt. Sie zuckten zusammen, als Orbanaschol lachte. Ein kurzes, heiseres Lachen. »Aber noch habe ich den Magnortöter Klinsanthor nicht gerufen. Noch nicht!«

Hinter den Männern schloss sich die Tür. Orbanaschol blieb regungslos stehen und dachte nach. Er ging zur Wand, ein Teil wurde transparent. Die gleißenden Sterne über Arkon I wurden sichtbar. Schweigend starrte der Höchstedle in die Höhe, atmete tief durch. Wer oder was auch immer der Gonozal-Doppelgänger wirklich war – seine Gefährlichkeit bewies er nach Xoaixo nun schon zum zweiten Mal. Der Kristallprinz, Orbanaschols ärgster Feind, unbarmherziger als jeder andere Gegner, die Methans eingeschlossen, hatte eine Unterstützung an seiner Seite, die alle Mittel rechtfertigten. Auch solche wie den Magnortöter ...

An Bord der PROTALKH: 9. Prago des Tedar 10.499 da Ark

Zwei Pragos wurden benötigt, um den bewohnbaren Planeten zu erreichen. Um Energie zu sparen und die Triebwerke für das entscheidende Manöver zu schonen, hatte Zenkoorten das Schlachtschiff so lange wie möglich im freien Fall fliegen lassen. Die Besatzung war während des Flugs nicht untätig geblieben. Bis auf Toschmol, der sich seit der letzten Niederlage in seiner Kabine eingeschlossen hatte, hatte jeder an Bord alles gegeben, um die angeschlagene PROTALKH wenigstens für die letzte Landung herzurichten. Beunruhigend für Zenkoorten und alle anderen, die in der Zentrale beschäftigt waren, war die Tatsache, dass auch jetzt die hyperphysikalischen Entfernungsmessungen keine korrekten Ergebnisse lieferten. Alles, was dem Piloten zur Verfügung stand, waren die Berechnungen. Aus den Daten, die Swann mitgebracht hatte, war der Durchmesser bekannt – daraus und aus den normaloptischen Beobachtungen ließ sich ableiten, wie groß der Planet aus welcher Entfernung erscheinen musste.

Früher, als die Raumfahrt noch in den Kinderschuhen steckte – oder in der Zeit der Archaischen Perioden, in der alle Hypertechnik versagte –, hatten alle Schiffe nach solchen Angaben manövriert. Für die Arkoniden, die sich auf die technischen Möglichkeiten ihrer leistungsfähigen Raumer verließen, war es zumindest etwas Ungewohntes, rein »auf Sicht« fliegen zu müssen – und zwar nicht mit einem kleinen Primitivkörper, sondern mit dieser nur noch zum Teil funktionstüchtigen Riesenkugel. Insbesondere Navigatorin Zeranal lieferte immer wieder aktualisierte Berechnungen und Daten. Extrem vorsichtig tastete sich die PROTALKH an den Planeten heran. Geplant war, bereits mit der Orbitbahn eine möglichst günstige Position für die spätere Landung zu erreichen. Wiederholt arbeiteten die Triebwerke mit schwachen Impulsen, der geostationäre Orbit wurde erreicht. Dann begann die Landung.

Und jetzt geschah etwas, das viele insgeheim befürchtet hatten, aber niemals laut ausgesprochen hätten: Der Planet wehrte sich! Es wurden keine Schüsse auf das Schiff abgegeben, und es gab auch keine Traktorstrahlen, die es aus der Bahn warfen. Es schien nur so, als stemme sich der gesamte Planet gegen die sich annähernde PROTALKH. Schon die ersten Ausläufer der Atmosphäre verwandelten das Schiff in ein wild bockendes Ungetüm, das sich nicht um die Bemühungen des Piloten kümmerte. Wechselnde Schwerefelder ließen den Raumer durchsacken, als gäbe es die Triebwerke gar nicht. Wenig später brach der Prallschirm zusammen. Die notdürftig ausgebesserte Schiffshülle bot der Luft viele Ansatzstellen. Ganze Platten der Zellverkleidung wurden davongewirbelt. An anderen Stellen glühte das widerstandfähige Material. Einbrechende Plasmawolken stürzten sich als verheerende Glutstürme durch Lecks und verwandelten große Abschnitte des Schiffskörpers in Trümmerfelder. Und als der metallene Korso endlich den festen Boden erreichte, brachen drei Teleskoplandestützen. Bei einigen Impulstriebwerken schlug der Energiestrom, statt am Boden Zerstörungen anzurichten, schräg zur Wandung des Kugelraumers zurück – und ehe in der Zentrale reagiert werden konnte, waren zwei der verbliebenen intakten Beiboote vernichtet.

Mit versteinertem Gesicht überblickte Zenkoorten schließlich die Schar derer, die – fast alle mehr oder weniger verletzt – aus dem an mehreren Stellen brennenden Wrack krochen. Von ursprünglich zweitausendvierhundert Besatzungsmitgliedern lebten nur noch dreihunderteinundvierzig ...

»Wir hatten Glück«, behauptete Varka vier Tontas später.

Zenkoorten warf ihm einen bitteren Blick zu. »Glück? Na schön, so kann man es auch sehen. Wir sind in der Nähe eines Flusslaufs gelandet, es gibt überdies eine nahe Quelle, die genug Wasser für alle liefert, der erste Jagdausflug brachte ein gutes Dutzend erlegter Tiere zurück, von denen alle bis auf eins essbar sind, und die Landschaft ringsum wäre paradiesisch zu nennen, würde nicht das Wrack das Bild stören.«

Sie saßen in einer behelfsmäßig aus einem Frachtcontainer erstellten Hütte. Alle Offiziere, Wissenschaftler und sonstigen wichtigen Leute, die das Inferno überlebt hatten, waren versammelt – knapp fünfzig Personen, die sich bemühten, Bilanz zu ziehen und einen optimalen Plan für die nächsten Pragos zu erstellen. Auch Toschmol gehörte zu denen, die Glück gehabt hatten.

»Morgen früh, sobald die Sonne aufgegangen ist, beschäftigen wir uns mit dem Wrack«, sagte Zenkoorten und ließ seine Blicke über die Frauen und Männer wandern. Er sah viele Verbände, zum Teil schon wieder verschmutzt oder zerrissen, und er seufzte. Ausgerechnet in der Hauptmedostation hatte es starke Zerstörungen gegeben. »Wir müssen alles bergen, was für einen Aufenthalt auf diesem Planeten von Wert ist. In erster Linie also Lebensmittel, Medikamente, Werkzeuge und dergleichen. Kentoil, wie sieht es mit der Funkanlage aus?«

»Da ist bis auf ein paar Einzelteile nichts heil geblieben«, antwortete ein älterer, korpulenter Arkonide. »Ich schlage vor, die Geräte auszuschlachten, denn eine Reparatur wäre sinnlos. Die Anlagen der VALKARON sind in bestem Zustand, und vielleicht gelingt es uns, die Reichweite des Senders mit den Zusatzteilen zu vergrößern.«

»Wie viele Leute Ihrer Abteilung haben überlebt?«

»Vier – mich eingerechnet.«

»Einverstanden, Kentoil. Machen Sie sich morgen an die Arbeit. Konzentrieren Sie sich auf das, was in die VALKARON eingebaut werden kann. Swann?«

»Meine Geräte existieren nur noch in Form unbrauchbarer Trümmerstücke. Ich kann Ihnen leider nicht sagen, ob der Hypersturm inzwischen weitergezogen ist. Auf die Fernortung des Beiboots ist kein Verlass. Aber vielleicht kann mir die Astronomische Abteilung helfen?«

»Bei uns sieht es zwar böse aus«, sagte Zortain, »aber Ihre Arbeit ist wichtig. Ich stelle Ihnen alles zur Verfügung, was wir bieten können. Vielleicht lassen sich bei den Ortern und Tastern ja ebenfalls Zusatzteile ausbauen?«

»Sie haben recht.« Zenkoorten nickte der jungen Frau zu. »Ehe wir nicht wissen, ob wir ungefährdet das System verlassen können, ist es sinnlos, die VALKARON loszuschicken. Swann, Ihre Arbeit hat Vorrang! Sollte Ihnen jemand Schwierigkeiten machen, wenden Sie sich an mich. Darüber hinaus muss die Datenlage hinsichtlich des Planeten verbessert werden – wir brauchen so viele Informationen wie möglich.«

Nacheinander wurden alle Punkte durchgegangen. Schließlich wurde sich darauf geeinigt, den nächsten Tag ganz dem Wrack zu widmen. Nur eine zehnköpfige Gruppe von Raumfahrern, die über keine speziellen technischen Kenntnisse verfügten, dafür jedoch mit Überlebenspraktiken besonders gut vertraut waren, sollte mit einer kurzen Exkursion die Umgebung erkunden. Alle wussten, dass der Erschließung einheimischer Nahrungsquellen eine wichtige Bedeutung zukam. Zwar konnten sie sich von den erhalten gebliebenen Vorräten lange ernähren, aber der psychologische Wert eines Lagerfeuers mit bratenden Fleischstücken war nicht zu verachten. So galt es daher, weitere Arten von jagdbarem Wild und essbaren Pflanzen herbeizuschaffen. Zu Zenkoortens Überraschung bat Toschmol, an diesem Ausflug teilnehmen zu dürfen.

»Ich habe keine speziellen Aufgaben, was die Bergungsarbeiten betrifft«, begründete der Wissenschaftler seinen Entschluss. »Ich verstehe auch zu wenig von Technik, um einer der Gruppen eine Hilfe zu sein.«

»Es wird kein Spaziergang werden«, warnte der Kommandant.

»Ich werde niemanden behindern. Überdies sollten Sie nicht vergessen, dass ich etliche Expeditionen zu historisch interessanten Welten mitgemacht habe. Mit einer Waffe kann ich ebenfalls umgehen, falls es das ist, was Ihnen Sorgen macht.«

Zenkoorten hatte das Gefühl, einen schwerwiegenden Fehler zu begehen, aber es blieb ihm nichts anderes übrig, als nachzugeben. Ihm wäre lieber gewesen, den Wissenschaftler persönlich im Auge zu behalten, schließlich hatte Toschmol seine Idee, Klinsanthor zu finden und auf die PROTALKH aufmerksam zu machen, keineswegs aufgegeben. Aber der Kommandant versuchte, sich selbst zu beruhigen, indem er sich klarmachte, dass Lenth Toschmol draußen in der Wildnis weitaus weniger »anstellen« konnte, als ließe man ihn in der Nähe oder im Schiff umherstreifen.

Als sich die Versammlung endlich auflöste, war es in dem hastig zusammengestellten Lager bereits ruhig geworden. Die Überleben-den des Schiffs schliefen, erschöpft von den Strapazen der vergangenen Pragos. Nur am Rand der durch Energieschirmprojektoren begrenzten Fläche patrouillierten Roboter; einige Abschnitte bestanden nicht aus einfachen Prallfeldern, sondern solchen mit tödlicher Wirkung.

Zenkoorten und zehn andere, darunter Zeranal, Arkanol, Varka und Kentoil, blieben in der Containerbaracke. Sie richteten ihre Lager her und wollten sich eben hinlegen, als sie von draußen einen lauten Ruf hörten. Der Kommandant griff nach seiner Waffe und stieß die Tür auf. Im selben Augenblick hörte er das Zischen eines Paralysators – das Geräusch kam von der anderen Seite des Lagers. Er rannte los, und als er die Hälfte der Strecke zurückgelegt hatte, kamen ihm zwei Männer entgegen, die einen dritten mit sich schleppten. Zenkoorten fragte scharf: »Was ist los?«

Varka, der ihm gefolgt war, ließ eine Handlampe aufblitzen. Der Mann, der paralysiert im sicheren Griff der beiden anderen hing, war dem Kommandanten nicht persönlich bekannt.

»Er muss den Verstand verloren haben. Er kam aus dem Lager und marschierte genau auf den Energiezaun zu. Ich rief ihn an, aber reagierte nicht. Hätte ich ihn nicht gelähmt, wäre er jetzt wohl tot.«

Der Lärm hatte auch andere geweckt, und binnen kurzer Zeit bildete sich ein Ring von Arkoniden um die kleine Gruppe. Zenkoorten sah in die blassen Gesichter. »Ihr beide«, sagte er und wies auf zwei nur halb bekleidete Männer, die in der vordersten Reihe standen. »Bringt den Mann zu Shegosh. Teilt zu den Robotern weitere Wachen ein. Vergleichbare Vorfälle sind mir sofort zu melden.«

Als sie zu ihrer Behausung zurückkehrten, murmelte Varka: »Warum hat er das getan?«

»Sobald die Lähmung überwunden ist, wird er es uns mitteilen.«

»Er heißt Vanit«, sagte der junge Pilot. »Ich kenne ihn. Er ist ein guter Techniker und ein besonnener Mann. Ich kann mir nicht vorstellen, warum gerade er durchdrehen sollte.«

Zenkoorten antwortete nicht.

Varka streckte sich seufzend aus. Er konnte sich vorstellen, was den Kommandanten jetzt beschäftigte. Das Letzte, was er brauchen konnte, waren weitere geheimnisvolle Vorfälle. Unter Schiffbrüchigen die notwendige Disziplin aufrechtzuerhalten war auch ohne Geschehnisse dieser Art schwierig genug.

Der Rest der Nacht verging ohne weitere Störungen. Kurz vor dem allgemeinen Weckruf stürmte jedoch Shegosh in die Containerbaracke. Varka war sofort wach.

»Wo ist der Kommandant?«, fragte der Bauchaufschneider.

Varka deutete schweigend zur Seite. Er hörte, wie der Kommandant einen unwilligen Laut ausstieß, als er so plötzlich aus dem Schlummer gerissen wurde, dann flüsterte Shegosh einige Worte, und die beiden verließen den Container. Varka folgte ihnen, ohne auf einen diesbezüglichen Befehl zu warten. Shegosh stieß kurz darauf die Tür zu jenem Container auf, in dem das Häuflein Mediziner sowie ein gutes Dutzend Schwerverletzte untergebracht waren. Er eilte den Gang entlang und zog einen Vorhang zur Seite.

Vanit war tot! Er musste sich unmittelbar nach Abklingen der Paralyse selbst die Kehle durchgeschnitten haben.

»Dreihundertvierzig«, murmelte Varka unwillkürlich. Zenkoorten wirbelte auf dem Absatz herum; er hatte die Bedeutung der Zahl sofort erfasst.

»Halten Sie den Mund!«, befahl er leise und wandte sich dann an die Mediziner. »Dieser Mann war geisteskrank. Er hat den Belastungen nicht standgehalten. Ist das klar?«

Shegosh nickte.

Der große und schwere Gleisketten-Transporter schwankte leicht. Kopfgroße Steine füllten das ausgetrocknete Bachbett, durch das sich das Fahrzeug dem höchsten Punkt des Hügels näherte. Toschmol saß zwischen den anderen Männern eingekeilt auf der Plattform. Über ihnen wölbte sich die transparente Hülle, die einen freien Blick auf die Umgebung gestattete. Es gab aber nicht viel zu sehen. Nur Steine, hartes Gras und kleinlaubige Büsche mit zähen Zweigen. Alles erhielt durch das düsterrote Sonnenlicht eine fremdartige Färbung. Selbst der Schnee auf den Gipfeln der Berge am Horizont glänzte in rötlichem Schimmer.

Sie waren seit zwei Tontas unterwegs. In beinahe gerader Linie zwischen ihnen und dem Fluss lag das Lager. Im Augenblick versperrten mattbraune Felsen den Blick auf die Container, aber die riesige Wölbung der PROTALKH war ein metallischer Berg vor dem grünlichen Himmel. Kleine, zerfaserte Wolken zogen wie braunrote Flecken vorbei. Es war heiß in der Kuppel. Seit die fruchtbare Ebene mit ihrer parkähnlichen Landschaft zurückgeblieben war, wurden sie von Staubwolken begleitet. Toschmol kannte den Plan, den die Gruppe verfolgte, aber er hielt das Unternehmen für glatte Zeitverschwendung, und das versetzte ihn in eine sehr gereizte Stimmung.

Endlich erreichten sie die letzten Felsklippen. Die Reste des Bachbetts endeten abrupt an einer Mauer aus ineinandergefaltetem Gestein.

»Endstation«, knurrte Kolkor, der Anführer der Gruppe. »Wir steigen da hinauf.«

Schweigend machten sich die anderen bereit. Sie trugen Flugaggregate, die es ihnen erlaubten, auch das letzte Hindernis, das ihnen die Sicht versperrte, zu überwinden. Toschmol verließ ebenfalls das Fahrzeug. Als er neben Kolkor auf dem Felsen landete, hielt er unwillkürlich den Atem an. Keine zehn Zentimeter von seinen Stiefelspitzen entfernt fiel ein kleiner Stein in den gähnenden Abgrund einer ungeheuren Schlucht. Toschmol sah, dass der Stein auf kleineren Vorsprüngen aufprallte, Geröll mit sich riss und immer weiter fiel – bestimmt an die tausend Meter tief. Etwas weiter rechts brach mitten aus der Felswand ein Wasserstrahl hervor, wurde in hohem Bogen durch die Luft geschleudert und zersprühte einige hundert Meter tiefer auf den Felsen. Dampf stieg auf, und ein zischendes Pfeifen war zu hören. Weit unten glitzerten Wasserflächen. Dazwischen dehnten sich dunkle Wälder. Ein Fluss bahnte sich seinen Weg – er musste gigantische Ausmaße erreichen. Etwa fünfzig Kilometer entfernt ragte die gegenüberliegende Wand der Schlucht auf.

Toschmol verfolgte den Verlauf der Felsen und schüttelte verwundert den Kopf. Der erste Eindruck trog. Es war keine gewöhnliche Schlucht, sondern ein riesiges, vermutlich fast kreisförmiges Loch.

»Da unten gibt es Quellen von gefährlichen Mengen radioaktiver Strahlung«, sagte einer der Männer nach dem Blick auf seine Messgeräte. »Sieht beinahe so aus, als hätte eine gewaltige Explosion stattgefunden.«

»Schon möglich«, antwortete Kolkor.

»Darf ich mal sehen?« Toschmol wandte sich an den Mann mit dem Messgerät, las die Anzeigen und kniff die Augen zusammen. »Der angemessenen Isotopenverteilung zufolge hätte die Explosion vor längstens fünfzig Arkonjahren stattgefunden.«

»Und?«

Toschmol starrte Kolkor ärgerlich an. Die Dummheit mancher seiner Artgenossen ging dem Wissenschaftler mitunter sehr auf die Nerven. »In diesem Kratertal gibt es Pflanzenwuchs, der mit einiger Wahrscheinlichkeit deutlich älter als fünfzig Arkonjahre ist.« Kolkor verstand noch immer nicht, sodass sich Toschmol zu weiteren Erklärungen gezwungen sah. »Nach einer Explosion, die stark genug war, um ein solches Loch in den Boden zu reißen, vergehen unter natürlichen Bedingungen Jahrhunderte, ehe sich eine zusammenhängende Vegetationsdecke gebildet hat. Im Krater selbst wie auch in der Umgebung ringsum. Schlussfolgerung: Entweder ist die Pflanzenwelt dieses Planeten deutlich fremdartiger, als wir angenommen haben, oder das, was da explodiert ist, entstammte einer grundsätzlich fremden Technologie. Keinesfalls handelte es sich um den Einschlag eines Asteroiden, Kometen oder um ein, sagen wir mal, arkonidisches Raumschiff.«

»Wir vermerken es im Bericht«, sagte Kolkor gelassen. »Wichtig ist, dass dieses Tal ein risikoreiches Gebiet ist. Die Tiere und Pflanzen dürften mutiert sein, sind mit Sicherheit strahlenverseucht und somit für uns nicht brauchbar. Wir fahren weiter.«

Toschmol hielt ihn am Ärmel fest, ehe er sich vom Antigrav nach oben tragen lassen konnte. »Sollten wir nicht wenigstens versuchen herauszubekommen, was hier passiert ist?«

»Dazu ist später immer noch Zeit.«

Der Wissenschaftler seufzte. Es hatte keinen Sinn. Warum war vor der Landung das Gebiet nicht aufgefallen? Oder hatte der Kommandant gerade wegen der kreisförmigen Formation diese Landestelle ausgesucht? Nach Toschmols Meinung wäre es wirklich wichtig gewesen, diesen Riesenkrater zu untersuchen. War er natürlich oder künstlich entstanden? Hatten vielleicht fremde Raumschiffe diese Welt gefunden? Wenn ja, waren sie vernichtet worden? Warum gab es keine Überlebenden und keine Spuren anderer Schiffbrüchiger? Hatte Swann nicht von riesigen Metallnadeln berichtet? Drohte eine Gefahr, die möglicherweise ein anderes Schiff vernichtet hatte, auch der PROTALKH?

Der Transporter fuhr weiter. Die Gruppe fand einen relativ bequemen Weg, der an der Hügelflanke entlangführte. Weil wiederholt Proben eingesammelt wurden, kamen sie nur langsam voran. Toschmol verstand nicht, weshalb Zenkoorten eine so wenig spezialisierte Gruppe ausgeschickt hatte. Die Männer waren zäh und durchtrainiert, wissenschaftlich aber kaum geschult. Dadurch verloren sie unnötig Zeit; viele der Proben würden nutzlos sein.

Endlich blieb der Staub zurück, der Wagen fuhr über grasbewachsenes, sanft gewelltes Gelände. Den Instrumenten nach zu urteilen, befanden sie sich genau auf dem vorgesehenen Kurs, der sie in einem weiten Kreis um das Lager führen sollte.

Gegen Mittag trafen sie auf eine Herde antilopenartiger Tiere. Kolkor hob kurz die Hand, dann bellte ein Schuss, und eins der Tiere krümmte sich mitten im Sprung, fiel mit schlagenden Läufen in das hohe Gras und blieb regungslos liegen. Seine Artgenossen aber reagierten äußerst seltsam: Sie kehrten um, untersuchten das tote Tier sorgfältig, indem sie es beschnupperten, versuchten es mithilfe ihrer langen Hörner aufzurichten und standen dann eine ganze Weile ratlos da. Wie auf einen lautlosen Befehl ließen sie endlich vom toten Herdenmitglied ab und liefen weiter. Um den Transporter und die Männer kümmerten sie sich die ganze Zeit über in keiner Weise.

»Sie erkennen uns nicht als Gefahr«, sagte Kolkor zufrieden, während zwei Männer – darunter der Schütze – ins Gras sprangen und die Beute holten. »Bis sich der Fluchtinstinkt ändert, haben wir bei der Jagd ein leichtes Spiel.«

»Jagd?«

»Wir müssen überleben.« Kolkor antwortete brutal auf den Spott des Wissenschaftlers. »Oder sind Sie Vegetarier?«

Toschmol beobachtete die beiden Männer, die das tote Tier herbeischleppten, und er machte sich seine eigenen Gedanken. Ihm war im Grunde egal, dass sich diese Tiere einfach abschlachten ließen, damit die Leute der PROTALKH überlebten. Viel interessanter war das Verhalten der Tiere. Irgendetwas war falsch. »Die Tiere zeigen nicht die geringste Neugier.«

»Hm.« Kolkor reagierte nachdenklich. »Sie haben recht. Merkwürdig ist es schon. Selbst wenn sie uns nicht für gefährlich halten, hätten sie uns doch wenigstens bemerken und darauf reagieren müssen.«

»Sie haben zu uns gesehen«, sagte ein Mann. »Nur ganz kurz, dann wandten sie sich wieder ab. Mir kam es fast so vor, als wollten sie uns nicht beachten.«

»Red doch keinen Unsinn, Borgh.« Kolkor wollte noch weitersprechen, aber in diesem Augenblick schrie einer der Arkoniden, die sich dem Transporter wieder bis auf wenige Meter genähert hatten, gellend auf. Kolkor zuckte hoch, Toschmol beugte sich hastig vor. Der Mann sank im Gras zusammen.

»Zurück!«, brüllte Kolkor, als zwei Leute dem Mann zu Hilfe eilen wollten. »Borgh, du kommst mit.«

Toschmol beobachtete aus zusammengekniffenen Augen, wie Kolkor mit Borgh und dem anderen Mann diskutierte. Sie beugten sich über den Regungslosen und richteten sich nach wenigen Augenblicken auf. In ihren Gesichtern spiegelten sich Rastlosigkeit und Entsetzen. Stille herrschte im Transporter, als die drei den Toten in den Frachtraum legten und mit versteinerten Mienen auf die Ladefläche kletterten.

»Keine Spekulationen!«, warnte der Anführer, ehe jemand eine Frage stellen konnte. »Allem Anschein nach ist er völlig unverletzt. Vielleicht gibt es kleine Tiere im Gras, deren Biss sofort tödlich wirkt. Ebenso gut könnten es auch mörderische Pflanzen sein. Oder was auch immer. Von jetzt an nutzen wir die Flugaggregate, sofern wir nach draußen müssen. Ist das klar?«

Sie nickten beklommen, und Toschmol fragte sich, ob einem von ihnen der bedeutsame Unterschied aufgefallen war: Bei dem Toten handelte es sich um jenen Mann, der den Schuss abgegeben hatte.

Etwa zwei Tontas später erreichten sie den Fluss. Auf dem Weg hierher hatten sie ein halbes Dutzend weitere Tiere erlegt, darunter auch zwei von den Antilopen, ohne dass es zu einem neuen Zwischenfall gekommen war. Eine Überquerung des breiten Wasserlaufs war für heute nicht geplant. Sie fuhren am Ufer entlang, wobei sie sich auf dem breiten Geröllstreifen hielten, den das Wasser angeschwemmt hatte. Der Fluss war ungewöhnlich klar, und selbst mit bloßem Auge ließ sich erkennen, dass es in ihm von Tieren wimmelte. Toschmol spürte die Spannung der Männer. Der Auftrag der Gruppe war eindeutig, dennoch scheuten die Männer instinktiv davor zurück, auch einige der Wasserbewohner zu erlegen. Es dauerte Zentitontas, bis sich Kolkor zu einem Entschluss durchgerungen hatte.

»Wir halten an!«, befahl er. »Kenthol, du nimmst das Netz. Pass auf, dass du mir nicht in die Schussbahn gerätst.«

Toschmol begann sich überflüssig zu fühlen. Die Männer, die Zenkoorten ausgeschickt hatte, waren großartig aufeinander eingespielt. Kenthol ergriff ein unförmiges Paket und verließ den Transporter – mit aktiviertem Flugaggregat ließ er sich schräg nach oben tragen. Kolkor folgte ihm, schlug aber eine andere Richtung ein, spähte aufmerksam ins klare Wasser, dann genügte ein kurzer Wink. Kenthol schoss nach unten, das Paket entfaltete sich zu einem großen Netz aus glitzernden Fäden, dessen Seil am Gürtel des Arkoniden befestigt war. Das Netz tauchte ins Wasser, Kolkor schoss. Es gab einen Wirbel von Blasen, eine Dampfwolke stieg auf, dann zog Kenthol das Netz hoch. Zwischen den Maschen hing ein fast mannsgroßes, torpedoförmiges Tier.

Mehrmals wurde das Manöver wiederholt, bis Kolkor seinem Gefährten zunickte. Die Männer kehrten zum Transporter zurück. »Jetzt haben wir es fast geschafft«, sagte Kolkor lächelnd. »Du kannst weiterfahren, Ghoss.« Als der Fahrer nicht reagierte, beugte sich Kolkor vor. »Heh, bist du eingeschlafen?«

Er schlug dem Mann auf die Schulter. Ghoss sank vornüber – und als sein Körper die Armaturen berührte, fuhr der Transporter mit einem wilden Ruck los. Kolkor verlor das Gleichgewicht. Schreie und Flüche erklangen, während das Fahrzeug führerlos über die Steine rumpelte. Toschmol war im ersten Augenblick so fassungslos, dass er wie betäubt sitzen blieb, die Hände um die Sitzlehnen gekrallt. Erst als er den dicken Baumstamm sah, gegen den das Fahrzeug unweigerlich prallen würde, warf er sich vor. Irgendwie gelang es ihm, den schlaffen Körper des Fahrers zur Seite zu schieben. Er riss einen Steuerhebel herum, die Gleisketten schleuderten Steine und Schwemmholz hoch. Für Augenblicke schien es, als würde sich das schwere Expeditionsfahrzeug überschlagen, aber dann war die Gefahr vorbei. Mit zitternden Fingern brachte Toschmol alle Schalter auf Nullstellung.

Neben ihm rappelte sich Kolkor fluchend auf; er blutete aus einer Platzwunde an der Stirn. Er zog Toschmol zur Seite und beugte sich über Ghoss. Totenstille breitete sich aus, bis Kolkor schließlich sagte: »Er lebt.«

Ein derber Schlag traf Toschmols Schulter. »Danke! Ohne Sie hätte es bestimmt weitere Verletzte oder gar Tote gegeben. Hätte nicht gedacht, dass Sie so gut reagieren können.«

Toschmol legte sich selbst gegenüber keine Rechenschaft darüber ab, ob es dieses Lob war oder ob es an der gemeinsam überstandenen Gefahr lag. Jedenfalls fühlte er plötzlich, dass er dazugehörte. Diese Männer waren rau und ungeschliffen – aber wenn er ehrlich war, störte ihn das am allerwenigsten. Mit ihnen konnte man reden, ohne jedes Wort auf die Kristallwaage zu legen. Und auch die Gruppe änderte ihr Verhalten ihm gegenüber. Bis zu diesem Moment war er nur ein unerwünschter Passagier gewesen. Jetzt tauten die Raumfahrer auf.

Der Transporter hatte Mühe, sich aus dem lockeren Geröll frei zu arbeiten, in das Toschmol ihn gesteuert hatte. Kaum berührten die Gleisketten wieder freien Boden, kam Ghoss zu sich. »Was ist passiert?«

Sie erklärten es ihm, und er schüttelte verwundert den Kopf. »Verstehe ich nicht. Ich hab gesehen, wie ihr die Fische gefangen habt, und dann ... Ja, ich muss wohl eingepennt sein.«

»Du warst bewusstlos!«, korrigierte Kolkor ernst und sah dann Toschmol an. »Sie sind Wissenschaftler. Ich weiß, dass Sie sich mit Mythologien beschäftigen, und vielleicht hat das jetzt keine Bedeutung. Trotzdem würde mich interessieren, welche Meinung Sie haben. Was ist hier auf Loipos los? Dieser Planet wird mir unheimlich!«

»Loipos ... Das bedeutet *blinder Spiegel*. Woher kommt der Name?«

»Wir haben den Planeten so genannt«, murmelte Kolkor verlegen. »Als wir gestern draußen waren, gab es ein paar seltsame Dinge, die uns auffielen. Irgendjemand kam dann auf diesen Namen.«

Toschmol musterte die Männer aufmerksam. Es gab kein Anzeichen dafür, dass ihn jemand verspotten wollte. Ganz im Gegenteil. Aber die Wahrheit? Er war selbst ja auf Vermutungen angewiesen. »Sie kennen den Auftrag, den uns der Imperator und anderen gegeben hat?«

»Wir sollen dieses Fabelwesen suchen, von dem man meist nur hinter vorgehaltener Hand spricht. Ehrlich gesagt habe ich das bislang nicht ernst genommen. Gibt es dieses Geschöpf wirklich?«

»Die Aufzeichnungen, die uns zur Verfügung stehen, sind sehr alt und ungenau. Viele meiner Kollegen bezweifeln tatsächlich, dass Klinsanthor jemals existiert hat. Aber ich habe lange genug geforscht, um zu wissen, dass sie sich irren. Klinsanthor lebt, aber er schläft. Er hat sich an einen geheimnisvollen Ort zurückgezogen. Nach allem, was ich herausgefunden habe, muss sein Schlaf bereits Jahrtausende dauern. Vielleicht sogar länger.«

Die Männer sahen ihn stumm an.

»Das alles ist nicht so unwahrscheinlich, wie Sie vielleicht denken. Sie haben vom Angriff auf Trantagossa gehört? Unter denen, die die Attacke überlebt haben, waren einige Leute, die folgende Geschichte erzählten: Kurz vor der Attacke brachte ein Schiff zwölf Leichen nach Enorketron; man hatte die Körper in einer verlassenen Station eines unbekannten Volks gefunden. Die Leichen lagen in Geräten, die sie offensichtlich perfekt konservierten. Auf Enorketron wurde bei der wissenschaftlichen Untersuchung festgestellt, dass diese Körper gelebt haben müssen, als es das arkonidische Volk als solches noch gar nicht gab. Und nun stellen Sie sich vor, wie überrascht man war, als einer dieser unzweifelhaft toten Fremden plötzlich zum Leben erwachte ...«

»Das gibt es nicht.«

»Doch, Kolkor. Eine Kamera hat diesen Vorgang sogar aufgezeichnet. Diese angebliche Leiche stand auf und lief davon. Sie verhielt sich so geschickt, dass sie selbst mit den raffiniertesten Methoden nicht eingefangen werden konnte.«

»Und wo ist dieser ... Fremde geblieben?«

»Niemand weiß es«, murmelte Toschmol. »Durchaus möglich, dass er beim Angriff der Mcthans getötet wurde. Aber dieser Vorfall beweist, dass unsere Lebenserhaltungs- und Tiefschlafsysteme keineswegs vollkommen sind. Es gibt bessere! Wir können einen Körper zwar auch vor dem Verfall bewahren, aber nach einer bestimmten Zeitspanne stirbt das Gehirn wegen der Schädigung der Nervenzellen ab, sodass wir nach einem Wiedererweckungsversuch bestenfalls vor einem Idioten stehen, sofern die Erweckung überhaupt gelingt. Anderen Völkern und somit auch Klinsanthor stehen dagegen Geräte zur Verfügung, die vielleicht jenen der Fremden auf Enorketron gleichen. Somit kann er sich über lange Zeiträume am Leben halten. Daran ist dann gar nichts Mystisches. Und wenn seine technischen Möglichkeiten auch auf anderen Gebieten, bei Waffen und dergleichen, weit über den unseren lie-gen ...«

»Sie meinen, dass wir zufällig genau auf sein Versteck gestoßen sind?«

»Nicht zufällig – die grobe galaktische Position habe ich aus den diversen Andeutungen extrahiert. Der vermeintliche Hypersturm könnte eine automatische Abwehrwaffe gewesen sein. Und der Rest folgte fast zwangsläufig.«

»Das wäre eine Erklärung, weshalb Loipos ein so merkwürdiger Planet ist«, sagte Kolkor nachdenklich. »Aber wo steckt dieses Wesen? Wie findet man es?«

»Indem man seine Spuren deutet. Klinsanthor befindet sich meiner Meinung nach gar nicht hier, sondern auf der Schlackewelt. Dieser tote Planet ist die in den Mythen genannte Unwelt oder Skärgoth.«

»Das verstehe ich nicht«, mischte sich Borgh ein. »Warum sollte sich der Fremde ausgerechnet einen so ungastlichen Ort ausgesucht haben?«

»Ich weiß es nicht. Aber ich glaube, eine Erklärung gefunden zu haben. Sehen Sie sich um. Loipos ist ein Planet, der von Leben nur so wimmelt und beste Bedingungen bietet. Der andere Planet ist das genaue Gegenteil, obwohl auch er sich in der Lebenszone befindet. Mehr noch: Es ist äußerst unwahrscheinlich, dass eine derartige Konstellation durch die Natur geschaffen wird – zwei Welten gleicher Größe, gleicher Masse, die ihre Sonne im gleichen Abstand auf einer gemeinsamen Umlaufbahn umkreisen.«

»Tiga Ranton ...«

»Wurde ebenfalls künstlich erschaffen!« Toschmol winkte ab. »Auch wenn viele Geschichten etwas anderes behaupten. Ich weiß aus Aufzeichnungen, dass das System der drei Welten auf Befehl von Imperator Gonozal dem Dritten geschaffen wurde. Etwas Ähnliches muss hier stattgefunden haben. Der andere Planet wirkt, als sei seine Oberfläche verbrannt. Ich glaube, dass er absichtlich von allem Leben ... hm, gereinigt wurde. Das war eine Waffe!«

»Aber warum?«

»Klinsanthor überdauert die Zeiten in einem Schlaf, der dem Tod näher ist als dem Leben. Leben aber ist Aktivität, ständige Veränderung. Durchaus möglich, dass sich diese Aktivität – vielleicht auch ihr hyperphysikalisches Äquivalent im Sinne einer Lebenskraft – auf ein Wesen wie Klinsanthor verheerend auswirkt. Er braucht für seinen Schlaf vielleicht eine Umgebung, die von Leben isoliert ist. Andererseits benötigt er dennoch den anderen Pol, vielleicht gefilterte, speziell auf ihn abgestimmte Impulse, die ihn trotz seines Schlafs so lange am Leben halten. Diese Impulse kämen dann von Loipos; sie geben ihm die Kraft, den langen Schlaf in seiner Isolierung zu überdauern.«

Die Männer schwiegen, skeptisch zwar, aber nachdenklich. Toschmol beobachtete sie, und plötzlich wusste er, dass er den ersten Erfolg verbucht hatte. Seine Argumentation klang logisch, aber die Logik stand auf einem wackligen Podest von Vermutungen und Spekulationen. Gerade das aber schien die Männer zu beeindrucken.

»Es gibt, wie Swann herausgefunden hat, auf dieser Welt metallische Nadeln oder Pfeiler von beachtlicher Größe«, fuhr Toschmol fort. »Wenn wir eine davon untersuchen, kommen wir der Lösung des Rätsels vermutlich näher.«

»Zenkoorten hat befohlen, dass sich niemand diesen Objekten nähern darf.«

»Zenkoorten ist ein Narr. Er weigert sich, die Fakten anzuerkennen. Von Anfang an habe ich darauf gedrungen, dass der Schlackeplanet untersucht werden muss. Aber ich konnte mich nicht durchsetzen. Wir hätten uns viel ersparen können, einschließlich der Bruchlandung. Unser Auftrag wäre längst erfüllt und Klinsanthor geweckt. Bei der Macht dieses Wesens – es wäre ihm leichtgefallen, uns zu helfen.«

»Sie meinen, Klinsanthor könnte dafür sorgen, dass wir von hier fortkommen?«

»Mit Sicherheit. Wir sind gekommen, um ihn im Auftrag des Imperators zu wecken. Die Überlieferung besagen, dass der Arkonherrscher dazu berechtigt ist. Einem solchen Aufruf muss er folgen, auch das geht aus den Überlieferungen hervor. Wie aber sollte er nach Arkon kommen? Hat er ein eigenes Schiff? Oder benötigt er unseres?«

Kolkor sah seine Kameraden nacheinander an; sie nickten zögernd. »Also gut. Sollten Sie recht haben, brauchten wir nur die Schlackewelt aufzusuchen, und wir wären gerettet. Die PROTALKH ist ein Wrack. Nur die VALKARON hat die Zerstörung überstanden. Wir sollten Zenkoorten zwingen, uns das Beiboot zu überlassen.«

Toschmol hatte Mühe, seinen Triumph zu verbergen.

Am späten Nachmittag erreichten sie das Lager, luden die Beute aus und legten den Toten neben den Transporter. Dann warteten sie. Es dauert nicht lange, bis Zenkoorten kam. Neben ihm ging Varka. Die Männer warfen sich bedeutungsvolle Blicke zu, als sie feststellten, dass der Pilot die rechte Hand auf seiner Dienstwaffe liegen hatte.

»Einer von uns ist leider nicht mehr dazu in der Lage, sich zurückzumelden, Kommandant«, sagte Kolkor schleppend. »Und es hat nicht viel gefehlt, dann wäre keiner von uns wieder zurückgekommen.«

»Was ist geschehen? Ich erwarte, dass Sie eine ordnungsgemäße Meldung erstatten.«

Kolkor nahm mit ausdruckslosem Gesicht Haltung an und schnarrte einen kurzen Bericht herunter. Zenkoorten hörte zu und nickte schließlich. »Sie haben Ruhe verdient. Gehen Sie in Ihre Unterkunft und ruhen Sie sich aus. Ich sorge dafür, dass der Tote bestattet wird. Die wissenschaftliche Abteilung wird sich um die Proben kümmern.«

»Kommandant.«

Zenkoorten, der sich bereits zum Gehen gewandt hatte, drehte sich langsam um. »Was gibt es noch?«

»Wir sind der Ansicht, dass sich dieser Planet uns gegenüber feindlich verhält. Er wird uns alle töten, sollten Sie nichts unternehmen.«

»So.« Der Kommandant reagierte spöttisch. »Und was soll ich Ihrer Meinung nach tun?«

»Lassen Sie die VALKARON den Schlackeplaneten ansteuern«, forderte Kolkor. »Wir müssen unseren Auftrag erfüllen, sonst kommt keiner von uns mit dem Leben davon.«

Der Kommandant lächelte,. Varka hielt den Impulsstrahler in der Hand. »Sie sind also auf die verrückten Ideen unseres Gastes hereingefallen. Aber glauben Sie mir: Ich weiß genau, was ich tun muss, um die restlichen Überlebenden vor weiteren Gefahren zu bewahren. Deshalb werden wir den toten Planeten nicht anfliegen. Es gibt dort nichts, was uns weiterhelfen würde. Die VALKARON ist unsere einzige Garantie dafür, dass wir in absehbarer Zeit Hilfe herbeirufen können. Das Beiboot wird deshalb nicht der geringsten Gefahr ausgesetzt. Sie alle stehen unter Arrest, bis ich sicher bin, dass Sie keinen Unfug anstellen! Varka, du sorgst dafür, dass die Männer entsprechend untergebracht werden. Toschmol, kommen Sie mit.«

»Sie sind ein verbohrter Narr«, knurrte Kolkor, ehe er den Waffengurt löste und ihn zu Boden fallen ließ. Sie mussten sich den Anordnungen fügen. Toschmol beobachtete verbittert, wie die Männer entwaffnet und in eine Containerbaracke geführt wurden. Zwei Roboter erschienen, die die Unterkunft bewachen sollten.

»Warum hören Sie sich nicht wenigstens genauer an, was wir herausgefunden haben?«, fragte Toschmol wütend.

»Weil ich Ihre hübsche Geschichte bereits Wort für Wort kenne. Jedes Gespräch, dass im Transporter geführt wurde, habe ich abgehört. Dachten Sie wirklich, ich würde Sie so einfach mit diesen Männern allein lassen? Ich war mir sicher, dass Sie versuchen würden, einen Keil in die Mannschaft zu treiben. Aber das wird Ihnen nicht gelingen. Auch diese Männer werden einsehen, dass sie sich haben täuschen lassen. Zugegeben, das Märchen, das Sie sich zusammengereimt haben, klingt im ersten Moment gut – aber zu gut, um wahr zu sein. Ich werde es Ihnen beweisen.«

»Das wird kaum möglich sein.«

»O doch. Ihrer Theorie nach müsste es Impulse geben, die von den Nadelpfeilern Richtung Schlackewelt abgestrahlt werden. Das ist der entscheidende Punkt, auf dem Sie Ihr Gedankengebäude errichtet haben. Ich lasse die Objekte untersuchen. Sie werden sehen, dass es sich dabei um tote Bauwerke handelt, die früher vielleicht mal einen Sinn erfüllt haben mögen, inzwischen aber nichts weiter als ein skurriler Bestandteil der Landschaft sind.«

»Vielleicht erleben Sie eine Überraschung. Immerhin wird es gut sein, zu erfahren, was diese Objekte wirklich sind. Darf ich dabei sein, wenn die Nadelpfeiler untersucht werden?«

»Sie müssen sogar. Nur so kann ich Sie möglicherweise zur Vernunft bringen. Sollten Sie allerdings weiterhin versuchen, die Leute aufzuwiegeln, muss ich andere Mittel ergreifen, um Sie unschädlich zu machen.«

Lenth Toschmol überhörte die Drohung. Er warf einen Blick zur roten Sonne, die sich dem Horizont näherte. »Wann soll der Versuch stattfinden?«

»Sofort.«

Nur einer der schnellen, wendigen Gleiter war noch funktionstüchtig. Zenkoorten maß dem Unternehmen genug Bedeutung zu, um das wertvolle Fahrzeug einzusetzen. Toschmol saß zwischen dem Kommandanten und Varka in der Mitte der Kabine. Vor ihm hatte Swann neben dem Gleiterpiloten Platz genommen, hinter ihm saßen sechs Bewaffnete. Toschmol fragte sich, warum ausgerechnet Swann den Flug mitmachte, sagte laut aber nichts. Auch Zenkoorten hüllte sich in Schweigen, genau wie die übrigen Mitglieder der Expedition.

Sie überflogen den Fluss und rasten über eine weite, grasbedeckte Ebene nach Westen. Toschmol sah riesige Herden von Tieren, die in gleichmäßigem Trott einem unbekannten Ziel entgegenwanderten. Vor dem Gleiter zeichneten sich niedrige Hügel ab. Dahinter lag eine weitere Grasebene, und in deren Mitte erhob sich das Bauwerk, das sie untersuchen wollten. Selbst aus der Distanz wirkte es beeindruckend. Seine Spitze war nicht zu erkennen, der höchste Punkt des Nadelpfeilers verschwamm zwischen Wolken im rotbraunen Abendhimmel. Als sie näher kamen, wuchs der schlanke Turm zu einem unheimlichen, drohenden Schatten auf. Toschmol hatte das Gefühl, sich einer entsetzlichen Gefahr auszuliefern. Der Turm schien vor seinen Augen zu schwanken, als wolle er umkippen und das winzige Fahrzeug zerquetschen.

Vom Lager aus waren die fernen Silhouetten von insgesamt vier Nadelpfeilern zu sehen, während der Erkundungsfahrt hatte Toschmol sechs weitere dieser Bauwerke entdeckt. Sie wirkten wie die senkrechten Stäbe eines Gitters, das die Oberfläche des ganzen Planeten in kleine Zellen unterteilte. Die Daten, die bisher über sie vorlagen, waren dem Wissenschaftler bekannt. Aber er hatte nicht bedacht, dass die Gebilde aus der Nähe derart gigantisch wirken würden.

»Setzen Sie den Gleiter neben dem kleinen Gebüsch dort vorn auf«, durchbrach Zenkoortens Anweisung das unbehagliche Schweigen. Nach der Landung wandte sich der Kommandant an die sechs Männer im hinteren Teil der Kabine. »Sie kennen Ihre Aufgabe. Beeilen Sie sich, damit wir vor Anbruch der Dunkelheit wieder im Lager zurück sind.«

»Meinen Sie wirklich, dass man diesem Ungetüm in so kurzer Zeit alle Geheimnisse entreißen kann?«, fragte Toschmol spöttisch, während die Wissenschaftler, mit Messgeräten beladen, den Gleiter verließen.

»Was soll an oder in diesem Turm schon zu finden sein?«, knurrte Zenkoorten verächtlich.

Das Bauwerk bestand aus einem mattgrauen Metall und erreichte an der Basis einen Durchmesser von mehr als hundert Metern. Die Oberfläche war glatt, als hätten die Wesen, die diese Gebilde errichtet hatten, ihre Arbeit eben erst beendet. Es gab keine Anzeichen von Verfall oder Verwitterung, aber auch keine Öffnungen, Türen oder Fenster. Rings um den Turm war der Boden etwa fünfzig Meter weit graubraun – dort wuchs nichts. Die Wissenschaftler erreichten den Rand dieser Zone, blieben stehen und diskutierten. Messgeräte wurden zum Boden gerichtet, Proben von Staub und Sand verschwanden in kleinen Behältern.

»Rufen Sie die Leute zurück«, sagte Toschmol beunruhigt.

»Warum? Fürchten Sie, dass Ihre Theorie durch das Ergebnis der Untersuchung als unsinnig entlarvt werden könnte?«

»Sie begreifen nicht!« Toschmol unterdrückte seine Wut. »Diese Männer werden sterben, sollten sie sich dem Turm weiter nähern! Wollen Sie sechs Leute in den sicheren Tod schicken, weil Sie in Ihrer Verbohrtheit nicht zugeben wollen, dass Sie sich geirrt haben? Sie sind auf dem falschen Planeten gelandet, Zenkoorten! Wie oft soll ich Ihnen das noch sagen? Sie sind schuld am Tod der ganzen Besatzung, sollten Sie nicht nachgeben.«

»Jetzt reicht es aber. Halten Sie den Mund, oder ich lasse Sie paralysieren.«

Toschmol blickte plötzlich in die Mündung der Waffe, die Varka auf ihn gerichtet hatte. Resignierend sank er in die Polster zurück. Die Wissenschaftler hatten ihre erste Untersuchung der Staubschicht, die die Basis des Nadelpfeilers umgab, beendet und schritten weiter. Sie näherten sich der grauen Wand, die himmelhoch vor ihnen aufragte, erreichten das Ziel. Wieder wurden Messgeräte geschwenkt, dann streckte einer der Männer die Hand aus und berührte das Bauwerk. Lenth Toschmol stöhnte leise auf. Jetzt musste es geschehen!

»Nichts!«, sagte Zenkoorten neben ihm verächtlich. »Sehen Sie selbst! Dieser Turm ist genauso harmlos wie die Felsen ...«

»Kommandant!« Swann deutete zitternd nach oben. Knapp unterhalb der Wolken begann das Material plötzlich bläulich zu glühen. Ein seltsames Licht breitete sich aus, erfasste den gesamten oberen Bereich des Nadelpfeilers, wanderte tiefer und wurde immer intensiver. Die Wissenschaftler hatten es allem Anschein nach noch nicht bemerkt.

Zenkoorten riss das Mikrofon zu sich. »Kommen Sie sofort zurück!« Die Männer rührten sich nicht. »Verdammt! Sofort! Hören Sie mich nicht? Kommen Sie zum Gleiter, schnell!«

Doch nun hatte das blaue Glühen die Männer am Turm erreicht, und Zenkoorten schwieg entsetzt. Das Licht erfasste die Körper, die unvermittelt durchscheinend wurden. Erst jetzt reagierten die Männer. Sie versuchten zu fliehen, aber es war längst zu spät. Sie wurden in wenigen Augenblicken selbst zu Quellen des Lichts, glühten von innen heraus und dehnten sich gleichzeitig aus. Wie leuchtende Riesen schritten sie mit unsicheren Schritten über den verbrannten Boden. Gigantische Fäuste hoben sich zeitlupenhaft an. Als sie sich dem Gleiter bedrohlich näherten, hatte der Pilot endlich das Entsetzen überwunden. Der Gleiter schoss rückwärts davon, vom Nadelpfeiler und den verwandelten Arkoniden fort. Deutlich sahen die Überlebenden, wie die leuchtenden Gestalten in sich zusammensanken, bis nur noch winzige glimmende Klumpen übrig blieben. Eine Böe stäubte feine Asche auf und trug sie auf die Grasebene hinaus.

»Das war ein sinnloses Opfer, Sie Narr!«, sagte Toschmol leise, als er sich wieder gefangen hatte.

»Schweigen Sie!«, befahl Zenkoorten hart. »Wir kehren zum Lager zurück. Dieser Vorfall ist bedauerlich, aber er beweist nur, dass ich die Bauwerke falsch eingeschätzt habe. Wir werden diesen Dingern in Zukunft aus dem Weg gehen. Ich teile Ihnen später mit, was der offizielle Bericht über die Untersuchung enthalten wird. Bis dahin sind alle zum absoluten Stillschweigen verpflichtet. Ein Verstoß gegen diesen Befehl ist Meuterei! Haben Sie mich verstanden?«

»Sie haben laut genug gesprochen, Kommandant. Aber Sie übersehen eine gewichtige Tatsache. Ob Sie uns zum Schweigen bringen oder nicht – die anderen werden selbst sehen, welche Folgen Ihre unbedachte Tat hat.« Toschmol deutete in die Abenddämmerung hinaus. Erst jetzt bemerkte auch Zenkoorten, dass nicht nur ein Nadelpfeiler zu gespenstischem Leben erwacht war, sondern auch alle anderen im Umkreis. Wie bläulich glimmende Fäden zeichneten sich die Türme vor dem braunen Himmel ab. Jeder glühte, und diese Fanale würde man auch vom Lager aus sehen können.

6.

Aus: *Kerron da Hay-Boor an Glonar da Ragnaari,* 30. Prago des Tarman 4004 da Ark, auf echtem Khasurn-Blatt mit Chimon-Tinte niedergeschrieben – in: *Privatkorrespondenz der Ragnaari-Sammlung* (3. Auflage), Gos'Ranton/Arkon I, Kristallpalast, Archiv der Hallen der Geschichte, 4200 da Ark

Gruß Dir, werter Cousin, abermals muss ich mich entschuldigen, Dir so lange nicht geantwortet zu haben. Aber meine seinerzeit begonnenen Forschungen haben mich zu vielen Welten geführt, und ich bin erst vor wenigen Pragos nach Hiaroon zurückgekehrt. Wie Du Dir sicher denken kannst, bin ich auf Spuren von Klerakones gewandelt – es war nicht leicht, aus seinen Aufzeichnungen jene Informationen herauszufiltern, die als weitere Quellen taugten. Fest steht für mich inzwischen, dass er deutlich mehr wusste, als er in sein Epos einfließen ließ. Vieles hat er verbrämt, mitunter sogar bewusst entstellt, doch stets gab es auch verschlüsselte Hinweise, die – richtig gedeutet – neue Quellen eröffneten.

Sicher erinnerst Du Dich an meine Karte? Ich bin mir nun sicher, dass ich die Informationen damals richtig zusammengefasst habe. Im Schloss des Großen Kubis auf Birridom – erbaut aus großen, düsteren Steinquadern – fand ich eine ganze Reihe von Reliefs, die ohne Zweifel in Bezug zur Klinsanthor-Mythologie stehen. Unter anderem gibt es eine von sonderbaren Schnörkeln, die an Energiebahnen oder Entladungen erinnern, umgebene Abbildung, die der Sonnenkonstellation rings um Klinsanthors Unwelt entspricht: Das Doppelauge in Gelb und Rot und die sechs roten Sterne.

In der lokalen Überlieferung wird von sterbenden Sternen gesprochen, und es heißt auch weiter, sie würden zusammen mit dem Leben des »Unschuuburen« erlöschen.

Der »Unschaubare« selbst wiederum wird als unsterblich bezeichnet, jemand, der in seiner Gruft schläft, trotzdem auf der Unwelt allgegenwärtig ist, aber von Berechtigten geweckt und gerufen werden kann. Seine Macht erhielt er angeblich von den Sternengöttern höchstpersönlich, verbunden allerdings mit der Auflage, sie nur dann nutzen zu können, wenn er geweckt und gerufen wird. Eine bildliche Darstellung des

»Unschaubaren« gibt es bei den Reliefs nicht, wohl aber eine seiner
Gruft, die frappant an einen Kristallkhasurn vergleichbar dem Kristallpalast erinnert ...

Loipos: 10. Prago des Tedar 10.499 da Ark

»Es besteht kein Grund, sich wegen dieser Erscheinung Sorgen zu
machen«, behauptete Zenkoorten den versammelten Besatzungsmitgliedern gegenüber. »Gut, die Nadelpfeiler glühen – das lässt sich nicht
übersehen. Wir wissen jetzt, dass es gefährlich ist, einem solchen Bauwerk zu nahe zu kommen. Und wir werden uns danach richten. Sonst
ändert sich nichts.«

Er wurde von Swann unterbrochen: »Das steht noch nicht fest, Kommandant.« Zenkoorten warf dem Bärtigen einen wütenden Blick zu,
aber der Mann ließ sich nicht beeindrucken. »Ich messe eine Strahlung
an, die von den Türmen ausgeht. Es handelt sich um Impulse, deren
Bedeutung ich nicht kenne. Extrem hochfrequent im hyperenergetischen Spektrum, am Rand des uns zugänglichen Messbereichs.
Durchaus möglich, dass das Maximum mit unseren Methoden gar
nicht angemessen werden kann. Und wir wissen nicht, welche Wirkung
diese Strahlung – bei der das normaloptische Licht nur ein Sekundäreffekt ist – auf die einheimischen Tiere und Pflanzen hat. Ich fürchte, wir müssen uns auf unangenehme Überraschungen gefasst machen.«

»Wir werden wachsam sein. Wichtig ist lediglich, dass wir ruhig und
besonnen bleiben. Wir haben genug Waffen, um uns wirksam verteidigen zu können.«

»Wäre es nicht besser, den Ursprung der Gefahr zu suchen und vielleicht zu beseitigen?«

»Was wollen Sie damit andeuten, Swann?«

»Die Impulse werden nicht von den Nadelpfeilern selbst erzeugt.
Diese Türme scheinen sie nur zu empfangen und zu verstärken. Die
eigentliche Strahlungsquelle befindet sich nicht auf diesem Planeten.«

»Wo sonst?«

»Jenseits der roten Sonne, auf der Schlackewelt!«

»Wäre es so, könnten Sie das von hier aus nicht feststellen. Die Impulse müssten das Gestirn unbeschadet durchdringen, und das ist ziemlich unwahrscheinlich. Die von Ihnen angemessene Strahlungsquelle
könnte ebenso gut die Sonne selbst sein.«

»Ich sagte doch, dass es sich um extrem hochfrequente Hyperstrahlung handelt! Weit jenseits der natürlichen Strahlung einer Sonne. Außerdem ...« Als Swann zu Vrenaja Zortain hinübersah, sprach die Astronomin weiter.

»Außerdem hätte sich die Sonne auf irgendeine Weise verändern oder reagieren müssen, als die Türme zu glühen begannen. Das ist nicht geschehen.«

»Dann zeigen die Geräte eben was Falsches an. Es liegt an den Türmen.«

»Wir sollten mit der VALKARON starten und zur Schlackewelt fliegen!«, forderte Swann. »Dort sehen wir ja, ob die Messungen falsch sind, wie Sie unterstellen.«

»Das Beiboot wird nicht starten!«, sagte Zenkoorten scharf. »Und wenn, dann mit Sicherheit nicht zu der toten Welt, sondern in den freien Raum, um Verbindung zu einem arkonidischen Raumschiff oder Stützpunkt herzustellen. Es hat genug Tote gegeben. Ich verlange von Ihnen, dass Sie Disziplin bewahren und meine Befehle befolgen.«

»Er ist stur wie ein Panzer«, beschwerte sich Zortain bei Swann, während sich die Versammlung aufzulösen begann.

»Er wird umdenken müssen«, murmelte der Bärtige. »Hoffentlich dauert es nicht zu lange, bis er begreift, dass er mit seinen Methoden auf diesem Planeten nichts erreicht.«

»Was ist eigentlich mit Toschmol passiert? Er war doch dabei, als die Dinger untersucht wurden und aufglühten. Ich habe ihn seither nicht mehr gesehen.«

»Zenkoorten hat ihn eingesperrt. Er hält ihn für verrückt.«

»Ist er es?«

Der Bärtige zuckte mit den Schultern. »Ich halte ihn für einen Fanatiker. Aber ich fürchte, dass er in einigen Punkten richtigliegt. Loipos ist eine tödliche Falle. Wir sollten sehen, dass wir schleunigst von hier wegkommen.«

»Die VALKARON.« Die Arkonidin sah zum Wrack der PORTALKH hinüber, das sich dunkel gegen den von glimmenden, senkrechten Linien durchzogenen Himmel abhob. Das Beiboot stand hoch über dem Ringwulst in der geöffneten und beleuchteten Schleuse. Es war noch nicht ausgeschleust worden, weil der derzeitige Standort als sicherer galt.

Auch Swann sah zu dem Metallgebirge auf und überlegte, wen er für seinen Plan gewinnen konnte. Natürlich war es ein riskantes Unternehmen. Aber zur Not ließen sich alle Überlebenden in der sechzig Meter durchmessenden Kugel unterbringen. Sollte es noch mehr Unfälle geben ...

»Woran denken Sie?«

»Daran, dass wir hier sterben werden«, sagte Swann, »sollten wir dem Kommandanten weiter folgen.«

»Meuterei?«

»Ich würde es anders betrachten. Wir haben den Auftrag, die Welt von Klinsanthor zu suchen. Haben Sie den Eindruck, dass sich der Kommandant derzeit um seinen Auftrag kümmert?«

Sie pfiff leise durch die Zähne. »So ginge es. Niemand könnte uns etwas anhaben. Aber Zenkoorten wird um die VALKARON kämpfen. Und es gibt bestimmt Leute genug, die ihn unterstützen. Für sie ist das Überleben wichtiger als der Auftrag.«

»Varka, Kentoil, Zamok und ein paar andere Orbtonen.« Swann nickte bedächtig. »Etliche werden sich ihm unterordnen, besonders natürlich jene, denen Ausbildung und Flottendienst das eigene Denken abgewöhnt haben. Aber ich denke, wir haben trotzdem gute Chancen. Wir müssen nur dafür sorgen, dass uns Zenkoorten nicht zuvorkommt.«

»Sie können auf mich zählen. Ich habe keine Lust, auf diesem Geisterplaneten mein Leben zu beenden.«

»Das ist gut. Eine Astronomin werden wir brauchen können ...« Er unterbrach sich und deutete auf die PROTALKH. »Was ist das?«

»Zenkoorten muss Verdacht geschöpft haben. Er bringt das Beiboot in Sicherheit.«

Sie sahen, dass der kleine Kugelraumer aus der Schleuse trieb und jenseits des Lagers aufsetzte. In dem Augenblick, als es mit nachfedernden Landestützen den Boden berührte, heulte eine Alarmsirene auf. Swann wirbelte herum. Weitere Lichter erschienen entlang der Wrackwölbung. Neben ihm stöhnte die Frau leise auf. Männer hasteten an ihnen vorbei, auf die Überreste des Schlachtschiffs zu, in dem offenbar Brände ausgebrochen waren. Aus den Löchern, die die ehemals blanke Schiffshülle unterbrachen, quollen rot angehauchte Rauchwolken. Dahinter glühten Brandherde, erste Detonationen krachten. Bläuliches Leuchten mischte sich ins Glühen.

»Zurück!«, herrschte Swann die Astronomin an, die sich unwillkürlich in Bewegung setzte, um zu retten, was zu retten war.

»Die Geräte! Vorräte, Ausrüstung ...«, protestierte sie wütend und versuchte, sich aus seinem harten Griff zu befreien. »Es ist noch so vieles an Bord ...«

»Finden Sie sich damit ab, dass all das verloren ist! Dieses bläuliche Glühen ... wie bei den Nadeltürmen! Kommen Sie, wir müssen uns beeilen.«

Verwirrt stolperte sie neben ihm her. Das gesamte Lager befand sich in Aufruhr. Niemand achtete auf sie, als sie keuchend vor der Tür eines kleinen Containers stehen blieben. Swann zertrümmerte mit dem Kolben seiner Waffe das Schloss. »Kommen Sie raus.« Vrenaja erkannte die Männer, die sich schweigend ins Freie drängten – Kolkor und seine Leute. Auch Toschmol erschien. »Wir brauchen Waffen!«

Kolkor nickte; wenige Augenblicke hatten ausgereicht, um sich einen Überblick zu verschaffen. Der Mann verschwand lautlos in der Dunkelheit zwischen zwei Kunststoffgebäuden, die als Lager dienten. Toschmol öffnete den Mund, aber der Bärtige winkte hastig ab. »Später können Sie Fragen stellen. Jetzt ist keine Zeit.«

Kolkor kam zurück, auf den Armen etliche Handwaffen. »Die Wachen sind weg. Das Wrack?«

»Die Vernichtung ist eingeleitet.«

Die Waffen wurden verteilt. Niemand stellte mehr Fragen, als sie hinter Swann durch das Lager eilten. Sie schienen die Letzten zu sein, die sich noch zwischen den Containern aufhielten. Swann hoffte inbrünstig, dass die Leute, die versuchen wollten, den Brand aufzuhalten, früh genug begriffen, was mit der PROTALKH geschah. Als die VALKARON vor ihnen auftauchte, hob Swann den rechten Arm. Sie warfen sich zu Boden und beobachteten das Beiboot. Die Bodenschleuse war geöffnet, die Rampe ausgefahren – aber niemand zu sehen.

»Eine Falle?«, flüsterte Kolkor.

»Natürlich. Ich fürchte, dass wir zu spät gekommen sind. Sie bleiben hier und sorgen dafür, dass mir niemand folgt. Ich versuche, mit Zenkoorten zu reden. Vielleicht wird er doch noch vernünftig.«

»Ich komme mit«, sagte Toschmol energisch.

Swann war nicht in der Stimmung, eine Diskussion mit dem Wissenschaftler zu führen. Er stand auf und schob mit der Hand die hagere Gestalt zur Seite, als sich ihm Toschmol in den Weg stellen wollte. Kolkor hielt den Wissenschaftler am Arm fest, achtete nicht auf den wütenden Protest. Toschmol verstummte, als er einsah, dass es wohl besser so war. Niemand wusste, in welcher Verfassung sich Zenkoorten befand. Gerade auf Toschmol würde er aber besonders allergisch reagieren. Swann näherte sich der Bodenrampe mit erhobenen Armen.

»Das ist nahe genug!« Die Stimme erklang, als er noch zehn Schritte vom Rampenende entfernt war. »Was wollen Sie, Swann?«

»Mit Ihnen reden, Kommandant.«

»Sie geben auf?«

»Nein! Aber ich hoffe, dass wir einen vernünftigen Kompromiss finden. Sie sehen, was mit der PROTALKH passiert. Wollen Sie warten, bis es dem Beiboot ebenso ergeht? Warum bestehen Sie darauf, dass wir auf Loipos bleiben? Die Gefahren, die draußen im Raum auf uns warten, können kaum schlimmer sein als das, was der Planet zu bieten hat.«

»Ist das alles, was Sie zu sagen haben?«

Swann schüttelte verzweifelt den Kopf. »Zenkoorten! Denken Sie an den Rest Ihrer Besatzung!«

»Ich denke an sie! Eben darum werde ich verhindern, dass die VALKARON jetzt schon startet. Wir haben Messgeräte an Bord; noch immer ist es gefährlich, den Planeten zu verlassen. Das Beiboot ist unsere letzte Chance. Ich werde es nicht sinnlos opfern, weil Sie und ein paar Narren die Nerven verlieren. Gehen Sie zurück, Swann, und teilen Sie den anderen das mit. Wer sich dem Beiboot nähert, wird paralysiert.«

»Er muss den Verstand verloren haben«, knurrte Toschmol, als sie langsam zum Lager zurückgingen. Noch immer glühten die Reste des riesigen Raumers. Ein zuckender bläulicher Lichtschein lag über den Containern, Ausrüstungsstapeln und notdürftigen Kunststoffhütten. Von den anderen Überlebenden war nichts zu sehen, und Swann befürchtete schon, sie seien als Einzige verschont geblieben, bis sie endlich neben einer Baracke eine Frau entdeckten.

»Garila«, rief die Astronomin erstaunt. Die junge Frau, die auf dem Boden kauerte, hob langsam den Kopf. Verständnislos starrte sie die Raumfahrer an. Sie war unverletzt, stand jedoch unter starker Schockwirkung. Sie brachten sie in die Hütte, gaben ihr etwas zu trinken und warteten ungeduldig darauf, dass sie sich fing und etwas erholte. »Sie war in der PROTALKH, wollte Geräte bergen. Sie muss gesehen haben, was geschehen ist.«

»Das heißt, dass es Überlebende gibt«, sagte Swann.

»Wir suchen nach ihnen.« Kolkor nickte und gab seinen Leuten einen Wink.

»Gehen Sie nicht zu nahe ans Wrack heran«, warnte der Bärtige. »Das ist kein normaler Brand. Das blaue Glühen ähnelt der Erscheinung, die wir beim Nadelpfeiler beobachtet haben. Ich fürchte, dass jeder Arkonide stirbt, der in den Einflussbereich dieser Strahlung gerät.«

Toschmol, Zortain und Swann blieben zurück, hockten sich auf die Feldbetten und hingen ihren Gedanken nach. Der Wissenschaftler war der Erste, der das Schweigen brach. »Wie schaffte es Zenkoorten so schnell, die VALKARON in seine Gewalt zu bringen?«

»Er muss sich vorbereitet haben«, antwortete Swann. »Es war vorauszusehen, dass unter den gegebenen Umständen Meinungen geäußert werden, mit denen er nicht einverstanden ist. Also hat er von vornherein dafür gesorgt, dass die VALKARON von seinen Untergebenen aus dem Hangar geholt wird. Er muss den Befehl schon vor der Besprechung gegeben haben, sonst wäre es nicht so schnell gegangen. Als dann genau das eintrat, was er befürchtete, eilte er auf schnellstem Weg zum Beiboot. Es wird schwer sein, ihn und seine Leute zu überrumpeln. Solange sie im Schiff bleiben, sind sie unangreifbar.«

»Wäre er doch nicht so stur«, seufzte Vrenaja verzweifelt. »Ich verstehe es nicht.«

Swann winkte ab. Er hatte es aufgegeben, sich mit der Psyche des Kommandanten zu beschäftigen. Er kannte Zenkoorten als einen Mann, der selbst in den aussichtslosesten Situationen einen klaren Kopf behielt, dessen Gedankenwelt jedoch restlos von den Anforderungen der militärischen Disziplin geprägt war. Zenkoorten handelte logisch – nur ließ sich seine Logik nicht mit den hier auftretenden Phänomenen vereinbaren. Er hörte ein leises Rascheln und richtete sich auf. Draußen bewegte sich etwas. Swann lauschte angestrengt, aber er wurde aus diesen Geräuschen nicht klug. Er gab den anderen einen Wink, sich ruhig zu verhalten, und schlich zur Tür. Die Waffe hielt er schussbereit in der Hand. Er lauschte abermals. Jetzt waren die Geräusche deutlicher. In das Rascheln, das er sich nicht erklären konnte, mischte sich das Tappen schwerfälliger Schritte. Dann erklang ein röchelndes Stöhnen.

Swann griff nach links und schaltete die Lampen aus. Gleichzeitig stieß er die Tür auf, die nur angelehnt gewesen war. Er sah zweierlei. Die lautlose Zerstörung der PROTALKH war weiter fortgeschritten; die glühende Masse jenseits des Lagers strahlte intensiv blau, war aber deutlich kleiner geworden. Und gegenüber, in der Lücke zwischen zwei Containern, stand ein Arkonide. Der Mann schien am Ende seiner Kräfte zu sein, hielt sich nur mühsam auf den Beinen.

Erleichtert ließ Swann die Waffe sinken und eilte zu dem anderen. Der Fremde schien ihn bemerkt zu haben, blieb stehen und hob schwerfällig den rechten Arm, taumelte dann aber scheinbar unkontrolliert nach vorn und fiel gegen den Bärtigen. Swann hielt dem unerwarteten Aufprall nicht stand und stürzte. In diesem Augenblick schlossen sich die Hände des anderen um seinen Hals. Der Gegner verfügte über Kräfte, die Swann nicht in dem schwankenden Kerl erwartet hatte. Er wehrte sich verzweifelt, aber der Druck auf seine Kehle wurde immer stärker. Rote Schleier wallten vor seinen Augen, dann kam die Dunkelheit ...

»Wir müssen starten«, sagte Varka eindringlich.

»Im All ist es zu unsicher«, erwiderte Zenkoorten stur. »Abgesehen davon, dass wir einen Teil der Besatzung zurücklassen müssten.«

»Sie wissen, dass Sie unrecht haben.« Der Anblick des Kommandanten reichte, um in Varka eine irrationale Wut wachzurufen. »Die paar Leute, die noch leben, können wir problemlos unterbringen. Und Ihre Ausrede von den Gefahren, die im All lauern, kann mich nicht mehr beeindrucken. Es geht ums Überleben! Wir müssen zumindest die Umlaufbahn erreichen. Bei den Dämonen der Finsternis, Sie haben doch selbst gesehen, wie sich die Leute auflösten, die dem Wrack zu nahe kamen. Die Strahlung wird sich ausdehnen, sie wird die VALKARON erfassen und uns auslöschen!«

»Reden Sie keinen Unsinn. Es wird nichts geschehen. Das Glühen wird zurückgehen, sobald nicht mehr genug von der PROTALKH übrig ist. Das Lager steht noch, und dort gibt es Vorräte und Ausrüstung. Alle, die noch draußen sind, können überleben, wenn sie sich vernünftig verhalten. Die VALKARON ist nicht für den Aufenthalt einer großen Gruppe über eine längere Zeitspanne ausgelegt. Eine Warteposition im Orbit kommt deshalb nicht infrage. Wenn wir starten, brauchen wir die Sicherheit, dass wir binnen weniger Tage gerettet werden.«

»Das sagen Sie.« Varka stand drohend auf. »Ich glaube Ihnen nichts mehr. Sie sind übergeschnappt. Sie wollen uns alle hier verrecken lassen! Wir sollen sterben, damit niemand von Ihrem Verbrechen erfährt.«

»Wovon reden Sie eigentlich?«

»Das wissen Sie ganz genau. Sie wollen den Auftrag nicht erfüllen. Sie haben von Anfang an geplant, uns zu erledigen, damit Sie die Suche abbrechen können ...«

Varka brach zusammen. Zenkoorten betrachtete den Piloten bedauernd, dann steckte er den auf Paralyse geschalteten Kombistrahler ins Halfter zurück. Der Mann überlegte, was dieser Zwischenfall bedeuten mochte. Seit zwei Arkonjahren arbeitete er mit Varka zusammen, und in dieser Zeit hatte er den jungen Mann als absolut zuverlässig schätzen gelernt. Wie kam er nur auf diese Ideen? Die Anschuldigungen waren absurd.

Er hörte einen Schrei und zuckte zusammen. Hastig lief er aus der Kabine. Am Ende des Korridors sah er einen Schatten, er rannte darauf zu. Als er den Seitengang erreichte, war niemand mehr zu sehen. Ein leises Scharren warnte den Kommandanten. Er warf sich zur Seite. An der Stelle, an der er sich eben noch befunden hatte, kochte der Plastikbelag des Bodens. Aus den Augenwinkeln heraus bemerkte Zenkoorten eine Bewegung. Er schoss, der Gegner brach zusammen. Der Kommandant robbte hastig in die Deckung einer Nische und beobachtete misstrauisch die Umgebung. Aber es blieb alles still. Vorsichtig schob er sich vorwärts und eilte lautlos zu dem Mann hinüber, den er paralysiert hatte. Er drehte den schlaffen Körper um – es war Kentoil. Verwundert schüttelte Zenkoorten den Kopf. Also noch einer, der den Verstand verloren hatte. Nach kurzem Überlegen schleppte er den Funker in seine Kabine, suchte zwischen seinen Sachen und zweckentfremdete einige zerrissene Kleidungsstücke, um die beiden Männer zu fesseln. Dann überprüfte er die Ladung seines Kombistrahlers.

Bevor er sich auf den Weg zur Zentrale machte, schaltete er die Bildsprechanlage auf Empfang, aber zu seiner Überraschung waren alle Leitungen tot. Nachdenklich starrte der Mann den leeren Bildschirm an. Es dauerte eine ganze Weile, bis er sich bewusst wurde, dass er sich in Gefahr befand. Irgendein Bild hätte angezeigt werden müssen. Dass das nicht der Fall war, konnte nur eins bedeuten – er wurde absichtlich von der internen Verbindung ausgeschlossen. Das war Meuterei!

»Na wartet«, murmelte er. Seine Schritte hallten provozierend laut durch das Schiff, als er der Zentrale entgegenging. Nur dort konnten sie auf ihn warten. Wer in diesem Raum saß, kontrollierte die ganze VALKARON. Das Schott wich lautlos zur Seite. Zenkoorten spähte vorsichtig um die Ecke, bereit, sich notfalls gegen die gesamte Besatzung zur Wehr zu setzen. Was er jedoch sah, entlockte ihm ein dumpfes Stöhnen. Seine Hand öffnete sich, der Kombistrahler polterte auf den Boden.

Langsam ging er in den Raum. Er zählte die Männer, die dort lagen, und stellte fest, dass außer Varka, Kentoil und ihm niemand mehr lebte. Alle an Bord hatten sich hier versammelt – und sie waren tot. Die Todesursachen waren vielfältig, sie hatten nur eins gemeinsam: Alle achtundzwanzig Männer waren umgebracht worden! Es dauerte lange, bis er fähig war, einen klaren Gedanken zu fassen. Der Kommandant schleppte die Leichen in die angrenzenden Räume, holte Varka und Kentoil aus seiner Kabine und legte sie auf den Boden. Als er sie vor sich sah, starr, gefesselt und wehrlos, überkam ihn der irrsinnige Gedanke, sie könnten an allem schuld sein. Seine Hände öffneten und schlossen sich unkontrolliert. Das Verlangen zu töten wurde übermächtig. Er verlor die Beherrschung.

Als er wieder zu sich kam, stand er über die beiden Leichen gebeugt. Das Messer in seiner rechten Hand war rot. Blut! Er starrte es an und ließ es in jähem Erschrecken fallen. Was hatte er getan? Gehetzt sah er sich um, dann begriff er, dass ihn niemand beobachtet hatte. Gut. Das gab ihm eine Chance. Die Leichen mussten verschwinden. Und dann musste er dafür sorgen, dass die anderen, die draußen herumliefen, keinen Verdacht schöpften. Sie durften nicht erfahren, dass ein Mörder die VALKARON beherrschte.

Hastig machte sich Zenkoorten an die Arbeit. Er suchte die Aufzeichnungen zusammen, die er mitgebracht hatte. Speicherkristalle stapelten sich auf dem Tisch. Er legte den ersten ein und aktivierte die Außenlautsprecher. Dann eilte er nach unten. Die Schleuse stand offen, und er erschrak bei dem Gedanken, dass Swann oder ein anderer inzwischen an Bord gekommen sein könnte. Aber er beruhigte sich damit, dass er kein Alarmsignal gehört hatte. Er horchte auf die hallenden Stimmen, die aus den Lautsprechern drangen, legte sich auf den Boden und zielte, den Kombistrahler auf Thermostrahlmodus geschaltet, nach draußen. Er würde dafür sorgen, dass ihn niemand als Mörder entlarvte.

Vrenaja Zortain hörte lautes Stöhnen und sprang auf.

»Bleiben Sie hier«, zischte Toschmol, aber die Frau kümmerte sich nicht darum.

Sie trat vor die Hütte und hatte für Augenblicke Mühe, in der blauen Dämmerung überhaupt etwas zu erkennen. Dann erst entdeckte sie das dunkle Knäuel, das die beiden am Boden liegenden Männer bildeten. Sie ließ die Lampe aufblitzen, erkannte, was vorging, und stürzte sich mit einem wütenden Schrei auf den Fremden. Sie schlug ihm die Waffe über den Schädel, aber die Hände des Irren krampften sich selbst in der Bewusstlosigkeit noch um Swanns Hals. Sie musste die Finger einzeln mit Gewalt auseinanderbiegen. Endlich gelang es ihr, den schlaffen Körper des Fremden zur Seite zu wälzen. Sie beugte sich über Swann, rüttelte ihn an den Schultern, aber er reagierte nicht. Erst nach bangen Augenblicken hörte sie das schwache Röcheln.

»Toschmol!«, rief sie. »Helfen Sie mir, verdammt!« Gemeinsam schleppten sie Swann bis zu einem Lager. »Warum hat der Irre angegriffen?«

Swann war bewusstlos und atmete mühsam, aber er lebte und würde es überstehen. Garila lag noch immer regungslos auf dem Feldbett und starrte aus weit aufgerissenen Augen zur Decke. Toschmol überlegte, ob er für diese Leute sein Leben riskieren sollte. Zweierlei war ihm klar geworden. Erstens hatte die unbekannte Strahlung nicht nur die PROTALKH vernichtet, sondern auch bei einem Teil der Überlebenden eine unheimliche Wandlung bewirkt. Zweitens würden die, die das Chaos schließlich überstanden, keinen anderen Wunsch hegen als den, dieses System schleunigst zu verlassen. Er konnte nicht darauf hoffen, dass ihn jemand freiwillig zur Schlackewelt begleitete. Andererseits aber brauchte er die Leute. Allein konnte er die VALKARON nicht zu dem toten Planeten fliegen.

»Wir benötigen Medikamente und Ausrüstung«, sagte er. »Sie haben Waffen, können sich also verteidigen. Ich gehe los und versuche, einiges aus den Lagern herbeizuschaffen. Lassen Sie niemanden an sich heran, sofern Sie keinen einwandfreien Beweis dafür haben, dass der Betreffende normal reagiert. Und bleiben Sie auch dann wachsam.«

»Wäre es nicht besser, wir würden uns gleich in einem der Lager verbarrikadieren?«

»Auf die Idee bin ich auch schon gekommen. Aber erstens müssten wir die beiden Schützlinge transportieren – Ihre Kollegin ist völlig weggetreten, Swann wird eine Weile brauchen, um sich zu erholen. Zweitens werden auch andere Überlebende auf diesen Gedanken kommen. Die Lager werden Brennpunkte im Kampf ums nackte Leben sein. Ich sitze nicht gern vor einer Zielscheibe.«

Toschmol verließ die Hütte, schloss die Tür hinter sich und lauschte. Er hörte, dass die Astronomin von innen den Riegel einrasten ließ, und nickte zufrieden. Dann sah er den Mann, den Vrenaja niedergeschlagen hatte. Etwas bewegte sich raschelnd über den Körper des Bewusstlosen. Misstrauisch ging er näher heran, schaltete die Lampe ein, entdeckte jedoch nichts Verdächtiges. Das schmale Gesicht des Fremden war grässlich verzerrt, aus den Mundwinkeln floss schaumiger Speichel. Die mattgraue Kombination war schmutzig und zerfetzt. Pflanzenteile hatten sich an Beinen und Armen verfangen. Wahrscheinlich war der Mann ziellos durch das Gebüsch am Nordrand des Lagers gestolpert.

Nein! Toschmol sah noch einmal hin. Jetzt erkannte er, was er zunächst übersehen hatte. Die Pflanzen waren frisch. Aber es war heiß, der trockene Wind, der jeden Hauch von Feuchtigkeit mitriss, blies zwischen den Hütten. Ein entsetzlicher Verdacht keimte in dem Wissenschaftler. Er musterte den Verlauf einzelner Ranken und stellte fest, dass die Pflanzen an vielen Stellen den Stoff durchdrangen. Er zwang sich, ein Hosenbein zu packen, wollte es mit einem Ruck nach oben streifen. Es ging nicht. Er zog das Messer, das zur normalen Ausrüstung eines jeden Raumfahrers gehörte. Als Toschmol den Stoff zerschnitt, zogen sich die dünnen Fäden aus der Haut des Bewusstlosen zurück – hastig, aber nicht schnell genug, als dass er es hätte übersehen können.

Langsam richtete sich der Wissenschaftler auf, leuchtete das Gesicht an. Eine dünne Faser tastete sich über den Mund des Raumfahrers. Toschmol zog vorsichtig das linke Lid hoch. Eine Masse dünner Fäden bewegte sich. Das Auge des bedauernswerten Opfers war dem unheimlichen Parasiten bereits zum Opfer gefallen! Toschmol erkannte, dass es in diesem Fall keine Rettung mehr gab. Sein Magen revoltierte, aber er zielte sorgfältig, seine Hände blieben ruhig. Der grelle Thermostrahl tötete den Bewusstlosen sofort. Toschmol nahm den Finger erst vom Abzug, als der Körper völlig verbrannt war.

»Toschmol, sind Sie das?«, fragte die Astronomin ängstlich hinter der Tür.

»Ja«, antwortete er rau. »Machen Sie sich keine Sorgen; es ist alles in Ordnung.«

Vorsichtig glitt er in der blauen Dämmerung vorwärts. Er sah einen Mann, der über den provisorisch geglätteten Platz in der Lagermitte stolperte. Der Mann beachtete den Wissenschaftler nicht, und Toschmol blieb vorsichtig im Schatten, bis der andere verschwunden war. Dann huschte er weiter und erreichte endlich eine lang gestreckte Containerbaracke, in der ein Teil der geretteten Vorräte gestapelt war. Im ganzen Lager hatte sich eine unnatürliche Ruhe ausgebreitet. Nichts regte sich zwischen den Containern und Hütten. Es gab keine raschelnden Blätter, keine zirpenden Nachttiere, keine Stimmen oder Schritte. Das Wrack der PROTALKH verging in lautlosem Glühen und überschüttete die Umgebung mit bläulichem Dämmer.

Toschmol schüttelte das Gefühl der Beklemmung ab, das ihn in dieser Lautlosigkeit befiel. Er untersuchte die Tür; sie war nur durch einen einfachen Riegel gesichert – von außen. Er lächelte schwach. Diesmal hatte er allem Anschein nach Glück. Trotzdem hielt er den Kombistrahler schussbereit. Die Tür knarrte leise. Toschmol war nicht so töricht, vor der Öffnung stehen zu bleiben. Er wartete, eng an die Wand gepresst, bis er meinte, dass sich etwaige Gegner inzwischen hätten verraten müssen. Dann erst schob er sich an die Öffnung heran. Noch immer rührte sich nichts. Er huschte in den dunklen Raum – und erhielt einen Schlag auf den Hinterkopf, der ihn augenblicklich zu Boden gehen ließ.

Als Toschmol wieder sehen konnte, war die Tür geschlossen. Eine grelle Lampe, die genau auf sein Gesicht gerichtet war, blendet ihn. Er blinzelte verwirrt und setzte sich stöhnend auf.

»Schon gut«, sagte eine vertraute Stimme. »Es ist Toschmol. Er ist in Ordnung.«

Der Lichtkegel der Lampe wanderte ein Stück zur Seite. Der Wissenschaftler sah Kolkor, der eben seine Waffe in den Gurt zurücksteckte. Drei Männer der ursprünglichen Gruppe fehlten – acht andere und eine Frau, in der er die Navigatorin Zeranal erkannte, waren dafür hinzugekommen.

»Ich nehme an, wir hatten die gleiche Idee.« Kolkor lächelte verlegen. »Tut mir leid, aber wir wussten nicht, dass Sie es waren.«

Toschmol winkte ab. »Zortain ist allein. Wir sollten uns beeilen.«

»Wir haben schon alles zusammengesucht und wollten eben aufbrechen.« Kolkor gab den anderen ein Zeichen. »Was ist mit Swann?«

Toschmol berichtete kurz von dem, was vorgefallen war. Noch einigem Zögern erwähnte er auch den Grund, der ihn veranlasst hatte, den Fremden zu verbrennen.

»Die Pflanzen fangen also auch schon an.« Toschmol sah Kolkor fragend an. »Zwei Leute wurden von Insekten getötet. Es ging so schnell, dass wir nichts tun konnten. Diese Biester stürzten sich wie von Sinnen auf ihre Opfer. Ein Dritter drehte durch; fing einfach an, um sich zu schießen. Verstehen Sie das?«

»Es ist Wahnsinn«, sagte Toschmol leise. »Der ganze Planet kommt mir wie eine Verkörperung des Irrsinns vor. Sind das alle Überlebenden, die Sie gefunden haben?«

»Wir haben die Suche abgebrochen.«

»Verständlich.«

Sie beluden sich mit den bereitgestellten Paketen. Als sie die Containerbaracke verließen, flammten plötzlich bei der VALKARON starke Scheinwerfer auf. Kurz darauf hörten sie weithin hallende Stimmen aus den Lautsprechern und blieben verblüfft stehen.

»*Und noch zwei drauf, Jark.*«

»*Ha, das wirst du bereuen. Wenn du so weitermachst, verlierst du dein letztes Hemd. Da, schau mal, grün, noch mal grün und jetzt braun. Na, wie ist es nun um deinen Mut bestellt?*«

»*Du bist ein Halsabschneider, Varka. Ich glaube fast, du steuerst das verdammte Ding. Das ist doch kein Zufall mehr.*«

»*Falls du Lust hast, kannst du die Drähte einzeln durchprüfen. Mach dir nichts draus. Komm, trink noch einen Schluck. Es ist ja egal, wie viel du verlierst. Hier kommen wir lebend doch nicht mehr raus.*«

»Was soll der Unsinn?«, fragte Toschmol beunruhigt.

»Sie spielen Farbensetzen«, sagte Kolkor trocken. »Eine einfache

Sache. Zwei Farbscheiben rotieren entgegengesetzt vor einer Lichtquelle. Werden sie gestoppt, erscheint eine bestimmte Farbe auf der Projektionsfläche. Man kann auf reine Farben setzen oder auf bestimmte Farbtöne. Ein Spiel mit dem Zufall. Vor allem braucht man keine besonderen Geräte dazu.«

»Das ist mir klar«, entgegnete der Wissenschaftler ärgerlich. »Aber weshalb verkünden sie diesen Unsinn über die Lautsprecher?«

»Vielleicht sind sie ebenfalls verrückt geworden. Hm, nein – dann würden sie nicht seelenruhig ein solch idiotisches Zeug spielen. Ich nehme an, dass sie uns zermürben wollen. Wir sollen hören, wie gut es ihnen geht.«

»Ist doch sinnlos. Zenkoorten weiß schließlich, was hier draußen los ist. Auch wenn er sich stur an irgendwelche Vorschriften hält, dürfte er niemals erlauben, dass wir auf diese Weise zusätzlichen Belastungen ausgesetzt werden. Das passt nicht zu ihm.«

»Was weiß ich?« Kolkor rückte seine Last zurecht und stapfte voran. In der rechten Hand hielt er die schussbereite Waffe. Die anderen folgten schweigend. Aus den Lautsprechern hallte dröhnendes Gelächter über das Lager.

»Das ist ja nicht zum Aushalten«, knurrte Swann wild. Sie hatten sich provisorisch in der Baracke eingerichtet. Der Bärtige hatte zwar noch arge Schluckbeschwerden, aber sonst war er wieder wohlauf. Die Arkonidin, die den Beginn der Katastrophe auf der PROTALKH miterlebt hatte, schlief endlich; sie hatte ein starkes Medikament erhalten. Toschmol hoffte, dass sie wieder normal reagieren würde, sobald sie aus der Betäubung erwachte. Er musste unbedingt erfahren, wie es zu diesem rätselhaften Lichtausbruch gekommen war.

Nach den bisher bekannten Daten konnten sie sich ausrechnen, dass bis zur Morgendämmerung noch etwa zwei Tontas vergehen würden. Sie waren alle erschöpft und wünschten sich eine Pause. Kolkor und einer seiner Männer erklärten sich bereit, die erste Wache zu übernehmen. Und nun war es unmöglich, ein Auge zu schließen, weil die Lautsprecher der VALKARON das Lager mit unerträglichem Lärm überschütteten. Hatte vorher die absolute Stille an den Nerven gezerrt, brachten sie nun die Stimmen der Orbtonen an den Rand des Wahnsinns. Da wurden Witze erzählt, die so alt waren, dass niemand selbst unter weitaus günstigeren Umständen darüber lächeln konnte. Es fiel kein Wort über die Situation der Schiffbrüchigen, keins der zahlreichen Probleme wurde angesprochen. Nur banale Unterhaltungen waren zu hören, mit denen gelangweilte Männer Phasen der Untätigkeit zu überbrücken versuchten.

»Ich gehe jetzt los und sorge dafür, dass dieser Lärm aufhört«, sagte Swann irgendwann resolut und schwang sich vom Feldbett.

»Lassen Sie es«, murmelte Kolkor müde. »Glauben Sie, Zenkoorten lässt Sie ins Schiff? Von draußen können Sie sich nicht bemerkbar machen. Bei dem Getöse werden Sie halb taub, sobald Sie nur in die Nähe der VALKARON kommen.«

»Das ist mir egal.« Swann zog den Waffengurt fest. »Ist außer mir noch jemand der Meinung, dass Zenkoorten einiges klargemacht werden sollte?«

»Ich komme mit«, sagte Borgh.

»Passen Sie auf sich auf«, mahnte Kolkor, ehe er die Tür öffnete. »Und vergessen Sie die Parole nicht, sonst ergeht es Ihnen wie unserem armen Mythenforscher.«

Swann grinste zu Toschmol hinüber, der eifrig damit beschäftigt war, die Beule auf seinem Schädel zu kühlen. »Loipos ist das Tor zur Lakhros.«

Der Bärtige steckte sich Lärmschutzpfropfen in die Ohren.

»Und wir stecken mittendrin.«

Swann fühlte sich ziemlich unbehaglich, als er mit Borgh in der blauen Dämmerung stand. Die PROTALKH glühte immer noch, aber es schien, als sei die Masse bereits so klein geworden, dass das merkwürdige Leuchten bald erlöschen würde. Die Scheinwerfer der VALKARON schufen hinter Containern und Baracken scharfe Schatten. Dank der Ohrpfropfen war der Lärm aus den Lautsprechern nur noch gedämpft zu verstehen. Nachteil dieser Lösung war allerdings, dass sie die Annäherung einer Gefahr vielleicht zu spät bemerkten. Die Energiefeldprojektoren, die die Lagerbewohner vor eindringenden Tieren hatten schützen sollen, waren zum Teil ausgefallen. Die Männer hatten wenig Mühe, eine Lücke in der Sperre zu finden. Das Kleinkugelschiff stand etwa hundert Meter entfernt. Die Scheinwerfer zeichneten einen scharf begrenzten Kreis greller Helligkeit auf den mit kurzem Gras bewachsenen Boden. Die Männer blieben vor dieser Grenze stehen, kniffen die Augen zusammen und versuchten, in der Lichtfülle Einzelheiten auszumachen.

»Die Bodenschleuse ist noch immer offen«, sagte Swann, ehe ihm einfiel, dass ihn Borgh gar nicht hören konnte. Er stieß ihn an und gab ihm mit Zeichen zu verstehen, dass er an dieser Stelle bleiben und ihm

Feuerschutz geben sollte. Borgh nickte, Swann wandte sich ab. Aber ehe er den ersten Schritt machen konnte, hielt ihn eine Hand am Arm fest. Borgh zeigte auf eine Stelle weiter rechts. Jetzt bemerkte auch Swann, dass sich dort etwas bewegte. Eine Gestalt in zerfetzter Uniform; sie taumelte, fiel zu Boden, kroch auf allen vieren weiter. Das Ziel war unverkennbar die VALKARON. Die beiden Männer sahen einander an, dann rannten sie geduckt los, immer am Rand der Lichtzone entlang. Swann fluchte erbittert – im Lärm konnte ihn ohnehin niemand hören. Sie hatten den Raumfahrer fast erreicht, als der Fremde mit einer unsicheren Bewegung auf die Beine kam. Für einen Augenblick sah Swann sein Gesicht und erkannte ihn. »Shegosh!«, brüllte er. »Bleiben Sie stehen!«

Der Bauchaufschneider hörte ihn nicht, litt offensichtlich unter Gleichgewichtsstörungen. Er schien ständig zu fallen, konnte sich dagegen nur wehren, indem er hastig ein Bein nach vorn setzte, und geriet auf diese Weise in unfreiwillig schnellem Lauf immer weiter auf die lichtüberstrahlte Fläche hinaus. Swann wollte ihm nacheilen, aber Borgh hielt ihn fest. Der Bärtige gab schließlich nach – und in diesem Augenblick brach Shegosh zusammen. Weder das Geräusch noch den Energiestrahl hatten sie erkannt, aber die Wirkung des Schusses war unverkennbar. Shegosh wurde ein Stück zurückgeschleudert; Flammen stoben aus der Durchschussöffnung. Er war bereits tot, als er den Boden berührte. Der Oberkörper wurde zur verbrannten und verkohlten Masse.

Entsetzt starrten sie auf die Leiche und zogen sich vorsichtig zurück. Die Fronten waren nun endgültig geklärt. Zenkoorten und seine Leute würden auf jeden schießen, der sich dem Beiboot näherte. Warum – das blieb ungeklärt. Als sie wieder bei den anderen in der Hütte waren, murmelte Swann bedrückt: »Sie haben ihn ermordet, obwohl sie doch sehen mussten, dass er am Ende war.«

»Übergeschnappt!«, sagte Kolkor. »Genau wie viele von denen, die draußen geblieben sind.«

»Aber das passt doch nicht zusammen. Sie unterhalten sich doch völlig normal.«

»Dann sind's eben nur ein paar Verrückte«, warf Toschmol ein. »Sie haben sich in der Schleuse postiert und schießen auf alles, was sich bewegt. Die anderen, deren Stimmen wir hören, wissen vielleicht gar nicht, was ringsum passiert.«

»Nein. Aus den Unterhaltungen geht hervor, dass sich die Männer in der Zentrale aufhalten. Von dort haben sie die volle Kontrolle über das

Schiff. Sie wissen, dass die Bodenschleuse geöffnet ist. Auch der Schuss muss angemessen worden sein. Sie haben die Schalter der Außenlautsprecher vor sich. Verstehen Sie jetzt, was ich meine? Kein normaler Arkonide würde seine Privatgespräche in dieser Lautstärke rausposaunen, geschweige denn zulassen, dass jemand einfach auf Kranke schießt. Andererseits wäre kein Wahnsinniger, wie sie uns begegnet sind, überhaupt imstande, derart nichtssagende Gespräche zu führen, wie wir sie zu hören bekommen. Ich bin sicher, dass sich hinter dieser Diskrepanz die Lösung verbirgt. Ich komme nur nicht drauf, welche es ist.«

»Unabhängig davon ist es wichtig, dass wir einen Weg in die VALKARON finden und sie in unsere Gewalt bringen«, sagte Toschmol energisch. »Mit Zenkoortens Hilfe dürfen wir nicht rechnen, im Gegenteil. Sobald die Sonne aufgegangen ist, sollten wir uns an die Arbeit machen. Wir müssen nach weiteren Überlebenden suchen. Nach dem, was wir bislang wissen, wird uns die Natur weitere Schwierigkeiten bereiten. Also gilt es, einen abgesicherten Bezirk zu schaffen, der sich optimal verteidigen lässt. Wir müssen damit rechnen, dass wir gezwungen sind, längere Zeit von den Vorräten zu leben. Das bedeutet, dass wir möglicherweise auf die Jagd gehen müssen. Es gibt genug zu tun. Darum schlage ich vor, dass wir uns noch etwas ausruhen – wenngleich wir bei diesem Lärm wohl nicht besonders gut schlafen werden.«

Der Himmel hatte die Farbe geschmolzenen Kupfers, eine erdrückende Hitze lastete über dem Land. Der Wind hatte sich gelegt. Jeder Schritt wirbelte Wolken von feinem Staub auf, der sich auf die Arkoniden niedersenkte, die Augen verklebte und juckende Hautreizungen hervorrief. Das Gras zwischen den Containern war verschwunden. Irgendwann in der grauenvollen Nacht hatte es sich in graues Pulver verwandelt.

Nach und nach tauchten weitere Überlebende im Lager auf. Gegen Mittag umfasste die Gruppe knapp sechzig Personen, und dabei blieb es vorerst. Sie fanden einige Tote und begruben sie, aber der größte Teil der Schiffbrüchigen blieb spurlos verschwunden. Entweder waren sie in der blauen Strahlung umgekommen, oder sie waren, von Panik und Wahnsinn erfüllt, in die Wildnis gelaufen. Männer sammelten alle noch funktionstüchtigen Energiefeldprojektoren ein und errichteten eine neue Sperre. Drei Container wurden ausgewählt. Sie befanden sich am Lagerrand, waren nicht weit von der VALKARON entfernt und boten genug Platz für die Überlebenden und deren bescheidene Habe. Beobachtungsposten auf den Containern wurden eingerichtet, in deren Schutz neben dem Transporter auch der schnelle Gleiter geparkt war. Von der VALKARON kam noch immer das Dröhnen aus den Lautsprechern, sonst rührte sich dort nichts. Dafür meldeten die Posten, dass überall in der Grasebene Tierherden auftauchten. Nach wie vor glühten die fernen Nadelpfeiler in bläulichem Licht.

»Wir sollten die Gelegenheit nutzen, um Frischfleisch einzulagern«, sagte Kolkor. »Wenn sich die Tiere jetzt sammeln, kann das möglicherweise bedeuten, dass sie auf Wanderung gehen. Wer weiß, wie lange es dauert, bis wir sie wieder zu Gesicht bekommen.«

»Ich habe dabei ein ungutes Gefühl«, murmelte Toschmol, ließ in gewohnter Weise die Hände vor der Brust kreisen und zupfte dann mit Daumen und Zeigefinger an der langen Nase. »Hier geschieht etwas, das ich nicht durchschaue. Sehen Sie sich die Pflanzen an. Sie sterben ab! Es ist, als würden sie sich ... zurückziehen. Gestern war dort drüben alles dicht bewachsen – dafür ließ sich kein Tier sehen. Heute ist es umgekehrt.«

»Sie haben zweifellos recht«, gab Kolkor zu. »Aber Gefühle kann man nicht essen. Keine Angst, wir gehen kein Risiko ein. Wir werden die vorsichtigsten Jäger sein, die Sie jemals gesehen haben. Zum Glück haben wir genügend Waffen gefunden, um selbst mit den wildesten Bestien fertig zu werden.«

Toschmol stand neben Swann auf dem Dach eines Containers, als der Transporter der am nächsten wandernden Herde entgegenfuhr. Wie Bestien sahen die Tiere nicht aus. Sie wirkten friedlich, und obwohl sich die verschiedensten Arten auf engem Raum versammelt hatten, gab es keinen Streit. Auch Kolkor sah es; er gab Borgh, der am Steuer saß, einen Wink. Der Transporter stoppte etwa dreißig Meter vom Rand der Herde entfernt, die nicht auf das Fahrzeug reagiert hatte. Der Mann hob das Fernglas und überlegte, welches der Tiere als Beute am ehesten infrage kam. Die riesigen, schuppigen Echsen, die es sich im Staub bequem gemacht hatten, schloss er von vornherein aus. Die Tiere schienen das zu wissen – sie blinzelten gelassen dem Fahrzeug entgegen, rissen ab und zu gelangweilt die Mäuler auf und zeigten dabei ihre langen, leicht gebogenen Zähne. Zwischen den Geschuppten hüpften grellfarbige Pelzbündel. Die kleinen Kerle, allem Anschein nach affenähnliche Primaten, kannten keine Angst. Sie sprangen auf den Rücken der Echsen herum, rauften miteinander und turnten sogar zwischen den ungeheuren Gebissen.

Direkt neben den Echsen hatten sich Hunderte Antilopen auf engem Raum versammelt. Viele von ihnen ruhten, andere wanderten träge umher, entfernten sich dabei aber nie aus dem inneren Kreis der Herde. Das Fleisch dieser Tiere war delikat. Kolkor hätte unter normalen Bedingungen gerade diese Antilopen ohne Bedenken gejagt, um die Überlebenden mit Fleisch zu versorgen. Aber als er die Jagdwaffe hob, zitterten seine Hände unkontrolliert. Er brachte es nicht fertig, auf die wehrlosen Tiere zu feuern. Verwirrt ließ er die Waffe sinken. Es sah sich nach seinen Gefährten um. Sechs Männer hatten ihn begleitet; auf allen Gesichtern sah er nun dieselbe Mischung aus Unglauben und Furcht. Die anderen waren richtiggehend erleichtert, als Kolkor die Waffe absetzte und wieder zum Fernglas griff.

Einige riesenhafte, zottige Wesen erregten seine Aufmerksamkeit. Es waren Sechsbeiner, die lange, stachelbewehrte Schwänze hatten, aber unzweifelhaft Pflanzenfresser waren. Ein einziges Tier würde viel Fleisch liefern. Kolkor fühlte Erleichterung bei dem Gedanken, kein Blutbad anrichten zu müssen. Wieder hob er die Waffe, nachdem er seinen Begleitern ein Zeichen gegeben hatte. Sie wussten nun, welches Tier er als Beute gewählt hatte. Aus den Augenwinkeln bemerkte er, dass sie ihre Waffen griffbereit hielten. Falls er danebenschoss, würden sie eingreifen. Aber wieder spürte er den inneren Widerstand, als er versuchte, den Schuss abzufeuern. Er biss die Zähne zusammen und zwang sich mit Gewalt, den Zeigefinger zu krümmen. Dicke Schweißtropfen perlten über seine Stirn. Das Bild des zottigen Giganten in der Zieloptik verzerrte sich und floss auseinander. Kolkor merkte, dass seine Hände zu zittern begannen. Eine unkontrollierte Bewegung ließ den Lauf der Waffe zur Seite schwenken. Der grelle Thermostrahl huschte ionisierend über die staubtrockene Ebene und ließ eine Reihe von Flammen hochschlagen. Im selben Augenblick erlosch der unheimliche Einfluss.

Kolkor fühlte sich frei – war aber starr vor Entsetzen. Er hatte mit dem Schuss eine Brandspur gelegt, die genau auf das über einen Kilometer entfernte Lager wies. Der Staub, zu dem viele Pflanzen zerfallen war, brannte plötzlich wie Zunder. Binnen kürzester Frist loderte eine Wand von Flammen auf. Die Männer hatten sich in einem Bogen der Herde genähert, damit die Tiere die Jäger nicht witterten. Jetzt musste sich der Wind gedreht haben – die Flammen wurden genau auf das Lager zugetrieben. »Alarm!«, rief Kolkor ins Mikrofon seines Funkgeräts. »Ein Brand nähert sich dem Lager!«

»Sie haben es längst bemerkt«, sagte Borgh.

Die Herde kam in Bewegung. Echsen schlugen mit langen Schwänzen um sich. Die winzigen Pelztiere rotteten sich zusammen. Die bislang ruhenden Antilopen sprangen auf und starrten das Fahrzeug an.

»Verdammt, das Lager meldet sich nicht. Borgh, wir müssen zurück! Sofort!«

Der Transporter ruckte an, schleuderte mit durchdrehenden Gleisketten über einen staubbedeckten Hügel und rutschte auf der anderen Seite ab. Der Boden unter ihnen hob sich, der Hügel wuchs. Zuerst hielt Kolkor es für eine Sinnestäuschung, dann aber begriff er, dass sich tatsächlich etwas Seltsames tat. Der vermeintliche Hügel bäumte sich auf, wurde zu einer Wand und neigte sich im oberen Teil über. Wie eine riesige Welle stand er hinter dem Transporter, dessen Gleisketten leer im pulvrigen Boden durchliefen und keinen Halt fanden. Angstvoll starrten die Männer durch das transparente Kuppeldach nach oben, darauf gefasst, dass sie dieser unnatürliche Brecher aus Staub und Felsen unter sich begrub.

Kolkor stieß in wilder Panik Borgh zur Seite. Er riss das Seitenfenster neben dem Fahrersitz auf und richtete den rasch gezogenen Impulsstrahler auf den Staub. Einige Male zog er durch; das feine Pulver fing sofort Feuer. Rauch drang durch das Fenster ein. Kolkor krümmte sich in einem Hustenanfall, dann riss er sich zusammen. Wieder gab er einen Schuss ab. Diesmal traf er den überhängenden Teil des Hügels. Steine und Sandmassen lösten sich und polterten in die Flammen. Ruckweise sank der Transporter tiefer. Unter den Ketten loderten Flammen hervor. Mit einem Griff fuhr Kolkor die Klimaanlage hoch, gleichzeitig schloss er das Fenster und verriegelte die Kabine hermetisch. Das Material war sehr widerstandsfähig und temperaturbeständig; der Arkonide hoffte, dass es reichen würde. Er war fast blind, seine Augen tränten. Nur allmählich wurde der eingedrungene Rauch abgesaugt. Aber selbst als die Luft innerhalb der Kabine wieder klar war, sah der Mann fast nichts – jenseits der Scheibe mischten sich Rauch und Flammen. Er konnte keine zwei Schritte weit sehen, ließ sich aber nicht beirren.

Behutsam griff er nach den Fahrthebeln. Kolkor schrie triumphierend auf, als die Gleisketten griffen und das Fahrzeug mit einem leichten Ruck nach vorn bewegten. Seine Rechnung ging auf. Der Staub war verbrannt, darunter gab es festen Boden. Der Mann steuerte den Transporter von dem gefährlichen Hügel weg, allein auf den Orientierungssinn angewiesen, weil Orter und Taster unsinnige Daten lieferten. Einzige weitere Richtschnur waren die Steine, die wiederholt auf die Kuppel prasselten. Ihre Zahl nahm ab, dann blieben sie ganz aus. Den

Einflussbereich der staubigen Welle hatte er also verlassen. Aber wo lag der Rand des Feuers?

Die Ketten rumpelten und klirrten laut. Panikerfüllte Schreie erklangen hinter Kolkor. Er schenkte ihnen keine Aufmerksamkeit, obwohl es ihn wunderte, dass diese erfahrenen Männer so unbeherrscht reagierten. Er hatte keine Zeit, sich um sie zu kümmern. Dann allerdings wurde er misstrauisch. Er wandte den Blick ab und drehte sich. Winzige krabbelnde Dinger huschten durch den hinteren Teil der Kabine. Sie glitzerten in allen Farben und waren, an Edelsteine erinnernd, halb durchscheinend. Sie senkten scharfe Stacheln in die Haut der ungeschützten Körperpartien und klammerten sich fest. Die Schmerzen, die diese Stiche hervorriefen, mussten entsetzlich sein. Fünf Männer wanden sich schreiend, vergeblich tasteten sie nach den glitzernden Biestern; sie saßen fest und waren widerstandfähig genug, um sich auch durch Schläge nicht beeindrucken zu lassen.

Kolkor begriff, dass er für diese Leute im Augenblick nichts tun konnte. Er hoffte, dass es sich bei den insektenähnlichen Tieren um Blutsauger handelte, die ihre Opfer nach der Sättigung in Ruhe ließen und von selbst abfielen. Klar, dass die Glitzerdinger nur eine von vielen Gefahren waren. Sie mussten schnell aus diesem Gebiet heraus! Noch waren die Tiere beschäftigt. Wahrscheinlich waren sie durch die geöffnete Klappe eingedrungen, als Kolkor auf das Zotteltier zielte. Er musste verhindern, dass sie bis zu ihm vordrangen. Er und Borgh waren die Einzigen, die den Transporter noch steuern konnten.

»Das dürfen Sie nicht!«, schrie Borgh entsetzt auf, als Kolkor einen roten Schalter drückte. »Sie verurteilen sie damit zum Tod!«

»Wir werden bald alle sterben, sollten wir noch länger hierbleiben«, knurrte Kolkor wild, während hinter ihm die transparente Trennwand ausfuhr, die das Cockpit von der Ladefläche trennte. Die kurze Zeit, in der der Transporter nicht weitergefahren war, hatte ausgereicht, um die Temperatur ansteigen zu lassen. Eine Flammenwand schloss das Fahrzeug ein. Kolkor wusste nicht mehr genau, welche Richtung er einschlagen sollte. Aber sie mussten weiter, selbst auf die Gefahr hin, im Kreis zu fahren. Brummend setzte sich das Fahrzeug in Bewegung, durchstieß die Flammen und erreichte ein schwelendes, von dichten Rauchwolken überwogtes Gebiet braunschwarz verbrannten Bodens. Ein Felsblock erschien zwischen Schwaden. Kolkor könnte im letzten Augenblick ausweichen und erinnerte sich, ihn bei der Hinfahrt gesehen zu haben. Hinter dem Brocken war der Boden glatt, teilweise glasig, als sei er unter hohen Temperaturen geschmolzen. Der Mann begriff, dass in dieser

Umgebung nichts mehr normal war. Alles veränderte sich und konnte sich blitzschnell in eine tödliche Falle verwandeln.

Endlich rissen die Schleier aus Staub und Rauch auf. Borgh stöhnte unterdrückt, als er sah, dass sie mit hoher Geschwindigkeit genau in die Herde hineinfuhren. Die Tiere blickten dem Fahrzeug entgegen, senkten die Köpfe. Warum waren sie überhaupt noch da? Hatten sie keine Angst vor dem Feuer? Kolkor zog am rechten Steuerhebel. Die Gleisketten rutschten und schleuderten, aber der Transporter wurde immer schneller, ohne die Fahrtrichtung zu ändern. »Steuerung blockiert. Wir müssen raus!«

Borgh warf einen Blick auf die Trennscheibe. Dahinter war es still geworden. Starre Augen blickten ihn aus blutleeren Gesichtern an. Schaudernd wandte er sich ab, tastete nach dem kleinen Hebel, der das Cockpit absprengte und hochschleuderte. Kolkor schloss die Gurte, dann nickte er dem Gefährten zu. Der Ruck der plötzlichen Beschleunigung presste die Männer tief in die Sesselpolster. Sie schossen in steilem Winkel in den rostroten Himmel; stotternd setzte das kleine Triebwerk ein, das die Kapsel begrenzt manövrierfähig machte. Unter ihnen raste der Transporter weiter. Während Kolkor die Steuerung übernahm, starrte Borgh fassungslos nach unten. Die Tiere wichen nicht einen Zentimeter von der Stelle. Regungslos warteten sie, bis das schwere Fahrzeug heran war. Es riss eine Bresche in die Reihen bepelzter, geschuppter und gefiederter Wesen. Eine breite Spur zermalmter Körper blieb zurück. Als der Transporter den gegenüberliegenden Rand der Herde erreicht hatte, schloss sich diese Gasse blitzschnell wieder. Die Tiere drängten sich aneinander, ohne von dem davonrasenden Ungetüm Notiz zu nehmen.

»Verdammt!«, knurrte Kolkor.

Borgh zuckte zusammen und konzentrierte sich auf das, was vor ihnen lag. Hinter dicken Qualmwolken fast verborgen entdeckte er die VAL-KARON. Sie flogen ziemlich genau auf das Beiboot zu. Und unten raste der steuerlose Transporter fast in genau dieselbe Richtung. Sollte er ausgerechnet gegen eine der Teleskopstützen krachen ...

»Wir müssen ihn aufhalten«, stieß Borgh hervor.

Kolkor lachte humorlos. »Wie?«

Auf der Ladefläche als hinterem Kabinenteil gab es eine Notsteueranlage. Das Problem war nur, dass die Männer dort unten davon keinen Gebrauch mehr machen konnten. Die kleinen Edelsteininsekten hatten sie getötet.

»Lande auf dem Dach. Schaffst du das?«

»Ich kenne mich mit diesem Miniaturgleiter ganz gut aus, aber das dürfte die Möglichkeiten der Noteinrichtung übersteigen.«

»So, wie sich bislang auf diesem Planeten alles gegen uns verschworen hat, kracht der Transporter genau auf die VALKARON und beraubt uns der letzten Fluchtmöglichkeit!«

Kolkor nickte grimmig und steuerte tiefer. Noch hatten sie etwas Zeit. Er machte sich jedoch keine Illusionen. Was Borgh vorhatte, musste misslingen. Er versuchte es trotzdem. Denn auch ihm war klar, dass sie den Transporter aufhalten mussten. Selbst wenn sie dabei das Leben verloren. Die VALKARON war die einzige Garantie dafür, dass wenigstens die letzten Überlebenden dieser Expedition den Planeten jemals verlassen konnten. Mühsam brachte Kolkor die schwerfällig reagierende Kapsel über das Fahrzeug. Er konnte die Geschwindigkeit anpassen, aber das Schlingern und Rumpeln des Transportes ließ sich mit dem Notflugaggregat nicht ausgleichen.

Neben ihm machte sich Borgh zum Absprung fertig. Er trug einen flugfähigen Einsatzanzug, und mit dessen Hilfe konnte er es vielleicht schaffen.

»Sollte es schiefgehen, musst du das Ding zerschießen!«, rief Borgh, ehe er aus der geöffneten Luke sprang, während Kolkor alle Hände voll zu tun hatte, die Gewichtsveränderung auszugleichen.

Als er den nächsten Blick nach unten riskieren konnte, stellte er fest, dass Borgh der erste Teil des Vorhabens gelungen war. Wie eine Fliege klebte der Mann am transparenten Kuppeldach. Zwar gab es nichts, an dem er sich festhalten konnte, doch das glich er mit geschickten Steuerimpulsen des Flugaggregats aus. Anstelle des abgesprengten Cockpits gab es nun eine kleine Plattform, die Borgh in dem Augenblick erreichte, als aus dem Dunst eine Landestütze auftauchte. Die VALKARON war bereits gefährlich nahe. Fast unbeteiligt stellte Kolkor fest, dass die Zeit wohl nicht mehr reichen würde. Weiterhin dröhnten die Lautsprecher. Ein schrilles Lachen war zu hören. Kolkors Warnung hörte Borgh nicht, sah aber zufällig zur Seite. Er gab seinen Plan auf und stieß sich ab. Während er schräg nach oben flog, zog Kolkor den Impulsstrahler, kam aber nicht zum Schuss.

Von der VALKARON schoss ein sonnenheißer Strahl in breiter Fächerung heran. Weder Kolkor noch Borgh kamen dazu, den nahenden Tod verstandesmäßig zu erfassen. Sie starben in dem Augenblick, als sich der Transporter in eine glühende Masse verwandelte und als Feuerball, von der ursprünglichen Geschwindigkeit getrieben, haarscharf an der Landestütze vorbeischleuderte, wenige Meter von der Bodenschleuse entfernt zum Stillstand kam und Zenkoorten in eine Wolke stinkenden Rauchs hüllte.

Der Kommandant hustete krampfhaft. Für Zentitontas war er blind von Qualm und Tränen, während seine Lungen zusammenkrampften. In einem lichten Moment drückte er einen Schalter, der die Löschanlage aktivierte, die hochzügelnde Flammen unter einer dicken Schicht klebrigen Schaums erstickte.

7.

Aus: *Privatlog Glonar da Ragnaari*, 2. Prago des Ansoor 4008 da Ark – in: *Privatkorrespondenz der Ragnaari-Sammlung* (3. Auflage), Gos'Ranton/Arkon I, Kristallpalast, Archiv der Hallen der Geschichte, 4200 da Ark

Die Rückkehr ins Arkonsystem ist das deprimierende Eingeständnis einer Niederlage: Es ist mir trotz langer Suche nicht gelungen, meinen Cousin Kerron da Hay-Boor zu finden. Seit fast eineinhalb Arkonjahren ist er im Sternenmeer der Öden Insel verschollen, besessen von der Suche nach der Unwelt des Magnortöters Klinsanthor. Ob er sie vielleicht gefunden hat? Zuzutrauen wäre es ihm. Im letzten persönlichen Gespräch vor seiner Abreise hatte er mir anvertraut, dass er inzwischen über »viele unumstößliche Beweise« verfüge. Beweise, die nicht nur die Existenz Klinsanthors belegten, sondern auch die der Unwelt und vieler anderer Dinge, die in den Aufzeichnungen von Klerakones zu finden waren.

»Werter Cousin«, sagte er damals – mir fröstelt, wenn ich daran denke, dass er mich stets mit dieser Umschreibung anzureden beliebte, obwohl unser Verhältnis nicht immer unbedingt das beste war –, »ich bin mir sicher, dass Klerakones seinerzeit die Skärgoth gefunden hat! Ja, dass er die Unwelt betreten hat – und sogar lebend wieder verlassen konnte. Zeit seines Lebens aber trug er die Wunden, die ihm dieser Aufenthalt bescherte: eine halbseitige Lähmung des Körpers und Blindheit auf dem rechten Auge!«

Klinsanthor, so Kerron weiter, sei in der Tat der Angehörige eines fremden Volkes gewesen – und genau wie im Klinsanthor-Epos dargestellt, habe es ihn in den sonderbaren Schnittpunkt kosmischer Kraftlinien verschlagen, die ihn fortan nicht mehr losließen. Einerseits hätte ihm das zwar gewaltige Macht verliehen, andererseits aber auch von den Anweisungen anderer abhängig gemacht, denn aus eigener Initiative habe er sich ihrer nicht bedienen können.

»Die Unwelt muss etwas Besonderes sein – Komponenten wie Licht und Finsternis, Kälte und Wärme, Gut und Böse, die sonst eine Welt gemeinsam im immerwährenden Wechselspiel der Elemente prägen, sind auf der Skärgoth auf eine Weise getrennt, die ich noch nicht näher

definieren kann. Vielleicht erfahre ich ja mehr. Du, werter Cousin, wirst der Erste sein, dem ich nach meiner Rückkehr berichten werde.«

Er kam nicht zurück – und meine Suche nach ihm endete nun mit einer Niederlage.

Vom Dach des Containers aus beobachteten Toschmol und einige andere den Transporter, der sich in einem leichten Bogen den Tieren näherte.

»Wenn das nur gut geht«, murmelte Swann.

»Sie sind ein hoffnungsloser Schwarzseher«, sagte der Physiker Karon, der sich ebenfalls ein Fernglas besorgt hatte.

»Sie rechnen doch ebenfalls damit, dass etwas Unvorhergesehenes passiert«, konterte der Bärtige. »Sonst wären Sie kaum hier raufgeklettert.«

Sie schwiegen und starrten zu dem fernen Fahrzeug. Von hier aus sah es beinahe zerbrechlich aus. Jetzt hielt es an. Es dauerte eine Weile, bis die Jäger zu einer Entscheidung kamen. Aber der Schütze zögerte.

»Ich verstehe Kolkor nicht; es gibt doch genügend Ziele«, sagte Toschmol.

Dann der Schuss. Eine lange Bahn aus Flammen stand plötzlich zwischen dem Fahrzeug und dem Lager und begann sich blitzschnell auszubreiten. Für lange Augenblicke standen die Arkoniden erstarrt, dann rannten sie los. Jedem war klar, dass sie schnell und gezielt handeln mussten. Als sie die Leiter hinuntergerutscht waren, hatten die, die sich unten aufhielten, bereits die ersten Maßnahmen ergriffen. Aus schweren Behältern zischten Schaumbahnen und legten einen Ring um die drei Container, den das Feuer nicht durchdringen, aber vielleicht überspringen konnte.

»Drei Gruppen zu je zehn übernehmen die Container!«, befahl Toschmol. »Alle anderen an den Ring; er muss breiter werden.«

Sie verteilten sich schnell, aber ohne Panik. Toschmols Ruhe strahlte auf sie aus und verhinderte, dass sie in Panik gerieten. Aber auch der Wissenschaftler wusste, dass diese Ruhe schnell zerbrechen konnte. Während er neben einem verschwitzten, mit einer halb zerfetzten Uniform bekleideten Mann an der Erweiterung des Feuerschutzdamms arbeitete, dachte er bereits an das, was noch folgen mochte. Sollte sich das Feuer mit dieser Geschwindigkeit weiter ausbreiten, würde es die VAL-KARON erreichen. Und deren Bodenschleuse stand offen!

Ein paar Meter entfernt entdeckte Toschmol Swann. Der Bärtige ließ den Schaumbehälter zurück, als ihn der Wissenschafter herbeiwinkte. »Wir müssen zum Beiboot!«

Swann verstand sofort. Die Männer liefen zu einem Container, rissen flugfähige Einsatzanzüge von den Haken und schlüpften hinein. Rauchwolken trieben bereits heran, als sie den Container verließen. Der Brand war wie eine Mauer zwischen der VALKARON und dem Punkt, an dem sich der Transporter und die Herde befinden mussten. Außerhalb der direkten Gefahrenzone war der Himmel erstaunlich klar. Deutlich sahen die Männer das Kugelschiff. Weit entfernt glitzerten die rötlichen Schneegipfel des Gebirges. Dazwischen ragten die bläulich glühenden Nadelpfeiler empor, die ihre Aktivität noch zu verstärken schienen.

»Was ist das?«, fragte Toschmol verwundert, stoppte den bodennahen Flug und schwebte auf der Stelle. Von einem der Türme löste sich eine rauchige Wolke, schraubte sich als dünne, helle Spirale höher und höher, nahm unverkennbar Pfeilform an und strebte dann unvermittelt auf das Lager zu.

»Auf jeden Fall eine unangenehme Überraschung!«, rief Swann. »Weiter!« Er warf einen Blick auf die Wand aus Rauch und Flammen, die den Blick auf die andere Seite versperrte, und stutzte. »Bin ich übergeschnappt? Oder sehen Sie das auch?«

Wenige Meter vor den äußersten Flammen schossen smaragdgrüne Schläuche aus dem von grauem Staub bedeckten Boden. Winzige Blätter bewiesen, dass es sich um Pflanzen handelte. Sie wuchsen mit einer unglaublichen Geschwindigkeit, brachten das Feuer zum Stillstand. Selbst der Rauch übersprang nicht diese grüne Barriere. Die Schläuche wurden immer zahlreicher, wanden sich wie Schlangen aus dem Boden und strebten den Flammen entgegen. Und das Feuer erlosch! Unaufhaltsam wurde der Brand zurückgedrängt. Dünne Wasserstrahlen schossen aus den Pflanzen und verwandelten den Boden hinter der lebenden Feuersperre in zähen Schlamm, während vor ihnen die Flammen in sich zusammensanken.

Die ungleichen Männer waren so in die Betrachtung des Geschehens vertieft, dass sie erst mit Verspätung das metallene Ungetüm bemerkten, das an einer anderen Stelle, wenngleich in gefährlicher Nähe der VALKARON, aus dem Rauch raste. »Der Transporter!«, schrie Swann. »Verdammt, warum weichen die Kerle nicht aus?«

Sie vergaßen das Rätsel der Feuer löschenden Pflanzen und fuhren hastig die Flugaggregate hoch. Aber sie wussten, dass sie zu spät kommen würden. Die Entfernung war zu groß, das schwere Fahrzeug rumpelte mit Höchstgeschwindigkeit genau auf eine Landestütze zu. Sie sahen deutlich, dass das Cockpit abgesprengt wurde, begriffen aber nicht, warum das Fahrzeug nicht zum Stillstand kam. Swann hielt bereits den Impulsstrahler in der Hand und hoffte, den Transporter rechtzeitig zerstören zu können, ehe er das Beiboot erreichte und beschädigte. Die sich dem Fahrzeug nähernde Kapsel verhinderte dann aber, dass er schoss. Die Leute in der VALKARON hatten diese Skrupel nicht. Augenblicke später war alles vorbei.

Swann schwebte neben dem Wissenschaftler, als die Löschanlage ihre Arbeit begann und den Boden unter dem Beiboot mit einer dicken Schaumschicht bedeckte. Von dem Transporter blieb nur ein zerschmolzener Klumpen; die Kapsel war verschwunden.

Toschmol seufzte. »Die Gefahr ist noch lange nicht vorbei. Ehe wir nicht die Schlackewelt erreicht und Klinsanthor gefunden haben, wird es für uns keinen sicheren Ort geben, dessen bin ich mir sicher. Weder hier auf Loipos noch in der VALKARON.«

»Falls es uns gelingen sollte, das Beiboot zu erobern und in den Raum zu starten, werden Sie niemanden finden, der sich zu einem solchen Unternehmen bereit erklärt«, sagte Swann. »Dieses System ist verflucht! Sollte tatsächlich der Magnortöter hinter alldem stecken, ist er entweder ein böser Geist oder ein Wahnsinniger. Ich lege nicht den geringsten Wert darauf, ihn kennenzulernen.«

»Es wird Ihnen nichts anderes übrig bleiben.«

»Wie meinen Sie das? Was wissen Sie, Toschmol?«

»Nichts. Ich vermute nur einiges.«

Swann starrte den Wissenschaftler lange an, ehe er grimmig nickte. »In einem Punkt hatte Zenkoorten recht: Sie sind ein Fanatiker! Aber warten wir ab, wie die Entscheidung ausfällt. Auch Sie werden noch einige Überraschungen erleben.«

Toschmol verzichtete auf eine Antwort. Sie schwebten zu den Überlebenden zurück, die sich gegen das Feuer zur Wehr setzten. Schon von Weitem sahen sie, dass auch bei den drei Containern die merkwürdigen Pflanzen eingegriffen hatten. Es schien, als würden die Gewächse auch den Rauch bekämpfen, denn die Sicht wurde schnell besser. Als die Männer tiefer gingen und nicht mehr weit von den Containern entfernt waren, hörten sie das Rauschen. Es übertönte das Knistern und Prasseln der Flammen und die weiterhin herüberschallenden Gespräche aus den Lautsprechern des Raumschiffs. Es wuchs zu einem hohlen Brausen an, als nahe ein Sturm von ungeheurer Stärke. Gleichzeitig aber erlosch sogar der leichte Windhauch, der bislang ein wenig die Hitze gemildert hatte.

Unten im Lager wurde es ebenfalls gehört. Wie gelähmt starrten Frauen und Männer zum Himmel. Swann und Toschmol drehten die Köpfe. *Die Wolke!* Über die anderen Ereignisse hatten sie sie vergessen. Inzwischen war sie in schnellem Flug näher gekommen. Noch immer sah sie wie ein gigantischer Pfeil aus, aber jetzt war deutlich zu erkennen, dass sich dieses unheimliche Gebilde aus unzähligen kleinen Körpern zusammensetzte. Die Wolke veränderte sich, ihre Spitze teilte sich in sechs Äste, die sich wie die Finger einer gigantischen Hand nach unten krümmten. Einer dieser Finger zielte auf den Rand des Lagers. Die Rauchschwaden zogen sich zu einem dunklen Ball zusammen und krochen in die Ebene hinaus.

Swann beobachtete, starr vor Entsetzen, dass dort draußen, auf einer Fläche, die wie durch ein Wunder vom Feuer verschont geblieben war, die Tiere standen. Sie hatten die Köpfe erhoben und blickten der Wolke entgegen. Die Hügel im Hintergrund krümmten sich und bäumten sich wie Monsterwellen eines Meeres auf. Die rote Sonne durchbrach den Schleier aus Staub und Rauch – unheimliches Rotlicht ergoss sich über die Container, die VALKARON und die zu absonderlichem Leben erwachte Oberfläche dieses Planeten.

Als sich die ersten winzigen, glitzernden Punkte aus den Wolkenfingern lösten, riss Swann den Hauptschalter seines Flugaggregats herum. Er packte Toschmol am Arm und zog ihn mit, nach unten, den schützenden Containern entgegen. In panischer Angst strebten auch die anderen Überlebenden heran. »Sehen Sie doch«, rief der Wissenschaftler. »Die Tiere!«

Ein Regen aus bunten Partikeln ging über der Herde nieder. Es war, als würden die Tiere von Juwelen überflutet. Aber wo immer die glitzernden Bestandteile der Wolke auf lebende Körper trafen, verwandelten diese sich. Die Tiere brachen unter der Last zusammen, schrumpften und wurden selbst zu kristallinen Klumpen, die mit dumpfem Knacken zerbarsten und neue Glitzerschwaden hochschleuderten.

»Bleiben Sie hier, Sie Narr!«, schrie Swann den Wissenschaftler an, der sich zögernd in Bewegung setzte und der Stätte der Verwandlung entgegenstrebte. Toschmol schien ihn nicht zu hören. Der Bärtige packte ihn an der Schulter, aber er wurde zur Seite geschleudert. Verblüfft richtete er sich auf. Toschmol hatte den Gürtel der Schlauchpflanzen fast erreicht. Swann zog den Kombistrahler und schoss. Er sah, dass der Wissenschaftler zusammenbrach, dann hörte er Schritte und drehte sich um. Die Überlebenden kamen aus den Containern, und in ihren Gesichtern war ein Ausdruck, den der Mann nicht kannte. Glitzernde Juwelen kreisten durch die Luft, senkten sich herab und hefteten sich wie Schmuckstücke auf die zerschlissenen Kombinationen.

Swann schoss. Verzweifelt warf er sich den Frauen und Männern entgegen, die mit offenen, blickleeren Augen in den Tod zu rennen gedachten. Er feuerte auf alles, was sich bewegte. Die lähmenden Strahlen trafen auch die fliegenden Kristalle, konnten ihnen aber nichts anhaben. Aber der Mann stellte fest, dass jene Arkoniden, die gelähmt zu Boden sanken, von den unheimlichen Objekten verschont blieben. Die Edelsteine lösten sich von den starren Körpern, kurvten verwirrt herum und strebten dann der Hauptwolke entgegen. Zehn, zwanzig Gestalten lagen regungslos da, darunter Zeranal, Arkanol, Karon und ein Techniker namens Parentok. Von rechts hörte Swann das Fauchen einer anderen Waffe, hatte aber keine Zeit, sich umzusehen. Aber er hörte die helle Stimme der Astronomin. Warum unterlag sie nicht dem unheimlichen Bann? Warum wurde er verschont?

Wieder brach einer der Schiffbrüchigen zusammen. Aber dieser Mann war den Schlauchpflanzen bereits zu nahe gekommen. Von Grauen geschüttelt, sah Swann, wie der zähe Schlamm aufkochte. Dünne Flüssigkeitsstrahlen ergossen sich über den Körper und lösten ihn auf. Ein Geräusch! Swann wirbelte herum und sah einen schneeweißen Kopf neben der Containerwand. Große, dunkle Augen starrten den Bärtigen an, dann schoss mit rasender Geschwindigkeit ein schlanker, von weißem Fell bedeckter Körper an ihm vorbei. Er warf sich zur Seite, ein harter Huf erwischte ihn an der Hüfte. Er krümmte sich vor Schmerzen, sah durch die roten Schleier das Tier. Es übersprang die Schlauchpflanzen mit einem unglaublich weiten Satz. Hufe trommelten über den verbrannten Boden. Von oben lösten sich ganze Scharen der glitzernden Kristalle. Das weiße Tier warf den Kopf hoch und stieß einen lauten Schrei aus, warf sich auf den Hinterbeinen herum und hetzte am Rand des Lagers entlang. Es kam nicht weit. Schon nach wenigen Sprüngen knickten die sehnigen Läufe ein. Der weiße Körper krachte schwer auf den Boden.

Eine Wand aus bunten, durcheinanderquirlenden Partikeln schob sich zwischen Swann und das Tier.

Er zog sich stöhnend an der Wand hoch, stützte sich schwer mit den Händen ab und wankte der dunklen Türöffnung entgegen. Jemand packte ihn an der Schulter und zog ihn ins Innere des Containers. Er fiel auf ein Bündel Decken und blieb halb bewusstlos liegen.

»Trinken Sie.« Die Stimme hallte unnatürlich laut in seinen Ohren. Er zwang die Lider auseinander und sah Vrenaja Zortain, die sich über ihn beugte und ihm einen Becher mit einer sauer riechenden Flüssigkeit an die Lippen hielt. Er öffnete den Mund. Das Zeug brannte in seine Kehle und schickte eine Glutwelle durch den Körper. Hilflos ließ er sich zurücksinken. Allmählich klärten sich die Gedanken des Bärtigen. Er musste bewusstlos geworden sein. Wie lange? Was war inzwischen geschehen? Das Medikament wirkte schnell. Die Schmerzen verflogen, seine Kräfte kehrten zurück. Vorsichtig richtete er sich auf. Er sah die junge Frau, die keuchend an einem starren Körper zerrte. Wortlos griff er zu und half ihr, den Gelähmten in den Container zu schaffen. Sie lief sofort wieder hinaus, er folgte ihr.

Die Scheinwerfer erhellten die unmittelbare Umgebung des Containers. Dahinter begann eine formlose Dunkelheit. Nur manchmal tauchten schemenhafte weiße Körper an der Grenze zwischen Licht und Finsternis auf. Aber Swann hörte das Rauschen der tödlichen Kristallwolke und das Trommeln unzähliger Hufe. Dort draußen tobte ein Massaker. Innerhalb der Lichtzone lagen sechsundzwanzig Körper.

»Das schaffen wir nicht«, keuchte Swann, während sie gemeinsam die Paralysierten zum Container trugen.

Die Frau sah ihn über den starren Körper hinweg an und sagte hart: »Wir müssen!«

»Es ist doch sinnlos. Wir haben keine Chance mehr. Dieser Planet ist total verrückt geworden.«

»Die Lautsprecher sind verstummt.«

Erst jetzt fiel es ihm auf. Fast hätte er den Gelähmten fallen lassen. Die VALKARON! Dann kam die Ernüchterung. Dass die Lautsprecher schwiegen, war noch lange keine Garantie dafür, dass die Gefahr nun vorbei war. Und selbst wenn – sie konnten die Frauen und Männer, die den Angriff der Kristalle überstanden hatten, nicht bis zum Beiboot tragen. Selbst mit Unterstützung der Anzugflugaggregate würde es zu lange dauern. Swann sah außer Vrenaja niemanden, der bei Bewusstsein war. Ihm war klar, dass sie verlieren mussten. Nur ein Wunder konnte sie noch retten. Dennoch machte er weiter. Sie schufteten wie die Besessenen, bis sie alle Überlebenden in dem Container untergebracht hatten. Sie setzten sich neben die halb geöffnete Tür, hielten die Waffen in der Hand und warteten schweigend darauf, dass draußen etwas geschah. Irgendetwas, das es ihnen ermöglichte, zum Beiboot zu fliehen.

Fünf Tontas später starrten sie auf die veränderte Ebene hinaus. Die Kristallwolke war verschwunden. Mit ihr waren auch die Tiere verschwunden, die Pflanzen, alles, was gelebt hatte. Nur Steine, Geröll, Sand und Felsen bleiben zurück. Die Hügel schoben sich ineinander und hoben und senkten sich langsam, als atmeten sie. Merkwürdigerweise blieb das Lager von diesen Vorgängen verschont. Es war ein merkwürdiges Gefühl, diese »rollenden Berge« zu sehen und dabei selbst festen, sicheren Boden unter den Füßen zu spüren.

»Die Türme glühen immer stärker!«, sagte Toschmol leise. Er war inzwischen aus der Starre erwacht. Seltsamerweise erinnerte er sich an nichts mehr und konnte nicht sagen, warum er versucht hatte, zu der Herde der wartenden Tiere zu kommen.

»Es wird Zeit.« Swann nickte. Insgesamt hatten nur sechs Frauen und einunddreißig Männer das Chaos überlebt. Sie drängten sich im Container, wussten aber genau, dass sie die scheinbare Sicherheit nicht länger in Anspruch nehmen durften. Sie beluden sich mit den wenigen Ausrüstungsgegenständen, die noch brauchbar waren. Die beiden anderen Container waren von Tieren überrannt worden. Swann schüttelte sich, als er sich erneut an die Flut von Lebewesen erinnerte, die – wie von einer alles beherrschenden Macht getrieben – zusammengeströmt waren, um dann den Kristallen zum Opfer zu fallen.

Der Morgen brach an, als sie sich auf den Weg machten. Ein dunkelroter Schimmer überzog den Himmel. Dort, wo der Fluss war, stiegen Dunstschwaden auf. Eine kleine Wolke trieb über die langsam ruhiger werdenden Hügel und ließ einen Schauer Wassertropfen auf die Arkoniden herabprasseln. Die Überlebenden der PROTALKH stapften wie Automaten durch den Schlamm. Neben ihnen zerbröckelten Kunststoffwände der Hütten und kleinen Frachtbehälter. Leises Rascheln erfüllte die Luft. Der Weg war nicht weit, dennoch brauchten sie bemerkenswert lange, bis sie die VALKARON erreichten.

Toschmol riss sich mühsam zusammen. Seine Vollmachten gaben ihm das Recht, Befehle zu erteilen. Er war jetzt der Leiter der Gruppe, wusste allerdings auch, dass er auf einem sehr wackligen Podest stand. Diese Leute waren nicht mehr bereit, sich willenlos jeder Autorität zu beugen. Er wandte sich an Parentok und Arkanol. »Sie geben mir Feuerschutz. Aber achten Sie darauf, dass sie das Schiff nicht beschädigen.«

Sie nickten schweigend und hoben die Waffen. Er schritt, in den Einsatzanzug gehüllt, langsam auf die VALKARON zu. Die Lautsprecher waren nicht mehr erklungen, aber das konnte alles Mögliche bedeuten. Als er die kritische Distanz erreichte, zögerte der Wissenschaftler kurz, aber dann dachte er an die anderen, die ihn beobachteten. Gab er sich jetzt eine Blöße, war sein Spiel vorzeitig beendet. Sie würden sich von einem Versager abwenden. Obwohl nur ein Beiboot, ragte die Kugel mehr als sechzig Meter auf; die vier abgespreizten Teleskopstützen erinnerten den Mann an die Beine eines lauernden Insekts. Jetzt konnte er in die Bodenschleuse hineinsehen; die Kammer schien leer zu sein. Er atmete auf. Der Schaum, den die Löschanlage versprüht hatte, war zu einer zähen, gummiartigen Masse getrocknet. Lautlos näherte sich Toschmol der Bodenrampe. Er blieb stehen und zielte nach oben.

»Zenkoorten!«, schrie er. »Werfen Sie Ihre Waffe weg und kommen Sie heraus!« Niemand kam.

Er wartete eine Weile, ohne auch nur das geringste Geräusch zu hören. Dann glitt er auf dem Antigravpolster seines Anzugs die Rampe hinauf. Er zuckte zusammen, als er den Kommandanten entdeckte. Zenkoorten lag vor dem inneren Schott; seine Hände hatten sich um den überschweren Zweihand-Impulsstrahler verkrampft. Toschmol schlich sich an und drehte den Mann auf den Rücken – und fuhr zurück. Die weit aufgerissenen Augen und die verzerrten Gesichtzüge des Toten spiegelten grenzenloses Entsetzen wider. Der Wissenschaftler wandte sich hastig ab, lehnte sich gegen die Schleusenwand und aktivierte den Interkom. Seine Stimme hallte durch das gesamte Kugelschiff, aber niemand meldete sich. Erst jetzt gab er den anderen über Funk die Anweisung, vorsichtig nachzukommen.

In den Kabinen rings um die Zentrale fanden sie die anderen Besatzungsmitglieder. Einige Leichen waren grauenhaft verstümmelt, andere beinahe unversehrt. Eins hatten alle gemeinsam: diesen entsetzlichen Ausdruck des Grauens. Die Überlebenden trugen die Toten nach draußen, um sie zu begraben. Sie fanden auch die anderen Spuren, die Speicherkristalle und die Schaltung, die die Lautsprecher steuerte. Aber das reichte nur bedingt, um sich ein Bild davon zu machen, was wirklich in dem Beiboot geschehen war. Sie hatten auch keine Lust, sich mit diesem Rätsel gründlich zu befassen.

Fest stand, dass der Planet selbst ihnen klarmachte, dass sie verschwinden sollten. Die Nadelpfeiler waren nun Strahlungsquellen, deren blaues Licht so grell war, dass es ungeschützte Augen erblinden ließ. Sämtliche Container und Ausrüstungsreste sanken mit zunehmender Geschwindigkeit in sich zusammen. Bald würde nichts mehr darauf hinweisen, dass an diesem Ort Schiffsbrüchige eine Unterkunft errichtet hatten.

Dann war das letzte Grab geschaufelt. Die Männer legten den toten Kommandanten hinein und vollendeten in verbissenem Schweigen die traurige Arbeit. Inzwischen war es Mittag geworden. Der Himmel überwölbte die erstarrte Landschaft wie eine glühende Glocke. Die Sonne verbarg sich hinter rotem Dunst. Die acht Männer, die die Aufgabe übernommen hatten, die Leichen zu bestatten, richteten sich schwer atmend auf, strichen sich den Schweiß von der Stirn und nickten einander zu.

»Endlich«, murmelte Parentok erleichtert.

Sie nahmen die Schaufeln und Hacken und gingen zur VALKARON, die wie ein seltsamer Fremdkörper zwischen einigen kleinen Hügeln stand, welche sich erst in der letzten Nacht gebildet hatten. Die Männer hatten es eilig, in das Schiff zu kommen. Draußen wurde die Hitze fast unerträglich. Ein leises Kollern schreckte sie auf. Sie entdeckten die kleinen Steine, die von den Hügeln herabrollten, und begannen zu rennen. Auf diesem Planeten hatten sie sich mittlerweile daran gewöhnt, dass selbst auf scheinbar harmlose Ereignisse besser mit sofortiger Flucht zu reagieren war. Über Lautsprecher erklang eine Stimme: »Alles sofort an Bord! Alarmstart erfolgt in einer halben Zentitonta!«

Jeder befand sich an seinem Platz, und trotz der Tatsache, dass von der ursprünglichen Führungsmannschaft dieser Expedition kaum noch jemand lebte, konnten die wichtigsten Positionen besetzt werden. Das war dem glücklichen Umstand zu verdanken, dass viele der Überlebenden umfassend ausgebildet waren.

Während das dafür vorgesehene Kommando draußen die Toten bestattete, erfolgte im Beiboot die gewissenhafte Kontrolle. Es stellte sich heraus, das genügend Vorräte in den Lagern vorhanden waren, um die Besatzung für mindestens zwei Arkonperioden am Leben zu erhalten, wobei diese Frist durch strenge Rationierung noch erweitert werden konnte. Zu ihrer Erleichterung fanden sie in dem kleinen Hangar neben einem Gleiter sogar ein einsatzfähiges Bodenfahrzeug. Zenkoorten musste sie bewusst zurückgehalten haben.

Gegen Mittag fanden sich die neu ernannten Leiter der Abteilungen in der Zentrale zusammen, um über die nächsten Schritte zu beraten. Dabei stand von vornherein fest, dass man baldmöglichst starten wollte.

»Wir könnten ein paar Tage Ruhe brauchen«, sagte Toschmol vorsichtig. »Auf keinen Fall sollten wir übereilt handeln.«

»Einverstanden«, knurrte Swann zu Toschmols Überraschung. »Allerdings schlage ich vor, dass wir uns die Rast erst dann gönnen, wenn wir dieses System hinter uns gelassen haben. Es wird uns nichts anderes übrig bleiben, als eine lange Wartezeit in Kauf zu nehmen. Ich fürchte, dass die Sprunggeneratoren nur noch für drei, höchstens vier Langstreckentransitionen gut sind. Aber dann werden Unsicherheiten auftreten, die wir vermeiden sollten.«

Lenth Toschmol lächelte spöttisch. In der beruhigenden und vertrauten Umgebung des Raumschiffs hatte er zu seiner alten Arroganz zurückgefunden. Er fühlte genau, dass sich auch die anderen verändert hatten. Solange sie den Einflüssen von Loipos ausgesetzt waren, herrschte Ausnahmezustand – jetzt gewannen die Regeln und Gesetze Arkons wieder an Bedeutung. »Das Transitionstriebwerk werden wir vorerst nicht brauchen«, sagte er in seiner schleppenden Sprechweise. »Erst wenn wir den Schlackeplaneten untersucht haben, werden wir diesen Sektor verlassen.«

»Sie verlangen doch wohl nicht im Ernst von uns ...«

»Ich verlange nichts weiter, als dass jeder seine Pflicht erfüllt«, unterbrach Toschmol den Bärtigen. »Wir haben immer noch einen Auftrag des Imperators. Ich persönlich bin dem Höchstedlen Rechenschaft schuldig, ob alles getan wurde, um Klinsanthor zu finden. Die Ereignisse auf Loipos lassen darauf schließen, dass wir den Magnortöter mit großer Wahrscheinlichkeit auf der verbrannten Welt finden werden – und ich fürchte, dass wir dieses System ohnehin erst dann verlassen können, wenn wir die Gruft entdeckt haben. Dieser Planet hat sich gegen uns gewandt! Mit Mitteln, die uns unverständlich sind. Von Beginn an war es die falsche Wahl; die Schlackewelt ist das Ziel! Und erst danach wird es uns gestattet sein, dieses System zu verlassen.«

Swann starrte den Wissenschaftler wütend an, und Toschmol stellte fest, dass auch andere sich seinen Befehlen widersetzen würden. Noch aber schwiegen sie und schwankten. Seine Hinweise auf die rätselhaften Kräfte machte sie unsicher. Zu viel Unverständliches war geschehen. Der Mann hoffte, dass sie rechtzeitig zur Vernunft kamen. Sein Hinweis auf Orbanaschols Befehl war in seinen Augen von untergeordneter Bedeutung, vervollständigte aber das Bild. Toschmol gestand sich ein, dass ihn die Neugier gepackt hatte. Er musste wissen, was es mit dem toten Planeten auf sich hatte. War er wirklich identisch mit der Skärgoth der Mythologie?

Er würde es niemals erfahren, setzte er sich nicht durch. Und er konnte die Leute nur an einem Punkt packen: Sie wussten genau, dass sie sich in Gefahr begaben, wenn sie sich weigerten, ihm zu folgen. Die

Drohung mit Orbanaschol – falls die VALKARON ins Arkonsystem zurückkehrte – war nur ein Aspekt; Meuterei wurde schwer bestraft, und wer sich einem direkten Befehl des Imperators widersetzte, konnte keine Gnade erwarten. Gewichtiger war in Toschmols Augen allerdings der Hinweis auf die rätselhaften Kräfte und Mächte in diesem System. Er war sich sicher, dass es ihnen gar nicht möglich sein würde, über seine Grenzen hinaus vorzustoßen.

»Wir könnten abstimmen«, sagte Swann. Seine Stimme klang heiser vor unterdrückter Wut.

Ehe jemand antworten konnte, heulte eine Sirene. Ein Blick auf die Bildschirme genügte, um ihnen klarzumachen, dass jetzt nicht der richtige Zeitpunkt für eine Diskussion war. Der Planet hatte nur eine Pause eingelegt. Nun holte er zum nächsten Schlag gegen die Eindringlinge aus. Während Swann die Männer zurückrief, aktivierte Arkanol bereits die Notstartautomatik. In fieberhafter Eile wurden die letzten Vorbereitungen abgeschlossen. Nur Toschmol hatte nichts zu tun. Gebannt starrte er auf das Bild, das ihm die Panoramagalerie bot.

Die Hügel, die sich um das Kugelschiff gebildet hatten, wölbten sich nun auf. Ihre Flanken zerbrachen. Steine rollten bis in die Nähe der Landebeine, dann schob sich eine unübersehbare Menge von grauen Leibern auf die VALKARON zu, kaum dass das Bestattungskommando in der Schleuse war. Die Tiere – oder was immer es war – kamen direkt aus dem Boden. Anfangs waren sie nicht größer als eine Männerhand. Aber während sie sich dem Raumschiff näherten, in dem die Aggregate aus der Drosselphase hochfuhren, wuchsen sie unaufhaltsam. Die Triebwerke heulten auf. Zitternd stieg das Schiff um einige Meter, schwankte und schüttelte sich, während unten die grauen Kreaturen lange Arme bildeten, mit denen sie nach den noch nicht eingezogenen Teleskopstützen tasteten. Die glühenden Impulsstrahlen der Triebwerke konnten ihnen nichts anhaben, im Gegenteil – sie sogen die Energie auf und wuchsen noch schneller.

Arkanol – ein kleiner, meist wortkarger Mann, der sich selbst jetzt nicht aus der Ruhe bringen ließ – drückte eine Serie von Schaltern. Auf einem der Bildschirme war zu sehen, dass direkt unter dem Kugelschiff ein klaffendes Loch im Boden entstand. Weitere »Tiere« quollen vor dort nach oben. Zwei der albtraumhaften Wesen hatten mit ihren dehnbaren Armen einen Landeteller umschlungen. Fasziniert beobachtete Toschmol, wie die Leiber langsam angehoben wurden, bis es einen heftigen Ruck gab und das Schiff steil nach oben schoss. Die ausgerissenen Arme fielen vom Landeteller ab. Während die Teleskopstützen ein fuhren, glühte im hochgespannten Prallschirm die Atmosphäre. Schon der nächste Beschleunigungsimpuls verdrängte die Luftmassen macht-voll, doch mit jedem zusätzlich erreichten Höhenkilometer wurde die Dichte geringer.

Als hätte Loipos nur darauf gewartet, dass der Fremdkörper endlich vernichtet war oder verschwand, trat unvermittelt Ruhe ein. Fernoptiken zeigten, dass die grauen Geschöpfe zusammenschrumpften. Die Hügel schlossen sich, sanken zusammen, als seien es aufgepumpte Blasen ge-wesen. Augenblicke später bedeckten zahlreich grüne Büsche den Platz, an dem das Beiboot eben noch gestanden hatte. Das Schiff verließ die Atmosphäre – der letzte Blick zurück entsetzte die Besatzung: Rosig angehauchte Wolkenfelder trieben über eine Landschaft von idyllischer Schönheit. Weite Ebenen dehnten sich aus, Bildschirme zeigten Baum-gruppen, Herden friedlich grasender Tiere und dunkle, geheimnisvolle Wälder. Sie erkannten den Fluss, die schneebedeckten Berge und den riesigen, fast kreisrunden Talkessel. Dazwischen lag der Ort, an dem die PROTALKH verglüht war und sich das Feuer über den ausgedörrten Boden gefressen hatte – aber nicht die geringste Spur davon war geblie-ben. Nichts wies auf die Katastrophe hin. Es war, als hätten sie den Planeten nie betreten.

Nur eine Tatsache bewies, dass sich doch etwas verändert hatte: Die Nadelpfeiler glühten immer noch zu Tausenden! Und je länger sie auf die strahlend blauen Türme blickten, die wie Nadeln zu ihnen heraufstachen, desto mehr schauderten die Überlebenden. Fast unmerklich war die bläu-liche Lichtbahn, die zur roten Sonne wies – und darüber hinaus.

Während sich die VALKARON mit zunehmender Geschwindigkeit von dieser seltsamen Welt entfernte, befahl Toschmol: »Errechnen Sie den günstigsten Kurs, der uns möglichst schnell und ohne Risiko zur Schlackewelt bringt.«

Nach knapp zwölf Zentitontas Beschleunigungsflug waren rund 45 Mil-lionen Kilometer zurückgelegt. Drei Zentitontas im freien Fall mit hal-ber Lichtgeschwindigkeit schlossen sich an, ehe die Abbremsung be-gann. Insgesamt würde der Flug bis zur Schlackewelt nicht einmal eine halbe Tonta beanspruchen.

»Schluss!«

Lenth Toschmol blieb ruhig sitzen und rührte sich nicht, als er plötz-lich die Waffenmündung am Hals spürte. Er hatte die Stimme erkannt und wusste, dass der Techniker Parentok hinter ihm stand.

»Was erlauben Sie sich? Ich bin der Expeditionsleiter.«

»Sie waren es, Toschmol. Ich habe Sie soeben Ihres Postens enthoben, bringe Sie in Ihre Kabine und schließe Sie dort ein. Anschließend ändern wir den Kurs und machen, dass wir von hier fortkommen.«

»Abgesehen davon, dass ich angesichts unserer Erlebnisse bezweifle, dass dies technisch möglich sein wird – wollen Sie sich vor dem Höchstedlen verantworten?«

Parentok trat zur Seite, richtete aber weiterhin den Kombistrahler auf den Wissenschaftler. »Wer sagt, dass wir das beabsichtigen? Es gibt genügend unbewohnte und unbekannte Planeten jenseits der Imperiumsgrenzen, auf denen wir uns niederlassen können. Im Übrigen sollten Sie uns nicht weiszumachen versuchen, dass Sie Orbanaschol so lieben, dass Sie für ihn Ihr Leben riskieren wollen.«

Toschmol sah ein, dass er seine Taktik ändern musste. »Solche Äußerungen bestraft der Imperator gewöhnlich mit dem Tod, Parentok. Aber Sie haben schon recht: Auch meine Verehrung hält sich in Grenzen. Hier geht es aber um etwas anderes. Die besonderen Bedingungen in diesem System werden verhindern, dass wir es so einfach verlassen. Für mich gibt es keinen Zweifel, dass wir die Skärgoth des Magnortöters gefunden haben. Es ist dieser Schlackeplanet.«

Der Techniker ging nicht darauf ein, sondern wandte sich an die Navigatorin, ohne sie anzusehen: »Zeranal, programmieren Sie eine Transition, die uns ein paar Lichtjahre weiterbringt. Ich bringe Toschmol in seine Kabine.«

Er winkte mit der Waffe. Der Wissenschaftler stand langsam auf und blieb ein wenig gebeugt stehen. »Eine Transition wäre glatter Selbstmord. Wir haben es hier – neben dem Hypersturm außerhalb des Systems – mit Energiefeldern zu tun, deren hyperphysikalische Natur uns nicht bekannt ist. Was sie und die mit ihnen verbundenen Kräfte bewirken können, haben wir auf Loipos erlebt.«

»Das eben ist der Grund, weshalb wir so schnell wie möglich von hier wegwollen! Gehen Sie schon. Sie halten uns nur auf.«

»Was haben Sie mit mir vor?«

»Nichts. Sobald alles vorüber ist, können Sie sich wieder frei im Schiff bewegen. Wir haben Ihnen, trotz allem, einiges zu verdanken. Das vergessen wir nicht.«

Sollte Toschmol insgeheim gehofft haben, jemand würde ihm beistehen, sah er sich getäuscht. Überall sah er nur finstere Gesichter. Die Flucht ins All war gelungen, sodass die Bereitschaft, sich sofort ins nächste Abenteuer zu stürzen, gegen null tendierte. Nicht einmal Swann hatte Einspruch erhoben. Auf dem Weg zur Kabine blieb Toschmol äußerlich ruhig, während in seinem Inneren Ärger und Wut wechselten. Ohne weiteren Kommentar schloss Parentok die Tür hinter ihm und verriegelte sie von außen.

Der Wissenschaftler zwang sich zur Ruhe, als er allein war. Um sich zu beschäftigen, drehte er den Ring am Finger, rief die gespeicherten Daten ab und überspielte sie ins Kabinenterminal. Auf dem Bildschirm erschienen die Texte mit den Aussagen über den Magnortöter. Von einer zerklüfteten und leblosen »Unwelt« war die Rede, von einer unwirklich anmutenden Welt mit »Grüften und Meeren«. In einer Quelle war die Rede von einer sterbenden Sonne, die mit fünf anderen als Sechseckkonstellation einen zentralen rotgelben Doppelstern umgab; laut der Legende würden sie zusammen mit dem Leben Klinsanthors erlöschen. Zum wiederholten Mal las Toschmol die geheimnisvolle Verse. *Weckt ihn und ruft ihn, aber achtet darauf, dass sein schrecklicher Schatten nicht auf euch fällt ...*

Inzwischen war der Wissenschaftler sicher, dass mit dem »schrecklichen Schatten« die hiesigen Hyperfelder und ihre Wirkungen gemeint sein könnten. Er schaltete den Interkomschirm ein, um über die weiteren Dinge informiert zu sein. Wie erwartet wurden die Basisdaten und Bilder ins Bordnetz eingespeist. Der Schlackeplanet war vergrößert eingeblendet, etliche Ortungsdaten zeigten widersprüchliche Werte.

»Es ist die Skärgoth, kein Zweifel«, murmelte Toschmol, abermals von verbissener Wut heimgesucht. »Die Legenden stimmen. Ich habe Klinsanthor gefunden, und diese Narren spielen jetzt mit unser aller Leben. Sie sollten den schrecklichen Schatten fürchten!«

Neue Daten erschienen auf dem Monitor. Die Transitionsberechnungen waren abgeschlossen. Parentoks Eingreifen hatte verhindert, dass der Ultraleichtkreuzer seine Abbremsung begann und stattdessen mit halber Lichtgeschwindigkeit weitertrieb. Bald würde der weitere Beschleunigungsflug beginnen, um das Schiff auf Transitionsgeschwindigkeit zu bringen. Mit Maximalbeschleunigung würde der Sprungpunkt einige Millionen Kilometer jenseits der Planetenbahn erreicht sein.

»Ihr seid verrückt«, schimpfte Toschmol, obwohl ihn niemand hörte. »Eine Transition innerhalb dieses Systems ist Wahnsinn.«

Die Impulstriebwerke des Ringwulstes begannen zu dröhnen. Während sich die Geschwindigkeit des Kugelraumes erhöhte, wurden weitere Daten der Schlackewelt eingeblendet. Einzelheiten waren auf den normaloptischen Darstellungen keine zu erkennen; die Haupteindrücke waren Braun und Schwarz. Durchmesser und Schwerkraft entsprachen jenen von Loipos, mit dem sich der Planet die gemeinsame Umlaufbahn teilte. Nach wie vor lieferten die hyperschnellen Orter und Taster widersprüchliche Ergebnisse, wurden von den geheimnisvollen Hyperfeldern ebenso gestört wie vom Hypersturm, der außerhalb der Systemgrenzen tobte. Einigermaßen sicher war, dass der Brocken – in der Form keineswegs so rund wie sein Gegenstück jenseits der roten Sonne – aus erkalteter Lava und erstarrter Schlacke zu bestehen schien.

Toschmol war so in die Bilder und Daten vertieft, dass er die bevorstehende Transition verdrängte. Erst als die Sirenen kurz aufheulten, wurde er sich der Gefahr wieder bewusst. In jedem Fall würde der Entzerrungsschmerz stärker als gewöhnlich ausfallen, sofern nicht Schlimmeres passierte. Hastig warf er sich auf das Bett und entspannte die Muskeln. Keinen Augenblick zu früh, denn beim nächsten Wimpernschlag überfiel ihn der Schmerz. Toschmol begriff sofort, dass seine Ahnung sich bewahrheitet hatte. Das war keine gewöhnliche Entstofflichung, und es fand auch keine normale Transition über viele Lichtjahre statt. Für eine kurze Zeit schien die Umgebung der Kabine zwar zu verschwimmen, aber dann gab es einen heftigen Ruck.

Über die Bord-zu-Bord-Verständigung erklangen Schadensmeldungen. Parentoks Stimme befahl die Abbremsung. Auswertungen folgten, von denen Toschmol bestenfalls die Hälfte verstand.

»... durch äußeren Einfluss ... regelrecht verhindert ... nicht nur die Hyperfelder ...«

»Wer denn sonst?«

»Klinsanthor?«

Obwohl dem Wissenschaftler selbst nicht wohl in der Haut war, freute er sich innerlich doch über die Niederlage der anderen, die nicht auf ihn hören wollten. Mit der eingeleiteten Kursänderung würden sie vermutlich auch nicht weit kommen.

»Wir versuchen, mithilfe der Impulstriebwerke dem Einfluss zu entkommen ...«

Die Impulstriebwerke sprangen an, doch schon bald zeigten die Daten, dass es nicht gelang, den Kurs weiter aus dem System heraus zu halten. Zunächst nur leicht, dann stärker krümmte sich die Bahn, verbunden mit einer von außen beeinflussten Abbremsung, gegen die die Triebwerke nicht ankamen, und führte schließlich exakt zur Schlackewelt, als würden gewaltige Traktorstrahler das Schiff fesseln und zu einem ferngesteuerten Objekt machen. Parentok ließ die Triebwerke desaktivieren.

»Wir holen jetzt Toschmol«, sagte jemand; Toschmol glaubte in ihm den Physiker Karon zu erkennen.

Der Wissenschaftler schaltete den Interkom ab und streckte sich auf dem Bett aus, um seine Befreier zu erwarten. Er sah ihnen gelassen entgegen, als sie die Kabinentür öffneten. »Nun?«

Die Männer wirkten verlegen. »Wir denken, dass Sie helfen können. Droht uns ein Absturz auf die Schlackewelt? Was sollen wir tun?«

Toschmol schwang die Beine vom Bett und wies auf die Handwaffen. »Zwingt Parentok, die Zentrale zu verlassen. Er ist verrückt geworden. Niemand widersetzt sich dem Willen Klinsanthors, das solltet ihr inzwischen begriffen haben. Wir werden auf der Skärgoth landen. Die Unwelt ist das Versteck des Magnortöters; er erwartet uns.«

Diese Aussage wirkte nicht gerade beruhigend, aber die Männer sahen ein, dass eine Landung immer noch besser war als ein Absturz.

Als Toschmol die Zentrale betrat, wusste er hinter sich Leute mit feuerbereiten Waffen. Parentok schwang den Sessel herum. Seine Hand fuhr zum Gürtel, aber er zog den Kombistrahler nicht. »Was soll der Unsinn? Glauben Sie vielleicht, mit Ihren Mythenquatsch gegen diese Naturgewalten ankämpfen zu können? Als Techniker verstehe ich mehr von Navigation als Sie, Toschmol. Verschwinden Sie.«

»Sie werden verschwinden! Verlassen Sie Ihren Platz vor den Kontrollen«, forderte der Wissenschaftler und ging furchtlos auf Parentok zu. Dieser stand auf, als er von den anderen keine Unterstützung erhielt. Er wusste, wann er verloren hatte.

»Na schön, versuchen Sie es doch«, knurrte er hilflos vor Zorn und Enttäuschung. »Bald zerschellen wir auf der Oberfläche dieses Brockens.«

»Wir werden sehen.«

Seit einer Weile flog die VALKARON mit gleichbleibender Geschwindigkeit, doch je näher der Schlackeplanet kam, desto langsamer wurde das Schiff, wiederum von außen beeinflusst und behutsam abgebremst.

»Unterstützen wir den Außeneinfluss«, sagte Toschmol. »Pilot Arkanol – programmieren Sie Bremsschub für eine normale Landung.«

»Verstanden.«

Die Impulstriebwerke dröhnten. Atemlos warteten die Arkoniden auf die Wirkung. Und in der Tat wurde der Fremdeinfluss geringer, solange sich die VALKARON auf Anflugkurs hielt. Die Fluggeschwindigkeit verringerte sich.

»Standardanflug für Landung. Unbekannter Fremdeinfluss verschwunden.«

»Wie ist das möglich?«, fragte Parentok.

»Auf dieser Welt dort gibt es Dinge, die sich unserer Wissenschaft entziehen. Wir haben es mit Klinsanthor zu tun, die Legenden geben durchaus Antworten. Ich erinnere mich an eine Stelle im Klinsanthor-Epos von Klerakones: *Nur geflüstert wurden seither die Berichte: vom Aufgehen im Weltraum verlorener Arkoniden in rätselhaften Energieströmen und über die Herkunft des Magnortöters. Denn es war einmal in fernster Vergangenheit ein Raumfahrer. Er gehörte einem unbekannten Volk an, und er hieß Klinsanthor. Er geriet zufällig in einen Schnittpunkt kosmischer Kraftlinien, blieb dort hängen und wurde von den She'Huhan persönlich mit übernatürlichen Kräften ausgestattet, die Klinsanthor völlig veränderten. Seine Fähigkeiten hätten ihm zu großer Macht verhelfen können, aber er konnte sich ihrer nicht frei bedienen. So geriet er in Abhängigkeit zu anderen Wesen, die ihn rufen und sich seiner bedienen konnten.* Wir befinden uns, dessen bin ich sicher, im System des Magnortöters, aus dem wir allein und aus eigener Kraft nicht mehr entkommen werden. Wir sind auf ihn ebenso angewiesen wie er auf uns.«

Parentok gewann seine alte Überlegenheit zurück. »Das sind doch nur Märchen, Toschmol. Legenden sind Lügen, die man Kindern erzählt.«

»Nur schlechte Eltern erzählen ihren Kindern Lügen. Ich weiß, dass die Sagen und Legenden ihre reale Grundlage in Ereignissen der Vergangenheit haben. Die Überlieferungen mögen zum Teil entstellt sein, die Wortwahl verschlüsselt, vieles ist zweifellos auch verbrämt. Aber es kommt auf den Kern an, man muss ihn nur erkennen und verstehen.«

»Volle Manövrierfähigkeit vorhanden«, meldete Arkanol ungerührt. »Wo sollen wir landen, Toschmol?«

»Versuchen Sie zunächst, in einen Orbit einzuschwenken. Sollte der Fremdeinfluss das verhindern, landen Sie eigenständig im Rahmen des dann vorhandenen Spielraums.«

»Verstanden.«

Es geschah, wie es der Wissenschaftler fast erwartet hatte: Die VALKARON wurde daran gehindert, eine Umlaufbahn anzusteuern. Also begann die direkte Landung. Längst zeigte die Panoramagalerie die zerklüftete Landschaft. Lichtlose Schattenabgründe wechselten mit schroffen Felsen und matt schimmernden Ebenen, die auf den ersten Blick an Meere erinnerten, aber keine waren. Manche der Spalten zogen sich über Hunderte Kilometer hin, viele wechselten im Zickzack die Richtung, andere teilten sich in gewaltige Risssysteme mit Dutzenden Verästelungen und Ausläufern.

»Landen Sie, wenn möglich, auf einer Ebene zwischen Gebirgen und Schluchten. Die VALKARON darf keinen zusätzlichen Gefahren ausgesetzt werden.«

»Massetastung«, erklang eine Meldung. »Unglaublich! Es gibt eine Atmosphäre! Zwar dünn, aber atembar. Sauerstoff-Stickstoff-Gemisch mit Standardwerten. Vegetation ist absolut keine festzustellen.«

Als auf der Panoramagalerie ein fast runder Talkessel von rund zwanzig Kilometern Durchmesser erschien, rief Toschmol: »Genau dort! Landen Sie im Talzentrum, Arkanol!«

8.

Aus: *Klinsanthor, der Magnortöter – Hymne an den Unschaubaren,*
Kerndor-Kloster, Iprasa, entstanden in den *Zarakhgoth-Votanii* um 3120
da Ark, wenige Jahre nach Absturz des Sphärenschiffs der Gijahthrakos

Im singenden Dom ruht und träumt der Magnortöter in seiner Allge-
genwart, umgeben vom Funkeln des Regenbogens. Ausladend der Blü-
tenkelch im Zentrum gleich einem kristallinen Khasurn. Hoch die Wöl-
bung der Gruft, schimmernd im Glanz von Sternen und Juwelen. Im
Schnittpunkt der kosmischen Kräfte gebiert die Unwelt des Magnortö-
ters gewaltige Macht – nur von der der Sternengötter übertroffen. Wird
er gerufen, erfüllt er den Auftrag. Doch jeder hüte sich vor dem Schatten
des Unschaubaren, und wehe dem, der von ihm berührt und getroffen
wird.

An Bord der VALKARON: 11. Prago des Tedar 10.499 da Ark

Das Schiff gehorchte den Steuerbefehlen. Viele Messinstrumente
zeigten widersprüchliche Daten. Die Orter- und Tasterschirme wurden
schwarz, nur die Panoramagalerie lieferte noch einwandfreie Informationen im normaloptischen Bereich.

»Es müssen die Hyperfelder sein, die alles stören«, sagte Zeranal.
»Hyperortung und -tastung ausgefallen.«

»Gibt es eine Bestätigung für die Atmosphäre?«, wollte der Pilot wissen, während die Impulstriebwerke aufdonnerten.

»Ja.« Fast im gleichen Augenblick wehrte der aktivierte Prallschirm
die ersten Ausläufer ab; Ionisationsleuchten verstärkte sich zu einem
immer helleren Glühen. »Frag mich aber nicht, wie sie ohne jegliche
Vegetation im Gleichgewicht bleibt.«

Die VALKARON verringerte weiter ihre Geschwindigkeit und sank
der Oberfläche entgegen. Der Landeplatz lag auf der Tagseite des Planeten, dessen Eigenrotation mit insgesamt 56 Tontas extrem langsam
war. Erst in vierzehn Tontas würde die rote Sonne hinter dem Horizont
versinken. Toschmol deutete auf die Bildschirme. »Sehen Sie – was ist
das?«

Der Talkessel war annähernd kreisrund und wurde von schroffen Randgebirgen eingeschlossen. In den Steilhängen waren dunkle Stellen zu sehen, wahrscheinlich Höhleneingänge. Auch während des Landeanflugs wurden keine Spuren von Vegetation entdeckt, aber an den Rändern des Tal und auch nahe dem Zentrum gab es am Boden ausgedehnte Flächen, die das Licht der Sonne stark reflektierten.

»Keine Ahnung«, murmelte Arkanol unsicher. »Die Felsflächen dort wirken wie polierte, aber matt gewordene Spiegel – oder Glasflächen.«

Die Flughöhe betrug noch knapp einen Kilometer, als der Antrieb plötzlich aussetzte. Statt jedoch abzustürzen, sank die sechzig Meter durchmessende Kugel langsam weiter, veränderte ein wenig den Kurs und setzte dann, nachdem die Landebeine ausgefahren waren, nicht weit von dem Ringgebirge entfernt auf. Sie tat es nicht aus eigener Kraft.

Arkanol war blass geworden. Nun desaktivierte er die Triebwerke endgültig und schwenkte den Sessel herum.

Toschmol hatte sich gesetzt und sagte überflüssigerweise: »Wir sind gelandet.«

Der Orbton nickte. »Aber nicht auf eigenen Wunsch und nicht dort, wo wir wollten. Sieht so aus, als könne irgendetwas mit uns und dem Schiff machen, was es will. Klinsanthor ...?«

Der Name hing wie eine Drohung in der Luft. »Möglich, vielleicht sogar wahrscheinlich. Die fremdbeeinflusste, aber glatte Landung deutet jedoch darauf hin, dass hier keine unmittelbare Gefahr droht. Auf Loipos war das anders. Vielleicht ist der Magnortöter tatsächlich bereit, uns zu empfangen. Worauf warten wir noch?«

»Immer mit der Ruhe«, empfahl Swann, dessen Gesicht allmählich wieder die gewohnte Farbe annahm. »Bevor wir uns da draußen umsehen, sollten wir einige Vorsichtsmaßnahmen ergreifen. Dass die Atmosphäre atembar ist, hat sich bestätigt, dennoch sollten wir zum Beispiel in keinem Fall auf Kampfanzüge verzichten. Und bevor wir aussteigen, müssen noch etliche Tests durchgeführt werden, um mehr über die Umgebung in Erfahrung zu bringen. Das dauert seine Zeit. Und, mit allem Respekt, uns allen würde eine Ruhepause guttun!«

Toschmol nickte. Viele Instrumente und Messgeräte waren ausgefallen; sie verweigerten schlicht und einfach den Dienst. Andere lieferten Werte, die zweifellos falsch sein mussten. Der Rest – meist auf konventioneller Basis ohne Hyperanteil – ermittelte nach und nach weitere

Daten. Bis auf die Zentralemannschaft verschwanden die Besatzungsmitglieder in ihren Kabinen.

Toschmol wurde bald unruhig. »Noch haben wir etliche Tontas Tageslicht«, sagte er bedächtig. »Sollten wir bis zur Nacht warten, bleibt es lange dunkel. Ich will mich umsehen. Wer begleitet mich?«

»Ich verlasse das Schiff auf keinen Fall«, sagte Parentok, der entwaffnet, aber nicht der Zentrale verwiesen worden war. »Aber ich hindere niemanden daran, Sie zu begleiten.«

»Sie? Das können Sie auch gar nicht.« Toschmol wandte sich an Swann. »Übernehmen Sie in meiner Abwesenheit das Kommando? Danke.«

Arkanol wandte sich an einige Männer. »Bereitet alles für den Ausstieg vor. Ich werde Toschmol begleiten.«

»Ich ebenfalls«, sagte Zeranal.

Sie würde als einzige Frau teilnehmen, nachdem sich ein Dutzend Freiwillige gemeldet hatten. Toschmol konnte seine Ungeduld kaum noch zügeln, während er in der Bodenschleuse wie die anderen den Kampfanzug anlegte und vor dem Schott Aufstellung nahm. Die Kampfanzüge, Resultat der hoch technisierten Zivilisation der Großen Imperiums, verfügten über hervorragende Eigenschaften. Die Flugaggregate im Rückentornister gestatteten es, dass die Träger große Strecken mit hoher Geschwindigkeit zurücklegten. Im Vakuum des Weltalls schützten sie vor der lebensfeindlichen Umgebung. Die Klimaanlage sorgte für gleichbleibende Temperatur, ganz gleich, ob draußen eisige Luft oder kochendes Wasser war. Hinzu kamen die Taschen mit Werkzeugen, Lebensmittelkonzentraten und dergleichen mehr.

Das Schott schwang auf. Toschmol ging zur ausgefahrenen Bodenrampe und betrat als Erster die grauschwarze Oberfläche der Skärgoth. Nach einigen Schritten drehte er sich um und winkte den anderen. »Kommt, Leute. Prächtiger fester Boden. Die Instrumente zeigen gute Atemluft an – wir können also die Helme öffnen. Worauf wartet ihr denn?«

Kurz darauf standen Zeranal und Arkanol neben ihm, die anderen folgten langsamer. Die Luft war frisch und kühl.

»Wie ist es?«, fragte Swann über Funk.

»Bestens – bis jetzt«, antwortete der Wissenschaftler. »Als Erstes untersuchen wir die glatte Fläche, die sich zwischen dem Schiff und dem Ringfelsen befindet.«

»Seid vorsichtig.«

Sie blieben dicht zusammen, weil sie sich so sicherer fühlten. Toschmol und Arkanol übernahmen die Führung und näherten sich vorsichtig der glatten, aber matten Fläche. Aus der Distanz sah sie aus wie die erstarrte Oberfläche eines Sees aus mattem Glas. Sie stoppten am Rand.

»Was ist das?«, fragte Zeranal scheu.

Einer der Männer musterte seine Messinstrumente. »Starke Infrarotstrahlung. Das Zeug ist heiß! Scheint ein Metall zu sein. Die Hitze kommt zweifellos aus dem Planeteninneren. Ist vielleicht eine Art Vulkanschlot, der sich mit flüssigem Metall füllte, das später abkühlte und erstarrte.«

»Kann man drüberlaufen?«

»Durchaus, die Stiefel bieten genug Schutz. Warum sollten wir?«

»Darauf lässt sich leichter marschieren als auf der zerklüfteten Schlacke. Nun, zur Not können wir auch fliegen.« Toschmol setzte sich in Bewegung und ging weiter Richtung Ringgebirge, das den Talkessel umgab. Die steilen Felswände schienen höher und höher zu werden. Toschmol steuerte auf einen der Höhleneingänge zu.

Im Gegensatz zu dem Wissenschaftler verlor Arkanol nichts von seiner Vorsicht. Er blieb misstrauisch und beobachtete aufmerksam die Umgebung, obwohl er nichts Verdächtiges entdecken konnte. Als er sich einmal umdrehte, rief er: »Zeranal, bleiben Sie bei der Gruppe! Was suchen Sie dort?«

Toschmol blieb stehen, auch die anderen hielten an. Die Navigatorin hatte sich etwa dreißig Meter entfernt, schien es aber gar nicht bemerkt zu haben. Gehorsam folgte sie der Aufforderung und eilte herbei. »Merkwürdig. Ich wollte gar nicht dorthin gehen. Erst Ihr Ruf hat mich ... geweckt.«

Arkanol runzelte die Stirn. »Wollen Sie damit sagen, dass Sie etwas gezwungen hat?«

»Muss wohl so gewesen sein. Etwas zog mich nach links, ohne dass es mir bewusst war. Wie ein Magnet.«

Einer der Männer bestätigte ihren Eindruck. »Mit erging es ähnlich, aber ich widerstand dem inneren Zwang. War vielleicht auch nur Einbildung.«

Der Pilot schüttelte den Kopf. »Nein, das war keine Einbildung. Ich habe ebenfalls etwas gespürt. Könnte sich demnach um eine Art hypnotische Beeinflussung handeln, der der eine mehr und der andere weniger widersteht. Ein Grund mehr, zusammenzubleiben. Was ist mit Ihnen, Toschmol?«

»Ich habe es bemerkt, aber ignoriert. Allerdings fällt mir jetzt auf, dass uns alle etwas nach links gezogen hat. Dort steht die VALKA-RON ... Wir sind nicht geradeaus gegangen, sondern in einem leichten Bogen!«

»Aber die Höhlen ... sie befinden sich weiterhin genau vor uns.«

»Vielleicht eine optische Täuschung?«

Sie gingen langsam weiter, achteten nun aber verstärkt auf das Phänomen, das vorerst noch keine Gefahr darstellte. Mit etwas Konzentration gelang es, in ziemlich gerader Richtung weiterzumarschieren, dennoch gab es keinen Zweifel, dass es einen Einfluss gab, der sie nach links zu dirigieren versuchte. Toschmol hatte seine eigene Vermutung, die er aber für sich behielt, um seine Begleiter nicht noch mehr zu verwirren. Er war fest davon überzeugt, dass Klinsanthor seine unheimliche Macht ausübte. Wollte er sie zu sich locken? Der Wissenschaftler war davon überzeugt, dass ihnen keine Gefahr drohte, denn hätte der Magnortöter sie vernichten wollen, hätte er das längst tun können. Andererseits war die Erinnerung an die Ereignisse auf Loipos zu frisch, um sich wirklich sicher sein zu können. Innerlich fieberte Toschmol der Begegnung mit Klinsanthor entgegen, gleichzeitig fürchtete er sich davor. In diesem Zwiespalt der Gefühle war es nicht leicht, Besonnenheit zu bewahren.

Sie erreichten den Rand der glatten, inzwischen fast gläsern wirkenden Fläche, obwohl sie weiterhin undurchsichtig blieb. Die Feldwand war nur noch wenige hundert Meter entfernt.

»Ziemlich große Höhlen«, sagte Arkanol. »Könnten durch frühere vulkanische Tätigkeit entstanden sein. Das würde den gläsernen See erklären.«

»Soll Klinsanthor nicht in einer Gruft hausen?«, fragte einer der Männer. »Vielleicht lauert er schon dort vorn auf uns?«

»Wenn es überhaupt Klinsanthor war.«

Toschmol warf Arkanol einen Blick zu, schwieg aber. Wortlos setzte sich die Gruppe wieder in Bewegung.

Je näher sie der Felswand kamen, desto stärker wurde der Linksdrall. Da sie gewarnt waren, konnten sie ihm zwar widerstehen, aber die Konzentration auf die Richtung wurde mit der Zeit anstrengend. Es war, als müssten sie ständig gegen eine unsichtbare Strömung ankämpfen, die sie in eine andere Richtung zerren wollte.

»Vielleicht sind es die Hyperfelder?«, vermutete der Physiker Karon, der bisher geschwiegen hatte. »Wäre doch eine naheliegende Erklärung.«

»Durchaus«, sagte Toschmol geistesabwesend, weil ihn der Anblick der Höhleneingänge viel mehr faszinierte. »Ein natürliches Phänomen scheidet allerdings aus – dazu ist der Einfluss zu systematisch.«

Sie standen nun vor der ersten Höhle. Fast fünfzig Meter hoch war das Tor, das in die Felswand führte. Der Boden fiel leicht nach unten ab, die Wände verschwanden nach wenigen Metern in absoluter Dunkelheit. Toschmol wollte weitergehen, doch Arkanol hielt ihm am Arm fest. »Halt! Wir sollten den Leichtsinn nicht auf die Spitze treiben. Sie bringen uns alle in Gefahr, wenn Sie ohne jede Vorbereitung dort eindringen.«

»Was für Vorbereitungen?« Toschmols Ungeduld war fast greifbar. »Wir sind am Ziel, und da wollen Sie mich aufhalten?«

»Keineswegs, aber ich richte mich nach den Erfahrungen der Raumflotte. Die Vorschriften sind kein Jux, sondern durchaus berechtigt. Ihre Einhaltung hat mehr als einer Expedition das Leben gerettet. Unter anderem hat sich die Dauer einer Mindestwartezeit von fünfzehn Tontas als sehr hilfreich erwiesen.«

»Fünfzehn Tontas? Dann ist es Nacht.«

Arkanol wies in die Höhle. »Dort ist es so oder so dunkel! Wir sollten warten, weitere Messungen durchführen, die Umgebung beobachten. Dann komme ich mit und begleite Sie.«

»Ich auch«, erbot sich Karon.

Die anderen schwiegen.

Toschmol wurde klar, dass er keine andere Wahl hatte, wollte er nicht ganz allein in die Höhle vordringen. Und dazu fehlte ihm, trotz aller Ungeduld und Begeisterung, der Mut. »Also gut. Fünfzehn Tontas.«

Nach einem letzten Blick in die Höhle wanderten sie weiter an der Felswand entlang, umrundeten den Glassee und näherten sich schließlich wieder der VALKARON, als sich von dort Parentok meldete: »Wird Zeit, dass ihr zurückkommt. Einige Leute beginnen durchzudrehen!«

Toschmol sah zum Kugelraumer. »Wie meinen Sie das?«

»Hm, wie soll ich das erklären ...? Zwei sind mit dem Kopf gegen eine Wand gerannt und haben sich ernsthaft verletzt. Ein Dritter behauptet, Sie in einem Korridor gesehen zu haben – dann bogen Sie nach links ab, obwohl dort keine Tür war.«

»Nach links?«, vergewisserte sich der Wissenschaftler, während die Mitglieder der Gruppe bedeutsame Blicke wechselten. »Sorgen Sie dafür, dass die Leute in ihren Kabinen bleiben, bis wir zurück sind.«

Ohne weiteren Aufenthalt erreichten sie die VALKARON. Dumpf schloss sich hinter ihnen das Schott und gab ihnen das Gefühl, wieder in vermeintlicher Sicherheit zu sein. Erleichtert legten sie die Schutzanzüge ab. Parentok und Swann erwarteten sie in der Zentrale; ihr Bericht lieferte keine neuen Erkenntnisse.

»Ich sehe nach den Verletzten«, sagte Arkanol. »Ich will genau wissen, was passiert ist.«

»Gut.« Toschmol nickte. »Kommen Sie dann in meine Kabine. Ich muss nachdenken. Wir alle sollten einige Tontas ausruhen.«

Sieben Tontas vor dem geplanten Aufbruch zur Höhle unternahm Parentok mit dem Gleiter einen Erkundungsflug durch den Talkessel. Er wurde von Zeranal begleitet, die sich um die Messinstrumente an Bord kümmerte. Einige von ihnen funktionierten einwandfrei. Die Massetaster zeigten bei den Glasseen als feste Materie schwere Metalle an, während sich insbesondere unter dem Ringwall, aber auch unter der Kratersenke gewaltige Hohlräume befanden. Die Navigatorin erstellte eine Karte, die zumindest einen groben Überblick über diese Höhlen und Kavernen lieferte.

Der Techniker hatte sich inzwischen an den merkwürdigen Linkszwang gewöhnt, der sich selbst bei der Steuerung des Gleiters bemerkbar machte. Weil er aber bewusst das Tal in einer großen Linkskurve abflog, spielte die Fehlerquelle keine besondere Rolle. Parentok blinzelte aber verblüfft, als er schräg unter dem Gleiter eine farbige Wolke bemerkte, die träge dahinzog. Das Seltsame war, dass er Farben erkannte, die er so noch nie gesehen hatte. Er machte Zeranal auf das merkwürdige Gebilde aufmerksam.

»Ein optisch sichtbares energetisches Feld«, sagte die Frau nach einem Blick auf die Instrumente. »Hyperphysikalisch, aber dennoch vermutlich harmlos, wenngleich man nicht direkt durchmarschieren sollte.«

»Und die Farben? Haben Sie so was schon mal gesehen?«

»Nein. Es ist ein Sekundäreffekt – das Licht entsteht als einzige konventionelle Wechselwirkung der Luftmoleküle mit der hyperenergetischen Feldstruktur.«

Sie widmete sich wieder ihrer provisorischen Karte, als die Farbwolke zurückblieb. Erst jetzt fiel der Frau das gleichmäßige und sanfte Rauschen auf, das sie vorher überhört haben musste. Zunächst war es überall, aber als sie versuchte, sich darauf zu konzentrieren, hörte sie es nur mit dem rechten Ohr. Links hörte sie nichts, sosehr sie sich auch anstrengte und konzentriert lauschte. Sie sagte Parentok nichts von ihrer

Wahrnehmung, um ihn nicht zu beunruhigen, sah aber, dass auch er sich wiederholt ans rechte Ohrläppchen fasste, daran zog und rieb, als störe ihn etwas. Trotzdem schwieg sie und arbeitete weiter an der positronischen Karte.

Je mehr Daten zur Verfügung standen, desto klarer wurde, dass das ganze Tal unterhöhlt und von unregelmäßigen Gängen und Kammern labyrinthisch durchzogen sein musste. Alle Kavernen standen miteinander in Verbindung, einige Hohlräume erreichten mehrere Kilometer Durchmesser. Wollte Toschmol dieses System erforschen, hatte er sich zu viel vorgenommen, das stand für die Frau fest.

Karon meldete sich aus der VALKARON, von der er behauptet hatte, sie sei nach einem seiner berühmten Vorfahren benannt. »Ihr solltet allmählich zurückkommen.«

»Mit dem jetzigen Kurs sind wir in zehn Zentitontas beim Schiff. Warum? Ist etwas geschehen?«

»Zum Glück nichts. Was Neues?«

»Zeranal fertigt eine Karte der Höhlen an. Die Massetaster funktionieren fast einwandfrei.«

»Habt ihr Klinsanthor auch schon geortet?«

»Scherzbold!« Parentok schaltete ab. Der Rest des Flugs verlief ohne Zwischenfälle.

Wegen des seltsamen Linksdralls machte sich Toschmol keine Sorgen. Es war gut möglich, dass die verschiedenen Energie- und Hyperfelder und energetischen Strömungen einen gewissen Einfluss auf das Gehirn hatten, der zwar unangenehm war, sich aber keineswegs schädlich auswirkte. Noch einmal hatte er seine Unterlagen studiert, nachdem er aus einem kurzen, aber erfrischenden Schlaf erwacht war. Für ihn gab es keinen Zweifel mehr, dass er wirklich die Welt des Magnortöters gefunden hatte. Dieser Schlackeplanet war die Skärgoth.

In seiner Fantasie sah er sich schon vom Imperator persönlich geehrt und in den Kreis der Ruhmreichen aufgenommen. Er träumte von der Belohnung, die ihm ein Leben in Reichtum, Unabhängigkeit und Freiheit ermöglichen würde, ganz abgesehen von den anderen Privilegien, die er dann genießen konnte. Noch in ferner Zukunft würde man von ihm als berühmtestem und genialstem aller arkonidischen Wissenschaftler sprechen – von ihm, dem Entdecker des Magnortöters. Alle diese kühnen Gedanken und Hoffnungen stachelten ihn zu einem Unternehmensgeist an, dessen er früher nie fähig gewesen wäre. Er war keineswegs feige, aber unter anderen Umständen hätte er sich hundertmal überlegt, ob er in die Unterwelt eines so merkwürdigen Planeten hinabsteigen sollte oder nicht. Zeranals Karte zeigte, dass die Höhlengänge nicht nur in den Ringwall führten, sondern auch tief unter die Oberfläche.

In einer Tonta würden er, Arkanol und Karon aufbrechen. Einen Augenblick erwog Toschmol die Möglichkeit, dass der zurückbleibende Parentok vielleicht auf den Gedanken kommen würde, während seiner Abwesenheit mit der VALKARON zu starten und zu fliehen. Aber dann sagte sich der Wissenschaftler, dass der Techniker nicht so verrückt sein würde, zumal sich die anderen Besatzungsmitglieder – insbesondere Swann und einige andere – weigern würden, seinen Befehlen zu folgen, und es nicht einmal sicher war, ob der unsichtbare Einfluss überhaupt einen vorzeitigen Start gestattete.

Arkanol meldete sich an und betrat kurz darauf die Kabine.

»Es ist so weit«, murmelte Toschmol. »Wir werden diesem Planeten seine Geheimnisse entreißen.«

»Karon denkt ebenso, aber wir müssen darauf vorbereitet sein, Unbekanntem zu begegnen. Wir dürfen uns nicht trennen, sobald wir die Unterwelt betreten haben. Ihre Begeisterung in allen Ehren, aber Vorsicht hat noch nie geschadet. Zu dritt können wir uns verteidigen – falls es notwendig sein sollte.« Er machte eine Pause. »Sollte der Magnortöter hier leben, dürfte allerdings jede Verteidigung zwecklos sein. Den Legenden nach war er die gefährlichste Waffe, die es jemals gab, obgleich ich zugeben muss, mir nichts darunter vorstellen zu können. Wie kann ein Lebewesen eine solche Waffe sein? Ist es überhaupt ein Lebewesen?«

»Wir werden es herausfinden.«

Arkanol zuckte mit den Schultern. »In einer halben Tonta in der Schleuse?«

»Ja.« Der Pilot war schon halb aus dem Raum, als Toschmol fragte: »Hören Sie ebenfalls dieses merkwürdige Summen? Im rechten Ohr, unterschiedlich stark? Es ist, als wolle mir jemand etwas mitteilen, was ich nicht verstehe.«

»Ich höre es ebenfalls manchmal. Aber an eine Botschaft habe ich bislang nicht gedacht, sondern schiebe es auf die Hyperfelder.«

Er ging.

Toschmol nahm sich noch einmal die Karte vor und prägte sich die Hauptkorridore ein. Manche verliefen schnurgerade, als seien sie künstlich angelegt worden, andere dagegen waren zweifellos natürlichen Ursprungs – vermutlich durch Lavafluss entstanden. Es würde Jahre dauern, wollte man alles erforschen.

Aber das war gar nicht Toschmols Absicht. Er wollte lediglich Klinsanthor finden.

Sie ersparten sich den weiten Fußmarsch und ließen sich mit dem Gleiter zum Höhleneingang bringen. Hier überprüften sie nochmals ihre Ausrüstung und die Schutzanzüge. Die Sonne war untergegangen, aber über den Glasseen lag ein silberner Schimmer. Auch aus der Höhle kam nun ein diffuses Licht. Sollte es so hell bleiben, würden sie die Anzuglampen kaum benötigen. Arkanol sah dem Gleiter nach, der zum Kugelraumer zurückkehrte.

»Gehen wir. Ich bin gespannt, was uns erwartet.«

Schon nach wenigen Dutzend Metern beschrieb der unregelmäßig geformte Korridor, dessen Ausmaße und Höhe mehr an das Innere eines Doms erinnerten, eine scharfe Biegung nach links. Von hier aus ging es steil in die Tiefe. Toschmol prüfte den Ausdruck von Zeranals Karte.

»Stimmt bisher. Sofern die Massetaster alles richtig erfasst haben, müssen wir den nahen Glassee unterqueren, um das eigentliche Hauptlabyrinth zu erreichen.«

Das Leuchten aus Wänden und Decke blieb konstant – ein kühler Silberschimmer vergleichbar dem Licht einer Vollmondnacht. Der Fels zeigte keine Spuren einer Bearbeitung, trotzdem war Toschmol davon überzeugt, dass hier jemand der Natur nachgeholfen hatte. Vulkanausbrüche und Bodenverschiebungen hatten schwerlich ein solches Höhlensystem erschaffen – und Wasser in ausreichenden Mengen war bislang nicht entdeckt worden. Als die Männer unterhalb des Glassees waren, verlief der Korridor horizontal weiter. Arkanol schätzte, dass sie sich nun in etwa zweihundert Metern Tiefe befanden; auch das stimmte mit den Messergebnissen überein. Die Helligkeit hatte eher zugenommen, eine eindeutige Quelle für das Licht war nicht zu entdecken.

Arkanol blieb stehen und blickte nach oben. »Mir scheint, dass die Decke höher ist. Auch der Gang ist breiter. Was sagt die Karte? Nähern wir uns der großen Haupthöhle?«

»Keineswegs.« Toschmol studierte die Zeichnung und deutete auf eine Stelle. »Wir sind jetzt etwa hier. Zeranal hat die Verbreiterung angemessen. In zweihundert Metern gibt es erste Abzweigungen, die können wir ignorieren. Die meisten münden später wieder auf unseren Hauptgang. Etwa zehn Kilometer vor uns, fast in der Mitte des Tals, müssten wir die riesige Höhle vorfinden – sie erstreckt sich bis zum gegenüberliegenden Ringwall.«

»Zehn Kilometer? Sollen wir die laufen?«

»Sie denken an die Flugaggregate?« Toschmol verzog das Gesicht. »Um ehrlich zu sein – ich wollte es eben ausprobieren, aber der Antrieb rührt sich nicht.«

Arkanol und Karon prüften ihre Geräte, auch sie reagierten nicht. »Fremdeinfluss?«

»Dem unterliegen wir, seit wir dieses System erreicht haben!«

»Mich beunruhigt etwas anderes«, sagte Karon. »Fällt Ihnen nichts auf? Mit Ihren Augen ...?«

Der Wissenschaftler stutzte. »Was meinen Sie ...? Nun ja, manchmal glaube ich, dass da was stört. Wie ein Staubkorn. Kein Grund zur Aufregung.«

»Dann müsste ich ebenfalls ein Staubkorn im rechten Auge haben«, murmelte Arkanol besorgt. »Wäre ein merkwürdiger Zufall ...«

»Kein Zufall!«, behauptete Karon. »Auf dieser Welt gibt es einen Einfluss auf unsere rechte Körper- oder linke Gehirnhälfte! Linksdrall, mein rechtes Ohr schmerzt, ständig höre ich ein fernes Rauschen wie von einem Wasserfall. Und nun das eingeschränkte Blickfeld. Das ist keine Einbildung.«

Die anderen bestätigten seine Eindrücke. Der unbewusste Zwang, nach links im Kreis zu laufen, war geblieben, aber nicht stärker geworden. Es war nur nicht aufgefallen, weil sich alle unwillkürlich an der linken Korridorwand orientiert hatten. Eine Prüfung ergab, dass keine Funkverbindung zur VALKARON hergestellt werden konnte. Die Messinstrumente der Anzüge zeigten hinter den Wänden starke Energiefelder an.

Sie wanderten eineinhalb Tontas. Inzwischen war der Tunnel so breit, dass die gegenüberliegende Wand nur als schwach schimmerndes Band zu erkennen war. Sie befanden sich nun rund fünfhundert Meter unterhalb der Oberfläche, der Zenit der Deckenwölbung befand sich mehr als hundert Meter über ihren Köpfen. Weiterhin erhellte das Mondlicht die Umgebung; vereinzelt schalteten die Männer die Lampen an, um die Umgebung besser betrachten zu können. Plötzlich fiel Arkanols Lichtkegel auf ein paar merkwürdige Gebilde, die aus dem Boden zu wachsen schienen. Die Männer blieben stehen.

»Was ist denn das? So etwas habe ich noch nie gesehen. Scheinen Kristalle zu sein.«

Es handelte sich um ungefähr fünf Meter hohe Säulen mit sechseckigem Querschnitt. Die glatten Flächen reflektierten das Licht der Lampe extrem verstärkt – und farbig.

Als Toschmol die Augen schloss und wieder öffnete, stellte er zu seiner Überraschung fest, dass diese Kristallsäulen nur dann in allen Regenbogenfarben funkelten, wenn er sie mit dem rechten Auge betrachtete. Für das linke Auge erschien das Licht lediglich hell und weiß. Welches Auge aber sah »richtig«? Den anderen erging es, wie er auf Nachfrage erfuhr, genauso.

»Das sind künstliche Gebilde«, sagte Toschmol überzeugt. »Nichts weist auf ein natürliches Kristallwachstum hin. Fragt sich nur, was die Dinger bedeuten.«

»Meine Instrumente registrieren ein starkes hyperenergetisches Feld«, sagte Karon. »Quelle der ungewöhnlichen Intensität bis hinauf in ultrahohe Frequenzbereiche sind die Säulen. Sie sind eine Art Sender.«

»Weiter«, murmelte Toschmol. Die Männer folgten ihm, wenngleich nach einem Zögern.

Endlich erreichten sie das Ende des nun bereits fast kilometerbreiten Tunnels. Zu beiden Seiten wichen die Wände rechtwinklig zurück – sie hatten die von Zeranal angemessene Riesenhöhle betreten. Höhle war vermutlich nicht der richtige Ausdruck für dieses subplanetare Reich, das sich ihren staunenden Blicken bot. Von der sehr hohen Decke fiel helles Licht wie von einem künstlichen Himmel mit Tausenden einander überlappenden Sonnen. Der Horizont schien sich an allen Seiten ins Unendliche zu erstrecken, eine Begrenzung war nicht mehr zu erkennen. Das Erstaunlichste war allerdings der Boden, der sich etwas unterhalb des Tunnelausgangs befand. Obwohl er unzweifelhaft immer noch aus Felsen bestand, war er von farbenprächtiger Vegetation überzogen. Bizarr geformte Blätter rankten an halb zerfallenen Steinsäulen empor, über und über mit bunten Blüten bedeckt, die einen betäubenden Duft verströmten. Dazwischen wuchsen hohe Bäume mit üppigen Wipfeln, durch die kaum das Deckenlicht drang. Aber nirgends gab es ein Spur von Wasser – die Luft war so knochentrocken wie beim gesamten Weg hierher.

Die Männer standen lange am Rand des »Gartens«, bis sich Toschmol schließlich aufraffte, die geneigte Fläche hinabging und ein Blatt berührte. Seine Hand zuckte zurück. Er schlenkerte sie einige Mal und sagte: »Das Ding hat mir einen Schlag versetzt! Bestehen die Pflanzen vielleicht aus Energie, die feste Form angenommen hat? Karon, Sie sind der Physiker.«

»Ich bin überfragt.« Er konsultierte die Messgeräte und schüttelte wiederholt den Kopf. »Alle Werte weisen in der Tat auf eine energetische

Struktur hin, es gibt eine entfernte Ähnlichkeit zu unseren Prallfeldern. Gleichzeitig verbindet sich damit eine durchaus feste ... Substanz. Sollte es Wesen geben, die in der Lage sind, Energie nach Belieben in eine Pseudomasse zu verwandeln?«

»Pflanzen sind es somit also nicht?«, vergewisserte sich Arkanol.

»Bestimmt nicht. Eher die materialisierte Projektion von Pflanzen.«

»Die Forscher aller Imperiumswelten werden sich auf diesen Planeten stürzen, wenn sie davon erfahren.«

»Ja – wenn, Arkanol«, schränkte Toschmol ein, und es klang so, als rechne er fast damit, diesen Planeten nie wieder zu verlassen.

Vorsichtig drangen die Männer nach einer kurzen Rast in den farbenprächtigen Dschungel ein, in dem es zu ihrer weiteren Überraschung breite Pfade und Wege gab, auf denen nichts »wuchs«. Mehrmals bogen sie ab, gaben auch unbewusst dem Linksdrall nach und gerieten zwischen die Pseudopflanzen. Die an Stromschläge erinnernden Entladungen trieben sie jedoch immer wieder rechtzeitig auf den Weg zurück. Es dauerte nicht lange, bis sie sich eingestehen mussten, die Orientierung verloren zu haben. Die Karte nutzte nun nichts mehr, und die Anzuginstrumente zeigten unterschiedliche Werte an. Ob sie den Eingangstunnel wiederfanden, war mehr als unsicher. Toschmol spürte im Unterbewusstsein etwas nie Gekanntes, was er in einem wachen Moment als »bösartige Harmonie« umschrieb. Diese fantastische Welt in ihren abstrakten Formen war eigentlich unmöglich. Er ließ sich nicht von den prächtigen Farben irritieren, die für ihn plötzlich das manifestierte Böse darstellten, das sich nur in täuschendem Glanz präsentierte und so jeden aufkommenden Verdacht einschläferte. Alles wirkte, dessen war er sich unvermittelt sicher, wie eine geniale Falle. Eine Falle ... für wen?

Nach zwei Tontas Marsch hielt Karon an und behauptete: »Hier sind wir schon gewesen.«

»Es sieht überall gleich aus, also können wir nicht sicher sein.« Toschmol trank aus seinem Anzugvorrat; die knochentrockene Luft dörrte die Schleimhäute aus. »Und selbst wenn Sie recht hätten – wir müssen weiter.«

»Warum hinterlassen wir keine Zeichen?«, fragte Arkanol.

»Wie denn?«

»So ...« Der Pilot zog den Kombistrahler, stellte auf Thermomodus und zielte auf die Pflanzen. Die Waffe versagte nicht, als er abdrückte, aber der Thermostrahl wurde von den Blüten absorbiert und hinterließ nicht die geringste Spur. Der zweite Versuch mit einem Schuss auf den Felsenboden bescherte den gleichen Misserfolg.

»So viel dazu.« Toschmol reagierte spöttisch. »Ihre langjährigen Erfahrungen in allen Ehren, aber mir scheint, sie bringen uns nicht weiter.«

Karon hielt sich neben dem Wissenschaftler, als sie weitergingen. Arkanol hatte grimmig die Spitze übernommen und hielt den Kombistrahler fortan schussbereit in der rechten Hand.

»Was denken Sie? Hat Klinsanthor das alles geschaffen? Dann wäre es ein uns hoch überlegenes Wesen. Wie können wir so vermessen sein, in sein Reich einzudringen?«

»Wir folgen dem Befehl des Imperators, Karon, vergessen Sie das nicht«, sagte Toschmol bedächtig. »Die Legenden sind in dieser Hinsicht eindeutig: Der Höchstedle des Imperiums ist dazu berechtigt, den Magnortöter zu rufen. Und wir sind seine Boten. Möglich, dass alle Schwierigkeiten eine Form der Prüfung sind.«

»Prüfung?«

»Nicht jeder, den es hierher verschlägt, handelt auf Befehl des Imperators. Und allwissend wird nicht einmal Klinsanthor sein.«

»Aber allem Anschein nach hier überall gegenwärtig?«

»So behaupten es die Sagen und Legenden. Aber in Wirklichkeit?« Toschmol runzelte die Stirn, als sich Arkanol umdrehte.

»Die Landschaft verändert sich. Ich glaube, dort ist das Ende des Gartens.«

»Und dann?«

»Keine Ahnung. Jedenfalls keine Blumen und Pflanzen mehr.«

Toschmol und Karon holten den Piloten ein und fanden seine Behauptung bestätigt. Das Gelände fiel ein wenig ab und wurde übersichtlicher. Das Ende des Gartens – oder wie immer man es bezeichnen wollte – war durch kahle Felsen gekennzeichnet. Einige erinnerten an Torbögen, Pfeiler und Stelen, wie sie von manchen primitiven Völkern errichtet wurden. Monolithische Blöcke erhoben sich und versperrten den Blick auf die Landschaft dahinter. Ohne viele Worte marschierten die Männer weiter, keiner schien traurig darüber zu sein, der trügerischen Blumenpracht entronnen zu sein – Blumen und Pflanzen, die aus Energie bestanden und dennoch substanziell waren ...

Toschmol konzentrierte sich mehr auf das, was hinter den Torbögen war. Je näher sie kamen, desto deutlicher wurde es. Im ersten Augenblick glaubte er, Gebäude entdeckt zu haben, aber beim näheren Anblick war er sich seiner Sache nicht mehr sicher. Für Gebäude waren die Gebilde zu abstrakt.

Doch in dieser verrückten Unterwelt musste mit allem gerechnet werden.

9.

Aus: *Das Erbe Sogmantons* – in: *Herausragende Persönlichkeiten der Epoche Barkams I.,* Avvya da Bakelor, Gos'Ranton/Arkon I, veröffentlicht zur Zeit von Imperator Gonozal V. im Jahre 10.400 da Ark

... *schreibt Sogmanton Agh'Khaal in der fragmentarisch überlieferten Textsammlung* Die Suche nach Arbaraith – Nachbetrachtungen *schwankend zwischen Bitterkeit und Resignation:* Der Preis war zu hoch, es war nicht länger zu verantworten, diese Basis im Chaos weiter zu unterhalten. Sie wurde aufgegeben, nur wenige Unermüdliche wollten bleiben. Und ich selbst – ich habe resigniert. Die nach mir benannte Barriere hat ihre Geheimnisse bewahrt, nicht einmal der Kristallobelisk ist ein Beweis, sondern bestenfalls ein weiteres absonderliches Artefakt. Mein größter Traum blieb unerfüllt – ich habe Arbaraith nicht gefunden, ja ich zweifle inzwischen sogar selbst, ob es jemals existiert hat ...

Sogmanton Agh'Khaal überlebte den von ihm verehrten Höchstedlen Barkam I. um ganze 43 Arkonjahre – bis heute weiß kaum jemand zu sagen, ob der 1349 Meter hohe Kristallobelisk wirklich von Arbaraith stammt, den er aus der nach ihm benannten Sogmanton-Barriere mitbrachte und im Jahr 4100 da Ark auf Gos'Ranton aufstellen ließ. Seither ragt das Gebilde an der Laktranor-Südküste östlich der Karurmorn-Halbinsel als der legendäre Arbaraith-Obelisk auf, Symbol für das sagenhafte Urland. Nicht verstummen wollende Gerüchte besagen, dass der aufmerksame Beobachter dort Sogmantons schemenhafter Gestalt begegnen könne, die gedankenversunken die Küstenlandschaft entlangwandert, die Tag wie Nacht vom gleißenden Funkeln der blauweißen, reich facettierten Säule des riesigen Kristalls überstrahlt wird.

Nur wenigen Historikern ist bekannt, dass Sogmanton Agh'Khaal letztlich vermutlich auf der richtigen Spur war. Auswertungen diverser Quellen – vor allem solcher, die im Laufe der Zeit auf Hiaroon gefunden oder wiederentdeckt wurden – belegen, dass sich auf dem legendären Arbaraith, über dessen reale Existenz sich nach wie vor die Wissenschaftler streiten, verschiedene Völker begegneten, sich vermischten und dann als Einheit empfanden, bis die Bewohner von Arbaraith eigene Wege gehen wollten und damit den Zorn der »Stammväter« auf sich zogen. Ein Krieg begann, der Magnortöter Klinsanthor wurde gerufen,

und sein Schatten fiel über die Sterne. Die Auswanderer – unsere arko-
nidischen Vorfahren! – fanden eine neue Heimat, während Arbaraith
verloren war und zum Zentrum eines zunächst kleinen, aber unzugäng-
lichen Raumsektors wurde. Als gängige Theorie unter den Eingeweihten
gilt, dass die Kristallobelisken Hyperkräfte anzogen, die Raum-Zeit-
Struktur deformierten – und als dann die gewaltigen Hyperstürme aus
dem galaktischen Zentrum hervorbrachen und die Archaischen Perioden
einleiteten, wirkten diese verheerenden Kräfte auf Arbaraith viel fataler
als auf den Rest der Öden Insel. Zurück blieb schließlich das, was heu-
te Sogmanton-Barriere genannt wird ...

Einige Wissenschaftler und Techniker der VALKARON kehrten von einem kurzen Ausflug zum Glassee zurück und berichteten von den Ergebnissen der Untersuchung. Abschließend teilten sie mit, dass das Schiff genau auf einem kleinen Felsspalt gelandet war.

Zeranal schüttelte ungläubig den Kopf. »Das ist nicht möglich. Ich war draußen, aber von einem Spalt habe ich nichts gesehen. Wir stehen nicht auf einer Felsspalte.«

»Dann überzeugen Sie sich selbst.«

Parentok stand auf. »Das werden wir.«

Nachdem sie das Schiff verlassen und halb umrundet hatten, entdeckten sie tatsächlich den Spalt. Er war zwar nur handbreit, zog sich aber über knapp zehn Meter dahin ...

»Er war bislang nicht da und muss somit erst kürzlich entstanden sein«, behauptete die Navigatorin.

Der Techniker ging in die Hocke und untersuchte den Spalt, nahm einen kleinen Stein und ließ ihn hineinfallen. Sie warteten vergeblich auf den Aufschlag.

»Wir stellen ein Messinstrument auf. Sollte sich herausstellen, dass sich der Spalt vergrößert, müssen wir das Schiff an einen anderen Ort bringen.«

Nach der Rückkehr ins Schiff meldete der Funker: »Immer noch kein Kontakt. Keine Verbindung, seit sie die Höhle betraten.«

Das Messinstrument wurde justiert und würde jede Veränderung registrieren. Mehr als zwei Tontas später gab es immer noch kein Lebenszeichen von Toschmol, Arkanol und Karon – aber der Spalt war um zwölf Zentimeter breiter und vierzehn Meter länger geworden.

Toschmol blieb zehn Meter vor dem Torbogen stehen, hinter dessen Öffnung eine Art milchiger Nebel wogte und bestenfalls zehn Meter freie Sicht gestattete. Auch seine Begleiter hielten an. Alle starrten auf die in regelmäßigen Abständen angebrachten Gegenstände, die an Spiralläufe von Impulsstrahlern erinnerten. Die Mündungen zeigten auf das Zentrum der Toröffnung und zielten somit auf jeden, der diesen Weg benutzte.

»Das sieht nicht nach einem freundlichen Empfang aus«, sagte Arkanol befremdet. »Eher nach einer Falle. Wenn das keine Impulsstrahler sind, will ich nicht länger Arkanol heißen.«

»Es sind welche«, bestätigte Karon den Verdacht.

»Als eine ... Energiesperre?«

»Genau.«

»Und wie geht's weiter? Hier reiht sich ein Torbogen an den nächsten, es gibt keine Zwischenräume.«

Toschmol räusperte sich. »Es ist nicht die erste Sperre – erinnern Sie sich an die Kristallsäulen.«

»Sie meinen, das war ebenfalls eine?« Koran sah den Wissenschaftler zweifelnd an.

»Mit Sicherheit. Aber sie hielt uns nicht auf.«

»Allmählich«, sagte Arkanol, »beginne ich Toschmols Behauptung zu glauben, dass wir erwartet werden.«

»Von Klinsanthor?«

»Wer sonst sollte das alles geschaffen haben?« Toschmol zeigte sich überzeugt. Niemand widersprach, als er hinzufügte: »Ich versuche es. Wartet, bis ich das Tor passiert habe.« Er schob den Kombistrahler ins Halfter zurück, breitete waagrecht die Arme aus und setzte sich in Bewegung. Die anderen sahen ihm mit gemischten Gefühlen nach und befürchteten jeden Augenblick das Aufblitzen der Waffen. Aber nichts geschah. Unangefochten durchschritt der Wissenschaftler das Tor, ging einige Meter weiter und drehte sich um. »Also – worauf wartet ihr noch?«

Arkanol und Karon gingen los, ließen die Mündungen nicht aus den Augen und atmeten erleichtert auf, als sie unbeschadet neben Toschmol standen.

»Erinnert mich irgendwie an eine Art Mutprobe«, stöhnte Arkanol. Erst jetzt wurde ihm bewusst, dass die Öffnungen unter den Bögen sogar als Sichtsperre fungierten. Statt des milchigen Nebels war nun der Blick auf eine weite Ebene möglich, die sich über viele Kilometer erstrecken musste. vereinzelt waren sehr hohe Bäume zu entdecken, deren aus ladende Kronen riesige Blätter trugen. Am fernen Horizont war eine silbrig matte Fläche zu erkennen, die an die Glasseen erinnerte. Über allem spannte sich der sternenfunkelnde Kunsthimmel dieser Unterwelt.

Karon erschrak, als er sich umdrehte. »Die Torbögen ... der Garten ...«

Beides war verschwunden. Dort, wo sich eben noch die Öffnungen befunden hatten, gab es nur noch eine glatte Felswand. Klinsanthor hatte ihnen den Rückweg abgeschnitten.

»Das macht unsere Entscheidung einfacher, wenn auch nicht leichter«, sagte Toschmol nach einer Weile. »Wir können nicht mehr zurück – es sei denn, das alles ist nur eine optische Täuschung.« Sie tasteten die Felswand ab, fanden aber keinen Durchgang. »Also weiter in der bisherigen Richtung – nach vorn.«

»Ich will es genau wissen.« Arkanol zog entschlossen den Kombistrahler, stellte ihn auf Desintegratormodus und feuerte aus sicherer Distanz. Das Materie auflösende Energiebündel versprühte wirkungslos, als es die Wand traf. Auch der Thermostrahl rief keine Reaktion hervor. »Erstaunlich, erstaunlich.«

»Wieder einmal Masse, die scheinbar aus dem Nichts entsteht?« Karons Stimme zitterte ein wenig. »Oder wirkten die Tore wie Transmitter? Wenn die Legende stimmt und Klinsanthor eine Waffe ist, beginne ich zu verstehen, warum mit seiner Hilfe Kriege zu gewinnen sind. Da fragt es sich doch, warum er nicht häufiger gerufen wurde.«

»Die Legenden sprechen von ... hm, *Nebenwirkungen* ...« Toschmol zitierte: »*Aber Klinsanthor wandte sein Gesicht von ihnen und eilte zurück in die Skärgoth, seine Unwelt, und ein Teil seines Schattens überzog die, die ihm danken wollten. Wen der Schatten berührt hatte, der welkte dahin wie eine Blume. Unzählige starben, und das Volk der Arkoniden erstarrte in Furcht und Trauer, bis der mächtige Klinsanthor in die Ruhe der Grüfte zurückgekehrt war. Dann erst verlor auch der Schatten seine Macht ...«*

»In der Tat, nicht sonderlich ermutigend«, sagte Arkanol ironisch.

Unter dem nächsten Baum ließen sie sich nieder und machten Rast. Toschmol musterte die Karte. »Wir haben nun rund ein Dutzend Kilometer zurückgelegt und müssten etwa hier sein.« Er deutete auf einen Punkt in der Mitte der eingezeichneten Riesenhöhle. »Bis zum Talrand sind es noch acht Kilometer. Dort hinten, das muss die Wand sein.«

»Sofern sie nicht verschwindet.« Arkanol kaute auf einem Konzentratriegel herum. »Wundern würde es mich nicht.«

Toschmol ging nicht darauf ein. »Wir versuchen, die Wand zu erreichen. Selbst wenn wir Klinsanthors Gruft nicht auf Anhieb entdecken, finden wir dort vielleicht einen Ausgang.«

»Hört sich nach Aufgabe an«, sagte Arkanol.

Karon sah nachdenklich zu den großen Blättern hinauf. »Ich kann mir nicht helfen, aber ich meine, dass sie sich bewegen, obwohl hier von Wind nichts zu spüren ist.«

»Ich denke nicht daran aufzugeben«, knurrte Toschmol. »Ich erwäge nur alle Möglichkeiten.«

»Kein Zweifel, die Blätter bewegen sich!«

Nun sah es auch Arkanol. »Ich erinnere mich an eine Flucht vor Methans. Nach der Nottransition suchten wir Schutz auf einem wilden Urplaneten. Wir fühlten uns sicher, aber die Orter maßen Dutzende Feindschiffe an, die nach uns suchten. Es wäre Selbstmord gewesen, einen Funkspruch abzusetzen, um Verstärkung anzufordern. Also blieben wir und beschlossen, die Zwangspause zu einem Erholungsurlaub zu nutzen. Das hätten wir lieber nicht tun sollen ...«

»Und? Fanden euch die Maahks?«

»Nein, die verzogen sich bereits nach wenigen Tagen und suchten in einem anderen Sektor. Nein, wir machten den Fehler, die Natur des Planeten nicht exakt genug zu untersuchen. Es gab Tiere, die ungefährlich zu sein schienen. Wir verstanden aber nicht, weshalb sie sich ständig auf der Flucht befanden – bis wir den ersten Mann durch den Überfall einer harmlos wirkenden Pflanze verloren.«

»Aha, verstehe.« Karon sah zum dichten Laubdach hinauf. »Glauben Sie, dass wir es mit fleischfressenden Pflanzen zu tun haben?«

»Hier scheint alles möglich zu sein. Wir haben doch schon die merkwürdigsten Dinge erlebt, hier und auf Loipos. Auf der Urwelt damals hatten wir es mit Pflanzen zu tun, die sich frei bewegen konnten. Sie wechselten ihre Position, liefen auf Wurzelbeinchen, stellten uns regelrechte Fallen, umzingelten einzelne Gruppen und töteten sie bis auf den letzten Mann. Es war grauenhaft. Verbrannten wir sie mit unseren Strahlern, wuchsen über Nacht Ableger und nahmen Rache.«

Karon stand spontan auf und setzte sich in zwanzig Metern Entfernung auf einen Stein. »Hier fühle ich mich sicherer.«

Toschmol musterte nun ebenfalls den Baum. Er stand auf und berührte vorsichtig ein weit herabhängendes Blatt. »Kein elektrischer Schlag, aber klebrig. Das ist eine echte Pflanze. Ich denke, wir sollten uns keine übertriebenen Sorgen machen, sondern weitergehen. Wir verlieren Zeit, unsere Vorräte – vor allem das Wasser – schwinden.«

Arkanol ging zu Karon. »Gab es eben einen Windstoß, oder irre ich mich?«

»Kein Irrtum. Ich habe es auch bemerkt.«

Verzögert folgten sie Toschmol, der bereits vorausging. Ihn schienen weder die Bäume noch der Wind wirklich zu interessieren. Sie kamen gut voran, machten vorsichtshalber aber um jeden Baum einen Bogen. Die Erzählung Arkanols hatte sie noch misstrauischer werden lassen. In dieser fantastischen Scheinwelt konnte möglicherweise jeder Grashalm eine Gefahr sein. Mit der Zeit wurde der Wind kräftiger. Er kam von hinten – somit erschwerte er den Marsch nicht, sondern beschleunigte eher den Gang. Doch dann wurde aus dem Wind Sturm.

Karon stemmte sich dagegen und wies auf die Bäume. »Die Blätter! Sie lösen sich und fliegen davon. Sehen aus wie große Vögel – seht doch.«

Toschmol kniff die Augen zusammen und beobachtete den Flug der Blätter. Nach einer Weile war er sich sicher, dass er sich nicht täuschte. Etliche Blätter wurden nicht einfach vom Sturm mitgerissen, sondern segelten quer dazu; einige sogar gegen den Wind.

»Sie verfolgen uns!«, rief Arkanol mit einem Anflug von Panik.

Die viele Meter langen Blätter näherten sich tatsächlich in Schwärmen und kreisten die Männer förmlich ein. Arkanol begann wild um sich zu feuern, und diesmal wurden die Thermostrahlen nicht absorbiert. Sie verbrannten die getroffenen Blätter, die sich in davonwehende Aschewolken verwandelten. Aber es waren zu viele. Obwohl nun auch Toschmol und Karon das Feuer auf die unheimlichen Angreifer eröffneten, wurden sie von der Übermacht regelrecht zugedeckt. Der Klebstoff an der Unterseite der Blätter haftete an den Anzügen, am Gesicht und den Händen. Sie behinderten die Bewegungen, als die Männer zu fliehen versuchten. Parallel dazu nahm der Sturm zu, wurde so stark, dass Karon mehrere Meter weit durch die Luft flog, ehe er wieder festen Boden unter den Füßen spürte. Wenig später fanden sich alle drei Männer in einer Mulde wieder – sie waren von Blättern bedeckt, die an ihnen und aneinander klebten und sich nur mit größter Anstrengung lösen ließen. Aber die Gebilde griffen nicht länger an, wie Arkanol befürchtete. Ihre Aufgabe schien vielmehr zu sein, die Eindringlinge festzuhalten.

»Wir müssen uns gegenseitig befreien«, schlug Toschmol vor und begann, das lästige Zeug von Karons Rückentornister zu kratzen.

Als sie es endlich geschafft hatten, blieben sie noch eine Weile in der fast windstillen Mulde liegen und sahen vorsichtig über den Rand. Noch immer segelten Blätter im Wind, aber sie machten keine Anstalten, die

Männer anzugreifen. Toschmol bemerkte erstaunt, dass sie schließlich dutzendweise zu den Bäumen zurückkehrten und dort sofort wieder anwuchsen.

»Ich verliere noch den Verstand«, sagte Karon. »Das ist doch irre.«

»Das ist nicht unsere Welt«, murmelte Toschmol, »sondern die von Klinsanthor.«

Der Spalt unter der VALKARON war nun einen Meter breit, der spitze Ausläufer befand sich fast exakt unter dem Mittelpunkt des Kugelraumers. Die Mannschaft hatte sich versammelt, Parentok schlug einen Startversuch vor, stieß aber auf heftigen Widerstand.

»Mir gefällt nicht, was Sie planen«, sagte Swann. »Wir lassen Toschmol und die anderen nicht im Stich, sondern warten, bis zu zurückkehren.«

»Warten, bis der Spalt breit genug ist, dass die VALKARON darin versinkt? Dann ist es für einen Startversuch zu spät. Niemand will die drei zurücklassen – ich will einen besseren Landeplatz.« Parentok gelang es, die anderen zu überzeugen, weil er sich jeder verlangten Aufsicht unterwarf.

Es gelang ohne Probleme, die Energieversorgung hochzufahren. Irgendwie hatten alle mit Schwierigkeiten gerechnet, doch die Reaktoren lieferten volle Leistung. Auch das Antigravtriebwerk sprang an. Schon wenige schwache Impulse reichten, um den Kugelraumer langsam in die Höhe schweben zu lassen. Die VALKARON gehorchte der Steuerung, flog mit geringer Geschwindigkeit bis zum Rand des Glassees und setzte dort sanft wieder auf. Als die Leistung der Reaktoren wieder gedrosselt war, atmete Parentok ebenso auf wie die übrige Mannschaft.

»Na also«, sagte er und versuchte ein Lächeln. »Alles glattgegangen. Und wir wissen, dass wir im Notfall jederzeit starten können. Die Hyperfelder haben es nicht verhindert.«

Untersuchungskommandos verließen das Schiff, um sich davon zu überzeugen, dass der Raumer diesmal wirklich auf festem Boden stand. Zur Beruhigung aller war keine einzige Spalte zu entdecken. Dennoch blieb die Navigatorin skeptisch. »Dort drüben war bei der Landung auch keine Spalte! Folglich kann sich auch hier eine bilden. Wir sollten vorsorglich Messinstrumente aufstellen.«

»Das wollte ich ebenfalls vorschlagen«, antwortete Parentok. »Und noch etwas ... Was halten Sie von einer Suchexpedition?«

»Niemand wird Sie in die Höhlen begleiten«, sagte die Frau – und behielt recht.

Als Kompromiss entschloss man sich allerdings, einen weiteren Erkundungsflug mit dem Gleiter zu unternehmen. Immerhin war es nicht ausgeschlossen, dass Toschmol und seine Begleiter an anderer Stelle einen Aufgang benutzten und dort vielleicht bereits warteten, um abgeholt zu werden, weil Funkgeräte und Flugaggregate ausgefallen waren.

Der Pilot Vanthor und die Chemikerin Tarnar bestiegen den Gleiter und waren wenig später unterwegs zum Ringwall. Die Höhleneingänge nahe dem Glassee waren leer, von den Gesuchten keine Spur zu entdecken. Um vom Linksdrall nicht beeinflusst zu werden, flog Vanthor so, dass sich der Ringwall stets links vom Gleiter befand. Tarnar vergewisserte sich, dass der Funkkontakt zur VALKARON funktionierte, und vereinbarte, in regelmäßigen Abständen Verbindung aufzunehmen. Ohne es bewusst zu wollen, ließ Vanthor den Gleiter höher steigen, bis die Sicht durch die Berge nicht länger behindert war. Der Blick fiel auf das, was sich jenseits des Ringwalls befand. Tarnar, die das Verhalten des Piloten nicht kritisierte, war im ersten Augenblick enttäuscht. Sie wusste selbst nicht, was sie erwartet hatte, aber nun sah sie die wilde, zerklüftete Landschaft, die von Hunderten riesiger Spalten und Schluchten durchzogen war. Dagegen wirkte das Tal fast einladend.

»Wo seid ihr?«, fragte Parentok.

»Auf der gegenüberliegenden Seite. Noch keine Spur gefunden.«

»Sucht weiter. Auch hier nichts Neues. Der Boden hält.«

Vanthor überquerte den Ringwall und entfernte sich immer weiter von der VALKARON. »Jede dieser Schluchten könnte ein Zugang zum Höhlenlabyrinth sein«, vermutete er und musterte die Karte Zeranals auf dem Bildschirm. »Wo soll man da mit der Suche beginnen? Die Kavernen setzen sich ohne Zweifel jenseits der großen Höhle fort.«

»Weite Teile des Schlackeplaneten scheinen brüchig und porös zu sein. Kein Wunder, dass es da zu Bodenbewegungen kommt. Die Spalte dürfte als Folge des Gewichts der VALKARON entstanden sein. Auf der gegenüberliegenden Seite des Ringwalls konnte ich keine Höhleneingänge entdecken. Langsam mache ich mir um Toschmol und die anderen Sorgen.«

Vanthor antwortete nicht, sondern prüfte nervös die Gleiterkontrollen. Schließlich lehnte er sich ratlos zurück. »Verstehe ich nicht. Keine Reaktion mehr! Die Steuerung gehorcht mir nicht.«

»Was?«

»Der Gleiter fliegt, wohin er will – oder der, der die Kontrolle übernommen hat. Wir entfernen uns immer weiter. Die Instrumente ... sind ausgefallen. Unterrichte die VALKARON.«

Sie versuchte es, der Empfänger blieb stumm. Der Kontakt war abgerissen. Von unsichtbaren Hyperfeldern erfasst, trieb der Gleiter über die Fels- und Schlackelandschaft. Die Flughöhe reichte immer, um keinen Gipfel zu streifen. Mehrmals wurde die Richtung geändert, ohne dass Vanthor die Steuerung berührt hätte. Es gab keinen Zweifel: Eine unbekannte Macht beherrschte den Gleiter mit seinen Insassen und steuerte sie einem ungewissen Ziel entgegen ...

»Wir hätten sie nicht fliegen lassen sollen«, murmelte Zeranal. »Seit einer Tonta gibt es keine Verbindung mehr. Was ist da geschehen?«

»Keine Ahnung«, sagte Swann. »Wir können nur warten, denn einen zweiten Gleiter haben wir nicht. Und einen Start der VALKARON sollten wir lieber vermeiden.«

»Aber wir haben noch das Bodenfahrzeug. Das kann nicht abstürzen.«

Parentok seufzte. »Ich glaube nicht, dass der Gleiter abgestürzt ist.«

Weshalb er dieser Überzeugung war, sagte er nicht. Ohne ein weiteres Wort stand er auf und verließ die Zentrale.

Von seiner Kabine stellte er eine Interkomverbindung zu einer Bauchaufschneiderin her.

»Sie sind nicht der Erste, der über Schmerzen klagt«, antwortete sie. »Einige verlieren rechts sogar die Sehkraft. Andere scheinen auf dem rechten Ohr taub zu sein. Ich finde keine Erklärung.«

»Es muss doch eine geben.«

Nach einer Injektion, von deren Wirkung der Techniker nicht viel hielt, verließ er das Schiff. Seine heimliche Befürchtung, unter der VALKARON könne sich abermals eine Spalte öffnen, bewahrheitete sich nicht. Der felsige Boden wirkte solide. Stumm sah Parentok zu den Höhlen hinüber. Dort waren Toschmol, Arkanol und Karon vor fünf Tontas verschwunden.

Der Gleiter hatte sich inzwischen so weit vom Talrand entfernt, dass die Gipfel des Randgebirges nicht mehr von den Bergen der zerklüfteten Landschaft zu unterscheiden waren. Tarnar hatte alle Versuche, Verbindung mit der VALKARON zu erhalten, längst aufgegeben. Die Instrumente zeigten nichts mehr an, aber sie schätzte, dass sie seit dem Start zweihundert Kilometer zurückgelegt hatten.

Vanthor erschrak, als er ein leichtes Kribbeln in allen Gliedmaßen fühlte, so als sei er mit einem schwachen Energieleiter in Berührung gekommen. Tarnar bestätigte auf Nachfrage diese Beobachtung. »Vielleicht eine Auswirkung des Fernsteuerungseffekts? Oder wir befinden uns mitten in einem der Hyperfelder? Im Vergleich zur Hülle der VAL-KARON schützt der Gleiter kaum.«

»Möglich.«

Wenig später sank der Gleiter leicht ab. Unter ihnen lag eine breite, aber nicht sehr tiefe Schlucht – mehr ein lang gestrecktes Tal. Bevor der Gleiter landete, sagte die Frau: »Ich habe Sehstörungen. Deine Umrisse scheinen zu verschwimmen. Auch der Gleiter wird ... transparent. Was bedeutet das?«

Er drehte sich um, seine Augen wurden groß. »Auch du wirst durchsichtig. Das liegt nicht an unseren Augen ...«

Ein letzter Ruck, der Gleiter stand auf dem Boden. Rechts und links stiegen die Felswände fast senkrecht nach oben, die Talsohle war nackt und kahl. Höhlenöffnungen durchbrachen die Wände, vergleichbar jener, in der Toschmol und seine Begleiter verschwunden waren.

»Wir ... müssen aussteigen«, sagte Vanthor.

»Ich rühre mich nicht von der Stelle. Du bist fast ganz durchsichtig, kaum noch zu erkennen.«

Vanthor blieb sitzen. Vorsichtig tastete er seinen Körper ab und stellte erleichtert fest, dass es sich nicht um eine Entmaterialisation handeln konnte, denn alles fühlte sich wie gewohnt fest an. Und das, obwohl er von den eigenen Umrissen nur noch ein Flimmern sah. »Eine Art Delektoreffekt?«

»Was immer es sein mag – es ist unheimlich. Ob's vorübergeht, wenn wir lange genug warten?«

Davon war er nicht überzeugt. Der Gleiter war unter Fremdkontrolle hierher geflogen. Also hatte jemand – oder etwas – auch über die anderen Phänomene die Kontrolle. Während aber der Gleiter seine Transparenz wieder verlor und den alten Anblick bot, blieben die Arkoniden geisterhafte Schemen, ohne jedoch völlig durchsichtig zu werden. Vanthor stand auf und öffnete die Tür. Ohne auf Tarnars Warnung zu hören, stieg er aus. Zu seiner Verblüffung spürte er kaum ein Gewicht, bewegte sich fast schwerelos dahin. Er blickte zurück. Die Gleiterkabine schien leer zu sein. Erst als er genauer hinsah, erkannte er die verschwommenen Umrisse der Frau.

»Komm her«, sagte er leise – trotzdem verstand sie ihn genau.

»Ich komme.«

Wie er bewegte sie sich schwerelos und blieb neben ihm schweben. Als sie seine Hand ergriff, konnte er sie spüren, aber nicht mehr sehen. Gleichzeitig machte sich ein anderes Phänomen bemerkbar, dessen wahre Natur sie nicht sofort begriffen: Sie verstanden einander, ohne ein Wort zu sprechen.

Wir müssen dem Ruf folgen, dachte Vanthor.

Ja, ich empfange ihn auch. Sie warten auf uns ...

Der Gleiter blieb auf der Talsohle zurück, einsam und verlassen, als die Arkoniden nur wenige Zentimeter über dem Boden fortschwebten, fast unsichtbar und nicht mehr den Fesseln der Schwerkraft unterworfen. Ihre Hände umfassten einander fester; sie wollten sich nicht verlieren. Eine der gewaltigen Höhlen nahm sie auf, aber sie hätten nicht zu sagen vermocht, ob es hier hell oder dunkel war. Sie sahen nicht länger mit den körperlichen Augen, sondern mit ganz anderen Sinnen. Ein wohltuendes energetisches Feld nahm sie auf, umgab sie wie warmes Wasser. Sie fühlten sich geborgen und in Sicherheit. Vergessen waren alle Sorgen, ihre Freunde, die Erlebnisse auf Loipos, alles, was die materielle Welt betraf.

Schön!

Das Leben war noch nie so wunderbar, stimmte sie zu.

Die vorbeigleitenden Wände des breiten Korridors gewannen an Farbenreichtum. Seltsame Muster veränderten sich ständig und bildeten immer neue Symbole und abstrakte Formen. Ein seltsames Summen, stumm und doch vernehmbar, war überall und begleitete die beiden.

Ich glaube nicht, dass wir noch leben, signalisierte Vanthor, *wenigstens nicht mehr in dem uns bekannten Sinn. Wir sind tot.*

Du meinst, so sei der Tod?

Nicht immer. Nur für uns. Unser Dasein hat sich verwandelt. Für die Welt, die wir kannten, sind wir tot. Wir existieren nicht mehr auf die alte Weise. Doch nun ... wartet eine andere Welt, in der wir die Körper nicht mehr brauchen. Sie sind überflüssig geworden ...«

Ein Übergangsstadium.

Der Korridor mündete ins Freie. Wenigstens sah es auf den ersten Blick so aus. Ein sternenübersäter Himmel spannte sich über eine Landschaft, in der bizarre Gebilde wuchsen. Sie erinnerten zuerst an Bäume, aber sie waren alles andere als das: Säulen aus einem unbekannten, glitzernden Material, die sich gegen die Decke stemmten, verzweigten sich und endeten in dünnen, zerbrechlich wirkenden Ästen zwischen den

»Sonnen«. Tarnar und Vanthor schwebten an den glitzernden Stämmen vorbei. Plötzlich vernahmen sie das telepathische Flüstern: *Helft uns! Warum helft ihr uns nicht?*

Die Arkoniden begriffen nicht, wer in dieser paradiesischen Welt Hilfe benötigte. Sie konnten niemanden sehen. Nur eben die baumartigen Gebilde, zwischen denen sie hindurchglitten – befreit von allen Sorgen und Beschwerden. Sie konnten sich nicht erinnern, jemals so glücklich gewesen zu seinen. Für eine unbestimmte Zeit schwebten sie durch den »Wald«, empfingen die Botschaften, achteten aber nicht darauf. Der energetische Strom trug sie zu einem besonders großen und auffälligen »Baum«. Das Gebilde war halb transparent; im Inneren bewegte sich etwas wie ein Schatten.

Wir werden erwartet, dachte Vanthor.

Ich weiß.

Der Strom führte sie genau zum riesigen Stamm, der sich bei der Annäherung in ein unendlich hohes Gebäude zu verwandeln schien, dessen Seitenkorridore frei nach allen Seiten abzweigten wie gewaltige Äste. Ohne ein Hindernis zu bemerken, drangen die Arkoniden in das rätselhafte Gebilde ein – und sofort wurden sie von dem, was sie dort bereits voller Gier erwartete, aufgesogen ...

Noch immer war es über diesem Teil des Schlackeplaneten Nacht. Die Stimmung an Bord der VALKARON war verständlicherweise gedrückt; Hoffnung und Zuversicht auf eine Rückkehr der beiden Expeditionen gab es kaum. Mehr als einmal dachte Parentok inzwischen wieder daran, sich einige Verbündete zu suchen, um mit ihnen die Zentrale zu erobern und schleunigst von dieser unheimlichen Welt zu starten. Der kurze Flug hatte bewiesen, dass der Antrieb einwandfrei funktionierte. Doch würde das auch bei einem ernsthaften Startversuch der Fall sein? Allein konnte er es ohnehin nicht wagen.

Zeranal, die er behutsam auf das Thema ansprach, reagierte abweisend und zornig: »Schon der Gedanke daran ist Verrat! Niemand wird Ihnen helfen. Man würde Sie höchstens einsperren oder gar töten.«

»Sollen wir ewig warten?«

»Das sagen Sie nach nicht mal einem Prago? Wir haben immer noch das Bodenfahrzeug, um eine Suche zu starten. Die Höhlen sind groß genug.«

»Und wenn es wie der Gleiter verschwindet?«

»... dann wäre wirklich ein Notstart ins Auge zu fassen.«

Toschmol und seine Begleiter hatten sich in der Mulde ausgeruht und sogar etwas geschlafen. Der Sturm hatte nachgelassen, nachdem alle Blätter wieder zu ihren Bäumen zurückgekehrt waren. Der Wissenschaftler drängte zum Aufbruch. »Wir verlieren immer mehr Zeit. Bisher gab es keine echte Gefahr. Das alles sind Prüfungen, davon bin ich überzeugt. Nur die Würdigen erreichen Klinsanthor.«

»Möglich.« Arkanol machte eine vage Geste. »Aber es hilft uns nicht, wenn wir uns verausgaben und vielleicht kurz vor dem Ziel entkräftet zusammenbrechen.«

»Ich denke, die Pause war lange genug«, sagte Karon. »Meine Sorge gilt überdies Parentok und einigen anderen unsicheren Kandidaten. Sie könnten auf dumme Gedanken kommen ...«

»Sollen sie.« Toschmol stand auf und sah sich um. »Klinsanthor wird einen Start der VALKARON verhindern.«

Der künstliche Himmel mit den Sternen hatte sich nicht verändert. Bis auf schwache Böen gab es keinen Wind mehr. Die Felswand hob sich deutlich von der Ebene ab und begrenzte den Horizont. Überall standen nach wie vor die Bäume, aber nun wirkten sie harmlos und ungefährlich. Die Riesenblätter hingen schlaff herab, als hätten sie nie ihre Position verlassen. Vielleicht konnten sie das auch nur bei Sturm?

Die drei Männer kamen gut voran, die Felswand rückte näher und näher. Schließlich wurden die ersten Höhleneingänge erkennbar, hoben sich hell vom Fels ab, da aus ihnen das bekannte Schimmern drang. Obwohl sich die fliegenden Blätter seit dem überraschenden Überfall nicht mehr gerührt hatten, waren die Arkoniden froh, als sie endlich den letzten Baum hinter sich ließen. Vor ihnen lag nun eine freie Fläche von vielleicht einem halben Kilometer, die sie von den Höhlen trennte. Der Boden war glatt und felsig, ohne erkennbare Hindernisse. Obwohl ihre Expedition inzwischen mehr als zwanzig Kilometer zurückgelegt hatte, waren sie im Grunde keinen einzigen Schritt weitergekommen. Eine konkrete Spur des Magnortöters hatten sie nicht gefunden, nicht einmal einen Hinweis darauf, wo er sich aufhalten könnte – sofern er überhaupt hier lebte und dieser Planet wirklich die Skärgoth der Legenden war.

Sie gingen einige hundert Meter und blieben wie auf ein Kommando stehen, als sich die Landschaft vor ihnen plötzlich veränderte. Wo eben noch die kahle Ebene gewesen war, breitete sich nun ein silbern schimmernder See aus, der sich bis zu den Höhleneingängen erstreckte. Eine optische Täuschung? Oder hatten sie ihn bislang nur nicht gesehen?

»Ist das überhaupt Wasser?«, fragte Karon befremdet. »Bislang wurde keins auf dieser Welt entdeckt.«

»Gehen wir hin und finden es heraus«, schlug Arkanol vor.

Nach kurzem Zögern gingen sie los. Aber selbst dieses Zögern schien den unbekannten Mächten, denen sie seit der Ankunft in diesem System ausgeliefert waren, zu lange zu dauern. Rings um die Männer entstand ein farbiges Flimmern, das sie wie eine Wolke umgab und völlig einschloss. Toschmol bemerkte ein wildes Ausschlagen seiner Messinstrumente, was auf einen überstarken energetischen Einfluss schließen ließ. Gleichzeitig spürte er, wie er leichter und dann sogar schwerelos wurde. Vergeblich versuchte er, auf dem Boden stehen zu bleiben, aber ein nicht fühlbarer Wind trug ihn sanft davon, direkt auf das Seeufer zu. Toschmols Begleitern erging es nicht anders. Sie sträubten sich zwar gegen die unsichtbaren Kräfte, aber es half ihnen nichts.

Kurz darauf schwebten sie über der unbeweglichen Oberfläche des Sees. Toschmol sah, dass Arkanols Hände um sich griffen, als suchte er verzweifelt nach einem Halt. Es gab keinen – er stürzte senkrecht ab, tauchte mit den Füßen voran in den See und verschwand. Karon folgte im nächsten Augenblick und dann auch Toschmol, während die farbige Wolke zurückblieb. Der Wissenschaftler sah die silberne Fläche auf sich zukommen, spürte einen harten Aufschlag, dann tauchte er ein. Er wusste sofort, dass es kein Wasser war. Der Widerstand war ungleich größer. Dem Mann war keine Zeit geblieben, den Helm zu schließen. Deshalb galt seine erste Sorge dem Wiederauftauchen, um nicht zu ertrinken – oder zu ersticken.

Zu seinem Erstaunen stieg er nach heftigen Arm- und Beinbewegungen schnell zur Oberfläche. Als er die Augen öffnete, sah er Arkanol und Karon ganz in der Nähe auf der zähflüssigen Masse treiben. Erst jetzt war zu erkennen, dass die Masse aus ungezählten winzigen Kristallkörnchen bestand, einer Art feinem Puder, der allerdings eine sehr hohe Dichte aufwies, höher als jene von Quecksilber. Karon versuchte zu schwimmen, obwohl die krampfhaften Armbewegungen kaum so zu bezeichnen waren. Er kam nur langsam voran und näherte sich Toschmol, der bewegungslos abwartete.

»Unglaublich«, rief Karon. »Winzige Kristalle, keine Flüssigkeit. Und sie *flüstern*.«

Toschmol, der erleichtert sah, dass sich auch Arkanol näherte, runzelte die Stirn. »Sie flüstern? Wer? Die Kristalle?«

»Der ganze See flüstert. Hören Sie es nicht?«

Der Wissenschaftler lauschte angestrengt, dann konnte er es ebenfalls hören. Ihm war, als dränge das leise, wispernde Geräusch nicht durch seine Gehörgänge an sein Bewusstsein, sondern ... Nun, eben anders. Er spürte es mehr, als dass er es hörte. Sofern es eine Botschaft enthielt, blieb es für ihn aber ohne Inhalt und Sinn.

»Zum Ufer«, knurrte Arkanol. »Ich will festen Boden unter den Füßen haben.«

Obwohl sie nicht versanken, benötigten sie alle Kräfte, um sich von der Stelle zu rühren. Karon sah immer wieder nach oben, als befürchte er, dass die farbige Wolke zurückkehrte und sie abermals in den *Silbersee* warf. Das telepathische Geflüster hörte auch nicht auf, als die Männer endlich aus dem See kletterten. Es blieb konstant, wenngleich weiterhin unverständlich.

»Und nun die Preisfrage: Wie kommen wir über den See zu den Höhlen?« Toschmol war trotz seines Eifers, Klinsanthor zu begegnen, nachdenklich geworden. »Würden unsere Flugaggregate funktionieren, wäre es kein Problem. Aber so ...«

Der See erstreckte sich zu beiden Seiten über viele Kilometer; eine unüberwindliche Barriere von mehr als hundert Metern bis zur Felswand.

»Umkehren?«, fragte Arkanol. »Ich fürchte, hier kommen wir nicht weiter.«

»Wohin zurück? Zu den Torbögen, die verschwunden sind? Das ist eine Einbahnstraße. Es gibt kein Zurück.«

Karon lachte rau. »Aber auch kein Vorwärts.«

»Also abermals eine Prüfung.« Toschmol sah über den silbernen See hinüber zur Felswand. Deutlich hoben sich die Höhleneingänge ab. Sie schienen zu rufen, und dem Mann kam der verrückte Gedanke, dass *sie* es waren, die die Flüsterbotschaften schickten, nicht die Kristalle des »Sees«.

Karon setzte sich auf den Boden. Auch er sah nachdenklich zu den Höhlen. Seinem Gesicht war nicht anzusehen, was er dachte und fühlte. Wer ihn genauer kannte, wusste, dass ihn nur das Problem der merkwürdigen »Flüssigkeit« beschäftigte. Der Mann war durch und durch Physiker. Die Zwangspause wurde abrupt beendet, als Toschmol die farbige Wolke entdeckte, deren Erscheinen er heimlich erhofft und gleichzeitig befürchtet hatte. Sie näherte sich von der Ebene her, schillerte in allen Farben und schien sich im Rhythmus einer unhörbaren Musik hin und her zu wiegen.

»Sie kommt wieder«, sagte er nur und blieb aufrecht stehen.

Karon sprang auf, rannte aber nicht weg. Er wusste, dass es sinnlos sein würde. Die Wolke war schneller als sie – sofern es überhaupt eine Wolke war. Vermutlich war es auch in diesem Fall nur der optisch sichtbare Nebeneffekt des eigentlichen Phänomens in Gestalt eines Hyperfeldes.

Arkanol blieb ebenfalls stehen. Er war kein Wissenschaftler, sondern Pilot. Er hatte Schiffe aus den Gravitationsfeldern von Schwerkrafttriesen gesteuert, das Aufblitzen einer Supernova gesehen und schon eine ganze Reihe absonderlicher Hypereffekte erlebt. Hier aber war er machtlos. »Das verdammte Ding will uns nur aufhalten.«

»Oder über den See bringen«, sagte Toschmol.

Karon schwieg. Es lag ihm nicht, sich in wilden Spekulationen zu ergehen. Abermals hüllte sie die Wolke ein, abermals verloren sie den Boden unter den Füßen. Langsam, fast behutsam schwebten sie in die Höhe. Diesmal wussten sie, dass der »See« keine unmittelbare Gefahr war. Niemand wehrte sich. Und so trieb die Wolke auf den See hinaus, genau auf die Felsenhöhlen zu.

Parentok hatte sich stets von Swann ferngehalten. Er mochte dessen Bart nicht, auch nicht seine Selbstständigkeit und sein unkonventionelles Denken und Handeln. Trotzdem kam ihm der Gedanke, gerade in ihm einen Verbündeten zu gewinnen. Deshalb suchte er ihn in seiner Kabine auf. Swann war sichtlich erstaunt.

»Entschuldigen Sie die Störung, aber ich möchte mit Ihnen sprechen.«

»Ich höre.« Er ahnte schon jetzt, worauf der Techniker hinauswollte.

»Wir sollten bald starten«, platzte Parentok heraus.

»Ich glaube nicht, dass es uns gelingen wird. Unsere Landung hier war erzwungen. Schon die Transition scheiterte, der Flug per Impulstriebwerk wurde umgelenkt. Und bereits Loipos hat uns förmlich ... ausgespuckt – weil es der falsche Planet war, auf dem wir landeten.«

»Aber ... die VALKARON konnte problemlos zum neuen Landeplatz fliegen. Was sollte uns hindern, einen Notstart zu versuchen?«

»Nichts – dennoch wird der Versuch nicht gelingen. Ich bin Ortungsspezialist, habe überdies ein feines Gespür für Hyperstrahlung aller Art. Glauben Sie mir, dieser Schlackebrocken ist voll davon! Und selbst wenn wir starten könnten – solange das Schicksal von Toschmol und der anderen nicht geklärt ist, bleiben wir hier.«

Parentok zeigte seine Enttäuschung nicht. »Ich will niemanden im Stich lassen, sondern habe nur eine Möglichkeit angedeutet. Wir wissen, wie lange die Vorräte der Expeditionen maximal reichen. Danach dürften sie tot sein. Dann sollten wir einen Startversuch wagen – vielleicht gelingt er.«

»Hm.« Swann sah den Techniker nachdenklich an. »Also gut. Sollten auch die anderen Besatzungsmitglieder einverstanden sein, können wir es so machen, in einigen Pragos.«

Draußen auf dem Korridor begegnete Parentok der hübschen Astronomin, die sein grüßendes Nicken eher verlegen erwiderte. Er sagte nichts und ging weiter, blieb aber an der nächsten Abzweigung des Gangs stehen und sah zurück. Zortain verschwand in Swanns Kabine.

Sieh mal einer an, dachte Parentok. Er ging zur Messe, aß etwas, unterhielt sich mit anderen Besatzungsmitgliedern und hörte aus ihren Andeutungen heraus, dass sie am liebsten sofort diese Welt verlassen hätten. Aber die Furcht vor Klinsanthors Macht beherrschte ihre Gedanken. Niemand glaubte daran, dass ein Notstart gelingen würde. Die Sorge um Toschmol hielt sich dagegen eher in Grenzen; wer freiwillig in die Unterwelt eindrang, hatte sich die Folgen selbst zuzuschreiben.

Schließlich ging der Techniker zur Zentrale zurück, um Zeranal abzulösen. Die Frau sah ihm neugierig entgegen. »Nun? Erfolg gehabt?«

Er hob die Schultern. »Wie man's nimmt. Wir warten, bis die Vorräte der Expeditionsteilnehmer unweigerlich verbraucht sein müssen. Dann sehen wir weiter.«

Die bunte Wolke setzte die Männer auf einem schmalen Felsband ab, das den *Silbersee* von den Höhlen trennte. Während sie aufstieg und verschwand, deutete Toschmol nach vorn. »Die Höhlen sind nur ein Durchgang. Dahinter erstreckt sich wieder eine riesige Kaverne. Ist das ein Wald?«

»Werden wir bald wissen«, sagte Arkanol, der froh war, wieder festen Boden unter den Füßen zu haben. »Gehen wir.«

Nur wenige Zentitontas später standen sie jenseits des Felsdurchgangs auf einem weiteren Felsband, das sich etwas über dem sanft abfallenden Boden befand. Der ferne Horizont verschwamm mit dem künstlichen Himmel zu einer diffusen Linie, die keine Schätzungen zuließ. Auch die Landschaft davor ermöglichte in keiner Weise eine vernünftige Beurteilung. Das, was Toschmol als »Wald« bezeichnet hatte, sah bei näherer Betrachtung viel mehr nach schmalen, hohen Bauten aus, die sich nach oben verzweigten. Das Material wirkte farblos und zum Teil fast transparent. Davor allerdings – die Männer glaubten ihren Augen nicht zu trauen – waren Wiesen und ein Fluss zu sehen, der sich zwischen flachen Hügeln wand. Dichte Büsche säumten Wege, die durch das Land führten.

»Das muss eine Täuschung sein«, entfuhr es Karon.

Toschmol sagte nichts. Vorsichtig setzte er einen Fuß vor den anderen und näherte sich dem ersten Strauch, der nur wenige Meter vom Höhlenausgang entfernt wuchs. Langsam streckte er die Hand aus und berührte ein Blatt. Seine Gefährten, die wie er mit einem elektrischen Schlag rechneten, sahen erstaunt, dass nichts geschah. Toschmol drehte sich um. »Blätter! Richtige Blätter.«

Arkanol und Karon überzeugten sich selbst. Sofern es hier ebenfalls zu einer Wandlung von Energie zu fester Masse gekommen war, dann auf eine meisterhafte und unerklärliche Art. Fortan war der Boden, aus dem Büsche und Sträucher entsprangen, nicht länger felsig. Noch vor Kurzem schien es geregnet zu haben.

»Wir müssen weiter«, mahnte Toschmol ungeduldig. »Dort drüben, der zweite Wald wartet auf uns.«

»Wartet er wirklich?«, fragte Arkanol misstrauisch. »Wie kommen Sie auf den Gedanken?«

»Er ruft uns! Hören Sie es nicht?«

»Nein.«

»Auch ich höre nichts«, sagte Karon. »Aber mir ist, als vernehme ich lautlose Stimmen. Es ist ähnlich wie beim Flüstern der Kristalle. Telepathische Impulse?«

»Ich höre nichts«, sagte Arkanol. »Vielleicht seid ihr leichter zu beeinflussen?«

»Durchaus möglich. Manche sind halt empfindlicher. Ich jedenfalls empfange diese ... Impulse, verstehe aber ihren Sinn nicht genau. Es scheint eine Aufforderung zu sein. Wir sollen weitergehen.«

»Richtig!« Toschmol setzte sich in Bewegung, blieb auf dem Weg, von dem andere abzweigten, und marschierte auf den tiefer gelegenen Fluss zu, über den eine Brücke führte. Nicht weit dahinter begann der seltsame Wald. »Ich glaube, wir nähern uns dem eigentlichen Ziel.«

Die VALKARON schien er völlig vergessen zu haben. Arkanol bezweifelte inzwischen, dass sie das Schiff jemals wiedersahen. Karon schien ähnlich zu denken, obwohl er es nicht laut aussprach.

Sie erreichten den Fluss. Bevor sie über die Brücke schritten, ging Karon zum Ufer und untersuchte das Wasser. Es war Wasser – klar, sauber, kühl. Die auf die Männer einprasselnden Impulse wurden mit jedem Schritt intensiver, stärker, drängender. Nun »hörte« auch Arkanol sie. »Das ist keine Aufforderung!«, behauptete er nach einigem Lauschen. »Das ist Protest! Das ist Stöhnen, Murren, die Bitte um Hilfe! Merkt ihr das nicht?«

»Doch. Aber wer will unsere Hilfe?« Toschmol sah sich suchend um, konnte aber außer dem fast gläsern anmutenden »Wald« nichts entdecken. »Es kommt aus diesen ›Bäumen‹. Braucht Klinsanthor unsere Hilfe?«

»Braucht der Magnortöter die Hilfe von Sterblichen? Ein Wesen, das von solchen technischen Wundern umgeben ist? Ich glaube, da rufen ganz andere ...«

»Wer?« Arkanol legte unwillkürlich die Hand auf den Kombistrahler. »Ich sehe niemanden.«

»Aber ich!« Toschmol deutete nach vorn. »Seht diese ›Bäume‹ ... Im Inneren gibt es Bewegung, sofern mich meine Augen nicht täuschen. Schatten von unterschiedlichem Aussehen. In den Stämmen ebenso wie in den Auslegern und Ästen. Jemand lebt dort ...«

Auch die anderen sahen es jetzt. Die Schatten waren nur zu bemerken, wenn sie sich bewegten, sonst waren sie leicht mit Unregelmäßigkeiten der Gebilde zu verwechseln. Manche wanderten nicht sehr schnell von unten nach oben, andere drängten sich in den abzweigenden Ästen, wieder andere stiegen noch langsamer nach oben.

Ihr müsst uns befreien! Die Qual dauert ewig!

Der Impuls war so klar und deutlich, dass ihn alle drei Männer gleichermaßen verstanden. Trotzdem war es ihnen nicht möglich, die Richtung zu bestimmen, aus der er kam. Alle waren aber davon überzeugt, dass ihn einer der Schatten ausgestrahlt hatte.

»Helfen?«, knurrte Arkanol. »Wie sollen wir denn helfen? Wir haben selbst Hilfe nötig.«

»Ich muss wissen, was da los ist.« Toschmol ging weiter, auf die ersten Bäume zu – oder auf das, was wie ein Baum aussah. »Kommt, wir müssen zusammenbleiben.«

»Warten Sie«, rief Karon. »Stürzen Sie uns alle nicht ins Unglück. Hier stimmt was nicht! Es ist eine Falle!«

Toschmol blieb stehen. »Wie kommen Sie darauf? Falle? Wer sollte das ...?«

»Na, wer schon? Sehen Sie, dort rechts. Dort fliegt oder schwebt etwas. Es kommt näher.«

Das Etwas erinnerte an eine riesige Qualle, und es bewegte sich auch ähnlich. Der Durchmesser mochte fünf Meter betragen. Weil es durchscheinend war, blieb die Bestimmung aber vage. Lautlos näherte sich das Gebilde, ignorierte die Männer jedoch, als es in geringer Höhe über sie hinwegschwebte und dann sanft vor den ersten Bäumen landete. Toschmol, Arkanol und Karon standen starr, unfähig, sich zu bewegen oder den stummen Rufen Folge zu leisten. Sie waren wie gelähmt, sahen fassungslos, was bei den Bäumen geschah. Das Quallengebilde veränderte seine Form; in Ruhestellung glich es einer Halbkugel, deren Schnittfläche den Boden berührte. Matt leuchtete es nun in sich vermischenden Farben – Rot, Grün, Blau. Dann begann es, langsam auf den nächsten Baum zuzukriechen. Als es den Stamm erreichte, hielt es an, zerfloss förmlich und umgab als flacher Wulst den ausladenden Fuß des gewaltigen, gläsern wirkenden Stamms. Die Schatten im Inneren bewegten sich nun heftiger von unten nach oben und umgekehrt; fast wirkte es, als suchten sie in wachsender Verzweiflung nach einem Fluchtweg. Das Quallengebilde kümmerte sich nicht darum, sondern drang in den Stamm ein.

»Ist das ... Klinsanthor?«

Toschmol erhielt keine Antwort. Die Männer sahen gebannt zu, verfolgten jede Einzelheit. Zur Hälfte war das Gebilde nun in den Stamm eingedrungen und kaum noch zu erkennen. Umso heftiger aber bewegten sich die Schatten, von denen einige aufgenommen wurden. Das Quallengebilde stülpte sich aus dem Stamm; während es seine Halbkugelform zurückgewann, verblassten die Schatten in seinem Inneren. Es hatte sie förmlich aufgesogen. Das Farbenspiel intensivierte sich, Muster ordneten sich zu einem Bild. Allmählich erkannten die Arkoniden, was es war: das Gesicht einer Frau – die sie alle kannten.

»Bei allen Dunkelsternen – das ist *Tarnar!*« Arkanol sprach so leise, dass es die anderen nicht verstanden. Aber das war auch nicht nötig.

»Tarnar!«, hauchte nun auch Karon.

Arkanol fügte grimmig hinzu: »Sie ist es. Sie spricht. Hört ihr es? Sie spricht zu uns, lautlos und voller Angst ...«

Als Swann die Zentrale betrat, war er aufgeregt. »Rundspruch«, sagte er zur Bereitschaft. »Swann spricht: Ich war eben draußen. Unter dem Schiff haben sich Risse gebildet. Aber nicht nur dort, sondern auch an vielen anderen Stellen im Tal. Der ganze Boden scheint in Bewegung zu geraten.«

Die vorsorglich aufgestellten Messinstrumente waren ausgefallen. Swann und Parentok verließen kurz darauf mit einigen anderen Besatzungsmitgliedern das Schiff, um das Ausmaß der sich anbahnenden

Katastrophe abzuschätzen. Unter einem der Landebeinteller hatten sich gleich drei meterweit klaffende Spalten gebildet. Zum Ringgebirge türmten sich Falten auf; kantige Aufwölbungen wurden von schroffen Schluchten getrennt.

»Wir müssen weg! So schnell wie möglich!«, sagte Parentok. »Oder seht ihr das anders?«

»Ich fürchte, du hast recht«, murmelte Zeranal.

»Wir haben wohl keine andere Wahl«, stimmte auch Swann zu. »Vielleicht finden wir einen besseren Landeplatz, um noch auf Toschmol und die anderen ...«

»Sie kommen nicht zurück!«, zischte der Techniker. »Kommt, wir dürfen keine Zeit verlieren.«

Parentok spürte den Schmerz im rechten Bein immer stärker. Als er nun die Bodenrampe hinaufeilte, wurde das Reißen unerträglich. Er konnte das Stöhnen nicht unterdrücken, hinkte mühsam. Swann, der hinter ihm ging, sagte bedächtig: »Sie spüren es auch? Eine beginnende Lähmung, kein Zweifel.«

»Weg, wir müssen weg – ehe die VALKARON manövrierunfähig wird.« Parentok versuchte nicht länger, das Humpeln zu unterdrücken. Auch bei allen anderen nahmen sichtlich die Schmerzen in der rechten Körperseite zu. »Lähmung? Sind Sie sicher, dass es sich um eine Lähmung handelt?«

»Leider ja.«

Wenig später sank Swann in der Zentrale in den Sessel und verzog das Gesicht. »Die Spalten verbreitern sich. Alles in Startposition!«

Noch während er die Reaktoren auf volle Leistung fuhr, ahnte er, dass es zwecklos sein würde. Er spürte das Hyperfeld förmlich, das das Schiff einhüllte, es unsichtbar umschloss. Trotzdem wollte er den Start versuchen. Doch weder Antigrav- noch Impulstriebwerke reagierten. Lautes Knirschen und Krachen verdeutlichte, dass sich die Spalten und Klüfte verbreiterten.

»Es hat keinen Zweck!«, rief der Bärtige. In diesem Augenblick sackte eine der Landestützen ab. Dann folgte die zweite, während sich die Spalten weiter vergrößerten. Die VALKARON neigte sich zur Seite, die Unterseite donnerte auf den Boden, die Bodenrampe zerknautschte. Parentok hätte am liebsten die Augen geschlossen. Ganze Abschnitte des Bodens versanken nun, die Landebeine zersplitterten, die gesamte Kugel sackte um mindestens zehn Meter durch. Dann war plötzlich Ruhe, die Bodenbewegungen endeten. Die VALKARON lag nun zwar etwas schief, war aber noch nicht irreparabel beschädigt. Die Reaktoren lieferten Energie – würde diese von den Triebwerken »angenommen«, war noch immer ein Notstart möglich.

Es hatte Tote und Verletzte an Bord gegeben – und es gab nun niemanden mehr, der die Zustimmung verweigerte: Beim ersten Anzeichen der Manövrierfähigkeit würde der Kugelraumer starten. Sämtliche Luken und Schleusen waren verschlossen. Das Warten begann.

10.

Aus: *Quortan da Keehada an Sargor del Heve-She*, 33. Prago des Dry-han 4015 da Ark. In: *Privatkorrespondenz der Heve-She-Sammlung* (2. Auflage), Heve, 4312 da Ark

... sei auf Deine ebenso freundliche wie obligatorische Frage geant-wortet, hoch geschätzter Freund, dass ich mich weiterhin in der (ach so knappen!) Zeit der Muße mit dem Studium der Geschichte unseres Gos'Ranton-Lehens beschäftige. Inzwischen glaube ich, den Khasurn-Chroniken derer da Keehada, mit denen Du ja über Deine verehrte Frau Großmutter verwandt bist, einige interessante Kapitel hinzufügen zu können.

Vor wenigen Pragos traf ich beispielsweise Glonar da Ragnaari, dem ich einige Informationen über den legendären Klinsanthor verdanke. Ja, Du liest richtig: Glonar hat über seinen in den Weiten der Öden Insel verschollenen Cousin Kerron da Hay-Boor Daten erhalten, über deren Brisanz ich mir noch nicht ganz schlüssig bin. Von besonderem Interes-se sind sie insofern – unabhängig von ihren Aussagen an sich –, als einige der Dinge, die Kerron da Hay-Boor herausgefunden haben will, auf unerwartete Weise mit Aussagen übereinstimmen, die ich in unserem Archiv gefunden habe.

Ein ferner Vorfahre – Crest da Keehada – lebte um 3300 da Ark in der dramatischen Zeit der Archaischen Perioden auf Iprasa; ein umher-ziehender Nomadenbarde, dem es gelang, hervorragende Kontakte zu den Gijahthrakos zu knüpfen – welche, wie Du sicher weißt, seit dem Absturz ihres Sphärenschiffes im Jahr 3113 da Ark mit den sesshaften Taa-Insekten der Urbevölkerung des sechsten Planeten und den Iprasa-Nomaden eine neue Gesellschaft formten, basierend auf Dagor und den Kräften der Zhy-Famii. Crest da Keehada war ein ebenso guter Zuhörer wie in seiner Kreativität unübertroffen; schon seine Zeitgenossen um-schrieben ihn als von den She'Huhan geküsst. Von ihm stammt die Erst-fassung der Häthora-Sage, in der er von den fürchterlichen Eisriesen Iprasas berichtet – die Ka'Marentis Belzikaan, wie mir erst vor Kurzem zu Ohren gekommen ist, als Auswüchse umhervagabundierender Hyper-kräfte mit paranormalen Komponenten deutet. Nun ja, wenn er meint, dass ...

In besonderer Freundschaft war Crest mit dem Gijahthrako Pewall-
heli verbunden – ja genau, mit jenem in der Inthurst-Saga verewigten
Zhygor'ianta, der nach Belieben verschwinden und auftauchen kann!
Auf ihn – dem es mit seinen rätselhaften Kräften gelang, von Iprasa zur
Kristallwelt zu gelangen – und seine Initiative geht, wie die Inthurst-
Saga wortreich schildert, der Große Dagor-Tjost von 3284 da Ark zu-
rück. Du weißt, dass die Ereignisse nach dem Tod des alten Imperators
Eihrett I. auf der Kristallwelt eine Wende waren: Über eine volle Arkon-
periode von 36 Pragos ging der als Ausscheidungsturnier angesetzte
Dagor-Tjost, um den Sieger zum neuen Höchstedlen zu küren. Bis heu-
te berichten unzählige Kunstwerke davon: Pathetische Verse, pompöse
Statuen und Bilder und eindringliche Lieder künden von diesem erbit-
terten Kampf auf Leben und Tod, den als Letzter, schwer verletzt, Rana-
schal da Forteyn überlebte. Seine Inthronisationszeit als Imperator For-
teyn I. begünstigte die Dezentralisierung der Macht auf einzelne
Anführer der Großen Khasurn, die als primitive Kriegsfürsten in stän-
diger Konkurrenz um die knappen Ressourcen rangen.

Allerdings bin nicht nur ich davon überzeugt, dass gerade deswegen
die Kristallwelt zu der »Kaderschmiede« für die Führungsschicht des
nach Ende der Archaischen Perioden wieder aufstrebenden Tai
Ark'Tussan wurde. Oder, wie es Barkam der Große trefflich auszudrü-
cken beliebt: »Das Arkon-Rittertum verdankt seine Entstehung dem
Mehinda und dem Essoya, der Peitsche und dem Zuckerbrot der Savan-
ne.«

Entschuldige, aber ich schweife etwas ab. Laut den Aufzeichnungen
meines Vorfahren kannten auch die Gijahthrakos Klinsanthor. Mehr
noch: Pewallheli – seit Langem Pwllheli geschrieben – bestätigte Crest
ausdrücklich, dass es die kosmischen Kraftlinien und ihre Schnittpunkte
gibt! Auch sie, die Gijahthrakos, bedienten sich ihrer und ihrer Kräfte
– wenngleich auf eine Weise, die mein Vorfahr nicht verstand. Dass sie
allerdings genutzt werden konnten, bewies Pewallheli mit seinem an
eine Transition erinnernden Sprung von Iprasa zur Kristallwelt.

Leider bin ich mir nicht schlüssig darüber, wie die nun zusammenge-
führten Aussagen in anderer Hinsicht in Einklang gebracht werden kön-
nen. Ausgehend davon, dass die Überlieferungen zu Klinsanthor im
Kern der Wahrheit entsprechen, stellt sich, wie auch Du zweifellos mit
der Dir eigenen messerscharfen Logik einwenden wirst, sofort natürlich
die Frage, wie jene Überlieferungen über das sagenhafte Land Arba-
raith und die damit verbundenen Geschichten der Zwölf Heroen – ins-
besondere die um Tran-Atlan, den Schwertkämpfer und Barden, der als

mythischer Gründer der ersten arkonidischen Dagor-Schule in die Sage
einging – einzubinden sind.

Ach, Arbaraith – mythologischer Ort des Ursprungs, das von Bestien
bedrohte Land der Kristallobelisken. Erinnerst Du Dich noch an die
unvergleichliche Erstaufführung des vor elf Jahren entstandenen Ora-
toriums Tai Arbaraith? Großartig, diese symphonische Umsetzung des
Lebens, des Kampfes und der Entrückung des archaischen Heroen Tran-
Atlan: Introitus mit dem Chor der Bestien *– Tran-Atlan stellt sich ihnen*
mutig und entschlossen entgegen, wird zunächst besiegt, zieht sich für
lange Zeit in die Einsamkeit zurück, meditiert beim Lyraspiel, sodass es
die Kristallobelisken zum Mitschwingen bringt, und entwickelt die
Grundtechniken des Dagor, bis er sich ausreichend gerüstet sieht, den
Kampf erneut aufzunehmen. Bei den Hymnen der Kristallobelisken *ha-*
be ich geweint!

Wie auch in den Sagas von den Berlen Taigonii *geschildert, kommen*
andere Heroen und Schüler, vom Klingen der Obelisken angelockt, las-
sen sich von Tran-Atlan unterweisen und setzen die Dagor-Tradition
fort, nachdem der Heroe die Bestien zwar vertrieben hat, in dieser ge-
waltigen Schlacht aber schwer verwundet wird. Und dann der ergrei-
fende Höhepunkt: Im Mitgefühl für den mit dem Tod Ringenden läuten
die Kristallobelisken von Arbaraith so laut und grell, dass sie den He-
roen samt dem Land Arbaraith ins Zhy entrücken und für immer unzu-
gänglich machen. Erinnerst Du Dich an Entrückung und Abschied? Die
verzweifelte Schlussarie der schönen Thu Digfin, die vom Schicksal ihres
geliebten Tran-Atlan erfährt? Tran-Atlans Schüler aber gelangen nach
Arkon, leben fortan als ruhmreiche Tron'athorii Huhany-Zhy, *wie die*
Dagoristas auch genannt werden, begründen das traditionsreiche Ar-
kon-Rittertum, und der Prago von Tran-Atlans Entrückung wird zum
Beginn der Arkon-Zeitrechnung. Bombastisch, diese Schlusskantate!

Im Klinsanthor-Epos heißt es, dass der Schlachtruf des Magnortöters
schauerlich zwischen den Sonnen erklang und die Kristallobelisken von
Arbaraith zum Klingen brachte. Folglich kann zu diesem Zeitpunkt das
sagenhafte Land noch nicht entrückt gewesen sein. Ich frage Dich nun,
hoch geschätzter Freund, passen alle diese Angaben zusammen? Natür-
lich kenne ich Deine Skepsis, kaum jemand glaubt heute noch, dass es
das Land der Kristallobelisken tatsächlich gab – dennoch gestatte mir,
zumindest als intellektuelle Spielerei von einem wahren Kern all dieser
Überlieferungen auszugehen. Wie stets bin ich natürlich an Deiner Ant-
wort sehr interessiert – und verbleibe somit für heute in erwartungs-
voller Spannung ...

Skärgoth: 12. Prago des Tedar 10.499 da Ark

Atemlos lauschten die Männer der lautlosen Stimme Tarnars, die aus dem Quallengebilde zu ihnen sprach. In gedrängter Weise berichtete sie von ihrem Flug mit Vanthor, über die unbegreifliche Verwandlung in zwei Energiewesen mit festen, aber unsichtbaren Körpern.

Der Baum nahm uns auf, aber wir wurden getrennt. Ich weiß nicht, wo Vanthor jetzt ist. Alles ist voller Energie und Strahlung. Es saugt uns auf. Das Schrecklichste ist der Kristallwächter. Er ruft uns ab und befördert unsere Identität zu Klinsanthor ...

Toschmol unterdrückte seine Erregung. Zum ersten Mal gab es einen definitiven Hinweis auf den Magnortöter. Die Bestätigung, dass sie sich tatsächlich auf der Skärgoth befanden. »Und weiter? Was geschieht nun?«

Ich empfange nur die verwirrenden Impulse der anderen, die Gefangene des gläsernen Waldes wurden. Seit Jahrtausenden hat es immer wieder Wesen hierher verschlagen. Andere Intelligenzen, auch Arkoniden. Der Magnortöter hat große Macht, er scheint von den ... Seelen der Gefangenen zu leben.

»Wie?«

Seelen, Bewusstseine – das ist reine Energie. Vitale, lebendige Energie. Zweifellos hyperphysikalisch. Diese Energie speichert der Magnortöter, setzt sie nach Belieben ein. Ich glaube zumindest, dass es so ist. Ihr müsst zur VALKARON zurückkehren, oder ihr seid verloren. Findet den Weg, ehe es zu spät ist. Mir bleibt nicht mehr viel Zeit ...«

Noch während die Stimme schwächer und undeutlicher wurde, blähte sich die Qualle auf und begann zu schweben. Schillernde Reflexe tanzten auf den Facetten des riesigen Kristalls, der nun schwerelos aufstieg, von einem unfassbaren Intellekt gesteuert. Tarnars Gesicht war verblasst, ihre Identität verschwunden.

Das Gebilde stieg höher, ohne sich um die drei Arkoniden zu kümmern, schwebte langsam und doch stetig auf die Wand hinter dem gläsernen Wald zu.

»Wir haben Klinsanthor gefunden«, sagte Toschmol. »Gehen wir zu ihm!«

Arkanol hielt ihn am Arm fest. »Toschmol! Wir sind Ihnen bis hierher gefolgt, aber nun ist Schluss!«

»Wollt ihr jetzt aufgeben, da wir endlich Gewissheit haben?«

»Die Gewissheit, bald sterben zu müssen, hat wenig Verlockendes«, sagte Karon trocken. »Ich stimme Arkanol zu. Wir müssen versuchen, zur VALKARON zurückzukehren. Wir haben unseren Auftrag erfüllt,

Mann! Klinsanthor lebt tatsächlich hier – und er dürfte längst wissen, weshalb wir kamen. Jede weitere Suche ist Zeitverschwendung – und lebensgefährlich!«

Toschmols intellektuelle Arroganz brach durch. »Sie mögen Physiker sein, aber für einen echten Wissenschaftler fehlt Ihnen die Neugier. Mag Arkanol aufgeben – kann ich verstehen, er ist nur Pilot. Aber Sie? Ich jedenfalls gehe weiter. Viel Glück auf dem Weg zurück zum Schiff.«

Er lachte kurz, ehe er auf die gläsernen Bäume zuging.

Arkanol musterte Karon mit einem zweifelnden Blick; der Physiker schien sich seiner Sache nicht mehr so sicher zu sein. Toschmols Entschlossenheit hatte ihn, trotz oder gerade wegen Tarnars Warnung, sichtlich beeindruckt.

Hinzu kam die Überzeugung, dass es einen »Rückweg« gar nicht gab. »Wir dürfen ihn nicht allein lassen.«

»Eigentlich nicht ...« Arkanol sagte es, ohne davon überzeugt zu sein. Ihm wurde nicht bewusst, dass seine innere Ablehnung schwand, ebenso der Wunsch, sofort zur VALKARON aufbrechen zu wollen. Die Männer holten Toschmol nach wenigen hundert Metern ein. Der Wissenschaftler ging mit keinem Wort auf ihren Sinneswandel ein.

»Wieder starker Linksdrall, merkt ihr es? Wir müssen uns rechts halten.«

»Wohin gehen wir?«

»Dort, die Höhlen vor uns. Das ist Klinsanthors Versteck. Dort finden wir die Grüfte, von denen die Legenden berichten. Es ist nicht mehr weit.«

»Mit dem rechten Auge sehe ich fast nichts mehr; und das rechte Ohr ist taub«, murmelte Karon.

Arkanol nickte. »Geht mir auch so.«

Auch Toschmol nickte gleichmütig. »Weitere Prüfungen. Ich kann die rechte Hand kaum noch bewegen. Mache ich einen Schritt, gibt es den Drang nach links. Aber wir müssen durchhalten, darauf kommt es an.«

Die Impulse der Schatten wurden schwächer, waren kaum noch zu verstehen. Die Arkoniden näherten sich zweifellos jenem Teil dieser Region, die als »Waldrand« umschrieben werden konnte – wäre es überhaupt ein Wald gewesen. Nach vielleicht einer Tonta lag die senkrechte Felswand vor ihnen; sie reichte bis in den künstlichen Himmel hinauf und verlor sich dort zwischen den Projektionen der Sterne. Nach rechts und links reihte sich Höhle an Höhle.

»Kurze Pause«, sagte Karon. »Mir schmerzen alle Glieder.«

»Und ich habe Hunger«, sagte Arkanol.

Sie ließen sich auf einer felsigen Platte nieder, von der aus sie die Höhleneingänge im Auge behalten konnten. Die Nahrungskonzentrate sättigten und verliehen neue Kraft.

»Wir nehmen den Eingang dort«, sagte Toschmol. »Dort ist das Licht am hellsten. Alle anderen sind fast dunkel. Wären nur die verdammten Schmerzen nicht ...«

»Alles nur eine Prüfung Klinsanthors«, spottete Arkanol.

Karon sagte nichts. Er massierte mit der linken Hand das rechte Bein. Die Männer hatten das Zeitgefühl verloren. Sie wussten nicht mehr, ob sie Tontas oder Pragos unterwegs waren. Nur eins wussten sie genau: Bald musste die Entscheidung fallen – so oder so.

Die Wirkung des Hyperfeldes intensivierte sich. Zwar produzierten die Reaktoren weiterhin Energie, doch diese erreichte immer weniger Abnehmer. Automatisch liefen die Hilfsaggregate an. Klimaanlage, Notbeleuchtung und auch die Interkoms funktionierten einwandfrei. Statt der Antigravschächte mussten nun aber die Nottreppen benutzt werden. An einen Notstart war unter diesen Bedingungen nicht zu denken.

Ein Besatzungsmitglied verlor von einem Augenblick zum anderen den Verstand. Zuvor war er in der Krankenstation gewesen und hatte sich wegen der beginnenden Lähmungserscheinungen der rechten Körperseite behandeln lassen. Auf dem Weg zu seiner Kabine begegnete er dann einem der Orbtonen, schlug ihn ohne jede Warnung nieder, nahm ihm den Kombistrahler ab – und erschoss den Bewusstlosen. Zwei Techniker, die den Vorfall bemerkten und den Wahnsinnigen entwaffnen wollten, wurden ebenfalls Opfer des Manns, der sich nach links um die eigene Achse zu drehen begann und wild um sich schoss. Swann war es dann, der dem mörderischen Treiben kurz entschlossen ein Ende bereitete, indem er den Amokläufer paralysierte und einsperren ließ.

Der Bärtige fürchtete, dass über kurz oder lang alle Besatzungsmitglieder den Verstand verlieren würden. Draußen im Tal hatte sich nichts verändert, die VALKARON war weiterhin blockiert. Als Swann in die Zentrale kam, sah Parentok auf. »Nun?«

»Drei Tote. Das kann jeden Augenblick wieder passieren.«

»Der Schmerz wird sie wahnsinnig gemacht haben. Ich fühle ihn ebenfalls – und fürchte, dass bald mein rechtes Auge völlig erblindet. Gibt es inzwischen eine vernünftige Erklärung dafür?«

»Es dürfte mit den Hyperfeldern zusammenhängen.«

»Und wie?«

»Keine Ahnung.«

»Es wird wohl nie eine Erklärung geben ...« Parentok seufzte. »Und ich fürchte, dass von den Verschollenen niemand zurückkommen wird – weder Toschmol, Arkanol und Karon noch Tarnar und Vanthor.«

Der Interkom summte. Swann schaltete ein; es war Zortain. »Swann? Ja, jetzt erkenne ich dich. Wer ist noch in der Zentrale?«

»Parentok. Warum?«

»Ich hole Zeranal und komme in die Zentrale. Etwa fünf Männer haben sich Waffen besorgt und wollen euch umbringen. Sie sind schon unterwegs. Seid vorsichtig.«

»Bleib, wo du bist!«, warnte Swann, doch der Interkom war bereits abgeschaltet.

Parentok entsicherte den Kombistrahler, wagte es aber nicht, alle Schotten zur Zentrale zu verriegeln, um Zeranal und Zortain den Rückzug nicht abzuschneiden. Noch funktionierte die kontinuierliche Beobachtung via Interkom. Auf dem Korridor näherten sich vier Männer. Swann hielt den Kombistrahler schussbereit, während Parentok vorsichtig das letzte unverriegelte Schott einen Spalt öffnete.

»Sie sind hinter uns her, bewaffnet und zu allem entschlossen«, behauptete einer der Männer. »Lasst uns in die Zentrale.«

Parentok durchsuchte sie und ließ sie herein. Sie waren völlig erschöpft – und ohne Ausnahme halbseitig fast komplett gelähmt. Swann trat zu ihm. Wenig später kamen auch die beiden Frauen. Parentok konnte die Schritte der ihnen folgenden Meuterer bereits hören und erwartete sie mit der Waffe in der Hand. Als sie um die Biegung des Ringkorridors rannten und die beiden entschlossenen Männer sahen, hielten sie an – die Waffen in der linken Hand.

»Was wollt ihr?«, rief Parentok.

»Starten! Sofort! Wir wollen weg!«

»Das wollen wir auch. Aber die Aggregate funktionieren nicht.«

»Das ist gelogen. Ihr belügt uns, um auf den verrückten Fanatiker zu warten. Startet, oder wir bringen das Schiff in unsere Gewalt.«

»Das würde euch nichts nutzen. Es geht nicht!«

»Na schön, ihr wollt es ja nicht anders ...«

Ehe sie angreifen konnten, geschah etwas, mit dem die Meuterer nicht gerechnet hatten: Noch während sie ihre Waffen hoben und blindlings auf das Schott feuerten, erschienen hinter ihnen auf der Nottreppe andere Besatzungsmitglieder und eröffneten ebenfalls ohne Vorwarnung das Feuer. Drei der Meuterer brachen sofort zusammen, der vierte brach te sich mit einigen Sätzen hinter der Korridorbiegung in Sicherheit. Drei der Neuankömmlinge folgten ihm, die anderen meldeten sich über Interkom, weil Parentok längst das Schott verriegelt hatte.

»Vielen Dank, Leute«, sagte Swann kurz darauf. Die drei Toten musterte er mit einem eher gleichgültigen Blick. »Ihr könnt euch darauf verlassen, dass wir augenblicklich starten, sobald das möglich ist. Was machen die Schmerzen?«

Alle empfanden sie als kaum erträglich. Er empfahl ihnen, sich hinzulegen und so wenig wie möglich zu bewegen. Als sie davongehumpelt waren und er in die Zentrale zurückkehrte, saß Parentok bereits an den Kontrollen, schüttelte aber den Kopf.

»Immer noch nichts. Der Notstart ist programmiert und aktiviert. Sobald die Aggregate funktionieren, startet die VALKARON – selbst dann, wenn niemand hier mehr leben sollte. Dreifachkontrolle aller Daten. Das Risiko ist schwer einzuschätzen. Wir müssen damit rechnen, dass die Hyperfelder sofort wieder stärker werden, sobald wir abheben.«

»Welches Notstartprogramm?«

»*Notstart Rot*. Abheben mit Maximalbeschleunigung, blinde Transition über zehn Lichtjahre bei minimaler Sprunggeschwindigkeit. Der Abstand sollte reichen.«

»Sofern es die VALKARON übersteht – vermutlich ja.«

Zeranal, die bei der Programmierung geholfen hatte, sagte: »Ich hab erst einmal einen solchen Notstart erlebt. Wir waren auf einem vermeintlich unbewohnten Planeten gelandet, der Notstart wurde sofort nach der Landung programmiert und konnte per Knopfdruck aktiviert werden. Eine Vorsichtsmaßnahme, weil wir verdächtige Metallansammlungen geortet hatten. Sie erwiesen sich als Robotkampfmaschinen unbekannter Herkunft, die uns sofort angriffen. Die ausgeschleusten Landetrupps schafften es geradeso noch an Bord. Die Maschinen verfolgten uns bis ins All, verloren aber nach der Nottransition unsere Spur. Die Entzerrungsschmerzen waren fürchterlich; es zerriss fast das Schiff – und das war immerhin ein Schlachtkreuzer.«

»Und es gab keine Hyperfelder wie hier.« Swann wiegte den Kopf. »Ich fürchte, das senkt unsere Chancen noch mal.«

Parentok gab sich betont optimistisch. »Die VALKARON hält, ganz sicher. Und wenn nicht – immer noch besser, als hier verrückt zu werden.«

Der Interkom summte; einer der Männer meldete sich. »Auch der letzte Meuterer wurde gestellt. Er ist tot.«

»Ruht euch aus«, sagte Swann. »Niemand weiß, wie lange wir noch warten müssen. Bereitet euch aber auf einen Notstart samt Kurztransition vor. Bleibt in der Nähe, legt euch hin.«

»Wir können ohnehin kaum noch gehen.«

Die anderen vier Arkoniden blieben in der Zentrale – sie hatten in Sesseln am Rand Platz genommen und dösten vor sich. Vereinzelt stöhnte der eine oder andere.

Toschmol und seine Begleiter betraten ein Labyrinth von Gängen und Korridoren und drohten schon nach kurzer Zeit die Orientierung zu verlieren. Wie zu Beginn des Marsches leuchteten Wände und Decken, ohne dass eine genaue Quelle zu erkennen gewesen wäre. Der Wissenschaftler war von einem Eifer gepackt, der ihn trotz seiner Schmerzen und der fortschreitenden Lähmung der rechten Körperseite vorantrieb und die beiden anderen Männer mitriss.

Nach zwei Tontas stoppte Toschmol. »Ich bin sicher, dass fortan alle Gänge in eine Richtung verlaufen. Es gibt zwar weiterhin Abzweigungen, doch sie biegen schnell auf die Generalrichtung ein. Wir nähern uns dem Ziel!«

»Wird auch Zeit; lange halte ich nicht mehr durch«, beklagte sich Karon. »Hauptsache ausruhen, alles andere interessiert mich kaum noch.«

»Wir haben mehr als eine Pause eingelegt und wertvolle Zeit verloren.« Arkanol seufzte. »Und immer noch kein Kontakt zur VALKARON. Möchte wissen, ob wenigstens dort alles in Ordnung ist.«

»Sobald wir Klinsanthor gefunden haben, werden wir es erfahren.«

Arkanol musterte Toschmol mit skeptischem Blick, sagte aber nichts. Sie gingen weiter, jeder in Gedanken. Was würden sie am Ende des langen und mühevollen Weges finden? Keiner konnte sich vorstellen, wer oder was dieser Klinsanthor wirklich war. Fest stand nur, dass der Magnortöter sehr mächtig sein musste. Sie blieben auf dem Hauptgang, die linke Wand hielt sie davon ab, dem Linksdrall zu folgen. Alle drei Männer zogen den rechten Fuß nach, der nicht mehr schmerzte, sondern nahezu komplett gelähmt war. Fast sehnten sie die farbige Energiewolke herbei, die sie über den *Silbersee* getragen hatte.

Endlich mündete der Korridor in ein schimmerndes Gewölbe, das sich als riesiger Dom vor ihnen auftat. Die Decke war so hoch, dass sie kaum zu sehen war. Die Wände leuchteten in allen Regenbogenfarben. In der Mitte des Doms ruhte ein kristalliner Körper. Das halb durchsichtige im Licht funkelnde Material hatte die Form eines weit ausladenden Blütenkelchs von mindestens fünf Metern Höhe und ebensolchem Durchmesser. Ohne einen Stiel entsprang das Gebilde, das sehr den traditionellen Khasurnbauten der arkonidischen Architektur glich, aus dem Boden. Ein feines, kaum wahrnehmbares Singen ging von dem Gebilde aus und erfüllte den gigantischen Dom mit angenehmen Vibrationen. Stumm standen die Männer im Eingang und nahmen die Eindrücke auf. Der Gedanke an eine Falle war verdrängt, dazu wirkte das Singen und Vibrieren zu beruhigend.

Toschmol sagte heiser und scheu: »Es muss die Gruft des Magnortöters sein. So beschreiben sie die Legenden. Aber wo ist Klinsanthor? Seht ihr ihn?«

Arkanol schüttelte die Beklemmung ab, die sich seiner bemächtigt hatte. Fast nüchtern sagte er: »Er ist nicht da.«

Karon setzte sich einfach auf den Steinboden. Ergriffen starrte er auf den Kelch, lauschte den Geräuschen.

»Vielleicht ist er unsichtbar«, vermutete Toschmol. »Ich bin sicher, dass er uns ein Zeichen geben wird.«

Er hatte das Ziel seines Lebens erreicht. Jahrzehnte hatte er in die Forschung investiert, war Hinweisen und Legenden nachgegangen. Neben vielen anderen Mythologien hatte er jene um Klinsanthor stets mit besonderem Interesse und einer fanatischen Hartnäckigkeit im Auge behalten. Dann kam der Auftrag des Imperators. Toschmol hatte gewusst, dass seine Unterlagen richtig waren. Nun stand er vor dem Beweis. Einem Beweis allerdings, der stumm blieb.

Die Farben an den Wänden veränderten sich ständig, vermischten sich zu merkwürdigen Mustern, formten abstrakte Symbole. Die Helligkeit von der hohen Decke blieb konstant. Der Kristallkelch veränderte seine Form nicht. Sein Inneres war nur undeutlich zu erkennen. Es war ... leer.

Plötzlich verstummte das melodische Singen. Gleichzeitig erstarrten die Symbole an den Wänden. Der Kelch dagegen begann intensiv zu strahlen, glühte heller und heller. Toschmol lauschte atemlos, aber seine Ohren vernahmen nichts. Keinen einzigen Laut mehr. Im Dom herrschte ein unheimliches, fast erdrückendes Schweigen. Das Gleißen des Kelches gewann einen eigenen Rhythmus. Sofern es eine Botschaft war, blieb der Inhalt Toschmol verschlossen. Irgendwann erklang die telepathische Stimme, die sie in ähnlicher Weise schon erlebt hatten. Doch diesmal war es anders, nicht emotionell, sondern mechanisch und ohne Gefühl.

Ihr sucht ihn vergeblich, den großen und unbesiegbaren Klinsanthor, den unvergleichlichen Magnortöter. Er hat die Skärgoth verlassen, denn er wurde gerufen.

Das war alles.

Nach der Nachricht blieb der Kelch stumm, das bewegte Farbenspiel der Wände begann erneut, das melodische Singen war wieder da, der Kristall im Domzentrum verblasste. Arkanol erholte sich als Erster von der Überraschung. »Habt ihr das gehört? Oder war es eine Halluzination?«

Karon nickte nur, während Toschmol zischte: »Ruhig. Vielleicht erfahren wir noch mehr.«

»Was sollen wir denn noch erfahren? Mann, du hast es doch gehört: Es ist nicht mehr hier, denn er wurde gerufen.«

Toschmol achtete nicht auf die respektlose Anrede. Er war fasziniert von der Tatsache, eine Botschaft Klinsanthors erhalten zu haben – zwar nicht von ihm direkt, sondern von einem Beauftragten. Aber das war mehr, als er noch vor Kurzem zu hoffen gewagt hatte. »Unsere Reise ist beendet. Ja, der Magnortöter hat den Ruf des Imperators vernommen und ist aufgebrochen. Unser Auftrag ist erfüllt.«

Mit einem Seufzer ließ sich Arkanol neben Karon nieder. »Und nun können wir umkehren? Wie stellst du dir das vor?«

»Wo genau mag Klinsanthor jetzt sein?« Toschmol reagierte nicht auf die Fragen. »Wie konnte er diese Welt verlassen? Wir haben kein anderes Raumschiff geortet ...«

»Wer sagt denn, dass er die Skärgoth mit einem Schiff verlassen hat?«

»Wie sonst?«

»Mann, der Magnortöter braucht kein primitives Raumschiff! Nach allem, was wir erlebt haben, sollte das klar sein. Vermutlich kann er hier und im nächsten Augenblick woanders sein. Weißt du was? Unsere Mission war von Anfang an überflüssig! Wir hätten uns die Mühe sparen können. Und die Opfer! Liegt doch auf der Hand – du kennst die Legenden: Der Imperator ruft – der Magnortöter folgt.«

Als Arkanol mit den Fingern schnippte, zuckte Toschmol zusammen. Er sann vor sich hin, und seiner Miene war anzusehen, dass er in gleichem Maß zufrieden und unzufrieden war.

Sein Ziel hatte er zwar erreicht, aber Klinsanthor hatte er nicht angetroffen. Fest stand nur, dass der Magnortöter keine Legende war, sondern Realität.

»Allein der eindringliche Wunsch Orbanaschols genügte«, wiederholte Arkanol, »um den Magnortöter aktiv werden zu lassen. Ich bin mir sicher, dass Klinsanthor vor uns Arkon erreicht.«

»Oder er ist bereits dort«, fügte Karon hinzu.

Rings um die VALKARON riss erneut der Boden auf. Zahlreiche neue Spalten entstanden, das Schiff selbst aber blieb unbehelligt, wenngleich die Erschütterungen deutlich zu spüren waren. Die normaloptische Außenbeobachtung lieferte einen fantastischen Anblick. Die Landschaft bewegte sich wie ein riesiges Tier, das bis eben geschlafen hatte und nun erwachte. Swann und die anderen in der Zentrale starrten auf die Panoramagalerie und hatten das Gefühl, am Ufer eines weiten Ozeans zu stehen, dessen Wogen herangerollt kamen, aber rings um die VALKARON erstarrten. Bei den Höheneingängen brach das Ringgebirge zusammen – auf diesem Weg würden Toschmol und die anderen keineswegs mehr die Unterwelt verlassen können.

»Was ist mit dem Hypersender?«, fragte Swann, während weitere Wellenbewegungen über den Talboden schwangen. Felslawinen gingen von den Talwänden ab, riesige Staubwolken wurden ihrerseits zu Wogen und Wellen, die sich heranwälzten, ohne aber die VALKARON zu erreichen. Waren es die blockierenden Hyperfelder, die sich nun als Schutz erwiesen? Niemand konnte die Frage beantworten.

»Funktioniert!«, rief Zortain.

»Sendung an Toschmol.«

»Geht raus.«

»Empfang?«

»Nur statisches Rauschen ...«

Die drei Männer verließen müde den Dom auf dem Weg, den sie gekommen waren. Nichts hatte sich in den Korridoren verändert, sie kamen erstaunlich gut voran. Beim Anblick des gläsernen Walds hielten sie an. Nach wie vor bewegten sich in den halb transparenten Gebilden die Schatten hin und her.

»Und nun?«

»Ich bleibe hier«, sagte Karon. »Ich kann nicht mehr.«

Die anderen starrten den Physiker an.

»Sei vernünftig. Gemeinsam haben wir es bis hierher geschafft, und wenn wir zusammenhalten, schaffen wir es auch bis zur VALKARON. Zuerst der gläserne Wald und ...«

»Er hat Tarnar getötet! Hört ihr die Stimmen nicht? Seid ihr blind und taub? Ich bin es, aber nur rechts.«

Natürlich hatte auch Toschmol das feine Wispern vernommen. Es war in seinem Bewusstsein. Ehe er etwas sagen konnte, entdeckte er mit dem linken Auge die transparente Qualle zwischen den Stämmen des gläsernen Waldes. Sie schwebte langsam näher. Nur wenige Dutzend Meter entfernt landete das Gebilde sanft auf dem Boden vor der Felswand. Das sich abzeichnende Gesicht war das von Vanthor.

Hört mich! Die Botschaft war lautlos, aber klar verständlich. *Ich folge Tarnar. Unsere Energie ist die Energie Klinsanthors. Hört meine Botschaft: Ihr werdet Funkkontakt zur VALKARON aufnehmen und berichten, was geschehen ist. Dazu bleibt euch eine Tonta Zeit – nutzt sie.*

Toschmol fasst sich als Erster. »Wir befinden uns tief unter der Oberfläche. Die schwachen Anzugsender ...«

Meine Energie wird euren Bericht zur VALKARON tragen. Eure wird für einen anderen Zweck benötigt! In einer Tonta ...

Sein Gesicht verschwamm, die Konturen versanken in den bewegten Farben des Quallengebildes.

»Warte, Vanthor«, rief Toschmol, obwohl er ahnte, dass es zwecklos war. »Was meinst du damit: unsere Energie? Soll das etwa heißen, dass wir ...?«

Er verstummte, begriff plötzlich.

Arkanol zog grimmig die Waffe. »Energie! Wir haben Energie! Mehr als genug.«

Er zielte auf die davonschwebende Qualle und feuerte – doch die Thermostrahlen flossen ebenso wirkungslos ab wie die Desintegratorimpulse nach dem Umschalten. Das Gebilde stieg etwas höher und verharrte dann regungslos.

»Funk einschalten und senden!«, sagte Karon. »Sie fungiert als Relaisstation.«

Toschmol nickte.

Plötzlich wurde an Bord der VALKARON endlich etwas empfangen. Schwach zwar, aber es war ohne Zweifel Toschmols Stimme. Der Wissenschaftler berichtete hastig, Swann lauschte, während Speicherkristalle alles aufzeichneten. Als Toschmol endete, wussten alle an Bord, dass sie diese Stimme niemals wieder hören würden, auch nicht jene von Arkanol, Karon, Vanthor und Tarnar.

»Verstehe ich das richtig?«, fragte Parentok. »Der Kontakt kam zustande, weil Vanthor die Energie lieferte?«

»Er und Tarnar verwandelten sich in Energie«, antwortete Swann. »So, wie umgekehrt Klinsanthor oder seine hiesigen Anlagen Energie in Masse verwandeln können, kontrolliert und gezielt.«

»Toschmol und die anderen ... Ihre Energie wird benötigt?«

»Die Tonta ist fast vorbei«, rief Zortain. »Wenige Zentitontas noch. Wenn ich alles richtig verstanden habe, ist unsere Mission beendet. Es gibt keinen Grund, uns länger hier festzuhalten. Die Energie der drei Männer soll die Hyperfelder auflösen!«

Parentok sah sie erstaunt an, dann wandte er sich den Kontrollen zu. Nichts hatte sich verändert. Nur die Energie der Hilfsaggregate erreichte die Verbraucher.

»Sollte die Theorie stimmen, kann der Start jeden Augenblick ...«

Grollen war plötzlich zu hören. Die Instrumente zeigten Klarmeldungen. Antigravfelder entstanden, die Impulstriebwerke fuhren hoch ...

11.

1233. positronische Notierung, eingespeist im Rafferkodeschlüssel der wahren Imperatoren. Die vor dem Zugriff Unbefugter schützende Hochenergie-Explosivlöschung ist aktiviert. Fartuloon, Pflegevater und Vertrauter des rechtmäßigen Gos'athor des Tai Ark'Tussan. Notiert am 10. Prago des Tedar, im Jahre 10.499 da Ark.

Bericht des Wissenden. Es wird kundgegeben: Gestern haben wir unbeschadet Kraumon erreicht – es war der Abschluss einer Mission, die unter dem Strich als durchaus erfolgreich bezeichnet werden kann. Mir ist bewusst, dass der Junge sie deutlich kritischer sieht; ich für meinen Teil bin aber ganz zufrieden mit unserer Leistung. Es ist uns gelungen, Atlans Vater dem Grab auf der Totenwelt zu entreißen und den Körper mit dem Lebenskügelchen zu reanimieren; sein erstes Auftreten auf Xoaixo hatte die von uns erhoffte Wirkung, und Falgrohst erwies sich als weitere bestandene Prüfung, obgleich wir fast in eine vom Fetten und seinen Leuten vorbereitete Falle getappt wären. Insbesondere bei Letzterem, das muss ich zu meiner Schande gestehen, hat sich Atlans grundlegende Skepsis als richtig erwiesen, während ich mich vom Vordergründigen habe täuschen lassen.

Nun heißt es, an die Zukunft zu denken. Mit Olfkohr und seinen Leuten haben wir fortan Unterstützer auf unserer Seite, deren Wert kaum hoch genug eingeschätzt werden kann. Mein alter Freund ist bereit, für unsere Sache zu kämpfen – und einen Ausbilder wie ihn können wir auf Kraumon gut gebrauchen. Kaum weniger wichtig sind seine Informationen. Sie ergänzen perfekt jene Daten, die unsere Aufklärung liefert. Nach Auswertung aller Informationen verdichten sich die Hinweise darauf, dass das Große Imperium in der Tat einen massiven Schlag gegen die Methans vorbereitet. Ziel ist der 19.164 Lichtjahre von Kraumon entfernte Maahkstützpunkt Marlackskor am Rand des Topanor-Sektors. Im nur rund 4250 Lichtjahre entfernten Taponar-Sektor kam es bereits 10.382 da Ark zur Regierungszeit von Imperator Arthamin I. zu den ersten militärischen Auseinandersetzungen zwischen Maahks und Arkoniden.

Der Großangriff der Methans auf den Flottenstützpunkt Trantagossa vor fast einem Jahr nach Arkon-Zeitmaß am 2. Prago der Prikur 10.498 da Ark war ein tief greifender Schock – immerhin betraf es einen der drei Hauptstützpunkte im Bereich der Hauptebene der Öden Insel! Seither verfolgen die Methans eine Taktik der gezielten Nadelstiche. Dutzende Kolonialwelten fielen kleinen, extrem kampfkräftigen Verbänden zum Opfer, und in jedem Fall waren die Maahks bereits wieder verschwunden, ehe Einheiten der Imperiumsflotten zur Verstärkung eintrafen. Mit den Angriffen auf Protem am 9. Prago der Prikur und den Chemi-Spieth-Sektor am 1. Prago der Katanen des Capits 10.498 da Ark gewannen diese Attacken allerdings eine neue Qualität – immerhin wurden damit erstmals Ziele im Kugelsternhaufen Thantur-Lok selbst angegriffen und damit das Herz des Tai Ark'Tussan. Im Fall von Protem gibt es zwar erhebliche Zweifel, inwieweit dort tatsächlich Methans beteiligt waren, doch das ändert nichts an der grundsätzlichen Brisanz.

Orbanaschols Ansehen ist durch die forcierten Attacken weiter gesunken, wenngleich natürlich versucht wird, aus den Ereignissen Kapital zu schlagen, indem noch mehr Widerstand, Durchhaltewillen und Opferbereitschaft beschworen werden. Kein Wunder also, dass die Befehlshaber im Thektran der Kriegswelt an Gegenaktionen wie auch Präventivangriffen arbeiten. Dass es den Methans verstärkt an die Sichelköpfe gehen soll, ist allerdings weniger das Verdienst des Fetten als vielmehr dem Bewusstsein geschuldet, dass dem Großen Imperium eine neue Phase des Methankriegs bevorsteht.

Am Schutz von Thantur-Lok und des benachbarten Kugelsternhaufens Cerkol wird intensiv gearbeitet. Verantwortliche Oberkommandierende sind hier Ta-moas Cormon Thol und Ta-len Halthar Spronthrok. Admiral Thol hat das Oberkommando der Elitetruppen des Imperators und ist gleichzeitig Flottenkommandeur der 1. Imperiumsflotte als »Geleitschutz-Einsatzgeschwader der Thronflotte« – immerhin rund 10.000 Einheiten – sowie Kommandierender Mascant im Flottenzentralkommando auf Arkon III, während Spronthrok die Heimatflotte Arkon/Thantur-Lok untersteht; damit gebietet der Mascant über rund 30.000 Einheiten der als 2. Imperiumsflotte eingestuften Verbände. Ma-moas Segnor Sakàl schließlich, als Mascant ebenfalls im höchsten Offiziersrang nach Imperator und Vizeimperator, ist der Oberbefehlshaber der beweglichen Nebelsektorflotte mit ihren rund 15.000 Einheiten. Admiral Sakàl lebt seit Jahrzehnten meist an Bord seines Flaggschiffes THANTUR-LOK und stemmt sich überall, wo es nötig ist, den Methanatmern entgegen. Nicht mal Orbanaschol wagt es, gegen diesen bemerkenswerten Mann vorzugehen, der schon unter Gonozal VII. zu den herausragenden Flottenbefehlshabern zählte.

Der junge Chergost dom Ortizal, der seine geliebte Crysalgira nie wiedergesehen hat und seinerzeit von Órbanaschol als Kommandeur Trantagossas neu eingesetzt wurde, ist inzwischen Keon'athor. Die Verluste seiner 5. Imperiumsflotte wurden mit einer beispiellosen Kraftanstrengung weitgehend ausgeglichen, dennoch wird Trantagossa noch eine ganze Weile ein Schwachpunkt im Verteidigungssystem bleiben. Da ist es von Vorteil, dass sich derzeit die Lage rings um das Flottenhauptstützpunktsystem Calukoma und für die dort stationierte 6. Imperiumsflotte eher ruhig darstellt. Das Kommando hier hat Agh'tiga Teslym Tutmor; dem De-Keon'athor unterstehen insgesamt etwa 30.000 Einheiten aller Größenordnungen. De-moas Geltoschan Saran, Kommandeur der 4. Imperiumsflotte des Hauptstützpunktes Amozalan im Rang eines De-Keon'athor, gilt als einer der erfolgreichsten Flottenführer im Kampf gegen die Methans. Nicht umsonst unterstehen ihm insgesamt etwa 80.000 bis 100.000 Einheiten aller Größenordnungen, darunter 10.000 Schlachtschiffe der IMPERIUMS-Klasse!

Neben den vielen anderen Flottenbewegungen, die bereits seit etlichen Arkonperioden zu beobachten sind, kommen nur verstärkt andere Umgruppierungen hinzu. Ein Teil davon dürfte dem in zwei Votanii angesetzten, alljährlich stattfindenden Flottenmanöver im nur knapp 1300 Lichtjahre von Kraumon entfernten Yagooson-Sektor geschuldet sein. Ich gehe allerdings davon aus, dass Admiral Saran nun genau diese Aktivitäten auch benutzt, um andere zu tarnen. Den Raumschiffsbewegungen bei Amozalan nach zu urteilen, wird nämlich aus Einheiten der 4. Imperiumsflotte die Kampfflotte Marlackskor zusammengestellt – voraussichtlich kommen das 1. und 2. Einsatzgeschwader Amozalan zum Einsatz, insgesamt 24 Flottillen plus Reserve, Nachschub, Tender und Stabs-Lakan.

Oberbefehlshaber des 1. Einsatzgeschwaders ist Keon'athor Merlon Lantcor; als Ma-tiga *ist der zweifache Sonnenträger ein »Ma-Fürst Dritter Klasse«. Seine Stellvertreterin ist Has'athor Karmina Arthamin; bei ihr handelt es sich um eine Angehörige des Unteren Adels mit dem Titel einer Ter-moas – also einer »Ter-Baronin Erster Klasse«. Ebenfalls Stellvertretender Oberbefehlshaber – sonst Kommandeur des 2. Einsatzgeschwaders Amozalan – ist Has'athor Pilthor Emthon, als Agh'len ein »Agh-Fürst Zweiter Klasse«. Ich denke, dass wir in den nächsten Pragos noch weitere Informationen erhalten werden und auf dieser Basis einen Plan erstellen können. Nicht nur ich gehe davon aus, dass erstmals die nun einsatzbereite ISCHTAR – ein »abgespeckter« Schachtkreuzer mit einem Durchmesser von dreihundert Metern – verwendet werden wird.*

Kraumon: 12. Prago des Tedar 10.499 da Ark

Ich erwachte von einem Geräusch, das an das Lärmen von tausend Kreissägen erinnerte. Da ich bis tief in die Nacht an den Vorbereitungen für unseren Einsatz bei Marlackskor gearbeitet hatte, war ich so benommen, dass ich einige Zeit brauchte, um zu erkennen, woher das Geräusch kam. Als ich es erkannte, fuhr ich wie vom Krishon gebissen hoch. Fassungslos starrte ich auf das, was von der östlichen Wand meiner Unterkunft geblieben war. In der Stahlplastikwand klaffte ein beachtliches Loch mit zerfressenen Rändern, und sie schrumpfte weiter, weil Abschnitt um Abschnitt zwischen den gierig fressenden Kiefern eines tonnenförmigen Wesens verschwand.

»Vorry!«, schrie ich.

Das schwarze Wesen ließ von seinem Frühstück ab und sah auf. Zwischen den Knochenplatten des Mundes, die härter als bester Arkonstahl waren, hing ein Fetzen Metallplastik. Während ich hinsah, wurde es blitzschnell zerkleinert und verschwand im blau schillernden Schlund. Das Wesen klappte den Mund zu, blickte mich aus den gelb leuchtenden Augen unter faustdicken Augenwülsten an und sagte: »Einen schönen guten Morgen, Atlan.«

Ich schwang mich aus dem Bett, streifte eine Hose über und erwiderte ungehalten: »Das ist wirklich ein schöner Morgen, du verfressenes Ungeheuer! Was hast du dir dabei gedacht, einfach eine Wand meiner Unterkunft aufzufressen?«

Vorry antwortete nicht, sondern zog den breiten, knochigen Schädel ein. Er verschwand in dem Tonnenungetüm des Panzerkörpers, der etwa einen dreiviertel Meter hoch und annähernd ebenso breit war und auf vier Beinen stand. Ich ging hinüber und klopfte gegen den Panzer. »Verstecken gilt nicht. Wenn du was angestellt hast, musst du auch dafür gerade stehen.«

Zaghaft streckte Vorry den Kopf wieder ins Freie, Ozongeruch ging von dem Körper aus. Der Anblick des »Eisenfressers« faszinierte mich ebenso wie der Metabolismus wie am ersten Tag unserer Begegnung im Dreißig-Planeten-Wall. Vom fotografischen Gedächtnis wurden Dovreens Worte reproduziert: »*Vorry ist ein Magnetier. Er schlüpfte aus einem Ei, das auf unbekannten Wegen in diese Galaxis gelangte. Ein varganischer Wissenschaftler fand es. Nach eingehender Untersuchung stellte er fest, dass es ein sehr ungewöhnliches Ei war, das sich nicht durch Wärmeeinwirkung ausbrüten ließ. Er steckte es in einen Magnetbrüter, den er eigens dafür konstruiert und gebaut hatte. Vorry wurde von einem sehr starken Magnetfeld ausgebrütet und schlüpfte innerhalb des Magnetbrüters. Ich weiß nicht, ob seine ungeheuren Körperkräfte auf genetischer Veranlagung beruhen oder auf der Tatsache, dass er in einem starken Magnetfeld ausgebrütet wurde.«*

Bis heute wusste ich nicht, wie Vorrys Volk hieß und wo es lebte. Der Magnetier selbst konnte nicht helfen, weil er es selbst natürlich auch nicht wusste.

»Bist du sehr böse auf mich? Ich wollte dich nur wecken. Als mir dann der Duft des beinahe neuen Metallplastiks in die Nase stieg, konnte ich nicht widerstehen. Ich habe Hunger.«

Ich seufzte. Dem Burschen konnte man einfach nicht böse sein. Obwohl seine Körperkraft ungeheuerlich war, jedenfalls im Verhältnis zur Größe, war er im Grunde genommen gutmütig. Das Problem waren seine beiden Leidenschaften: Er verschlang am liebsten Unmengen von eisenhaltigem Material, und er forderte andere – einschließlich Roboter – gern zum Zweikampf.

»Nicht sehr«, antwortete ich, denn ich wollte seiner Fresslust keinen zusätzlichen Auftrieb geben, indem ich verriet, dass ich nach dem ersten Erschrecken und Ärger inzwischen eher belustigt und ihm keineswegs böse war. »Aber ich bitte dich, künftig nur das zu verspeisen, was dir zugeteilt wird.«

»Die Rationen sind viel zu klein.«

»Ich lasse sie verdoppeln, Vielfraß.« Ich sah auf die Uhr. »Während ich mich anziehe, kannst du Fartuloon wecken. Aber bitte nicht auf diese Art, sonst bleibst du hier auf Kraumon.«

»Ich werde ganz brav sein«, versprach Vorry, drehte sich um und eilte auf den vier Beinen davon. Die Bewegungen wirkten plump, aber ich wusste, dass er sich, wenn er wollte, schnell wie ein Gleiter bewegen konnte.

Nachdem ich mich gewaschen und angekleidet hatte, verließ ich meine Unterkunft. Dank Vorry brauchte ich nicht einmal die Tür zu benutzen. Es war wirklich ein wunderschöner Morgen. Glasklare Luft unter einem hellblauen Himmel, während die rote Sonne höher stieg. Von den fernen Hängen des Tals wehte eine leichte Brise. Die Wälder, Seen und Flussläufe von »Gonozals Kessel« ließen es unberührt und paradiesisch wirken – wären da nicht die Einrichtungen und Bauten unserer Basis gewesen. Zu den ursprünglich 47 Gebäuden von »Gonozal-Mitte« waren weitere gekommen, etwa zwanzig Kilometer nordöstlich befand sich das neue Raumlandefeld von rund fünf Kilometern Durchmesser. Zwölftausend Intelligenzwesen, davon rund neunzig Prozent Arkoniden, lebten inzwischen auf Kraumon – sofern sie sich nicht gerade im Einsatz befanden.

Ich stieg in den bereitstehenden Gleiter, startete und schwebte zum

Raumhafen, auf dem etliche Schiffe unserer weiterhin anwachsenden kleinen Flotte standen. Am Rand erhob sich mit einem Durchmesser von dreihundert Metern ein »abgespeckter« Schachtkreuzer von den abgespreizten Teleskop-Landestützen. Das Schiff war generalüberholt, zum Teil mit Neueinbauten versehen und auf den neuesten Stand gebracht. Als ich den Namen auf der Außenhülle sah, musste ich an meine Geliebte denken; Ischtar hatte mich mit meinem Sohn Chapat verlassen. Die Trennung schmerzte noch immer. Fartuloon hatte zwar gelästert, dass dies nun bereits das dritte Schiff war, das nach »ehemaligen Freundinnen des Kristallprinzen« benannt war, ansonsten aber keine Einwände erhoben.

Auf dem Bodenteller einer der Landestützen saß Ra, der Barbar vom dritten Planeten einer gelben Sonne, deren Koordinaten mir weiterhin unbekannt waren. Er blinzelte kurz, als er mich aussteigen sah. Vermutlich dachte auch er an Ischtar, aber er hätte sich lieber den Finger abgebissen, als mich das merken zu lassen. Ich wies mit dem Zeigefinger nach oben, und er nickte. Vom fluoreszierenden Prallfeld ergriffen, glitten wir über die Rampe zur Bodenschleuse hinauf. Wenig später schwebten wir im Antigravschacht zum Kommandodeck. Als wir die Zentrale betraten, sah ich, dass die Besatzung bereits vollzählig war. Die Frauen und Männer überprüften ein letztes Mal alle Systeme der ISCHTAR. Sie wandten sich mir zu und grüßten, indem sie die rechten Fäuste an die linke Brust schlugen. Ich erwiderte den Gruß, dann wandte ich mich dem Ersten Offizier zu.

»Wann können wir starten?«

»In zwei Tontas, Kristallprinz«, sagte Helos Trubato.

Ich setzte mich in den Kommandantensessel. »Danke. Weitermachen.«

Wenig später traf Fartuloon ein – voll ausgestattet mit seinem verbeulten und blank gewetzten Harnisch, Helm und Waffengurt, von dem neben dem Kombistrahler-Holster rechts auch die Scheide mit dem *Skarg* links baumelte. Wie immer starrte ich für einige Augenblicke fasziniert auf die Knauffigur des Dagorschwerts. Sie schimmerte silberfarben, veränderte aber, sobald ich sie zu fixieren suchte, die Konturen.

»Ich grüße euch und dich, Kristallprinz. Du weißt, dass an deiner Unterkunft eine halbe Wand fehlt?«

Vorry, der meinem Pflegevater gefolgt war, huschte verlegen in einen dunklen Winkel der Zentrale.

»Sie ist dem Appetit eines gewissen Eisenfressers zum Opfer gefallen.«

Fartuloon sah sich nach Vorry um und grinste, während er sich nachdenklich über den schwarzen Bart strich. »Irgendwann muss ich doch mal deinen Bauch aufschneiden, Vorry. Möchte wissen, wohin das ganze Zeug verschwindet, das du in dich reinstopfst.«

Während der Magnetier einen unverständlichen Laut von sich gab, lachte der Bauchaufschneider laut. Der Erste Offizier sagte: »Ich hoffe, er frisst uns keine Löcher in die ISCHTAR.«

»Sie haben doch die angeforderten Eisenbarren an Bord bringen lassen?«

»Selbstverständlich, Kristallprinz. Einen ganzen Lagerraum voll. Aber bei diesem Vielfraß weiß man ja nie ...«

»Soll ich ihn erdrücken?« Vorry streckte die kräftigen Arme aus.

»Lass das.«

Helos Trubato blickte auf einen Monitor. »Besatzung komplett.«

Ich winkte und wies zum Kartentanktisch, um den wir uns versammelten. Vorry näherte sich zaghaft – doch das war nur gespielt. Ich schaltete den Kartentank ein, markierte das Zielgebiet in knapp 19.200 Lichtjahren Entfernung.

»Der Maahkstützpunkt Marlackskor besteht aus zwei Riesenplaneten, die um eine blaue Riesensonne kreisen«, sagte ich. »Marlackskor Eins hat einen Mond von etwa einem Drittel der Größe der Kristallwelt, der über eine Sauerstoffatmosphäre verfügt. Ob Rashillkane bei unserer Operation eine Rolle spielen wird, ist zu bezweifeln. Obwohl solche Welten für die Methans wenig reizvoll sind, kann dennoch nicht ausgeschlossen werden, das es dort Stationen gibt.«

»Von Olfkohr haben wir erfahren, dass sich die Hauptstützpunkte auf Marlackskor Eins und Zwei befinden«, ergänzte Fartuloon. »In wenigen Pragos soll eine arkonidische Kampfflotte von rund zweitausendachthundert Schiffen die Stützpunkte angreifen und vernichten. Unser Ziel ist es, mindestens einen der kommandierenden Orbtonen zu ... hm, ›entführen‹, um ihn mit Atlans Vater zu konfrontieren. Es steht fest, dass Orbanaschol einen solchen Großangriff nicht Leuten zweiter Wahl überträgt, sondern hochstehenden Adeligen, die seine Gunst genießen. Diese Gelegenheit dürfen wir uns nicht entgehen lassen.«

»Wir werden uns in den Verband schmuggeln, die Funkgespräche abhören und auf unsere Gelegenheit warten. Es wird von der Lage abhängen, wie wir im Einzelnen vorgehen und gegebenenfalls Vater präsentieren ...« Ich schaltete die dreidimensionale Kartenprojektion aus.

»Bis die Überprüfung der Systeme abgeschlossen ist, kümmere ich mich um meinen Vater.«

»Soll ich mitkommen?«, fragte Fartuloon.

»Lieber nicht.«

Er merkte natürlich, wie sehr mich nach wie vor die Hilflosigkeit meines Vaters aufwühlte, legte die Hand auf meinen Unterarm und sagte: »Es ist schwer für dich, aber noch schwerer ist es für das Imperium, das unter der Tyrannei des Fetten stöhnt. Könnte dein Vater frei entscheiden, er würde freudig die Rolle übernehmen, die wir ihn spielen lassen.«

»Das macht es nicht leichter.«

Mein Vater blickte nicht auf, als ich den Raum betrat, in dem wir seine wiederbelebte Hülle untergebracht hatten. Der Blick war starr auf die Bildwand gerichtet, aber ich war mir sicher, dass er die Raumschlachtszene, die dort tobte, überhaupt nicht wahrnahm. Nur dank Fartuloons OMIRGOS-Kristallen war es uns möglich, einen gewissen Einfluss auf den unbeseelten Körper zu nehmen, der inzwischen, bei aller sonstigen Tragik, dennoch einen durchaus imponierenden Eindruck hinterließ. Er saß hochaufgerichtet im breiten Sessel.

Ich salutierte vorschriftsmäßig und drückte damit meinen Respekt aus. »Darf ich näher treten, Euer Erhabenheit?«

Die schwache Hoffnung, er würde reagieren, erfüllte sich natürlich nicht. Auch nach vielen Untersuchungen Fartuloons hatte sich am grundlegenden Zustand nichts geändert. Der Körper war eine biologisch lebende Larve, der der Geist fehlte. Ihn hatte das Lebenskügelchen nicht zurückholen können. Erschüttert trat ich zu ihm, nahm ihn am Arm und zog ihn behutsam aus dem Sessel. Er gehorchte so willig wie ein normaler Arkonide, der unter Tiefenhypnose stand. Auch als ich ihn mehrmals im Raum herumführte, wurde er nicht störrisch.

Ohne dass ich es bemerkte, betrat Mutter den Raum. Ich bemerkte Yagthara erst, als ich Vater zum Sessel zurückführte. Wir nickten uns grüßend zu, sprachen aber kein Wort. Ich tastete an der Versorgungsautomatik einen Synthobrei, der alle notwendigen Nährstoffe, Vitamine und Mineralien enthielt, die ein Arkonide brauchte. Vater hätte, falls er nicht richtig kaute, an einem Fleischbrocken ersticken können. Ich musste mit den Tränen kämpfen, als ich sah, wie er maschinenhaft den Synthobrei aufnahm und schluckte. Mein Hass auf Orbanaschol wuchs mit jedem Augenblick, den ich bei meinem Vater verbrachte. Als die Schüssel geleert war, wusch ich meinem Vater das Gesicht. Sein Mund bewegte sich immer noch wie bei der Nahrungsaufnahme. Ich musste ihn mehrmals festhalten, bis die Reflexe endeten. Mit Mutters Hilfe legte ich ihn aufs Bett, zog ihm die Klimadecke bis zur Brust.

»Du musst jetzt schlafen, Vater«, sagte ich und wollte ihm die Lider schließen. Es durchfuhr mich wie ein elektrischer Schlag, als ich sah, dass er die Augen eigenständig schloss. Für eine Weile hielt ich den Atem an, wechselte einen bedeutsamen Blick mit Mutter, doch mein Extrasinn ließ das Hochgefühl verpuffen.

Es dürfte ein Reflex auf die Klimadecke gewesen sein.

»Aber er hat die Augen selbst geschlossen«, murmelte ich.

Das macht er ständig aufgrund des Lidschlussreflexes. Sonst wären seine Augäpfel längst ausgetrocknet.

Ich schüttelte den Kopf, seufzte. Die Mitteilung klang logisch. Aber meine Gefühle lehnten sich dagegen auf, diese Logik zu akzeptieren. Tief in mir, musste ich mir eingestehen, gab es eine irreale Hoffnung, dass mein Vater doch noch irgendwann richtig »zurückkehrte«. Ich rang mit mir, ob ich erneut auf den Körper einreden sollte, um auszuprobieren, ob er reagierte. Aber ich verwarf den Gedanken, wollte ihn nicht noch mehr zum puren Versuchsobjekt machen. Leise ging ich; Mutter blieb zurück und weinte ...

An Bord der ISCHTAR: 15. Prago des Tedar 10.499 da Ark

»... ist der Normalraum nur eine Nebenerscheinung des Hyperraums«, hörte ich eine Stimme wie aus weiter Ferne, während ich noch gegen den Entzerrungsschmerz ankämpfte, der die Wiederverstofflichung nach der letzten Transition begleitete. Ich wunderte mich, wie jemand unmittelbar nach der Rematerialisation so klar und deutlich wissenschaftliche Fragestellungen erörtern konnte, doch die Antwort wurde mir bewusst, als ich wieder klar sehen konnte. Wer da gesprochen hatte, war kein Arkonide und auch kein anderes organisches Wesen, sondern Baruh – ein vom Wissenschaftler Marbuk konstruierter und auf Kraumon als Prototyp gebauter Roboter. Baruh war programmiert, theoretische Probleme zu lösen, die sich an der Grenze zwischen exakter Wissenschaft und Philosophie befanden.

»... weil die für die Funktion des Standarduniversums wirklich wichtigen Vorgänge dem Hyperraum zugeschrieben werden müssen ...«

Fartuloon sagte: »Mag zwar interessant sein, aber ich schlage vor, dass wir unsere Aufmerksamkeit der tobenden Raumschlacht zuwenden.«

Ein Blick auf den Frontsektor der Panoramagalerie zeigte, dass wir das Zielgebiet erreicht hatten. Der blaue Riesenstern schräg voraus war nicht zu übersehen. Ortungseinblendungen lieferten die Daten der beiden Planeten. Die Umlaufbahnen waren 1,99 Milliarden und 2,26 Milliarden Kilometer von Marlackskor entfernt; derzeit standen die Welten fast im Minimalabstand voneinander entfernt – etwas mehr als 301 Millionen Kilometer. Eine lang gestreckte Kette Dutzender riesiger Raumfestungen von radähnlichem Äußeren schwebte entlang der Verbindungslinie. Hinzu kamen jene Markierungen, die für Entladungen von Waffentreffern und Explosionen standen. Die Informationen der überlichtschnellen Ortung verhießen nichts Gutes.

»Da muss etwas schiefgegangen sein«, murmelte ich. »Der Schlag gegen Marlackskor war als Überraschungsangriff geplant; eine starke Kampfflotte gegen einen zahlenmäßig unterlegenen Gegner. Dort aber kämpfen mindestens ebenso viele Maahkwalzen wie Kugelraumer.«

»Sie haben wahrscheinlich vom bevorstehenden Angriff erfahren«, sagte mein Pflegevater. »Unvorsicht oder Verrat. Leider nichts Neues.«

Ich wusste, worauf er anspielte. Uns war seit einiger Zeit bekannt, dass die Methans gefangene Arkoniden psychisch umdrehten und so konditionierten, dass sie gar nicht mehr anders konnten, als für die Maahks zu arbeiten. Das allerdings war auch den Verantwortlichen im Flottenzentralkommando der Kriegswelt bekannt, denn etliche der unfreiwilligen Spione, die in Einsatzstäben arbeiteten, hatten entlarvt werden können. Unter diesem Umständen hätte ich Vorsichtsmaßnahmen angeordnet, die die Geheimhaltung militärischer Planungen noch besser sicherten.

»Stümper«, sagte ich impulsiv. »Und deswegen müssen Tausende Raumsoldaten sterben.«

Inzwischen liefen die Daten der detaillierten Auswertung ein. Den 2800 arkonidischen Schiffen standen rund 3500 Walzenraumer der Methans gegenüber, deren Verhältnis von Länge zu Durchmesser meist fünf zu eins betrug. Das Gros der Einheiten stellten 1000-Meter-*Grauwale* mit schwachen Schutzschirmen und deutlich geringeren Beschleunigungswerten als vergleichbare Arkonraumer sowie 500-Meter-*Grauhaie*. Beide Schiffsklassen stellten zusammen rund fünfzig Prozent der Flotte; sie wurden als Schlachtschiffe und Schlachtkreuzer geführt, bei den Methans trugen sie die Bezeichnungen G- und I-Klasse. Etwa zwanzig Prozent wurden von stabförmigen Zerstörern der Y-Klasse bestimmt, Einheiten von 1000 Metern Länge und nur 100 Metern Durchmesser. Überaus beweglich, wenngleich nicht sonderlich gut geschützt waren die Schweren Kreuzer der L-Klasse – 350 Meter lange Walzen, die im Flottenjargon *Seehund* genannt wurden – sowie die Leichten Kreuzer der N-Klasse mit 200 Metern Länge. Die Methans flogen meist in Verbänden von hundert bis zweihundert Einheiten, deren Spitzkegelformation dazu diente, die Breitseitenwirkung der Walzenschiffe auszunutzen.

Überaus gefährlich waren vor allem einige hundert 2500-Meter-Walzen vom Typ *Walross* – diese Superschlachtschiffe, bei den Methans als K-Klasse umschrieben, kamen seit rund zwei Jahrzehnten verstärkt zum Einsatz. Die arkonidischen Bezeichnungen waren insofern historisch bedingt, als wir es zunächst vor allem mit den *Grauwalen* als größter Einheit zu tun bekommen hatten, sodass vor diesem Hintergrund der Umschreibung *Walross* ein gewisser ironischer Beiklang nicht abzusprechen war.

Alles sprach dafür, dass die Maahks ihre Verbände genau dort stationiert hatten, wo die Kampfflotte Marlackskor nach ihrer Korrekturtransition im Normalraum verstofflichte. Deshalb kamen die Schiffe überhaupt nicht zum Angriff auf die Stützpunktwelten, sondern wurden vorher bereits gestoppt. Der Kampfverlauf, wie er sich bisher darbot, zeigte wechselnde Tendenzen. Die Arkoniden versuchten, die Front der Maahks punktuell zu durchbrechen.

»Der alte Kampfgeist der Arkonflotte«, murmelte Fartuloon. »Aber geführt von Mitgliedern der Orbanaschol-Clique.«

»Die Hauptlast tragen nicht Orbanaschol-Anhänger, sondern tapfere Raumfahrer.«

»Kristallprinz«, sagte Helos Trubato respektvoll.

Ich wandte mich ihm zu. »Sprechen Sie.«

Er wirkte verlegen, zögerte aber keinen Augenblick und sagte in formellem Ton: »Kristallprinz, die Besatzung der ISCHTAR ersucht mit allem Respekt darum, dass Sie befehlen mögen, mit der ISCHTAR am Kampf teilzunehmen.«

Ich presste die Lippen zusammen. Hätte ich spontan geantwortet, wäre eine Zustimmung herausgekommen. Ich dachte und fühlte genau wie die sechshundert Frauen und Männer an Bord. Aber davon durfte ich mich nicht beeinflussen lassen. Trubato blickte mich unverwandt an. In seinen Augen glommen Stolz und Tatendurst; Stolz auf die Arkoniden, die dort gegen eine Übermacht anrannten, und Tatendurst, weil der Anblick der Raumschlacht seinen Kämpferinstinkt geweckt hatte.

Nicht weich werden, rief der Extrasinn. *Ein einzelnes Schiff führt keine Entscheidung herbei.*

Das war mir ebenfalls klar. Bei einer solchen Raumschlacht würden wir mitten im Getümmel gar nichts erreichen. »Ich danke Ihnen und der Besatzung für Ihren Einsatzwillen. Auch ich würde gern aktiv eingreifen. Aber wir gehen anders vor! Teilen Sie der Besatzung mit, dass wie geplant die Funkmeldungen zwischen den Führungsschiffen abgehört und ausgewertet werden.«

Der Erste Offizier wirkte enttäuscht. »Wie Sie befehlen, Kristallprinz.«

Die ISCHTAR flog einen Kurs, der sie näher an die kämpfenden Parteien heranbrachte. Ich lauschte den permanent aktualisierten Ortungsmeldungen und musterte die Einblendungen in der Panoramagalerie.

Die Kampfflotte Marlackskor hatte sich etwas zurückgezogen, ohne dass die Maahks nachgestoßen waren. Das bewies, welchen Respekt der Mut unserer Leute den Wasserstoffatmern eingeflößt hatte. Allerdings hatte der Oberbefehlshaber den Rückzug nicht befohlen, weil er aufgeben wollte, sondern alles sprach für eine gezielte Umgruppierung, nachdem das primäre Einsatzziel obsolet geworden war. Kurz darauf versuchte ein Teil des 1. Einsatzgeschwaders einen Zangenangriff auf dem linken Flügel der Maahks. Es sah nach einem Scheinangriff aus. Das dachten zweifellos auch die Methans, denn sie zogen keine Schiffe ab, sondern verteidigten sich nur mit den im Angriffsgebiet befindlichen Schiffen.

Als ein Stoßkeil aus schwersten Einheiten des 2. Einsatzgeschwaders das Zentrum der feindlichen Front angriff, wirkte das als Bestätigung der Einschätzung. Mir allerdings wurde klar, was wirklich gespielt wurde, als die Meldung einging, dass der Stoßkeil zahlenmäßig schwächer als der Verband beim Zangenangriff war. Während die Maahks noch blitzschnell Kräfte im Zentrum zusammenzogen, setzten aus zwei Bereitstellungsräumen Verstärkungsflottillen der ersten arkonidischen Angriffsgruppe nach. Unter dem Ansturm einer auf kleinem Raum geballten Übermacht brach die Verteidigung des linken Maahkflügels zusammen. Einige hundert Walzenraumer trieben ausglühend ab oder explodierten. Aber auch ungefähr achtzig Kugelschiffe waren zerstört oder schwer beschädigt. Rund sechshundert Einheiten brachen durch und stießen Richtung Stützpunktwelten vor.

Ich wartete darauf, dass sie sich in zwei Verbände teilten, um beide Planeten gleichzeitig angreifen zu können, doch die Raumer blieben zu meiner Überraschung zusammen. Und dann wurde mir bewusst, dass die Stoßrichtung gar nicht auf die Riesenplaneten zielte, sondern auf den Mond Rashillkane, der in großer Entfernung Marlackskor I umkreiste. Die Maahks schien das stärker zu beunruhigen, als hätten die Angreifer Kurs auf die Riesenwelten genommen. Trotz des weiterhin laufenden Angriffs zogen sie aus dem Mittelabschnitt der Front starke Kräfte ab und warfen sie den durchgebrochenen Einheiten entgegen. Unsere Leute taten das Einzige, was in dieser Lage zu tun war. Sie ließen sich nicht zum Kampf stellen, obwohl sie heftig beschossen wurden. Stattdessen rasten sie mit Maximalbeschleunigung dem Mond entgegen.

Aber der Maahkkommandeur wollte anscheinend um jeden Preis verhindern, dass Rashillkane angegriffen wurde. Und »um jeden Preis« war wörtlich gemeint: Ein ganzer Pulk von Walzenschiffen vollzog eine Kurztransition, deren Rematerialisationspunkt genau vor dem der arkonidischen Angriffsspitze lag. Bei der hohen Geschwindigkeit, mit der die Kugelschiffe auf Rashillkane zurasten, war an ein Ausweichen gar nicht zu denken. Die beiden Pulks flogen überdies in so dichter Formation, dass die Kollisionsquote bei dreißig Prozent lag. Rein rechnerisch klang das gar nicht mal so schlecht, weil – wieder rein rechnerisch – zwei Drittel unserer Schiffe eine Chance gehabt hätten, durchzukommen. Aber die sekundäre Kollisionsquote lag bereits bei fünfzig Prozent, weil die nachfolgenden Kugelraumer in die explodierende Wracks rasten. Dadurch wurden die Durchstoßlücken fast völlig gefüllt, sodass letztlich nur zwei unserer Einheiten unbeschadet durchkamen.

Diese beiden Schlachtschiffe wiederum wurden von den gewaltigen radförmigen Raumstationen, die die Riesenplaneten absicherten, unter Beschuss genommen. Eins verglühte im Sperrfeuer, das zweite feuerte Raumtorpedos Richtung Rashillkane und vollzog eine Nottransition. Von den Raumtorpedos aber überstand keiner das nun folgende Sperrfeuer.

Ich merkte, dass ich transpirierte. Das Geschehen hatte mich stark erregt. Obwohl die Angriffsgruppe ihr eigentliches Ziel nicht erreicht hatte, billigte ich den Vorstoß. Er hatte die Front der Methans so gründlich durcheinandergebracht, dass sie sich nicht mehr schließen ließ. Der Kampf verzettelte sich, was den Maahks, die vorzugsweise in geschlossenen Formationen kämpften, nicht gut bekam. Sie mussten schwere Schläge hinnehmen, und nur ihre zahlenmäßige Übermacht bewahrte sie davor, dass ihre Verbände aufgerieben wurden.

Hinter mir atmete jemand schwer, dann hörte ich den Ersten Offizier sagen: »Genial, wie Admiral Lantcor alle Register zieht. Sein Flaggschiff GLORMOUN steht mit Einheiten der Stabs-Lakan überhöht weit hinter der kämpfenden Flotte.«

Ich sah zur blinkenden Einblendung der taktischen Auswertung. »Kluge Entscheidung, den *Gor'thek* dort zu beziehen.«

Es war nichts Ironisches bei meiner Erwiderung. Nicht nur bei den Flotten des Großen Imperiums war es üblich, dass sich der Oberbefehlshaber aus dem direkten Kampfgeschehen heraushielt und die Schlacht aus der Distanz leitete, die ihm einen guten Überblick gestattete. Dieser Kampf- oder Kriegshügel entsprach dem planetaren Feldherrnhügel. Würde er sich an die Spitze seiner kämpfenden Verbände setzen, verlöre er nicht nur den optischen und ortungstechnischen Überblick, sonder böte dem Feind auch Gelegenheit, durch Abschuss des Kommandoschiffs Verwirrung zu stiften.

»An Lantcor kommen wir keinesfalls heran«, sagte Fartuloon. »Der *Gor'thek* ist abgesichert. Was wissen wir sonst noch?«

»Die ZOURMITHON von Sonnenträgerin Arthamin«, antwortete der Erste Offizier, »befindet sich zurzeit ebenfalls beim *Gor'thek*. Dagegen ist das Flaggschiff RON von Sonnenträger Agh'Emthon mit dem größten Pulk der Kampfflotte direkt in den Kampf verwickelt. Er leitet nicht nur die Aktionen seines Einsatzgeschwaders, sondern kümmert sich auch um angeschossene Schiffe, die er entweder zur bereitstehenden Tenderflottille schickt oder mit einer Notbesatzung zur Deckung seines Flaggschiffs benutzt.«

»Mit einer Notbesatzung?«, fragte ich. »Wohin wird das Gros der Besatzungen gebracht?«

»Teilweise zur RON, teilweise von anderen Schiffen aufgenommen.«

»Dann ist die RON unser Ziel. Aber mich interessiert auch, weshalb Lantcor den Verband auf Rashillkane ansetzte statt auf die Stützpunktwelten. Gibt es dazu Meldungen?«

»Nur, dass diese Aktion korrekt war. Das heißt, die Schiffe hatten Lantcors direkten Befehl, den Mond als Primärziel anzugreifen.«

»Und ich dachte, es handele sich um ein Ablenkungsmanöver oder Provisorium. Je länger ich darüber nachdenke, desto sinnloser kommt mir der Angriff vor. Die Maahks werden kaum ihre wichtigsten Anlagen auf einer Sauerstoffwelt installiert haben, wenn im gleichen System zwei besser geeignete Planeten vorhanden sind. Was meinen Sie, Erster?«

»Ich denke, Admiral Lantcor hat vorausgesehen, dass die Angriffsgruppe nicht gelingen würde, bis zu den Stützpunktplaneten durchzubrechen«, antwortete Trubato. »Deshalb war es letztlich gleich, auf welchen der drei Himmelkörper der Angriff erfolgte.«

»Das denke ich nicht«, schaltete sich Fartuloon ein. »Die Tatsache, dass die Methans einen ganzen Verband opferten, nur um die Imperiumsschiffe von Rashillkane fernzuhalten, beweist, dass sie dem Mond größte Bedeutung zumessen. Daraus wiederum schließe ich, dass auch Lantcor davon weiß und die Angriffsspitze bewusst dorthin geschickt hat.«

»Was wiederum bedeutet, dass das gesamte Aufgebot nicht den Marlackskor-Welten, sondern diesem Mond gilt«, sagte ich nachdenklich. »Was ist an der kleinen Sauerstoffwelt so Besonderes? Ortung?«

»Keine – aber vielleicht kann uns Agh'Emthon darüber Auskunft geben?«

Ich blickte auf den Frontabschnitt der Panoramagalerie. Der größte Pulk arkonidischer Schiffe, zu dem die RON gehörte, war deutlich zu erkennen. Der Sonnenträger ließ ständig die Formation verändern, damit seine Schiffe ihre Breitseiten möglichst wirkungsvoll einsetzen konnten. Die angemessenen Salventakte der schweren Impulsgeschütze waren am Aufblitzen und den Einschlägen bei den Gegnern zu erkennen. *Dorthin müssen wir uns wagen, wollen wir Agh'Emthon* »überwältigen«.

Ich ließ den Funkverkehr der Kampfflotte auf meinen Interkom legen. So erfuhr ich die notwendigen Einzelheiten, um unseren Plan durchführen zu können.

Der in großen leuchtenden Schriftzeichen an der Außenhülle stehende Name ISCHTAR war keineswegs verräterisch, wie man zunächst vielleicht annehmen konnte. Da er in den gebräuchlichen Zeichen ausgeführt war, war er so gut wie jeder andere Name. Auf Kraumon hatten wir zwei andere Möglichkeiten erörtert, sie aber verworfen. Die erste Möglichkeit wäre gewesen, ganz auf eine Beschriftung zu verzichten. Das jedoch hätte erst recht Aufsehen erregt, weil alle Raumer Namen trugen. Die zweite Möglichkeit, den Namen eines anders Schiffs zu benutzen, das zu den Imperiumsflotten gehörte, hätte sich zwar realisieren lassen, da uns etliche bekannt waren. Aber wir wussten nicht, ob eins der Schiffe beim Angriff auf Marlackskor teilnahm. Folglich war auch dieser Weg ausgeschlossen worden, damit sich nicht – und sei es per Zufall – zwei Einheiten gleichen Namens begegneten. ISCHTAR jedenfalls war unverfänglich und ganz sicher kein Name eines regulären arkonidischen Schiffes.

Allein in dem Pulk, der von der RON geführt wurde, manövrierten und kämpften die Schiffe aus unterschiedlichen Verbänden von neun Flottillen. Nach den ersten ungestümen Angriffen wurden die einzelnen Gefechte verhalten geführt. Jede Seite versuchte, die eigenen Verluste möglichst niedrig zu halten, um später so viele gefechtsfähige Schiffe wie möglich in die Entscheidungsschlacht werfen zu können. Fasziniert beobachtete ich die schnellen Manöver der Schweren Kreuzer; dort saßen Meister ihres Fachs an den Kontrollen. Die Formation des Pulks wechselte alle paar Zentitontas, während der Pulk als solcher zusammenblieb und hervorragend synchronisierte Ausweich- und Angriffsbewegungen einschließlich mehrfacher Kurztransitionen durchführte.

Die Bewegungen der maahkschen Walzenraumer wirkten längst nicht so elegant. Schuld daran war auch die Formgebung der Schiffe; sie waren längst nicht so beweglich wie die kugelförmigen Einheiten, die bei Bedarf in jede beliebige Richtung ausweichen oder vorstoßen konnten. Perfekte Schubumlenkung der Ringswulsttriebwerke spielte hier ihre Vorteile gegenüber der konzentrierten Anordnung der stärksten Triebwerke am Walzenheck aus. Hinzu kam die Mentalität der Methans, die ihre Pulks fast ausschließlich als Ganzheit manövrierten und keine Positionswechsel der einzelnen Schiffe innerhalb des Pulks duldeten. Unter dem Strich mussten sie deshalb mehr Treffer hinnehmen als unsere Leute. Zwar kamen bei den Maahkwalzen seit einiger Zeit stärkere Schutzschirme zum Einsatz, das Gros der Schiffe war aber im Vergleich zu unseren kleiner. Verluste wurden vor allem auch deshalb in Kauf genommen, weil sie auf ihre insgesamt zahlenmäßige Überlegenheit setzten.

Sofern die Walzen in optimale Gefechtsposition kamen, boten die exakt ausgerichteten stählernen Walzen mit den im schnellen Salventakt aufblitzenden Kanonen einen imponierenden Anblick. Den Arkonraumern blieben in solchen Fällen nur ein schnelles Ausweichen und eine Formationsumbildung, wollten sie nicht dezimiert werden.

Vorsichtig steuerte ich die ISCHTAR zum Pulk der Arkonschiffe, die sich gerade zu einer Traube formiert hatten und – relativ gesehen – über dem Pulk der Maahkraumer flogen. Dadurch konnten sie ihre Feuerkraft, wenngleich aus unterschiedlichen Entfernungen, maximal entfalten. Die Maahks wichen nach einigen Verlusten zurück und formierten sich dann zu einer leicht nach innen gewölbten »Wand« mit kreisrundem Rand. Aus diesem »Hohlspiegel« schlug unserem Pulk ein mörderisches Feuer entgegen, als er sich zur Verfolgung anschickte. Dank der lockeren

Formation fiel auf Arkonseite nur ein Schiff aus. Es trieb manövrierunfähig ab und wurde von zwei anderen Raumern durch Traktorstrahlen in die relative Sicherheit der Pulkmitte gezogen, wo sich auch die RON befand.

In der Nähe des Flaggschiffs wurden fünf Wracks angemessen, die die RON zusätzlich vor Zufallstreffern der Methans schützten. Allerdings sah ich auch die Gefahr, die sich durch diesen Zusatzschutz ergeben konnte.

Ich hätte es jedenfalls anders gemacht als Sonnenträger Agh'Emthon. Die eigene uneingeschränkte Beweglichkeit wog mehr als ein vermeintlicher zusätzlicher Schutz.

Die Maahks wagten einen Vorstoß. Die Arkonschiffe wichen aus und griffen die Walzen an der linken Flanke an. Meine Besatzung brüllte vor Begeisterung, als ich den Befehl erteilte, ebenfalls das Feuer auf die Maahkraumer zu eröffnen. Es wurde ziemlich turbulent, aber die Befehle des Admirals kamen klar, knapp und präzise, sodass der Pulk bald wieder eine geordnete Formation einnahm. Emthon mochte ein Günstling Orbanaschols sein, aber er war auch ein Könner in der taktischen Gefechtsführung.

Ich sagte über Rundrufanlage: »Atlan an Besatzung. Die Geschütztürme beenden in Abständen von drei Salventakten in der Reihenfolge ihrer Nummerierung das Feuer – ab jetzt!«

Trubato warf mir einen vorwurfsvollen Blick zu. Ich verstand ihn, aber wir mussten unsere Rolle echt spielen, sollte Emthon darauf hereinfallen. Als die ersten fünf Geschütze schwiegen, schaltete ich die Synchronautomatik der Impulstriebwerke aus. Beinahe augenblicklich geriet die ISCHTAR ins Schlingern. Als ich dann drei der achtzehn Ringwulsttriebwerke komplett abschaltete, taumelte das Schiff gleich einem schwer angeschlagenen Wrack im Pulk. Andere Schiffe wichen vorsorglich aus. Kurz darauf ging der Funkspruch ein, auf den ich gehofft hatte: »Flaggschiff RON an getroffene Einheit. Identifizieren Sie sich und geben Sie Schadensübersicht.«

Ich antwortete über Hyperkom: »Reduzierter Schlachtkreuzer ISCHTAR, siebzehnter Verband der vierten Sektion der neunundzwanzigsten Flotte des Großen Imperiums, abgestellt für Sonderkurierdienst, Kommandant Vharsan. Wir haben elf Treffer erhalten. Die Energieversorgung der Geschütze ist zusammengebrochen. Ausfall Triebwerkssynchronisation, Totalversagen von drei Triebwerken – Manövrierfähigkeit stark eingeschränkt. Ihre Befehle, Flaggschiff RON?«

Die Antwort ließ nicht lange auf sich warten. »Nähern Sie sich dem

Flaggschiff, ISCHTAR. Sie erhalten Leitstrahl und Traktorstrahlunterstützung. Weitere Befehle folgen später. Ende.« Ich bestätigte und sah meinen Pflegevater an; er grinste kühl. »Gut gemacht, Junge.«

Es war nicht leicht, die »schwer angeschlagene« ISCHTAR durch den sich ständig umformierenden Pulk zu steuern. Ab und zu verirrte sich ein feindlicher Strahlschuss und traf den Schutzschirm eines Schiffs. Auch die ISCHTAR erhielt mehrere Treffer. Wegen der großen Distanz zu den Maahkraumern waren die Strahlbahnen aber schon so weit aufgefächert, dass ihnen mühelos standgehalten wurde. Dennoch atmete ich auf, als die ISCHTAR die Hohlkugel innerhalb der Gesamtformation erreichte. Weiterhin deckten die fünf Wracks das Flaggschiff.

»RON an ISCHTAR: Leitstrahl ist aktiviert. Ihr Schiff ist bis auf eine Notbesatzung zu räumen. Ein Beiboot schleust ins Flaggschiff ein, die übrigen sind auf die KALAMIS, DRAGOR und ICHTYEU zu verteilen. Die Besatzungen werden die Ausfälle an Bord dieser Schiffe ersetzen.«

Ich bestätigte und meldete den Leitstrahleingang. Das für die RON bestimmte Beiboot war bereits besetzt. In ihm befanden sich fünfzig im Nahkampf erfahrene Raumfahrer. Sie sollten die Zentralebesatzung der RON mit einem Blitzangriff überwältigen, von der Zentrale aus Funkstation und Geschütztürme durch Zeitschaltungen blockieren und mit Emthon zurückkehren. Danach wollten wir das nächste Kampfgetümmel ausnutzen, um uns abzusetzen.

Auf meinen Befehl hin wurde das Beiboot ausgeschleust. Ich dachte natürlich nicht daran, auch die übrigen Beiboote auszuschleusen. Um keinen Verdacht zu erregen, rief ich abermals die RON an und gab bekannt, dass sich das Ausschleusen der übrigen Beiboote verzögerte, da wir Schäden zu beheben hätten, die zur Blockierung der betreffenden Hangars geführt hatten. Aus dem gleichen vorgetäuschten Grund folgte ich dem Leitstrahl nur extrem langsam. Für Emthon würde es einleuchtend sein, da die Beiboote besser ausgestoßen werden konnten, ehe die ISCHTAR ihre Position zwischen den fünf Deckungsschiffen eingenommen hatte.

Auf dem Backbordsektor der Panoramagalerie verfolgte ich den Weg unseres Beiboots zur RON. Niemand an Bord des Flaggschiffs schien Verdacht zu schöpfen. Völlig ungehindert flog das Schiffe zwischen zwei Deckungsschiffen hindurch und näherte sich der RON ...

... als plötzlich Bewegung in die Einheiten kam, die sich zwischen uns und dem Rand des Pulks befanden. Sie veränderten ihre Positionen, doch diesmal war es anders als bislang. Die meisten Schiffe strebten nach allen Seiten fort und beschleunigten mit Maximalwerten. Die Ortungsmeldungen verdeutlichten, warum: Nach einer Kurztransition stieß eine keilförmige Formation von maahkschen Walzenraumern in unseren Pulk vor. Ich erkannte, dass die Kommandanten der ausweichenden Schiffe einen schweren taktischen Fehler begangen hatten. Statt auszuweichen und dadurch den Methans die Möglichkeit zu geben, ihre Breitseiten optimal einzusetzen, hätten sie sich massiert der Spitze der Keilformation entgegenstemmen müssen.

Admiral Emthon erkannte den Fehler seiner Untergebenen ebenfalls im gleichen Augenblick. »RON an alle Einheiten!«, hörte ich die Stimme des Sonnenträgers aus dem Hyperkom. »Zusammenziehen – Feuer auf Spitze der Keilformation konzentrieren. Nicht weichen, sobald entsprechende Position bezogen ist.«

»Zu spät«, murmelte Fartuloon. »Jetzt kriegen wir Zunder. Bis die Positionen erreicht sind, vergeht viel zu viel Zeit.«

Die Verteidigung wird zusammenbrechen, warnte der Logiksektor. *Ruf das Beiboot zurück, sonst ist es ernsthaft gefährdet.*

Ich aktivierte den Hyperkom, um einen entsprechenden Befehl zu erteilen. Aber noch zögerte ich, weil ich sah, dass sich das Beiboot soeben anschickte, in die RON einzuschleusen. Trieben die Maahks den Pulk auseinander, würde das Beiboot auf dem Rückweg stärker gefährdet sein als an Bord des Flaggschiffs. Agh'Emthon vereitelte aber meine Hoffnung, die Beibootbesatzung könne sich in der RON in Sicherheit bringen – das Schlachtschiff zog sich plötzlich zurück und überließ das Beiboot und die Deckungsschiffe ihrem Schicksal. Ich verzichtete auf den Funkspruch. Stattdessen fuhr ich die Triebwerke hoch und steuerte die ISCHTAR auf die Position zu, an der sich die RON vor wenigen Augenblicken befunden hatte. Aber wir schafften es nicht mehr. Der Angriff der Maahks war zu zielstrebig, wenngleich selbstmörderisch – doch das wurde von dem vorherigen Fehler einiger unserer Kommandanten ausgeglichen.

Die wenigen Schiffe, die sich den Methans noch entgegenstellten, wurden praktisch überrannt. Fünf Raumer explodierten, drei trieben glühend ab. Ich erteilte der Besatzung erneut Feuerbefehl. Doch auch die ISCHTAR konnte das Blatt nicht mehr wenden. Wir kämpften erbittert – bis wir sahen, dass unser Beiboot explodierte, von mehreren Treffern aus schweren Impulskanonen erfasst. Einen Augenblick lang drohte mir der Schmerz um die Raumfahrer, die im Beiboot gestorben waren, den Atem zu rauben. Doch der Gedanke an die restliche Besatzung der ISCHTAR ließ keine Zeit für Trauer. Wollte ich sie vor dem gleichen Schicksal bewahren, mussten wir uns schnellstens absetzen. Doch das erwies sich beinahe als unmöglich. Drei Walzenraumer scherten aus der Keilformation aus und jagten hinter uns her. Die Geschütze der ISCH-TAR trafen eins schwer, dann wurde unser Schutzschirm erschüttert und drohte zusammenzubrechen. Mir blieb keine andere Wahl, als die Nottransition auszulösen, obwohl wir erst knapp ein Drittel der Lichtgeschwindigkeit erreicht hatten.

Da jede Transition in Nullzeit stattfand, blieb mir keine Zeit für Überlegungen hinsichtlich des Rematerialisationspunkts. Als ich unvermittelt wieder »da« war und das leichte Ziehen im Nacken nachließ, hörte ich Alarmsirenen im charakteristischen Rhythmus heulen und wusste sofort, dass der Fall eingetreten war, der von jedem Schiffskommandanten am meisten gefürchtet wurde, wenn er zu einer Nottransition gezwungen war: Wir waren in gefährlicher Nähe eines Objekts rematerialisiert, dessen Masse groß genug war, um dem Schiff gefährlich zu werden. Entweder handelte es sich um ein anderes Schiff oder um einen Himmelskörper.

Der erste Blick zur Panoramagalerie und die Ortungseinblendungen verschaffte eine gewisse Erleichterung. Der schlimmste Fall einer Verstofflichung nahe einer Sonne – gleichbedeutend mit der unweigerlichen Vernichtung – war nicht gegeben. Andererseits hatte die geringe Sprunggeschwindigkeit der Nottransition dazu geführt, dass unsere Fahrt nach der Rematerialisation nahezu aufgezehrt war. In Vergrößerungen sah ich die rötlich gelbe Oberfläche eines Planeten, die teilweise von Staubwolken der Sicht entzogen wurde. Es war eine unfreundliche Welt mit spärlicher Vegetation und vielen Ringgebirgen, die als Kraterwälle nach Meteoriteneinschlägen aufgeworfen worden waren.

»Schwerkraft des Planeten hat uns eingefangen, Kristallprinz, wir sinken!«, meldete der Erste Offizier. »Ich empfehle Gegenkurs.«

Ich ging nicht darauf ein, sondern wandte mich an Fartuloon. »Wenn ich es richtig beurteile, ist das dort Rashillkane, und wir wurden knapp oberhalb der Atmosphäre verstofflicht.«

»Richtig. Aber an deiner Stelle würde ich dennoch dem Rat des Ersten folgen. Wir haben ohnehin mehr Glück als Verstand, dass uns die Raumforts nicht beschießen.«

Ich lächelte matt. »Die Radstationen schießen deshalb nicht, weil sie nur auf jene Schiffe feuern, die sich dem Mond aus dem All nähern. Wir aber befinden uns in Orbithöhe und sinken bereits, sodass wir nicht dem programmierten Feindbild entsprechen. Ich denke, wir werden diese Gelegenheit nutzen und landen, um nachzusehen, warum dieser Mond für die Maahks wie die Arkonflotte so wichtig ist.«

Nur ein Narr begibt sich freiwillig in Gefahr, raunte der Extrasinn.

Ich ignorierte meine innere Stimme, denn Fartuloons breites Lächeln bewies mir, dass mein Pflegevater und Lehrmeister den Plan akzeptierte.

Ich verzichtete darauf, die Impulstriebwerke zu aktivieren, sondern schaltete nur die Antigravaggregate hoch, sodass sich der beginnende Absturz in ein sanftes Schweben verwandelte. Noch immer rührte sich dort unten nichts. Gab es keine Bodenforts? Der Drang, hinter das Geheimnis von Rashillkane zu kommen, wurde eher noch stärker. Es musste etwas Bedeutendes sein, sonst hätte die Kampfflotte nicht versucht, den Mond mit einem verzweifelten Angriff zu vernichten. Und die Maahks hätten ihn nicht vor der Zerstörung bewahrt, indem sie einige hundert Schiffe opferten. Dennoch kam mir das Ganze ziemlich mysteriös vor. Normalerweise beschränkten sich die Maahks auf Welten, die ihren Erfordernissen entsprachen; Riesenplaneten mit einer Wasserstoff-Methan-Ammoniak-Atmosphäre, die hohe Drücke aufwies und heiß genug war, um die besonderen Atmungsvorgänge nicht zu behindern. Im System der blauen Riesensonne gab es gleich zwei solcher Welten – dennoch schien das tatsächliche Kampfgeschehen ausgerechnet diesen Mond zu betreffen.

Die Besatzung half, einen geeigneten Landeplatz zu finden. Wir wählten schließlich eine rund fünftausend Meter tiefe und durchschnittlich sechshundert Meter breite Schlucht aus, die von einem Ringgebirge ausging. Als wir in die Schlucht eintauchten, entdeckten wir in wenigen Kilometern Entfernung einen Überhang, der die Spalte an dieser Stelle deutlich verengte. Dort konnten wir die ISCHTAR so landen, dass sie nur bei einem direkten Überflug entdeckt wurde – große Metallvorkommen im Umkreis reduzierten die Gefahr einer Ortung. Sanft setzten die Landeteller auf. Am Grund der Schlucht war es fast völlig finster. Restlichtverstärkung, Infrarotfilter und passive Ortung lieferten aber genügend Informationen, um eine positronische Simulation zu erstellen, die von der Panoramagalerie widergegeben wurde.

Die Steilwände bestanden aus Schichtgestein, an dem kaum Spuren von Erosion zu erkennen waren. Nur direkt am Schluchtboden verlief eine flache Wasserrinne, die allerdings zurzeit trocken war. Das bestätigte den Eindruck, den ich bereits beim Anflug gewonnen hatte – Rashillkane war eine wasserarme Welt mit Wüstencharakter. Die Atmosphäre war atembar, wenngleich von geringem Druck. Ein etwas höherer Sauerstoffanteil glich das Defizit aus, sodass wir uns im Zweifelsfall auch ohne Raumanzüge oder Verdichtermasken außerhalb des Schiffs aufhalten konnten.

»Erkundung der Umgebung mit Fluggleitern«, sagte ich, nachdem die meisten Aggregate auf Drosselphase heruntergefahren waren.

Mein Pflegevater strich sich über den kahlen Schädel und nickte. »Zehn Gruppen. Wer etwas entdeckt, meldet sich mit Kurzsignal. Die anderen Gleiter fliegen dann hin.« Er blinzelte. »Da ich annehme, dass du dich nicht davon abhalten lassen wirst, aktiv an der Erkundung teilzunehmen, werde ich dich vorsichtshalber begleiten.«

»Vorry kommt auch mit«, sagte der Magnetier laut.

Ich blickte den Eisenfresser skeptisch an. »Bist du sicher, dass du unseren Gleiter unterwegs nicht mit Proviant verwechselst?«

»Vorry ist ganz sicher. Er hat vorhin erst zehn Eisenbarren gegessen.«

»Von denen jeder unter Standardgravitation fünfundzwanzig Kilogramm wiegt«, warf Trubato ein. »Also zweihundertfünfzig Kilogramm Zusatzgewicht. An seiner Stelle ließe sich eine leichte Strahlkanone einbauen ...«

»Ich bin wertvoller als jede Strahlkanone«, begehrte Vorry auf. »Oder bestreitest du das, Freund Helos? Wenn ja, fordere ich dich zu einem Duell.«

»Niemand bestreitet das«, sagte ich schnell. »Du kommst natürlich mit.«

Ich schaltete den Interkom ein und erteilte die entsprechenden Befehle. Eine halbe Tonta später schwärmten die zehn Gleiter aus, stiegen an den Steilwänden empor und zerstreuten sich in alle Richtungen.

12.

Aus: *Zahlen, Zenturien, Ziele und Zeugnisse – aus der Arbeit des Historischen Korps der USO*, Chamiel Senethi. In: *Kompendium von Sekundärveröffentlichungen diverser Archive*, hier: *Die Methankriege*; Sonthrax-Bonning-Verlagsgruppe, Lepso, 1310 Galaktikum-Normzeit (NGZ)

Maahks: *Die bis zu 2,20 Meter großen und bis zu 1,50 Meter breiten, an eine Schwerkraft zwischen 2,9 und 3,1 Gravos angepassten Wesen atmen in erster Linie Wasserstoff ein und Ammoniak aus; dieses Gas ist unter dem auf Maahkwelten herrschenden Druck sowie den Temperaturen von 70 bis 100 Grad Celsius noch nicht flüssig.*

Die beiden kurzen, kräftigen Beine weisen vier Zehen auf. Im Gegensatz zu den Beinen haben die bis zu den Knien reichenden, außerordentlich beweglichen, tentakelhaften Arme kein Knochengerüst. Sie enthalten vielmehr kräftige Sehnen- und Muskelbündel. Die Arme beginnen an den Schultern stark und massig und laufen zu den Händen hin trichterförmig zu. Die ebenfalls knochenlosen Hände weisen sechs hochelastische, sehr bewegliche, feinfühlige und doch enorm starke Finger auf. Die vier mittleren Finger sind gleich lang. Links und rechts sitzen die beiden Daumen.

Der Kopf gleicht einem halbmondförmigen Wulst und ist starr und halslos mit dem Rumpf verbunden. Er reicht von einer Schulter zur anderen und ist daher bis zu 1,50 Meter breit. An seinem Scheitelpunkt erreicht er eine Höhe von etwa vierzig Zentimetern. Von der Seite gesehen läuft der Kopf nach oben hin zu einem spitzen Grat aus. Auf diesem sitzen die vier runden, sechs Zentimeter durchmessenden, meist grün schillernden Augen. Da sie jeweils zwei halbkreisförmige Schlitzpupillen aufweisen, die nach vorne und nach hinten gerichtet sind, verfügen die Maahks trotz ihres starren Kopfes über eine lückenlose 360-Grad-Rundumsicht. Durch zwei getrennte Lidklappen können die Augen hinten und vorn separat geschlossen werden.

Die Geruchs-, Gehör- und sonstigen Sinnesorgane sind fast unsichtbar an der Vorder- und Hinterseite des Kopfes angebracht. Der Mund befindet sich vorne an der etwas faltigen Übergangsstelle zwischen Wulstkopf und Rumpf. Er dient dem Sprechen und der Nahrungsaufnah-

me, ist zwanzig Zentimeter breit und weist sehr dünne, hornartige Lippen auf. Obwohl die Nahrung der Maahks sowohl aus pflanzlichem als auch aus tierischem Material besteht, erinnert ihr Allesfressergebiss mit seinen scharfen und spitzen Zähnen eher an die Reißzähne von Raubtieren. Die Maahks benötigen diese, um die derben Silikatkrusten der Ammoniakpflanzen zu zerschneiden.

Die blassgraue, fast farblose Haut der Maahks, die von fingernagelgroßen, ebenfalls blassgrauen Schuppen bedeckt ist, enthält einen großen Anteil an molekular hochvernetzten, kautschukartigen Silikonharzen. Auch das Knochengerüst der Maahks besteht zum größten Teil aus Silizium-Verbindungen, vor allem Silikaten. Proteinfasern geben dem spröden Material eine ausreichende Elastizität. Im intrazellulären Bereich spielt Silizium jedoch nur eine untergeordnete Rolle. Hier dominiert wie bei den Sauerstoffatmern der chemisch vielseitigere Kohlenstoff.

Die stimmbildenden Organe ähneln denen eines Arkoniden. Die Atmungsorgane weichen dagegen deutlich ab. Die Bronchien verästeln sich in eine Unzahl kleiner Schläuche, die zusammen mit der auffällig verdickten Wand des Magen-Darm-Traktes ein komplexes, schwammartiges Organ bilden, die sogenannte Maahk-Leber. Die Lungenschläuche enden in elastischen, von einer Muskelschicht umhüllten Blasen, die wie kleine Blasebälge funktionieren und den Ein- und Ausstrom der Atemgase bewirken.

Rashillkane: 15. Prago des Tedar 10.499 da Ark

Vorrys Masse bedingte, dass außer dem Magnetier nur Fartuloon und ich im Gleiter waren, während die anderen mit fünf Personen bemannt waren. Ich hatte für uns die Richtung zum Ringgebirge ausgewählt, von dem die Schlucht ausging. Von dort aus erhoffte ich einen größeren Überblick. Vorerst steuerte ich den Gleiter wenige Meter über dem Boden. Auch die anderen Gleiter nutzten die Deckung, sodass sie im Fall einer Entdeckung hoffentlich ausreichend weit von der ISCHTAR entfernt waren und Rückschlüsse auf deren Landeplatz erschwert wurden.

Die Landschaft war öde und wurde grell ausgeleuchtet – die blaue Riesensonne stand hoch am Himmel. Angesichts der starken UV-Strahlung wunderte es mich nicht, dass sich auf dem Mond nur wenige Lebensformen entwickelt hatten, die überdies eine hohe Mutationsrate aufweisen mussten. Für Arkoniden war es jedenfalls kein Platz, auf dem sie sich längere Zeit ungeschützt aufhalten sollten. Am Boden gab es nur kleine Inseln einer niedrigen, in allen Farben des Spektrums schillernden Vegetation – knorrige, auf dem Boden liegende Äste, grazil wirkende Zweige, die sich bis zu maximal einem halben Meter in die Höhe reckten, schuppenartige Rinde, kleine, große und mittlere Blätter aus einer lederartig aussehenden Substanz. Dazwischen bewegten sich hin und wieder flache Tiere, die wie platt gedrückte Zerrbilder arkonidischer Kleinreptilien aussahen.

Die dominierende Art von Insekten war handspannenlang, hatte eine rötlich gelbe Ober- und eine tiefblaue Unterseite sowie vier lange Hautflügel, die im Gegentakt bewegt werden konnten und ein sehr schnelles und wendiges Fliegen ermöglichten. Sie traten in kleinen Schwärmen auf, die in raschem Flug einmal hierhin und einmal dorthin huschten. In erster Linie machten sie Jagd auf kleinere Insekten. Aber wir sahen auch, wie sich ein Schwarm auf ein unterarmlanges Bodentier stürzte. Eine Weile bedeckten die Insekten vollständig die Beute – und als sie wieder aufstoben, war nur noch das blanke Knochengerüst zu sehen. Während ich noch hinsah, bewegte sich unmittelbar neben dem Skelett etwas. Ein Lebewesen, das seine Körperfärbung so vollkommen der Umwelt angepasst hatte und wohl auch blitzschnell ändern konnte, dass es nur in Bewegung schemenhaft sichtbar wurde, bemächtigte sich der Knochen. Auch diesmal dauerte es nicht lange, dann waren die Knochen verschwunden, und der Knochenfresser wurde absolut unsichtbar.

»Faszinant«, murmelte Vorry begeistert.

»Es heißt faszinierend«, korrigierte ich unwillkürlich.

»Woher willst du wissen, wie der Knochenfraß heißt?«

Ich lächelte. Selbstverständlich beherrschte Vorry das Satron dank Hypnoschulung perfekt; er machte sich aber gern einen Spaß daraus, »gebrochen zu sprechen«. Manchmal konnte er einen damit aber auch zur Verzweiflung bringen.

»Du weißt genau, was ich meine«, murmelte ich. »Also sei brav und mach mich nicht nervös.«

»Ich bin nicht nervös – auch wenn das dort vorn wie ein Roboter aussieht.«

Fartuloon und ich sahen auf. Vorry hatte uns für einige Augenblicke abgelenkt, und nun befürchteten wir eine ungewollte Konfrontation mit einem maahkschen Wachroboter. Aber was dort, rund hundert Meter entfernt, im Sand lag, war kein Wachroboter der Methans, sondern zweifellos ein Roboter arkonidischer Bauart.

»Außer Betrieb«, sagte Fartuloon.

»Darf ich ihn essen?«

»Nein«, sagte ich unwillig. »Du hast zehn Barren verschlungen. Also verschone mich mit derartigen Wünschen.«

Nach der Landung schwang ich mich gleichzeitig mit Fartuloon aus dem Gleiter. Vorsichtig näherte ich mich und kauerte mich beim Roboter nieder. Es handelte sich um eine Arbeitsmaschine, wie sie auf nahezu allen Raumschiffen des Großen Imperiums zum Einsatz kamen. Dieser hier gehörte allerdings zu einer ausgelaufenen Serie; er musste sich schon ziemlich lange auf Rashillkane befinden. Mit meinem Multidetektor prüfte ich zunächst die Rückenklappe, hinter der sich die Energieversorgung des Roboters befand. Ich öffnete sie, nachdem ich sicher war, dass es keine schädliche Strahlung gab. »Der Deuteriumvorrat des Minireaktors ist verbraucht.«

Fartuloon stieß einen Pfiff aus. »Demnach muss er schon sehr lange hier liegen.«

Ich nickte. »Aber sonst könnte er völlig in Ordnung sein. Wenn wir die Positronik aktivieren, erfahren wir vielleicht was Interessantes.«

Mein Pflegevater wiegte den Kopf. »Nach so langer Zeit dürfte sie beschädigt sein. Aber wir können es immerhin versuchen.«

Da der Roboter zu schwer war, um ihn zu tragen, öffneten wir die kleine Inspektionsklappe, die sich oberhalb des Halses in der Schädelkapsel befand. Dort gab es auch externe Energieanschlüsse zur Versorgung der Positronik. Es genügte eine Kabelverbindung zum Gleiter; die Normbuchse passte. Kurz darauf war der erste Erfolg zu verbuchen. Die Augenzellen der Maschine glühten auf.

»Kannst du mich verstehen?«, fragte ich langsam und deutlich.

»Ich verstehe, Gebieter«, antwortete der Roboter schwerfällig. »Wer spricht mit mir?«

»Ich bin Atlan, Kristallprinz des Tai Ark'Tussan. Wir befinden uns auf Rashillkane, dem Mond von Marlackskor Eins. Ich benötige Informationen über die Bedeutung dieser Welt.«

»Hreta Palaskor schickt mich. Ich soll suchen. Entweder nach einem Raumschiff oder nach anderen Arkoniden. Und Meldung schicken.«

»Wo befindet sich Hreta Palaskor? Hier auf dem Mond? Warum schickte er dich fort?«

»Gefahr für das Imperium. Projekt Tacksmuth bedroht ...«

»Weiter!«, drängte ich. »Wen oder was bedroht Projekt Tacksmuth?«

»Projekt Tacksmuth bedroht ...« Abermals stockte der Roboter.

»Seine Speicher sind beschädigt«, sagte Fartuloon. »Ich fürchte, das

Ding kann uns nicht mehr mitteilen. Aber Tacksmuth entstammt dem Kraahmak und bedeutet so viel wie *Planetentöter*.«

»Projekt Tacksmuth bedroht ... Projekt Tacksmuth bedroht ...«, wiederholte der Roboter stereotyp.

Fartuloon löste die Kabelverbindung, die mechanische Stimme verstummte. »Ich weiß nicht, wer Hreta Palaskor ist. Aber offenbar befindet oder befand er sich auf Rashillkane und hat vor langer Zeit diesen Roboter ausgeschickt, damit dieser jemanden sucht, den er vor dem Projekt Planetentöter warnen kann.«

Ich richtete mich auf und blickte auf die Maschine. »Dann sollten wir nun nach diesem Palaskor suchen – und nach dem Ort, an dem an diesem Projekt gearbeitet wurde oder wird.«

Da der Roboter keinen Hinweis auf den Ort gegeben hatte, verzichtete ich vorläufig darauf, die anderen Suchtrupps zu benachrichtigen. An ihrem Auftrag änderte sich sowieso nichts. Nachdem wir den Gleiter wieder bestiegen hatten, startete ich und steuerte weiterhin dem Ringgebirge entgegen. Als wir es erreichten, ließ ich den Gleiter am steilen Hang des uns zugewandten Kraterwalls aufsteigen. Die Krone lag rund achttausend Meter oberhalb der Schluchtsohle und rund dreitausend Meter oberhalb des mittleren Bodenniveaus. Längst hatten wir die Druckhelme unsere Schutzanzüge geschlossen. Vorry hatte darauf verzichtet, sich eine Sonderkombination anfertigen zu lassen, und trug nur einen Aggregatgürtel – für ihn gebe es kaum feindliche Umgebungen, hatte er behauptet. Einzige Bedingung sei, dass er genügend Metall zu fressen bekäme ...

Von der Wallkrone aus hatten wir einen weiten Überblick. Während ich dem Ring langsam folgte, beobachteten wir die Umgebung. Sie glich im Wesentlichen der Landschaft, die wir bereits beim Anflug gesehen hatten. Nur im Norden gab es keine Krater, sondern eine Ebene, an deren Horizont sich ein Sandsturm zusammenbraute. Plötzlich duckten wir uns unwillkürlich, weil wenige hundert Meter über uns ein walzenförmiger Gigant aufgetaucht war – ein Maahkraumer, der mit gedrosselten Impulstriebwerken über das Ringgebirge nach Norden flog. Ohne Zweifel ein *Grauwal*. Trotz der dünnen Atmosphäre erzeugte das 1000 Meter lange und 200 Meter durchmessende Schiff beträchtliche Turbulenzen, die den Gleiter beinnahe davonfegten. Ich hatte alle Hände voll zu tun, um ihn wieder unter Kontrolle zu bekommen.

»Ich dachte zuerst, sie hätten uns entdeckt und wollten uns abschießen«, murmelte Fartuloon.

Ich atmete tief durch. »Ich auch. Aber wahrscheinlich haben sie der Planetenoberfläche überhaupt keine Beachtung geschenkt. Wozu auch? Sie erwarten Feinde bestenfalls aus dem Weltraum und nicht hier am Boden.«

Unsere Nottransition hatte uns einen besonderen Vorteil verschafft, weil sich dieses Manöver niemals gezielt hätte umsetzen lassen. Selbst bei exakt berechneten Sprüngen gab es Abweichungen, die sogar bei Transitionen über geringe Distanz zu groß waren, um einen Sprung in Planetennähe zu wagen – nämlich Tausende oder gar Millionen Kilometer. Bei weiten Transitionen konnten die Abweichungen bis auf viele Lichtjahre anwachsen. Jeder Versuch, direkt und gezielt im Orbit einer Welt rematerialisieren zu wollen, war zum Scheitern verurteilt – auch wir hatten ja nicht absichtlich »auf den Punkt« getroffen, sondern durch reinen Zufall.

Wir verfolgten den Flug des Walzenraumers. Sein Kurs zielte genau auf die Staub- und Sandmassen, die im Norden aufgewirbelt wurden. Es wich nicht aus, flog mit aktiviertem Schutzschirm weiter. Die energetische Blase leuchtete bläulich auf, als sie die Sandwolken zur Seite drängte. Im nächsten Augenblick war das Schiff durch und hatte in den Wolken einen durchgehenden Trichter hinterlassen, in dem es hell glühte.

»Will das Schiff landen?« Fartuloon sah mich fragend an.

»Durchaus möglich. Und wenn, haben wir einen Anhaltspunkt. Ich denke, wir sollten, da wir kein besseres Ziel haben, ebenfalls nach Norden fliegen.«

»Einverstanden.«

Der Gleiter überquerte das Ringgebirge, das ich als Sichtschutz verwendet hatte, sank bis auf hundert Meter Bodenabstand und raste dann nach Norden. Während ich noch überlegte, ob wir es wagen konnten, den Schutzschirm einzuschalten, bildeten sich am Himmel dunkle Wolken. Fartuloon prüfte eingehend die Anzeigen der automatischen Messwerte und stieß mich an. »Die Außenluft enthält einen deutlich geringeren Sauerstoffanteil als bei der ersten Messung! Nur noch fünfzehn Prozent!«

»Aber wie ...?«

»Ist mir ebenfalls schleierhaft.«

Unsere Diskussion wurde unterbrochen, weil in diesem Augenblick der Himmel seine Schleusen öffnete. Sturzflutartig prasselte Regen auf den Gleiter, als habe jemand oberhalb der Wüste eine gigantische Schüssel umgekippt. Der sich automatisch aktivierende Schutzschirm unterband zwar eine Beschädigung, konnte aber nicht verhindern, dass der Gleiter zu Boden gedrückt wurde. Bald schwebten wir in einer grell leuchtenden Energieblase, die ihrerseits auf der Oberfläche einer schwammigen Flut trieb, die sich anstelle der Wüste ausbreitete, während weiterhin von oben ein rauschender Wasserfall niederging. Glücklicherweise dauerte dieser extreme Wolkenbruch nicht lange. Sobald sich die Wolken abgeregnet hatten, ließ ich den Gleiter durchstarten, brachte ihn wieder auf hundert Meter Höhe und desaktivierte das Prallfeld.

Aus der Sand- und Steinwüste war ein Meer geworden, dessen braune Fluten bereits in Schluchten und Vertiefungen abflossen. Vereinzelt trieben tote Tiere und abgerissene Pflanzen an der Oberfläche. Unter den heißen Strahlen der Riesensonne ließ die Verdunstung nicht lange auf sich warten. Während ein Teil des Wasser abfloss und ein anderer versickerte, verwandelte sich der Rest in aufwallende Dampfwolken. Ich blickte nach Norden. Dort, wo sich der Sandsturm zusammengebraut hatte, war der Himmel leer gefegt.

Ich fragte: »Fliegen wir weiter?«

»Ja.« Auch Fartuloon war nachdenklich.

Ich beschleunigte und steuerte den Gleiter weiter nach Norden. Unter uns verdunstete das Wasser. Schon erschienen erste Hügel und ausgedehnte Schlammflächen, aus denen hier und da die steifen Körper ertrunkener Tiere und die seltsamen Reste von Pflanzen ragten. Es sah ganz danach aus, dass keins der betroffenen Wesen die Überschwemmung überlebt hatte. Ich wunderte mich darüber, denn eigentlich sollte sich die Tierwelt von Rashillkane der Witterung ihrer Welt, zu der solche unvermittelten Wolkenbrüche gehörten, angepasst haben.

Vielleicht gehören solche Wolkenbrüche gar nicht zur normalen Witterung, sagte mein Extrasinn. *Sofern du die sonstige Trockenheit berücksichtigst, dürften solche extremen Niederschläge sogar sehr unwahrscheinlich sein.*

Das leuchtete zwar ein, änderte jedoch nichts an der Tatsache, dass es diesen unheimlichen Wolkenbruch gegeben hatte. Die Ahnung, dass hier etwas nicht stimmte, verstärkte sich.

Als wir ungefähr fünfzig Kilometer weit geflogen waren, blieb das Überschwemmungsgebiet zurück. Vor uns lag wieder Wüstenland, auf das seit langer Zeit kein einziger Tropfen Regen gefallen war.

»Sieht aus, als hätte es nur in dem Steifen geregnet, der mit unserem Kurs übereinstimmt«, sagte Fartuloon. »Und mit dem des Maahkraumers.«

»Du denkst an eine künstliche Erzeugung? Hm, bei der Trockenheit des Mondes könnte ich verstehen, das man nach Methoden der Bewässerung sucht. Aber eine solche Klimakontrolle und Ökoformung passt doch nicht zu Maahks. Sie können hier ohne Schutzanzüge nicht leben. Warum sollten sie das Klima umwandeln?«

»Vielleicht soll Rashillkane eine Lagerwelt werden, auf der gefangene Arkoniden selbst für ihren Unterhalt sorgen müssen.« Fartuloon überlegte halblaut. »Andererseits entspricht es nicht der maahkschen Mentalität, viele Gefangene zu machen.«

»Alles sehr rätselhaft.« Ich deutete auf die Kontrollanzeige der Außendetektoren. »Der Sauerstoffanteil steigt wieder.«

»Natürlicher Ausgleich, nachdem eine künstliche Absenkung herbeigeführt wurde? Fast sieht es so aus, als hätten die Maahks den Luftsauerstoff zur Wassererzeugung benötigt. Wasserstoff haben sie ja an Bord.«

»Sehr überzeugend«, murmelte ich ironisch. »Sie machen Land fruchtbar, indem sie nicht nur die Bewohner durch Sauerstoffmangel umbringen, sondern auch noch den für sie nötigen Wasserstoff verbrauchen?«

»Ich weiß, dass es wesentlich bessere Methoden der Ökoformung gibt. Aber wir können bei unseren Spekulationen nur die Beobachtungen einfließen lassen.«

Ich klopfte mit dem Fingerknöchel auf den kleinen Monitor und runzelte die Stirn. »Ein Nebeneffekt scheint die Bildung von Ammoniak zu sein. Da, sieh, schon anderthalb Prozent.«

»Also nicht nur eine Reaktion mit Sauerstoff, sondern auch eine mit dem Stickstoff der Luft.«

Plötzlich meldete das Funkgerät den Eingang des vereinbarten Kurzimpulses. »ID-Signal von Gruppe Sieben. Sie haben etwas entdeckt.«

Vor dem Start waren die Suchsektoren eingeteilt worden. Fartuloon rief die Kartenprojektion auf und sagte: »Es ist die Gruppe, deren Sektor den Kurs des Maahkraumers in rund hundertachtzig Kilometern Entfernung gekreuzt haben muss. Wir brauchen nur um wenige Grad nach links abzuweichen, um den Punkt ebenfalls zu erreichen.«

Noch während er sprach, änderte ich den Kurs und beschleunigte dann mit Maximalwerten, denn ich war sicher, dass das, was Gruppe Sieben gefunden hatte, nicht nur wichtig, sondern auch gefährlich war.

Meine Intuition sagte mir, dass wir dort sein mussten, bevor die fünf Raumfahrer etwas riskierten, was sie in Lebensgefahr brachte.

Nach knapp einer Tonta Flug sahen wir vor uns einen Ringwall, dessen Ränder wie glasiert wirkten und das Licht der blauen Sonne reflektierten. Der Zentralkegel des Kraters überragte mit einer Gipfelhöhe von elftausend Metern den rund neuntausend Meter hohen Ringwall, dessen Durchmesser mehr als vierzig Kilometer betrug. Gleiter Sieben stand in einer Bodenmulde, flankiert von den Gleitern der Gruppen Sechs und Acht, die vor uns angekommen waren. Die Besatzungen machten sich mit einem Lichtstrahl bemerkbar. Ich landete unseren Gleiter neben den anderen Fahrzeugen und schwang mich hinaus. Mein Anzugdetektor wies einen normalen Sauerstoffgehalt aus; von Ammoniak gab es keine Spur. Dennoch ließ ich den Helm des Schutzanzugs geschlossen.

»Wer führt Gruppe Sieben?«, fragte ich.

Eine schlanke Frau mit langem silbrigem Haar und mandelförmigen Augen trat mir entgegen. »Ghorana Anyazil. Wir strahlten das Signal aus, weil wir ein Walzenschiff der G-Klasse beobachtet haben, das innerhalb des Ringgebirges gelandet ist.«

Ich nickte und wandte mich an den Bauchaufschneider. »Das dürfte *unser* Walzenraumer gewesen sein.« Vorry hatte den Gleiter nicht verlassen. »Haben Sie sonst noch etwas entdeckt?«

»Nein.«

Unterdessen näherten sich weitere Gleiter. Obwohl noch nicht alle Gruppen eingetroffen waren, beschloss ich, dass wir etwas unternehmen sollten. »Wahrscheinlich haben die Methans einen Stützpunkt im Ringgebirge. Ghorana, Sie und Ihre Leute haben die Entdeckung gemacht – sie begleiten uns. Alle anderen Gleiter bleiben hier. Wir fliegen bis dicht an den Grat des Ringwalls, steigen aus und setzen den Weg mit den Anzugflugaggregaten fort.«

Unter den schon Anwesenden entdeckte ich Khylrun – er hatte früher einen Leichten Kreuzer befehligt, der von Maahks abgeschossen worden war. Eins unserer Schiffe hatte ihn und zwei weitere Überlebende aus dem Wrack geborgen. Ich wandte mich an ihn: »Sie übernehmen das Kommando über die anderen Gruppe, Khylrun. Tarnen Sie die Gleiter und verhalten Sie sich ruhig. Sollten Sie entdeckt werden, fliegen Sie in alle Richtungen. Der Standort der ISCHTAR darf nicht verraten werden. Falls ich ein Sondersignal sende, das ich Ihnen noch mitteile, fliegen Sie mit allen Gleitern zum Schiff zurück und schleusen ein. Von diesem Zeitpunkt an warten Sie zehn Tontas. Sind wir dann nicht zurück, startet die ISCHTAR und schlägt sich nach Kraumon durch.«

Ich sah Khylrun an, dass er am liebsten widersprochen hätte. Der erfahrene Kämpfer wusste, wovon ich sprach, auch wenn ich es nicht konkret benannte. Es wusste auch, dass ohne mich als künftigen Imperator ein weiterer Kampf gegen Orbanaschol so gut wie sinnlos sein würde. Folglich spielte er mit dem Gedanken, mich zurückzuhalten. Doch er war zu diszipliniert, um einen solchen Versuch zu unternehmen.

»Verstanden, Kristallprinz«, antwortete er steif.

Ich grüßte wortlos. Das Kodesignal wurde vereinbart, dann schwang ich mich wieder in den Gleiter und übernahm die Steuerung. Kurz darauf rasten wir dem Ringgebirge entgegen.

Je näher wir dem Ringwall kamen, desto deutlicher wurde, dass die Oberfläche ihre glasartige Beschaffenheit nicht auf natürliche Weise erhalten hatte. Fartuloon sagte: »Sie ist bearbeitet worden.«

»Vielleicht hat man sie in Eisen verwandelt«, sagte Vorry. »Ein ganzes Gebirge aus Eisen!«

»Sei nicht so verfressen. Der Wall wird nicht angeknabbert, verstanden?«

»Schon gut, Atlan. Wäre der Fels ein Kuchen, würde euch das Wasser im Mund zusammenlaufen.«

Ich erwiderte nichts darauf, sondern beobachtete die Anzeigen des Außendetektors. Eine Veränderung der Atmosphäre wurde nicht angemessen, auch keine eingehenden Tasterimpulse. Auf diesem Weg konnten uns die Maahks nicht entdeckt haben; unsere Hoffnung war, dass auch die Passivortung der Methans nicht ansprach. Letzteres war durchaus berechtigt, weil die Gleiter über hervorragende Eigenemissionsabsorber verfügten. Als wir den Ringwall erreichten, war unübersehbar, dass die Oberfläche künstlich verdichtet und geglättet worden war. Streuemissionen belegten, dass sogar großräumig mit einem der arkonidischen Kristallintensivierung ähnlenden Verfahren gearbeitet wurde. Warum, entzog sich vorläufig unserer Kenntnis. Wichtiger war, dass es an der Außenwand keine Ortungs- oder Beobachtungsstationen gab.

Wie verabredet stiegen unsere Gleiter bis knapp unter den Grat des Ringwalls auf. Dort verankerten wir sie mit Kraftfeldern an der molekularverdichteten Oberfläche und stiegen aus, die Kampfanzüge weiterhin geschlossen. Der erste Flug sollte uns nur bis zum Grat hinauftragen, um von dort aus den Krater in Augenschein zu nehmen. Es war natürlich ein Risiko, die Flugaggregate einzuschalten, die keineswegs so gut abgeschirmt waren wie die Gleiter. Die Energieemissionen konnten von empfindlichen Ortungsgeräten angemessen werden. Aber es gab keine andere Möglichkeit, zum Grat zu gelangen. Die Oberfläche des Walls war so glatt, dass Hände und Füße keinen Halt fanden. Es hätte einer Spezialausrüstung bedurft, über die die Standardschutzanzüge nicht verfügten. Nach kurzem Flug erreichten wir den Grat und legten uns flach auf die Wölbung.

Tief unter uns entdeckten wir den gelandeten *Grauwal*. Ganz in der Nähe war ein zweiter Raumer zu erkennen. Bei ihm handelte es sich allerdings um eine charakteristische Kugelkonstruktion mit Ringwulst. Ich schätzte die Größe auf die eines Schweren Kreuzers. Fartuloon aktivierte den Helmfunk mit Minimalleistung und stieß eine Verwünschung aus. »Mit scheint, als hätten sich arkonidische Verräter mit unserem Erzfeind verbündet.«

Ich widersprach nicht. »Im unteren Teil des Zentralbergs scheint sich ein Stützpunkt zu befinden. Dort rechts, das sind mehrere große Schotten. Ghorana, zwei Ihrer Leute bleiben als Beobachter hier. Wir anderen fliegen hinunter und versuchen, in den Stützpunkt einzudringen, ohne dass man uns bemerkt. Vorry, du bleibst ebenfalls hier.«

»Was soll ich hier oben?«

»Du bist unsere Eingreifreserve! Vielleicht kannst du uns helfen, sollten wir in Bedrängnis geraten.« Ich gab das Zeichen zum Aufbruch.

Wir waren fünf Personen, die mit aktivierten Antigravprojektoren langsam an der Innenwandung des Ringswalls nach unten schwebten. Ein Beobachter am Kratergrund würde uns nicht erkennen, wir hoben uns kaum vom Hintergrund ab. Als wir aufsetzten, gab ich das Zeichen, die Antigravprojektoren zu desaktivieren. »Wir warten, bis es dunkler ist. Das bietet weiteren Schutz vor Entdeckung.«

Die blaue Riesensonne stand in der Tat bereits so tief, dass ihre Strahlen nicht mehr ins Kratertal fielen. Am gegenüberliegenden Horizont stieg aber inzwischen mit gewaltiger Größe Marlackskor I auf, und seine Rückstrahlung verdeutlichte, dass es auf dem Mond nur dann eine finstere Nacht gab, wenn die entsprechende Hemisphäre von Sonne und Riesenplanet abgewandt war. Auf den Einsatz von Deflektoren verzichteten wir – sie schützten nicht vor hyperenergetischen Tasterimpulser und erzeugten charakteristische Streuemissionen. In einer technischer Umgebung wurden diese zwar meist überdeckt, doch hier im Krater war die Wahrscheinlichkeit groß, dass sie angemessen wurden.

Nicht einmal eine Tonta verstrich, bis wir aufbrechen konnten. Fartuloon setzte sich an die Spitze unserer Gruppe; wir gingen nacheinan der hinter ihm her. Drüben beim Walzenraumer flammten einige Scheinwerfer auf; auch beim Stützpunkt wurde es hell. Wir kamen gut voran, der Boden war künstlich geglättet. Der Marsch über die gehärtete Fläche hatte allerdings den Nachteil, dass Füße und Waden bereits nach wenigen Kilometern schmerzten. Unser Weg führte in ausreichender Distanz an den beiden Raumern vorbei. Nach rund zwei Tontas Marsch erreichten wir den Fuß des Zentralkegels, blieben allerdings außerhalb des von Scheinwerfern erhellten Bereichs bei den Schotten. Ghorana Anyazil sagte: »Und nun? Wir können schlecht warten, bis jemand kommt und uns hereinlässt.«

»Was schlagen Sie vor?«

Sie lächelte und deutete auf ein Gleiskettenfahrzeug, das in etwa hundert Metern Entfernung stand. »Sicher hat das Fahrzeug einen Impulsgeber, der auf den Öffnungskode der Tore programmiert ist.«

»Zu riskant.«

»Aber die einzige Möglichkeit, in den Stützpunkt zu kommen«, sagte Fartuloon. »Wenn wir nicht unverrichteter Dinge umkehren wollen, müssen wir etwas riskieren.«

Ich wog das Für und Wider ab, obwohl es in der Tat die einzige Möglichkeit war. »Einverstanden. Versuchen wir es.«

Wir hatten Glück; das Fahrzeug war nicht verriegelt. Da es sich um eine arkonidische Konstruktion handelte, bereitete die Bedienung keine Probleme. Fartuloon setzte sich hinter die Steuerung, schaltete den Antrieb ein und fuhr auf das nächste Schott zu. Ich blickte Ghorana an und deutete auf den Knopf des Kodeimpulsgebers. Sie drückte den Kopf. Langsam glitten die Schotthälften auseinander und gaben den Blick in eine geräumige Schleusenkammer frei. Fartuloon steuerte hinein, hinter uns schlossen sich die Tore wieder. Wir warteten darauf, dass sich das Innenschott öffnete, doch leider warteten wir vergebens. Stattdessen übermittelten die Außenmikrofone des Gleiskettenfahrzeugs Worte, die eindeutig einem Translator entstammten: »Sie befinden sich in unserer Gewalt, Arkoniden. Ersparen Sie sich einen Kampf, den Sie doch nicht gewinnen können.«

Ich unterdrückte einen Fluch. Mein Pflegevater sagte resigniered. »Da ist wohl nichts zu machen.«

»Wir könnten wenigstens ein paar Methans mit in den Tod nehmen«, murmelte Ghorana.

»Und sterben sofort – nein, ich bin viel zu sehr daran interessiert, was auf Rashillkane vorgeht, als dass ich freiwillig in den Tod gehen würde.«

Ich schaltete das Funkgerät auf Maximalleistung und strahlte das

Kurzsignal ab, das die wartenden Gruppen veranlassen würde, zur ISCHTAR zurückzukehren.

»Von jetzt an bleiben uns zehn Tontas«, sagte Fartuloon trocken. Ich wusste, was er damit ausdrücken wollte. Zehn Tontas reichten vermutlich nicht, um aus der Gefangenschaft der Maahks zu fliehen und die ISCHTAR zu erreichen. »Und im Tal steht ein Kugelraumer.«

Mir war klar, dass ich mit dieser Aussage keine reale Möglichkeit andeutete, sondern den anderen vor allem Mut zusprechen wollte.

Wir legten unsere Waffen ab – mit Ausnahme des *Skargs*, das der Bauchaufschneider ganz offen in der am Waffengurt befestigten Scheide ließ, darauf vertrauend, dass es nicht das erste Mal war, dass jemand sein Dagorschwert falsch einschätzte. Nachdem wir das Kettenfahrzeug verlassen hatten, öffnete sich das Innenschott der Schleuse. Drei riesige Maahks, in klobige Schutzanzüge gehüllt, traten heran. Einer der Wasserstoffatmer trug den Translator und befahl uns, die Arme zu heben. Sein Thermostrahler war auf uns gerichtet, während uns seine Begleiter abtasteten und durchsuchten. Fartuloons Hoffnung, man würde das *Skarg* gerade deshalb nicht beachten, weil er es offen trug, erfüllte sich leider nicht. Die Maahks nahmen ihm die Waffe kommentarlos ab.

In den Augen meines Pflegevaters sah ich, dass er sein »Zauberschwert« nicht abschrieb. Es hatte ihn durch ungezählte Gefahren begleitet, und es war ihm bislang stets gelungen, es zurückzuerobern. Er hoffte, dass das auch diesmal der Fall sein würde – es sei denn, die Methans machten kurzen Prozess und töteten uns, sobald sie uns verhört hatten.

Als die Durchsuchung beendet war, führten uns die Maahks aus der Schleusenkammer und brachten uns durch mehrere Korridore in einen Raum, der als Druckkammer gestaltet war, sodass er mit Wasserstoff-Methan-Ammoniak-Atmosphäre geflutet werden konnte. Zurzeit enthielt er jedoch eine Sauerstoff-Stickstoff-Standardatmosphäre. Der Maahk mit dem Translator schaltete einen Interkom ein, auf dem Bildschirm erschien ein Methan, den ich für den Grek 1 des Stützpunkts hielt. »Wer ist der Anführer der Gefangenen?«

Zuvor schon hatte mir Fartuloon mit einer verstohlenen Handbewegung zu verstehen gegeben, dass ich mich zurückhalten solle. Nun trat er einen Schritt vor. »Das bin ich. Mein Name ist Fartuloon.«

Leider ging der Plan des Bauchaufschneiders nicht auf, wie die nächsten Worte des Maahks bewiesen: »Ich habe schon viel von Ihnen gehört

Yoner-Madrul Fartuloon. In Ihrer Begleitung soll sich ein Arkonide namens Atlan befinden, der als Kristallprinz des Großen Imperiums dem derzeitigen Imperator seine Position streitig macht.«

»Ich bin Atlan«, sagte ich.

»Sie sind ein Gegner Orbanaschols, Kristallprinz. Wir sind ebenfalls Orbanaschols Gegner. Das ist, denke ich, eine gemeinsame Basis.«

»In diesem Fall zählt meine Feindschaft zu Orbanaschol nicht, Grek Eins«, sagte ich hart. »Ihr Volk bedroht den Bestand des Tai Ark'Tussan, und diesem bin ich verpflichtet. Nur das zählt, ich stehe auf der Seite meines Volkes.«

»Das ist ehrenhaft, Kristallprinz. Aber Sie sollten auch daran denken, dass Sie und Ihre Freunde allein nichts gegen die Streitkräfte des Imperators ausrichten können. Würden Sie uns helfen, könnten wir Ihnen helfen, Orbanaschols Macht zu brechen.«

»Um welchen Preis, Grek? Es wäre der Untergang des Imperiums – abgesehen davon, dass mich nach diesem Verrat niemand als Imperator akzeptieren würde.«

»Mein junger Freund ist etwas ungestüm«, schaltete sich der Bauchaufschneider ein. »Auch er wird begreifen, dass sogar erbitterte Gegner manchmal ein Zweckbündnis eingehen können.«

Ich bemühte mich, keine Emotionen zu zeigen. Fartuloons Versuch lief darauf hinaus, dass wir, um das Geheimnis von Rashillkane zu erfahren und ein Mindestmaß an Überlebenschance zu sichern, wenigstens zum Schein auf das Angebot eingehen mussten.

»Das denke ich auch«, sagte Grek 1. »Die Logik ist auf meiner Seite. Versuchen Sie, Atlan davon zu überzeugen, dass eine zeitweilige Zusammenarbeit in erster Linie ihm hilft. Wir sind nicht auf seine Hilfe angewiesen.«

»Unterbreiten Sie Ihre Vorschläge, Grek. Ich werde sie prüfen und mit Atlan darüber sprechen.«

»Später. Zuerst habe ich einige Fragen an Sie: Wie sind Sie nach Rashillkane gekommen?«

»Im Verlauf der Kampfhandlungen, in die wir verwickelt wurden, mussten wir eine Nottransition durchführen – unser Schiff war schwer getroffen. Die Materialisation erfolgte durch Zufall in Orbithöhe, bei der Notlandung zerbrach der Raumer allerdings. Wir konnten uns mit einem Beiboot retten. Später folgten wir dem Walzenschiff, das im Krater gelandet ist. Dadurch kamen wir hierher.«

Fartuloons Absicht war natürlich, von der ISCHTAR abzulenken, um den Notstart ins All nicht zu gefährden. In ihrem Versteck war sie einem Maahkangriff hilflos ausgeliefert.

»Ihre Angaben werden selbstverständlich überprüft«, sagte Grek 1; ich war mir sicher, dass ein Teil dieser »Überprüfung« aus einem Sondenverhör bestehen würde. »Frage zwei: Haben Sie auf Ihrem Weg hierher etwas Besonderes bemerkt?«

»Es hat geregnet, und zwar ziemlich heftig für eine trockene Wüstenwelt mit geringer Luftfeuchtigkeit.«

»Der Regen wurde künstlich hervorgerufen.«

»Das haben wir uns gedacht.« Fartuloons gespielte Arglosigkeit kam mir fast ein bisschen zu dick aufgetragen vor.

»Was ist Ihnen noch aufgefallen?«

Fartuloon machte eine vage Handbewegung. »Im Krater steht ein Arkonraumer. Dieser Stützpunkt wurde zweifellos von Arkoniden erbaut. Ob sie ihn auch eingerichtet haben, wissen wir natürlich nicht. Aber es ist schon merkwürdig, auf dem Mond einer maahkschen Stützpunktwelt eine für Arkoniden eingerichtete Station vorzufinden. Das hat natürlich unser Interesse geweckt. Leider haben wir nicht mehr die nötige Ausrüstung, die uns erlaubt hätte, ungesehen zu kommen und wieder zu gehen.«

»Niemand wäre ungesehen in den Stützpunkt eingedrungen«, versicherte Grek 1. »Sie wurden bereits entdeckt, als Sie mit Ihren Flugaggregaten im Krater landeten. Grek Neunzehn wird sie nun in Ihr Quartier bringen. Ich denke, Sie haben Verständnis dafür, dass wir Sie später einem Sondenverhör unterziehen.«

Bevor wir etwas erwidern konnten, unterbrach der Maahk die Verbindung. Unsere Bewacher brachten uns in einen Raum, der mit arkonidischen Möbeln ausgestattet war. Nachdem wir die Schutzanzüge abgelegt und an die Methans übergeben hatten, blieben wir eingeschlossen zurück.

»Das Sondenverhör gefällt mir gar nicht«, sagte Ghorana, kaum dass uns unsere Bewacher allein gelassen hatten.

Ich nickte. »Mir auch nicht.«

Zwei Gründe machten ein Verhör mit Psychosonden gefährlich: Erstens bestand die Gefahr, irreparable Schäden davonzutragen, zweitens natürlich die, dass die Maahks die Wahrheit erfuhren. Gefahr Nummer eins wog vermutlich nicht so schwer, weil Grek 1, sollte er es mit dem Vorschlag einer Zusammenarbeit ernst gemeint haben, die Psychosonden sorgfältig dosiert anwenden musste, damit niemandem etwas geschah. Gegen den Zwang, die ganze Wahrheit zu sagen, gab es allerdings kein Mittel. Nicht einmal mein aktivierter Extrasinn würde mich schützen.

»Wir müssen etwas tun, um das Sondenverhör hinauszuzögern«, sagte der Bauchaufschneider. »Ich möchte ungern den Verstand verlieren.«

Die Art, wie er sprach, kennzeichnete deutlich, dass er damit rechnete, dass wir abgehört wurden.

»Aber was?«, fragte ich.

»Es muss mir gelingen, dich umzustimmen, mein Junge. Du solltest dich entschließen, mit ihnen beim *Projekt Tacksmuth* zusammenzuarbeiten.«

»Euren Bluff werden die Methans nach ein paar Fragen durchschauen!«

Im ersten Augenblick dachte ich, einer unsere Gruppe hätte diese Worte ausgesprochen. Doch dann spürte ich den Warnimpuls meines Extrasinns und wusste, dass wir nicht mehr allein waren. Ich fuhr herum. Hinter mir hatte sich eine rechteckige Öffnung in der Wand gebildet – in ihr stand ein Arkonide. Er trug die Kombination und den violetten Schulterumhang eines Wissenschaftlers des Großen Imperiums. Der Mann war hager, er hatte langes weißes Haar und einen weißen Vollbart; seine Wagen waren eingefallen, die rötlichen Augen glänzten fiebrig.

»Hreta Palaskor«, stellte er sich vor. »Sie haben von Projekt Tacksmuth gesprochen, scheinen aber außer dem Begriff nichts zu wissen. Woher kennen Sie ihn?«

»Hreta Palaskor«, wiederholte ich. »Sie haben den Roboter ausgeschickt.«

»Sie haben ihn gefunden?« Der Wissenschaftler trat näher.

»Vorsicht«, sagte Fartuloon.

Palaskor lächelte überlegen. »Keine Bange; die Maahks hören den Raum zwar ab, aber wir haben die Leitungen überbrückt – sie bekommen nur nichtssagende Gespräche zu sehen und zu hören.«

»Ausgezeichnet«, lobte ich. »Ja, wir haben den Roboter gefunden. Leider waren seine Speicher beschädigt; die Auskunft bestand nur aus einem *Projekt Tacksmuth bedroht* ... Was wissen Sie über dieses Projekt?«

»Alles. Aber zuerst will ich wissen, wer Sie sind und wie Sie nach Rashillkane kommen konnten. Wir hörten, dass der Mond hermetisch abgeschirmt ist.«

»Eine Nottransition brauchte uns hierher«, sagte Fartuloon. »Die Dame ist Ghorana Anyazil, ich bin Fartuloon, und das hier ...«, er wies auf mich, »... ist Kristallprinz Atlan aus dem Khasurn der Gonozal, der Sohn des von Orbanaschol ermordeten Imperators.«

Ich beobachtete Palaskors Mienenspiel genau und entdeckte zu meiner Freude und Beruhigung, dass die Nennung des Namens Gonozal eine positive Reaktion hervorrief. Der Wissenschaftler blickte mich aus leuchtenden Augen an, dann verneigte er sich tief. »Die Ähnlichkeit ist unverkennbar. Verfügen Sie über mich und meine Mitarbeiter, Kristall-prinz.«

»Ich werde auf das Angebot zurückkommen. Sagen Sie uns, um was es sich beim Projekt Tacksmuth dreht.«

Palaskors Miene verdüsterte sich. »Es ist das Projekt meiner tiefsten Erniedrigung, Erhabener. Meine Mitarbeiter und ich forschten auf dem Planeten Zirkamer nach besseren Möglichkeiten, arkongroße, aber für uns lebensfeindliche Planeten so umzugestalten, dass sie in großem Maßstab besiedelt werden können. Aus meiner politischen Einstellung machte ich keinen Hehl – und fiel bei Orbanaschol in Ungnade. Ein befreundeter Raumschiffskommandant warnte mich; er sagte, Orbana-schol wolle den Maahks die Koordinaten von Zirkamer zuspielen. Sie sollten den Planeten verwüsten und ich dabei umkommen. Ich glaubte es nicht. Es erschien mir undenkbar, dass sich der Imperator des Tai Ark'Tussan – mag er noch so illegal an die Macht gekommen sein – der Todfeinde des Imperiums bedient, um einen vermeintlich einflussreichen Gegner zu beseitigen. Aber schon am nächsten Tag erschien ein kleiner Flottenverband der Methans. Sie setzten Landekommandos ab, die mich und meine Mitarbeiter gefangen nahmen. Danach verwüsteten sie Zir-kamer.«

»Ungeheuerlich!«, entfuhr es mir.

»Es ist noch viel schlimmer. Durch diesen Verrat gab Orbanaschol den Maahks indirekt die Möglichkeit in die Hand, mit vergleichsweise geringem Aufwand Sauerstoffwelten für Arkoniden und andere Sauer-stoffatmer unbewohnbar zu machen. Wir wurden einem Sondenverhör unterzogen – die Methans erkannten natürlich die Brisanz unserer For-schungen, bedienten sich fortan an unserem Wissen und unseren Fähig-keiten. Sie setzten uns unter Drogen und zwangen uns, in Umkehrung unserer ursprünglichen Absichten an einer Methode zu arbeiten, mit der Sauerstoffatmosphären in kurzer Zeit in Wasserstoff-Methan-Ammoni-ak-Atmosphären umgewandelt werden können.«

»Das Projekt Planetentöter!«

»Ja, Fartuloon. Und unsere Arbeit steht kurz vor dem Abschluss. Die Maahks werden bald in der Lage sein, robotgesteuerte Kleinraumer zu

Sauerstoffwelten zu schicken, die unter anderem durch spezifische Hyperstrahlung die chemische Zusammensetzung der Luft radikal und schnell verändern können.«

Ich fühlte eisige Kälte durch meinen Körper kriechen. Orbanaschols Verrat hatte den Methans eine Waffe in die Hände gespielt, die für Milliarden Arkoniden tödlich sein würde, sollte sie eingesetzt werden. Trotz meiner Bestürzung und des Grauens, das mich beschlich, entging mir aber der Widerspruch in Palaskors Bericht nicht. »Wie gelang es Ihnen, trotz Drogeneinfluss, einen Roboter auszuschicken, um vor dem Projekt zu warnen? Weshalb verraten Sie uns die Absichten der Maahks?«

Dem Roboter musste es gelungen sein, seine Warnung zu senden; vermutlich hatte es sich um eine nur lichtschnelle Nachricht gehandelt, die unter Umständen Jahre unterwegs war, bis sie durch Zufall aufgefangen wurde. *Dass* sie eins unserer Schiffe erreicht hatte, stand fest – immerhin richtete sich der Angriff gegen Rashillkane.

Er lächelte müde. »Wir wurden nach und nach gegen die Drogen immun, Erhabener. Dennoch arbeiteten wir weiter an dem Projekt, sonst hätten die Methans bemerkt, dass wir nicht mehr beeinflusst sind. Und in diesem Fall hätten sie andere Methoden gewählt.«

»Das Ergebnis wäre auch nicht schlimmer gewesen«, sagte Ghorana.

»O doch! So konnten wir dafür sorgen, dass sich ein entscheidender Fehler von den Berechnungen auf die Aggregate übertrug. Wenn in drei Tontas der letzte Test stattfindet, werden die Methans eine böse Überraschung erleben. Wir allerdings auch – denn die Palaskor-Strahlung wird in kurzer Zeit alles Leben auf Rashillkane vernichten. Ich bedaure nur, dass Sie ebenfalls sterben werden, Kristallprinz. Leider habe ich keine Möglichkeit, den Test zu verhindern. Die Maahks führen ihn in eigener Regie durch.«

»Ich werde freudig sterben, wenn ich weiß, dass den Maahks dadurch eine Niederlage beigebracht wird«, rief Ghorana.

»Niemand sollte von Freude reden, wenn er stirbt«, sagte Fartuloon ernst. »Es genügt, unseren bevorstehenden Tod mit Fassung hinzunehmen.«

»So ist es«, murmelte ich. »Palaskor, ich danke Ihnen im Namen des arkonidischen Volkes.«

Der Wissenschaftler neigte den Kopf. »Ich muss nun leider gehen, Erhabener. Es lebe das Große Imperium! Es lebe Imperator Gonozal!«

»Wir müssen versuchen, die ISCHTAR zu verständigen«, sagte der Bauchaufschneider. »Ihre Bewaffnung dürfte ausreichen, um uns zu befreien.«

»Nein!«, sagte ich entschieden. »Wichtiger ist, dass das Schiff entkommt und der Kampfflotte die Nachricht überbringt, dass das Projekt Planetentöter keine Bedrohung mehr ist. Greift es dagegen den Stützpunkt an, haben die Maahks Zeit und Gelegenheit, Verstärkung herbeizurufen. Dann stirbt auch die Besatzung der ISCHTAR.«

»Ich kann nicht zulassen, dass der rechtmäßige Imperator hier stirbt.«

»Du kannst nichts dagegen tun. Ich danke für deine Absicht, aber es ist sinnlos, über etwas zu streiten, was nicht mehr zu ändern ist. Denken wir lieber darüber nach, wie wir die ISCHTAR benachrichtigen und zum Sofortstart veranlassen können.«

»Ich sehe keine Möglichkeit.« Ghorana seufzte. »Selbst bei einem Ausbruch aus dem Stützpunkt werden wir nicht weit kommen. Im deckungslosen Krater können uns die Methans mühelos abschießen.«

»Wir müssen noch einmal mit Palaskor Verbindung aufnehmen«, sagte mein Pflegevater. »Immerhin ist ihm schon einmal gelungen, einen Roboter nach draußen zu schicken. Vielleicht kann er uns helfen, die ISCHTAR zu benachrichtigen.«

Er trat an die Stelle der Wand, an der sich die Geheimtür befand. Die unvermeidlichen Fugen waren haardünn und nur dann zu entdecken, wenn man von ihnen wusste. Alles Abtasten und Klopfen half aber nicht, von dieser Seite aus ließ sich die Geheimtür nicht öffnen. Dennoch gab es eine Reaktion: Ein knirschendes Geräusch erklang beim Raumeingang. Im nächsten Augenblick barst die Tür in der Mitte – und in der Öffnung erschien ein breiter schwarzer Schädel mit faustdicken Augenwülsten und kleinen, gelblich leuchtenden Augen.

»Vorry!«

»Hmpf.« Der Magnetier drückte die Tür mühelos, fast spielerisch nach innen; sie polterte auf den Boden. »Gute Tür, schlechtes Aroma.«

Er kam auf mich zu und wollte mir in seiner kumpelhaften Art in die Seite boxen, was mir bestimmt die Knochenplatte gebrochen hätte. Ich wich rasch aus. »Lass das. Warum hältst du dich nicht an die Befehle?«

»Warum schimpfst du mit Vorrylein? Ich hatte nur Sehnsucht nach dir. Ich bin euch im Schutz des Deflektors gefolgt, kenne die Kodes und den Ausgang. Schickst du mich fort?«

»Schon gut, niemand schickt dich fort. Also, Leute, schnell raus.«

»Halt!«, rief der Bauchaufschneider. »Ohne mein *Skarg* gehe ich nirgendwohin. Außerdem können wir nicht ohne die Wissenschaftler fliehen.«

Vorry blinzelte. »Verstehe nicht.«

»Ich auch nicht«, sagte Palaskor, der in der Öffnung der Geheimtür stand. »Wer ist ...?«

»Keine Angst, Vorry ist unsere Freund mit ... nun ja, einigen außergewöhnlichen Fähigkeiten. Sagen Sie Ihren Leuten Bescheid, schnell. Wir fliehen.«

Der Wissenschaftler sah mich traurig an. »Wir kommen nicht mit, Erhabener. Die Maahks wollen, dass wir beim letzten Test dabei sind. Würden wir verschwinden, schöpfen sie Verdacht, bringen vielleicht die Forschungsanlagen in Sicherheit. Würde der Fehler gefunden und eliminiert, bekämen die Methans doch noch ihre Waffe. Das dürfen wir nicht zulassen. Ein weiterer Grund sind die Drogen – wir sind zwar immun gegen die Beeinflussung, aber abhängig. Ohne die Drogen werden wir sterben! Sie und Ihre Begleiter allerdings müssen fliehen; Sie haben vielleicht maximal drei Tontas, um ausreichend weit zu kommen.«

»Gibt es eine Möglichkeit, unsere Ausrüstung und die Waffen zurückzubekommen?«, erkundigte sich Fartuloon. »Mit den Flugaggregaten können wir vielleicht unser Schiff erreichen. Vor allem gehe ich nicht ohne mein Schwert.«

»Nicht ohne Ihr Schwert? Das ist doch lächerlich.«

»Sie kennen nicht die Qualität des *Skargs*«, verteidigte ich meinen Pflegevater. »Das Dagorschwert kann unter anderem Strukturlücken in Schutzschirme schneiden.«

»Verstehe.« Palaskor nickte und runzelte die Stirn. »Ich weiß, wo Ihre Ausrüstung aufbewahrt wird. Wir müssten sie beschaffen können, weil die Kammer nicht besonders bewacht wird. Es hat schon seinen Vorteil, dass uns die Methans weiterhin für beeinflusst halten.«

Er drehte sich um und ging, während wir voller Spannung warteten. Die Rettung war greifbar, sodass die Befürchtung, die Flucht könne im letzten Augenblick vereitelt werden, einem Albtraum glich. Nur wenige Zentitontas vergingen, bis Palaskor mit drei Arkoniden zurückkehrte und unsere Ausrüstung herbeischleppte. Rasch stiegen wir in die Schutzanzüge und prüften unsere Waffen. Der Wissenschaftler winkte: »Kommen Sie, wir bringen Sie zu dem geheimen Tunnel, durch den ich damals den Roboter nach draußen geschickt habe.«

Jedem war klar, dass die Zeit knapp wurde. Fartuloon sprach es laut aus:

»Es wird ein Wettlauf mit dem Tod.«

Im engen Tunnel konnten wir die Flugaggregate nicht auf volle Leistung hochfahren. Seit unserer Flucht war eine Tonta verstrichen, als wir endlich das Freie erreichten. Die beiden Raumsoldaten, die wir auf dem Ringwallgrat zurückgelassen hatten, begrüßten uns erleichtert. Sie hatten schon befürchtet, uns niemals wiederzusehen, und hätten nicht mehr sonderlich lange gewartet, um zur ISCHTAR zurückzukehren. Ich informierte sie kurz über die Lage, dann bestiegen wir die Gleiter und traten den Rückflug an. Wir würden, obwohl wir mit Höchstgeschwindigkeit flogen, fast zwei Tontas bis zur ISCHTAR benötigen. Dennoch entschloss ich mich, das Schiff erst im letzten Augenblick anzufunken, um den Maahks keine Einpeilung zu ermöglichen.

Die Zeit, die uns Hreta Palaskor genannt hatte, war noch nicht um, als mir Fartuloon auf die Schulter tippte und nach hinten zeigte. Das Ringgebirge war hinter dem Horizont verschwunden, doch in dieser Richtung flackerten starke Leuchterscheinungen auf. Wenig später war ein dumpfes Grollen zu hören, das mehrfach anschwoll und wieder leiser wurde. Dann krachten Entladungen wie von Strahlschüssen.

»Sie haben unsere Flucht entdeckt; wahrscheinlich auch den Tunnel«, sagte der Bauchaufschneider. »Die Walze ist gestartet; dürfte nun die gesamte Gegend beschießen. Die ebenso rabiate wie logische Methode. Noch haben sie uns nicht geortet. Und mit der Suche nach dem notgelandeten Schiff und unserem angeblichen Beiboot werden sie keinen Erfolg haben.«

»Aber sie werden den Suchradius ausdehnen und vermutlich bald Verstärkung erhalten.«

»Es wird knapp, ja.«

Ich nickte und sah zum parallel fliegenden Gleiter hinüber; Ghorana winkte kurz.

In nächsten Augenblick donnerte ein ohrenbetäubender Überschnallknall. Nach kurzem Suchen entdeckten wir das kleine walzenförmige Objekt, das von greller blauweißer Glut umwabert wurde. Nur die automatischen Filter verhinderten, dass wir geblendet wurden. Erst bei genauerem Hinsehen erkannte ich, dass unterhalb des maahkschen Beiboots die Luft sonderbar flimmerte. *Eine vollenergetische Abstrahlantenne*, sagte der Extrasinn. *Der entscheidende Test des Projekts Pla-*

netentöter hat begonnen. Höchste Zeit, dass du die ISCHTAR informierst!

Die Warnung des Logiksektors war berechtigt, dennoch entschloss ich mich, die ISCHTAR noch nicht anzufunken. Bei einer Einpeilung wurden wir abgefangen, ehe wir das Schiff erreicht hatten.

»Wir sollten uns auf einen sehr heftigen Wolkenbruch einstellen«, sagte Fartuloon in Erinnerung an den Hinflug.

Der Blick zum Himmel zeigte allerdings, dass es keinerlei Wolkenbildung gab. Noch nicht? Die Außendetektoren meldeten einen kontinuierlichen Temperaturanstieg, verbunden mit heftiger werdenden Sturmböen. Bald rüttelten und rissen sie an den Gleitern, sodass wir auf größere Höhe steigen mussten.

»Die Zusammensetzung der Atmosphäre hat sich noch nicht verändert«, sagte Fartuloon.

»Aber irgendetwas passiert.«

Er wollte antworten, schloss aber den Mund wieder und hob lauschend den Kopf. Auch mir fiel auf, dass zur automatischen Lagestabilisation die Korrekturtriebwerke mit voller Kraft arbeiteten. Das konnte nicht allein von den Böen verursacht sein. Die Systemkontrolle zeigte, dass die Korrekturtriebwerke gegen eine ungewöhnlich starke Aufwärtsströmung ankämpften.

»Die Hitze!«, murmelte ich. »Der Boden wird stark aufgeheizt.«

Ein Blick nach unten bestätigte es. Die kümmerliche Vegetation zerfiel zu Asche. Glimmende und rauchende Tierkadaver lagen herum. An etlichen Stellen glühte der Boden bereits, wurde zähflüssig.

»Als würde der Planet von innen verbrennen«, grollte Vorry.

Die Frist läuft ab!, warnte der Logiksektor. *Denk an Palaskors Aussage. Rashillkane wird schnell untergehen, um den Maahks keine Chance zu lassen. Ruf die ISCHTAR, sonst ist es zu spät!*

Diesmal hörte ich auf die innere Stimme, aktivierte die Funkanlage und ging auf Sendung. Helos Trubato meldete sich sofort: »Die Suchgruppen sind zurück – bis auf zwei. Ich habe Startbereitschaft befohlen. Die Ortung besagt, dass der Hochdruckkern des Mondes außer Kontrolle gerät. Hyperenergetische Kräfte verdichten die Masse; Fusionstemperatur wird bald erreicht!«

Erst jetzt wurde uns das wahre Ausmaß der Gefahr bewusst, in der wir schwebten. »Starten Sie sofort!«, rief ich. »Kommen Sie uns entgegen und schleusen Sie uns im Flug ein. Dann sofortige Maximalbeschleunigung ins All. Nottransition programmieren!«

»Verstanden.«

Als die Oberfläche unter uns barst, zogen Ghorana und ich unsere Gleiter steil auf zweittausend Meter Flughöhe. Längst waren die Schutzschirme aktiviert. Damit waren wir zwar nicht mehr vor der Ortung durch die Methans geschützt, aber ich war mir sicher, dass diese zurzeit andere Probleme hatten. Aus breiten Spalten schossen Glutzungen. Noch erreichten sie uns nicht, doch es war unverkennbar, dass die vulkanische Aktivität mit jeder Millitonta zunahm. Wie stark würde die Masseverdichtung des Hochdruckkerns sein? Endete sie bei der Fusionszündung? Oder setzte sich der hyperenergetische Einfluss fort bis zur Dichte eines Weißen Zwergs oder gar Neutronensterns? Unter einem solchen Einfluss würde der Planet schrumpfen und in sich zusammenfallen, weil die äußeren Schichten, die nach der Verdichtung des Kerns nur noch eine brüchige Kugelschale waren, die einen ultraheißen Hohlraum umhüllte, keinen ausreichenden Widerstand leisteten. Oder kam es vorher zu einer gewaltigen Explosion?

Mit der Verdichtung ist eine gewaltige Energiefreisetzung verbunden, sagte der Extrasinn. *Mehr als genug Energie, um alle Raumschiffe, die sich in unmittelbarer Nähe des Mondes befinden, verdampfen zu lassen.*

Abermals sah ich nach unten und bemerkte, dass mir der Schweiß auf die Stirn trat. Die Oberfläche wurde glutflüssig, gleichzeitig zerknautschte sie förmlich. Immer breitere Spalten brachen auf, ganze Landschollen stellten sich hochkant, von feurigen Fontänen umwabert. Hinzu kamen Rauch und hochgewirbelter Staub.

»Wird Zeit, dass die ISCHTAR kommt«, murmelte Fartuloon.

»Dort!«

Das Schiff näherte sich mit beachtlicher Geschwindigkeit, der geöffnete Schleusenhangar über dem Ringwulst wirkte wie das weit aufgerissene Maul eines Tiefseefisches, der gerade sein Opfer verschlingen wollte. Ich bemühte mich, den Gleiter auf Kurs zu halten, den Rest musste die ISCHTAR mit Traktorstrahlen übernehmen. Trotz Andruckabsorbern gab es einen heftigen Ruck, dann wurden wir genau in die erleuchtete Öffnung gerissen. Prallfelder fingen die Gleiter ab. Noch während die Schleusentore zuglitten, überfiel uns die Geräuschkulisse: Das Dröhnen der Impulstriebwerke mischte sich mit dem der Alarmsirenen. Demnach musste sich das Schiff in größter Gefahr befinden.

Wir eilten so schnell wie möglich zur Zentrale. Der Blick auf die Heckprojektion der Panoramagalerie und diverser Detailbildschirme zeigte, dass sich die ISCHTAR mit einer Helligkeitswoge ein Rennen lieferte, bei dem der Kugelraumer zu unterliegen drohte – trotz der immensen Beschleunigung. Von Rashillkane selbst war nichts mehr zu sehen. Der Mond hatte sich in einen blauweißen Glutball verwandelt, der sich mit rasender Geschwindigkeit ausdehnte. Gefährlicher als die optisch sichtbare Glut war allerdings die harte Strahlung. Noch wurde sie vom aktivierten Schutzschirm absorbiert oder abgelenkt. Ich hoffte, dass die semipermeablen Strukturlücken für die Impulsstrahlen der Triebwerke keine Schwachstelle waren – das Strahlungsbombardement mit seinen hyperenergetischen Komponenten war durchaus geeignet, katalytisch auf unsere Deuteriumvorräte zu wirken. Wurden die Stützmassen zu lange der Strahlung ausgesetzt, würde sie in den unkontrollierten Fusionsprozess eintreten und das Schiff vernichten.

Die überlichtschnellen Anteile der Stoßwellenfront hatten uns längst passiert, ebenso die lichtschnellen Komponenten. Die ausgeschleuderten Massenanteile des vernichteten Mondes waren zum Glück deutlich langsamer; sie würden uns nicht erreichen. Mit Maximalbeschleunigung waren knapp sechs Zentitontas notwendig, um halbe Lichtgeschwindigkeit zu erreichen; in dieser Zeit wurden fast 22,5 Millionen Kilometer zurückgelegt. Ich griff nicht in die Schiffsführung ein, weil Trubato und die Zentralebesatzung mit gewohnter Präzision arbeiteten. Jede Störung hätte sie nur behindert. Endlich verstummte das nervende Sirenengeräusch.

»Schon wieder eine Nottransition«, rief Fartuloon. »Die zweite an einem Prago.«

»Diesmal wurde die Automatik vorbeugend programmiert.«

Ein Sirenenton und Drehlichter signalisierten die Transitionsbereitschaft. Die Erste Offizier legte die Hand auf die Schaltplatte – im nächsten Augenblick überfiel uns der Entzerrungsschmerz. Die Transition gelang, das hallende Schwingen der Kugelzelle klang aus. Als ich wieder klar sehen konnte, wurden die hyperschnellen Ortungsergebnisse in die Heckprojektion der Panoramagalerie eingeblendet. Neben der blauen Riesensonne war ein greller Lichtfleck zu sehen. Aufblitzende Lichtpunkte standen für explodierende Maahkraumer oder radförmige Raumstationen. Den Daten nach war es äußerst unwahrscheinlich, dass außer uns jemand von Rashillkane entkommen war. Ich dachte an den Wissenschaftler und seine Mitarbeiter, die ihren eigenen Tod programmiert hatten, um zu verhindern, dass den Methans eine Waffe in die Hände fiel, mit der sie voraussichtlich den Krieg zu ihren Gunsten hätten entscheiden können. Gedankenversunken murmelte ich: »Wir werden euch nicht vergessen.«

»Und du vergiss nicht«, sagte Fartuloon nach einer angemessenen

Frist, »dass wir uns immer noch mitten in einer Raumschlacht befinden.«

Mithilfe des Extrasinns verschaffte ich mir längst einen Überblick. Die Ortungsdaten glichen einem Wimmeln. In der Projektion wurden Freund und Feind als verschiedenfarbige Lichtpunkte dargestellt. Auch mehr als acht Tontas nach Beginn der Raumschlacht tobte die Auseinandersetzung mit unverminderter Härte zwischen isolierten Pulks von Kugelraumern und Walzenschiffen. An machen Stellen griffen Arkoniden an, an anderen Maahks.

»Der *Gor'thek* wird nur noch von einem Flaggschiff eingenommen«, meldete Trubato. Ich sah den Ersten Offizier an – die Anspannung war unverkennbar, doch in den Augen funkelte es unternehmungslustig.

»Danke – ohne Sie und die hervorragende Besatzung wären wir jetzt tot.« Ich holte tief Luft. »Die ZOURMITHON von Admiralin Arthamin ist also zur Front vorgerückt. Wir werden sie suchen und finden, und diesmal muss unser Plan gelingen.«

Ich übernahm den Platz des Kommandanten, und während sich die Besatzung an die Arbeit machte, steuerte ich die ISCHTAR zurück zum Kampfschauplatz.

13.

Aus: *Zahlen, Zenturien, Ziele und Zeugnisse – aus der Arbeit des Historischen Korps der USO*, Chamiel Senethi. In: *Kompendium von Sekundärveröffentlichungen diverser Archive*, hier: *Die Methankriege*; Sonthrax-Bonning-Verlagsgruppe, Lepso, 1310 Galaktikum-Normzeit (NGZ)

Der von den Maahks eingeatmete Wasserstoff wird bereits in der Maahk-Leber mit Bestandteilen der Nahrung zur Reaktion gebracht. Dies ist offenbar eine evolutionäre Anpassung daran, dass sich Wasserstoff nicht wie Sauerstoff reversibel und locker an ein Trägermolekül binden lässt. Entsprechend dient die grünliche Blutflüssigkeit nicht wie die der Sauerstoffatmer dem Transport von komplex gebundenen Atemgasen und Nährstoffen, sondern führt den übrigen Teilen des Körpers Energie speichernde Moleküle zu, die in der Maahk-Leber gebildet werden und in ihrer Funktion dem ATP der arkonidischen Physiologie entsprechen.

Die Nahrung der Maahks enthält ein vielfältiges Gemisch organischer und anorganischer Stickstoffverbindungen, darunter insbesondere Amine, Imine, Azoverbindungen, Stickstoff-Wasserstoff-Säure, Hydrazin und Schwefelnitrid. Aus ihnen werden in enzymatisch kontrollierten Reaktionsfolgen vor allem Imin- (NH) oder Aminradikale (NH_2) abgespalten, die als oxidierende Partner mit dem eingeatmeten Wasserstoff reagieren. Dabei entstehen Ammoniak sowie in Spuren Methan, die von den Maahks ausgeatmet werden.

Die bei der Reaktion frei werdende Energie wird in der Maahk-Leber auf ein energiereiches Molekül (»Maahk-ATP«) übertragen, das vom Blutkreislauf verteilt wird. Selbst bei einem energiereichen Nährstoff wie Hydrazin gewinnt ein Maahk pro eingeatmetes Molekül Wasserstoff allerdings deutlich weniger Energie als ein Sauerstoffatmer pro Molekül Sauerstoff. Dies wird jedoch durch einen höheren Stoffumsatz und nicht zuletzt durch die im Vergleich zum Sauerstoff viermal so große Diffusionsgeschwindigkeit des kleinen Wasserstoffmoleküls kompensiert.

Die von den Maahks verzehrten Stickstoffverbindungen werden von fotoautotrophen Organismen (»Ammoniak-Pflanzen«) erzeugt, die das von den Maahks ausgeatmete Ammoniak mithilfe von Lichtenergie in die genannten Stoffe umwandeln. Da die Ammoniak-Pflanzen in der Regel ausgeprägte Silikatwände haben und ihre Nährstoffe in mikroporösem Kieselgur speichern, nehmen die Maahks mit ihrer Nahrung stets auch große Mengen an Siliziumverbindungen zu sich, die sie zum Aufbau und zur Erhaltung ihrer Haut- und Skelettstrukturen benutzen. Die Überschüsse werden zusammen mit den übrigen Stoffwechselüberresten ausgeschieden.

An Bord der ISCHTAR: 15. Prago des Tedar 10.499 da Ark

Die ZOURMITHON war schon nach kurzer Zeit gefunden. Sie befand sich an der Spitze eines Pulks, der einen feindlichen Stoßkeil angriff und einige Abschüsse erzielte.

»Ich frage mich«, sagte Fartuloon, »warum sich die Kampfflotte nicht zurückzieht, nachdem Rashillkane explodiert ist. Die Oberbefehlshaber und Führungsoffiziere wissen doch um das Hauptziel der Attacke.«

»Sie haben sich in den Feind verbissen. Und vergiss nicht: Die Stützpunkte auf den Riesenplaneten stellen auch weiterhin eine Gefahr dar. Hinzu kommt der Hass, der die Frauen und Männer den Kampf fortsetzen lässt. Ich kann es nachfühlen, am liebsten würde ich ebenfalls eingreifen.«

»Halte dich zurück, Kristallprinz. Schon auf Rashillkane haben wir mehr als genug für das Imperium riskiert.«

Die ISCHTAR näherte sich vorsichtig den beiden ineinander verkeilten Pulks. Vorsicht war nicht zuletzt deshalb geboten, weil das All inzwischen von herumtreibenden Wrackteilen wimmelte. Etliche flogen mit hoher Geschwindigkeit und stellten auch für Schiffe mit Schutzschirmen eine beachtliche Gefahr dar. Unser Schutzfeld war auf Minimalleistung gedrosselt, um den Maahks als allein fliegendes Einzelschiff keine zusätzliche Einladung zu bieten.

»Arthamin macht einen Fehler«, sagte Fartuloon. »Der Stoßkeil ihrer Schiffe hat den Maahkpulk zwar aufgespalten, aber sie behält die Formation bei, statt sie in eine Kugel umzugruppieren. Somit können die Methans Flankenangriffe durchführen.«

Die Maahks reagierten inzwischen wie von Fartuloon vorhergesagt. Rasch hatten sich zwei dicht gestaffelte Gruppen gebildet, die, pausenlos Breitseiten abfeuernd, gegen die Flanken des Keilverbands vorrückten. Die Admiralin hatte ihren Fehler natürlich ebenfalls erkannt; wir fingen einen Funkspruch auf, mit dem sie die Kommandanten ihrer Flottillen anwies, die Schiffe zur Hohlkugel zusammenzuziehen. Aber der

Befehl kam zu spät – jedenfalls für die Keilspitze. Die Breitseiten der Methans hatte eine Lücke geschossen, in die nun Walzenraumer vordrangen. Obwohl die Wasserstoffatmer fünf Schiffe verloren, gelang es ihnen, die Formationsspitze vom Hauptkeil abzuschneiden. Acht Raumer, unter ihnen die ZOURMITHON, sahen sich nun wütenden Angriffen einer Übermacht ausgesetzt – und ohne Anschluss an die Hauptgruppe wurden die Manövrierkünste zur Farce. Trotz heftiger Gegenwehr fiel ein Schiff nach dem anderen aus. Aus den manövrierunfähig geschossenen Kugelraumern lösten sich Beiboote. Sie versuchten zu fliehen, wurden von den Maahks aber gnadenlos abgeschossen.

»Da!«, rief Fartuloon. »Die ZOURMITHON hat drei schwere Treffer einstecken müssen. Sie versucht sich abzusetzen, hat aber keine Chance.«

»ZOURMITHON funkt um Hilfe«, meldete die Funkstation. »Ausschleusung der Beiboote wird angekündigt.«

Ich schaltete die Impulstriebwerke hoch. »Wie eilen der Sonnenträgerin zu Hilfe. Funkstation, senden Sie Leitstrahl.«

»Das macht auch die Methans aufmerksam.«

Fartuloons Einwand ließ mich die Lippen zusammenpressen. »Atlan an Besatzung: Feuer frei für alle Geschütze! Tod den Methans!«

»Tod den Methans!«

Unser Schutzschirm fuhr auf Maximalleistung hoch; ein erstes Walzenschiff nahm bereits Kurs auf uns. Wenig später entlud sich die Breitseite in unserer energetischen Blase, doch die Methans hatten das Feuer aus zu großer Distanz eröffnet. Im Gegenzug warteten die Kanoniere der ISCHTAR; in ihrer harten Ausbildung war ihnen eingehämmert worden, wann die Waffen einzusetzen waren, um optimale Wirkung zu erzielen. Der Maahk schoss eine Serie Raumtorpedos ab, aber sie wurden auf halbem Wege zur Explosion gebracht. Dann schlug dem *Seehund* unsere erste Breiteseite entgegen. Sie erzeugte ein vielfarbiges Energiegewitter im Schutzschirm des Schweren Kreuzers der Maahks, schlug aber nicht durch – Folge der inzwischen verstärkten Defensivausstattung. Die zweite Breitseite des Walzenschiffs ließ dagegen unseren Schutzschirm flackern. Unsere Waffensynchronisation griff ein, die Schiffsgeschütze wurden auf Punktbeschuss fokussiert – und diesmal wurde der feindliche Schutzschirm aufgerissen.

Eine kreisförmige Stelle wurde in der Simulationsvergrößerung der Orter als kirschrotes Aufglühen dargestellt. Das Glühen wurde weiß, weil der Punktbeschuss im Ziel verharrte. Dann brach er durch. Im nächsten Augenblick verwandelte sich das 350 Meter lange Walzenschiff in eine sich ausdehnende Glutwolke, während die ISCHTAR vorbeiraste. Unterdessen wurden die ausgeschleusten Beiboote von den Maahks eins nach dem anderen vernichtet. An ein direktes Eingreifen unsererseits war wegen der Distanz nicht zu denken. Dafür näherte sich uns von hinten ein Walzenraumer, der sofort unter Beschuss genommen wurde, gefolgt von einem Schwarm Raumtorpedos. Die Treffer im aufleuchtenden Schutzfeld irritierten kurzfristig die Ortung und Tastung des Methans, sodass die Torpedos nur verzerrt oder gar nicht angemessen werden konnten. Drei der Fernlenkwaffen wurden abgewehrt, die übrigen detonierten punktgenau im Schutzschirm und ließen ihn zusammenbrechen, sodass unsere nächste Salve die ungeschützte Außenhülle des Walzenraumers zerfetzte und ihn in ein Wrack verwandelte.

Andere Walzenschiffe hatten inzwischen allerdings acht der Beiboote vernichtet. Ein neuntes wurde soeben vom unsichtbaren Fesselfeld der Traktorstrahlen eingefangen. In diesem Augenblick war es mir egal, ob sich Arthamin darin befand oder nicht. Wir halfen unseren Leuten unter Einsatz unseres Leben aus der Raumnot. Als endlich das Beiboot eingeschleust war, drehte ich hart Backbord ab und ging auf Maximalbeschleunigung. Meine Besatzung feuerte sämtliche Raumtorpedos ab, um unsere Flucht abzusichern. Maahks, die zur Verfolgung ansetzen wollten, würden für kurze Zeit beschäftigt sein, die gefährlichen Schwärme abzuschießen. Dadurch gelang es, die ISCHTAR vom Feind zu lösen und in den freien Raum zwischen den kämpfenden Pulks zu steuern.

Erst jetzt schaltete ich den Interkom ein, forderte die Identifikation vom eingeschleusten Beiboot und den Kommandanten auf, in die Zentrale zu kommen.

»Hier spricht Sonnenträgerin Arthamin«, ging sofort die Antwort ein. »Ich komme und übernehme den Befehl über dieses Schiff.«

Ich schaltete ab, wandte mich an meinen Lehrmeister und sagte lächelnd: »Bereite alles zur ›Befehlsübergabe‹ vor; wir wollen die Dame nicht enttäuschen.«

Auf den Monitoren der Innenbeobachtung war sowohl das gerettete Beiboot im Großhangar als auch Arthamin zu sehen, die an der Spitze einer achtköpfigen Gruppe von Offizieren auf dem Weg zur Zentrale war.

»Bei Widerstand nur Paralysatoren verwenden!«, befahl ich. »Sie sind nicht unsere Feinde. Das gilt auch für dich, Ra.«

Der Barbar verzog die Lippen, gehorchte aber und schaltete den Kombistrahler auf Lähmmodus. Kurz darauf öffnete sich das Panzerschott.

Arthamin war groß und etwas zu hager, um schön zu sein. Aus den Daten über sie wusste ich, dass sie 27 Arkonjahre alt war. Die kalt blickenden Augen verrieten die Arroganz des uralten Adels; sie standen im krassen Gegensatz zu den zart wirkenden Zügen des schmalen Gesichts. Ihr Silberhaar war zum Nackenknoten gerafft.

Die Zentralebesatzung versah unbeeindruckt weiter ihren Dienst. Nur jene Mitglieder, die zum Empfang eingeteilt waren, nahmen Haltung an, ohne jedoch zu salutieren. Die Sonnenträgerin blieb nach wenigen Schritten stehen; den Kopf hocherhoben, musterte sie mich eindringlich. Ihre Begleiter blieben zwei Schritte hinter ihr. Ich neigte grüßend den Kopf. »Willkommen an Bord der ISCHTAR, Has'athor. Es ist mir eine besondere Ehre, Sie auf meinem Schiff begrüßen zu dürfen.«

»Danke«, sagte sie kühl. Über ihrer Nasenwurzel bildeten sich zwei tiefe senkrechte Falten; beim raschen Umsehen waren ihr weder Vorry noch Ra entgangen. »Was ist das für ein Schiff, Mann? Keine Rangabzeichen; keine Zugehörigkeitssymbole einer regulären Flotteneinheit. Wer sind Sie, Kommandant?«

Ich lächelte höflich. »Kompliment zu Ihrem scharfen Urteilsvermögen, Has'athor.«

»Verrat! Wehrt euch, Männer!«

Sie griff nach ihrer Waffe, doch ich war sofort bei ihr und schlug sie ihr aus der Hand. Paralysatoren lähmten unterdessen die Offiziere, ehe diese ihre Waffen ziehen konnten.

»Tut mir leid, Erlauchte. Das war überflüssig. Wir wollen Sie und Ihre Leute nicht verletzen oder töten.«

»Schweigen Sie!«, herrschte sie mich an. »Sie sind ein elender Pirat, der sich nicht einmal scheut, das Durcheinander einer heldenmütig geführten Raumschlacht auszunutzen, um Geiseln in seine Gewalt zu bringen. Haben Sie überhaupt kein Verantwortungsbewusstsein oder Ehrgefühl, dass Sie uns so in den Rücken fallen, statt ebenfalls zu kämpfen?«

»Beibootbesatzung überwältigt«, meldete Trubato. »Keine Verluste.«

»Danke.« Ich wandte mich der Sonnenträgerin zu, deren Anschuldigungen gar nicht so unberechtigt waren. Genau dieses Dilemma hatte die ganze Zeit über unserem Einsatz geschwebt. »Sie schätzen uns falsch ein, Has'athor. Wir sind keine Piraten, wollen kein Lösegeld oder die Schlacht stören, sondern sind Frauen und Männer, die es sich zum Ziel gesetzt haben, den Mörder und Tyrannen Orbanaschol zu stürzen, um mich, Kristallprinz Atlan da Gonozal, zum Tai Moas des Großen Imperiums zu machen – was mir als rechtmäßigem Erben und Nachfolger von Imperator Gonozal dem Siebten zusteht.«

Arthamins Augen weiteten sich, zogen sich im nächsten Augenblick aber zu Schlitzen zusammen. »Sie sind also Atlan«, sagte sie gedehnt. »Der Rebell, auf dessen Kopf der Imperator eine hohe Belohnung ausgesetzt hat. Und Sie wollen das riesige Reich regieren und gegen die Methans verteidigen?«

»Es scheint Sie nicht zu stören, dass Orbanaschol illegal auf den Thron kam?«, fragte Fartuloon.

Die Sonnenträgerin musterte den Bauchaufschneider von oben bis unten. »Die Auseinandersetzungen um die Herrschaft über das Tai Ark'Tussan wurden von jeher mit allen Mitteln geführt. Es interessiert mich nicht, wie Orbanaschol an die Macht kam – jetzt ist er der Imperator. Wir befinden uns im Krieg gegen die Methans! Würden wir uns in inneren Angelegenheiten verzetteln, wäre das der Untergang des Imperiums.« Ihr Blick schweifte über die Zentralebesatzung, bis sie sich wieder mir zuwandte. »Was Sie angeht, bedaure ich, dass ich nicht in der Lage bin, Orbanaschol Ihren Kopf zu bringen. Nicht, um die ausgesetzte Belohnung zu kassieren, sondern um das Reich von einem Unruheherd zu befreien, der angesichts der Bedrohung durch die Methans gefährlich ist und deshalb beseitigt gehört.«

Das waren harte Worte einer Soldatin. Aber ich konnte ihre Argumentation in gewissem Sinn sogar verstehen. Wahrscheinlich war die Frau schon vor langer Zeit zu dem Schluss gekommen, sich jeglicher moralischer Bewertung zu enthalten, sofern dadurch die Einigkeit der Arkoniden gefährdet wurde. Eine Politikerin war sie ganz ohne Zweifel nicht; sie dachte und handelte in den Kategorien eines Militärs.

»Ich bedaure Ihre Haltung, Sonnenträgerin«, sagte ich. »Leider muss ich Sie deshalb unter Arrest stellen.«

Sie zeigte keine Furcht. »Was haben Sie mit mir vor?«

Ich lächelte ironisch. »Ich werde mich, wie das beim Kampf um die Herrschaft seit jeher üblich ist, einiger Tricks und Listen bedienen. Sie sind eine Figur im Garrabospiel. Zunächst bringen wir Sie und Ihre Leute zu unserem Stützpunktplaneten.« Ich wandte mich an den Ersten Offizier. »Erster, veranlassen Sie, dass die Admiralin und ihre Orbtonen in die vorbereiteten Kabinen gebracht und streng bewacht werden.«

Arthamin lachte verächtlich. »Typisch Verräter! Erst die Beute in Sicherheit bringen, statt unsere tapferen Raumfahrer gegen die Übermacht zu unterstützen.«

Ich erstarrte, als ich aus den Mienen einiger Offiziere las, dass sie innerlich mit der letzten Bemerkung sympathisierten. Tief im Herzen erwarteten sie von mir, dass ich, nachdem wir unser Einsatzziel erreicht hatten, den Angriff gegen die Maahks unterstützte. Dennoch war ich entschlossen, schnellstens nach Kraumon zurückzukehren, obwohl mich das schlechte Gewissen plagte.

»Unsere Unterstützung geht viel weiter, als Sie denken, Has'athor«, sagte ich kalt. »Sehen Sie die Explosionsdarstellung von Rashillkane? Das war unser Werk!«

Sie starrte mich verblüfft und ungläubig an.

In diesem Augenblick meldete die Ortungsstation, dass sich das Schlachtenglück den Methans zuneigte. Durch ihren beharrlichen Widerstand trotz hoher Verluste hatten die Maahks mit sturen Angriffen und Gegenangriffen bereits viele arkonidische Raumschiffspulks zersprengt. Gegen Einzelschiffe konnte dann die zahlenmäßige Überlegenheit, die nach wie vor bestand, ausgespielt werden. Die Auflösung der Kampfflotte war nur noch eine Frage der Zeit ...

»Atlan, Sie sind nicht nur ein Rebell, Krimineller, Lügner und Verräter, sondern auch ein Feigling!«, zischte die Sonnenträgerin. »Die Kampfflotte ist vom Untergang bedroht, und Sie ziehen sich zurück, statt unseren Leuten zu helfen, über die Sie herrschen wollen.«

Sie traf mich hart. Ich fühlte mich nicht als Feigling – ein einziges Schiff konnte das Ruder in einer solchen Schlacht nicht herumreißen –, aber ich wollte den Vorwurf Arthamins auch nicht unwidersprochen im Raum stehen lassen. Es war nicht zuletzt ein Duell zwischen ihr und mir um die Gunst meiner Besatzung.

»Bei Beginn der Schlacht standen sich zweitausendachthundert Einheiten der Arkonflotte und dreitausendfünfhundert Maahkwalzen gegenüber«, sagte ich mühsam beherrscht. »Können Sie mir sagen, was ich mit einem einzigen Schiff tun soll, um eine Niederlage abzuwenden? Wir haben, wie bereits gesagt, durch die Vernichtung von Rashillkane das Primärziel des Flottenangriffs erfüllt! Zwar kam uns dabei der Zufall zu Hilfe, aber das ändert nichts am Ergebnis.«

Dass ich abermals die Vernichtung des Mondes betonte, verunsicherte Arthamin etwas. Dennoch erwiderte sie: »Zumindest können Sie das tun, was die anderen Schiffskommandanten ebenfalls tun: kämpfen! Wahrscheinlich sterben wir, aber das ist mir lieber, als feige zusehen zu müssen, wie die Kampfflotte zerschlagen wird.«

»Es ist eine Sache, den Tod nicht zu fürchten«, antwortete ich, »und eine andere, sich ihm mutwillig und sinnlos in die Arme zu stürzen, ohne etwas zu erreichen.«

Fartuloon räusperte sich. »Vielleicht können wir doch noch das Schlimmste verhindern.«

Ich sah ihn prüfend an und wusste sofort, was er meinte. Auch die Sonnenträgerin musterte den Bauchaufschneider in jäh erwachtem Interesse. Ihr galten deshalb auch die weiteren Ausführungen Fartuloons. »Sehr viele Orbtonen an Bord der Imperiumsschiffe dürften ergraute Kämpen sein, die schon zur Regierungszeit deines Vaters gegen die Maahks gekämpft haben. Im Unterschied zu Orbanaschol hat Gonozal mit seinem Flaggschiff die Flotten oftmals persönlich in die Schlacht geführt. Und gerade diese Gewissheit, dass Seine Erhabenheit in vorderster Front Schulter an Schulter mit ihnen gegen die Todfeinde Arkons kämpfte, hat unseren Offizieren und Raumsoldaten geholfen, dem Tod unerschütterlich ins Auge zu sehen und dadurch so manche Schlacht zu unseren Gunsten zu entscheiden.«

Viel Pathos, dachte ich, während Fartuloon eine psychologisch geschickte Pause einlegte. Er sprach nicht zu mir, sondern zur Sonnenträgerin und beobachtete genau ihre Reaktion.

»Wie würden diese alten Kämpen reagieren, wenn sie Gonozal plötzlich auf den Hyperkomschirmen sehen und er sich an die Spitze der Kampfflotte stellt?«

»Sie reden Unsinn, dicker Mann«, zischte Arthamin. »Wie sollte ein Toter zu sehen sein und die Raumfahrer zum Widerstand aufrufen?«

»Mein Vater ist nicht tot!«

»Was?« Abermals weiteten sich ihre Augen. »Ihr Vater lebt? Aber ich dachte ...«

Ich winkte ab. »Jetzt ist nicht die Zeit, um zu erklären, warum mein Vater noch lebt und wie wir ihn gefunden haben, Sonnenträgerin.« Fartuloon verstand meinen Wink und verließ die Zentrale. »Aber Sie werden ihm gleich gegenüberstehen. Ich fürchte nur, dass sein Hyperkombild allein nicht ausreichen wird. Zu viele werden an Betrug glauben, an das Abspielen einer uralten Aufzeichnung oder dergleichen. Aber wenn Sie, die Stellvertretende Oberbefehlshaberin der Kampfflotte Marlackskor, erklären, dass Gonozal der Siebte tatsächlich noch lebt, und sich hinter seine Befehle stellen, dürften wir, denke ich, Erfolg haben.«

Sie wurde blass. Erstmals schwand ihre Beherrschung, sie wurde nervös. »Ich soll mich hinter Gonozal stellen? Damit untergrabe ich die Autorität Orbanaschols und die politische Stabilität des Reiches. Bei zwei Imperatoren droht die Spaltung in zwei feindliche Lager ...«

»Mein Vater ist leider nicht mehr in der Lage, das Imperium zu regieren«, sagte ich bedächtig. »Aber in der jetzigen Situation kann er dazu beitragen, die vernichtende Niederlage zu verhindern. Sie haben verlangt, dass ich an der Seite des Imperiums kämpfe. Ich bin dazu bereit, mich nach dem Appell meines Vaters an die Spitze der Kampfflotte zu stellen. Aber die Kommandanten werden der ISCHTAR nur folgen, wenn sie sich entscheidend von den anderen Einheiten unterscheidet. Das ist die Anwesenheit Gonozals. Wird ein Bluff vermutet, verpufft die Wirkung, und wir sind allein.«

Sie kämpfte mit sich. Auch noch, als Fartuloon an der Seite meiner Mutter Vater hereinführte. Auf den ersten Blick war die Seelenlosigkeit nicht zu erkennen; Fartuloons OMIRGOS ließ ihn beeindruckend aussehen. Die Sonnenträgerin zuckte zusammen, ihr Lippen bewegten sich, aber sie brachte kein Wort heraus. Sie erkannte natürlich meinen Vater, obwohl sie noch ein Kind gewesen war, als er ermordet wurde; und sie erkannte auch meine Mutter, die ihr höflich zunickte. Ich wusste, dass die Mitglieder des Khasurn der Arthamin am Hof Gonozals ein und aus gegangen waren; mit Arthamin I. hatte er sogar schon einmal einen Imperator gestellt. Es war durchaus möglich, dass Karmina meinem Vater damals im Kristallpalast persönlich begegnet war. Es dauerte lange, bis die Sonnenträgerin ihre Fassung wiedergewonnen hatte.

»Er ist es«, sagte sie leise. Sie blickte mir in die Augen. »Atlan, ich bin bereit, für eine begrenzte Zeit mit Ihnen zusammenzuarbeiten. Sobald aber die Schlacht überstanden ist ...«

»Mehr verlange ich nicht. Danke.«

Mir krampfte sich das Herz zusammen, als Mutter und ich neben meinem Vater standen. Der Funkspruch an die Kampfflotte war vorbereitet.

»Fertig, Kristallprinz«, meldete der Funkoffizier.

Mutter und ich traten zurück, Has'athor Arthamin dagegen vor – von ihr würde es abhängen, ob die Raumfahrer an Bord der Schiffe wie erhofft auf die Befehle Gonozals reagierten. Mir war klar, dass die Sonnenträgerin unseren Plan mit wenigen Worten zunichtemachen konnte. Doch ich vertraute darauf, dass ihr die Rettung der Kampfflotte wichtiger war als die Aufdeckung des psychologischen Garrabozugs, der durchaus als Schwindel bezeichnet werden konnte.

Auf mein Zeichen hin begann der Funkspruch: »Arkoniden! Diejenigen unter euch, die schon unter meinem Oberbefehl gekämpft haben, werden wissen, wer zu ihnen spricht. Für die anderen sage ich es: Ich bin Gonozal der Siebte, der einzig rechtmäßige Imperator des Großen Imperiums, und ich bin hier, weil ich es für meine Pflicht halte, meinen tapferen Raumfahrern gegen die Todfeinde unseres Reiches und Volkes beizustehen. Hört mich an, Arkoniden! Ihr habt euch tapfer geschlagen, das Primärziel wurde auf meine Anweisung hin vernichtet! Nur durch seine Übermacht konnte der Feind bedrohliche Einbrüche erzielen und einige Pulks zerschlagen. Aber er wird nicht siegen! Ihr könnt es verhindern! Es ist keine Zeit für große Worte. Ich weiß, was ihr durchmacht und was euch noch bevorsteht. Dennoch befehle ich euch als *Begam*, unseren verhassten Todfeind in die Schranken zu weisen. Zeigt den Methans, dass Arkoniden nicht aufgeben, dass keine Übermacht uns weichen lässt! Kämpft! Schwächt die Angriffe des Feindes! Sammelt euch zu schlagkräftigen Kampfgruppen und Flottillen! Baut Abfangformationen auf, geht zum Gegenangriff über, wo immer das möglich ist. Liefert Rückzugsgefechte, wo es sich nicht vermeiden lässt. Und schaut mutig dem Tod ins Auge, wenn es im Interesse der Gesamtheit notwendig ist. Arkoniden, mein Flaggschiff ist die ISCHTAR! Seht auf die Ortungsschirme: Meine ISCHTAR wird es sein, die sich als Erstes dem Feind entgegenwirft! Zu Arkons Ruhm und Ehre – folgt mir! Tod allen Maahks!«

Während die angebliche Ansprache Gonozals erklang, beobachtete ich das Gesicht der Sonnenträgerin genau. Anfangs zeigte es Widerwillen, dann Nachdenklichkeit, und zum Schluss glühte es vor Begeisterung, ja beinahe in fanatischem Eifer. Eisiges Frösteln befiel mich. Mehr noch sogar, als die Frau vortrat und die rechte Hand hob.

»Ich, Has'athor Karmina da Arthamin, bezeuge feierlich, dass neben mir in der ISCHTAR der frühere Imperator Gonozal der Siebte steht. Gonozal lebt! Ich schließe mich voll und ganz seinen Worten an und fordere alle Raumfahrer auf, sie als bindenden Befehl des *Begam* zu betrachten. Tod allen Maahks!«

Sie hatte mit Bedacht den Begriff Begam gewählt – jenen militärischen Rang des *Tai Moas* in seiner Eigenschaft als Imperator, der stets nur einmal vergeben wurde.

»Die Wiederholungen laufen«, meldete der Funkoffizier.

»Danke, Has'athor«, sagte ich.

Sie drehte sich mir zu, wirkte sehr aufgewühlt. »Wüsste ich nicht, dass der Text der Ansprache von Ihnen war, Atlan, würde ich glauben, Gonozal hätte selbst gesprochen. Die Worte haben mich gepackt. Es ist gefährlich, wenn ein Rebell wie Sie es versteht, die Emotionen so aufzuwühlen, dass ihm blindlings vertraut wird.«

»Ich bin kein Rebell, sondern der rechtmäßige Kristallprinz – und die verzweifelten Frauen und Männer in den Schiffen brauchen genau das, um Mut zu schöpfen, der sie über sich hinauswachsen lässt. Ich hoffe, wir können sie mit unserem Appell an ihre Tapferkeit und ihren Patriotismus zu Leistungen anspornen, die sie selbst nicht einmal für möglich halten. Denn genau das ist jetzt bitter nötig! Kommen Sie, wenn wir schon sterben müssen, dann hoffentlich nicht, bevor wir erreicht haben, was wir wollen.«

Mit steinern wirkendem Gesicht hatte Zweisonnenträger Merlon Lantcor, Oberbefehlshaber der Kampfflotte Marlackskor, die Hyperkomsendung verfolgt. Sein Flaggschiff, die GLORMOUN, befand sich in überhöhter Position des Gor'thek und sammelte versprengte Einheiten um sich. Vor Kurzem erst war die Anweisung erteilt worden, sich zusammen mit den aufgelesenen Schiffen abzusetzen, denn ein Verband von 180 Maahkwalzen befand sich im Anflug.

Während die Wiederholungen der Ansprache begannen, wandte sich Lantcor an die in der Zentrale versammelten Stabsorbtonen und sagte: »Arthamin hat sich zu einer unbedachten Handlung hinreißen lassen, als sie Gonozals Appell unterstützte. Selbst wenn Gonozal von idealistischen Zielen geleitet sein sollte und glaubt, mit seinem persönlichen Einsatz der Kampfflotte zu helfen, würde es unermesslichen Schaden anrichten, folgten die Einheiten einem Eximperator, der bis heute als tot galt.« Er wandte sich an seinen Adjutanten. »Lassen Sie über Hyperkom mit maximaler Leistung meinen Befehl ausstrahlen, dass sich alle unsere Einheiten beim Gor'thek sammeln und zu einem neuen Vorstoß formieren sollen, der unter der Führung der GLORMOUN stattfinden wird.«

Der Adjutant salutierte und wollte davoneilen, als er von Admiral Kelkcrane zurückgehalten wurde. »Ich teile Ihre Besorgnis, Lantcor. Aber was wird mit der ISCHTAR, sollten unsere Schiffe ihr nicht folgen?«

Lantcors hartes Gesicht blieb unbewegt. »Die ISCHTAR wird die Botschaft ebenfalls empfangen. Ich bin der Oberbefehlshaber und gedenke es zu bleiben! Widersetzt sich das Schiff meinem Befehl, hat es alle daraus resultierenden Konsequenzen zu tragen.« Er runzelte die Stirn. »Zu welchem Verband gehört die ISCHTAR überhaupt? Sestquon, stellen Sie das fest. Und nun, Adjutant, sollten Sie endlich meinen Befehl ausführen.«

Der Eingeschüchterte rannte davon.

»Das führt zu Befehlswirrwarr«, gab Kelkcrane zu bedenken. »Angesichts der militärischen Lage hätten wir vielleicht alle Vorbehalte über Bord werfen und uns dem Appell Gonozals anschließen sollen.«

»Im Reich kann es nur einen Imperator geben, und nur ein Begam *kommandiert die Flotten.« Lantcor reagierte ablehnend. »Und das ist Orbanaschol! Ich weiß nicht, warum Gonozal noch lebt, wie er hierherkommt, was in den Jahren seit seinem Jagdunfall passiert ist. Auf keinen Fall ist er der Imperator. Folglich kann er uns keine Befehle erteilen.«*

Der junge Orbton kehrte zurück. »Die ISCHTAR ist nicht registriert, Erhabener.«

»Nicht registriert. Das bedeutet, dass sie sich illegal eingeschlichen hat. Die Sache gefällt mir immer weniger.«

»Funkspruch ausgestrahlt, Wiederholung läuft«, meldete der Adjutant.

Lantcors Stirn glättete sich wieder. »Gut, soll Gonozal in den Tod fliegen, sofern er die Stirn hat, gegen die Befehle des Oberbefehlshabers zu verstoßen.«

Er winkte einigen Offizieren zu, um besseren Blick auf die Ortungsschirme zu bekommen, die einen vollständigen Überblick über die Geschehnisse im Marlackskor-System zeigten. Einer der blauen Lichtpunkte, die arkonidische Einheiten markierten, war von einem pulsierenden Leuchtring umgeben, entfernte sich von zwei zersprengten Pulks und näherte sich in direktem Kurs den nachstoßenden Maahks.

»Die ISCHTAR ... Mut hat er ja, das muss man Gonozal lassen. Aber es ist der Mut eines Wahnsinnigen!« Plötzlich weiteten sich seine Augen. »Was ist denn das? Mein Befehl war eindeutig formuliert! Warum schließen sich die Schiffe der beiden Pulks der ISCHTAR an, statt sich abzusetzen?« Seine Augen füllten sich mit Tränen, Zeichen der Erregung. Äußerlich weiterhin ruhig, wiederholte Admiral Lantcor: »Der Befehl ist eindeutig und kann nicht missverstanden werden. Demnach handeln die Kommandanten dieser Schiffe vorsätzlich befehlswidrig. Ich werde alle vor ein Kriegsgericht stellen lassen!«

Er stapfte durch die Zentrale zu seinem Sessel und ließ von der Funkzentrale Kontakt herstellen.

»Zweisonnenträger Lantcor an die Kommandanten der Raumer, die sich der ISCHTAR angeschlossen haben: sofortiger Rückruf via Synchronsammelschaltung!«

Mit grimmigem Blick sah er auf die nacheinander aufflammenden Monitoren; Raumschiffs- und Kommandantennamen wurden eingeblen-

det. *Durch Einzelschaltung vom Flaggschiff aus erfolgte die Gesprächs-freigabe, weil nicht alle gleichzeitig sprechen durften; dank der Syn-chronsammelschaltung hörten aber alle anderen mit. Lantcor wählte die VRORSAKOR aus, weil er mit deren Kommandanten entfernt verwandt war. Das Bild des hochgewachsenen Arkoniden wurde vergrößert; er war 25 Arkonjahre alt. Rorrak Amjun hatte das Kommando über die VRORSAKOR dem Zweisonnenträger zu verdanken.*

»Kommandant Amjun«, sagte Lantcor drohend. »Sie haben meinen Befehl erhalten – warum missachten Sie ihn?«

Amjuns Gesichtsblässe verriet eindeutig, dass er sich völlig klar dar-über war, was er tat. Seine Stimme klang fest, als er antwortete: »Ein Rückzug zum Gor'thek *ist uns aufgrund unserer Position nicht möglich; der Weg ist von starken Feindverbänden versperrt. Deshalb haben wir uns der ISCHTAR angeschlossen. Wir können das Schlimmste nur ab-wenden, wenn wir hier, wo wir uns befinden, die Initiative an uns rei-ßen.«*

»Das ist Befehlsverweigerung! Ich gebe Ihnen eine letzte Gelegenheit, Ihren Fehler zu korrigieren. Befolgen Sie unverzüglich meinen Befehl! Andernfalls ist Ihnen wegen Hochverrat der Tod durch ein Exekutions-kommando sicher.« Als Amjun ihn nur wortlos ansah, brüllte er: »Willst du wirklich meutern, Junge?«

»Nein ... ich ...«

Admiral Lantcor atmete auf, doch er freute sich zu früh. Plötzlich standen zwei ältere Raumfahrer neben Amjun und hielten Paralysatoren in den Händen. Einer der beiden wandte dem Admiral das von Falten und Narben entstellte Gesicht zu. »Keon'athor«, rief er mit rauer, selbst-bewusster Stimme. »Ich bin Wakhran Merkantor, Erster Feuerleitorbton der VRORSAKOR und Teilnehmer an über fünfhundert Raumschlachten, darunter jener im Bekwyn-System, bei der unsere Flotte von tausend-sechshundert Schiffen unter der persönlichen Führung von Imperator Gonozal dem Siebten rund dreitausend schwere Kampfschiffe der Me-thans besiegte!« Er holte tief Luft und fuhr grimmig lächelnd fort: »Ich erkenne an, dass Sie die Kampfflotte zu Beginn gut geführt haben, Er-habener. Inzwischen haben Sie aber unzweifelhaft den Überblick verlo-ren. Eine Ausführung Ihrer letzten Befehle bedeutet den Untergang der Flotte. Nur wenn wir uns Begam Gonozal anschließen, haben wir eine Chance! Kommandant Amjun steht unter Arrest; ab sofort habe ich das Kommando. Falls ich nach der Schlacht noch lebe, stelle ich mich der Verantwortung. Vorwärts mit Begam Gonozal! Für Arkon! Tod allen Maahks!«

*»Vorwärts mit Begam Gonozal! Für Arkon! Tod allen Maahks!«,
dröhnte es überlaut aus weiteren Lautsprechern. Es schien, als hätten
sämtliche zugeschalteten Kommandanten in den Ruf eingestimmt. Zweisonnenträger Lantcor war totenbleich geworden, suchte vergeblich nach
Worten.*

*Da der Appell Gonozals VII. in Klartext gefunkt worden war, hatten die
Maahks keine Mühe gehabt, ihn zu verstehen oder ins Kraahmak zu
übersetzen. Der Grek 1 der Marlackskorflotte gab einige undefinierbare
Laute von sich. »Das übliche emotionsgeladene Geschwafel, das diese
hässlichen Kreaturen immer dann ertönen lassen, wenn sie die sichere
Niederlage vor Augen haben. Sie arbeiten uns damit nur in die Hände.
Solange sich uns die Schiffe stellen, können wir die Einzelgruppen ein-
kesseln und völlig aufreiben.«*

*»Wir sollten uns dennoch vorsehen«, mahnte Grek 2. »Imperator Go-
nozal war ein gefährlicher Gegner! Ich erinnere mich deutlich an die
Schlacht im Bekwyn-System; trotz unserer Übermacht wurden wir von
den Arkoniden geschlagen und beinahe vollständig aufgerieben.«*

*»Deshalb wurden Sie degradiert und sind nicht mehr Befehlshaber.
Sie verstanden es nicht, sich taktisch auf die irrationale Wildheit der
Angriffe einzustellen. Bei Lebewesen, die sich nicht von Vernunft und
Logik leiten lassen, muss man immer mit Überraschungen rechnen. Ich
mache nicht den gleichen Fehler wie Sie. Der Befehl gilt weiter: An den
eingeleiteten Zangenbewegungen wird festgehalten.«*

*Grek 2 erweckte durch seine Haltung für einen Augenblick den Ein-
druck, als wolle er widersprechen. Doch dann drehte er sich um und
konzentrierte sich auf die eingehenden Daten.*

*Grek 1 beobachtet auf den Ortungsschirmen den Flug eines einzelnen
Kugelschiffs, das Kurs auf die Angriffsformation der Walzenraumer genommen hatte. Er schloss daraus, dass es sich um die ISCHTAR handelte, die offenbar den als verstorben geltenden Gonozal VII. an Bord
hatte. Kurz überlegte der Maahk, ob er einen Verband damit beauftragen
sollte, sich auf dieses Schiff zu stürzen und es abzuschießen. Er entschied
sich dagegen, weil er annahm, dass sich die anderen Arkonschiffe augenblicklich zur Flucht wenden würden – und dann würden die Formationen der Walzen ins Leere stoßen.*

*Unterdessen wurden mehr und mehr Hyperfunksprüche der Arkoni-
den empfangen. Im Unterschied zu Gonozals Appell waren sie nun hochgradig kodiert, sodass die Maahks nichts damit anfangen konnten. Aus*

der Tatsache, dass die ISCHTAR ständig funkte, schloss Grek 1, dass sie dabei war, den Oberbefehl zu übernehmen. Die Maahkverbände stießen weiter vor, trafen aber auf unterschiedliche Reaktionen. Einige gegnerische Pulks zogen sich zurück und entgingen dadurch den Zangenbewegungen. Andere Verbände und Flottillen stemmten sich in erbitterten Nachhutgefechten den Angreifern entgegen und bremsten deren Tempo. Zwar waren diese arkonidischen Nachhuten klein, aber sie kämpften mit maahkscher Todesverachtung! Sogar manövrierunfähig geschossene Schiffe wehrten sich, bis der letzte Geschützstand ausgefallen war. Selbst ausglühende Wracks setzten noch Raumminen ab, die etlichen Walzenschiffen zum Verhängnis wurden.

Grek 1 gab neue Anweisungen. Der starke Verband, der sich im Anflug an den arkonidischen Feldherrnhügel befand, vollzog einen Schwenk nach Steuerbord, um zuerst einen Pulk anzugreifen, der sich eben formierte. Eine andere Keilformation, die ganz in der Nähe operierte, fragte an, ob sie der ersten zu Hilfe kommen solle. Grek 1 verneinte und befahl ihr, weiter vorzustoßen. Als der Maahkbefehlshaber merkte, dass der erste Keil den arkonidischen Pulk doch nicht zersprengen konnte, ließ er den zweiten umkehren. Doch es war zu spät! Die Arkoniden hatten den ersten Verband fast aufgerieben, als der zweite eintraf – und diesem drohte bald das gleiche Schicksal. Grek 1 begriff nicht, warum die Arkoniden, die schon geschlagen gewesen waren, ihr Heil nicht in der Flucht suchten, sondern abwechselnd angriffen und zurückwichen und dabei auch Kurztransitionen in Kauf nahmen, die ihre Formationen aufsplitterten. Gerade Letzteres bestärkte Grek 1 in der Überzeugung, die Schlacht zu gewinnen.

Indem er versuchte, sich auf die unberechenbare Taktik der Arkoniden einzustellen, musste er aber immer wieder Kampfgruppen aus vorstoßenden Verbänden abziehen, andere Stoßkeile verstärken und eben erteilte Befehle in Umgehungsweisungen ändern, die kurz darauf wieder korrigiert werden mussten.

»Wir haben sie und werden sie vernichten«, sagte er entschlossen. »Sie sind völlig verwirrt. Bald werden ihre Verluste so hoch sein, dass sie, gefühlsbetont, wie sie sind und reagieren, vor Furcht gelähmt sein werden.«

»Ihr Hauptziel haben sie allerdings erreicht: Rashillkane wurde vernichtet! Das Projekt Tacksmuth ist gescheitert«, sagte Grek 2.

»Diesen Erfolg bezahlen sie mit der Vernichtung ihrer ganzen Kampfflotte.«

»Mit scheint, als seien die Arkoniden doch nicht so verwirrt, wie Sie annehmen, Grek Eins. Die vielfältigen Bewegungen deuten darauf hin, dass sie das Gros ihrer Flotte weit im hinteren Raum sammeln; die harten Gefechte ihrer Nachhuten dienen nur dazu, unsere Front zu zersplittern und unsere Vorstöße zu verlangsamen.«

»Was schlagen Sie vor?«

»Ich würde die Nachhuten gar nicht beachten, sondern seitlich an ihnen vorbeiziehen.«

»Das dachte ich mir«, sagte Grek 1. »Genau das hat Ihnen im Bekwyn-System die Niederlage beschert.«

»Irrtum – ich habe damals wie Sie reagiert.«

»Ich mache nicht den Fehler, kampffähige arkonidische Verbände im Rücken der Flotte zu lassen. Erst wenn sie niedergekämpft sind, können wir zum entscheidenden Sturm ansetzen.«

Darauf erwiderte Grek 2 nichts.

Mit der stoischen Ruhe eines Lebewesens, das sein Denken und Handeln nicht von Gefühlen, sondern von Logik leiten ließ, beobachtete Grek 1 die Ortungsschirme. Überall, wo die Verbände der Walzenschiffe ihre Zangenbewegungen abschlossen, kamen sie zu spät. Die arkonidischen Gruppen und Flottillen, die eingekesselt werden sollten, zogen sich durch Kurztransitionen blitzschnell zurück, sodass der Schlag ins Leere ging. Und jedes Mal, wenn sich die betreffenden maahkschen Verbände neu formieren wollten, stellte sich eine feindliche Nachhut in den Weg, die bis zur Selbstaufopferung kämpfte.

»Jedes Nachhutgefecht kostet uns durchschnittlich fünfzehn Totalverluste und zweiundzwanzig Teilausfälle«, sagte Grek 2 nach einigen Berechnungen und Auswertungen. »Aber das ist noch nicht alles. Wir müssen zusätzlich Einheiten abstellen, die unsere manövrierunfähigen Schiffe bewachen, sonst tauchen plötzlich kleine arkonidische Schiffe auf, wahrscheinlich Beiboote, die ihnen den Rest geben und dann blitzschnell wieder verschwinden.«

»Der ursprüngliche Schwung unseres Angriffs ist in der Tat erlahmt«, gestand Grek 1. »Dass die Beschleunigungswerte der Arkoniden ohnehin die unseren übertreffen, ist ein Nachteil.«

»Nicht zu vergessen, dass unsere Einheiten bei den Nachhutgefechten meist ihre Raumtorpedos restlos verschossen haben. Ohne die Deckungssalven sind die neuen Schutzschirme nur noch halb so viel wert.«

»Den Arkoniden ergeht es nicht viel anders«, sagte Grek 1. »Dennoch lasse ich unsere Verbände stoppen. Geben Sie durch, dass sich die Schiffe vom Feind lösen und komplett neu formieren sollen. Wir greifen dann mit geballter Macht an.«

»Die Kampfflotte hört auf unser Kommando«, sagte Fartuloon. »Lantcor gibt keine Befehle mehr, sondern hält sich zurück und beobachtet nur noch.«

Ich nickte. Die letzten Kämpfe hatten an meinen Kräften gezehrt. Die Steuerung der ISCHTAR unterstand ganz dem Ersten Offizier, während ich mich ausschließlich um die Koordinierung der arkonidischen Verbände kümmerte. Es war nicht leicht gewesen, die verstreuten Schiffe zu untereinander abgestimmten Aktionen zu bewegen. Um die dafür notwendige Zeit zu gewinnen, hatte ich Nachhutgefechte befehlen müssen, die Abertausende Raumsoldaten das Leben gekostet hatten. Aber ohne diesen aufopfernden Widerstand wären die Verluste ungleich höher gewesen.

Endlich trug meine Taktik, die den arkonidischen Raumfahrern gegenüber natürlich als Taktik Gonozals VII. ausgegeben wurde, erste Früchte. Der maahksche Oberbefehlshaber hatte sich darauf einstellen wollen, statt zu versuchen, die Initiative zu behalten. Dadurch war ihm die notwendige Übersicht verloren gegangen. Die in kleine Verbände aufgesplitterte Flotte der Methans war uns zahlenmäßig immer noch überlegen, sodass wir mit unseren überbeanspruchten Schiffen und den abgekämpften Besatzungen nicht an einen Sieg denken konnten. Aber im Gegensatz zum Gros der Maahks, das ziellos hin und her gehetzt worden war, hatte das Gros auf unserer Seite neue Kräfte sammeln können. Vor allem hatte sich neue Zuversicht eingestellt im Bewusstsein, dass die eigene Führung der des Feindes überlegen war.

Als ich mich irgendwann einmal nach Arthamin umdrehte, sah ich in ihren Augen kurz so etwas wie Bewunderung und Anerkennung aufblitzen. Ich trank einen Schluck und fragte heiser: »Halten Sie mich immer noch für einen Feigling, Kriminellen, Piraten, Rebellen und dergleichen?«

»Für einen Feigling – nein. Für einen Kriminellen und Rebellen – ja«, antwortete sie. »Ich gebe zu, dass durch Ihre Initiative viele Schiffe und Raumfahrer gerettet wurden. Andere dagegen mussten Sie opfern. Was haben Sie nun vor?«

»Ich warte darauf, dass der Grek Eins einsieht, dass er seine Verbände umgruppieren muss, wenn er die Übersicht zurückgewinnen und zum entscheidenden Schlag ausholen will. Dann lasse ich die Flotte angreifen.«

»Ich rate dringend von diesem Angriff ab. Er wird mit einer Katastrophe enden.«

»Im Gegenteil«, sagte ich zuversichtlich. »Würden wir jetzt fliehen, während sich die Maahks noch in der Vorwärtsbewegung befinden, würden sie uns folgen und unerbittlich dezimieren. Sobald sich die Methans aber zurückziehen, um sich neu zu formieren, weisen die Hecktriebwerke der Walzen auf uns. Bevor sie wieder gewendet haben, werden wir über ihnen sein und sie so durcheinanderbringen, dass sie nicht an gezielte Verfolgung denken, wenn wir kurz darauf abdrehen und Anlauf für die erste Sammeltransition nehmen.«

»Die Maahks bremsen ab«, meldete Fartuloon. »Es ist, als hättest du sie in deinem Interesse programmiert, mein Junge.«

»Habe ich auch«, sagte ich leise. »Jede Aktion ruft eine Reaktion hervor – getreu diesem alten Gesetz brauchte ich mit meinen Aktionen nur die gewünschten Reaktionen der Methans zu provozieren.«

»Ein Pirat kann eine Schlacht gewinnen, niemals aber den Krieg«, sagte Karmina Arthamin eisig. »Es lebe Imperator Orbanaschol!«

Ich wollte es nicht zugeben, war aber enttäuscht. Die Sonnenträgerin hatte mit eigenen Augen gesehen, wie aus der einsetzenden, fast kopflosen Flucht durch unser Eingreifen planvolle und gezielte Aktionen geworden waren. Unterdessen saß Orbanaschol in seinem Palast und beschäftigte sich mit Intrigen, die so weit gingen, dass er den Maahks Informationen zuspielte, um sich tatsächlicher oder eingebildeter Widersacher zu entledigen. Dennoch hielt ihm Arthamin die Treue, weil sie glaubte, dass eine andere Handlungsweise die Geschlossenheit des arkonidischen Volkes schwächen würde. Dabei war es doch gerade Orbanaschol, der diese Geschlossenheit schwächte, der die Verteidigungskraft unserer Flotten unterminierte und erfolgreiche Kommandeure meuchlings ermorden ließ, weil ihm ihre Popularität gefährlich erschien.

»Eines Tages werden Sie einsehen, wie falsch Sie liegen«, murmelte ich. »Hoffentlich nicht zu spät, Sonnenträgerin.«

Sie warf in einer hochmütigen Geste den Kopf zurück, erwiderte aber nichts.

Die Ortungsschirme zeigten, dass sich die Maahks überall planvoll zurückzogen. Einige wenige Walzenschiffe markierten bereits die Auffanglinie, auf der sie sich zu einer tief gestaffelten neuen Angriffsfront formieren wollten. Kurz überlegte ich, ob es nicht doch klüger sei, die Gelegenheit zur schnellen Flucht zu nutzen, um weitere Opfer zu vermeiden. Doch ich war sicher, dass die Raumfahrer dafür kein Verständnis haben würden. Sie würden nicht akzeptieren, dass ein Kommandeur die Gelegenheit, dem gnadenlosen Feind weitere hohe Verluste zuzufügen, nutzlos verstreichen ließ. Längst war der Kampf gegen die Methans keine »normale« kriegerische Auseinandersetzung mehr, bei der es um die Kontrolle eines Raumsektors oder um Handelsprivilegien ging, sondern ein Existenzkampf. Zu viele Attacken der Methans zeigten, dass es ihnen nicht um einen militärischen Sieg ging, sondern um die Auslöschung unseres Volkes, wenn nicht sogar aller Sauerstoffatmer. Somit mussten auch wir mit aller Härte zurückschlagen – sie durften nie wieder einen Krieg gegen das Imperium anzetteln. Am besten wäre es, wir könnten sie ganz aus der Öden Insel vertreiben.

Mein Volk brauchte endlich wieder Sicherheit und Frieden; es musste seine inneren Verhältnisse ordnen und sich wieder dem Handel mit anderen Völkern und der weiteren Erschließung und Erforschung der Öden Insel widmen. Ich fing einen warnenden Blick Fartuloons auf, beendete die Grübeleien und sagte laut: »Angriffsbefehl für die Flotte!«

Vorbereitete Einzelanweisungen folgten dem Generalbefehl, Bestätigungen liefen ein. Helos Trubato fuhr die Impulstriebwerke hoch; diesmal würde die ISCHTAR an vorderster Front kämpfen. Ich schaute in die Gesichter der Zentralebesatzung. Sie waren schweißbedeckt, von der nervlichen Anspannung der letzten Tontas gezeichnet. Aber die von dunklen Rändern umgebenen Augen verrieten, dass der Kampfeswille ungebrochen war. Die ISCHTAR nahm Fahrt auf. Eine Art fatalistische Stimmung hatte von mir Besitz ergriffen. Da sich unser Schiff als Führungseinheit nicht zurückhalten durfte, gab es für uns nur eins: keine Furcht zeigen und unser Bestes geben.

Auf den Ortungsschirmen sah ich, dass sich auch die anderen Schiffe in Bewegung setzten und mit Maximalwerten beschleunigten. Es galt, den Feind einzuholen, ehe er wenden konnte. Einige unserer Schiffe fielen zurück; ihre Triebwerke waren nach den letzten Beanspruchungen dem Vollschub nicht mehr gewachsen. Ich gab die Anweisung, dass sich die Nachzügler unverzüglich per Transition abzusetzen hatten, weil sie andernfalls den Maahks zum Opfer fallen würden. Dann richtete ich meine Aufmerksamkeit nach vorn.

Die Methans wurden von unserem neuen Angriff völlig überrascht. Ihre Schiffe versuchten zu wenden oder abzustoppen. Es kam zu Kollisionen und Explosionen. Und mitten in dieses Durcheinander stießen wir vor ...

14.

»Sie greifen an!«, meldete Grek 2 ohne Gemütsbewegung.

»Das ist ausgesprochen dumm. Ich gebe allerdings zu, dass uns der Angriff derzeit sehr ungelegen kommt. Übermitteln Sie die Anweisung, abzustoppen und umzukehren, damit wir aus der Verteidigung gleich in den Angriff übergehen können.«

»Sie werden bei uns sein, während wir beim Wendemanöver ziemlich hilflos sind. Ich rate, die Flugrichtung beizubehalten, um die Breitseiten nutzen zu können.«

»Abgelehnt«, sagte Grek 1.

»Ich werde wohl niemals begreifen, weshalb die Arkoniden diesen Krieg angezettelt haben. Hassen sie uns so, dass sie uns alle töten wollen?«

»Es liegt an ihrer Emotionalität, dass sie unsere totale Vernichtung wollen«, sagte Grek 1. »Deshalb bleibt uns nichts anderes übrig, als alle Arkoniden zu töten und alle anderen Sauerstoffatmer ebenfalls, die ihnen als Hilfstruppen dienen könnten.« Er widmete seine Aufmerksamkeit wieder den Ortungsschirmen, auf denen die heranrasenden Kugelraumer als blau markierte Punkte zu sehen waren. »Sie erreichen uns tatsächlich mitten im Wendemanöver. Nun, dann verlieren wir einige Schiffe, aber die Arkoniden stecken zwischen unseren Verbänden fest.«

Als in der Nähe ein glühender Ball anschwoll, blickte Grek 1 zur Panoramagalerie. Es war nur ein einzelnes Schiff, das dort explodiert war. Im Dunkel des Alls waren die abgeschossenen Breitseiten normaloptisch erst beim Auftreffen zu erkennen, wenn die Energiebündel ihre mörderische Wirkung entfalteten. Weitere Walzenraumer explodierten oder taumelten haltlos durch den Raum.

»Wir greifen ebenfalls ein!«, befahl Grek 1, an den Kommandanten des Walzenraumers gewandt.

Das Schiff feuerte eine Breitseite ab, als ein Arkonraumer in Gefechtsdistanz auftauchte. Die Kugel wurde schwer erschüttert, erwiderte aber sofort das Feuer. Der Schutzschirm der Walze flackerte unter der Belastung.

»Näher heran!« In schneller Folge wurde das Walzenschiff von den eigenen Breitseiten und den Schutzschirmtreffern des Gegners erschüttert. Dann leuchtete es plötzlich grell auf. »Es war ein guter Gegner.«

Rings um das maahksche Flaggschiff entbrannten immer mehr Einzelgefechte. Walzen- und Kugelraumer explodierten. Bislang hatten sich nur wenige maahksche Verbände geordnet dem überraschenden Angriff entgegenstemmen können.

»Sollte es so weitergehen, kommt unser Gegenangriff nicht in Gang«, mahnte Grek 2.

»Wir haben die größeren Reserven. Da – jetzt bricht der Feind den Angriff ab und geht auf Fluchtbeschleunigung. Wir nehmen die Verfolgung auf.«

Während Grek 2 die Befehle weiterleitete, stieß das Flaggschiff auf eine arkonidische Nachhut. Bei dem kurzen, heftigen Gefecht verloren die Maahks zwölf Walzenraumer, während von fünfzehn Kugelschiffen sieben davonkamen. In einem der sieben Raumer erkannte Grek 1 die ISCHTAR. Sie hatte einen schweren Treffer erhalten.

An Bord der ISCHTAR: 15. Prago des Tedar 10.499 da Ark

Als sich der Rematerialisierungsschmerz mit imaginären Krallen in meinen Nacken bohrte, stöhnte ich unterdrückt auf. Vor meinem geistigen Auge stand noch immer das Bild der Raumschlacht, wie es sich mir unmittelbar vor der Transition dargeboten hatte. Im Mittelpunkt dieses Bildes: ein großer Walzenraumer, seiner Hyperfunkaktivität nach das Flaggschiff der maahkschen Flotte. Dieses Superschlachtschiff hatte uns den schweren Treffer beigebracht, der großen Schaden in den Maschinenräumen angerichtet hatte. Überdeutlich glaubte ich die Abstrahlmündungen zu erkennen; sie zeigten genau auf die ISCHTAR. Innerlich hatte ich mit dem Leben abgeschlossen – denn die Zeit, die wir bis zur Nottransition benötigten, reichte dem Maahk, um uns eine ganze Breitseite zu verpassen, die das Ende der ISCHTAR bedeutete. Aber der Entzerrungsschmerz bewies mir, dass dieses Ende nicht gekommen war, dass ich noch lebte und dass die ISCHTAR noch existierte.

»Geht's dir gut, Junge?« Fartuloon sah mich besorgt an. »So stark war der Entzerrungsschmerz nicht. Ich fürchte, das Transitionstriebwerk ist ausgefallen.«

Ich nickte und riss mich zusammen. Trubato checkte bereits mithilfe der Bordpositronik die Systeme der ISCHTAR. Wenigstens die KSOL arbeitete noch einwandfrei. Schadensmeldungen liefen ein, die Zentralebesatzung hatte mit der Positionsbestimmung begonnen. Mit der Passivortung wurde Ausschau nach anderen Schiffen gehalten. Ein Blick auf die Panoramagalerie verriet mir zunächst nichts darüber, wo wir verstofflicht waren. Allzu weit konnten wir uns nicht von Marlackskor entfernt haben; Nottransitionen waren stets Transitionen über geringe Distanz. Die Interkomverbindung zur Medostation besagte, dass bei dem schweren Treffer sechs meiner Leute gefallen und achtundzwanzig verwundet worden waren. Ich nahm mir vor, sobald wie möglich persönlich nach den Verwundeten zu sehen.

Zunächst aber ging es um die Sicherheit und Funktionstüchtigkeit des Schiffes. Der Erste Offizier hatte die Grobprüfung beendet und informierte mich: »Die ISCHTAR ist nur noch zu dreißig Prozent manövrierfähig. Drei Geschütze ausgefallen. Transitionstriebwerk durch Energierückschlag beschädigt. Für eine Kurztransition reicht es vielleicht noch – Mindestsprunggeschwindigkeit allerdings neunzig Prozent der Lichtgeschwindigkeit. Mehr ist wohl nicht drin.«

»Bereiten Sie eine Kurztransition vor, möglichst in ein benachbartes Sonnensystem.«

Er sah mich verwundert an. »Sollten wir nicht zuerst die gröbsten Schäden an den Impulstriebwerken beheben, Kristallprinz?«

»In einer normalen Lage – ja. Leider ist unsere Lage nicht normal. Sollten uns die Methans finden, sind wir verloren. Wir geraten aber auch in Schwierigkeiten, sollten uns jene finden, denen wir eben noch geholfen haben, eine vernichtende Niederlage zu verhindern. Deshalb müssen wir dafür sorgen, dass wir notfalls sehr schnell eine Transition durchführen können.«

»Sie werden nicht davonkommen, Atlan«, sagte Arthamin. Ich sah sie an, sie lächelte zuversichtlich. »Die ISCHTAR hat naturgemäß Aufsehen erregt. Gonozals Auftritt wird Keon'athor Lantcor keine Ruhe lassen; er wird alles daransetzen, sie aufzuspüren. Es genügt, wenn nur ein einziges Schiff der Kampfflotte die Strukturerschütterung der ISCHTAR exakt angemessen hat. Sobald die Daten ausgewertet sind, weiß Lantcor, wo wir uns befinden.«

»Deshalb wird ja die nächste Transition vorbereitet.«

»Die ebenfalls angemessen werden wird. Es hat keinen Sinn; fügen Sie sich ins Unvermeidliche. Ich schlage vor, Sie ergeben sich mir und treten freiwillig das Kommando an mich ab. Möglicherweise wird man Ihnen das als mildernden Umstand auslegen.«

Allmählich trieb mich die Frau zur Weißglut. Unser Einsatz hatte die arkonidische Kampfflotte gerettet, nachdem sie in eine prekäre Lage geraten war, weil die Maahks vom bevorstehenden Angriff erfahren hatten und vorbereitet gewesen waren. Uns war zu verdanken, dass das

Primärziel – die Vernichtung des Mondes Rashillkane – erreicht wurde. Und nun faselte sie etwas von »mildernden Umständen«?

»Mildernder Umstand?«, wiederholte ich scharf. »Ich kämpfe um mein *Recht!* Mein Vater wurde von Orbanaschol gewaltsam beseitigt, Mordkommandos hetzten meine Mutter und mich. Niemand nimmt mir das Recht, das mir als Kristallprinz gebührt. Abgesehen davon wüsste ich nicht, warum ich vorzeitig aufgeben sollte, solange uns niemand entdeckt hat.« Ich winkte einem jungen Offizier. »Führen Sie Has'athor Arthamin in eine Arrestzelle und sorgen Sie dafür, dass sie ständig von einem Doppelposten bewacht wird.«

»Sie wollen die Wahrheit nicht hören?«, fragte sie ironisch.

»Irrtum – ich will mich nur nicht dauernd von meinen Aufgaben ablenken lassen.«

»Astrogator – ist die Positionsbestimmung abgeschlossen?«, fragte ich, nachdem Arthamin die Zentrale verlassen hatte.

»Die wesentlichen Daten liegen vor«, sagte Brontalos. »Wir sind rund siebenundzwanzig Lichtjahre von Marlackskor entfernt. Die nächste Sonne ist ein roter Riesenstern ohne Planeten in fünfeinhalb Lichtjahren Distanz. In siebzehn Lichtjahren Entfernung gibt es eine bläuliche Sonne mit elf Planeten; Nummer zwei kommt den Bedingungen der Arkonwelten am nächsten.«

»Danke. Weiterleitung zur Transitionsberechnung!«, befahl ich. Trubato hatte inzwischen die funktionstüchtigen Impulstriebwerke hochfahren lassen. Die Geschwindigkeit der ISCHTAR betrug fünf Prozent der Lichtgeschwindigkeit. »Unser Ziel ist die bläuliche Sonne. Wir warten mit der Transition, bis Strukturerschütterungen anderer Schiffe die unseren ausreichend überlagern, sodass eine genaue Anmessung unwahrscheinlich ist.«

»Verstanden, Kristallprinz. Beschleunigung bis neunzig Prozent Lichtgeschwindigkeit; dann freier Fall und warten.«

»Genau. Sobald die Strukturtaster ansprechen, transitieren wir.«

Als ich mich umdrehte, stand mir Ra gegenüber. Der Barbar sah missgestimmt aus. »Was kann ich tun? Ich stehe nur herum, statt eine Aufgabe zu bekommen.«

»Geh in deine Kabine und ruh dich aus. Wahrscheinlich bekommst du bald mehr zu tun, als dir lieb ist. Noch haben wir es nicht überstanden.«

»Warum ruhst du dich nicht ebenfalls aus?«

»Ich bin der Kommandant der ISCHTAR.«

»Na schön. Aber wenn es demnächst für mich keine fest umrissene Aufgabe gibt, komme ich erst gar nicht mehr mit.«

Ich sah ihm nach, wie er davonging, in provozierend wirkendem Schlendergang. Wahrscheinlich hätte ich ihm in der Tat einen Posten auf der ISCHTAR zuweisen sollen, statt ihn zur Verfügung frei zu halten. Ich wandte mich an Fartuloon: »Wo ist Vorry?«

»Er hilft den Leuten, die die Beschussschäden ausbessern.«

»Dann leidet wenigstens er nicht unter Langeweile.« Ich seufzte. »Kommst du mit in die Medostation?«

Bevor er antworten konnte, sprachen die Strukturtaster an. Kurz heulte Alarm auf, dann gingen die Ortungsdaten ein.

»Wir haben erst vierundzwanzig Prozent erreicht«, meldete Trubato.

»Weiter beschleunigen.«

In der Nähe war ein Schwerer Kreuzer materialisiert; Fartuloon murmelte: »Wenigstens keine Maahks.«

»Hyperfunksprüche?«, erkundigte ich mich. »Bei einem Maahk wüssten wir, woran wir sind. Ich fürchte, dass das Schiff Verstärkung herbeirufen wird, sobald wir identifiziert sind.«

»Hyperkomspruch für Sie, Kristallprinz.«

Ein Bildschirm leuchtete auf, ein älterer Arkonide wurde sichtbar. »Schwerer Kreuzer LLOTKAM, Kommandant Perkamer. An ISCHTAR: Im Auftrag von Keon'athor Lantcor ersuche ich Sie, die Maschinen zu stoppen und die Ankunft des Oberbefehlshabers abzuwarten.«

»ISCHTAR an LLOTKAM«, antwortete ich. »Die ISCHTAR ist kein Schiff der Imperiumsflotte und somit nicht verpflichtet, Weisungen eines Befehlshabers der Arkonflotte zu befolgen. Entweder halten Sie sich zurück oder unterstellen sich der Befehlsgewalt von Begam Gonozal und damit auch meiner.«

»Ihr Schiff ist beschädigt, Gos'athor.« Immerhin sprach er mich als Kristallprinzen an. »Ohne Hilfe können Sie die Schäden kaum beheben. Ich appelliere an Ihre Vernunft und Ihren Patriotismus.«

»LLOTKAM beschleunigt und nimmt Kurs auf uns.«

Ich nickte kaum merklich.

»Vierundsechzig Prozent«, meldete Trubato.

Immer noch zu wenig für die Transition mit beschädigtem Sprungaggregat. Also musste ich den Verfolger weiterhin hinhalten. Um neunzig Prozent der Lichtgeschwindigkeit zu erreichen, war ein Beschleunigungsflug von rund zehneinhalb Zentitontas Bordzeit nötig. Aufgrund der Zeitdilatation bei dieser Geschwindigkeit verging für einen ruhenden Beobachter mehr als die doppelte Zeit. Vorsprung und Geschwindigkeitsdifferenz waren allerdings ausreichend groß; die LLOTKAM würde uns nicht gefährlich werden können.

»Unterlassen Sie einen Annäherungsversuch«, sagte ich. »Wir haben unseren Patriotismus bei der Schlacht hinreichend bewiesen, Kommandant Perkamer.«

»Ich ersuche Sie noch einmal, alle Maschinen zu stoppen. Außerdem verlange ich, Has'athor Arthamin zu sprechen, die sich an Bord Ihres Schiffes befindet.«

»Achtundsiebzig Prozent.«

Die Verstärkung war längst per Hyperfunkrichtstrahl angefordert; es war nur eine Frage der Zeit, bis die ersten Einheiten materialisierten.

»Sonnenträgerin Arthamin ruht. Sobald sie wach ist, können Sie mit ihr sprechen.«

»Sie versuchen mich hinzuhalten. Unsere Ortung besagt, dass Sie transitionsbereit sind.«

»Neunzig Prozent.«

»Geschwindigkeit halten. Abwarten.«

Im nächsten Augenblick knatterten die Strukturtaster; das ließ auf die Rematerialisation mehrerer großer Objekte schließen. Ich rief: »Transition!«

Ich bekam gerade noch mit, dass die Ortung die Ankunft von sechs Raumern anzeigte, dann verschwanden das Universum und ich selbst aus meiner Wahrnehmung. Nach dem Entzerrungsschmerz heulten Alarmsirenen.

»Transitionstriebwerk ausgefallen«, plärrte eine Automatenstimme.

Ich massierte den Nacken, wischte Tränen von den Wangen und sah zur Panoramagalerie. »Zielgebiet erreicht.«

»Wir haben's wohl mit Punktlandungen?«, murmelte Fartuloon ironisch. »Hätte nicht viel gefehlt, und wir wären mit dem zweiten Planeten kollidiert.«

Die ISCHTAR war mit geringer Geschwindigkeit in nur rund 150.000 Kilometern Distanz an dem Planeten vorbeigeschossen. Längst feuerten die Impulstriebwerke im Umkehrschub und ließen das Schiff in eine zunächst weite Bahnellipse einschwenken.

»Landeanflug einleiten«, rief ich. »Wir müssen so schnell wie möglich ein Versteck finden.«

»Aber wir wissen doch nichts über den Planeten.«

»Das Nötigste erfahren wir bei der Landung; zu mehr bleibt keine Zeit.«

»Du rechnest damit, das sie uns bald finden?«

»Finden sollen sie uns ja eben nicht«, sagte ich. »Aber sie werden sich auch ohne genaue Anpeilung denken können, dass wir erstens nicht weit gesprungen sind und zweitens nach brauchbaren Welten Ausschau gehalten haben. Da sie wissen, dass die ISCHTAR beschädigt ist, ist die Auswahl nicht groß.«

Fartuloon winkte ab, setzte sich neben mich und half mit der Astronomin Algonia Helgh bei der Auswertung der eingehenden Daten. Der zweite Planet der namenlosen bläulichen Sonne war etwas kleiner als die Kristallwelt und wies eine Sauerstoffatmosphäre und erträgliche Temperaturen auf. Es gab Meere, mehrere Kontinente, hohe Berge, Ebenen und riesige Flüsse. Die Vegetation zeigte nach erstem Anschein keine krassen Auswüchse. Nach Erreichen der Orbitbahn und weiterer Abbremsung steuerte der Pilot Gerlo Malthor die ISCHTAR so, dass das Schiff die Atmosphärenausläufer genau in jenem Winkel traf, der für eine triebwerkslose Landung erforderlich war, damit das Schiff weder zurück in den Raum geschleudert wurde noch durch die Reibungshitze verglühte. Malthor rechnete vorsichtshalber damit, dass weitere Impulstriebwerke ausfielen oder kein Verlass mehr auf die Antigravaggregate war; an eine Aktivierung des Schutzschirms war derzeit ebenfalls nicht zu denken.

Als wir die Nachtseite des Planeten überflogen, machten wir eine Entdeckung, die überaus ungelegen kam: Über einem genau abgegrenzten Gebiet wölbte sich ein beachtlicher Energieschirm – und unter diesem befand sich eine heiße Hochdruckatmosphäre, die im Wesentlichen aus Wasserstoff, Helium und Ammoniak bestand.

»Das hat uns noch gefehlt – ein Stützpunkt der Methans«, sagte mein Pflegevater. »Mit Arkoniden im Nacken und Maahks vor Augen können wir nur noch auf die Gunst der She'Huhan hoffen.«

»Die Sternengötter helfen uns nicht weiter«, antwortete ich grimmig und forderte genauere Daten an.

»Ein von fremdartiger Vegetation überwucherter Walzenraumer und eine Ansammlung primitiver Bauwerke«, meldete der Ortungsoffizier. »Nur geringe energetische Aktivität.«

»Da stimmt was nicht. Was ist mit dem Energieschirm? Um den aufrechtzuerhalten, braucht es die Leistung mehrerer Großkraftwerke. Diese sollten anzumessen sein.«

»Sind sie aber nicht. Oder unsere Energieortung arbeitet fehlerhaft. Ich kann aber auch nach der dritten Prüfung keine Fehler entdecken.«

Fartuloon seufzte. »Da stimmt wirklich was nicht. Maahks hätten uns längst beschossen. Vielleicht ein verlassener Stützpunkt oder ein Depot?«

»Doch nicht auf einer Sauerstoffwelt. Und einen verlassenen Stützpunkt lassen sie bestimmt nicht mit einer so auffälligen Energieglocke zurück.«

»Neue Befehle, Kristallprinz?«, fragte Trubato.

»Nein. Wir werden nicht durchstarten, sondern den Landeanflug fortsetzen, ob es dort nun Methans gibt oder nicht. Voraussichtliches Landegebiet?«

»Entgegengesetzte Planetenseite.«

»Gut. Dann müssen wir uns wenigstens nicht sofort mit Maahks herumschlagen.«

Der Erste Offizier murmelte etwas, das ich nicht verstand. Allerdings konnte ich mir auch so denken, was ihn beschäftigte. Selbst wenn uns keine Wasserstoffatmer bedrohten, war es mit der beschädigten ISCHTAR nicht leicht zu landen. Die Schutzschirm- und Antigravprojektoren waren ausgefallen, Aussetzer konnten auch jederzeit bei den verbliebenen Impulstriebwerken auftreten. *Und eigentlich müssen wir den Sternengöttern auf Knien danken*, dachte ich, *dass die Andruckabsorber halten.*

Es gab dennoch einen spürbaren Ruck, als die ISCHTAR in dichtere Atmosphärenschichten eintauchte. Malthor schaltete hastig, weil infolge unregelmäßig arbeitender Impulstriebwerke das Schiff zu trudeln begann. Er brachte es aber schnell genug wieder unter Kontrolle. Bald war das Heulen der dichteren Luft zu hören. Die Außentemperatur stieg rapide; vom Boden aus gesehen musste die ISCHTAR einem langgeschweiften Glutkometen gleichen. Plötzlich fielen zwei weitere Triebwerke aus.

»Noch zwei, und ich kann das Schiff nicht mehr ausreichend abbremsen.«

Ich erwiderte nichts. Sollte der Pilot keine Bremsung hinbekommen, würde es einen harten Aufschlag geben. Vielleicht sogar so hart, dass die Andruckabsorber überlastet wurden. Unter Umständen barst die Außenhülle. Die ISCHTAR drohte zu unserem Grab zu werden. Aber damit nicht genug – im nächsten Augenblick sprachen die Strukturtaster an.

»Sieben Arkonraumer!«, meldete die Ortung. »Wiederverstofflichung zwischen dem zweiten und dritten Planeten, aber auf der anderen Seite der Sonne.«

»Dann werden sie uns nicht mehr anmessen können.«

»Wir brauchen ein gutes Versteck«, sagte ich. Die Panoramagalerie zeigte, dass wir über ein Felsengebirge mit violetter Vegetation flogen. Kurz darauf sah ich am gewölbten Horizont eine Fläche, die das Sonnenlicht reflektierte. »Ein Ozean! Können Sie die ISCHTAR dort auf Grund setzen?«

»Kein Problem«, antwortete Malthor ironisch. »Sie sinkt nach dem Aufsetzen ganz von allein. Durch die großen Lecks wird genug Wasser eindringen, um das untere Drittel in ein Aquarium zu verwandeln. Ich bin nicht mal sicher, ob wir wieder aufsteigen können, wenn wir erst mal unten sind.«

»Wir haben keine Wahl.«

Malthor drosselte die verbliebenen Triebwerke etwas. Das Schiff sank schneller. Wir überflogen das Ufer des Ozeans in nur noch dreitausend Metern Höhe. Auf den Bildschirmen war zu sehen, dass eine außergewöhnlich hohe Brandung gegen ausgezehrte Felsklippen schlug. Als ein weiteres Impulstriebwerk ausfiel, musste der Pilot die verbliebenen zwei Aggregate hochfahren, sonst wären wir abgestürzt. Wir kamen dennoch zu schnell hinunter. Die ISCHTAR tauchte bis über den Ringwulst ein und erzeugte eine Riesenwelle. Ohne Andruckabsorber hätten wir den Aufprall nicht überlebt. Malthor warf mir einen zweifelnden Blick zu, als er die Triebwerke endgültig ausschaltete. Wie angekündigt füllte sich das untere Drittel des Schiffs mit Wasser, ehe die intakten Druckschotten dem weiteren Vordringen Einhalt geboten. Gurgelnd versank die ISCHTAR in den Fluten.

»Wassertiefe neunhundert Meter«, meldete die Ortung. »Der Meeresboden ist stark zerklüftet. Wir setzen voraussichtlich in einer Unterwasserschlucht auf.«

»Ist sie breit genug?«, fragte der Erste Offizier. »Dann ist das günstig. In dieser Tiefe können wir nur von scharf gebündelten Hypertasterstrahlen angemessen werden. Die Verfolger werden kaum jeden Quadratmeter des Planeten abtasten.«

»Vielleicht suchen sie gar nicht weiter nach uns, sobald sie den Maahkstützpunkt entdecken«, antwortete ich. »Sie werden annehmen, dass wir kaum freiwillig auf einem von Methans besetzten Planeten landen.«

Fartuloon runzelte die Stirn. »Dafür werden sie den Stützpunkt angreifen. Also kommt es in jedem Fall zu Komplikationen ...«

Ras Gesicht erschien auf dem Interkomschirm; der Barbar blinzelte verschlafen. »Warum weckst du mich? Ich dachte, ich soll ruhen?«

»Du hast tatsächlich geschlafen? Unglaublich. Du hast eine Notlandung samt ihrem Geräusch verpasst, mein Lieber. Ich habe eine Aufgabe für dich. Wir befinden uns am Grund eines Ozeans und müssen vorläufig hierbleiben, weil sieben Arkonraumer im System materialisiert sind. Ich brauche einen tüchtigen Mann, der mit mir auftaucht und sich an der Oberfläche umsieht.«

»Hier ist er! Ich komme sofort.«

Zu weiteren Erklärungen kam ich nicht, Ra hatte abgeschaltet. Kurz darauf betrat er die Zentrale.

»Wir legen schwere Schutzanzüge an«, sagte ich. »Wegen der Ortungsgefahr dürfen wir keine Schutzschirme aktivieren, und die leichten Anzüge sind dem Wasserdruck nicht gewachsen.«

»Verstanden.«

Wir statteten uns aus, prüften die Kombistrahler. Unsere Anzüge verfügten über Deflektoren, Infrarotfilter und alles, was zu einem Einsatz unter schwierigen Bedingungen gehörte. Als wir fertig waren, prüften wir die Helmfunkgeräte. »Nur geringe Leistung«, ermahnte ich Ra. »Als Vorsichtsmaßnahme, obwohl eine akute Ortungsgefahr wohl noch nicht bestehen dürfte.«

»Warum nicht?«

»Weil sich die Arkonraumer zuerst um den Maahkstützpunkt auf der anderen Planetenseite kümmern werden. Wahrscheinlich werden sie ihn vernichten.«

»Sie werden es versuchen«, sagte Fartuloon. »Aber ich bin mir nicht sicher, ob sie etwas erreichen werden.«

»Wie kommst du darauf?«

»Weil es kein normaler Stützpunkt ist, mein Sohn. Oder hast du vergessen, dass er von einer Schutzschirmglocke geschützt wird, die ihren hohen Energiebedarf aus nicht vorhandenen Kraftwerken deckt?«

»Das gibt es nicht«, sagte Ra. »Vielleicht erhalten sie Energie aus der Sonne – durch einen Zapfstrahl?«

»Den hätten wir bei unserem Vorbeiflug anmessen müssen.«

»Vorbeiflug? Ohne beschossen zu werden?«

»Das ist ja das Rätselhafte. Aber die Tatsachen sind Tatsachen, mögen sie uns auch noch so absonderlich vorkommen. Gehen wir?«

»Seid vorsichtig«, mahnte der Bauchaufschneider.

»Wie immer«, sagte ich – obwohl ich wusste, dass genau diese Antwort meinen Pflegevater eher beunruhigen würde. Es hatte mich ohnehin einiges an Überredungskunst gekostet, ihn zum Hierbleiben zu bewegen. Unauffälligkeit einer möglichst kleinen Einsatzgruppe war ein Argument; das andere betraf die angelaufenen Reparaturen der ISCHTAR, die jedes verfügbare Besatzungsmitglied erforderten. Chefingenieur Hagor Quingallen und seine Leute würden viel zu tun haben. Ra und ich verließen die ISCHTAR durch eine Mannschleuse nahe der oberen Polkuppel.

Tief unter uns sahen wir im Licht der Scheinwerfer die Arbeitsroboter und Techniker an der Außenhülle. Sie sollten versuchen, die schlimmsten Schäden zu beseitigen. Da wegen der Ortungsgefahr fast alle Energieerzeuger und -verbraucher auf ein Minimum herabgeschaltet oder desaktiviert waren, würden sie es schwer haben.

Draußen justierten wir die Antigravprojektoren der Anzüge, schwebten langsam nach oben und entfernten uns gleichzeitig von der ISCHTAR. Eine ganze Weile glitten wir durch absolute Finsternis, die sich schließlich bläulich erhellte. Das Wasser war klar, sodass wir im Licht der Helmscheinwerfer die ganze bizarre Schönheit der Unterwasserklippen bewundern konnten. Grotesk anmutende Fische schwammen einzeln oder in Schwärmen um die Felsen, weideten Unterwasserpflanzen oder jagten Beutetiere.

Diese Welt schien kein eigenes intelligentes Leben hervorgebracht zu haben, obwohl sie in einigen Millionen Jahren vielleicht dazu in der Lage war. Und nun befand sie sich plötzlich in Gefahr, beim Kampf zwischen Arkoniden und Maahks zerstört zu werden. Ich nahm mir vor, das zu verhindern, sofern ich dazu in der Lage war. Wurde dieser Planet verwüstet, gingen vielleicht die Ansätze zur Entwicklung intelligenter Lebewesen verloren, die die galaktischen Zivilisationen in ferner Zukunft bereichern konnten.

Ich wurde aus den Gedanken gerissen, als mich Ras Hand am linken Unterarm packte. »Da ... da ist etwas.«

Der Lichtkegel seines Scheinwerfers beleuchtete nur bunte Klippen und Fische. Aber weiter unten wurden die Konturen eines seltsamen Bauwerks durch zahlreiche Lichtkreise aus der Dunkelheit gerissen.

»Anhalten«, sagte ich. Wir regulierten die Antigravprojektoren so, dass wir auf der Stelle schwebten. »Ziemlich groß! Wie konnte das der Ortung entgehen? Die ISCHTAR ist nicht mal einen Kilometer entfernt.«

»Vielleicht sind die Geräte beschädigt? Jedenfalls ist das kein Traum, weil wir beide es sehen.«

»Wir sehen es uns aus der Nähe an. Aber vorsichtig! Die Beleuchtung bedeutet, dass das Bauwerk bewohnt ist. Nur sonderbar, dass niemand auf die Landung der ISCHTAR reagiert hat.«

Auf mein Zeichen hin schwammen wir zu dem rätselhaften Bauwerk.

Je näher wir kamen, desto deutlicher konnten wir die Konturen erkennen. Das Bauwerk ähnelte dem festungsähnlichen Schloss, das ich auf dem Planeten Birridom gesehen hatte. Es war an eine Felsklippe angelehnt und ungefähr hundert Meter hoch. Die Breite schätzte ich auf sechzig Meter, die Tiefe auf dreißig. Während aber das Schloss des Großen Kubis auf Birridom aus großen, düsteren Steinquadern erbaut worden war, schien das Gebäude hier aus Stahlplastik zu bestehen und war frei von Verfärbungen und Algenbewuchs. Es sah so neu aus, als sei es erst gestern fertiggestellt worden. Je näher wir kamen, desto größer erschien mir die Ähnlichkeit mit dem Birridom-Schloss. Geneigte glatte Wände, zurückweichende Terrassen, runde Fenster. Auf der ersten Terrasse der Basisstufe sah ich eine transparente Halbkugel; im Inneren schimmerte blauweißes Licht, das an jenes der Arkonsonne erinnerte.

Noch immer gab es keine Reaktion auf unsere Annäherung. Die Bewohner waren entweder vollkommen sorglos und beobachteten die Unterwasserumgebung nicht, oder sie hatten eine Mentalität, deren Grundzug Passivität bis zum Extrem war. Ra und ich landeten auf der Basisplattform unmittelbar neben der transparentern Halbkugel. Er deutete nach vorn und sagte: »Eine Schleuse.«

Aus der Nähe war auch das Innenschott zu erkennen, das ins Gebäudeinnere führte. Ich suchte nach einem Wort, mit dem ich meine Gefühle ausdrücken konnte, die ich beim Gesamtanblick empfand – und fand es schließlich. *Einladend!*

Zu offensichtlich einladend!, warnte mich der Extrasinn. *Vorsicht! Das könnte eine Falle sein.*

»Wir verringern das Risiko, indem ich zuerst allein in die Schleuse gehe«, sagte ich. »Du wartest hier und bleibst in Verbindung. Sollte der Kontakt abbrechen oder ich dich warnen, kehrst du zur ISCHTAR zurück und holst Unterstützung.«

Ra musterte mich durch den Klarsichthelm. »Alles in Ordnung.«

Ich nickte ihm zu und schaltete die Leistung des Antigravs so weit herunter, das ich festen Stand hatte. Ich ging zur Halbkugel und legte meine rechte Hand auf eine grünlich schillernde Flache neben der Schottfuge. Das Außenschott verschwand, ohne dass ich sehen konnte, wie dieser Vorgang ablief. Es war, als habe es sich aufgelöst. Dennoch konnte die Erklärung nicht so einfach sein, denn wozu wäre eine Fuge notwendig gewesen, wenn sich die Materie des Schotts auflösen konnte wie manche Wände in Ischtars Varganenschiff? Ich verschob die Lösung des Problems. Wer einer fremden Technik gegenüberstand, musste eben mit Überraschungen rechnen. Nicht alles, was für einen Arkoniden logisch war, musste es für den andersdenkenden Verstand Fremder sein.

Ich umfasste den Rand der Öffnung und zog mich mühelos in die halbkugelige Schleusenkammer. Die transparente Außenwand war etwa fingerdick. Nachdem ich das Antigravaggregat ganz ausgeschaltet hatte, wunderte ich mich über die Schwerkraft. Eigentlich hätte sie geringer sein müssen, doch der Blick auf die Anzeige am Armbandgerät bewies, dass sie exakt dem Wert von Arkon I entsprach. Also künstlich erzeugt. *Eine Konzession an Besucher?* Sofern das so war, mussten die Bewohner des Unterwasserschlosses empfindliche Geräte haben, mit denen sie die Bordschwerkraft der ISCHTAR angemessen hatten. *Die Angelegenheit wird immer mysteriöser.*

Ich drehte mich um und nickte Ra beruhigend zu. Dabei bemerkte ich, dass sich das Außenschott wieder geschlossen beziehungsweise aufgebaut hatte. Und noch etwas wurde mir klar: Das Wasser in die Schleusenkammer war spurlos verschwunden. Nicht etwa abgepumpt, denn das hätte ich bemerken müssen. Mein Logiksektor sagte: *Die Technologie der Schlossbewohner ist der der Arkoniden deutlich überlegen.*

»Ich öffne jetzt das Innenschott«, sagte ich. Der Barbar sah mich nur an, antwortete aber nichts. Gern hätte ich gewusst, was in seinem Kopf vorging. Dank der Hypnoschulungen entsprach sein Wissen dem eines ausgebildeten Arkoniden, dennoch gab es immer wieder Situationen, in denen der Barbar ganz seiner Natur folgte. Ich wandte mich dem Innenschott zu, entdeckte neben der Fuge ebenfalls eine grünlich schillernde Fläche und legte die Hand darauf. Eine kreisrunde Öffnung entstand und gab den Blick frei in eine kleine Halle, die ebenfalls in blauweißes Licht getaucht war, ohne dass ich die Lichtquelle entdeckte. Die Decke wurde von einer zentralen Säule gestützt. An den Seitenwänden gab es Nischen mit Reliefs, die verworrene Symbole darstellten. »Es sieht fast so aus, als sei das Schloss von einem irren Arkoniden erbaut worden. Viel Bekanntes, das dennoch fremdartig zusammengestellt ist.« Es war eine unwillkürliche Reaktion, die ich im nächsten Augenblick schon wieder bereute. Sollte der Schlossherr mithören, würde die Bemerkung nicht unbedingt hilfreich sein. »Aber das ist nur ein erster Eindruck«, versuchte ich meine unbedachte Bemerkung abzumildern, »der nichts über die tatsächlichen Verhältnisse aussagt. Ich betrete die Halle und sehe mich um.«

»Sieh dich vor, Atlan«, antwortete Ra. »Von dem Ding geht eine unbestimmbare Drohung aus.«

Ich tat diese Warnung nicht leichtfertig ab, zu oft hatte der Barbar mit seinen feinen Instinkten bewiesen, wie richtig er mit ihnen lag. Mitunter reagierte er sensibler als mein Extrasinn auf Gefahren. »Ich passe auf.«

Nachdem ich die Halle betreten hatte, schloss sich das Schott; die Sichtverbindung nach draußen war somit abgerissen. Die Funkverbindung funktionierte aber einwandfrei, wie eine kurze Probe bewies. Ich sah mich aufmerksam um, konnte aber nichts Verdächtiges entdecken. Es sei denn, ich wollte die Tatsache, dass sich die Schlossbewohner nicht sehen ließen, als verdächtig bezeichnen. Die Außendetektoren zeigten mir, das eine atembare Sauerstoffatmosphäre mit Normaldruck vorhanden war. Dennoch ließ ich den Helm geschlossen. Als ich von der Detektoranzeige aufsah, stellte ich überrascht fest, dass sich die Reliefbilder in den Wandnischen verändert hatten. Sie zeigten nun keine verworrenen Symbole mehr, sondern konkrete Abbildungen von exotischen Pflanzen, Tieren und Intelligenzwesen. Die Konturen waren nicht scharf, sondern so verschwommen, als hätte das, was die Veränderungen der Reliefs bewirkt hatte, nur eine vage Vorstellung von den abgebildeten Dingen.

Ich runzelte die Stirn. War es möglich, dass die Schlossbewohner durch die Veränderungen der Reliefs versuchten, mit mir zu kommunizieren? Wollten sie mir etwas mitteilen? Aber warum so umständlich? Scheuten sie eine direkte Gegenüberstellung? Fürchteten sie, dass mich ihr Anblick erschreckte? Ich beschloss, wenigstens den Versuch einer akustischen Kommunikation zu probieren. Nachdem ich die Außenlautsprecher eingeschaltet hatte, sagte ich: »Ich bin Atlan, Kristallprinz des Großen Imperiums. Wenn mich jemand hört und versteht, bitte ich das durch ein Zeichen zu erkennen zu geben. Ich komme als friedlicher Besucher und wäre glücklich, hier Gastfreundschaft zu finden.«

Ich lauschte. Die empfindlichen Außenmikrofone des Schutzanzugs würden mir jedes Geräusch übermitteln. Aber ich hörte nichts. Die Bewohner des Unterwasserschlosses reagierten nicht. Jedenfalls nicht akustisch – denn in der gegenüberliegenden Wand hatte sich lautlos eine Öffnung gebildet. Das war wohl die Art und Weise der Bewohner, sich verständlich zu machen. Es handelte sich zweifellos um eine Einladung, diese Öffnung zu benutzen. Ich berichtete Ra kurz, was geschehen war und dass ich weitergehen wolle.

»Das Schloss ist die Wohnung von Göttern«, murmelte der Barbar. »Auch die Götter machen sich oft nur durch lautlose Zeichen verständlich.«

»Vielleicht«, sagte ich ohne Überzeugung. In der Vorstellungswelt seines Volks wimmelte es nur so von Göttern und Dämonen. Langsam ging ich durch die Öffnung und blieb überrascht stehen. Vor mir breitete sich eine deutlich größere Halle aus, in deren Hintergrund Bäume wuchsen. Davor befand sich eine Rasenfläche, auf der ein Akibah weidete, ein Vertreter der Wildform unserer arkonidischen Parkrinder, deren Fleisch hervorragend schmeckte und sehr beliebt war. Unwillkürlich tastete ich nach meiner Waffe, denn wilde Akibahs waren oft angriffslustig, vor allem, wenn sie erschreckt wurden. Aber dieses Tier blieb ruhig stehen und sah mich zutraulich und ein wenig traurig an. Allmählich wurde es auch mir unheimlich in diesem Schloss; ich verstand Ra nur zu gut. Wie kam ein Akibah auf einen Planeten in diesem Raumsektor? Warum dieser Park in einem Gebäude unter Wasser statt an der Oberfläche?

Ich trat einen Schritt vor. Das Tier warf den Kopf in den Nacken, wirbelte herum und verschwand in wilder Flucht zwischen den Bäumen. Allmählich verlor ich die Geduld. Nicht zuletzt aufgrund des Gedankens, dass unser eigentlicher Auftrag die Erkundung der Oberfläche war, verbunden mit dem Ausschauhalten nach Lantcors Schiffen. Ich folgte dem Tier und ging schneller, obwohl ich noch nicht erkennen konnte, was hinter dem Wald war – die Bäume standen zu dicht. Da ich weiterhin mit einem Überraschungsangriff des Akibahs rechnete, beobachtete ich die Umgebung aufmerksam und hielt den Kombistrahler schussbereit. Aber das Tier ließ sich nicht mehr sehen – während ich eine Bildwand erreichte, die die Fortsetzung des Walds nur vortäuschte. Unwillkürlich fragte ich mich, wo das Akibah geblieben war, als sich eine Öffnung bildete. Ich fasste das als weitere Einladung auf und ging hindurch.

Statt einer Halle betrat ich ein Zimmer von quadratischem Grundriss. Der Fußboden bestand aus roten Steinfliesen. Und hier begegnete ich einem weiteren Akibah – es stand mir allerdings nicht gegenüber, sondern stak abgehäutet und ausgeweidet auf einem Bratspieß, der an einem Gestell über einem Holzkohlefeuer hing und sich wie von Geisterhand bewegt langsam drehte. Ich stieß eine Verwünschung aus, woraufhin sich sofort Ra meldete: »Was ist passiert?«

»Nichts Schlimmes. Nur, dass ich langsam das Gefühl habe, als sei das Schloss wirklich von Geistern oder dergleichen bewohnt; von Wesen, die meine Gedanken lesen können. Ich bin vorhin einem Akibah begegnet und dachte an das wohlschmeckende Fleisch. Jetzt, im nächsten Raum, finde ich einen Braten, der sich über einem offenen Feuer dreht.«

»Akibah? Braten?« Ra ließ ein schmatzendes Geräusch hören. »Wenn du erlaubst, komme ich nach. Ich habe Hunger.«

»Wir rühren hier nichts an, bevor sich die Gastgeber gezeigt haben. Hier geht's nicht mit rechten Dingen zu. Der Spieß dreht sich nämlich ohne Antriebsvorrichtung.« Ich sah noch mal hin und blinzelte verblüfft. Meine Beobachtungsgabe musste gelitten haben, denn nun drehte sich der Braten nicht mehr von selbst, sondern wurde von einem kleinen Elektromotor angetrieben. »Ich muss mich korrigieren. Es gibt einen Motor am Spieß, den ich vorhin übersehen haben muss.«

Aber es gibt keine sichtbare Energiequelle, raunte der Extrasinn. *Vergleichbar dem Schutzschirm, der seine Energie scheinbar aus dem Nichts erhält.* Ich musste lächeln, als ich das dünne Kabel entdeckte, das von der Wand zum Elektromotor reichte. Also doch keine Parallele zum Schutzschirm? *Das Kabel war eben noch nicht vorhanden!*

Ich erstarrte, denn nun ließen sich die vermeintlichen Sinnestäuschungen nicht länger ignorieren. Es gab jemanden im Schloss, der Dinge aus dem Nichts entstehen lassen konnte und dabei auf meine Vorstellungen zurückgriff. Überdies schien dieser Jemand daran interessiert zu sein, dass sein Besucher nichts von dieser Fähigkeit oder Möglichkeit erkannte. Stets wurden Fehler oder Nachlässigkeiten korrigiert. Der Wunsch wuchs, möglichst schnell dem oder den Schlossbewohnern zu begegnen, während ich mich an Ra wandte: »Tut mir leid, aber der Braten ist vorerst tabu für uns. Ich gehe weiter.«

Die bereitwillig entstehenden Öffnungen bereiteten mir Kopfschmerzen. Da sie sich hinter mir immer wieder schlossen, fragte ich mich inzwischen, ob sie auch so bereitwillig entstehen würden, sobald ich das Schloss verlassen wollte. Nachdem ich den Raum mit dem Spießbraten verlassen hatte, machte ich die Probe aufs Exempel. Ich wartete, bis die Öffnung verschwunden war, und ging dann auf die betreffende Stelle zu. Die Öffnung entstand, als ich noch zwei Schritte entfernt war. Erleichtert ging ich weiter – aber wieder wartete eine Überraschung auf mich, denn der Bratspieß war verschwunden, und zwar so spurlos verschwunden, als hätte es ihn gar nicht gegeben. Der Raum war leer! Somit konnten die Schlossbewohner nicht nur Dinge aus dem Nichts entstehen, sondern auch wieder im Nichts verschwinden lassen.

Natürlich war ich weit davon entfernt, an Zauberei zu glauben, wie Ra es vielleicht getan hätte. Es gab bestenfalls Dinge, die wie Zauberei wirkten – und je höher entwickelt eine Technik war, desto mehr würde sich dieser Effekt einstellen. Ich beschloss, mich nicht über das Auftauchen und Verschwinden von Dingen aufzuregen, sondern alles nur zu registrieren. Hinter mir hatte sich die Öffnung wieder geschlossen – entstand aber neu, als ich mit umdrehte und auf die Wand zuging.

»Gibt es was Neues, Atlan?«

»Bis jetzt nicht. Hat sich bei dir was getan?«

»Nein, nichts.«

»Gut. Ich versuche, die Schlossbesichtigung so schnell wie möglich hinter mich zu bringen. Schließlich haben wir noch anderes zu erledigen.«

Der nächste Raum. Ein Zimmer, das mit breiten gepolsterten Wandbänken ausgestattet war, die zum Entspannen einluden. Aber nicht nur aus Zeitmangel widerstand ich der Versuchung, mich dort niederzulassen. Als ich den Raum durchquert hatte, entstand die nächste Öffnung. Sie mündete auf einen nach rechts und links weisenden Korridor, auf dessen Boden zwei gegenläufige Transportbänder zu erkennen waren. Ich stieg auf das vordere, nach links führende Band. Es trug mich eine Strecke geradeaus, dann bog der Korridor nach rechts ab – er musste tiefer in den Fels führen, an den das Schloss angebaut war. Als links und rechts an den Wänden normale Schotten auftauchten, sprang ich vom Band und stellte mich vor eine der Druckpforten. Sie verschwand nicht, sondern die beiden Hälften glitten seitwärts in die Wand, wie es bei Schotten üblich war.

Wie die Kabine in einem Raumschiff sah auch der angrenzende Raum aus. Das Pneumobett war ein wenig zu breit, der Tisch zu niedrig, die beiden Sessel hatten keine Beine – ansonsten glich alles der Ausstattung einer Mannschaftskabine auf einem Arkonschiff. Ich ging erst gar nicht in den Raum, sondern wandte mich dem nächsten Schott zu. Auch hier der normale Öffnungsvorgang, die gleiche Einrichtung ... Nein, etwas war anders. Die Einrichtung war nun korrekt: Das Bett nicht zu breit, der Tisch nicht zu niedrig, die Sessel hatten Beine. Zurück zum ersten Schott – und auch hier entsprach nun die Einrichtung meiner Vorstellung.

Die Schlossbewohner mussten tatsächlich in der Tat in der Lage sein, meine Gedanken – oder einen Teil meiner Gedanken – zu lesen, denn sie korrigierten die von ihnen gemachten Fehler, sobald sie sie als solche erkannten. Das gab mir die Gewissheit, dass es sich nicht um Arkoniden handeln konnte. Artgenossen würden zwar mit einer solchen Technik umgehen können, doch sie brauchten keine Details der Inneneinrichtung von Raumschiffen zu lernen, weil sie sie kannten. Ich sah noch in drei weitere »Kabinen«; sie glichen einander wie ein Ei dem anderen. Danach verzichtete ich auf weitere Inspektionen und stellte mich wieder auf das Transportband. Es brachte mich zu einem Antigravschacht.

Vorsichtshalber legte ich die Hand auf die Flugaggregatsteuerung meines Anzugs, als ich mich in den Schacht schwang. Aber er funktionierte wie ein arkonidischer Antigravschacht. Ich stieß mich ab, schwebte nach oben und stieg im nächsten Stockwerk aus. Korridor, Schotten, Transportbänder – wie gehabt. Also zurück und weiter bis ganz nach oben zum Ende des Schachts. Als ich ausstieg. befand ich mich in einem riesigen Kuppelsaal. Wände und Decke waren transparent, große Scheinwerfer erhellten das Wasser ringsum, sodass ich die bunten Klippen und Fischschwärme deutlich erkennen konnte. Der Anblick war hübsch, aber nicht das, was ich suchte. Also kehrte ich in den Schacht zurück, stieß mich ab und schwebte bis zu seinem unteren Ende. Doch auch hier wurde ich enttäuscht. Ich hatte irgendwie gehofft, technische Anlagen vorzufinden. Vielleicht sogar solche, die wir bei der Instandsetzung der ISCHTAR verwenden konnten, so etwas wie »Materieprojektoren«. Ich war sogar immer noch sicher, dass es dergleichen geben müsse, denn irgendwie mussten die scheinbar aus dem Nichts entstehenden Dinge ja erzeugt, an den vorgesehenen Ort projiziert oder anderweitig befördert werden. Aber nichts dergleichen war zu finden. Das Unterwasserschloss bot sich als bequeme und nützliche Unterkunft an, aber es hatte nichts, was uns helfen konnte, diesen Planeten bald wieder zu verlassen.

Ra sah mich erwartungsvoll an, als ich das Schloss durch die Halbkugelschleuse verließ.

»Ein Platz, an dem wir wohnen könnten, nichts weiter«, sagte ich. »Aber ich ziehe die ISCHTAR vor.«

»Mir ist das Ding unheimlich. Von ihm geht eine Bedrohung aus. Vielleicht wird es von unsichtbaren Dämonen bewohnt?«

»Oder von guten Geistern«, antwortete ich im Scherz. »Leider können wir nicht warten, bis sich diese Geister zeigen. Wir steigen weiter auf und gehen an Land.«

15.

Aus: *Das verlorene Juwel von Kariope* – hier: *Auszug aus den Daten, die Imperator Gwalon I. im Juwel von Kariope abgespeichert hat*; Teil einer umfangreichen Datensammlung von Hemmar Ta-Khalloup, die erst im Jahr 1236 NGZ im Epetran-Archiv der Omperas-Museumsinsel im Golf von Khou auf Arkon I entdeckt wurde; Veröffentlichung ab 1240 NGZ

Nachtragsnotierung sieben, Rafferkodeschlüssel der wahren Imperatoren; Resonanzsiegel nur durch spezifischen Außenimpuls zu lösen. Es wird kundgetan: Ich habe den offenen Sternhaufen, Katalognummer BB14-CM0002-A1, *offiziell* Ort der Begegnung *genannt – es wird der einzige dauerhafte, unverschlüsselte Hinweis bleiben. Zehn Pragos nach dem letzten Hauptkontakt, der in beiderseitigem Einvernehmen den Pakt bestätigte, erscheint mir das Rätsel der namenlosen Stern-Entität noch größer. Zu wesensfremd sind und bleiben wir einander, die Verständigungsbandbreite ist auf eine minimale Schnittmenge der Gemeinsamkeit beschränkt.*

Es wurde beschlossen: Zeitlich unbefristet ergeht an mich und meine Nachfolger die Verpflichtung, den Verlorenen Kindern *der Stern-Entität die Heimkehr zu ermöglichen, sofern deren Spur gefunden wird. Das Resonanzsiegel ist entsprechend geeicht und wird, da ich das Juwel von Kariope im* Bmerasath *des Zwölferrates verankern werde, diese Nachricht zu gegebener Zeit den dann Verantwortlichen preisgeben. Im Anhang sind die hyperenergetischen Spezifika aufgelistet, die zur Identifikation der Verlorenen Kinder notwendig sind. Im Gegenzug sichert die Sternen-Entität uns und unserem Volk Unterstützung zu, sollten die* Großen Alten Gefahren *eines fernen Pragos aktiv werden; auch auf deren Impulse ist das Resonanzsiegel geeicht. Kodebegriff zur Kontaktaufnahme mit der Stern-Entität ist* Vehraáto – *identisch mit dem Zwölften Heroen, dem stets ersehnten Retter, der Lichtgestalt aus der Sonne!*

Das noch junge Volk Arkons braucht solche Symbole und Mythen – ferne Nachkommen mögen es bitte entschuldigen. Aber wir sind geprägt von leidgeprüfter Zeit, die voller Krieg und Tod war und weiter sein wird und ungezählte Opfer beklagt. Bewusst wurde die Heilige Zahl Zwölf zu

der unseres Berlen Than: *Mögen dessen Mitglieder, mit dem Imperator an der Spitze, stets und immerdar die bereitstehenden Potenziale der entrückten Heroen aufnehmen und als reale Personen ihrer jeweiligen Zeit mit Leben erfüllen!*

Dies gebe ich Euch, den fernen Nachkommen, bei Tran-Atlan, der die Kristallobelisken von Arbaraith zum Klingen brachte, als Vermächtnis: Immer wieder wird es Epochen größter Bedrängnis geben, und dann werden Persönlichkeiten vonnöten sein, in denen sich die kollektiven Wünsche, Träume und Hoffnungen fokussieren. Bedient Euch der Heroen, verschmelzt Ursache und Wirkung als deren Manifestationen auf akausale Weise: Erfüllt Erzähltes und Überliefertes mit Leben, berücksichtigt, dass Eure wirklichen Taten glorifiziert und überhöht und ihrerseits auf den Ballungspunkt zurückprojiziert werden, sodass der Träger erneut transformiert, um nicht zu sagen transzendiert! Nur eine solche informelle wie interaktive Wechselwirkung im gegenseitigen Aufschaukeln kennzeichnet die echten Heroen, und nur deren Charisma gibt allen anderen jenes Quantum Kraft, um maßgeblich über sich selbst hinauswachsen zu können!

Imperator Gwalon I. hebt die Hand, ballt sie zur Faust und legt diese auf die linke Brustseite.

Ich hoffe sehr, dass die Großen Alten Gefahren nie Anlass zur Siegelbrechung sein werden. Aber ich tat das, was in meiner Kraft zur Vorbereitung darauf möglich war. Es liegt an Euch, Ihr Nachkommen, dieses richtig zu nutzen. Mögen die She'Huhan mit Euch sein; es lebe Arkon!

Während wir aufstiegen, blieben die Lichter des Unterwasserschlosses noch lange sichtbar. Erst dicht unter der Wasseroberfläche entschwanden sie aus unserer Sicht. Wir tauchten auf und sahen uns um. Von den Schiffen Lantcors war nichts zu entdecken.

»Ich denke, wir können es wagen, die Flugaggregate einzusetzen«, sagte ich. »Nicht höher als zehn Meter aufsteigen, wir fliegen langsam zur Küste dort. Sobald wir Raumschiffe oder andere Fahrzeuge bemerken, tauchen wir unter beziehungsweise landen und schalten die Aggregate aus.«

»Da sich der Stützpunkt auf der anderen Planetenseite befindet, dürften wir hier nichts davon bemerken, wenn sie dort angreifen?«

»Zweifellos nicht. Für diese Distanz sind die Anzugorter nicht ausgelegt.«

Wir schalteten die kleinen Impulstriebwerke unserer Aggregattornister ein, stiegen auf zehn Metern Höhe auf und flogen über das Meer. Es gab nur geringen Wellengang; im Oberflächenwasser waren keine Fische zu sehen. Langsam näherten wir uns der Küste, die wir mit der ISCHTAR überflogen hatten. Über uns wölbte sich ein blauer Himmel mit nur kleinen Wolken. Die im All bläuliche Sonne hatte hier einen kräftigen Grünstich – ihr Licht verwandelte die Wolken in schimmernde Smaragde. Nach einer Weile tauchten im Meer, deutlich erkennbar im klaren Wasser, große Schwärme unterarmlanger, silbrig schimmernder Fischleiber auf. Sah man einmal von dem Maahkstützpunkt ab, schien diese Welt ein Paradies zu sein.

Vielleicht wurden die Fischschwärme ebenfalls aus dem Nichts geschaffen, raunte der Logiksektor unvermittelt und riss mich aus den Gedanken.

Aber warum? Warum sollte jemand daran interessiert sein, meine Vorstellungen von einem Paradies umzusetzen?

Ablenkung! Um euch über die wahre Natur dieser Welt hinwegzutäuschen. Jedenfalls ist äußerste Wachsamkeit geboten.

Ich hatte schon oft erfahren, dass ich gut daran tat, die Warnungen des Extrasinns zu beachten. In diesem Fall war die Ermahnung jedoch unnötig. Die Anwesenheit von Maahks und Schiffen des Imperiums erforderte ohnehin höchste Wachsamkeit.

Endlich tauchte die Küste auf – sie war flach und von Felsen geprägt, mit vielen Riffen und kleinen sandbedeckten Buchten. Die Vegetation dahinter erinnerte vage an die der Arkonplaneten, war aber auch eintönig. Ihr fehlte die Vielfalt der Arten. Wir stiegen etwas höher, da die Brandung so wuchtig gegen die Felsen donnerte, dass die Gischt bis zu zwanzig Meter hoch spritzte. Weiterhin war nichts von Lantcors Schiffen zu entdecken, die Passivortung blieb stumm. Für einen Augenblick drängte sich mir die Hoffnung auf, sie würden beim Maahkstützpunkt abgeschossen werden – verwarf diesen unbewusst aufgetauchten Gedanken aber sofort voller Abscheu. Niemals würde ich arkonidischen Raumfahrern den Tod wünschen, und niemals würde ich Maahks wünschen, arkonidische Raumfahrer zu besiegen – mochten uns diese Raumfahrer auch jagen.

Ich streckte den Arm aus und wies auf einen Hügel im Hinterland, der sich ungefähr zehn Kilometer entfernt erhob. »Dort landen wir und suchen nach Funkimpulsen.«

Ras Kopf bewegte sich nickend im Klarsichthelm. Wir brauchten unseren Kurs nur geringfügig zu ändern, um den Hügel anzufliegen. Seine

Kuppe war fast völlig kahl, von einigen Grasbüscheln abgesehen, die aussahen, als hätte jemand sie übrig gelassen. Es dauerte nicht lange, bis wir landeten und uns an die Arbeit machten. Rein technisch gesehen konnten wir die einfach lichtschnellen Normalfunksignale ebenso empfangen wie die überlichtschnellen eines Hypersenders. Die Schwierigkeit bestand darin, dass die Schiffe meist mit Richtfunk arbeiteten, um ein Abhören des Funkverkehrs zu erschweren oder gar unmöglich zu machen. In diesem Fall würden wir nur Erfolg haben, wenn wir uns genau im Strahlkegel befanden. Angesichts dieser Tatsache wappneten wir uns mit Geduld.

Erst nach einer Tonta empfingen wir einen Hyperfunkspruch, der von einem Schiff namens EPITHUR kam und an das Flaggschiff GLORMOUN gerichtet war.

»... haben alles versucht. Aber Thermo- und Impulsstrahlen verschwinden genau wie die Raumtorpedos spurlos, *bevor* sie den Energieschirm erreichen. Sieht so aus, als hätten die Methans eine neue Defensivwaffe.«

»Verstanden. Da es sinnlos ist, weiter Energie zu vergeuden, ziehen wir uns zurück. Zusammenkunft zur Beratung in ...«

Die Sendung brach abrupt ab. Ich ging davon aus, das die GLORMOUN ein Manöver flog, sodass wir uns nicht länger im Bereich des Richtstrahls befanden. Ich sah zu Ra und bemerkte, dass er mich unverwandt anstarrte. Nicht zum ersten Mal fragte ich mich, was hinter seiner Stirn vorging. Auch ich war verwirrt. Der Bericht der EPITHUR konnte nur bedeuten, dass jemand oder etwas Energiestrahlen wie festmaterielle Torpedos, die auf die Energieglocke abgefeuert wurden, auf rätselhafte Weise beseitigte. Ein Vorgang, der zu stark dem Verschwinden von Dingen im Unterwasserschloss glich, als dass sich die Parallele nicht förmlich aufdrängte. Stimmte das aber, bedeutete es, dass die »Bewohner« des Schlosses identisch waren mit den Beherrschern des gesamten Planeten und dass hier nichts geschah, was sie nicht billigten. Ich fröstelte bei dem Gedanken, dass wir uns durch eine unbedachte Handlung die Feindschaft dieser Wesen zuziehen konnten.

»Genau wie beim Unterwasserschloss«, sagte ich bedächtig. »Ganz gleich, wer oder was es auslöste und wie, wir können die Vorgänge vielleicht zu unserem Vorteil nutzen, sofern wir die Garrabofiguren richtig platzieren. Lantcor sieht sich mit unserem Todfeind konfrontiert. Ich hoffe, dass er seine Abneigung gegen uns so lange zurückstellt, bis er weiß, dass er auf dieser Welt nichts gegen die Maahks ausrichten kann.«

»Willst du ihn anrufen?«

»Nein. Wir warten hier und lauschen. Vielleicht fangen wir weitere Funksprüche auf, die uns mehr über Lantcors Pläne verraten.«

Leider warteten wir vergebens. Stattdessen kam etwas anderes. Ra, der schärfere Augen hatte, entdeckte die silbrig schimmernden Pünktchen am Horizont zuerst. Er rief etwas in seiner Muttersprache und streckte den Arm aus. Ich sah auf und entdeckte die Pünktchen ebenfalls. Es waren sieben, und sie bewegten sich genau in unsere Richtung.

»Die GLORMOUN und ihre Begleitschiffe«, sagte ich. »Sollten sie nicht abdrehen, sondern sich weiter nähern, müssen wir uns zur ISCH-TAR zurückziehen.«

Aufmerksam beobachteten wir die Punkte, die langsam größer wurden. Sie flogen nur mit Unterschallgeschwindigkeit, aber es sah ganz danach aus, als näherten sie sich dem Standort der ISCHTAR. Bei einem direkten Überflug mussten die Massetaster anschlagen. Für diesen Fall wollte ich lieber an Bord sein und nicht irgendwo draußen, wo ich keinen Einfluss auf den weiteren Verlauf der Ereignisse hatte. Noch konnten wir darauf hoffen, dass die geringen Emissionen unserer Schutzanzüge nicht angemessen wurden – deshalb gab ich Ra das Zeichen und aktivierte mein Flugaggregat. Nachdem wir die Brandung überflogen hatten, stießen wir bis dicht über die Wasseroberfläche hinab. Diesmal war es kein sanftes Gleiten, sondern ein rasender Flug, der uns bis zu den Koordinaten der ISCHTAR brachte. Als wir ins Wasser tauchten, waren die Raumer deutlich näher, wenngleich etwas seitlich versetzt. Mit hochgefahrenen Gravitatoren versanken wir wie Schwermetallbarren im Ozean.

Die Passivortung der ISCHTAR entdeckte uns, als wir die Hälfte der Strecke zurückgelegt hatte. Fartuloons Funkspruch beantwortete ich mit einem einzigen Wort: »Funkstille!«

Als wir das Schiff erreichten, bestiegen wir es durch die Mannschleuse, über die wir es verlassen hatten. In der Kammer aktivierte sich nur die Notbeleuchtung, also hatte Fortuloon die richtigen Schlüsse gezogen. Nachdem das Wasser abgepumpt war, verließen wir die Schleuse und benutzten die Nottreppen, um zur Zentrale zu kommen.

»Seid ihr in Ordnung?«, empfing mich Fartuloon.

»Ja.« Ich berichtete kurz von dem Unterwasserschloss und der unheimlichen Macht, die dort und über den ganzen Planeten herrschte, sowie über den fehlgeschlagenen Angriff von Lantcors Schiffen auf den Maahkstützpunkt.

»Diese *Macht* hält demnach ihre schützende Hand über die Methans«, sagte der Bauchaufschneider nachdenklich. »Hoffentlich wendet sie sich nicht gegen uns.«

»Vorerst müssen wir vermeiden, dass uns Lantcor entdeckt«, antwortete ich. »Sollten sie ihren Kurs beibehalten, dürfte es allerdings unvermeidbar sein.«

Ich befahl Khylrun, Has'athor Arthamin zu holen. Nachdem ich den Schutzanzug ausgezogen hatte, ging ich zu meinem Vater. Wieder verspürte ich peinigenden Schmerz, als Mutter und ich den Mann an den Händen führen mussten; er gab einige unartikulierte Laute von sich. Yagthara wischte ihm Speichel aus den Mundwinkeln. Als wir die Zentrale erreichten, war Arthamin bereits da. Sie blickte erst meinen Vater, dann mich an, ehe sie sagte: »Werden wir wieder für eine Schau gebraucht? Schämen Sie sich eigentlich nicht?«

»Doch«, gab ich bedrückt zu und bemerkte die Überraschung in ihrem Gesicht. »Aber die Interessen der Großen Imperiums stehen über denen von Einzelpersonen. Private Gefühle müssen da zurückstehen.«

»Beinahe hätten Sie mich für sich eingenommen. Aber Ihre Argumente sind zu vordergründig, als dass sie mich überzeugen würden. Sie wollen doch nur etwas für sich erreichen.«

»Du solltest sie bis zum Kinn in den Boden eingraben lassen, damit die Ameisen ihr arrogantes Gesicht fressen«, sagte Ra verächtlich.

»Wer ist dieser schmutzige Barbar?«

»Das ist Ra – und mein Freund«, sagte ich scharf. »Halten Sie sich zurück und maßen Sie sich kein Urteil an – in Orbanaschols Namen und in seinem direkten Auftrag gab es größere Barbareien, als dieser Mann jemals begehen könnte. Waren Sie schon mal auf der Folterwelt des Blinden Sofgart? Ich schon! Derartiges werde ich niemals dulden und schon gar nicht befehlen.« In diesem Augenblick meldete sich die Ortung und teilte mit, dass wir von Tasterimpulsen getroffen wurden. »Das ist der Grund, weshalb Sie und mein Vater hier sind«, fuhr ich fort. »Ich will ›für mich‹ erreichen, dass Lantcor mit uns verhandelt, statt uns zu vernichten.«

Die Sonnenträgerin presste die Lippen zusammen und schwieg. Wir aber warteten in beinahe unerträglicher Spannung darauf, ob die nächsten Zentitontas den Tod bringen würden – oder eine Chance zum Überleben.

Der Bildschirm zeigte *Ma-tiga* Merlon Lantcor. Von uns befand sich noch niemand im Erfassungsbereich der Kameras. Zwei Offiziere standen neben Arthamin, bereit, sie zurückzuhalten, falls sie ohne meine Einwilligung vortreten wollte.

»GLORMOUN, Admiral Lantcor. Ich rufe das Schiff auf dem Meeresboden und fordere Identifikation.«

Natürlich wusste Lantcor, dass es sich bei dem Schiff, das die Ortung der GLORMOUN erfasst hatte, nur um die ISCHTAR handeln konnte. Als erfahrener Taktiker wusste er aber, dass er uns mit seiner Aufforderung zur Identifikation in die Defensive drängte. Als die Unterlegenen hatten wir keine andere Wahl, als darauf einzugehen. Ich trat drei Schritte vor in den Erfassungsbereich. Fartuloon und Yagthara hielten meinen Vater an den Armen fest. Obwohl Lantcor mich nun sehen konnte, verzog er keine Miene. Er hütete sich auch, mich anzusprechen, da das seiner Taktik widersprochen hätte.

»Raumschiff ISCHTAR«, sagte ich. »Flaggschiff von Imperator Gonozal dem Siebten. Kristallprinz Atlan, Sohn des Höchstedlen und rechtmäßiger Erbe von Titel und Regentschaft, spricht.« Ich gab dem Bauchaufschneider das vereinbarte Zeichen, woraufhin mein Vater behutsam neben mich dirigiert wurde. »Wenn Sie Augen haben zu sehen, dann sehen Sie, Keon'athor. Neben mir steht Begam Gonozal, der durch sein Eingreifen die Kampfflotte bei der Schlacht um Marlackskor vor einer katastrophalen Niederlage bewahrt hat. Mein Vater wurde vor Kurzem erst von mir und meinen Freunden auf dem Planeten Xoaixo aus der Gefangenschaft Orbanaschols befreit. Der angebliche Jagdunfall auf Erskomier war ein hinterhältiges Attentat, um die Macht an sich zu reißen. Durch Orbanaschol wurde mein Vater derart verletzt und psychisch geschädigt, dass ich nun für ihn spreche und Sie auffordere, sich mit Ihren Einheiten unter den Befehl des rechtmäßigen *Tai Moas*, der durch mich vertreten wird, zu stellen.«

Täuschte ich mich, oder hatten die Züge Lantcors für einen flüchtigen Augenblick so etwas wie eine schmerzliche Regung gezeigt? Wenn ja, hatte sich der als beherrscht und hart geltende Admiral schnell wieder in der Gewalt. Jedenfalls verriet sein Gesicht nun nichts mehr über seine Gefühle.

»Erwarten Sie nicht, dass ich Sie mit ›Erhabener‹ anrede, Atlan«, sagte er. »Ich habe den Treueid auf Imperator Orbanaschol den Dritten geschworen.«

»Der Treueid wird nicht nur auf den Imperator geleistet, sondern auf das Imperium«, entgegnete ich scharf. »Abgesehen davon, dass ein auf

Orbanaschol geleisteter Treueid ungültig ist, da er unter Vorspiegelung falscher Tatsachen erschlichen wurde. Orbanaschol kam nur durch Heimtücke, Lüge und Hochverrat an die Macht, denn der wahre Höchstedler lebt, und es muss das Hauptziel jedes aufrichtigen Arkoniden sein, Gonozal zur Wiedereinsetzung in seine Rechte zu verhelfen.«

Ein flüchtiges Lächeln huschte über Lantcors Gesicht. »Hervorragend in Rhetorik und Dialektik. Aber mein Pflichtbewusstsein lässt nicht zu, dass ich mich davon zu voreiligen Handlungen verleiten lasse. Selbst wenn Ihre Anschuldigungen und Forderungen berechtigt sein sollten, steht mir die juristische Prüfung und Entscheidung nicht zu. Sie haben Has'athor Arthamin an Bord – lassen Sie mich mit ihr sprechen.«

Ich ließ mir nicht anmerken, dass ich mir bewusst war, den psychologischen Garrabozug verloren zu haben. Während ich einen Schritt zurücktrat, aber im Erfassungsbereich blieb, gab ich den Orbtonen und der Sonnenträgerin ein Zeichen. Arthamin trat vor. Sie wirkte unsicher; für einen Augenblick hatte ich die verzweifelte Hoffnung, dass sie ihre starre Haltung und Ablehnung aufgab und sich auf meine Seite stellte.

»Has'athor Arthamin«, begann Lantcor behutsam, beinahe väterlich jovial. »Sie kennen die Verhältnisse an Bord der ISCHTAR aus eigener Anschauung und eigenem Erleben, sind also besser informiert als ich. Bitte, sagen Sie mir, welche Meinung Sie sich über Atlan und Gonozal gebildet haben.«

Sie zögerte, abermals ergriff mich Hoffnung. Doch als sich ihre Gestalt straffte und sich die Gesichtszüge verhärteten, wusste ich, dass ich die Frau nicht hatte überzeugen können.

»Ich sehe in der Besatzung der ISCHTAR Piraten und Kriminelle, die mich entführt haben. Gonozal lebt, aber er ist bestenfalls eine Marionette. An seiner Stelle könnte ebenso gut ein Doppelgänger oder Robotimitat neben mir stehen. Unabhängig von der sonstigen juristischen Beurteilung sehe ich in Atlan einen gefährlichen Rebellen, der die Stabilität des Großen Imperiums in seiner kritischsten Zeit gefährdet. Ich denke, dass er mit vollem Recht quer durch das Große Imperium gejagt wird.«

Lantcors Brauen zogen sich zusammen. Sein Blick richtete sich auf mich. »Sie haben gehört, was Has'athor Arthamin ausgesagt hat. Das bedarf keines Kommentars. Ich fordere Sie auf, zusammen mit Ihren Leuten bedingungslos zu kapitulieren. Geht Ihre Kapitulation nicht binnen einer halben Tonta Standardzeit ein, lasse ich das Feuer eröffnen.«

Von Arthamin kam ein zischendes Einatmen.

»Wir alle haben unsere Pflicht an der Stelle zu erfüllen, an die wir gestellt werden«, fuhr Lantcor ungerührt fort. »Ich bitte Sie, Has'athor, dass Sie meine Entscheidung akzeptieren; Sie werden einsehen, dass ich auf Sie keine Rücksicht nehmen kann. Sie haben selbst gesagt, dass Atlan ein gefährlicher Rebell ist, der die Stabilität des Großen Imperiums gefährdet. Dieser Gefahr muss ich kompromisslos begegnen. Atlan hat die Wahl, im Kampf zu sterben und Sie zu opfern oder rechtzeitig zu kapitulieren.«

Ich trat wieder einen Schritt vor. »Sie sind gar nicht in der Lage, kompromisslos zu handeln, Admiral. Ich weiß, dass Ihr Angriff auf den Maahkstützpunkt auf diesem Planeten gescheitert ist – und ich weiß, wer dafür verantwortlich ist. Da die Methans trotz aller unserer Gegensätze unser gemeinsamer Feind sind, schlage ich ein Stillhalteabkommen und eine Kooperation zur Bekämpfung des Stützpunkts vor.«

Er dachte nach. »Sie verstehen es, Ihre Garrabofiguren auszuspielen. Ich bin mit einem zeitlich befristeten Stillhalteabkommen einverstanden – wir können in der Tat keinen Maahkstützpunkt auf einer Sauerstoffwelt dulden. Aber ich warne Sie! Sollten Sie versuchen, mich hereinzulegen, werden Sie mitsamt Ihrem Schiff vernichtet. Also – wie lauten Ihre Vorschläge?«

Er hörte sich unbewegten Gesichts an, was ich zu sagen hatte. Ich wusste genau, dass ich auf einem schmalen Grat balancierte, denn sollte der Admiral dahinterkommen, dass mein angebliches Wissen über die Macht, die für den fehlgeschlagenen Angriff auf den Maahkstützpunkt verantwortlich war, nur auf Beobachtungen in einem durch Zufall entdeckten leeren Unterwasserschloss basierte, würde er die Kooperation beenden und zuschlagen. Die schwerbeschädigte ISCHTAR war aber nicht in der Lage, gegen einen Angriff von sieben Arkonraumern zu bestehen.

Meine Vorschläge unterstellten die Existenz einer verborgenen Riesenpositronik, die von ihrem Versteck aus die Erzeugnisse einer überlegenen Technologie steuerte. Dieses Robotgehirn mussten wir aufspüren und vernichten, um den Maahks beikommen zu können. Das nahe Unterwasserschloss bezeichnete ich kühn als Ausläufer dieses Riesenrechners, obwohl ich nicht sicher war, ob es überhaupt einen solchen gab. Wahrscheinlich hatte Lantcor sofort nach meiner Erwähnung des Unterwasserschlosses einen Erkundungstrupp in Marsch gesetzt, denn er zog die Unterhaltung künstlich in die Länge. Ich verstand seine Vorsicht; an seiner Stelle hätte ich die Angaben ebenfalls überprüft.

Endlich brach der Admiral des Gespräch ab und sah zur Seite. Offenbar las er eine Nachricht. »Meine Leute fanden das sogenannte *Unterwasserschloss* größer vor als von Ihnen beschrieben. Viel größer sogar! Wie erklären Sie sich das?«

Ich lächelte. »Ganz einfach. Zunächst gab es nur die ›Einladung‹ an die Besatzung der ISCHTAR, jetzt sind die Besatzungen von sieben weiteren Schiffen hinzugekommen. Ich sagte Ihnen ja, dass die fremde Technologie in der Lage ist, Materie an einem bestimmten Ort in beliebiger Existenz- oder Zustandsform erscheinen oder verschwinden zu lassen.«

Lantcor kommentierte meine Erklärung nicht. »Lassen Sie die ISCHTAR auftauchen.«

Mir war klar, warum er es plötzlich eilig hatte. Er fürchtete, wir könnten die »Gastfreundschaft« des Schlosses tatsächlich annehmen und im Gegenzug von der angeblichen Riesenpositronik geschützt werden, sodass er – wie beim Schutzschirm des Maahkstützpunkts – gegen uns machtlos war. Aber ich beabsichtigte nicht, meine Leute unter den Schutz des – vermeintlichen oder wirklichen – Robotgehirns zu stellen. Ich konnte nicht ausschließen, dass wir dann tatsächlich vor Lantcor sicher waren, aber es hätte uns zu Gefangenen gemacht. Oder zu »Gästen«, die man nicht mehr fortließ, was auf das Gleiche hinauslief.

»Wir kommen«, sagte ich.

Auf meinen Wink hin aktivierte Helos Trubato die inzwischen reparierten Antigravprojektoren. Das genügte, um die ISCHTAR aufsteigen zu lassen. Als wir die Oberfläche erreichten, sprang das Schiff gleich einem luftgefüllten Ball, der bislang unter Wasser gedrückt und dann losgelassen wurde, mit einem Satz nach oben. Das ins untere Schiffsdrittel eingedrungene Wasser floss in Sturzbächen ab. Ein kurzer Schub der Impulstriebwerke genügte, um das Schiff schwankend auf tausend Meter Höhe steigen zu lassen. Auch ohne die Ortung waren Lantcors Raumer zu erkennen – in der normaloptischen Darstellung der Panoramagalerie waren die sieben Kugeln problemlos zu sehen; zwei Schwere Kreuzer mit zweihundert Metern, drei Schlachtkreuzer mit fünfhundert Metern, zwei Schlachtschiffe mit achthundert Metern Durchmesser. Sie schwebten im Kreis rings um unsere Aufstiegsstelle in rund zehn Kilometern Entfernung. Die Geschützmündungen wiesen auf uns, die Schutzschirme der Raumer waren aktiviert. Lantcor ließ uns keine Chance, durchzustarten. Schon beim geringsten Versuch wären wir durch konzentrischen Beschuss in einen Glutball verwandelt worden.

»Ihr Schiff sieht böse angeschlagen aus«, sagte Lantcor mit offenkundiger Befriedigung, denn das nahm ihm die Sorge, dass uns vielleicht doch noch die Flucht gelingen könne.

»Aber immer noch in der Lage, an der Operation gegen die Maahks teilzunehmen.«

»Die NORGALAK mit Kommandant Ganklart übernimmt die Führung des Teilverbands, der gegen den Maahkstützpunkt eingesetzt wird. Ich bleibe mit drei Schiffen hier und schlage zum vereinbarten Zeitpunkt gegen den Ausläufer des Robotgehirns los.«

»Verstanden.« Meine Hoffnung war, dass sich das Robotgehirn – sofern es so etwas überhaupt gab – wirksam gegen Lantcor zur Wehr setzen würde und dass das entstehende Durcheinander der ISCHTAR die Flucht ermöglichte. Wohin wir flüchten sollten, war eine andere Frage, denn das Transitionstriebwerk war nach wie vor ausgefallen.

Die Verbindung zu Lantcor wurde unterbrochen. Dafür erschien das Brustbild von Kommandant Ganklart auf dem Bildschirm. Es handelte sich um einen relativ jungen Mann, dessen Miene den Eifer verriet, mit dem er seinen Auftrag anging. Ich nahm an, dass Lantcor absichtlich einen jungen Arkoniden zum Kommandeur bestimmt hatte, denn bei alten Raumveteranen bestand die Gefahr, dass sie mit Gonozal VII. sympathisierten. Zu stark hatte sich das Bild meines Vaters in die Herzen jener Männer gebrannt, die mit ihm gegen die Methans gekämpft hatten.

»Schlachtschiff NORGALAK, Kommandant Ganklart – ISCHTAR, Sie unterstehen meinem Befehl. Folgen Sie uns.«

»Verstanden.«

Als sich die drei Schiffe – ein Schwerer Kreuzer, ein Schlachtkreuzer und ein Schlachtschiff – in Bewegung setzten, beschleunigte Malthor die ISCHTAR ebenfalls. Die NORGALAK flog an der Spitze, unser Schiff wurde von den beiden anderen flankiert. Nichts versuchte unseren Flug aufzuhalten. Wir stiegen rasch auf nahezu hundert Kilometer auf und sanken auf der anderen Planetenseite dem Maahkstützpunkt entgegen.

Ganklart erteilte seine Befehle. Er wollte, dass wir den Stützpunkt zuerst aus größerer Distanz beschossen, danach überflogen und mit je fünf mittelschweren Fusionsbomben belegten. Sobald die Energieglocke zusammenbrach, sollte zuerst die ISCHTAR landen und Sturmtruppen ausschleusen. Meine Leute hatten die Aufgabe, einen Brückenkopf zu schaffen und zu halten, bis die übrigen Schiffe ebenfalls Raumsoldaten ausgeschleust hatten. Mir war klar, dass es Lantcors und Ganklarts Absicht war, uns ausbluten zu lassen, damit sie uns später umso leichter überwältigen konnten. Damit hatte ich durchaus gerechnet, hatte ich doch ebenfalls meine eigenen Absichten. Skrupel brauchte ich nicht zu haben, da sich im Unterwasserschloss kein einziges Wesen aufhielt. Es würde, wenn überhaupt, nur totes Material vernichtet werden.

Dann war der Zeitpunkt des Losschlagens da. »Angriff!«

In der Atmosphäre waren die Impuls- und Thermobahnen unserer Geschütze sonnenhell glühende Bündel, die praktisch im Augenblick des Abfeuerns im Zielgebiet einschlugen. Blendfilter milderten das Blitzen in der normaloptischen Darstellung der Panoramagalerie. Ich musterte aufmerksam den Glockenschirm über dem Stützpunkt, konnte aber kein Aufflackern feststellen. Was optisch nicht zu erkennen war, lieferte die Ortungsauswertung: Sämtliche Strahlen endeten unmittelbar vor dem Schutzfeld wie abgeschnitten. Es war, als würden sie von einer anderen Dimension verschluckt.

Etwa drei Zentitontas verpufften die Breitseiten der vier Kugelraumer im Nichts, dann meldete sich Ganklart erneut. Das Gesicht des Kommandanten war vor Aufregung gerötet, ein Lid zuckte. Der junge Mann war nervös. Versagensangst mischten sich mit dem Unverständnis über die fremde Technologie, die den Angriff so unbeeindruckt wegsteckte. »Weiter Salventakt!«, schrie er. »Langsam ans Ziel heranrücken; Bomben abwerfen.«

Ich verzichtete auf einen Kommentar, obwohl es ziemlicher Leichtsinn war, mit feuernden Geschützen bis auf wenige Kilometer an das Ziel heranzurücken, das dann auch noch mit Bomben belegt werden sollte. Schon die Nebenwirkungen der eigenen Waffen würden unsere Schutzschirme belasten – kamen bei einem plötzlichen Erfolg Sekundärexplosionen hinzu, waren unsere Schiffe unter Umständen ernsthaft gefährdet. Aber die Waffenstrahlen verschwanden immer noch spurlos; die fremdartige Glocke wurde keiner Belastung ausgesetzt. Als wir den Stützpunkt überflogen, zeigten Vergrößerungen Maahks, die zwischen primitiven Unterkünften hin und her rannten. Dieses kopflose Verhalten irritierte mich ebenso wie der von fremdartiger Vegetation überwucherte Walzenraumer.

»Abwurf Bomben ... jetzt!«, befahl Ganklart.

Zwanzig Fernlenkbomben rasten davon – und verschwanden spurlos.

Es war ein gespenstisches Schauspiel. Ich gestand mir ein, dass ich Furcht dabei empfand; Furcht davor, dass sich das Große Imperium eines Tages einem Feind gegenübersah, der die Technologie beherrschte, die hier demonstriert wurde. Defensivschirme, die Waffenwirkungen einfach verschwinden ließen – wohin auch immer –, würden jeden Kampf kurz und todbringend machen für uns.

»NORGALAK an ISCHTAR!«, schrie Ganklart unbeherrscht. »Landen Sie und versuchen Sie, den Schutzschirm an der Basis zu durchdringen. Wir geben Ihnen Feuerschutz.«

Der Befehl war so unsinnig, dass ich ihn nicht hinzunehmen bereit war. »Wenn der Schirm Waffenwirkungen verschwinden lässt, kommen auch keine Fahrzeuge und Bodentruppen durch. Der Befehl ist undurchführbar.«

»Sie führen ihn aus – oder ich lasse das Feuer auf Sie eröffnen!«

»Keon'athor Lantcor dürfte nicht davon begeistert sein, wenn Sie ihm melden, Sie hätten aus nichtigem Anlass den Tod von Has'athor Arthamin verursacht«, antwortete ich kalt. Meine Rechnung ging auf. Lantcor hatte Ganklart nur die Vollmacht erteilt, die ISCHTAR zu vernichten, sollte sie einen Fluchtversuch starten.

»Sie Feigling, das werden Sie büßen!«, geiferte der junge Kommandant. »Ich beweise Ihnen, dass mein Befehl durchführbar ist! Alle Schiffe bleiben in Angriffsposition ...«

Ich sah, dass die NORGALAK aus dem Verband ausscherte, an Höhe verlor und Kurs auf die Energieglocke nahm.

»Ganklart!«, rief ich. »Seien Sie vernünftig! Sollten Sie dem Schirm zu nahe kommen, werden Sie genau wie die Waffenstrahlen und Bomben verschwinden.«

Aber er antwortete nicht.

»Dieser Narr!« Ich presste die Lippen zusammen. Wenn er so wahnsinnig war, in den Tod zu fliegen, war das seine Sache. Doch dass er dabei die Besatzung mitnahm, war etwas anderes. Aber ich hatte keine Möglichkeit, ihn an dem Wahnsinnsunternehmen zu hindern. Glücklicherweise verließ ihn sein Mut, bevor er dem Schutzschirm zu nahe kam. Fünf Kilometer vor dem Stützpunkt setzte die NORGALAK zur Landung an; die Landeteller berührten den Boden. Doch im nächsten Augenblick war dieser Boden *verschwunden* – bis auf einen kreisförmigen Abschnitt, der sich bei genauem Hinsehen als eine Energieblase entpuppte, in der nun Maahks, ihre Unterkünfte und der Walzenraumer frei schwebten. Auch die NORGALAK schwebte über einem Abgrund, der nach Lichtjahren gemessen werden musste – denn nicht nur der Boden, sondern der *ganze Planet* war verschwunden!

»Das ... das ist unmöglich!«, ächzte Arthamin. »Das muss eine optische Täuschung sein.«

»Atlan an Ortung: Messen Sie den Planeten noch an?«

»Keine Masse, kein Schwerefeld. Der Planet ist komplett und abrupt aus dem Raum-Zeit-Kontinuum verschwunden!«

Ich verlor keine Zeit damit, über den Vorfall zu diskutieren, sondern wandte mich der Schiff-zu-Schiff-Verbindung zu. »ISCHTAR an NORGALAK. Kommandant Ganklart, ich rate zu sofortigem Start. Falls der Planet plötzlich wieder materialisieren sollte und Ihr Schiff – bezogen auf die letzte Position – abgesunken ist, wird der Raumer im Gestein zerquetscht!«

»Ich brauche keine Ratschläge.«

Er richtete sich dennoch danach. Impulstriebwerke blitzten und ließen den Kugelraumer aufsteigen. Im nächsten Augenblick sprach der Hyperkom an. Auf dem Bildschirm erschien Lantcor.

»Lantcor an Atlan«, sagte der Zweisonnenträger formlos, womit er gleich zwei schwere Formfehler beging. Er verzichtete erstens auf das Reglement der Arkonflotte zur eindeutigen Identifizierung, und zweitens wandte er sich nicht an den von ihm bestimmten Verbandskommandeur, sondern an mich. Er hatte zweifellos erkannt, dass Ganklart mit der drastisch zugespitzten Lage überfordert und ihm keine Hilfe war.

»Atlan spricht, ich höre«, antwortete ich ebenso formlos und gab mit knappen Worten einen Überblick über das Geschehen, wie es sich mir dargeboten hatte.

»Auch für uns ist der Planet verschwunden«, sagte er. »Das widerspricht zwar allen Naturgesetzen, aber wir müssen es als gegeben hinnehmen. Was schlagen Sie vor?«

Ich unterdrückte ein Lächeln, von Arthamin kam ein zischendes Einatmen. Mit seiner Frage hatte mir der Zweisonnenträger – wenn auch nur vorübergehend – den Status eines gleichberechtigten Partners zugestanden. Mein Extrasinn raunte: *Es dürfte besser sein, nicht auf den alten Positionen zu bleiben, sondern sich in einige hunderttausend Kilometer zurückzuziehen.*

»Ich rate dazu, dass wir uns einige hunderttausend Kilometer zurückziehen und abwarten. Eine derart große Masse, wie der Planet sie darstellt, verschwindet nicht so einfach. Sie mag vorübergehend aus unserem Raum-Zeit-Kontinuum entrückt worden sein, aber es müsste wechselseitig wirkende Beharrungskräfte geben, die sie wieder zurückholen. Beim Wiederauftauchen des Planeten kommt es aber möglicherweise zu Nebeneffekten, die die Schiffe gefährden.«

»Akzeptiert. Wie ziehen uns zur Sicherheit dreihunderttausend Kilometer weit zurück.«

Ich nickte. Die genaue Distanz spielte keine Rolle, weil Lantcor meine Theorie akzeptiert hatte und sich unser Stillhalteabkommen dadurch verlängerte. Die Schiffe nahmen Fahrt auf und entfernten sich. Doch wir kamen nicht weit. Es gab plötzlich einen fühlbaren Ruck, die ISCHTAR wurde schwer erschüttert und wurde stark abgebremst.

»Triebwerke aus!«, rief ich. »Position halten!«

»Lantcor an Atlan. Ich nehme an, dass alle Schiffe von dieser elastischen Energiewand aufgehalten wurden. Haben Sie einen neuen Vorschlag?«

Ich nickte grimmig. »Ja, den habe ich. Es gibt für uns nur eine Möglichkeit zu entkommen. Wir müssen die Macht, die uns festhält, besiegen, wollen wir nicht für alle Zeiten an diesem Ort festgehalten werden.«

»Massetaster schlagen an«, meldete die Ortung.

Der Blick zur Panoramagalerie bestätigte die Meldung. Der Planet schwebte dort, als sei er nie weg gewesen.

»Er ist wieder da – wie *Pwllheli*«, rief Fartuloon.

»*Pewallheli?*«, fragte Arthamin.

Fartuloon grinste breit und buchstabierte den Namen. »*Pwllheli* ist ein Zhygor'ianta aus der *Inthurst-Saga*, der nach Belieben verschwinden und auftauchen kann. Sie sollten die um dreitausenddreihundert da Ark entstandene Saga kennen.«

»Wir sollten den Planeten so nennen«, schlug ich vor und sah Lantcors Brustbild auf dem Bildschirm fragend an.

»Wie kaltschnäuzig, bei den Zorngöttern, sind Sie eigentlich? Wir stehen vor dem größten Problem unseres Lebens, und Sie vergeuden Ihre Zeit damit, dieser verhexten Welt einen zungenbrecherischen Namen eines Zauberers aus den Sagen zu geben?«

»*Pewallheli*«, sagte ich amüsiert. »Erster Offizier – speichern Sie den Namen im Logbuch.« Dann wandte ich mich wieder an Lantcor. »Wir landen auf dem Kontinent zwischen dem Maahkstützpunkt und dem Unterwasserschloss. Danach sehen wir weiter.«

Er schluckte hörbar. »Was fällt Ihnen ein, mir befehlen zu wollen, was ich zu tun habe? Ich erteile hier die Befehle!«

Ich erwiderte nichts und zwang ihn dazu, etwas zu tun, was einer psychologischen Kapitulation gleichkam.

»GLORMOUN, Keon'athor Lantcor, an alle Schiffe einschließlich der aufgebrachten ISCHTAR: Wir kehren um und landen auf Sichtweite zum Maahkstützpunkt auf dem Hochplateau.« Er räusperte sich. »Dieser Befehl wurde erteilt, weil es uns offenkundig nicht möglich ist, uns von *Pwllheli* zu entfernen. Ein elastisches Kraftfeld von Kugelform hindert uns.«

Beim Landeanflug erkannten wir, dass der maahksche Stützpunkt wieder genauso aussah wie vor dem Verschwinden des Planeten. Ins Augenmerk der Ortung geriet diesmal aber auch die Ansammlung kuppel- und pyramidenförmiger Steinbauten unter dem dichten Wipfeldach des Dschungels außerhalb der Schutzfeldkuppel. Lantcor meldete sich erneut. Diesmal verwendete er einen Richtstrahl. Wahrscheinlich wollte er nicht, dass die Besatzungen der übrigen Schiffe mithörten.

»Die Bauwerke scheinen Zeugen einer alten Kultur zu sein. Ich schlage vor, dass wir eine gemeinsame Expedition bilden und diese Bauten untersuchen. Falls Sie persönlich teilnehmen wollen – Sie haben freies Geleit.«

»Richtstrahl«, wies ich die Funkstation an und antwortete dem Admiral: »Ich bin einverstanden. Die ISCHTAR entsendet insgesamt vier Expeditionsteilnehmer.«

»Nur vier?«

»Diese wiegen eine Hundertschaft Raumsoldaten auf. Wer hat die Leitung?«

»Wir beide, wenn Sie einverstanden sind.«

»Gut. Sobald wir gelandet sind, kommen wir mit einem Gleiter zur GLORMOUN. ISCHTAR Ende.« Ich drehte mich um. »Fartuloon, Ra, Vorry!«

»Bist du sicher, dass du Lantcor vertrauen kannst?«, fragte Ra. »Es könnte ein Trick sein, um dich in seine Hand zu bekommen.«

»Ich vertraue darauf, dass ein arkonidischer Flottenbefehlshaber sein Wort hält. Orbanaschols Regime geht zwar mit schlechtem Beispiel voran, aber der alte Ehrenkodex der Flotte dürfte noch nicht zerstört sein, denn dann wäre das Rückgrat des Imperiums zerbrochen.«

Ich sah Arthamins Augen aufleuchten, sagte aber nichts zu ihr. Sie hatte mich enttäuscht und schien weiterhin nicht bereit zu sein, ihre negative Einstellung mir gegenüber zu ändern. Brüsk wandte ich mich ab und trat zu Helos Trubato.

Die Landung verlief reibungslos, was meine Vermutung, dass es den Herren von Pwllheli darauf ankam, uns hier festzuhalten – aus welchen Gründen auch immer –, erhärtete. Ich war sicher, dass es eine Kleinigkeit für die Unsichtbaren gewesen wäre, uns zu vernichten, hätten sie das gewollt. Als die ISCHTAR sicher auf dem Boden stand, zogen wir leichte Kampfanzüge an; Vorry begnügte sich einmal mehr mit einem Aggregatgürtel. Anschließend nahmen wir einen gepanzerten Gleiter, verließen das Schiff und flogen zur GLORMOUN. Auch dort wurde ein Gleiter ausgeschleust und landete außerhalb des von den Landestützen markierten Kreises. Drei Raumsoldaten und Lantcor starrten verblüfft, fasziniert und ein wenig erschrocken auf den Magnetier. Ein solches Wesen hatten sie noch nie gesehen.

Ich stellte meine Begleiter vor und sagte anschließend: »Das gepanzerte Lebewesen ist mein Freund Vorry, ein intelligentes, wenn auch seltsames Geschöpf mit fremdartiger Mentalität. Wenn Sie vermeiden, ihn zu kränken, wird er Ihnen nichts tun. Nicht wahr, Vorry?«

»Richtig. Darf Vorry den anderen Gleiter fressen?«

»Was?«, entfuhr es Lantcor.

Ich lächelte beruhigend. »Er ist ein Magnetier und ernährt sich in erster Linie von Eisen oder eisenhaltigen Substanzen wie Metallplastik. Es würde ihm nichts ausmachen, Ihren Gleiter in kurzer Zeit zu verspeisen. Aber er kann sich natürlich beherrschen, nicht wahr, Vorry?«

»Vorry immer guter Beherrscher«, radebrechte er. »Vielleicht finden Eisen in Urwaldstadt?«

Lantcor seufzte vernehmlich, ehe er sagte: »Können wir starten?«

»Ja.«

Die Gleiter stiegen in die Höhe und nahmen Kurs auf die Gebäude im Dschungel. Dort verbarg sich vielleicht das Geheimnis dieses Planeten.

16.

Aus: *Robotregent-Auswertungsergebnis auf die Fragestellung 122-A vom 4. November 2044*

Der Báalol-Kult ist die reichste und mächtigste Organisation dieser Art in der bekannten Galaxis. Die Zahl der Anhänger wird allein im Arkonsystem auf zweihundert Millionen Arkoniden, Naats und andere hier heimische Intelligenzen geschätzt. Der Kult verherrlicht keine Gottheit. Ich wiederhole: Der Kult verherrlicht keine Gottheit! Die Ziele der Sekte sind fragwürdig. Meine Daten weisen mit hundertprozentiger Sicherheit aus, dass die verschiedenartigen Hohepriester des Báalol-Kultes noch nie den Versuch unternommen haben, politische oder militärische Macht zu gewinnen. Dagegen steht mit ebenfalls hundertprozentiger Sicherheit fest, dass die führenden Männer des Kults auf wirtschaftlicher Ebene eine entscheidende Rolle spielen. Allem Anschein nach stehen sie mit den Galaktischen Händlern und den Aras in enger Verbindung.

Die Lehren der Sekte beinhalten die geistige und körperliche Gesunderhaltung des Individuums auf wissenschaftlich fundierter, jedoch okkultistisch gefärbter Basis. Die Geheimwissenschaften der Sekte sind nur dem Vernehmen nach bekannt, jedoch scheinen sie bedeutend zu sein ...

... es ist bekannt, dass die Priester des Kultes die besten und energiereichsten Körperschutzschirme herstellen. Meine Untersuchungen anlässlich der erwähnten Verhaftung des hiesigen Hohepriesters Segno Kaata brachten hinsichtlich der sagenhaften Energieschirme kein positives Ergebnis. Es handelt sich um allgemein übliche Aggregate, die jedoch bei anderen Personen niemals so undurchdringliche Felder erzeugen, wie es bei einem Báalol-Träger der Fall ist. Die Annahme, dass die Báalols bestimmte Fähigkeiten infolge einer unbekannt gebliebenen Mutation besitzen, ist gegeben. Größte Vorsicht wird angeraten. Die Priester gelten als unverletzlich ...

Pwllheli: 16. Prago des Tedar 10.499 da Ark

Fartuloon und der Pilot des anderen Gleiters kreisten mehrmals über der Gebäudeansammlung. Das Wipfeldach des Dschungels war zu dicht, als dass wir es mit bloßem Auge hätten durchdringen können. Von den Gebäuden war nur das zu sehen, was aus der Vegetation hervorragte. Masse- und Konturtaster ergänzten aber das Bild.

»Sehr alt«, sagte ich über Funk. »Die Steinmauern sind voller Moos, Schlingpflanzen und zum Teil von der Witterung förmlich angefressen. Wahrscheinlich lebt hier schon lange niemand mehr. Ich schlage vor, wir landen und sehen uns die Anlage zu Fuß an.«

»Einverstanden.«

Wie selbstverständlich schloss Lantcors Gleiter auf und sank neben uns zu Boden. Die gemeinsame Not zwang uns zur Einigkeit. Allerdings gab ich mich keinen Illusionen hin, dass Lantcor darauf verzichten würde, mich bei erster Gelegenheit gefangen zu nehmen. Unsere Augen gewöhnten sich an das grünliche Dämmerlicht, das am Grund des Dschungels herrschte. Der Boden war bis auf ein paar bleiche Farne fast frei von Unterholz. Zu meiner Verwunderung entdeckte ich keine Tiere, nicht einmal Insekten.

Dann wandte ich meine Aufmerksamkeit dem Bauwerk zu, neben dem wir gelandet waren. Es bestand aus großen Steinblöcken und hatte die Form einer Stufenpyramide mit achteckiger Grundfläche. Die Stufen selbst waren zu hoch, um von einem Arkoniden erstiegen zu werden. An einer Seite gab es jedoch eine breite Freitreppe, deren Stufen nur knapp fußhoch waren. Früher einmal war das Bauwerk von einer Mauer umgeben gewesen. Von dieser waren jedoch nur noch Fragmente zu sehen. Graubraune Überreste, die kniehoch aus dem Boden ragten und von halb zerfallenen Mauersteinen umgeben waren. Ebenfalls weitgehend zerfallen waren ehemals niedrige Bauten im weiteren Umkreis.

»Das sieht aus wie eine Báalol-Burg«, murmelte Lantcor.

Ich sah ihn fragend an.

»Die Báalol-Sekte predigte vor rund hundertfünfzig Jahren zur Regierungszeit von Imperator Arthamin dem Ersten eine Pseudoreligion, wurde aber verboten. Ihre Anhänger wurden verfolgt. Es hieß, dass viele Báalol-Anhänger mit Raumschiffen flohen, um sich eine Welt zu suchen, auf der sie ihre Lehre ungehindert ausleben konnten. Auf dem Planeten Tagganor, der von arkonidischen Auswanderern kolonisiert worden war, erlebte der Kult eine neue Blüte. Imperator Arthamin schickte einen Flottenverband, um die Báalols zu vertreiben. Als die Schiffe ankamen, war der Planet von Methans verwüstet worden. Niemand hatte überlebt. Kurz zuvor – zehn-drei-zweiundachtzig da Ark – war das Imperium im Taponar-Sektor erstmals mit Maahks konfrontiert worden. Seither galt die Sekte als erledigt. Anscheinend hatten sich einige Anhänger hier ein neues Domizil geschaffen.«

»Aber niemand hat überlebt«, sagte ich und sah Fartuloon an. Er hatte mir nie von Báalols erzählt. Mein Pflegevater erwiderte meinen Blick, doch sein Gesicht blieb ausdruckslos. Ich war mir sicher, dass ihm die Báalols bekannt waren, doch er war nicht bereit, darüber mehr zu sagen.

»Vielleicht wurden sie den unsichtbaren Herren dieser Welt lästig – oder die Maahks haben sie ausgerottet.« Lantcor zuckten mit den Schultern.

Fartuloon stieß mit dem Fuß gegen einen Mauerstein. »Eher unwahrscheinlich. Es gibt keine Spuren von Energiewaffen. Das sieht nach natürlichem Zerfall aus.«

»Sehen wir uns die Pyramide an«, sagte ich.

Über das Gesicht des Bauchaufschneiders huschte ein Schatten des Unmuts. Fast wirkte es, als wolle er mich vom Betreten des Gebäudes abhalten. Bei einem zweiten Blick war sein Gesicht wieder völlig ausdruckslos.

Wir umrundeten die Stufenpyramide halb, bis wir als Zugang ein großes rechteckiges Portal fanden. Früher hatte eine Steinplatte, die in einer blank polierten, aus Stein gehauenen Schiene lief, die Öffnung verschlossen. Nun lehnte die Platte geborsten an der untersten Pyramidenstufe, und die Steinschiene war teilweise zertrümmert. Wir schalteten die Scheinwerfer an und betraten das Gebäude. Die Lichtkegel huschten über einen Boden, der nur dünn mit Staub bedeckt war, und Wände, an denen große Reliefs zu sehen waren. Die Abbildungen waren unversehrt und zeigten seltsame und teilweise groteske Tiere – eine geflügelte Sonnenscheibe, Fabelwesen mit Tierleibern und Arkonidenköpfen oder arkonoiden Körpern und Tierköpfen und dergleichen mehr. Besonders beeindruckte mich eine Bildsäule, die mitten in der Tempelhalle stand. Sie diente nicht als Stütze, denn sie reichte nicht bis zur Decke, sondern endete in drei Metern Höhe. In unterschiedlich breiten Streifen umliefen Reliefbilder, die das Leben in einer Palastanlage zeigten, sowie viele seltsame Schriftzeichen den Umfang des rund meterdicken Zylinders. Auch Ra war offenkundig von der Säule fasziniert. Langsam umrundete er sie, musterte die Schriftzeichen und Bilder und murmelte etwas Unverständliches.

»Das war zweifellos ein Tempel der Báalol-Sekte«, sagte Lantcor. »Aber hier erfahren wir nichts, was für unsere Mission von Bedeutung wäre.«

»Ich finde das alles sehr interessant.« Ra machte eine vage Geste. »Müsste ich einen Tempel errichten, würde er ähnlich aussehen. Ich glaube, dass ich sogar die heiligen Schriftzeichen verstehe.«

»Das ist kein heiliger Ort, sondern eine verdammte Kultstätte«, brauste Lantcor auf. »Hier hat das Böse gegen das Gute intrigiert.«

Ra schüttelte den Kopf. »Ich glaube nicht, dass das Böse so viel Schönheit schaffen kann.«

Lantcor reagierte schroff. »Gehen wir!«

Wir drehten uns um – und erstarrten angesichts des seltsamen Lebewesens, das in der Eingangsöffnung stand.

Lantcor und seine Begleiter griffen zu den Waffen, ließen sie jedoch in den Gürtelhalftern stecken, als sie sahen, dass das Wesen allein war und keine Anstalten machte, uns anzugreifen. Es stand nur da und musterte uns aus großen Augen. Da es in eine geschlossene blutrote Kombination gehüllt war, war vom Körper nur die arkonidenähnliche Gestalt zu erkennen.

Der Kopf glich dagegen eher einer Flattertierart, die auf vielen Planeten anzutreffen war. Das Gesicht war lederhäutig, faltig und sehr ausdrucksstark, der Mund breit, die Ohren groß und nach oben zugespitzt. Die Hände waren fünfgliedrig, die Daumen ungewöhnlich lang und mit einer Kralle versehen.

Niemand von uns bezweifelte einen Augenblick die Intelligenz des Wesens. Kleidung, Gesichtsausdruck, das gesamte Auftreten und vor allem der klare Blick sprachen für sich. Der Fremde hob langsam die Hände, drehte die Handflächen nach außen und flüsterte ein Wort in einer unbekannten Sprache. Wir hatten Translatoren mitgenommen, schalteten sie ein und sprachen ein paar bedeutungsvolle Sätze, die nur den Sinn hatten, den Fremden zu weiterem Sprechen anzuregen. Er begriff sofort, worauf es ankam. Er redete und vollführte dabei Handbewegungen, die so offensichtlich waren, dass wir beinahe auf Anhieb verstanden, welche Dinge und Vorgänge er damit darzustellen versuchte. Ich antworte mit den entsprechenden *Satron*-Begriffen. Die Kleinpositroniken der Translatoren verarbeiteten sämtliche akustischen und optischen Informationen, verglichen sie mit Speicherdaten und verwendeten überdies heuristische Algorithmen. In überraschend kurzer Zeit zeigten Signallampen an, dass der erarbeitete Wortschatz groß genug für eine einfache Kommunikation war.

Ich hob die Hand, legte sie auf meine Brust und sagte: »Atlan.« Anschließend stellte ich Fartuloon, Ra und Vorry vor. Lantcor verfuhr auf gleiche Art und Weise.

»Brek Ronsilk Arkde Cra Crom Hrs Ofzark«, sagte der Fremde mit seiner charakteristischen Flüsterstimme. »Orlong gestattet, Namen zu *Braccho* zu kürzen.«

Ich wies auf ihn. »Braccho.«

»Braccho. Volk der Gvehelier. Ihr Arkoniden. In Xqulltmachs Traum verschlagen.«

»Wessen Traum?«, fragte Fartuloon.

»Xqulltmach Name, meine Sprache. Willkürlich gewählt.«

»Dein Volk beherrscht diesen Planeten?«, erkundigte sich Lantcor.

»Nein. Ich allein in Xqulltmachs Traum.«

»Was redet der da von Traum?« Vorry grollte unterdrückt. »Ergibt doch keinen Sinn.«

Braccho musterte den Magnetier ebenso wie Ra. »Keine Arkoniden?«

»Nein.«

Der Gvehelier wandte sich an mich. »Augen mit Feuer der Jugend und Weisheit des Alters, Atlan. Hoffe, verstehst. Xqulltmach Name. Kenne nicht persönlich, existiert in anderer Welt. Wesen fremdartig, nicht vorstellbar. Lange Zeit in Zustand von Schlaf. Für Wesen normal. Schläft – und träumt. Folgerung: Träume werden real! Bruch zwischen Welten. Hier Welt – alles aus Traum. Real geworden, was nicht von außen.«

»Die Träume dieses Xqulltmach scheinen sich an einem Punkt zu realisieren, der durch eine Art Dimensionsverwerfung gekennzeichnet ist«, versuchte ich, vom Logiksektor unterstützt, eine Interpretation. »Ein Bruch zwischen verschiedenen Weltsystemen oder Universen? Dieser Planet und alles, was nicht von außerhalb stammt, sind die materielle Realisierung eines Traums.«

Braccho schwieg, während wir einige Zeit benötigten, um das, was er uns mitgeteilt hatte, zu verarbeiten. Erstaunlicherweise schien es Ra ganz gut zu gelingen. »Wie die Traumzeit der Götter – sie träumen, und für uns wird es greifbar. Es materialisiert, was von ihnen gewünscht wird. Substanz entsteht aus Energie, geformt nach den Vorstellungen der Göttlichen. Ein Schloss unter Wasser. Strahlen und Bomben verschwinden. Der ganze Planet kommt und geht.«

Vorry und die Raumsoldaten blickten verwirrt, während Fartuloon und Lantcor wiederholt nickten.

»Alles, was er träumt, realisiert sich an diesem besonderen Ort«, sagte ich langsam. »Wahrscheinlich, ja sicher nimmt dieser Träumer uns in seinem Traum wahr, weil wir an den Realisierungsort vorgedrungen sind. Und der Träumer scheint diese Belebung und Ergänzung seines Traums so zu schätzen, dass er uns mit allen Mitteln festzuhalten versucht. Er reagiert auf unsere Gedanken, will uns – wie das Unterwasserschloss zeigt – das Verweilen so angenehm wie möglich machen. Aus diesem Grund hat er auch die Maahks gegen unsere Angriffe geschützt und ihnen einen Bezirk erträumt, in dem sie leben können.«

»Ja, etwa so«, sagte Braccho. »Träumer unfertig, Kind. Wesen vielleicht Ruhestadium vor Metamorphose. Erst dann fertiges Wesen.«

»Eine Metamorphose, die sich über Äonen erstreckt«, sagte Fartuloon. »Was muss das für ein Wesen sein, dessen Puppenstadium schon Tausende Jahre oder länger dauert?«

»Annahme«, wandte Braccho ein. »Kein Beweis.«

»Aber durchaus wahrscheinlich«, murmelte ich. »Gibt es keine Möglichkeit, aus diesem Traum auszubrechen?«

»Nein.«

»Der Traum realisiert sich an diesem besonderen Ort.« Ich runzelte die Stirn. »Eine Dimensionsverwerfung. Zumindest theoretisch sollte es doch möglich sein, einen solchen Bruch entsprechend zu kompensieren. Dann müsste der Traum enden, zumindest die hiesigen materiellen Umsetzungen.«

»Theorie möglich – Bruch glätten.« Braccho legte die Hände aneinander und rieb sie. »Energie übersättigen. Extremenergie. Mir nicht gegeben.«

»Die Transitionstriebwerke«, sagte Fartuloon. »Wir müssten die bei ihnen schlagartig freigesetzte Energie der Strukturfelder nach außen lenken statt in die übliche Kugelprojektion zur Eigenentstofflichung.«

Neue Hoffnung durchpulste mich. Ich sah den Fremden an; er sagte: »Brauche Daten.«

Es war nicht leicht, die bislang eingeschränkte Kommunikation auf derart komplexe Fachgebiete auszudehnen. Längst hatten wir die Stufenpyramide verlassen und waren zu den Gleitern gegangen, um deren Positroniken und ihre Möglichkeiten der optischen Darstellung hinzuzuziehen. Lantcor und ich berechneten die Maximalleistung der Transitionstriebwerke unserer acht Raumer, wobei ich voraussetzte, dass uns der Admiral mit Ersatzteilen für die ISCHTAR aushelfen konnte. Das in den Translatoren gespeicherte Vokabular wuchs parallel zu unseren Bemühungen. Nachdem wir unsere Berechnungsergebnisse genannt und dargestellt hatten, begann Braccho seinerseits mit Berechnungen, wobei er auf die Unterstützung eines Armbandgeräts zurückgriff. Gespannt warteten wir auf das Ergebnis, denn davon würde es abhängen, ob wir hier gebannt waren oder entkommen konnten.

»Möglich«, sagte Braccho schließlich. »Bei Überlast von zehn Prozent.«

Wir kehrten mit dem Fremden zu unseren Raumschiffen zurück und begannen mit der fieberhaften Arbeit. Lantcor lieferte uns die notwendigen Ersatzteile. Das Transitionstriebwerk der ISCHTAR wurde repariert, auch andere Schäden wurden teilweise beseitigt. In den Schiffen Lantcors erfolgten ebenfalls Umbauarbeiten. Spulen wurden verstärkt, Hyperkristalle ausgetauscht, Feldleiter zu neu installierten Projektoren verlegt.

Nachdem er die Runde durch alle Schiffe gemacht hatte, kam Braccho zur ISCHTAR. Wir hatten, weil wir auf Kraumon Zusatzblöcke installiert hatten, die leistungsfähigste Bordpositronik. Mit ihrer Hilfe führten der Fremde und ich die Abschlussberechnungen durch.

Auf meine Frage nach seinem Raumschiff antwortete er: »Ich bin nicht mit einem Schiff gekommen, sondern mit einem Gerät, das mir die Reise durch Dimensionstore ermöglicht. Wir Gvehelier reisen alle auf diese Weise, wenn wir unseren Planeten verlassen.«

»Ich würde dich gern einmal auf deiner Heimat besuchen«, sagte ich impulsiv, denn Braccho war mir in der kurzen Zeit, die wir uns kannten, sympathisch geworden.

Sein faltiges Gesicht nahm einen traurigen Ausdruck an. »Das ist leider aus vielerlei Gründen nicht möglich, Atlan. Ich möchte zu den Gründen aber nichts sagen.«

»Hat es etwas damit zu tun, dass wir Arkoniden zu kriegerisch sind?« Mir war aufgefallen, dass er die Geschütztürme missbilligend gemustert hatte.

»Auch damit«, gestand er offen. »Bei uns gibt es keine Gewalt gegen andere Lebewesen. Wir meiden den Kontakt mit kriegerischen Völkern; unsere geistige Stabilität leidet, würden wir zu Gewaltanwendungen gezwungen.«

Ich nickte. Mit großer Wahrscheinlichkeit verfügten sie sehr wohl über entsprechende Möglichkeiten, sich erfolgreich zur Wehr zu setzen. Da sie das aber in Gewissenskonflikte stürzen würde, hatten sie sich isoliert. Ich verstand sie, obwohl es nicht meiner Mentalität entsprach, mich zu verkriechen, um bewaffnete Auseinandersetzungen zu vermeiden.

Has'athor Arthamin, die uns interessiert zugehört hatte, begriff ohne Zweifel, dass die Gvehelier keineswegs wehrlos waren. »Ich hoffe, Sie nehmen nicht Partei für Atlan, Braccho.«

Der Fremde sah sie lange an, eher er erwiderte: »Ich habe die Spannungen registriert, die zwischen Atlan und der Besatzung dieses Schiffs einerseits und Lantcor und den Besatzungen der anderen sieben Schiffe bestehen. Es macht mich krank, dass sich intelligente Wesen bekämpfen wollen, obwohl sie bewiesen haben und noch beweisen, dass sie gut zusammenarbeiten können. Aber keine Angst, wir Gvehelier mischen uns niemals in die Auseinandersetzungen zwischen den Angehörigen anderer Völker ein.«

Arthamins Gesicht bekam einen lauernden Ausdruck. »Aber Sie helfen uns gegen den Träumer. Ist das nicht auch eine Art von Gewaltanwendung, wenn wir seinen Traum zerstören?«

»Nein, wir zerstören den Traum ja nicht. Wir verhindern nicht, dass der Träumer weiter träumt. Wir sorgen nur dafür, dass sich sein Traum nicht an diesem Ort und zu unserem Schaden realisiert. Ob er auf eine andere Dimensionsverwerfung ausweicht, kann ich nicht sagen. Schaden wird ihm unsere Flucht nicht, denn ich halte die materielle Realisierung seiner Träume für einen Nebeneffekt, der zur Entwicklung dieses Wesens letztlich nicht erforderlich ist.« Er sah mich an. »Machen wir weiter, Atlan?«

»Ja.«

Die Berechnungen und die daraus abgeleiteten Umsetzungen für die Schiffsaggregate nahmen viele Tontas ins Anspruch. Ich war am Ende ziemlich abgespannt, doch Braccho war keine Ermüdung anzumerken. Sein geistiges Potenzial musste weit über dem eines Arkoniden liegen. Nun lag es an den Technikern und Ingenieuren, die Daten umzusetzen.

Zehn Tontas später – ich hatte mich ausgeschlafen, erfrischt und gegessen – kehrte ich in die Zentrale zurück. Helos Trubato meldete, dass die technischen Vorbereitungen abgeschlossen waren. Die zusätzlich eingebauten Strukturfeldprojektoren, die die für eine Transition erforderliche Hyperenergie abstrahlen sollten, waren auf den Mittelpunkt des Planeten gerichtet. Die Hyperenergie würde so fokussiert werden, dass sie erst dort freigesetzt wurde.

Kurz darauf meldete Lantcor, dass auch seine Schiffe bereit seien. »Denken Sie daran, dass unser Stillhalteabkommen in dem Augenblick endet, in dem die Aktion gelungen ist und wir wieder frei sind.«

»Wir haben ausgezeichnet zusammengearbeitet, sind uns nähergekommen und haben uns gegenseitig achten gelernt«, sagte ich. »Warum wollen Sie Orbanaschol immer noch meinen Kopf bringen?«

»Nicht Ihren Kopf«, widersprach er. »Ich bin kein Henker oder Mörder. Meine Pflicht ist nur, Sie zu verhaften und dem Imperator auszuliefern, dem ich den Treueid geschworen habe.«

Ich gab es auf, diesen ebenso ehrenwerten wie starrsinnigen Mann überzeugen zu wollen.

»Wir fliegen im geschlossenen Verband bis dicht an die Energiesperre, die ISCHTAR in der Mitte«, sagte Lantcor. »Ich verspreche Ihnen, den Angriffsbefehl erst zu geben, wenn feststeht, dass wir dem Traum entronnen sind.«

»Natürlich.« Ich reagierte sarkastisch. »Sie würden ja sonst den Erfolg unserer Aktion infrage stellen. Und wenn ich nun nicht mitspiele?«

»Dann lasse ich Ihr Schiff stürmen.«

Er hatte die Übermacht und die Vorteile auf seiner Seite. Natürlich konnte ich unser Transitionstriebwerk unbrauchbar machen lassen, und wir würden hier gefangen sein. Orbanaschol würde mich dann nicht in die Gewalt bekommen, ich im Gegenzug aber auch den Kampf gegen ihn nicht fortsetzen können. Das wiederum war nicht in meinem Interesse.

»Start in einer halben Tonta?«

»Einverstanden. Lantcor Ende.«

Ich verabschiedete mich von Braccho und schaute ihm nach, wie er sich von der ISCHTAR entfernte. Nach fünfhundert Metern blieb er stehen, neben ihm erschien eine etwa vier Meter durchmessende grelle Energieblase. Der Fremde schwebte darauf zu, verschmolz mit ihr und erschien als Silhouette im Inneren. Langsam stieg die Blase auf. Ich sah auf die Uhr und wandte mich an den Ersten Offizier: »Start!«

Tief unter uns schwebte der Planet, den wir Pwllheli getauft hatten. Aus dem Weltraum sah er so real aus wie jede andere Welt auch. Aber es war eine materielle Traumumsetzung an einer Dimensionsverwerfung, die ebenso plötzlich verschwinden wie wieder entstehen konnte. Das jedenfalls war die Grundlage von Bracchos Theorie, auf die wir vertrauen mussten. Einen Beweis hatte er nicht geliefert, dennoch wusste ich, dass er nicht gelogen hatte.

»Was wird eigentlich aus dem Maahks unter der Schutzschirmkuppel, wenn der Traum endet?«, fragte Ra unvermittelt.

»Sie sterben, wie sie es verdient haben«, antwortete Arthamin hasserfüllt.

Ich runzelte die Stirn. Verdient? Wie konnten wir so vermessen sein zu behaupten, sie hätten den Tod verdient? Auch ich hasste die Methans, aber das waren keine in Primitivität zurückgefallene Schiffsbrüchige. Ich sagte nichts, denn wir hätten die Wasserstoffatmer beim besten Willen nicht retten können – es gab keinen Zugang durch den Schutzschirm. Ganz abgesehen davon, dass ich mit einem solchen Ersuchen bei Lantcor nur auf Unverständnis gestoßen wäre. Die Parole »Tod allen Maahks« war furchtbar, aber sie hatten es herausgefordert, weil sie einen Vernichtungskrieg gegen uns führten. Unser Hass gab uns die Kraft, den Kampf durchzustehen. Dennoch bohrte etwas tief in meinem Gedankenhintergrund, als ich an die Maahks auf dem Planeten dachte, ohne dass ich hätte sagen können, was mich nun genau störte ...

»Fertig?«, fragte Lantcor über Funk.

»Alles bereit«, antwortete ich.

»Dann ...« Er hob den Arm. Doch die Geste erstarrte mitten in der Bewegung. Er drehte den Kopf, erhielt eine Meldung. »Noch warten! Unsere Ortung hat eine große Energieblase entdeckt, die sich vom Planeten löst und sehr schnell aufsteigt. Wahrscheinlich die Methans! Wir müssen sie vernichten, bevor wir anfangen.«

»Nein!«, rief ich – plötzlich wusste ich, was mich gestört hatte. »Es wird Braccho sein, der die Kolonie vom Planeten gelöst hat! Er hat ausdrücklich gesagt, dass seinem Volk keine Gewalt zu eigen ist. Er will die Maahks beschützen. Und ich würde mich zu Tode schämen, fiele ich der Hilfsbereitschaft dieses liebenswürdigen Wesens in den Rücken.«

Lantcor dachte eine Weile nach, ehe er diplomatisch sagte: »Ich nehme an, dass die Methans so oder so umkommen, sodass sich eine Aktion erübrigt. Achtung! Transitionsenergie auf Projektoren!«

Ich drückte den neu installierten Schalter. Für Augenblicke geschah nichts. Der Planet schwebte unverändert im All. Dann aber kamen die Veränderungen so schnell, dass wir ihnen kaum mit den Augen folgen konnten. Die ISCHTAR wurde von einer Stoßwelle getroffen und davongewirbelt. Auf den Bildschirmen schienen die Sterne einen irren Tanz auszuführen. Ich hielt mich fest und versuchte, mich auf Pwllheli zu konzentrieren. Doch der Planet war nicht mehr zu sehen. An seiner Stelle gab es nur eine Ballung von Dunkelheit, die rasend schnell kontrahierte.

»Das Schiff wird mitgerissen. Gegenschub!«, rief Trubato.

Die Impulstriebwerke brüllten auf. Ein Schütteln lief durch die Kugelzelle, verwandelte sie in eine dröhnende Glocke. Doch wir stürzten trotz Maximalbeschleunigung der schrumpfenden Dunkelballung entgegen. Ich vermutete, dass es sich bei ihr um ein Loch im Raum-Zeit-Kontinuum handelte – eine Öffnung in der Dimensionsverwerfung. Sollte die ISCHTAR in dieses Loch gerissen werden, würden wir dann in eine andere Dimension verschlagen? Wir kamen dem unheilvollen Loch immer näher, die Strukturtaster knatterten heftig. Schon glaubte ich, mich mit einer Irrfahrt in fremder Dimension abfinden zu müssen, da verschwand die auf die Ausdehnung eines Spielballs zusammengeschrumpfte Dunkelheit abrupt.

Im nächsten Augenblick schien sich das All mit Schlieren zu erfüllen. Die ISCHTAR vollführte einen Satz, die Triebwerkswirkung riss sie mit. Mit einem Schlag auf den Schalter desaktivierte ich die Projektoren, der nächste Handgriff galt dem Auslöser der Nottransition – eine wilde Hoffnung, auch bei minimaler Geschwindigkeit entkommen zu können. Aber es gelang nicht. Die Reaktoren arbeiteten zwar mit Maximalleistung, doch die für eine Transition benötigte Speicherenergie war aufgezehrt. Der laufende Betrieb der Kraftwerke reichte für den Hypersprung nicht aus. Nicht einmal, wenn wir bereits eine Endgeschwindigkeit von neunzig Prozent der Lichtgeschwindigkeit erreicht hätten. Doch wir flogen eben erst mit fünfzehn Prozent ...

Auf dem Bildschirm erschien Lantcors Brustbild. »Ergeben Sie sich, Atlan.«

»Ich denke nicht daran«, sagte ich zornig und enttäuscht und fügte einen Satz hinzu, für den ich mich, kaum ausgesprochen, schämte: »Has'athor Arthamin ist meine Geisel. Sie stirbt, sollten Sie uns nicht abziehen lassen.«

Sein Gesicht blieb unbewegt. »Um der Pflicht willen müssen Opfer gebracht werden.«

Er hob die Hand. In nächsten Augenblick feuerten die Arkonraumer. Noch hielt unser Schutzschirm, doch die nächsten Salven würden ihn zusammenbrechen lassen.

»Sie schleusen Beiboote aus. Enterkommando«, rief Fartuloon.

»Wenn Sie mich schon ermorden wollen, dann zögern Sie nicht länger«, sagte die Sonnenträgerin ruhig.

Ich atmete tief durch. »Bitte, entschuldigen Sie, dass ich mich im Zorn zu dieser Drohung hinreißen ließ, Erlauchte. Selbstverständlich lasse ich nicht zu, dass Ihnen ein Haar gekrümmt wird. Aber die Enterkommandos werden einen heißen Empfang erleben.«

»Willst du es wirklich auf einen Kampf ankommen lassen, mein Junge?« Fartuloon sah mich eindringlich an. »In den Beibooten sitzen keine Verbrecher, sondern tapfere Raumsoldaten des Imperiums.«

»Wir wehren uns – mit Paralysatoren. Sollten sie tödliche Waffen einsetzen, antworten wir entsprechend. Ich lasse meine Besatzung nicht abschlachten.«

Ich schaltete die Rundrufanlage ein und gab die entsprechenden Befehle.

Unser Kampf war von Beginn an aussichtslos. Ich hatte das gewusst, und meine Leute hatten es gewusst. Doch es ging auch um unsere Ehre. Zuerst hatten die Enterkommandos Thermostrahler und Desintegratoren eingesetzt, doch als sie feststellten, dass wir uns nur mit Paralysatoren wehrten, hatten auch sie nur Lähm- und Schockwaffen verwendet. Eine Geste der Ritterlichkeit, ganz in der Tradition des Dagor und der Dagoristas. Am Ausgang des Kampfes hatte es nichts geändert. Die Angreifer waren in der Überzahl und konnten ihre Ausfälle schnell ersetzen. Meine Leute wichen zurück, kämpften, bis sie paralysiert wurden. Die Angreifer drangen weiter vor, zeitweise wurde um Korridor um Korridor, Raum um Raum gerungen.

Sechs Tontas zog sich der Kampf hin, bis Lantcors Leute die Zentrale erreichten. In den Korridoren rings um die kugelförmige Zentralsektion stapelten sich die gelähmten Körper. Unser Häuflein schrumpfte auf fünf Personen zusammen. Lange würde der Kampf nicht mehr dauern. Ein letzter Rückzugsort war die Verbarrikadierung in der Zentrale selbst. Ich schoss auf einen Angreifer, drehte den Kopf und sah durch das letzte geöffnete Schott in die Zentrale. Arthamin stand da wie zu Stein erstarrt. Nur ihre Augen verrieten, dass sie lebte – und sie verrieten einen Sturm von Gefühlen, die ich der Frau nie zugetraut hätte. Konnte es sein, dass sich die Meinung der Sonnenträgerin über mich änderte? Vielleicht weil ich, im Gegensatz zu Lantcor, nicht bereit gewesen war, ihr Leben zu opfern? Doch dieser Meinungsumschwung kam zu spät. Jetzt konnte uns Arthamin nicht mehr helfen, und das war ihr zweifellos ebenfalls klar.

Ich wandte mich wieder dem Kampfgeschehen zu. Fartuloon wurde getroffen und blieb gelähmt liegen. Gab es noch andere Kämpfe? Ja, Vorry wehrte sich ebenfalls noch. Ich hatte ihm verboten, seine überlegenen Körperkräfte mit tödlicher Wucht einzusetzen. Fauchend entlud sich sein Schocker.

Aber ich hatte mich ablenken lassen. Als mein Körper erstarrte, war es zu spät. Der Kombistrahler entfiel meiner kraftlosen Hand. Ich konnte mich nicht mehr bewegen.

Es dauerte nicht lange, bis die Raumsoldaten heraneilten. Ich sah und hörte alles, als sie mich aufhoben, in die Zentrale schleiften und in einen Sessel platzierten. Sie sprachen davon, dass Lantcor seinen Besuch angekündigt hatte. Als dann der Admiral in meinem Blickfeld erschien, war seinem Gesicht weder Triumph noch Freude über den Sieg anzusehen.

»Ich danke Ihnen, dass Sie durch Ihren Befehl, nur Lähm- und Schockwaffen einzusetzen, den Tod vieler Raumfahrer verhindert haben«, sagte er bedächtig. »Sie werden arretiert. Wir fliegen auf dem kürzesten Weg nach Arkon, ich verspreche, dass Sie und Ihre Leute gut behandelt werden.«

Von dir vielleicht, dachte ich. *Aber nicht von Orbanaschol.*

Am liebsten hätte ich ihm das ins Gesicht geschrien, doch ich brachte keinen Ton über die Lippen. Dafür kam Fürsprache von einer Seite, von der ich sie nicht mehr erwartet hatte – Karmina Arthamin sagte: »Ich bezweifle, dass es klug wäre, die Gefangenen sofort nach Arkon zu schaffen, Keon'athor. Die Ankunft von Gonozal im Herzen des Imperiums ließe sich nur schwer verbergen und könnte zu Unruhen führen! Und gerade Unruhen können wir uns im jetzigen Stadium des Methankriegs nicht erlauben.«

Lantcors Brauen zogen sich zusammen. Der Widerspruch musste bei einer ausgeprägten Persönlichkeit wie ihm Zorn auslösen. Aber er beherrschte sich, sein Gesicht verriet sogar Nachdenklichkeit. »Ihr Argument entbehrt nicht der Logik, Has'athor. Wir haben Gonozals Wirkung bei der Schlacht erlebt. Noch dürfte die Funkstille, die ich befohlen habe, eingehalten werden. Doch spätestens mit der Rückkehr zum Flottenstützpunkt Amozalan werden die Gerüchte nur so sprießen. Vielleicht sollte ich den Imperator fragen, wie am besten vorzugehen ist?«

»Mit Verlaub – aber auch das dürfte kein guter Garrabozug sein. Sie wissen, wie viele Dienststellen ein via Hyperfunkrelais weitergeleiteter Funkspruch durchläuft, bis er tatsächlich dem Höchstedlen vorgelegt wird. Die von ihnen angesprochenen Gerüchte würden sich noch schneller verbreiten – und diesmal sogar vom Arkonsystem aus. Ich schlage vor, einen Geheimkurier zu entsenden, um die Botschaft dem Tai Moas persönlich zu überbringen.«

Lantcor kaute an der Unterlippe. Sein Zwiespalt war offenkundig. Einerseits war es seine Pflicht, meinen Vater, meine Mutter und mich so schnell wie möglich an Orbanaschol zu übergeben. Andererseits hatten die Bedenken von Arthamin Gewicht. Ganz sicher lag es nicht in Lantcors Interesse, sich durch unüberlegtes oder voreiliges Handeln die Missgunst oder gar den Zorn des für seine Launen berüchtigten Imperators zuzuziehen. Orbanaschol ging nicht gerade rücksichtsvoll mit Leuten um, die seiner Meinung nach einen Fehler begangen hatten. Endlich schien der Admiral einen Entschluss gefasst zu haben. »Wir fliegen zuerst nach Vayklon; von dort aus schicke ich den Kurier nach Arkon.«

Ich atmete verstohlen auf und war der Sonnenträgerin dankbar, dass sie uns diesen Aufschub verschafft hatte. Aber aufgeschoben war nicht aufgehoben. Ich fragte mich, wie es nun weitergehen sollte. Offen für unsere Freilassung plädieren konnte Arthamin nicht. Und wir selbst konnten nichts mehr tun.

17.

Aus: *Gedanken und Notizen – Gespräche mit dem Kristallprinzen*,
Bauchaufschneider Fartuloon

Die Revolution, die unser Ziel ist, Junge, unser berechtigtes Ziel, wie ich hervorheben möchte, wird in jedem Fall Opfer kosten. Arkoniden werden sterben, die mehr als der Fette verdient hätten, glücklich und in Frieden zu leben. Wir haben nicht das Recht, über diese Leben zu bestimmen, aber ich glaube auch nicht, dass wir das Recht haben, Orbanaschol und seine Clique weiterhin gewähren zu lassen. Denn auch dann werden ungezählte Unschuldige ihr Leben verlieren. Und du darfst nicht vergessen, Sohn, dass unser Versuch gezeigt hat, dass wir nun im Kampf gegen den Tyrannen eine recht wirkungsvolle Waffe haben.

An Bord der ISCHTAR: 17. Prago des Tedar 10.499 da Ark

Zehn Tontas später drehte ich mich um, als der Interkom summte, und fragte mich, wer mich sprechen wollte. Seit die Lähmung abgeklungen war, hatte sich niemand bei mir sehen lassen. Ich war allein in einer Kabine eingesperrt; meine Leute würden ebenfalls gefangen sein. Die ISCHTAR hatte eine Notbesatzung erhalten, eine Transition hatte bereits stattgefunden.

Als ich den Interkom einschaltete, blieb der Bildschirm grau. Wer immer mich sprechen wollte, war nicht daran interessiert, seine Identität zu offenbaren. Bevor ich mich melden konnte, erklang eine verzerrte Stimme: »Nicht sprechen.« Ich nickte. »Wir müssen Zeit gewinnen.«

Somit war klar, dass mein Gegenüber Arthamin sein musste.

»Es wird dafür gesorgt werden, dass die Zeit für Sie arbeitet. Bei Vayklon handelt es sich, falls Sie es nicht wissen sollten, um einen Planeten der gelben Sonne Xallish, auf dem sich ein Geheimstützpunkt des Imperiums befindet. Es ist nur eine kleine Station, deshalb werden die Schiffe im Orbit bleiben. Das könnte sich als Vorteil erweisen. Ein weiterer Vorteil ist, dass sich von Lantcors Untergebenen niemand danach drängen wird, den Kurierflug zu übernehmen, um dem Imperator persönlich gegenüberzutreten. Ein Empfang beim Höchstedlen gleicht oft einem Albtraum; schon die kleinste falsche Bemerkung kann verhängnisvoll sein. Damit ist sichergestellt, dass eine Person, der Sie vertrauen können, den Kurierauftrag zugesprochen bekommt. Angesichts der Gesamtdistanz wird es fünf Pragos dauern, bis der Kurier zurückkehrt. Diese Zeit werden Sie durchhalten. Der Stützpunktkommandant von Vayklon – ein gewisser Loser Werlkron – gilt als sehr ehrgeizig. Er nutzt jede Gelegenheit, um sich in den Vordergrund zu spielen. Verhalten Sie sich psychologisch geschickt, sollten Sie ihm begegnen. Vieles deutet darauf hin, dass er ein Psychopath ist. Ich muss das Gespräch beenden. Alle guten Wünsche für Sie.«

Ich neigte den Kopf, der Bildschirm erlosch. Nachdem ich das Gerät ausgeschaltet hatte, ließ ich mich in einem Sessel nieder und verarbeitete die Informationen. Daran, dass mich Karmina Arthamin angerufen hatte, zweifelte ich keinen Augenblick. Sie war die einzige Person in Lantcors Gefolge, die mich gut genug kennengelernt hatte, um sich ein Urteil bilden zu können – und auch die Einzige, die mir gegenüber Schuldgefühle empfinden konnte. Ebenfalls sicher war ich, dass die Sonnenträgerin ein gewagtes Spiel zu spielen gedachte. Das, was sie über den Kurierauftrag gesagt hatte, ließ sich nur so auslegen, dass sie sich freiwillig melden wollte, aber keineswegs beabsichtigte, Orbanaschol über meine Gefangenschaft zu informieren. Wahrscheinlich wollte sie nach einigen Transitionen nur die vereinbarte Zeit verstreichen lassen – oder ein Ausweichziel ansteuern, dass uns nicht gefährlich werden konnte. Bei der Rückkehr würde sie einen fingierten Auftrag Orbanaschols vorweisen, der uns ins Arkonsystem oder zum Gerichtsplaneten Celkar bringen sollte.

Die Frage war nur, ob sich Lantcor von ihr täuschen ließ. Und selbst dann, wenn ihr das gelang, waren wir noch lange nicht in Sicherheit. Die Distanz nach Arkon ließ sich nicht mit einem kleinen Beiboot überbrücken; Arthamin würde somit mindestens einen der Schweren Kreuzer verwenden müssen. Über ihren Auftrag brauchte sie als Geheimkurier der Besatzung keine Rechenschaft abzulegen, doch das Flugziel musste, wollte sie die Leute nicht misstrauisch machen, von ausreichender Wichtigkeit sein. Naheliegend war ein Flug nach Amozalan. Der Hauptflottenstützpunkt war der Heimathafen der bei Marlackskor eingesetzten Kampfflotte, Oberbefehlshaber dort war Dreisonnenträger Geltoschan da Saran, dem Arthamin Bericht über das Ergebnis des Angriffs und den Verbleib der unter dem Befehl von Pilthor Agh'Emthon zurückgelassenen Einsatzgeschwader erstatten konnte. Anschließend dann Rückkehr nach Vayklon ...

Am liebsten hätte ich mich mit Fartuloon besprochen, aber ich war isoliert. Lantcor traute uns demnach zu, dass wir einen Plan ersannen, um seiner Gewalt zu entfliehen – und ihn vielleicht sogar in die Tat umsetzten.

Als das Kabinenschott zur Seite glitt, stand ich auf. Ich verbarg meine Überraschung, als Lantcor und Arthamin gemeinsam eintraten. Die Frau ließ sich nichts anmerken, zeigte eine unbeteiligte Miene und war selbstverständlich klug genug, mir kein verstohlenes Zeichen zu geben.

»Was verschafft mir die Ehre?«

»Ein Höflichkeitsbesuch, Atlan«, sagte Lantcor. »Wie geht es Ihnen?«

»Den Verhältnissen entsprechend. Danke der Nachfrage. Sie werden sicher verstehen, dass ich nicht begeistert reagiere. Wenn Sie mir schon die Kontakte zu meinem Vertrauten verweigern, erlauben Sie mir, meinen Vater und meine Mutter zu besuchen. Sie werden ja kaum annehmen, dass ich mit dem Imperator eine Verschwörung aushecke.«

Er sah verlegen zur Seite, fasste sich aber schnell. »Sie dürfen Ihren Vater täglich für eine Tonta besuchen. Selbstverständlich unter Bewachung. Die Bauchaufschneider haben Gonozal untersucht; rein körperlich geht es ihm vergleichsweise gut. Aber seelisch ist er taub, stumm und nicht heilbar.«

»Danke«, sagte ich – und meinte es ehrlich. Für einen Augenblick hielt ich es sogar für möglich, dass sich Lantcor meinem Befehl unterstellte hätte, wäre ihm von den Medizinern mitgeteilt worden, Gonozal sei gesund oder rasch geheilt. So allerdings fühlte er sich weiterhin dem amtierenden Imperator verpflichtet.

»Bitte.« Abermals der verlegene Seitenblick; er musste meinen Gedankengang durchschaut haben.

»Ich habe den Auftrag, mit der HAGHMOR als Geheimkurier ins Arkonsystem zu fliegen«, sagte Arthamin. »Eigentlich sollte ich das nicht tun, da Sie mich als Geisel genommen haben. Ich frage Sie, ob Sie Orbanaschol eine Botschaft mitzuteilen haben – vielleicht etwas, das Ihre Lage verbessert.«

Sie spielte ihr Spiel wirklich raffiniert.

»Falls Sie einen bindenden Verzicht meinerseits auf sämtliche berechtigten Thronansprüche meinen – die Antwort lautet nein! Sollte ich jemals Orbanaschol persönlich begegnen, wird er in die Mündung eines Impulsstrahlers blicken. Richten Sie das diesem Abschaum aus, Sonnenträgerin.«

»Sie vergessen sich«, rief Lantcor.

Arthamin winkte ab. »Lassen Sie nur. Er schadet nur sich selbst. Wir sollten den Rebellen sich selbst überlassen.«

Lantcor zögerte kurz, dann stimmte er zu. Fast wirkte es, als habe er noch etwas sagen wollen, sich aber anders entschieden. Als sie meine Kabine verlassen hatten, lachte ich lautlos in mich hinein. Jetzt war ich davon überzeugt, dass die Frau raffiniert genug war, um selbst den Zweisonnenträger hereinzulegen.

Zwei Raumsoldaten und ein Kampfroboter holten mich ab, um mich zu meinem Vater zu bringen. Ich registrierte, dass die Männer versuchten, sich möglichst gleichgültig zu geben. Den glänzenden Blick ihrer Augen konnten sie jedoch nicht unterdrücken. Sie sahen in mir den Mann, der die Kampfflotte Marlackskor vor der Niederlage bewahrt und vielen Raumfahrern das Leben gerettet hatte, wagten es aber natürlich nicht, mich diesbezüglich anzusprechen. Die Flottendisziplin war streng, Verstöße wurden hart geahndet.

Nachdem sie mich zur Kabine meines Vaters geführt hatten, blieben die Männer rechts und links des Eingangs stehen; der Roboter postierte sich auf der anderen Gangseite. Ich trat ein. Vater saß in einem Sessel, zwei Dienstroboter versorgten und betreuten ihn. Ich salutierte vor dem Imperator, dann kniete ich bei ihm nieder, nahm seine Hand und sprach leise und eindringlich auf ihn ein. Es gab wie immer keine Reaktion. Die Augen blickten ins Leere. Ein Speichelfaden rann aus dem linken Mundwinkel. Ich tupfte ihn ab, hatte Mühe, die Tränen zurückzuhalten. Inzwischen bereute ich zutiefst, ihn der geheimnisvollen Wirkung des letzten Lebenskügelchen ausgesetzt zu haben. Der Körper war zu rein vegetativen Leben erweckt worden, Geist und Bewusstsein hatten diese Hülle längst verlassen. Viel erreicht hatten wir für das Imperium auch nicht. Sollte Arthamins Plan fehlschlagen, würde mein Vater zum zweiten Mal von Orbanaschol ermordet werden.

Eine Weile kämpfte ich mit dem Gedanken, ihm diese schlimmste Schmach zu ersparen und ihn hier und jetzt mit eigenen Händen zu erlösen. Ich verwarf ihn wieder. Solange es noch die geringste Hoffnung gab, durfte der Sohn das Leben das Vaters nicht auslöschen, selbst wenn es nur ein Scheinleben war.

Als sich die Tür öffnete, wusste ich, dass die Besuchszeit um war. Ich stand auf, warf meinem Vater einen letzten verzweifelten Blick zu und ging hinaus. In den Augen der Raumsoldaten, die mich zu meiner

Kabine zurückführten, las ich Mitleid. Vor meiner Kabine salutierten sie.

»Danke«, sagte ich leise, betrat mein Gefängnis, saß lange im Sessel und grübelte.

Ich fuhr verwundert auf, als sich plötzlich die Bildwand erhellte, die normalerweise Ausschnitte der normaloptischen Umgebung des Schiffes zeigte. Ich hatte nicht damit gerechnet, als gefangener Staatsfeind Nummer eins in den Genuss dieser Einrichtung zu gelangen. Zu sehen waren das Weltall und eine gelbliche strahlende Sonne im Vordergrund. Nach zwei Transitionen mussten wir nun unser Ziel erreicht haben. Xallish wurde von Aufnahmen ersetzt, die einen Planeten mit blauen Meeren, braunen Kontinenten und weißen Wolkenformationen zeigte. Das musste Vayklon sein. Abermals wechselten die Bilder, sie zeigten der Reihe nach sechs Kugelraumer im Formationsflug. Sechs – das bedeutete, dass das siebte Schiff fehlte, mit Karmina Arthamin als Kurier an Bord.

Sonnenträger Lantcors Stimme erklang in der Rundrufanlage: »Wir nähern uns dem Planeten Vayklon. Falls sich Arbtanen der ISCHTAR verpflichten wollen, auf den Schiffen meines Einsatzgeschwaders Dienst zu tun, zeige ich Entgegenkommen. Ich bin sicher, dass der Imperator meinen Entschluss, reine Mitläufer zu verpflichten, billigen wird. Eine solche Verpflichtung würde Straffreiheit bedeuten, sofern keine besonders schweren Straftaten vorliegen.«

Die Lautsprecher verstummten, die Bildwand blieb aktiviert.

Ich fand es anständig von Lantcor, dass er meiner Mannschaft anbot, sie auf seinen Schiffen einzusetzen. Er riskierte damit einen Verweis des Flottenzentralkommandos oder Orbanaschols, denn Gefangene wie sie wurden, sofern keine Hinrichtung erfolgte, Strafeinheiten zugeteilt, die an den gefährlichsten Brennpunkten des Methankriegs eingesetzt wurden. Mit seinem Angebot sabotierte Lantcor eine solche Verurteilung und bewegte sich seinerseits auf schmalem Grat. Allerdings war ich mir sicher, dass sich keiner von meinen Leuten melden würde. Es handelte sich bei der Besatzung der ISCHTAR um ausgesuchte Personen, die der Sache und mir treu ergeben waren. Vermutlich würden sie sich eher in Stücke hauen lassen, als sich dem Befehl Orbanaschols zu unterstellen.

Sei Dir nicht so sicher, raunte der Extrasinn. *Du solltest beachten, dass einige verwegene Leute dabei sind, die sich möglicherweise eine Chance ausrechnen, wenn sie zum Schein auf das Angebot eingehen.*

Ich hoffe, niemand ist so verrückt.

Nicht verrückt – loyal bis in die Haarspitzen. Du solltest sie kennen.

Sollte Arthamins Plan nicht aufgehen und uns das bittere Ende drohen, nahm ich mir vor, Lantcor zu bitten, einen Appell an meine Leute richten zu dürfen. Ich würde ihnen raten, das Angebot anzunehmen.

Meine Aufmerksamkeit wurde abgelenkt, als sich von Vayklon ein Raumschiff näherte – es handelte sich um einen kugelförmigen Ultraleichtkreuzer von sechzig Metern Durchmesser. Vermutlich war der Kommandant des Geheimstützpunkts an Bord, dieser Loser Werlkron, um sich bei Admiral Lantcor zu melden. *Ehrgeizig und psychopathisch* – so hatte Arthamin ihn charakterisiert. Ich kannte diesen Typ aus eigener Erfahrung. Normalerweise richteten solche Leute nur im privaten Umfeld Unheil an, es sei denn, sie kamen durch Protektion in gehobene Positionen. Dann konnten die Folgen verheerend sein. Ich beobachtete nachdenklich den Flug des Beiboots, bis es aus dem Sichtfeld verschwand und wohl in die GLORMOUN einschleuste.

Ich seufzte, ging zum Versorgungsautomaten und tastete mir ein leichtes Frühstück. Sollte es zur Begegnung mit Werlkron kommen, wollte ich nicht mit leerem Magen dastehen.

Eine halbe Tonta später öffnete sich das Schott meiner Kabine. Ich blieb sitzen, da ich annahm, Werlkron sei zu meiner Besichtigung erschienen. Doch es war nur ein Orbton in der Begleitung dreier Raumsoldaten. Der Orbton salutierte. »Befehl von Keon'athor Lantcor. Ich soll Sie zu Ihrer Besatzung führen, Erhabener.«

Ich stand auf. Die Aussicht, Fartuloon und die anderen Freunde wiederzusehen, gab mir seelischen Auftrieb. Die Männer eskortierten mich; der Offizier schritt zwei Schritte voran, die Raumsoldaten folgten. Wir erreichten einen Konferenzraum, vor dessen Schott zwei Soldaten und zwei Kampfroboter standen. Als es sich öffnete, ging ich hinein, erkannte Fartuloon, Ra und Vorry. Der Magnetier rannte mir entgegen und wollte mir in die Seite boxen, doch ich wich aus und rief: »Du vergisst schon wieder, dass ich nur ein zerbrechlicher Arkonide bin, du kleines Scheusal.«

»Vorry sehr verfreut. Viel Hunger nach Atlan und viel Sehnsucht nach Eisen.«

Ich lachte. »Umgekehrt meinst du wohl. Hast du genug bekommen?«

»Nur einen winzigen Eisenbarren. Dabei hatten wir so viele mitgenommen.«

»Ich werde mich für dich einsetzen.« Ich wandte mich an Fartuloon. »Gibt es etwas Neues?«

Er musterte mich prüfend, sah dann die Wände entlang. »Bei uns nicht, mein Junge. Wie geht es dir?«

Auch ich sah mich um. Die Wachen waren zwar draußen geblieben, aber ich war sicher, dass der Konferenzraum abgehört wurde. Wahrscheinlich hatte Lantcor das Treffen nur inszeniert, um sich über unsere Gedanken und Fluchtpläne zu informieren.

»Gut«, sagte ich. »Lantcors Angebot an die Besatzung klang fair. So nimmt er mir einen Teil der Sorge um die Frauen und Männer der ISCHTAR ab.«

Mein Pflegevater blinzelte und nickte nachdenklich. Auch er ging natürlich davon aus, dass wir abgehört wurden. Indirekt hatte ich ihm zu verstehen gegeben, dass ich eine positive Entwicklung erwartete.

»Was passiert mit uns im Arkonsystem? Oder auf der Gerichtswelt?« Ra lächelte schief – immerhin war er schon einmal im Alleingang bis ins Arkonsystem vorgedrungen.

»Orbanaschol hat keinen Grund, dich umzubringen. Er kennt dich ja schon und dürfte sehr an deinen Informationen interessiert sein ...«

Sein Gesicht verfinsterte sich. »Er wird von mir kein Wort hören. Eher lasse ich mich foltern und töten. Aber was wird aus dir?«

»Der Fette wird mich, Vater und Mutter beseitigen – auf die eine oder andere Weise. Noch sind wir aber nicht dort. Solange man lebt, gibt es Hoffnung.«

Ra streckte seine kräftigen Hände aus, krümmte die Finger und stieß drohend hervor: »Sollte ich je an ihn herankommen, erwürge ich ihn eigenhändig.«

»Du würdest mein Volk von einem Albtraum erlösen.«

»Anderes Thema«, sagte Fartuloon. »Hast du gesehen, wohin die Energiesphäre mit Braccho verschwunden ist, nachdem sich der Planet aufgelöst hatte?«

Ich schüttelte den Kopf. »Nein, sie war plötzlich weg. Da er nach eigener Aussage aber nicht auf normale Weise reist, sondern Dimensionstore verwendet, wird er wahrscheinlich durch ein solches verschwunden sein. Vielleicht entstand ja eins, als sich die Verwerfung glättete.«

»Wahrscheinlich. Das war schon ein besonderes Erlebnis auf Pwllheli. Braccho hat die Maahks gerettet und mitgenommen.«

Ehe ich etwas antworten konnte, öffnete sich das Schott, der Orbton trat ein, salutierte und rief: »Keon'athor Lantcor und Stützpunktkommandant Werlkron.«

Loser Werlkron sah ungefähr so aus, wie ich ihn mir vorgestellt hatte: kleiner als der durchschnittliche Arkonide, schlaffe, ungesunde Haut, ausgedehnte Stirnglatze, stechender, unsteter Blick und ein arrogantes Lächeln, das seine vielen Komplexe übertünchen sollte. Der Mann musterte uns, doch sein Blick wanderte unstet hin und her, während Lantcor, der neben Werlkron wie ein Halbgott wirkte, uns vorstellte. Immer wieder kehrte der Blick Werlkrons zu Vorry zurück.

»Was heißt das – ein Magnetier? Zieht er wie ein Magnet Eisen an? Hahaha!«

Niemand lachte über den Pseudowitz. Lantcors Gesicht blieb unbewegt. »Es heißt so, weil er im Inneren eines Magnetbrüters aus einem Ei schlüpfte. Mehr weiß ich auch nicht. Atlan, können Sie weitere Informationen liefern?«

Werlkron deutete in meine Richtung. Der Mann sah mich nicht an, sondern an mir vorbei, als er befahl: »Reden Sie!«

Schon der Klang seiner Stimme erzeugte Antipathie. Ich bemühte mich, mir nichts anmerken zu lassen und ebenso unbeteiligt zu bleiben wie Lantcor, der, sofern ich ihn richtig einschätzte, von dem Stützpunktkommandanten ebenso wenig hielt wie ich.

»Viel mehr ist mir auch nicht bekannt«, sagte ich. »Ein Wissenschaftler fand das Ei. Um es auszubrüten, suchte er nach einer Möglichkeit und fand sie im Magnetbrüter. Wo Vorrys Volk lebt, ist nicht bekannt. Er selbst kann aus verständlichen Gründen keine Auskunft geben; der Wissenschaftler ist schon lange tot.«

»Sehr dürftig«, nörgelte Werlkron. »Na ja, was soll man auch von einem ungebildeten Rebellen erwarten?«

»Er hat dich beleidigt!«, grollte Vorry. »Soll ich ihn ein bisschen zerquetschen?«

Werlkron wich zurück; seine Stirn bedeckte sich mit Schweiß. »Dieses Ungeheuer bedroht mich. Ich verlange, dass es abgetötet wird.«

»Mistkerl«, zischte Ra.

»Wollen Sie das diesen Primitiven durchgehen lassen, Lantcor? Ich verlange, dass beide abgetötet werden!«

»Beruhigen Sie sich.« Lantcor zeigte kalte Höflichkeit. »Ich trage die Verantwortung, dass die gesamte Besatzung der ISCHTAR unversehrt zum Imperator gebracht wird. Der Höchstedle entscheidet, was mit ihnen geschieht!«

Schallende Ohrfeige, kommentierte mein Extrasinn.

In seiner Angst und Erregung bekam Werlkron es gar nicht mit. »Aber sie haben mir gedroht und mich beleidigt. Dafür müssen sie sofort streng bestraft werden.« Er musterte mich mit flackerndem Blick, den ich eisig erwiderte. »Und dieser ... dieser Rebell ... darf nicht länger leben. Der Befehl Seiner Erhabenheit ist eindeutig: *Bringt mir seinen Kopf!* Was haben Sie unternommen, dass die Hinrichtung so bald wie möglich erfolgen kann, Sonnenträger?«

»Ein Kurier ist unterwegs nach Arkon.« Die Kiefer Lantcors arbeiteten; er zeigte eine mustergültige Beherrschung, um die ich ihn fast bewunderte. »Ich wiederhole: Der Höchstedle entscheidet, was mit ihnen geschieht! *Nicht Sie!*«

Aber Werlkron ließ nicht locker. »Warum ein Kurier? Warum so viele Umstände? Rufen Sie doch Arkon per Hyperfunk direkt an und ersuchen Sie um eine Genehmigung zur Hinrichtung.«

Jetzt wurde Lantcors Gesicht abweisend. »Ich bin weder Richter noch Henker, Werlkron. Dieser junge Mann hat durch sein Eingreifen den Untergang der Kampfflotte Marlackskor verhindert. Ich habe ihn inzwischen als hochintelligenten und ehrenhaften Orbton kennen und schätzen gelernt. Das hindert mich nicht daran, meine Pflicht gegenüber dem Großen Imperium und dem Imperator zu erfüllen. Über seine möglichen Verfehlungen haben andere zu entscheiden, deshalb lasse ich nicht zu, dass er würdelos und überhastet abgeschlachtet wird.«

»Sie sympathisieren mit einem Staatsfeind! Das geht zu weit, Lantcor. Ich verlange, dass Sie in meinem Beisein eine Hyperfunkrelaisverbindung ins Arkonsystem herstellen.«

Die Situation drohte zu eskalieren, Lantcors Augen blitzten zornig. »Werden Sie nicht anmaßend, Werlkron. Sie verlassen sofort dieses Schiff und kommen mir nicht mehr unter die Augen. Ihr Ansinnen ist selbstverständlich abgelehnt!«

Der Stützpunktkommandant wurde weiß. Unter dem Eindruck der stärkeren Persönlichkeit des Zweisonnenträgers schmolz sein Selbstbewusstsein. Keines Wortes mehr fähig, wandte er sich mit zitternden Knien ab und verließ den Konferenzraum. Jeder im Raum war sich darüber klar, dass eine verdorbene Persönlichkeit wie Werlkron auf Rache sinnen würde. Lantcor blickte mich ernst an, dann salutierte er vor mir, dem Staatsfeind, und folgte Werlkron.

»Huh!«, machte Fartuloon. »Der wird noch Ärger machen.«

Ich nickte. Werlkron war genau der Typ, der auf Widerspruch und Demütigung mit Hass und Intrigen reagierte. Er war ein Psychopath! Vermutlich würde er bald auf eigene Faust handeln und Verbindung zum Arkonsystem aufnehmen. Die Frage war, welchen Einfluss er als an den Imperiumsrand abgeschobener Kommandant eines unbedeutenden Geheimstützpunkts tatsächlich hatte, um sich Gehör zu verschaffen. Oft hatte ich Flottenangehörige über Dienstweg und Bürokratie fluchen und lästern hören – im jetzigen Fall würde genau das meine einzige Chance sein. Die Frage war, was zuerst eintraf: Arthamin oder die Antwort auf Werlkrons Anfrage ...

An Bord der ISCHTAR: 22. Prago des Tedar 10.499 da Ark

Die von der Sonnenträgerin avisierten fünf Pragos waren in quälender Ungewissheit vergangen. Ich blieb von meinen Freunden getrennt, verbrachte die Zeit – von den Besuchen bei meinem Vater abgesehen – allein in der Kabine. Eine frühere Rückkehr Arthamins verbot sich von selbst – der Flug nach Arkon dauerte, eingedenk der Transitionen, der Orientierungs- und Anpassungsmanöver und der Dauer des Sublichtlichteinflugs in Arkonsystem selbst, wo keine Hypersprünge erlaubt waren, nun mal seine Zeit. Die Frist von fünf Pragos war genau betrachtet sogar ziemlich knapp kalkuliert. Um Lantcor nicht misstrauisch zu machen, war diese Frist somit das untere Limit.

Werlkron hatte es keineswegs leichter. Ein untergeordneter Kommandant wie er würde nie mit Orbanaschol persönlich sprechen können. Das Problem war, ob und wie sich der normalerweise zeitraubende Dienstweg beim Stichwort *Atlan* auswirkte. Bislang jedenfalls schien keine Antwort eingetroffen zu sein, denn einem direkten Befehl Orbanaschols hätte sich auch Lantcor nicht widersetzt.

Als sich wieder einmal das Kabinenschott öffnete, sah ich auf die Uhr, weil ich glaubte, ich würde zur täglichen Besuchszeit bei meinem Vater abgeholt. Doch dazu fehlte noch reichlich eine Tonta. Und auch am frühesten Termin für Arthamins Rückkehr fehlten noch zwei Tontas. Bedeutete das, dass Werlkron Antwort erhalten hatte und ich nun zur Hinrichtung abgeholt wurde? Ich stand auf und wartete gefasst auf das Eintreten des Abholkommandos. Es war der schon bekannte Orbton mit zwei Raumsoldaten. »Keon'athor Lantcor und Has'athor Arthamin erwarten Sie in der Zentrale, Erhabener.«

Ich war so erleichtert, das ich beinahe lachte. Aber ich beherrschte mich. Niemand sollte merken, dass ich mich darüber freute, von der Sonnenträgerin »nach Arkon bringen zu werden«. Als ich die Zentrale betrat, waren Fartuloon, Ra und Vorry schon da. Rund dreißig schwer bewaffnete Raumfahrer hatten sich im weiten Kreis postiert oder saßen an den Steuerpulten. Es war leicht, die Situation zu durchschauen. Alle trugen Ärmelschilder mit dem Schiffsnamen HAGHMOR – und die HAGHMOR war der Raumer, mit dem Karmina Arthamin angeblich ins Arkonsystem geflogen war. Dass sie nun mindestens dreißig Besatzungsmitglieder dieses Schiffes mit zur ISCHTAR gebracht hatte, konnte nur bedeuten, dass ihr diese Männer treu ergeben und in ihren Plan eingeweiht waren.

Lantcor wirkte erleichtert. »Ich freue mich, dass Has'athor Arthamin so schnell zurückkehren konnte. Sie hat die HAGHMOR mit Gewalttransitionen nach Arkon und wieder zurück geführt, weil sie ahnte, dass Stützpunktkommandant Werlkron Ärger machen würde.«

»Ich kenne die verklemmte Psyche dieses Kerls und weiß, dass er keine Niederlage einstecken kann, sondern sich mit Intrigen zu rächen versucht.«

»Ein Wicht wie er kann mir nicht schaden. Sonnenträgerin Arthamin erhielt von Imperator Orbanaschol persönlich den Befehl, die ISCHTAR mit allen Gefangenen nach Arkon zu bringen. Die Anwesenheit von Gonozal, Ihrer Mutter und Ihnen soll geheim gehalten werden. Am Rand des Arkonsystems erwartet Sie ein Kreuzerverband als Eskorte. Es tut mit leid, dass ich dadurch der Möglichkeit beraubt werde, die Mannschaften der ISCHTAR für den Dienst auf meinen Schiffen zu verpflichten. Aber bis jetzt hat sich ohnehin niemand gemeldet – und ich nehme an, dass das auch später niemand getan hätte. Sie und Ihre Besatzung werden arretiert; Raumfahrer der HAGHMOR übernehmen die Steuerung.«

»Wann starten wir?«

»Sofort«, sagte Arthamin. »Der Imperator hat mir größte Eile befohlen. Ich nehme an, Sie und Ihr Vater sollen in einem ausbruchssicheren Quartier untergebracht sein, ehe die von Marlackskor zurückkehrenden Verbände über Ihre Rolle berichten können.«

Ich wandte mich an Lantcor. »Ich verabschiede mich von Ihnen mit allem Respekt, Keon'athor. Ich bin mir zwar sicher, dass Sie eines Tages bereuen werden, sich auf die falsche Seite gestellt zu haben, dennoch möchte ich mich für die Behandlung bedanken, die Sie mir und meinen Leuten zukommen ließen.«

»Nichts zu danken, das war doch selbstverständlich.« Er schluckte.

»Ich meine es ehrlich, wenn ich Ihnen alles Gute wünsche. Die alten Götter Arkons mögen Sie und Ihre Freunde beschützen.«

»Sogar gegen den Willen des Imperators?« Arthamins ironische Nachfrage ließ sie in ihrer Rolle noch glaubwürdiger erscheinen.

Lantcors Haltung versteifte sich. »Gegen den Willen der She'Huhan ist auch der Wille des Höchstedlen nur ein Nebelstreif im Orkan, Sonnenträgerin. Wir gehorchen dem Imperator, aber dem Wirken der Sternengötter entzieht sich niemand.«

Arthamin neigte den Kopf. »Der Wille der Sternengötter geschehe – *Echodim*.«

Innerlich stöhnte ich über die tief verwurzelten Bräuche und Glaubensvorstellungen. Inzwischen verging wertvolle Zeit – vielleicht genau jene entscheidenden Millitontas, die Arthamins Plan doch noch scheitern lassen konnten.

»Sonnenträgerin Arthamin«, sagte Lantcor feierlich. »Ich verabschiede mich und übergebe Ihnen hiermit das Kommando über das Beuteschiff ISCHTAR. Einen sicheren Flug für Sie und alle an Bord. Passen Sie gut auf die Gefangenen auf.«

»Ganz bestimmt. Danke, Keon'athor Lantcor.«

Er winkte flüchtig, ging zum Panzerschott, blieb dort aber noch einmal kurz stehen. Sorge stand in seinen Augen, als er mich anblickte. »Der Wille der Sternengötter geschehe – *Echodim*.«

Dann ging er endgültig.

Arthamin trat ans Hauptpult und aktivierte die Panoramagalerie. Schlagartig war die Umgebung der ISCHTAR zu erkennen: der Planet Vayklon, die sieben Arkonraumer und der Großhangar mit dem Beiboot, von dem Lantcor zu seinem Flaggschiff zurückgebracht werden würde. Unbewegten Gesichts wartete die Frau, bis das Beiboot ausgeschleust war und Kurs auf die GLORMOUN genommen hatte.

»An die Stationen! Fahrt aufnehmen. Funkstation: Störsender in Bereitschaft.« Sie wandte sich lächelnd an mich. »Beinahe wäre ich zu spät gekommen, Kristallprinz.«

Ich lächelte zurück. »Noch ist der Wettlauf gegen die Zeit nicht gewonnen. Auf jeden Fall schon jetzt ein Danke für alles, was Sie getan haben.«

»Es hat gedauert, bis ich meinen Fehler eingesehen habe. Erst Lantcors Rücksichtslosigkeit mir gegenüber und Ihr Befehl, keine tödlichen Waffen einzusetzen, öffneten mir endgültig die Augen.« Sie musterte die ihr ergebenen Raumfahrer. Vier traten zu uns und überreichten Kombistrahler. »Es befinden sich fünfundvierzig Raumsoldaten an Bord, die ahnungslos sind und Widerstand leisten werden. Ich hoffe, sie können überrascht werden, sodass sie keine Gelegenheit haben, sich mit tödlichen Waffen zur Wehr zu setzen.«

Ich nickte. »Ich schlage vor, einen Abhörrichtstrahl sowohl auf den Geheimstützpunkt als auch auf Lantcors Flaggschiff zu richten. Dann können wir notfalls schnell reagieren.«

»Ausgezeichnet.« Sie aktivierte ihr Armbandgerät. »Schiffsinterne Störsendung aktivieren – externe Störstrahlung weiter in Bereitschaft. Abhörrichtstrahl auf Stützpunkt Vayklon und Flaggschiff GLOR-MOUN. Verschlusszustand mit sofortiger Wirkung; Entriegelung ausschließlich durch Vorrangkode *Kristallprinz*. Maximalbeschleunigung für Hypersprung; Rückgriff auf vorbereitetes Transitionsprogramm *Distanz zweitausend*.« Sie wandte sich an mich. »Meine Leute und ich versuchen Ihnen freie Bahn zu verschaffen – Ihr Anblick würde Lantcors Soldaten sofort feindlich reagieren lassen. Ihre Besatzung sollten Sie aber selbst befreien, damit es keine Missverständnisse gibt.«

»In Ordnung.«

Sie stutzte kurz, war die konservative Förmlichkeit des Umgangstons so gewohnt, dass sie sich erst auf die leichtere Art umstellen musste. Aber sie sah wohl ein, dass es in einer Schicksalsgemeinschaft wie der unseren nicht so steif zugehen konnte wie in der hierarchischen Struktur der Arkonflotte. Als sie mit rund zwei Dritteln ihrer Männer die Zentrale verlassen hatte, schlug mir Fartuloon krachend auf die Schulter.

»Du bist wirklich der Liebling der alten Götter Arkons, mein Junge! Selbst eine erbitterte Gegnerin machst du zur Verbündeten.«

Ich lächelte schief. »Wie sagte schon Lantcor: Gegen den Willen der She'Huhan ist auch der Wille des Höchstedlen nur ein Nebelstreif im Orkan.«

»Vorry möchte vor Freude ganzes Schiff auffressen ...«

»Untersteh dich!«, drohte ich. Der Bauchaufschneider drehte sich um und pfiff laut und falsch vor sich hin. Die Galaktonauten der HAGHMOR konzentrierten sich auf die Pulte. Längst hatte sich das Geräusch der Impulstriebwerke zum Dröhnen gesteigert. Mit wachsender Geschwindigkeit entfernte sich die ISCHTAR von Vayklon.

Ra überprüfte seinen Kombistrahler und winkte. »Gehen wir. Der Vorsprung dürfte groß genug sein.«

Während er, Vorry und Fartuloon die Zentrale verließen, blieb ich als

Kommandant zurück, verfolgte ihren Weg allerdings via Internüberwachung. Arthamin und ihre Leute hatten eine unübersehbare Spur hinterlassen; Lantcors Soldaten waren paralysiert. Die Abschottung des Verschlusszustands hatte ebenso wie die interne Störsendung verhindert, dass die getrennten Gruppen einander halfen oder miteinander per Funk kommunizieren konnten. Lange bevor die Lähmung abklang, würden sie entwaffnet und in einem Lagerraum untergebracht sein.

Die ISCHTAR-Besatzung war für den Überführungsflug in fünf Lagerhallen eingesperrt worden. Dass Arthamin uns die Befreiung überlassen hatte, erwies sich als richtig: Rund fünfzehn Personen flogen Fartuloon, Ra und Vorry förmlich entgegen, als sie das Schott öffneten. Hätten sie nicht im nächsten Augenblick erkannt, wem sie gegenüberstanden, wäre es wahrscheinlich übel ausgegangen. Alle hielten selbst gebastelte Hieb- und Stichwaffen in den Händen; es waren allesamt Männer, die im Nahkampf ausgebildet waren. Nach Augenblicken der ersten Verlegenheit wurde die gute Nachricht in die Halle gebrüllt. Fartuloon hatte es nicht leicht, sich im Tumult Gehör zu verschaffen. Ich half ihm, indem ich einen Interkom der Lagerhalle aktivierte.

»Alles herhören!«, rief ich. »Hier spricht Atlan! Sonnenträgerin Arthamin hat sich auf unsere Seite gestellt. Ich befinde mich in der Zentrale. Raumfahrer der HAGHMOR durchstreifen das Schiff, um Lantcors Männer auszuschalten. Leute, niemand rührt sich, bevor ihr dazu die Anweisung erhaltet! Die gefangenen Raumsoldaten sind anständig und respektvoll zu behandeln, Übergriffe dulde ich nicht!«

Jubelrufe erklangen. Rasch verwandelte sich der wimmelnde Haufen wieder in eine disziplinierte Truppe. Fartuloon, Ra und Vorry stürmten weiter zur nächsten Lagerhalle, gingen dort allerdings deutlich vorsichtiger vor. Nachdem alle Gefangenen befreit waren, überprüfte ich per Bordüberwachung Arthamins Vorstoß. Noch waren nicht alle Raumsoldaten ausgeschaltet.

»Erhabener«, rief einer der Galaktonauten. »Arkon Eins hat Werlkrons Station das Ankündigungssignal einer Hyperfunkrelaisverbindung gesandt.«

»Externe Störsendung aktivieren!«

»Verstanden. Störsender aktiviert.«

Die starken Schiffssender richteten sich auf Vayklon und emittierten die Störstrahlung, die einen Empfang nahezu unmöglich machte. Das alte Beispiel: Wenn einem jemand laut ins Ohr brüllte, wurde jedes Gespräch in größerer Distanz unverständlich. Der Stützpunkt würde ebenso betroffen sein wie Lantcors Schiffe.

»Dennoch ist nicht sicher, dass wir es schaffen«, meldete der Pilot. »Leistungsabfall bei Triebwerksreaktoren. Beschleunigung fällt ab.«

»Sabotage?«

»Nicht ausgeschlossen ... Prüfroutinen zeigen Materialermüdungen an.«

Ich seufzte. »Folgen der Schäden und Belastungen bei Marlackskor.«

»Selbstreparatur läuft an; Überbrückungen werden geschaltet.«

»Funkeingang Arkon Eins via Relaiskette!«

Es war und blieb ein Wettlauf mit der Zeit. Je weiter sich die ISCHTAR von Vayklon entfernte, desto schwächer würde die Störsendung sein. Gelang es, schnell genug Transitionsgeschwindigkeit zu erreichen? Auf einem Monitor erschien die schriftliche Botschaft Orbanaschols.

Seine Erhabenheit, Imperator Orbanaschol III. von Arkon und über das Tai Ark'Tussan, von den She'Huhan mit der Errettung der galaktischen Zivilisationen betraut, an den Kommandanten des Geheimstützpunkts Vayklon, Loser Werlkron: Wir bestätigen den Empfang deiner Hyperfunkbotschaft, in der du die Gefangennahme des Hochverräters und Rebellen namens Atlan und eines Arkoniden, der vorgibt, Gonozal VII. zu sein, gemeldet hast. Es ist Unser unumstößlicher, von den Göttern gegebener Wille, dass beide sofort vom Leben zum Tode gebracht werden. Du hast Unsere Vollmacht, dem zweifachen Sonnenträger Lantcor diesen Unseren Willen zu übermitteln und ihm mitzuteilen, dass er Uns dafür verantwortlich ist, dass sie exekutiert werden. Nach der Beweissicherung der Hinrichtung sind die Leichname so aufzulösen, dass kein Stäubchen von ihnen bleibt. Gezeichnet: Seine Erhabenheit, Imperator Orbanaschol III.

»Er hat es also doch geschafft«, sagte eine Stimme atemlos.

Ich brauchte mich nicht umzudrehen, um Arthamin zu erkennen. »Das ist eine automatisierte Nachricht. Vermutlich gehen fast jeden Prago von irgendwelchen Leuten Nachrichten ein, sie hätten mich festgesetzt. Noch wirkt unsere Störstrahlung. Mit etwas Glück endet die Sendung samt ihren automatischen Wiederholungen, bevor sie unwirksam wird. Und selbst dann hat Werlkron Lantcor noch nicht überzeugt. Sein Wort steht gegen das Ihre.«

Leider lief die Übertragung immer noch, als wir uns so weit entfernt hatten, dass der Empfang der eingehenden Sendung nicht mehr genügend gestört wurde – andererseits aber noch nicht schnell genug für eine sichere Transition waren. Wenige Augenblicke später übermittelte uns der Abhörrichtstrahl Werlkrons Kontaktaufnahme sowie die kurze, aber heftige Unterhaltung zwischen dem Stützpunktkommandanten und Lantcor. Der Zweisonnenträger misstraute Werlkron; zwar war unsere Störstrahlung angemessen worden, nicht aber die Originalnachricht von Arkon. Als pflichtbewusster Mann würde Lantcor Werlkrons Nachricht unter diesen Bedingungen nicht ignorieren, sondern seinerseits eine Bestätigung aus dem Arkonsystem anfordern. Zuvor aber funkte er die ISCHTAR direkt an.

Ich machte Arthamin Platz, die in den Erfassungsbereich trat und sich vorschriftsmäßig meldete: »Raumschiff ISCHTAR unter dem Kommando von ...«

Lantcor unterbrach sie brüsk. »Keine Formalitäten. Kommandant Werlkron hat eine Anweisung des Imperators übermittelt, die die sofortige Exekution Atlans und seines Vaters fordert. Was haben Sie dazu zu sagen, Has'athor?«

»Das ist unmöglich, Keon'athor. Imperator Orbanaschol hat mir persönlich befohlen, die Gefangenen mit der ISCHTAR ins Arkonsystem zu bringen. Der Höchstedle stellt seine Autorität nicht infrage, indem er seine eigenen Befehle widerruft.«

Jeder wusste, dass genau das gerade bei Orbanaschol durchaus nicht selten vorkam. Lantcors Gesicht verriet, dass er immer noch geneigt war, Arthamin zu glauben. »Werlkron behauptet, die Nachricht sei vom Tai Moas gezeichnet. Selbstverständlich wiegt Ihr Wort für mich mehr als das Werlkrons. Aber ich kann mir nicht vorstellen, dass dieser Psychopath den Namen des Höchstedlen missbraucht und damit nicht nur seine Karriere, sondern auch sein Leben aufs Spiel setzt.« Auf die Störstrahlung ging er mit keinem Wort ein. »Lag die Anfrage Werlkrons schon vor, als Sie bei Orbanaschol waren?«

»Nein. Ich glaube auch nicht, dass sie ihn erreicht hat. Es gibt seit Langem die allgemeine Anweisung Orbanaschols, ihm *Atlans Kopf zu bringen*, die meist einfach bestätigt werden dürfte. Etwas anderes ist dagegen der direkte Befehl des Imperators.«

»Auf den Sie sich berufen.« Lantcor sah sie starr an. »Ich werde Werlkrons Nachricht als Fälschung zurückweisen. Dennoch müssen Sie verstehen, dass ich Sie nun auffordern muss, hierzubleiben, bis meine eigene Anfrage an den Imperator bestätigt ist.«

Ausgerechnet in diesem Augenblick stürmte Vorry in die Zentrale und brüllte: »Alle befreit und die anderen eingesperrt. Nun sollten wir uns aus dem Staub machen, bevor dieser Mistkerl von Stützpunktkommandant ...«

Er unterbrach sich, als Lantcor rief: »Has'athor Arthamin, Sie sind Ihres Kommandos enthoben! Ich fordere Sie auf, den Beschleunigungsflug zu beenden, zu stoppen und sich meinen Schiffen zu ergeben! Andernfalls ...«

Seine Stimme ging unter im Dröhnen der Triebwerke und Umformer. Arthamin unterbrach die Verbindung. In der Ortung war zu erkennen, dass die sieben Schiffe nun ebenfalls beschleunigten – aber wir hatten genügend Vorsprung und die Sprunggeschwindigkeit bald erreicht. Die ISCHTAR wurde schneller und schneller – und dann löschte der Entzerrungsschmerz alle anderen Eindrücke aus.

Epilog

Aus: *Die Kunst des Krieges*, Sunzi (auch Sun Dse und ähnlich geschrieben), um 500 v. Chr.

Ohne Aussicht auf Vorteile setz keine Armee in Bewegung. Ohne Aussicht auf Erfolg setz keine Truppen ein. Ohne Gefahr kein Kampf. Kein Herrscher soll aus Wut einen Krieg anfangen. Kein Feldherr soll aus Verärgerung eine Schlacht schlagen. Nur wenn Vorteile absehbar sind, soll man zum Kampf schreiten; sind keine Vorteile abzusehen, so soll man den Kampf unterlassen.

Die Wut des Herrschers mag sich wieder in Frohsinn, der Ärger des Generals wieder in Heiterkeit verwandeln. Doch ein Staat, der untergegangen ist, wird nicht wiedererstehen, und ebenso kann man Tote nicht wieder zum Leben erwecken ...

In hundert Schlachten Sieger zu sein ist nicht der Gipfel der Kriegskunst; der Gipfel der Kriegskunst ist es, die Armeen des Gegners ohne Blutvergießen niederzuzwingen ...

An Bord der PERONKOLA: 22. Prago des Tedar 10.499 da Ark

Es kam selten vor, dass Keon'athor Gellor Ta-For persönlich einen Flotteneinsatz an vorderster Front übernahm. Meist leitete er ein solches Unternehmen von seinem Schreibtisch im Flaggschiff aus – wobei diese Bezeichnung irreführend war. Der »Schreibtisch« war ein Kontrollpult mit Dutzenden Nachrichtengeräten und Bildschirmen.

Kommandant des 800 Meter durchmessenden Schlachtschiffs war Has'athor Rentar, ein verdienter Orbton. Der eigentliche Einsatzzweck war ihm nicht bekannt, und er fragte auch nicht. Gemeinsam mit den Einsatzgeschwadern flog die PERONKOLA Sektor um Sektor an und näherte sich langsam den Randbezirken des Tai Ark'Tussan. In der Funkzentrale herrschte Hochbetrieb. Der Admiral hatte ständige Funküberwachung angeordnet. Alle eintreffenden Meldungen waren zu speichern und vorzulegen; er selbst übernahm die Schlüsselwortanalyse. Das Vorgehen genügte, um an Bord für eine angespannte Atmosphäre zu sorgen. Man handele im direkten Auftrag des Imperators, hieß es in den brodelnden Gerüchten, die die Runde machten.

Für viele Pragos geschah wenig. Einige unbekannte Sonnensysteme wurden inspiziert. Die bislang aufgefangenen Funksprüche entsprachen nicht dem Gesuchten. Hunderte, Tausende Sendungen wurden von Admiral For ausgewertet, keine einzige enthielt die Schüsselbegriffe.

Kommandant Rentar ließ gelangweilt den Blick über die Panoramagalerie gleiten. Das übliche Bild: Sonnen in lockeren und dichteren Konstellationen, dazwischen die schwarze Leere. Als das Hauptschott aufglitt und For eintrat, zuckte Rentar zusammen. Er wollte aufspringen, doch der Admiral winkte ab. »Behalten Sie Platz, Kommandant. Ich kann nicht schlafen; außerdienstliche Anwesenheit also.«

Er setzte sich in einen Kontursessel.

Rentar räusperte sich. »Wieder nichts dabei, Erhabener?«

»Nichts. Und langsam glaube ich, dass auch nie etwas dabei sein wird. Wir suchen im falschen Sektor. Hunderte Schiffe ...«

»*Was* suchen wir?«

Der Admiral sah ihn kurz an. »Der Imperator hat strengste Geheimhaltung befohlen. Es sind zahlreiche Expeditionen unterwegs. Wir warten auf die Erfolgsnachricht, eine Botschaft, die *Klinsanthor* betrifft.«

»Klinsanthor, den Magnortöter?«

»Genau der. Das Imperium befinde sich in Gefahr, heißt es. Nur der Magnortöter könne helfen, heißt es. Darum wird er gesucht.«

»Aber ... das ist doch nur eine uralte Legende. Mag ja sein, dass etliche Leute dran glauben. Aber den sagenhaften Magnortöter gibt es doch gar nicht. Wie soll man etwas finden, was es nicht gibt?«

»Der Höchstedle in seiner großen, unerschöpflichen Weisheit befiehlt, und ...«

»... und wir folgen. Verstanden, Keon'athor.«

Rentars Gesicht verriet keine Emotion, dennoch lächelte For und sagte: »Sie sehen nicht gerade glücklich aus.«

»Mit Verlaub, bin ich auch nicht, Admiral. Die Methans fallen über das Imperium her, tagtäglich werden die Angriffe dreister. Und wir fliegen ziellos außerhalb der Randregionen des Imperiums herum? Weil vielleicht eine Nachricht der Suchschiffe eingehen könnte? Ausgerechnet Klinsanthor? Ich fürchte, wir vergeuden nur Zeit. Es gäbe Wichtigeres ...«

»Ganz Ihrer Meinung, Kommandant. Und dennoch: Der Befehl des Imperators ist eindeutig und unmissverständlich.«

»Jawohl, Admiral.«

For stand auf und schlenderte zu einem Pult, um abermals aufgefangene Funksprüche auf Schlüsselbegriffe prüfen zu lassen. Rentar sah

wieder zur Panoramagalerie. Nicht weit entfernt leuchtete ein planeten-
loser gelber Hauptreihenstern. Im Hintergrund war das bläuliche Feld
eines Diffusionsnebels zu erkennen. Es dauerte nicht lange, bis der Admiral mit einer Folie in der Hand zurückkehrte.

»Eine Meldung, Erhabener?«

»Ziemlich wirres Zeug. Auf jeden Fall ein Hilferuf. Ohne Angabe von
Koordinaten. Die automatisch ermittelten Peildaten dürften ungenau
sein. Lesen Sie selbst.«

Rentar nahm die Folie und überflog sie. *Hyperfelder und Schlacke ...
Glasseen und riesige Höhlen ... Die Welt des Magnortöters ließ
uns frei ... brauchen Hilfe ... sterben alle ... Die VALKARON wird unser
Sarg ...*

»Die Welt des Magnortöters ...?«

»Wir müssen die VALKARON finden, dann wissen wir es genau.
Also, Kommandant: Alarm fürs Flaggschiff und die Geschwader. Kurs-
ermittlung gemäß Peildaten. Versuchen Sie, die Koordinaten zu ermitteln. Funkzentrale dreifach besetzen!«

»Verstanden.«

Sirenen heulten. Hektik kam auf. Funk- und Ortungszentrale arbeiteten Hand in Hand. Leider wurde zunächst keine zweite Meldung der
VALKARON empfangen. Die Geschwader flogen in Formation, die
gemeinsamen Transitionen wurden berechnet.

»Relaiskontakt nach Arkon Drei. Anfrage bezüglich VALKARON,
ob es sich um eins der Suchschiffe handelt.«

Vom ersten Prago der Mission an war Admiral For davon überzeugt
gewesen, einem Phantom nachjagen zu müssen, aber er hätte es niemals
gewagt, dem Höchstedlen zu widersprechen. For verließ sich lieber auf
die Schlagkraft der Raumflotte, aber wenn Imperator Orbanaschol meinte, sich der Hilfe irgendwelcher Legendengestalten zu versichern ...

Nach der Meldung der VALKARON hatte der Mann seine Meinung
geändert. Zumindest wurde die »Welt des Magnortöters« erwähnt. Ob
und was dahintersteckte, würde sich bald herausstellen. Drei Transitionen waren inzwischen ausgeführt, die Geschwader schwärmten auf
Suchkurs aus.

»Zweite Meldung der VALKARON«, meldete Kommandant Rentar.
»Standort des Schiffes wurde bestimmt. Zwei Transitionen werden ge-
nügen.«

»Wie lautet die Meldung?«

»Fast identisch mit der ersten. Wirres Zeug, Erwähnung der Welt des Magnortöters. Ein Planet, der wie in den Legenden Skärgoth genannt wird. Bitte um Hilfe und ... Eingang Botschaft von der Kristallwelt via Relais. Bestätigung: Die VALKARON ist ein Beiboot-Ultraleichtkreuzer der PROTALKH – eins der Suchschiffe. An Bord befindet sich der Wissenschaftler Lenth Toschmol, der angeblich ziemlich genaue Unterlagen haben soll. Er scheint Erfolg gehabt zu haben, was die Suche betrifft. Dann aber scheint etwas ... Unerwartetes passiert zu sein.«

»Transitionsberechnung?«

»Läuft.«

»Benachrichtigung der Geschwader. Auf der VALKARON befinden sie sich in Schwierigkeiten, so viel dürfte feststehen. Mir geht es um diesen Toschmol. Ihn müssen wir auf jeden Fall retten.«

»Verstanden.«

Die erste Transition erfolgte. Der nächste Hypersprung wurde berechnet. In dieser Pause wurde der dritte Funkspruch der VALKARON empfangen: »... immer schlimmere Schmerzen und mehr Linksdrall. Bewegen uns nur noch im Kreis. Die Skärgoth lässt uns nicht mehr los. Position unbekannt. Helft uns. Klinsanthor ist ...«

Der Admiral sah Rentar fragend an. »Klinsanthor ist ... *Was* ist Klinsanthor?«

»Leider nur verstümmelter Eingang. Die Meldung ist nicht vollständig.«

Kurz darauf folgte die nächste Transition.

Die PERONKOLA und ihre Begleitschiffe materialisierten in einem sternenarmen Sektor. Die hyperschnellen Orter und Taster nahmen sofort die Arbeit auf und suchten das All akribisch ab. Zunächst ohne Erfolg. Entweder hatte die VALKARON inzwischen ebenfalls eine Transition ausgeführt, war irgendwo notgelandet oder ... existierte nicht mehr. Eine fieberhafte Suchaktion begann. Nicht sonderlich weit entfernt tobte ein lokal begrenzter Hypersturm mit gefährlicher Stärke. Aus seinem Inneren waren nur vage Daten zu erfassen. Es musste mehrere Sonnen geben, doch ihre Daten ließen sich nicht ermitteln.

Dann, nach mehr als einer Tonta, ging nochmals ein Hyperkomspruch ein. Er stammte von einem Mann namens Parentok und besagte, dass die gesamte Besatzung der VALKARON dienstuntauglich sei und dringend ärztlicher Hilfe bedürfe. Die PROTALKH selbst sei mit fast der gesamten Mannschaft vernichtet worden, nur das Beiboot habe sich retten können. Die PERONKOLA nahm erneut Fahrt auf, nachdem endlich eine genaue Peilung die Position des Ultraleichtkreuzers ermittelt hatte. Nach der nächsten Transition atmete nicht nur Admiral For auf – der kleine Kugelraumer trieb nur wenige Millionen Kilometer entfernt im All.

Parentok antwortete erst nach einigen vergeblichen Funkanrufen. »Rechte Seite gelähmt, kann mich nahezu nicht mehr bewegen. Zahl der Überlebenden unbekannt. Helfen Sie uns, schnell.«

Unter anderen Umständen hätte die PERONKOLA die sechzig Meter durchmessende Kugel eingeschleust. So aber ließ Admiral For ein Enterkommando zusammenstellen. Hundert schwer bewaffnete Raumsoldaten verließen in Kampfanzügen das Flaggschiff, als es sich bis auf wenige hundert Meter der VALKARON angenähert hatte. Auf den Bildschirmen waren die übermittelten Bilder der Helmkameras zu sehen.

Schon hinter der Schleuse wurden zwei Überlebende gefunden, die sich jedoch nicht rühren konnten und keine Frage beantworteten. Überall in den Gängen, Korridoren und Kabinen wurden weitere Gelähmte entdeckt. Andere waren tot – den Verletzungen nach bei Kampfhandlungen gestorben. Schließlich wurde die Zentrale erreicht. Parentok war der Einzige, der noch verständlich sprechen konnte, bei allen anderen war die Lähmung bereits so weit fortgeschritten, dass sie kein Wort mehr über die Lippen brachten. Zu seiner Enttäuschung erfuhr Admiral For, dass Toschmol nicht unter den Überlebenden war. Aber er tröstete sich mit dem Gedanken daran, dass Toschmols Bericht aufgezeichnet und die sagenhafte Gruft Klinsanthors gefunden worden war.

Während im Flaggschiff und den Begleiteinheiten die Transitionen nach Arkon programmiert wurden, wich For nicht von der Seite Parentoks. Erst als der Techniker bewusstlos wurde, verließ der Admiral die Medostation, um seinen eigenen Bericht zu verfassen.

Arkon I, Kristallpalast: 24. Prago des Tedar 10.499 da Ark

Seine Erhabenheit, der Höchstedle, beachtete den auf einer Antigravtrage liegenden Parentok kaum. Auch die Tatsache, dass nahezu die gesamte Besatzung der PROTALKH beim Versuch, Klinsanthor zu finden, umgekommen war, schien ihn nicht zu berühren. Orbanaschol III. stand breitbeinig da, die Daumen hinter den breiten und mit Juwelen geschmückten Gürtel gehakt. Er sah Admiral Ta-For an, der nach der Übergabe des Speicherkristalls seinen mündlichen Bericht abgab.

»Also wurde die Welt des Magnortöters gefunden? Sehr gut.« Der unangenehme Klang von Orbanaschols Stimme dröhnte in Fors Ohren. »Was ist mit dem da? Ist das dieser Parentok?«

»Er ist es, Euer Erhabenheit. Außer ihm gibt es keinen lebenden Zeugen mehr, der noch zurechnungsfähig wäre. Es handelt sich wahrscheinlich um eine Zerfallserscheinung aufgrund hyperphysikalischer Einflüsse, die mit rechtsseitiger Lähmung beginnt und ...«

»Er hat seinen Herrscher nicht einmal begrüßt!«

»Ich fürchte, er hat Euch nicht einmal erkannt, Euer Erhabenheit.« Der Admiral sprach mit unbewegter Stimme, doch es war der Augenblick, an dem er Orbanaschol abgrundtief zu hassen begann. »Er wird bald sterben, die Bauchaufschneider kennen kein Heilmittel. Ihr braucht Euch um ihn nicht zu kümmern.«

»Also, bringt ihn fort. Ich will ihn nicht mehr sehen.« Als sich die Tür geschlossen hatte, fuhr er fort: »Die Welt Skärgoth wurde also gefunden. Nicht aber Klinsanthor. Er hat die Gruft bereits verlassen.«

»Toschmols Bericht zeigt, dass der Wille Seiner Erhabenheit ausreicht, um Klinsanthor herbeieilen zu lassen«, murmelte Admiral For. »Niemand weiß, auf welchem Weg er kommt oder wie er aussieht. Er kann demnach bereits mitten unter uns sein ...«

Unvermittelt wurde Orbanaschol weiß im Gesicht, seine zusammengepressten Lippen bildeten einen Strich. Fahrig strich er sich Haare aus der Stirn; sein suchender Blick glitt über die fein gewandeten Ratgeber, bis er an For hängen blieb.

»Es kann mitten unter uns ...? Einer von uns vielleicht? Wie soll das gehen?« Er streckte abwehrend die Hand aus. »Nein, das glaube ich nicht. Das ist unmöglich. Ich kenne alle schon lange. Wir wissen, wie wir aussehen und wer wir sind.«

»Klinsanthor ist dem Ruf des Imperators gefolgt und nach Arkon gekommen. Das ist die Botschaft.« Admiral For spürte in sich so etwas wie Genugtuung, gleichzeitig verwundert über den eigenen Mut. »Er ist hier. Er *muss* hier sein. Auf welche Weise ihm das möglich ist, weiß ich nicht. Im Bericht wird von einer ... hm, energetischen Existenz gesprochen; unsichtbar, vielleicht sogar körperlos. Irgendwann werden wir ihn erkennen, vielleicht auch nur an seinem gefährlichen Schatten ...«

Orbanaschol starrte ihn lange wortlos an. Sein Gesicht war noch immer blass. Und er war sich völlig darüber klar, dass er derzeit keine gute Figur abgab. Jeder Anwesende hatte sehen können, wie sehr ihm der Schreck in die Glieder gefahren war. Dieser negative Eindruck musste schnell revidiert werden, wollte er nicht alle hinrichten lassen, was unter den gegebenen Umständen unklug gewesen wäre. Orbanaschols

Stimme klang heiser, als er sagte: »Klinsanthor ist bereits eingetroffen. Er untersteht meinem Willen, ist dem Ruf des Höchstedlen gefolgt! Sein todbringender Schatten wird fortan über alle Feinde des Imperators fallen.« Die Ratgeber blieben stumm, denn sie wussten nur zu gut, dass sich Orbanaschol selbst Mut machen wollte. Andererseits war die Drohung unverhohlen. Dieser Mann war gefährlicher denn je. »Geht jetzt! Lasst mich allein.«

Admiral For verließ den Kristallpalast mit gemischten Gefühlen. Misstrauisch sah er jedem nach, der ihm begegnete. *Jeder* konnte Klinsanthor sein – sofern der Magnortöter tatsächlich jedermanns Gestalt anzunehmen in der Lage war. Plötzlich verspürte For Angst und Unsicherheit. Als er sich in seinem Quartier in den Sessel fallen ließ, achtete er nicht auf das leichte Kribbeln im rechten Arm, und den feinen Schleier vor dem rechten Auge schrieb er seiner Müdigkeit zu ...

ENDE

ATLAN-Band 35
Die Seelenheiler
erscheint im Herbst 2009

Nachwort

Im Rahmen der insgesamt 850 Romane umfassenden ATLAN-Heftserie erschienen zwischen 1973 und 1977 unter dem Titel *ATLAN-exklusiv – Der Held von Arkon* zunächst im vierwöchentlichen (Bände 88 bis 126), dann im zweiwöchentlichen Wechsel mit den Abenteuern *Im Auftrag der Menschheit* (Bände 128 bis 176), danach im normalen wöchentlichen Rhythmus (Bände 177 bis 299) insgesamt 160 Romane, die nun in bearbeiteter Form als »Blaubücher« veröffentlicht werden.

In Band 34 flossen, ungeachtet der notwendigen und möglichst sanften Eingriffe, Korrekturen, Kürzungen, Umstellungen und Ergänzungen, um aus fünf Einzelheften einen geschlossenen Roman zu machen, der dennoch dem ursprünglichen Flair möglichst nahekommen soll, folgende Hefte ein: Band 223 *Schule der Kampftaucher* von Hans Kneifel, Band 224 *System des Todes* von Marianne Sydow, Band 225 *Die Gruft des Magnortöters* von Clark Darlton sowie Band 226 *Gefahr für das Imperium* und Band 227 *Träume aus fremder Dimension* von H. G. Ewers.

Für den jungen Kristallprinzen begann nach den Abenteuern im Mikrokosmos und der Rückkehr nach Kraumon mit Heft 221 der ATLAN-Serie ein neuer Abschnitt. Ischtar und Chapat hatten ihn verlassen und waren mit unbekanntem Ziel verschwunden, geblieben war ihm nur das letzte Lebenskügelchen. Dieses wurde, wie in Blauband 33 geschildert, dazu genutzt, um den Leichnam von Atlans Vater zu reanimieren. Der Ersteinsatz auf der Seniorenwelt Xoaixo war durchaus erfolgreich, im vorliegenden Buch werden nun zwei weitere Einsätze geschildert – bei den Kampftauchern von Falgrohst sowie im Rahmen der Marlackskor-Schlacht.

Wie bereits im Nachwort von Buch 33 soll auch diesmal etwas aus dem berüchtigten Nähkästchen geplaudert und ein kleiner Blick hinter die Kulissen geworfen werden. Abermals deshalb ein Auszug aus den von Dirk Hess erstellten Vorschlägen zur ATLAN-Serie, datierend vom 8.4.1975:

»Während in der Öffentlichkeit Verwirrung herrscht, ergreift Orbanaschol die ersten Gegenmaßnahmen. Orbanaschol vermutet nämlich, dass Atlan hinter der ganzen Aktion steht. Die Geheimwaffe des Orbanaschol heißt KLINSAN ORKNEFF und ist ein Killermutant. Nur einflußreiche Persönlichkeiten haben sich bisher dieses außergewöhnlichen Mannes bedient, um andere Personen auszuschalten. Niemand – auch Orbanaschol nicht – kennt den Killer von Angesicht. Durch ein Kodewort ist der Geheimnisvolle erreichbar. Über eine Hyperfunkleitung nimmt der Mutant die Aufträge entgegen. Orbanaschols Auftrag lautet: TÖTE ATLAN! (...)«

Seinerzeit wurden nicht alle Vorschläge umgesetzt beziehungsweise es gab einige Änderungen in der endgültigen Exposé- und dann auch der Romanfassung. Aus *Klinsan Orkneff* machte Willi Voltz den *Magnortöter Klinsanthor*, der im Blauband 33 erstmals erwähnt wurde, im vorliegenden Buch durch die Suche nach seiner Gruft auf der Unwelt *Skärgoth* breiten Raum einnimmt und in den kommenden Büchern noch eine wichtige Rolle spielen wird. Um ein rundes Bild zu formen, habe ich aus Band 236 einige Aussagen Fartuloons vorgezogen und in die mythologischen Überlieferungen über Klinsanthor integriert, nachfolgend in Auszügen der Originalfassung zitiert:

Der Kosmos wird an vielen Stellen von psionischen Energiebahnen durchlaufen. Sie sind unsichtbar und mit normalen Geräten nicht zu orten. An einigen Stellen treffen und überkreuzen sie sich, es entstehen Schnittpunkte, die von höherem Energiegehalt sind ...

Aus den Überlieferungen verschiedener uralter Völker geht jedoch klar hervor, dass es irgendwann Wesen gab, die diese Bahnen kannten und sogar benutzten ...

Es war einmal in fernster Vergangenheit ein Raumfahrer. Er gehörte einem unbekannten Volk an, und er hieß Klinsanthor. Er geriet zufällig in einen solchen Schnittpunkt, blieb dort hängen und wurde durch irgendwelche Umstände mit übernatürlichen Kräften ausgestattet. Klinsanthor wurde völlig verändert. Seine Fähigkeiten hätten ihm zu großer Macht verhelfen können, aber er konnte sich ihrer anscheinend nicht frei bedienen. Er geriet in ein Abhängigkeitsverhältnis zu anderen Wesen, die ihn rufen und sich seiner bedienen konnten ...

In der Vergangenheit gelangten immer wieder Wesen an das Geheimnis, und sie riefen Klinsanthor. Dem Fremden scheint nichts anderes übrig zu bleiben, als derart erteilte Aufgaben zu erfüllen. Bezeichnenderweise wendeten sich hauptsächlich Leute an ihn, deren Ziele nicht unbedingt positiv waren. Mit anderen Worten: Der verschollene Raumfahrer wurde gründlich missbraucht. Es gab große Katastrophen, darunter auch einige geheimnisvolle Vorgänge nach den Unabhängigkeits-

kriegen zwischen Akon und den abtrünnigen Arkoniden, die letztlich deine Vorfahren sind. So kam Klinsanthor zu dem Beinamen »Magnortöter«.

Band 236 der ATLAN-Serie erschien im April 1976. Interessant in diesem Zusammenhang ist nun, dass in der PERRY RHODAN-Serie zwar wiederholt ähnliche Andeutungen zu kosmischen Kraftlinien gemacht wurden – im Sinne von »psionischen Energiebahnen« wie bei ATLAN, die dezidiert als Reiseroute verwendet werden können, wurde das *natürliche Psionische Netz* des Kosmos samt den mit ihm verbundenen Reise- und Fortbewegungsmöglichkeiten erst ab Band 1300, der im Juli 1986 mit dem markanten Titel *Die Gänger des Netzes* erschien, und in den nachfolgenden Heften ausführlich thematisiert. In gewisser Weise wurde somit in der »kleinen Schwesterserie« ein Thema vorweggenommen, das in Gestalt des *natürlichen Psionischen Netzes* mit all seinen Verknüpfungen rings um den *Moralischen Kode* mit seinen *Kosmonukleotiden* und der Struktur als *psionische Doppelhelix* im Multiversum bis heute ein wesentliches Hintergrundelement der PERRY RHODAN-Serie darstellt.

Wie stets gilt der Dank allen Helfern im Hintergrund – sowie Sabine Kropp und Klaus N. Frick.

Rainer Castor

Glossar

39-KARRATT: Der bedeutende Transitions-Orientierungspunkt in der galaktischer Hauptebene, rund 23.243 Lichtjahre von Arkon entfernt, ist ein markantes Doppelsonnensystem aus zwei roten Riesensternen.

Agh': Hochadliges Namenspräfix, auch als eigenständiger Titel »Agh« verwendet im Sinne von Fürst/Herzog. In Erweiterung der Abstufung wird bei genauer Umschreibung die jeweilige Klasse hinzugefügt (Agh'moas, Agh'len, Agh'tiga); ein Agh'moas ist also ein »Agh-Fürst Erster Klasse«.

Akibah: Wildform der arkonidischen Parkrinder.

Amozalan: Zweiter von fünf Planeten der gleichnamigen Sonne, 23.227 Lichtjahre von Arkon entfernt; seit Atlans Jugend zusammen mit *Trantagossa* und *Calukoma* einer der drei Hauptflottenstützpunkte des Großen Imperiums neben Arkon III.

Andruckneutralisator: Auch Andruckabsorber genannte Aggregate, die zur Neutralisation jener Beharrungs- und Trägheitskräfte dienen, die bei hochrelativistischen Beschleunigungsmanövern der Raumschiffe entstehen und ohne entsprechende Kompensation Raumschiff und Besatzung in Sekundenbruchteilen zerquetschen würden; Grundlage ist ein als Semimanifestation umschriebener Effekt, der einem unvollständigen Übergang zum Hyperraum entspricht, ohne dass es zur Entstofflichung kommt. Somit werden alle konventionellen Außenkräfte und Einflüsse zumindest theoretisch auf unendliche Distanz verdrängt.

Antigravschacht: Liftähnliches Transportsystem zur Beförderung von Personen und Lasten; Antigravgeneratoren neutralisieren die Schwerkraftwirkung innerhalb eines (meist runden) Schachtes. Zusätzliche Zug-, Prall- und Kraftfelder ermöglichen es dann, die zu transportierenden Objekte kontrolliert in der Vertikalen zu bewegen – zum Beispiel in einem aufwärts und einen abwärts »gepolten« Bereich. Kraftfelder helfen auch beim Ein- und Ausstieg. In anderen Fällen kommen kraftfeldgetragene Liftkabinen zum Einsatz, oder diese werden durch entsprechende Holoprojektionen optisch vorgegaukelt.

Antigravtriebwerk: Bezeichnung für die Hochleistungs-Antigravsysteme, die sich an Bord von Gleitern und Raumschiffen befinden. Sie bestehen aus einer variablen Anzahl von Antigravgeneratoren, die zu einem Funktionskomplex zusammengeschaltet werden. Meist sind sie mit den Schwerkrafterzeugern und den Andruckneutralisatoren gekoppelt. Für den Flug über Planetenoberflächen oder den Start von Himmelskörpern können Antigravtriebwerke in beschränktem Umfang eine Abstoßprojektion erzeugen und so ein Objekt auf niedrige Geschwindigkeit beschleunigen. Zum Erreichen hochrelativistischer Geschwindigkeitsbereiche sind sie jedoch nicht geeignet.

Arbaraith: Sagenhaftes »Land der Kristallobelisken«, von Bestien bedroht; verschwand mit der Entrückung des Heroen Tran-Atlan – häufig als eigentliche (mystische) Urheimat der Arkoniden gedeutet.

Arbaraith-Obelisk: 1349 Meter hoher Kristallobelisk, den Sogmanton Agh'Khaal im Jahr 4100 da Ark auf Gos'Ranton 7142 Kilometer vom Hügel der Weisen entfernt an der Laktranor-Südküste östlich der Karurmorn-Halbinsel errichten ließ und der seither Symbol für das sagenhafte Urland ist.

Arbtan(en): Mannschaft(en) – Soldaten und Unteroffiziere/Sergeanten.

Archaische Perioden: Bezeichnung für die Epoche des Niedergangs zwischen etwa 3000 und 3760 da Ark (= 16.884 bis 15.985 vor Christus) – arkonidisch *Zarakhgoth-Votanii* –, als galaxisweite, aus dem galaktischen Zentrum hervorbrechende Hyperstürme die Kontakte zwischen den Welten abbrechen ließen, weil nahezu die gesamte fünfdimensionale Hypertechnik lahmgelegt war. Nach dem Abflauen der Hyperstürme musste die arkonidische Raumfahrt quasi von null an neu beginnen und aufgebaut werden.

Arkanta: Titel der Hohepriesterin der Totenwelt Hocatarr. Weitere Anreden: Ihre Heiligkeit, Ehrwürdige Große Mutter; auch »Initiierte der Dagor-Mysterien, Zhy-Erweckte und Erste Seherin des Imperiums«. Kleidung: unter lang wallenden, feuerroten Seidenschleiern ein weißer Chiton; die Ausstrahlung der kegelförmigen Kristallkrone hüllt den vermummten Körper in eine silbern schimmernde Aura. Häufig gibt es implantierte hyperaktive Kristalle, die auf der Stirnmitte ein »Drittes Auge« (Tiga-Celis) markieren sowie bläuliche Tätowierungen auf den Wangen, die rechts Thantur-Lok und links das Symbol des Großen Imperiums darstellen.

Arkii: Arkonidische Entsprechung des Begriffs »Mensch(en)«.

Arkon: Die große weiße Sonne liegt fast genau im Zentrum des Kugelsternhaufens Thantur-Lok. Sie wird von 27 Planeten begleitet. Als Besonderheit gilt, dass sich drei Arkon-Planeten mit gleicher Geschwindigkeit und auf derselben Umlaufbahn bewegen, als Eckpunkte eines gleichseitigen Dreiecks angeordnet. Die Sonnenentfernung der drei Planeten Arkon I, II und III beträgt 620 Millionen Kilometer.

Arkon I: *Gos'Ranton* – Der Wohnplanet der Arkoniden (rund zehn Milliarden Bewohner) wird von ihnen selbst auch als »Kristallwelt« bezeichnet (ursprünglich der zweite Planet des Arkon-Systems). Durchmesser: 12.980 Kilometer, Schwerkraft: 1,05 Gravos. Die Oberfläche des Planeten wird von Außenstehenden als eine einzige große Parklandschaft betrachtet. Landmassen: Äquatorialkontinent Laktranor (mit dem Sichelbinnenmeer Sha'shuluk, dem Thek-Laktran des Hügels des Weisen mit dem Gos'Khasurn/Kristallpalast), Nordpol-/Hauptkontinent Shrilithra, Inselkontinent Shargabag, Insel Vuyanna, Großinsel Krysaon, Südpol-Inselkontinent Kator-Arkoron; Hauptozean: Tai Shagrat. Im offiziellen Sprachgebrauch der *Inbegriff der Herrlichkeit:* schön, prächtig, prunkvoll – und in jeder Hinsicht *künstlich!* Hier leben sogar die einfachen Arkoniden (*Essoya*) in einem Luxus, der für manche Völker nahezu unvorstellbar ist, und der gesamte Planet ist eine sorgsam umhegte und von unermüdlichen Robotern gepflegte Parklandschaft – was zum Teil bizarre *Urweltreservate* und ebenso einen Wechsel von Klima, Fauna und Flora alle paar Kilometer dank unsichtbarer Kraftfeldkuppeln einschließt.

Arkon II: *Mehan'Ranton* – Die Welt von Wirtschaft und Handel (ursprünglich der vierte Planet des Arkon-Systems); voll industrialisiert und Stätte subplanetarischer Fabriken; ein Planet der Großstädte und Sitz der mächtigsten Konzerne der erforschten Galaxis. Durchmesser: 7326 Kilometer. Schwerkraft: 0,7 Gravos. Alle bekannten Völker geben sich hier ein Stelldichein, über Jahrtausende wurden die berühmten Laden- und Silostraßen der Städte von einem Vielvölkergemisch durchstreift; es gibt Handelsniederlassungen von etwa vierhundert Fremdvölkern; fünf Milliarden Arkoniden leben hier. Dreihundert Raumhäfen sind über die Oberfläche verteilt. Der größte gehört zu *Olp'Duor* – neben *Torgona* die bedeutendste Stadt. Schon das Kernlandefeld umfasst ein Geviert von 50 mal 50 Kilometern, hinzu kommen ringsum angeordnete, nur wenig kleinere Nebenlandefelder, Werft- und Depotanlagen, Tausende Handelshäuser; insgesamt eine Tag und Nacht pulsierende Enklave von rund 200 Kilometern Durchmesser.

Arkon III: *Gor'Ranton* – Der ursprünglich dritte Planet des Arkon-Systems ist der Schwerindustrie des Raumschiffbaus vorbehalten; Großstädten gleich reihen sich Forschungs- und Entwicklungszentren aneinander, unterbrochen von Landefeldern und angegliederten Riesendepots. Durchmesser: 13.250 Kilometer; Schwerkraft: 1,3 Gravos. Eine technisierte Welt, deren Oberfläche maßgeblich von Plastbeton, Arkonstahl und Kunststoffen bestimmt wird – ein militärisch-industrieller Komplex, der seinesgleichen in der Galaxis sucht; in ihrer Urform erhalten sind nur die Meere, sodass der Planet von vielen Besuchern als »ökologischer Albtraum« umschrieben wird, weil riesige Ökokonverter notwendig sind, um die Atmosphäre aufzubereiten und halbwegs erträgliche Umweltbedingungen zu generieren. In den 25.000 Großwerften entstehen tagtäglich neue Raumschiffe und Beiboot-Trägerbewaffnungen. Das Bild technisierter Fugenlosigkeit setzt sich in die Tiefe fort: Wichtige Werke, darunter jene der Triebwerksfertigung, liegen bis zu 5000 Meter unter der Oberfläche. Die Werften übernehmen, von Robotfertigung und komplizierten Bandstraßen dominiert, die Vorfertigung; mobile Roboter zeichnen für die Endmontage verantwortlich, die bei Großraumschiffen häufig im Orbit erfolgt. Frachterverbände und Ferntransmitter-Verbindungen sichern den Materialnachschub. Rohstoffe, Halbfertig- und Endprodukte werden ständig angeliefert, zwischengelagert, weiterverarbeitet oder zur Schlussmontage befördert. Eine ausgeklügelte Infrastruktur, die Raumschiffe, Zubringer, Kurz- wie auch Langstrecken-Transmitter kombiniert, sorgt für reibungslosen Verkehr. Die ausgedehnten Tiefbunkeranlagen des *Flottenzentralkommandos* und auch die zunächst zur logistischen Unterstützung gedachten Anlagen einer Großpositronik wurden in jenem 2000 Meter tiefen Krater angelegt, der im zweiten Regierungsjahr von Imperator Metzat III. entstand (6373 da Ark = 12.898 vor Christus), als der Imperator eine Flotte von 30.000 Einheiten unter Mascant Gagolk entsandte, um eine angeblich gefährliche Kolonialwelt zu zerstören (Hintergrund: Intervention *akonischer Zeitreisender* aus dem Basisjahr 2102 nach Christus, die mit dieser »Kolonialwelt« Terra zerstören wollten). Schon in Atlans Jugendzeit erfährt der Komplex der Großpositronik eine weitere Ausbaustufe, doch erst unter der Leitung des Ersten Wissenschaftlers des Großen Rates *Epetran* entstand um 3900 vor Christus die endgültige Form des nach seiner Aktivierung *Robotregent* oder *Großer Koordinator* genannten Rechners mit seiner hoch entwickelten positronischen *Künstlichen Intelligenz*.

Arkoniden: Im neunzehnten Jahrtausend vor Beginn der christlich-terranischen Zeitrechnung entwickelte sich auf dem dritten Planeten der Sonne Arkon im Kugelsternhaufen Thantur-Lok das Volk der Arkoniden. Es stammte von akonisch-lemurischen Auswanderern ab (*Arbaraith*), die direkte Nachfolger der Lemurer waren, der sogenannten *Ersten Menschheit*. Sie sind von der äußeren Gestalt her absolut menschenähnlich; meist mit 1,8 bis zwei Metern Körpergröße recht hochgewachsen, weisen sie einen vergleichsweise langen Schädel auf. Anatomisch gesehen gibt es im Vergleich zu Terranern einige weitere Besonderheiten: Statt Rippen verfügen sie im Brustbereich über massive Knochen- und Knorpelplatten, die Haarfarbe ist im Allgemeinen weiß oder weißblond und die Augenfarbe rötlich bis rotgolden. Bei starker Erregung sezernieren die Arkoniden aus den Augenwinkeln ein Sekret, ohne dass es allerdings zur einer Einschränkung der Sicht käme. Die weitverbreitete Behauptung, bei den Arkoniden handle es sich grundsätzlich um Albinos, ist mit Vorsicht zu genießen: Weißes Haar und (scheinbar) farblose Iris allein sind kein ausreichendes Merkmal, berücksichtigt man, dass außerhalb der Kultivierung möglichst bleicher Haut in Adelskreisen normale Hautbräunung ebenso auftritt, wie die Haarfarbe auch im Sinne bestmöglicher Reflexion der starken Sonnenstrahlung Arkons angesehen werden kann.

Arkonidische Geschichte: Mitte des neunzehnten vorchristlichen Jahrtausends existierte das Imperium der *Akonen*, das von *Drorah (Akon-System)* aus beherrscht wurde. Weil sie sich bevormundet und übervorteilt fühlten, bauten die Bewohner einer bedeutenden Kolonialwelt (*Arbaraith*) insgeheim eine eigene Flotte auf. Unter anderem benutzten sie dafür zunächst erbeutete akonische Schiffe. In der Folge begann die Besiedlung des – zunächst *Urdnir* genannten – Kugelsternhaufens. Diese nutzte man dazu, sich eine eigene Machtbasis zu schaffen. Zentrum dieses Vorhabens war das Arkonsystem nahe der Sternhaufenmitte; eine Welt, die den Akonen zunächst unbekannt blieb. Ausgehend vom überlieferten Datum des Siedlungsbeginns (18.509 vor Christus), vergingen zunächst knapp 60 Erdjahre, die die »Arkoniden« nutzten, um Urdnir zu erforschen. Später kam es dann auf der »Zentralwelt« zur ersten Unabhängigkeitserklärung, die in den *Großen Befreiungskrieg* mündete und unter anderem zur Vernichtung dieses Planeten führte. Sein Name erhielt sich nur in Legenden und abergläubischen Anrufungen, beispielsweise im Ausspruch: »*Bei den Kristallobelisken von Arbaraith*«. Der Krieg dauerte 17,5 Arkonjahre (entspricht 20,7 Erdjahren) und war von mehreren »heißen Phasen« geprägt; mit seinem Ende verbunden war offensichtlich das Eingreifen des *Magnortöters Klinsanthor*, von dem später jedoch nur Legenden berichteten. Zwölf Arkonjahre (14,2 Erdjahre) nach dem Großen Befreiungskrieg lebten die Überlebenden, die sich nun Arkoniden nannten, ausschließlich im Kugelsternhaufen, waren allerdings in die Familienfehde zwischen Akondas und Sulithurs verwickelt, während die Akonen ihrerseits gegen die »Abtrünnigen« aufrüsteten. Reichsadmiral Farthu von Lloonet rief wenige Jahre später den imperialistischen Absolutismus aus und wurde als Imperator Gwalon I. inthronisiert. Er nutzte einige Arkonjahre zur intensiven Aufrüstung, bis es zum Beginn des *Zentrumskriegs* kam; dieser endete mit dem arkonidischen Sieg über die Akonen. Gwalon regierte bis zum Jahr 18.294 vor Christus; unter seinen Nachfolgern Volgathir I. und II. setzte die Geschichtsverfälschung ein. Die Verbindung zu den »Stammvätern« wurde geleugnet, und es wurde eine eigene Zeitrechnung eingeführt. Dabei bezog sich die Jahreslänge auf den Planeten Arkon III. Der Beginn der Zeitrechnung wurde ab dieser Zeit gleichgesetzt mit einem von Arbaraith überlieferten legendären Ereignis, in dem – bei genauerer Betrachtung – noch deutlich ältere Sagen eingebunden wurden, welche bis in lemurische oder gar noch frühere Zeit hineinreichten. Als dieses legendäre Ereignis wurde das »Entrückungsjahr« des Heroen Tran-Atlan angenommen; Gwalons Inthronisation erfolgte hiernach im Jahr 1774 da Ark. Mit Orbanaschol III. regierte in Atlans Jugendzeit der 208. Imperator das Tai Ark'Tussan.

Arkonidische Gesellschaft: In der arkonidischen Gesellschaft sind beide Geschlechter gleichberechtigt; die im öffentlichen und politischen Leben nach außen hin scheinbar dominierende Rolle der Männer besitzt in der starken, wenn auch extrovertierteren Stellung der Frau ein klares Gegengewicht, dem eine maßgebliche Bindungsfunktion zugeschrieben wird. Im Übrigen ist die Arkon-Gesellschaft aristokratisch geprägt. Die Mitglieder der großen Familien (Ragnaari, Zoltral, Gonozal, Quertamagin, Orcast, Monotos, Orbanaschol, Tutmor, Tereomir, Anlaan, Metzat, Thetaran, Arthamin, Ariga und viele mehr) kontrollieren auch zur aktuellen Handlungszeit die politischen, wirtschaftlichen und militärischen Schlüsselfunktionen. Zum Teil handelt es sich hierbei um Familienverbände von mehreren hunderttausend Einzelmitgliedern. Von Zeiten tyrannischer oder absolutistischer Herrschaft abgesehen handelt es sich bei der Regierungsform Arkons um eine parlamentarische Monarchie, in der allerdings dem jeweiligen Imperator als Staats- und Regierungschef sowie Oberbefehlshaber der Flotte stets eine starke Rolle zugewiesen war. Wie stark ein Imperator tatsächlich werden konnte, hing im Verlauf der arkonidischen Geschichte weitgehend von dem Gegengewicht ab, das ihm seine direkte Regierungsmannschaft (der Zwölferrat/ Berlen Than), der Große Rat (Tai Than) sowie das frei vom Volk gewählte Parlament des Hohen Rates (Thi Than) entgegenstellten. Weiterhin ist – schon unter dem Aspekt der immensen Größe des Arkon-Imperiums! – zu berücksichtigen, dass der Imperator in den Jahrtausenden der

Geschichte zwar letztlich über Besitzansprüche, Handelsrechte, Autarkiebestrebungen und dergleichen entschied. Aber hierbei war als Entscheidungsträger die Imperiale Ebene – mit Imperator, Großem und Hohem Rat, Flottenzentralkommando (Thektran), dem Präsidium der Justiz von Celkar sowie der Kontrollfunktion der Medien – von der der Planetaren Selbstverwaltung autonomer Welten und Ökoformsphären ebenso zu unterscheiden wie die der Herzogtümer völlig autarker Habitate der Raumnomadenclans oder der Herzoglehen des Adels, welche im Allgemeinen mehr als hundert Sonnensysteme umfassten. Sogar mit bester positronischer Unterstützung war es nicht möglich, sich um alle Einzelheiten zu kümmern. Vor diesem Hintergrund ist auch der verfassungsmäßig verankerte Grundsatz der Erbmonarchie zu sehen: Zwar war als Kristallprinz (Gos'athor) jeweils der leibliche Sohn eines Imperators designierter Nachfolger, doch im Todesfall ohne Nachkommen bestimmte der Große Rat aus den Reihen der Adelsfamilien einen neuen Imperator, oder es wurde der »TEST« als Auswahlverfahren eingesetzt; bei erwiesener Unfähigkeit konnte der Herrscher auf dem Kristallthron sogar abgesetzt werden.

Arkonidische Herrschafts- und Machtstrukturen und Regierungsform: Neben dem Imperator (Tai Moas = Erster Großer) an der Spitze ist der Berlen Than (Zwölferrat) als Unterausschuss des Tai Than (Großer Rat mit 128 Ex-officio-Mitgliedern) maßgebliches Regierungsgremium – einem Kabinett mit seinen Ministern vergleichbar –, in dem die Entscheidungen vorbereitet und diskutiert werden. Im erweiterten Kreis des Großen Rates (mit seinen »untergeordneten Ministern«) folgt die weitere Debatte. Regierungssitz ist der Kristallpalast auf dem Hügel der Weisen (Thek-Laktran) auf der Kristallwelt Arkon I. In einigen Epochen wurde als Gegenpol zum männlichen Imperator eine Große Feuermutter (Tai Zhy Fam) eingesetzt: Als Auswahlmechanismus diente eine modifizierte Form des Dagor-Mystizismus; die Feuerfrauen wurden zu Geheimorten gebracht und in die Stasis-Konservierung suspendierter Animation versetzt, ihr Wahres Sein auf eine stabilisierte Körperprojektion übertragen. Der Multibewusstseinsblock dieser Zhy-Famii war mehr als die reine Summe seiner Teile und dank der katalytischen Funktion des Imperators mit paranormalen Kräften ausgestattet (= realer Hintergrund der traditionellen Anrede des Imperators: »Seine millionenäugige, alles sehende, alles wissende Erhabenheit, Herrscher über Arkon und die Welten der Öden Insel, Seine Imperiale Glorifizienz, XY, NAME da Arkon, Heroe aus dem Geschlecht der Weltältesten ...« usw.). Die Ratsmitglieder sind laut Verfassung grundsätzlich zwar wissenschaftlich ausgebildet, stammen aber aus Flotte, Kristallpalast, Diplomatie, Geheimdienst, Wirtschaft und Verwaltung. Zudem repräsentieren sie die wichtigsten Khasurn, sodass sie, mit dem Imperator als Vorsitzendem, in den »Rats-Ausschüssen« wie beispielsweise dem »Medizinischen Rat« oder dem »Thektran« des Flottenzentralkommandos das oberste Exekutivgremium im Großen Imperium darstellen. Zweimal je 36-Tage-Periode (= Arkonmonat) sind Sitzungen anberaumt, in denen der Imperator Rechenschaft abzulegen, Sorgen, Nöte und Probleme zu besprechen hatte, während die Ratsmitglieder im Gegenzug Vorschläge, Anträge und Ausführungsberichte lieferten. Die ersten drei Tage einer jeden der zehn Perioden des Arkonjahres waren überdies der Generaldebatte von Großem und Hohem Rat vorbehalten; für Entschlüsse zu Richtlinien seiner Politik benötigte der Imperator qualifiziert-absolute Mehrheiten von 51 Prozent. Die endgültige Verabschiedung von Gesetzen erfolgte im Thi Than (Hoher Rat – das frei vom Volk gewählte Parlament). Überall hat der Imperator zwar Vetorecht, kann aber überstimmt werden. Bei eklatantem Versagen ist sogar seine Absetzung möglich. Im umgekehrten Fall kann ein Imperator durch Einsetzung und Förderung von Günstlingen, durch Korruption und dergleichen und mit Bezug auf »Notstandsgesetze« diktatorische Macht an sich ziehen: Solches war in der Früh- und Hauptexpansionszeit meist mit Krisenphasen verknüpft. Als Beispiel dient auch stets Orbanaschol III.; er ermordete mit seinen Helfern Atlans Vater, gleichzeitig weitete sich der Methankrieg aus. Beim Fortschreiten der arkonidischen Degeneration kam solches häufiger vor – bis auch die Imperatoren selbst zu träge wurden und somit auch die oben genannten Sitzungsperioden bestenfalls noch in der Theorie gültig waren, kaum jedoch in der Praxis.

Arkonidische Mentalität: Arkoniden sind es gewohnt, pragmatisch zu denken. Extreme sind zu vermeiden, die Verhältnismäßigkeit der Mittel zu wahren, Ausgewogenheit heißt das Ziel. Denn das waren die wahren Tugenden und Traditionen, wie sie insbesondere vom Arkon-Rittertum der Dagoristas verkündet und vorgelebt wurden. Harmonie im Sinne von Gleichgewicht ist Kern der Dagor-Lehren; keine »Friede-Freude-Eierkuchen«-Gleichmacherei, sondern das Einpendeln auf optimalem Niveau gemäß selbst regulierender Mechanismen. Der permanente Angleichungsversuch des Ist-Zustandes an die Soll-Werte, ähnlich einem Thermostat oder bei der Selbstregulation in der Natur: je größer ein Ausschlag in die eine Richtung, desto gravierender die Gegenreaktion. Im Kleinen wie im Großen. Koexistenz als Konkurrenz und friedliche Gegnerschaft wurde von den Arkoniden stets akzeptiert: Welten mit eingeborenen Intelligenzen der Zivilisationsstufen A bis C durften kolonisiert werden, doch ab Stufe D – entsprechend einem ersten Vordringen in den Weltraum und die Beherrschung der Atomkraft – handelte es sich um eigenständige Kulturen, die in ihrer internen Autonomie zu akzeptieren waren. Egal, ob es sich um eine kleine Baronie handelte, um Fürstentümer, eigenständige Sektoren, Fremdvolk-Koalitionen oder Machtgruppen außerhalb der Struktur des Tai Ark'Tussan – Staatsgebilde waren stets nur Interessenpartner; Freundschaft und Liebe gab es ausschließlich zwischen einzelnen Personen. Das terranisch-christliche »Liebe deinen Feind« nötigt einem Arkoniden nur ein verständnisloses Kopfschütteln ab! Fürsorge, Gnade und die Hilfe des Starken für den Schwachen war eines und entsprach dem hehren Kodex des Arkon-Rittertums ebenso wie der allgemeinen Lebensauffassung. Ein *Feind* jedoch war eine Bedrohung für alle, und demzufolge musste er mit aller Härte bekämpft werden! Pragmatismus war weder Pazifismus noch Militarismus; denn notwendige Härte zur rechten Zeit verhinderte Schlimmeres. Und das Handeln des anderen bestimmte stets das Ausmaß der eigenen Reaktion: Arkoniden hätten – um beim Beispiel zu bleiben – schon den »Streich auf die rechte Wange« abgewehrt, vom »Hinhalten der linken« ganz abgesehen. Leider haben sich in den Jahrtausenden – vor allem beim Adel – auch »Traditionen« herausgebildet, die mit den hehren Grundsätzen häufig nur noch wenig gemeinsam haben.

Arkonstahl: Strukturverdichtete, bläulich schimmernde Speziallegierung der Arkoniden für den Raumschiffsbau (auch: Arkonit). »Strukturverdichtung« umschreibt hierbei den Effekt einer extremen Kohäsionsverstärkung nach einer hyperenergetischen Aufladung, die dem Material eine besondere Festigkeit und einen Schmelzpunkt bei etwa 30.000 Grad Celsius verleiht. Die Dichte beträgt 23,6 Gramm pro Kubikzentimeter. Durch weitere hyperenergetische Aufladung kann der Arkonstahl per Kristallfeldintensivierung zusätzlich verstärkt werden – damit wird er insbesondere gegen Desintegratorbeschuss gesichert. Diese Methode ist zwar sehr energieaufwendig, aber höchst wirkungsvoll, weil auch bei jedem anderen Material anwendbar.

Arkon-Symbole: Analog zu den vielfältigen irdischen Symbolen, hinter deren meist schlichter Gestaltung sich ein deutlich umfangreicherer, mehr oder weniger bewusst erfasster »Background« verbirgt (als Beispiel seien nur das christliche Kreuz, der islamische Halbmond und das taoistische Yin-Yang-Symbol genannt), kennen auch die Arkoniden eine Reihe von Logos und Symbolen von bemerkenswerter Tiefe und Aussagekraft: Vergleichbar den oben genannten irdischen Darstellungen verbinden sich mit Arkon, dem Großen Imperium (Tai Ark'Tussan) und den Arkoniden drei Grundlagen, die auf die eine oder andere Weise stets in die Symbole einflossen.

1) Das Synchronsystem der drei Arkonwelten (Arkon I bis III = *Tiga Ranton*),
2) der Kugelsternhaufen Thantur-Lok,
3) die Milchstraße als erweiterter Herrschaftsbereich (unabhängig davon, dass real das *Große Imperium* »nur« etwa ein Viertel der Galaxis umspannte).

Weiterhin vorhandene, wiederkehrende Elemente in den Symbolen sind die Zahl Drei (auch im terranischen Kulturkreis häufig als Darstellung des »Göttlichen« verwendet) oder das Dreieck sowie die Zahl Zwölf oder ihr Vielfaches (als Element, das auf die Sagas der *Zwölf Heroen* zurückging und historisch gesehen bis in lemurische Zeit [Lemurer] zurückverfolgt werden konnte).

ARK SUMMIA: Bezeichnung der elitären Reifeprüfung im Großen Imperium, unterteilt in drei Stufen oder Grade; die beiden ersten betreffen in erster Linie theoretische Examina und entsprechen ihrem Abschluss nach einem Laktrote (Meister) bzw. Tai-Laktrote (Großmeister). Die Zulassung durch die Faehrl-Kommission der »Kleinen Runde« zur Teilnahme an den abschließenden Prüfungen (charakterliche Eignung, Anwendung des erlernten Wissens in der Praxis unter Extrembedingungen usw.) ist auf wenige Hertasonen eines jeden Jahrgangs beschränkt, von denen wiederum noch weniger den dritten Grad bestehen – dies ist dann gleichbedeutend mit der Aktivierung des Extrasinns in den Paraphysikalischen Aktivierungskliniken der jeweiligen Faehrl-Institute. Im Großen Imperium gibt es insgesamt nur fünf ARK SUMMIA-Prüfungswelten: Iprasa ist die älteste, Largamenia die bedeutendste, hinzu kommen noch Goshbar, Soral und Alassa.

Bauchaufschneider: In den *Archaischen Perioden* entstandene arkonidische Umschreibung von Ärzten und Medikern; ihr Zeichen ist eine Amtskette aus Cholitt. Siehe: *Yoner-Madrul*.

Berlen Taigon(ii): Wörtlich »Zwölf große entrückt/erhöht«, abgeleitet von *berlen, gon, -ii, Tai, Taigon*. Siehe: *Zwölf Heroen*.

Bmerasath: Blau schimmernder Halbedelstein von mitunter beachtlichen Ausmaßen, nur auf wenigen Welten zu finden; aus einem solchen wurde der Konferenztisch des Zwölferrates (Berlen Than) im Kristallpalast geschliffen.

Calukoma: Dritter von sieben Planeten der gleichnamigen Sonne, 24.002 Lichtjahre von Arkon entfernt; seit Atlans Jugend zusammen mit

Amozalan und *Trantagossa* einer drei Hauptflottenstützpunkte des Großen Imperiums neben Arkon III.

Celkar: Gerichtswelt des Großen Imperiums; erster von fünf Planeten der Sonne Monhor, 102,14 Lichtjahre von Arkon entfernt. Durchmesser: 11.550 Kilometer, Schwerkraft: 0,8 Gravos, kein Mond. Das juristische Zentrum der Imperiumswelten. Hier dreht sich buchstäblich alles um Richter und Angeklagte, um Ankläger und Verteidiger und sämtliche damit zusammenhängenden Aktivitäten. Das Zentrum ist die *Arena der Gerechtigkeit*, ein riesiger Komplex, in dem Recht gesprochen wird (Zentrum des Gefängniskomplexes ist ein Rundkegelstumpf in einer graugelb funkelnden Ebene, die wie von den Mauern eines Labyrinths durchzogen aussieht und sich rund 200 Meter hoch erhebt). Hier finden sehr viele gewöhnliche und ausnahmslos alle Sensationsprozesse statt. Die Verhandlungen, die in 75 von 100 Fällen mit öffentlichen Hinrichtungen enden, ziehen immer wieder gewaltige Mengen von Interessierten an, von denen das Hotel- und Dienstleistungsgewerbe gut lebt. Kutenraynd ist die Hauptstadt auf der kontinentgroßen äquatorialen Insel Bassakutena.

Chariklis (die Barmherzige): Sagengestalt vor allem auf *Hiaroon*, beschrieben als ein unsterbliches Wesen von überirdischer Schönheit, das sich in den Höhlen des Gebirges versteckt hielt und nur herauskam, wenn die Armen, Kranken oder Unterdrückten ihrer Hilfe bedurften. Realer Hintergrund war Chariklis, die zellgeduscht-langlebige Arkanta von *Hocatarr*, die in das Bewusstseinskollektiv der ersten Großen Feuermutter einging und nach dem Tod von Imperator Barkam I. im Jahr 4091 da Ark nach Hiaroon floh und dort die Sage um die Barmherzige begründete.

Con-Treh-Schlappe/-Niederlage: Geflügeltes Wort; bezieht sich auf den Con-Treh-Khasurn, der zur Regierungszeit von Imperator Gonozal III. verfolgt und (angeblich) ausgelöscht wurde (Vorwurf unter anderem, das Projekt der Drei Welten *Tiga Ranton* sabotiert zu haben).

da: Präp. (zeitlich) = »von«; Bezeichnung des Adels/Adelstitel; als Präfix = »all(e)/alles«.

da Ark: Arkonzeitrechnung – die Jahreszahl »von Arkon«; das Jahr 10.497 da Ark, in dem Atlan seine wahre Herkunft erfährt, entspricht dem Jahr 8023 vor Christus.

Dagor: Meist als »All-Kampf« übersetzt; i. e. S. die (waffenlose) Kampfkunst der Arkoniden (angeblich vom legendären Heroen Tran-Atlan geschaffen; siehe: *Arbaraith*), i. w. S. die damit verbundene Philosophie/Lebenseinstellung – vervollkommnet beim Arkon-Rittertum (Dagorista), dessen Hauptkodex um 3100 da Ark entstand: die *Zwölf Ehernen Prinzipien.* Weitere Hauptwerke, auf die sich die Dagoristas beziehen: *Bekenntnisse eines Dagoristas* (Ashkort da Monotos, um 3500 da Ark), *Buch des Willens* (Dolanty, um 3100 da Ark), *Das Buch der fünf Ringe* (Horkat da Ophas, um 3800 da Ark), *Die Zwölf Regeln des Schwertkampfes im All* (Meklosa da Ragnaari, um 4000 da Ark), *Kampftechnikenbuch der Dagoristas* (Shandor da Lerathim, um 5700 da Ark).

Dagorista: Arkon-Rittertum auf der Basis von Dagor; Mitglieder auch *Tron'athorii Huhany-Zhy* genannt (»Hohe Sprecher des Göttlich-Übersinnlichen Feuers«). Zwei Hauptströmungen sind im Dagor zu unterscheiden: Die auf Meditation und Zurückgezogenheit ausgerichtete *geistige* – um nicht zu sagen *geistliche* – Ausrichtung durch Hochmeister steht der *weltlichen* Orientierung des Arkon-Rittertums gegenüber, jedoch nicht als Gegensatz, sondern als harmonische Ergänzung, die im Ideal zur Einheit verschmilzt. Eine mindestens fünfjährige Ausbildung gilt als normal; Ritterschlag gleich Meisterbrief, sodass sich als Rangfolge ergibt: Adept (Hertaso), Meister (Laktrote), Großmeister (Tai-Laktrote), Hochmeister (Thi-Laktrote). Ein Dagorista hat die waffenlosen Kampftechniken zu beherrschen: Die mit den Kräften des Gegners arbeitende Verteidigung wird *Kanth-Yrrh* genannt, hinzu kommen *Siima-Ley-Griffe*, *Dagorcai* als Übungsvortrag. Entspannung durch Dagor-Semihypnose, Atemübungen. Weil grundsätzlich Einzelkämpfer, blieben die Arkonritter Individualisten und entwickelten – auf den ersten Blick – absonderlich erscheinende Spezialwaffen und -konstruktionen. Doch die traditionelle Ausstattung eines Dagorista ist erwiesenermaßen nicht zu unterschätzen: Reit-Kampfroboter mit Bioschichttarnung können ebenso wie die legendären Ornithopter-Libellen dazugehören; Grundausstattung sind stets das *Dagorschwert (Urungor)* und die *Armmanschette (Urunlad)* zur Prallfeldschild-Projektion.

de/De: Namenspräfix des Mittleren Adels, auch als eigenständiger Titel »De« verwendet im Sinne von Graf. In Erweiterung der Abstufung wird bei genauer Umschreibung die jeweilige Klasse hinzugefügt (De-moas, De-len, De-tiga); ein De-moas ist also ein »De-Graf Erster Klasse«.

Debara Hamtar: »Öde Insel«, arkonidische Bezeichnung für die Milchstraße.

Deflektor/-feld/-schirm: Kraftfeld, das Lichtwellen um einen Körper herumleitet. Ein außen stehender Beobachter kann das so geschützte Objekt nicht erkennen, da er quasi nur wahrnimmt, was sich hinter diesem befindet. Im Allgemeinen kommt eine dreischichtige Feldlinienstruktur zum Einsatz, die eine paramechanische Rückkopplung beinhaltet, um den Träger selbst das Sehen zu ermöglichen. Hierzu wird einfallendes Licht im Wellenlängenintervall zwischen etwa 200 und 800 Nanometern von den beiden äußeren Feldhüllen ungehindert passieren gelassen, von der dritten aufgehalten und zwischen dieser und der mittleren ähnlich einem fiberoptischen Leiter quasihydrodynamisch herumgebogen und erst an dem Punkt geradlinig aus dem Bann entlassen, der dem Eintrittspunkt exakt gegenüberliegt. Weil durch diese Totalumlenkung kein Licht den Träger erreicht und für ihn Dunkelheit die Folge ist, dient die äußere Feldhülle der Rückkopplung: Jene optischen Informationen, die normalerweise die Augen erreichen würden, werden direkt an das Trägerbewusstsein übermittelt, vergleichbar der paramechanischen Emission eines Psychostrahlers oder einer Hypnoschulung; diese mentaloptische Simulation beinhaltet sämtliche Parameter, um wie in gewohnter Weise sehen und sich orientieren zu können. Andere, ebenfalls von einem Deflektor unsichtbar Gemachte, bleiben allerdings unsichtbar, sofern keine Ortung eingesetzt wird.

De-Keon'athor: Admiral Zweiter Klasse = Dreisonnenträger; »Vize-Admiral«.

del/Del: Namenspräfix des Mittleren Adels, auch als eigenständiger Titel »Del« verwendet im Sinne von Graf. In Erweiterung der Abstufung wird bei genauer Umschreibung die jeweilige Klasse hinzugefügt (Del-moas, Del-len, Del-tiga); ein Del-moas ist also ein »Del-Graf Erster Klasse«.

Desintegrator: Offensivwaffe mit lichtschnellem, grünlich leuchtendem Waffenstrahl, der mittels eines Hyperfeldes die Bindungskräfte fester und flüssiger Stoffe neutralisiert. Die getroffene Materie im Zielbereich zerfällt daraufhin als Ergebnis des nichtthermischen Auflösungsprozesses zu Ultrafeinstaub. Desintegratorfelder können in scharf gebündelter oder breit gestreuter Form und auch in Verbindung mit einem Prallfeld als zusätzliche Waffenwirkung zum Beispiel eines Schwertes eingesetzt werden; Materialien, die einer Kristallfeldintensivierung unterliegen, bleiben im Allgemeinen unbeschädigt. In Atlans Jugendzeit waren Modelle der Serie ZZ-3 im Einsatz.

dom/Dom: Namenspräfix des Mittleren Adels, auch als eigenständiger Titel »Dom« verwendet im Sinne von Graf. In Erweiterung der Abstufung wird bei genauer Umschreibung die jeweilige Klasse hinzugefügt (Dom-moas, Dom-len, Dom-tiga); ein Dom-moas ist also ein »Dom-Graf Erster Klasse«.

Dor'athor: (Raumschiffs-)Kommandant Vierter Klasse (bis 200 m); entspricht im Allgemeinen einem Dreimondträger.

Echodim: Arkonidische Gebetsschlussformel.

Einsatz-, Transport-, Schutz- und Kampfanzug: Bekleidung, die in diversen Ausführungen vorliegt, von leichter bis zu schwerer. Normale Bordkombinationen haben kaum mehr als Aggregatgürtel mit integriertem Mikrograv, gepanzerte Druckkombis für den Einsatz auf Gasriesen dagegen klobige Rückenaggregate und Muskelkraft verstärkende Gestänge in Exoskelettfunktion und massive Raumrüstungen, überdies schützende Protektorschalen und Harnische aus Arkonstahl, der sogar durch Kristallfeldintensivierung aufgeladen und zusätzlich verstärkt werden kann. In anderen Ausfertigungen gibt es in das Anzugsmaterial eingearbeitete Polymergelfasern zur Muskelverstärkung (»smarte Technik«). Die Transportanzüge der leichten, flugfähigen Ausfertigung sind zum Beispiel ausgestattet mit zu Nackenwülsten zusammenrollbaren Folienhelmen und Aggregatgürteln, in die Antigrav- und Individualfeldprojektoren integriert sind. Andere Kombinationen verfügen über einen Schulter-Hals-Kragenring, bei dem es sich um eine fingerstarke Metallplastikplatte handelt, die vorne halbkreisförmig ausläuft, über den Schultern wulstig verdickt ist und auf dem Rücken V-förmig bis zur Taille hinabreicht. Sie birgt Aggregate der Mikrotechnik: Antigrav-, Individualschirm- und Deflektorprojektoren, Kleinstreaktor samt Umformer und Speicherbank sowie den Minikom als Standardkommunikator. Je nach Ausführung reicht die äußere Gestaltung von engen Vollkombinationen über solche, die an Samurairüstungen erinnern, bis hin zu kompakten Panzern, die schon eher ein Miniaturraumschiff darstellen. Die Helme reichen von der flexibel-kapuzenförmigen (durch Memoeigenschaften des Materials und Innendruckaufblähung zur Kugelform stabilisiert) bis hin zur starr-abnehmbaren Bauweise. Die Helminnenseiten können als Head-up-Display verwendet werden; die Steuerung erfolgt zum Teil durch Sprachbefehle unter Rückgriff auf leistungsfähige Mikropositroniken (Mikro-KSOL) der Anzüge. Als Standardausstattung gelten Mikrograv, Deflektor und Individualfeldprojektor; die Energieversorgung übernehmen kleine Speicherzellen, Speicherbänke oder Mikro-Fusionsreaktoren. Die Innenklimatisierung und Luftversorgung ist von der Ausfertigung abhängig, ebenso die übrige Ver- und Entsorgung.

Energieschirm: Starke Kraftfelder, die in der Lage sind, auftreffende (Waffen-)Energie oder feststoffliche Objekte abzuwehren und das umhüllte Objekt vor deren Wirkung zu schützen; unterschieden wird zwischen konventionellen und den weitaus stärkeren hyperenergetischen (auch hyper- oder gravomechanischen), die zugleich die Struktur des Normalraums verändern.

Erskomier: Zweiter von vier Planeten der Sonne Erskom, zwölf Lichtjahre von Arkon entfernt; eine als Jagdplanet dienende Urwelt, auf der Imperator Gonozal VII. »tödlich verunglückt« – so die offizielle Darstellung, tatsächlich handelte es sich um Mord.

Essoya: Nichtadlige Arkoniden, benannt nach einer grünen Blätterfrucht (Essoya-yonki); mitunter auch als Schimpfwort verwendet.

Extrasinn: Im Verlauf eines fünfdimensional-hyperenergetischen Aufladungsprozesses als dritter Grad der ARK SUMMIA aktivierbarer Gehirnbereich der Arkoniden, mit dessen Hilfe Dinge erfasst werden, die infolge eines noch fehlenden Erfahrungsschatzes nur mit einer unbewusst einsetzenden Logikauswertung gemeistert werden können (deshalb auch die Zweitbezeichnung Logiksektor). Verbunden damit ist die Ausbildung eines fotografisch exakten Gedächtnisses. Arkoniden, die auf einen aktivierten Extrasinn (auch Extrahirn) zurückgreifen können, sind ihren »normalen« Zeitgenossen überlegen: Sie erfassen, verstehen und kalkulieren Vorkommnisse deutlich schneller und folgerichtiger, als Wissenschaftler erzielen sie zum Beispiel wesentlich bessere Erfolge. Bis zu einem gewissen Grad entwickelt der Extrasinn ein eigenständiges, wenn auch mit seinem Träger permanent verbundenes Bewusstsein (mitunter wird als Vergleich eine gezielt herbeigeführte und kontrollierte »Bewusstseinsspaltung« verwendet); die Kommunikation zwischen beiden erfolgt per Gedankenkontakt und ist für den Extrasinn-Inhaber mit dem Gefühl verbunden, ein Unsichtbarer spreche in sein Ohr. Die Eigenständigkeit des Extrasinns bedingt, dass er seine Kommentare selbstständig abgibt und sich nicht »abschalten« lässt; mit wachsender Lebensdauer besteht die Gefahr, dass Schlüsselreize das fotografische Gedächtnis anregen und die Assoziationen zum gefürchteten »Sprechzwang« auswachsen, bei dem die gespeicherten Informationen detailgetreu erneut durchlebt und dabei berichtet werden. In Einzelfällen ist mit der Aktivierung die Ausbildung von telepathischen oder sonstigen Parakräften verbunden. Der Extrasinn unterstützt den Träger bei der Ausbildung eines Monoschirms zur Abschirmung gegen telepathische Ausspähung. Noch seltener sind Fälle, die stets bei besonders hochbegabten Persönlichkeiten mit hohen Lerc-Werten in Erscheinung treten: ein Phänomen, das als *multipel personalisierter Extrasinn* bezeichnet wird. Der Extrasinn tritt hierbei nicht als Ratgeber im Hintergrund auf, sondern entwickelt ein Eigenleben im Sinn einer gespaltenen Persönlichkeit: Es kommt zu regelrechten inneren Rollenspielen, an denen neben dem Betroffenen beliebige nahestehende Persönlichkeiten oder deren Abbilder beteiligt sind. In allen bekannten Fällen setzte sich am

Ende jedoch die hochbegabte Persönlichkeit des Betroffenen gegen den fehlgeleiteten Extrasinn durch; im Einzelfall kann das jedoch viele Jahre dauern.

Fam: Wörtlich »Lebensspender(in)«, je nach Satzzusammenhang in der Bedeutung von Frau, Mutter, Tochter.

Fama: Leben.

Famal Gosner: Grußformel: »Lebt wohl!« – abgeleitet von *Fam, Fama.*

Garrabo: Wörtlich »Quadrat-Strategie«, imperiales Strategiespiel der Arkoniden, dem Schach vergleichbar (Spielfeld aus zehn mal zehn Quadraten; eine kleinere Variante hat acht mal acht; zwei mal zwölf Spielfiguren entsprechend den *Zwölf Heroen*; je zwei Schwertkämpfer, Bogenschützen, Läufer, Barden, *Zhygor'ianta* sowie die beiden Hauptfiguren Osmaá Loron und Vretatou); weitverbreitet und beliebt, wird sogar an den Raumakademien gelehrt; daraus abgeleitet geflügelte Worte wie Garrabozug, Garrabofigur etc.

Gebieter: Anrede des deutlich schwächeren gegenüber dem höheren Rang; vor allem aber von Robotern allen Arkoniden gegenüber.

Gesten: Niederknien, Fingerspitzen über die Augen gelegt = traditionelle Begrüßung des Imperators und des Kristallprinzen. Offiziere grüßen den Imperator, indem sie vorschriftsmäßig die Beine spreizen und die rechte Hand gegen die linke Brustseite pressen. Einfaches Salutieren = rechte Faust auf linke Brustseite legen/schlagen. Das Aneinanderlegen der Handflächen entspricht der traditionellen Begrüßung unter Arkoniden. Vorgestreckte Hände, die Innenflächen nach oben, bei gleichzeitigem leichten Heben der Schultern, bedeutet: *Mach du, was du willst!*

Gijahthrakos: Unzählige Legenden ranken sich um das uralte Volk; angeblich können sie ihre Körper beliebig wandeln, Langlebigkeit wird ihnen nachgesagt. Nur wenige hundert leben als Dagor-Groß- und -Hochmeister im Bereich des Imperiums, insgesamt gibt es einige zehn Millionen. Atlan hatte in seiner Jugend nie mit ihnen zu tun, obwohl Fartuloon von ihnen berichtete. Der Grund war denkbar simpel: Sie zogen sich, als Orbanaschol III. an die Macht kam, total zurück und reagierten erst Jahrzehnte später auf einen Hilferuf von Atlans Oheim Upoc, zu jener Zeit Imperator Gonozal VII., weil die Methanvölker, allen voran die gefürchteten Maahks, das Imperium fast ausgeblutet hatten. Es handelt sich bei ihnen um vom 23.330 Lichtjahre von Arkon entfernten Planeten *Gikoo* stammende Wesen, die 3113 da Ark, als eins ihrer Sphärenschiffe, durch einen gewaltigen Hypersturm beschädigt, auf *Iprasa* notlandete, erstmals mit den Iprasa-Arkoniden in Kontakt kamen; unter ihrer Anleitung, zunächst geheim, später ganz offen, änderte sich die Kultur, sesshafte Taa-Insekten der Urbevölkerung des sechsten Planeten, die Iprasa-Nomaden sowie die notgelandeten Gijahthrakos formten eine neue Gesellschaft, basierend auf *Dagor* und den Kräften der *Zhy-Famii*. Nach dem Ende der *Archaischen Perioden* wurde die Verbindung zum mehr als 23.000 Lichtjahre entfernten Heimatsystem der Gijahthrakos hergestellt und ein Teil der wahren Natur dieser Wesen erkannt, obwohl sie ihre Geheimnisse nie ganz offenbarten. So ist beispielsweise ihre den Arkoniden im Allgemeinen bekannte Gestalt nur eine »Maske« in Form von etwa ein bis eineinhalb Meter großen arkonoiden Körpern, meist hager, sehnig und dunkelhäutig (dunkelbraun bis schwarz), mit zum Teil überproportionierten Schädeln. Bei den wirklichen Körpern dagegen handelt es sich um eine bis zu zwei Meter große, rötlich durchscheinende Tetraederform. Hintergrund ist eine teilmaterielle Kristall-Evolution, bei der sich das Bewusstsein an hyperaktive Kristalle angelagert hat (oder diese als »materielle Fokussierung« benutzt); der kristalline Originalkörper wird hierbei per Semitransition »verdrängt« und durch eine stabilisierte Materieprojektion ersetzt, die im Extrem bis zum Stadium von »Normal«-Materie »degenerieren« kann (auch umschrieben als »materialisiertes Trugbild oder Gestalt gewordener Schatten« oder »Pseudomaterie, die wie das Licht eines Spots beliebig an- und ausgeschaltet wird und wie dessen Lichtkegel an beliebiger Position erscheint«). In dieser Projektionsgestalt verwenden Gijahthrakos ausschließlich die »männliche« Form (die »Fortpflanzung« erfolgt durch ungeschlechtliche »Aufsplitterung«)! Gijahthrakos verfügen über ausgeprägte Paragaben des gesamten Spektrums und sind stets Dagor-Groß- oder -Hochmeister! Im Tod erfolgt die Freisetzung dieser extremen Parakräfte: Das Gesamtpotential wird auf einen Schlag abgegeben, die Tetraeder-Körperform milchig matt und grau. Die Namen sind stets viersilbig: »To-koon-tla-meer«, »Kon-ta-cla-tiis«, Abkürzungen ein- und zweisilbig. Wie sich herausstellte, reichte der Ursprung der Gijahthrakos bis in die Zeit des »Großen Galaktischen Krieges« zurück; bis auf eine geringe Zahl starben die meisten bei der Vernichtung von Gikoo und der Toncag-Sternenballung Anfang Mai 2048 (siehe ATLAN-Bücher 14 bis 16).

Gleiter: Sammelbezeichnung für alle radlosen, nicht bodengebundenen Fahrzeuge. Ursprünglich handelte es sich ausschließlich um Fahrzeuge, die mittels eines Antigrav-Abstoß- bzw. Prallfeldes wenige Zentimeter über dem Boden glitten. Später wurde dieser Begriff auf sämtliche Fahrzeuge und Beiboote ausgedehnt, die mithilfe eines Antigravtriebwerks innerhalb von Planetenatmosphären fliegen. Typen, die für Orbital- oder interplanetare Missionen Verwendung finden, werden als Raumgleiter bezeichnet.

Go: Straße, Weg, Pfad, auch Methode oder Einsatz.

Gokan: Einsatzgruppe.

Gor: Kampf/ringen um, auch Krieg; i. w. S. auch »Chaos«.

Gork: Wesen aus der arkonidischen Mythologie, eine Art Dämon.

Gor'thek: Wörtlich »Kampf-/Kriegshügel« – im Sinne eines »Feldherrnhügels«; seltener: *Thek'rabo* (»Hügel der Strategie«).

Gos: Das »Wohlgestaltete/Makellose«, im Allgemeinen im Sinne von Kristall verwendet; i. w. S. auch »Ordnung«. Abgeleitet hiervon *Pos* im Sinne von »Spiegel«/»widerspiegeln«.

Gos'athor: Kristallprinz, abgeleitet von *Gos, Athor.*

Gos'Khasurn: Wörtlich »Kristallkelch«, Bezeichnung des Kristallpalastes, abgeleitet von *Gos, Khasurn.*

Gosner: Wörtlich »wohl/Wohl«, i. w. S. angenehm, angenehmer Zustand, gutes Befinden, Gesundheit; als verkürzte Form als Grußformel verwendet und deshalb auch im Sinne von »Gruß, grüßen« übersetzt. Siehe: *Famal Gosner.*

Gos'Ranton: Kristallwelt, Bezeichnung für Arkon I, abgeleitet von *Gos, Ranton.*

Großes Imperium: Sternenreich der Arkoniden, das *Tai Ark'Tussan*; umfasst um 10.500 da Ark mehrere 10.000 besiedelte Planeten und noch mehr rein industriell genutzte Welten. Kerngebiet sind die Welten im Kugelsternhaufen Thantur-Lok, allerdings sind auch viele im Bereich der galaktischen Hauptebene zu finden, wo der Durchmesser des Verbreitungsgebiets mehr als 30.000 Lichtjahre erreicht hat.

Gwalon I.: Im neunzehnten Jahrtausend vor Beginn der terranisch-christlichen Zeitrechnung begann die Besiedelung des damals noch *Urdnir* genannt Kugelsternhaufens. Im etwa zwanzig Jahre dauernden »Großen Befreiungskrieg« erkämpften sich die Arkoniden die Unabhängigkeit von ihren *Stammvätern*, den Akonen. Im Jahr 18.334 vor Christus rief Reichsadmiral Farthu von Lloonet den imperialistischen Absolutismus aus und regierte in der Folge als Imperator Gwalon I. Unter seiner Herrschaft wurde auch der »Zentrumskrieg« gegen die Akonen geführt, der die endgültige Unabhängigkeit brachte. Beim ersten Militärputsch 1808 da Ark (18.294 vor Christus) kam es unter dem Befehl von Flottenadmiral Utarf da Volgathir zur Landung auf Arkon ihm loyal ergebener Einheiten (u. a. 34. Raumlande-Brigade); Gwalon konnte mithilfe der Admirale Thantur und Petesch III., die ihn begleiteten, im letzten Augenblick entkommen und verschwand mit unbekanntem Ziel in den Tiefen der Galaxis. Geschichtsverfälschungen von Volgathir I. und späteren Imperatoren sowie die »rückdatierte« Arkonzeitrechnung sorgten dafür, dass diese Vorgeschichte nur noch einem kleinen Kreis Informierter bekannt blieb.

Has'athor: Allgemein ein Admiral; i. e. S. einfachster Admiralsrang = Einsonnenträger, Admiral Vierter Klasse.

Hiaroon: In der Zeit des Imperators Darrid I. im Jahr 2000 da Ark gegründete *erste* arkonidische Kolonie außerhalb des Arkon-Systems, 24,41 Lichtjahre von Arkon entfernt. Auf diesem Planeten wurde zu Atlans Jugendzeit die altarkonidische Tradition eifriger gepflegt als auf den Arkonwelten selbst, obwohl Hiaroon, weil abseits der großen Schifffahrtswege gelegen, mit dem Restimperium nicht allzu viel Kontakt hatte. Demgegenüber beanspruchte auch Zalit (mit dem *Zarlt* als Vizeimperator) für sich die Umschreibung, älteste oder erste Kolonialwelt zu sein; Zalit wurde allerdings erst um 13.000 vor Christus besiedelt, obwohl das System nur 3,14 Lichtjahre von Arkon entfernt liegt. Grund für diese Entwicklung waren die *Archaischen Perioden.* Die von Hiaroon stammende Familie der Hay-Boor hat immer wieder Angehörige mit rötlichem Haar und grünen Augen. Mit Hiaroon verbunden ist die Sagengestalt von *Chariklis (die Barmherzige)*, beschrieben als ein unsterbliches Wesen von überirdischer Schönheit.

Hocatarr: Einziger Planet der Sonne Hoca im Kugelsternhaufen Thantur-Lok, 54,5 Lichtjahre von Arkon entfernt; Totenwelt, auf der die Arkoniden bedeutende Verstorbene in der KARSEHRA, der Heldengedenkstätte des Großen Imperiums, beisetzen; von hier »entführte« Atlan als Kristallprinz im Jahr 10.499 da Ark den einbalsamierten Körper Gonozals VII., seines durch Orbanaschol III. und dessen Komplizen ermordeten Vaters.

Hradschirs Höllenplanet (Hradschir Lakhros-Ranton): Geläufiger Fluch, obwohl niemand wirklich diesen Planeten kennt oder überhaupt gesichert wäre, dass er tatsächlich existiert.

Hyperfunk: Bezeichnung für die überlichtschnell arbeitenden Funk- und Kommunikationssysteme, die den übergeordneten Hyperraum als Trägermedium benutzen.

Hyperraum: Allgemeine Bezeichnung für das übergeordnete Kontinuum, in das das vierdimensionale Raum-Zeit-Gefüge des sogenannten Standarduniversums sowie ungezählte andere (Parallel-)Universen des *Multiversums* eingebettet sind. Im Hyperraum als Kontinuum außerhalb vertrauten Raumes und vertrauter Zeit verliert die im Standarduniversum höchstmögliche Ausbreitungsgeschwindigkeit in Form der Lichtgeschwindigkeit ihre Gültigkeit, sodass er für überlichtschnelle Fortbewegungen verwendet werden kann. Aufgrund der im Hyperraum geltenden (hyper-)physikalischen Gesetze verwandelt sich dort ein materieller Körper zwangsläufig in einen übergeordneten Energie-Impuls, sofern er nicht durch spezielle Kraftfelder vor den Einflüssen des Hyperraums geschützt wird und somit quasi ein Miniaturuniversum für sich bildet. Sofern keine Schutzmaßnahmen ergriffen werden, bedeutet für uns das Eindringen »in den Hyperraum« den Verlust der raumzeitlich fixierten Struktur, vereinfachend »Entmaterialisation« genannt. Modell hierzu kann ein Diaprojektor sein, dessen Bild nur dann sichtbar ist, wenn die Projektionsebene einer Leinwand in den Strahlengang gehalten wird. Sowie diesem flächig projizierten Bild aber Gelegenheit gegeben wird, Tiefe und Körperlichkeit zu entwickeln – beispielsweise die Projektion in einen Glasbehälter erfolgt, der mit trüber Flüssigkeit gefüllt ist –, wird das ursprünglich klare und konturenscharfe Abbild undeutlich, fließt auseinander und verschwimmt.

Hypersturm: Hyperphysikalisches Phänomen im Standarduniversum, ausgelöst durch chaotische Konzentrationen von Hyperenergie; häufig begleitet von Verzerrungen des Raumes und der Zeit; kann zum Ausfall von Hypertechnik führen.

Impulsstrahler: Von den Arkoniden als Luccot bezeichnete Waffe, bei der als Ergebnis von Deuterium-Katalysefusionsladungen den Impulstriebwerken vergleichbare Hochenergie-Plasmaimpulse zum Einsatz kommen, die durch hyperenergetische Felder gebündelt und beschleunigt werden; die Wirkung entspricht der beim Massendefekt freigesetzten Energie (Standardleistung einer Handwaffe = ein Milligramm Deuterium pro Schuss, dem eine Energiefreisetzung von rund hundert (!) Kilogramm Vergleichs-TNT im Ziel gleichkommt; als Schiffsgeschütz zum Beispiel »Breitfächerung mit Wirkungsentfaltung von fünf Kilotonnen TNT pro Quadratkilometer«). Die beste Wirkung entfaltet der Impulsstrahler im Vakuum des Weltalls; innerhalb einer Atmosphäre ist die Reichweite deutlich verringert, da es zu Streuverlusten kommt, und unter Wasser oder dichteren Medien kann es zu Energierückschlägen kommen. Es ist angeraten, Impulsstrahler auch bei Handwaffenausführung nicht innerhalb geschlossener Räume einzusetzen, will man nicht selbst gebraten werden. In Atlans Jugendzeit waren Modelle der Serie TS-11 im Einsatz.

Impulstriebwerk (Tsohlt-Taàrk): Die Wirkungsweise eines Impulstriebwerks wird als die »Ausstoßung eines in hyperstrukturellen Ener-

giefeldern gebändigten, eingeengten und gleichgerichteten Partikel-
stroms von höchster Dichte und absoluter Lichtgeschwindigkeit«
umschrieben. Hierzu arbeiten die in den Impulstriebwerken eingesetzten
Fusionsmeiler im sogenannten Direktstrahlverfahren: Nach der Fusionszündung wird das Plasma zum *Thermalumformer* geleitet und dann zum
Impulskonverter; hier kommt es zur mehrstufigen Verdichtung, Gleich-
richtung sowie der »Strukturumformung« zum eigentlichen Impuls-
strahl, welcher dann durch die Felddüse austritt. Das hyperstrukturelle
Kraftfeld der letzten Triebwerksstufe, aus projizierter Hyperenergie bestehend und damit dem Hyperraum eng verwandt, nutzt die Gesetzmäßigkeiten des Hyperraums aus. Für das Impulstriebwerk heißt das, dass
sonnenheißes Plasma und Hyperfeld für sich alleine keine Wirkung haben. Sobald sie aber beim Kontakt in Wechselwirkung treten, entsteht
eine »labile Energieflusszone«, sodass als maßgeblicher Anteil des Im-
pulsstrahls die Hyperenergie angesehen werden muss, die sich dem katalytisch wirkenden Plasma in Form von zusätzlicher Massenenergie
anlagert. Das Strukturfeld des Impulskonverters benötigt für höhere Beschleunigungen größere dieser Katalysatormengen, d. h. für den kontinuierlichen Hyperenergie-Abfluss ist zur Stabilisierung des Effekts eine
»fettere Mischung«, sprich zusätzliche Stützmasse, erforderlich (umso
mehr, je höher die Beschleunigung und je relativistischer die zu errei-
chende Endgeschwindigkeit ist). Die automatisch aus dem Hyperraum
abfließenden Energien, zu normaler Masse degeneriert, übernehmen die
eigentliche Aufgabe der Schuberzeugung, sodass Beschleunigungen von
500 km/sec^2 und mehr möglich werden.

Interkom: Bezeichnung für das interne Bild-Sprech-Kommunikations-
netz von Raumschiffen, Gebäuden und Anlagen.

Iprasa: Wörtlich »Wanderschaft, Nomadentum«, davon abgeleitet der
Name des sechsten Planeten der Sonne Arkon.

Iprasa (Planet): Der ursprüngliche Name lautete *Ranton arZhym-i-
Thos*, »Welt aus Feuer und Eis«. Der mittlere Bahnradius des Planeten
beträgt 930 Millionen Kilometer; Durchmesser: 15.696 Kilometer;
Schwerkraft: 0,9 Gravos. Iprasa hat drei Monde: Hamar, Deldon und
Kyndhon, die für die typischen geotektonischen Aktivitäten der Welt
sorgen: Feuer und Eis bestimmen die Oberfläche der Welt. Gewaltige
Bruch- und Risszonen, deren glühende Magmameere vom Weltraum
deutlich zu erkennen sind, wechseln ab mit ausgedehnten Gletschern,
Geröll- und Sandwüsten sowie kargen Tundren und Savannen. Vergleichsweise kleine Binnenmeere, seicht und von dichten Algenteppichen
überwuchert, formen einen breiten Gürtel zu beiden Seiten des Äqua-

tors. Seit 3880 da Ark ist Iprasa die erste und damit älteste Prüfungswelt der ARK SUMMIA, später zudem Standort der berühmten *Galaktonautischen Akademie von Iprasa* sowie der Flottenoffiziersschule *Bark-N'or*; Hauptstadt: *Ikharsa*. Zusammen mit den Planeten fünf, sieben und acht, die wie Iprasa über riesige Ausweich-Handelsraumhäfen verfügen, gehört der sechste Planet zum »Inneren Festungsring« des Arkonsystems. Von Iprasa-Arkoniden stammen die *Raumnomanden* ab. Im Jahr 3113 da Ark musste ein Sphärenschiff der *Gijahthrakos*, durch einen gewaltigen Hypersturm beschädigt, auf Iprasa notlanden; unter der Anleitung der Gijahthrakos, zunächst geheim, später ganz offen, änderte sich die Kultur, sesshafte Taa-Insekten der Urbevölkerung des sechsten Planeten, die Iprasa-Nomaden sowie die notgelandeten Gijahthrakos formten eine neue Gesellschaft, basierend auf Dagor und den Kräften der Zhy-Famii.

Ka'Marentis: Bezeichnung/Titel des Chefwissenschaftlers des Großen Rates/Tai Than; Mitglied des Berlen Than; als einer der berühmtesten gilt *Epetran*, der für den Endausbau des Robotregenten verantwortlich war.

Kampfroboter: Zu Kampf-, Wach- und Schutzzwecken entwickelte Roboter, deren Grundprogrammierung auf die jeweiligen Einsatzgebiete abgestimmt ist. Die Standardmodelle gleichen bei einer Größe von rund 2,5 Metern und etwa zwei Tonnen Masse äußerlich einem bizarren menschlichen Skelett; je nach Anforderung sind sie mit Antigrav und zusätzlichen Triebwerken ausgestattet, verfügen über Waffenarme (Desintegrator, Impulsstrahler, Paralysator, Thermostrahler) und variabel ausgestattete Ortungssysteme, können Schutzschirme errichten oder sind durch Zusatzausrüstungen an spezifische Einsatzsituationen angepasst. Gleiches betrifft die Kapazität der Steuerungseinheit auf positronischer Basis, die ggf. der Steuerung eines stationären Großrechners untersteht, aber auch individuelle Handlungen im Rahmen der Programmierung gestattet.

Kartentank: Ein holografisches Anzeigesystem, das die ortungstechnisch ermittelte Umgebung eines Raumschiffes dreidimensional abbildet.

Keon'athor: Admiral Dritter Klasse = Zweisonnenträger; »Flottenadmiral«.

Khasurn: Wörtlich »Kelch« (Bezeichnung des arkonidischen Riesenlotos), abgeleitete Bezeichnung für Adel insgesamt, auch im Sinne von »Haus, Geschlecht« verwendet. Unterteilung beim Adel in Kleine, Mittlere und Große Kelche bzw. mit Blick auf die Adelsklasse in Unterer

Adel, Mittlerer/Großadel und Oberer/Hochadel. Insgesamt wird von etwa 5000 maßgeblichen Kelchen ausgegangen.

Klinsanthor, der Magnortöter: Mit Arbaraith und der arkonidischen Frühzeit verbundene Sagengestalt, unter anderem fixiert im um 2100 da Ark auf *Hiaroon* entstandenen *Klinsanthor-Epos* von Klerakones. Es gab große Katastrophen, die man auf ihn zurückführte, und so kam Klinsanthor zu dem Beinamen *Magnortöter*. Später hieß es, dass nur der Imperator von Arkon selbst Klinsanthor rufen könne.

Kombistrahler: Kombinationswaffe mit Thermostrahl-, Desintegrator- oder Paralysatorwirkung; robust und praxiserprobt. In Atlans Jugendzeit waren Modelle der Serie TZU-4 im Einsatz.

Kraumon: Mondloser einziger Planet einer namenlosen roten K8V-Sonne, von Arkon 28.243 Lichtjahre entfernt. Durchmesser: 10.399 Kilometer; Schwerkraft: 0,66 Gravos; Umlaufdauer: 172 Tage zu 22,5 Tontas (32 Stunden); Neigung der Polachse: drei Grad, Durchschnittstemperatur: 25 Grad Celsius. Der größte Teil der Oberfläche hat wüstenartigen Charakter. Nur am Äquator und am Rand der Poleiskappen gibt es eine reichhaltige, teilweise üppige Vegetation – riesige Wälder, Steppen und Savannen, auf denen das Gras mannshoch wächst. Die Fauna ist artenarm. Im Tal »Gonozals Kessel« liegt der Stützpunkt »Gonozal-Mitte«: Kuppelbauten – neben der 100 Meter durchmessenden Hauptkuppel gibt es als Eckpunkte eines Sechsecks angeordnete Nebenkuppeln von 50 Metern Durchmesser –, achtzehn flache Rundgebäude, verbunden durch halb transparente Röhren, drei 150 Meter hohe Türme mit diversen Ortungs- und Funkantennen und die neunzehn rechteckigen Lagerhäuser mit 50 zu 25 Metern Grundfläche bilden den Kern der Siedlung, unterhalb der die bombensicheren Bunker ausgebaut wurden, in die sich die Bewohner im Falle eines Angriffs flüchten können. Tunnels, in denen Elektrowagen verkehren, führen zu den geräumigen Hangars für Raumfahrzeuge, zu den Kraftwerken und den Abwehrforts, die von einer zentralen Verteidigungsanlage aus positronisch gesteuert werden konnten. Später kommen rund 500 Meter östlich insgesamt sechs im traditionellen Trichterstil errichtete Wohngebäude hinzu, von deren zylindrischem Sockel mit 50 Metern Durchmesser und 20 Metern Höhe die Kelche in einer Höhe von 150 Metern bis auf einen Durchmesser von ebenfalls 150 Metern auskragen. Seit zwanzig Kilometer nordöstlich das neue Raumlandefeld von rund fünf Kilometern Durchmesser entstanden ist, hat das 500 Meter durchmessende alte Landefeld südlich des Stützpunkts an Bedeutung verloren. Der den Raumhafen umgebende Fortring unter der Oberfläche des Planeten kann im Ernstfall innerhalb weniger Augenblicke in Gefechtsbereitschaft versetzt werden und bildet dann eine Abwehrstellung von beträchtlicher Feuerkraft.

Kristallfeldintensivierung: Energieaufwendige Methode der hyperenergetischen Aufladung, mit der Arkonstahl, Metallplastik oder andere Materialien zusätzlich verstärkt und insbesondere gegen Desintegratorbeschuss gesichert werden können. Wie bei der Normalbehandlung von Metallplastik kommt es zu einer künstlichen Intensivierung der Kohäsionskräfte (dem durch gegenseitige Anziehung hervorgerufenen Zusammenhang zwischen den Molekülen eines Körpers), die dem Material besondere Härte, Festigkeit und eine hohe Temperaturbeständigkeit verleiht.

Kristallpalast (Gos'Khasurn): Zentralgebäude auf dem Hügel der Weisen (Thek-Laktran) von Arkon I, die Perle Arkons; Sitz des Imperators. Mitunter auch *Gos'Teaultokan* genannt. Trichterbau von tausend Metern Höhe und einem oberen Durchmesser von fünfzehnhundert Metern auf einem fünfhundert Meter durchmessenden Sockel; kristalline Außenstruktur. In der äußeren Form entstand der Kristallpalast auf Befehl von Imperator Zakhagrim III. etwa ab 2455 da Ark (17.528 vor Christus); seither kam es immer wieder zu Umbauten, Änderungen der inneren Architektur usw. Der Kristallpalast ist mehr als der Wohnsitz des Imperators, Tagungsort des Großen Rates (Tai Than) oder Stätte prunkvollster Repräsentation und von Empfängen – er ist Symbol der unumschränkten Macht des Großen Imperiums.

KSOL (-plus Kodezahl): Bezeichnung von Positroniken; in Atlans Jugendzeit sind KSOL-73/85 bis -73/95 im Einsatz.

Kugelraumschiff/-raumer: Standardform arkonidischer Raumschiffe mit einem Durchmesser zwischen 60 und 800 Metern. Einzeltypen: *Ultraleichtkreuzer, Leichter Kreuzer, Schwerer Kreuzer, Schlachtkreuzer, Schlachtschiff.*

Lakan: Gruppe von zehn Raumschiffen.

Lakhros: Arkonidischer Begriff, der etwa »Hölle« entspricht.

Laktrote: Bezeichnung für einen überlegenen Rang im Sinne von Weiser, Meister; abgeleitet davon zum Beispiel Laktran in *Thek-Laktran* (Hügel der Weisen); je nach Zusammenhang auch im Sinne von Doktor oder Professor verwendet.

Leichter Kreuzer: Arkonidisches Kugelraumschiff von 100 Metern Durchmesser. Haupteinsatz bei Aufklärung und Kurierdiensten oder zur taktischen Unterstützung von Schlachtkreuzern; häufig als »mobile Einsatzgeschwader« zusammengefasst. Nur zweifach gestaffelte Schutzschirme, geringe Panzerung, aber große Beweglichkeit. »Schneller als stärkere Schiffe und stärker als schnellere Einheiten«. Beschleunigung bei achtzehn Ringwulst-Impulstriebwerken: 500 km/s^2 (geschickte Leitende Ingenieure holen durch Modifizierung der Impulstriebwerke, sprich Beschickung mit höheren Stützmassen-Durchflusswerten zum Teil bis zu 550 km/s^2 heraus). Besatzung: 200 – davon zwanzig für Beiboote (fünf Einmannjäger, fünf Flugpanzer, vier Einheits-Rettungsboote).

Leka: Bezeichnung für arkonidische Diskusraumer mit Durchmessern zwischen 20 und 50 Metern, eingesetzt als Beiboot oder Jacht mit unterschiedlichen Reichweiten sowie mit und ohne Transitionstriebwerk. Die Typbezeichnungen spiegeln die Größe wider: LE-50-15 (Durchmesser 50 Meter, Höhe 15 Meter), LE-35-20 (Durchmesser 35 Meter, Höhe 20 Meter) etc.

Loipos: sinngemäß »blinder Spiegel« – abgeleitet von *loi* (nicht sehen/blind), *Pos* (»Spiegel/widerspiegeln«) und *Gos* (das »Wohlgestaltete/Makellose«, im Allgemeinen im Sinne von Kristall verwendet; i. w. S. auch »Ordnung«).

Lok: Ziel.

Luccot: Arkonidische Bezeichnung für einen Hochenergie-Impulsstrahler.

Ma-: Hochadliges Namenspräfix, auch als eigenständiger Titel »Ma« verwendet im Sinne von Fürst/Herzog. In Erweiterung der Abstufung wird bei genauer Umschreibung die jeweilige Klasse hinzugefügt (Ma-moas, Ma-len, Ma-tiga); ein Ma-moas ist also ein »Ma-Fürst Erster Klasse«.

Maahk-Alarm: Infernalischer Heulton im an- und abschwellenden Rhythmus – jeder im Tai Ark'Tussan kennt dieses besondere Geräusch und fürchtet es.

Maahks: Auch wenn die Maahks und ihnen ähnelnde Völker von den Arkoniden als »Methanatmer« oder kurz »Methans« bezeichnet werden, ist dieser Begriff irreführend: Die bis zu 2,20 Meter großen und bis zu 1,50 Meter breiten, an eine Schwerkraft zwischen 2,9 und 3,1 Gravos angepassten Wesen atmen in erster Linie Wasserstoff (und ein bisschen Methan) ein und Ammoniak aus; dieses Gas ist unter dem auf Maahkwelten herrschenden Druck sowie den Temperaturen von 70 bis 100 Grad Celsius noch nicht flüssig.

Geschichte: Die Maahks entwickelten sich vor mehr als 50.000 Jahren in *Andromeda*. Als dort die *Lemurer* auftauchten, wurden die Maahkvölker in die Milchstraße vertrieben, wo es in Atlans Jugendzeit zum kriegerischen Kontakt mit den Arkoniden kommt – die sogenannten

Methankrieg(e) in mehrfach wechselnden heißen und kalten Phasen. Die Bezeichnung Maahk galt ursprünglich nur für das führende Volk der »Methanatmer«, hat sich aber im Laufe der Zeit als Bezeichnung für *deren Gesamtheit* eingebürgert. Methanatmer oder Methans war ursprünglich eine arkonidische Spottbezeichnung, die aber in den Jahrhunderten nach dem Methankrieg ihren negativen Beigeschmack verlor und von Sauerstoff atmenden Völkern als wertfreies Synonym für Maahks benutzt wird.

Beschreibung: Die beiden kurzen, kräftigen Beine weisen vier Zehen auf. Im Gegensatz zu den Beinen haben die beiden bis zu den Knien reichenden, außerordentlich beweglichen, tentakelhaften Arme kein Knochengerüst. Sie enthalten vielmehr kräftige Sehnen- und Muskelbündel. Die Arme beginnen an den Schultern stark und massig und laufen zu den Händen hin trichterförmig zu. Die ebenfalls knochenlosen Hände weisen sechs hoch elastische, sehr bewegliche, feinfühlige und doch enorm starke Finger auf. Die vier mittleren Finger sind gleich lang. Links und rechts von ihnen sitzen die beiden Daumen. Der Kopf gleicht einem halbmondförmigen Wulst und ist starr und halslos mit dem Rumpf verbunden. Er reicht von einer Schulter zur anderen und ist daher bis zu 1,50 Meter breit. An seinem Scheitelpunkt erreicht er eine Höhe von etwa vierzig Zentimetern. Von der Seite gesehen läuft der Kopf nach oben hin zu einem spitzen Grat zu. Auf diesem sitzen die vier runden, sechs Zentimeter durchmessenden, grün schillernden Augen. Da sie jeweils zwei halbkreisförmige Schlitzpupillen aufweisen, die nach vorne und nach hinten gerichtet sind, verfügen die Maahks trotz ihres starren Kopfes eine lückenlose 360-Grad-Rundumsicht. Durch zwei getrennte Lidklappen können die Augen hinten und vorn separat geschlossen werden.

Die Geruchs-, Gehör- und sonstigen Sinnesorgane sind fast unsichtbar an der Vorder- und Hinterseite des Kopfes angebracht. Der Mund befindet sich vorne an der etwas faltigen Übergangsstelle zwischen Wulstkopf und Rumpf. Er dient dem Sprechen und der Nahrungsaufnahme, ist zwanzig Zentimeter breit und weist sehr dünne, hornartige Lippen auf. Obwohl die Nahrung der Maahks sowohl aus pflanzlichem als auch aus tierischem Material besteht, erinnert ihr Allesfressergebiss mit seinen scharfen und spitzen Zähnen eher an die Reißzähne von Raubtieren. Die Maahks benötigen diese, um die derben Silikatkrusten der Ammoniakpflanzen zu zerschneiden.

Die blassgraue, fast farblose Haut der Maahks, die von fingernagelgroßen, ebenfalls blassgrauen Schuppen bedeckt ist, enthält einen großen

Anteil an molekular hochvernetzten, kautschukartigen Silikonharzen. Auch das Knochengerüst der Maahks besteht zum größten Teil aus Siliziumverbindungen, vor allem Silikaten. Proteinfasern geben dem spröden Material eine ausreichende Elastizität. Im intrazellulären Bereich spielt Silizium jedoch nur eine untergeordnete Rolle. Hier dominiert wie bei den Sauerstoffatmern der chemisch vielseitigere Kohlenstoff. Die stimmbildenden Organe ähneln denen eines Arkoniden. Die Atmungsorgane weichen dagegen deutlich von den arkonidischen ab. Die Bronchien verästeln sich in eine Unzahl kleiner Schläuche, die zusammen mit der auffällig verdickten Wand des Magen-Darm-Traktes ein komplexes, schwammartiges Organ, die sogenannte Maahk-Leber, bilden. Die Lungenschläuche enden in elastischen, von einer Muskelschicht umhüllten Blasen, die wie kleine Blasebälge funktionieren und den Ein- und Ausstrom der Atemgase bewirken. Der von den Maahks eingeatmete Wasserstoff wird bereits in der Maahk-Leber mit Bestandteilen der Nahrung zur Reaktion gebracht. Dies ist offenbar eine evolutionäre Anpassung daran, dass sich Wasserstoff nicht wie Sauerstoff reversibel und locker an ein Trägermolekül binden lässt. Entsprechend dient die grünliche Blutflüssigkeit nicht wie die der Sauerstoffatmer dem Transport von komplex gebundenen Atemgasen und Nährstoffen, sondern führt den übrigen Teilen des Maahk-Körpers Energie speichernde Moleküle zu, die in der Maahk-Leber gebildet werden und in ihrer Funktion dem ATP der arkonidischen Physiologie entsprechen.

Die Nahrung der Maahks enthält ein vielfältiges Gemisch organischer und anorganischer Stickstoffverbindungen, darunter insbesondere Amine, Imine, Azoverbindungen, Stickstoff-Wasserstoff-Säure, Hydrazin und Schwefelnitrid. Aus ihnen werden in enzymatisch kontrollierten Reaktionsfolgen vor allem Imin- (NH) oder Aminradikale (NH_2) abgespalten, die als oxidierende Partner mit dem eingeatmeten Wasserstoff reagieren. Dabei entstehen Ammoniak sowie in Spuren Methan, die von den Maahks ausgeatmet werden. Die bei der Reaktion frei werdende Energie wird in der Maahk-Leber auf ein energiereiches Molekül (»Maahk-ATP«) übertragen, das vom Blutkreislauf im Körper verteilt wird. Selbst bei einem energiereichen Nährstoff wie Hydrazin gewinnt ein Maahk pro eingeatmetes Molekül Wasserstoff allerdings deutlich weniger Energie als ein Sauerstoffatmer pro Molekül Sauerstoff. Dies wird jedoch durch einen höheren Stoffumsatz und nicht zuletzt durch die im Vergleich zum Sauerstoff viermal so große Diffusionsgeschwindigkeit des kleinen Wasserstoffmoleküls kompensiert. Die von den

Maahks verzehrten Stickstoffverbindungen werden von fotoautotrophen Organismen (»Ammoniakpflanzen«) erzeugt, die das von den Maahks ausgeatmete Ammoniak mithilfe von Lichtenergie in die genannten Stoffe umwandeln. Da die Ammoniakpflanzen in der Regel ausgeprägte Silikatwände haben und ihre Nährstoffe in mikroporösem Kieselgur speichern, nehmen die Maahks mit ihrer Nahrung stets auch große Mengen an Siliziumverbindungen zu sich, die sie zum Aufbau und zur Erhaltung ihrer Haut- und Skelettstrukturen benutzen. Die Überschüsse werden zusammen mit den übrigen Stoffwechselüberresten ausgeschieden.

Fortpflanzung: Die Maahks sind sehr fruchtbar. Bei jedem Geburtsvorgang legt eine Maahkfrau bis zu neun Eier, die innerhalb von nur dreieinhalb Monaten reifen. Die geschlüpften Nachkommen werden von ihren Müttern gesäugt.

Gesellschaft, Mentalität: Die Intelligenz der Maahks entspricht derjenigen von Arkoniden. Das Verhalten der gefühlsarmen Maahks wird jedoch von nüchterner Logik dominiert, sodass sie auf die meisten Sauerstoffatmer kalt und grausam wirken. In einem seltsamen Kontrast zu diesem Pragmatismus steht der erbittert geführte Krieg gegen die Arkoniden, die für die Maahks aufgrund ihrer völlig anderen Lebensbedürfnisse keine echten Konkurrenten darstellten. Die selbstzerstörerische Unerbittlichkeit, mit der die Maahks in diesem Krieg vorgingen, kann nur als späte Nachwirkung ihrer Vertreibung durch die ebenfalls arkonoiden Lemurer verstanden werden. Über das Privatleben der Maahks ist so gut wie nichts bekannt.

Raumfahrer und Soldaten tragen Kombinationen, die aus einem Stück gefertigt sind. Die Sichelköpfe können gegebenenfalls durch Falthelme geschützt werden. Bei einfachen Dienstgraden entspricht die Farbe der Kombination im Regelfall dem blassen Grau maahkscher Haut. Diese Schlichtheit spiegelt den nüchtern-logischen Pragmatismus der Maahks wider. Dennoch sind auch bei den Maahks Orden und Tapferkeitsauszeichnungen sowie andere Uniformfarben bekannt.

Rangsymbol ist unter anderem das des geteilten Dotters, des Zeichens von Stärke und Fruchtbarkeit. Obwohl die Maahks durchaus Eigennamen kennen, benutzen sie in hierarchischen Systemen die Einheitsbezeichnung *Grek*, wobei *Grek 1* das jeweils höchstrangige Individuum der Gruppe ist. Die Bezeichnung Grek wurde ursprünglich von den Arkoniden eingeführt, die dadurch vor allem ausdrückten, dass die Maahks in ihren Augen ununterscheidbar waren. Dass die Nomenklatur des Gegners von den Maahks selbst übernommen wurde, ist ein weiterer

Hinweis auf deren weitgehend emotionslose Logik. Die Regierung der vereinten Methanvölker bildet das Gremium der Neunväter. Die Zahl Neun, die Maximalgröße eines maahkschen Eigeleges, stellt für die Maahks etwas Heiliges, Verehrungswürdiges dar. Jeder Angehörige der Neunväter ist ein Spitzenkönner auf wissenschaftlichem, militärischem oder politischem Gebiet. Die Versammlungshalle der Neunväter hat traditionell die verehrungswürdige Form eines Eies. Es existieren unterschiedliche Dialekte der einzelnen Methanvölker, die *lingua franca* ist das *Kraahmak*.

Mascant: Admiral Erster Klasse, höchster Admiralsrang = »Reichsadmiral« = ein Dreisonnenträger mit besonderer Auszeichnung.

Mehan'Ranton: (die) Handelswelt, Bezeichnung für Arkon II, abgeleitet von *Mehan, Ranton*.

Mehinda: Abgeleitet von *Meh'in da Khasurn*, »Linie/Zeichen von Kelch/Geschlecht«, eine aus dem Saft des Zharg-Strauches (Zhargnotah) gewonnene, cremige, meist in bläulich-grünlichen Tönen schimmernde Paste, die der Herstellung des rituellen arkonidischen Make-ups dient. Das Tragen des Mehinda ist nur den Adelsgeschlechtern erlaubt, das kostbare und in der Herstellung entsprechend aufwendige Gor-Mehinda (Kampf-Mehinda) darf allerdings nur ein Mitglied eines Mittleren oder Großen Kelches ausschließlich in der Zeit der KAYMUUTRES auftragen. Muster und Farbgebung des Mehinda entsprechen der Heraldik des jeweiligen Khasurn.

Methankrieg(e): Bezeichnung für die kriegerischen Auseinandersetzungen mit den Methans (Maahks). Schon zur Regierungszeit von Imperator Arthamin I. gab es im Jahr 10.382 da Ark erste militärische Zusammenstöße im Taponar-Sektor. Die später *Methankrieg* genannte, vielfach zwischen heißen und kalten Phasen wechselnde Eskalation begann am 34. Prago der Prikur 10.457 da Ark, als das Iskolart-System im Bereich der gleichnamigen Dunkelwolken von Methans erobert wurde. Die Monde der Gasriesen waren reich an Hyperkristallfundstätten und wurden von beiden Seiten beansprucht; es war die erste Niederlage der Arkoniden gegen diese Wesen, die im Kampf als wahre Ungeheuer galten, fast unverwundbar, wenn man sie nicht richtig traf.

Heiße und kalte Kriegsphasen lösten einander ab, auch als die Arkoniden die *Konverterkanone* einsetzen konnten, war ein endgültiger Sieg nicht in Reichweite. Zeitweise verfügten die Methans über 800.000 und mehr Schiffe, mindestens 300.000 davon im *durchgehenden* Einsatz.

Die Dauer der Auseinandersetzung erklärte sich unter anderem durch die gewaltige Größe des Handlungsschauplatzes und die extreme Vermehrungsrate vor allem der Maahks. Schon ein einziges geflohenes Raumschiff konnte Basis für weitere Kriegsphasen nach einigen Jahrhunderten sein. Hinzu kommt noch ein anderer, innenpolitischer Aspekt: Mithilfe der Konverterkanone und zunehmend robotisierten und automatisierten Raumschiffen wäre ein endgültiger Sieg der Arkoniden vielleicht sogar greifbar gewesen, doch nachdem die Hauptbedrohung einmal beseitigt war, sprich der eigene Untergang, kam auch eine Langzeitstrategie zum Einsatz. In der offiziellen Geschichtsschreibung ist davon selbstverständlich nichts zu finden, aber vom Grundgedanken her war klar: Solange die Bedrohung im Außen akut blieb, war auch der innere Zusammenhalt groß! Niemand weiß, wie viele Maahkraumer man damals ganz bewusst entkommen ließ, obwohl man wusste, dass damit das Kriegsende weiter hinausgeschoben wurde. Mit diversen Unterbrechungen dauerten die Kämpfe, wenn auch mit abnehmender Stärke, bis in die Zeit von Ka'Marentis *Epetran*, dem Erbauer des späteren Robotregenten, der um 3900 vor Christi lebte.

Nebelsektor: Bezeichnung der Arkoniden für die Milchstraße (auch *Öde Insel* genannt), weil diese vom Kugelsternhaufen Thantur-Lok aus ein nebelhaftes Aussehen hat.

nert/Nert: Namenspräfix des Unteren Adels, auch als eigenständiger Titel »Nert« verwendet im Sinne von Baron. In Erweiterung der Abstufung wird bei genauer Umschreibung die jeweilige Klasse hinzugefügt (Nert-moas, Nert-len, Nert-tiga); ein Nert-moas ist also ein »Nert-Baron Erster Klasse«.

Nos'ianta: Wörtlich »Mondträger«, abgeleitet von *-'ianta, Nos*. Häufig in Kombination mit den Zahlwörtern Ein(facher), Zwei(facher), Drei(facher): *Moas-Nos'ianta, Len-Nos'ianta, Tiga-Nos'ianta*. Als Rangsymbol auf der linken Brustseite bis zu drei schwarze Kreise mit gelben Mondsicheln.

Öde Insel: Bezeichnung der Arkoniden für die Milchstraße (*Debara, Hamtar*), die auch Nebelsektor genannt wird.

Omir-Gos (OMIRGOS): Ein aus dem Zhy Bewussten Seins materialisierter Kristall, gekennzeichnet durch seine 1024 Facetten und ein goldenes Lumineszenzleuchten; Atlans Ziehvater und Lehrmeister Fartuloon (»der letzte Calurier«) verwendete offenbar verschiedene technisch oder paramechanisch genutzte Sonderformen von OMIRGOS, unter anderem bei der Flucht vom Planeten Gortavor (siehe ATLAN-Buch 17).

on/On: Namenspräfix des Unteren Adels, auch als eigenständiger Titel »On« verwendet im Sinne von Baron. In Erweiterung der Abstufung wird bei genauer Umschreibung die jeweilige Klasse hinzugefügt (On-moas, On-len, On-tiga, On-lenim, On-wes, On-tharg); ein On-moas ist also ein »On-Baron Erster Klasse«.

Orbton(en): Offizier(e) ab einfachem Mondträger.

Ortung: Fernerkundungssystem; unterschieden wird im Allgemeinen zwischen: Die *(Passiv-)Ortung* umschreibt den puren *Empfang* der von externen Objekten ausgehenden Emissionen hyperphysikalischer Art (beispielsweise Streustrahlungen von Triebwerken, Hyperstrahlung von Sonnen usw.) und kann durch Vergleich mit den immensen Speicherwerten der Datenbanken blitzschnell dem jeweiligen Verursacher zugeordnet werden. Die *(Aktiv-)Ortung* oder *Tastung* gleicht im Gegensatz dazu dem konventionellen RADAR, d. h. es wird ein mehr oder weniger eng gebündeltes Paket multifrequenter Hyperstrahlung *aktiv* ausgesandt, um aus den von den externen Objekten *reflektierten Impulsen* auf das entsprechende Objekt und seine Eigenschaften Rückschlüsse ziehen zu können. Entsprechend den unterschiedlichen Teilbereichen wird – ebenfalls vereinfachend – von *Struktur-, Kontur-, Masse- und Energieortung* gesprochen, und die jeweiligen Ergebnisse werden in der Panoramagalerie oder auf Detaildisplays in Gestalt von »Reliefs« einschließlich der zusätzlich eingeblendeten Erläuterungen dargestellt.

Pal'athor: (Raumschiffs-)Kommandant Zweiter Klasse (bis 500 m); im allgemeinen ein Zweiplanetenträger.

Panoramagalerie: An der Wand von Raumschiffszentralen verlaufende große Bildfläche oder Holoprojektion, die zumeist die 360-Grad-Umgebung des Schiffes zeigt. Neben den normaloptischen Informationen können Ortungsdaten oder Positroniksimulationen eingeblendet werden; Filtersysteme wirken als Blendsicherung usw. Im Sinne einer optischen Beobachtung hat diese Darstellung vor allem psychologische Bedeutung: Man sieht, wohin man fliegt.

Paralysator: Strahlenwaffe, die das dem Willen unterworfene periphere Nervensystem von Lebewesen lähmt. Das für die lebenswichtigen Körperfunktionen notwendige autonome Nervensystem bleibt dabei weitgehend unbeeinflusst, nur die dem bewussten Willen unterstehende Muskulatur wird gelähmt, das Schmerzempfinden ausgeschaltet (deshalb auch Einsatz in der Medo-Technik zur Narkose). Die getroffene Person ist vollkommen bewegungsunfähig (= Paralyse), kann aber noch normal denken, sehen und hören. Die Wirkung des Paralysestrahls hält meist für einige Stunden an. In Atlans Jugendzeit waren Modelle der Serie U-156 im Einsatz.

Parakräfte: Einzelkräfte wie Telepathie, Telekinese, Teleportation, Hypnosuggestion u. v. a. Siehe: *paranormal.*

paramechanisch: Zum ultrahochfrequenten hyperenergetischen Bereich gehörende Wirkung, die den paranormalen Kräften von Lebewesen entspricht, aber durch Geräte künstlich/technisch erzeugt wird; zum Beispiel bei der Hypnoschulung, in Psychostrahlern oder den Emotio-Masken.

paranormal: Wörtlich »neben dem Normalen«; im Allgemeinen Fähigkeiten und/oder Kräfte, die nicht zum Bereich der normalen Sinne gehören, meist eine von Lebewesen erzeugte Wirkung, die dem ultrahochfrequenten Bereich des hyperenergetischen Spektrums zugeordnet wird (zum Beispiel Telepathie, Telekinese, Teleportation etc.), auch als psionisch, mental oder *transpersonal* (»über die Person hinaus[gehend]«) umschrieben. Die Arkoniden stießen bei der Expansion ihres Tai Ark'Tussan auf etliche Fremdvölker, bei denen Parakräfte eine nicht unwesentliche Rolle spielten (Individualverformer/Vecorat, Mooffs, Voolyneser, Vulther u. v. a.). Ihre eigene Erforschung des Paranormalen und Transpersonalen konnte, nicht zuletzt mit Blick auf Dagor und die damit verbundene Philosophie, etliche Ergebnisse vorweisen, die über die paramechanischen Psychostrahler, Fiktiv- und Simultanspielprojektoren und Anlagen, die der Aktivierung des Extrasinns dienten, hinausreichten. Der Paraphysiker Belzikaan (um 15.600 vor Christus) bezeichnete die Paraforschung offiziell als »zwiespältige Wissenschaft«, um den Unterschied und die Trennung von den übrigen konventionellen und hyperphysikalischen Fakultäten zu markieren. Die-se Erkenntnisse gehörten allerdings stets zur höchsten militärischen Sicherheits- und Geheimhaltungsstufe oder waren auf bestimmte Kreise beschränkt. Kräfte des Paranormalen sind deshalb gar nicht so selten, wie es auf den ersten Blick vielleicht aussieht. Vor allen Dingen sind sie keineswegs zwangsläufig Ausdruck einer wie auch immer gearteten »Mutation«, sodass die Aussage »Parabegabter gleich Mutant« ein etwas schiefes Bild erzeugt. Grundsätzlich handelt es sich beim Paranormalen zunächst einmal um Dinge, die zumindest latent *jedem* Bewusstsein zu eigen sind. Ob und inwieweit der Einzelne sich dieser Kräfte und Fähigkeiten dann bewusst ist oder sie gar aktiv bedienen kann, ist eine andere Frage.

Periode: Bezeichnung für den arkonidischen Monat (Votan) zu 36 Tagen (Pragos).

Positronik: Bezeichnung der Standardrechner-Technologie, bei der statt Elektronen Positronen zum Einsatz kommen, hierbei allerdings Hyperkristalle zur Handhabung erforderlich machen.

Prago(s): Arkontag zu 20 Tontas.

Prallfeld: Ein hyper- oder gravomechanisches Kraftfeld mit aktiv abstoßender Wirkung, das im Allgemeinen wie eine nicht oder kaum sichtbare undurchdringliche Haut wirkt und nahezu in beliebiger Form projiziert werden kann.

Pwllheli (sprich: Pewallheli): Ein Zauberer aus der um 3300 da Ark entstandenen *Inthurst-Saga*, der nach Belieben verschwinden und auftauchen kann.

Ranton: Wörtlich »Welt(en)«.

Ranton'ianta: Wörtlich »Welt(en)-/Planet(en)träger«, abgeleitet von -*'ianta, Ranton*. Häufig in Kombination mit den Zahlwörtern Ein(facher), Zwei(facher), Drei(facher): *Moas-Ranton'ianta, Len-Ranton'ianta, Tiga-Ranton'ianta*. Als Rangsymbol auf der linken Brustseite bis zu drei blaue Planetenscheiben.

Ranton Votanthar'Fama: Legendenumwobene »Welt des ewigen Lebens« (= Kunstwelt der Superintelligenz ES), Kernbegriff vieler galaktischer Mythen und Sagen.

Raumtorpedo: Meist überlichtschnelles Raumflug-Waffensystem, vorwiegend an Bord von Raumschiffen. Nach dem Abschuss sucht der Raumtorpedo selbstständig sein Ziel, um es dann durch eine Kontaktexplosion zu beschädigen oder zu zerstören.

Rhagarn: Wörtlich »Staffel«, zum Beispiel Gruppe von Raumjägern/Robotern zu 60 Einheiten.

Ringwulst: Bezeichnung für den äquatorial gelegenen Triebwerkswulst arkonidischer Kugelraumschiffe, meist mit achtzehn Impulstriebwerken bestückt.

Satron: Abkürzung von *Same Arkon trona* = »hört Arkon sprechen«; Bezeichnung für die *lingua franca* im Großen Imperium der Arkoniden: als *Satron* = klassisches Interkosmo aus dem *Altakona* der »Stammväter« hervorgegangen (welches wiederum der auf Artefakten gefundenen alten galaktischen [toten] Sprache *Lemu(u)* gleicht, weil aus ihr rund 30.000 Jahre zuvor entstanden), als *Satron-I* = Interkosmo (ab Verleihung des Handelsmonopols an die Springer im Jahr 6050 vor Christus), als *Arkona-I* = Hofsprache vor allem auf Arkon I (verbunden mit einer Wandlung von der Buchstabensprache hin zu einer komplexen Silbensprache mit Silbenschrift, die ab etwa 3000 vor Christus *Arkona-II* oder *Arkona-Kalligraf* genannt wurde). Um etwa 1000 nach Christus entwickelte sich das »moderne Interkosmo« (umschrieben als *Satron-Ia*); der forcierte Handel von Springern mit Aras und Antis/Báalols führte zur verstärkten Einbindung medospezifischer Begriffe wie auch religiöser Wortschöpfungen, sodass ca. 300 Arkonjahre später auch die Version *Satron-Ib* weit verbreitet war. Satron ist eine Buchstabenschrift:

während sich die Sprache selbst im Verlauf der Jahrtausende durchaus wandelte, wurden die Schriftzeichen beibehalten, ebenso die Aussprache der Einzelbuchstaben, denen bestimmte Laute (Phoneme) zugeordnet sind. Das Alphabet umfasst die Selbstlaute A-E-I-O-U und zunächst siebzehn weitere Buchstaben, die jedoch schon beim Übergang vom *Altakona* zum *Satron* auf einundzwanzig erweitert wurden; die Reihenfolge entspricht hierbei selbstverständlich *nicht* dem Terranischen.

Schlachtkreuzer: Arkonidisches Kugelraumschiff von 500 Metern Durchmesser. Stellen das Rückgrat der Arkonflotten dar; deshalb große Typenvielfalt und Verwendungsmöglichkeiten je nach Anforderung: zum Beispiel als »bewaffnete Transporter« der *Carracon-Klasse* oder als »reduzierter Schlachtschiff-Typ«; weiterhin sind »reduzierte Schlachtkreuzer« von nur 300 Metern im Einsatz; Einheiten vom Typ RAAL-MAT mit 310 Meter Durchmesser werden mitunter auch als (Über-)Schwere Kreuzer eingestuft. Beschleunigung bei achtzehn Ringwulst-Impulstriebwerken: 470 bis 500 km/s^2. Zwölf Teleskop-Landestützen. Besatzung: 900 – davon 380 für Beiboote (je nach Einsatzaufgabe auch bis zu 5000, von denen dann der Hauptteil als Raumlandetruppen eingesetzt werden). Beiboote: drei 60-Meter-Kugelraumer, zwanzig Leka-Disken bis maximal 35 Meter Durchmesser, fünfzig Flugpanzer. Ab 10.510 da Ark werden die neu entwickelten Schlachtkreuzer der *Fusuf-Klasse* in Dienst gestellt, die mit einer reduzierten Besatzung von 600 Personen auskommen.

Schlachtschiff: Arkonidisches Kugelraumschiff von 800 Metern Durchmesser. Für Jahrtausende die größten Einheiten des Imperiums und Stolz der Arkoniden. Einsatz als Hauptkriegsschiff; je nach Aufgabenstellung unterschiedlich ausgeführt und ausgestattet als Kommando- oder Schwere Schlachtschiffe oder bei maximaler Beibootausstattung als »strategische Träger« (hierbei auch als Großtruppentransporter mit bis zu 8000 Mann Raumlandetruppen zusätzlich zur Stamm- und Beibootbesatzung). Kommandant ist im Allgemeinen ein Has'athor, oder – wenn es sich um eine Lakan oder gar einen größeren Verband handelt – ein solcher fungiert als »Kommodore«, also Geschwader- bzw. Verbandskommandeur. Beschleunigung bei achtzehn Ringwulst-Impulstriebwerken: 500 km/s^2. Zwölf Teleskop-Landestützen. Bewaffnung: Neben dem überschweren Zwillings-Impulsgeschütz der oberen Polkuppel gibt es je zwölf schwere Impulsgeschütze im oberen und unteren Bereich des Schiffes. Hinzu kommen insgesamt zwanzig Thermokanonen sowie zehn Desintegratorgeschütze. Standardmäßig sind darüber hinaus auch Raketenwaffen, Torpedos und Marschflugkörper vorhanden, die die

Kampfkraft des Raumers erhöhen. Minimalbesatzung für Betrieb/Handhabung: 2300 (Atlans TOSOMA benötigt 3000 infolge mangelhafter Automatisierung; erst später setzt sich die Robotisierung stärker durch) – davon bis zu 1190 für Beiboote. Beiboote: vier bis maximal zwölf 60-Meter-Kugelraumer (in »Ultraleichtkreuzer«-Ausführung beim Einsatz des Schlachtschiffes als »strategischer Träger«), zwanzig Leka-Disken bis maximal fünfzig Meter Durchmesser, hundertzwanzig Einmannjäger (= zwei komplette Rhagarn), hundert Dreimannzerstörer, dreißig Flugpanzer.

Schutzschirm (auch: Schutzfeld): Mitunter an Seifenblasen erinnerndes Kraftfeldsystem, das für äußere Einflüsse mehr oder weniger undurchdringlich ist, eine ganze Reihe von Sonderfunktionen besitzt und in nahezu beliebiger Form projiziert werden kann – vereinfachend Schutzfeld, Abwehrschild, Energieschirm und ähnlich genannt. Das Einsatzgebiet ist ebenso umfangreich wie die detaillierte Funktions- und Projektionsweise: Die Abwehr der verschiedensten Waffen gehört in gleicher Weise dazu wie der Schutz vor Reibungshitze beim Eintritt in Atmosphären, vor Meteoriten und kosmischer Mikromaterie oder Strahlung aller Art. Als »konventionell« oder »normalenergetisch« werden jene Schutzschirme umschrieben, deren Wirkung(en) sich auf konventionelle Dinge beziehen und für übergeordnete Wirkungen (wie Teleporter etc.) *kein* Hindernis darstellen. Ihre Erzeugung und Projektion dagegen kann durchaus auf übergeordnete Prinzipien wie Hyperkristalle zurückgreifen – und im Allgemeinen ist das auch der Fall. Sie können von Materie in energetischer, gasförmiger, flüssiger oder fester Form nicht durchdrungen werden; Luft wird hierbei unter Umständen ionisiert, Hitzestrahlung reflektiert, Mikromaterie des Alls abgewehrt. Im Gegensatz dazu stellen an fünf- oder n-dimensionale Gesetzmäßigkeiten gebundene höhergeordnete Kraftfelder – kurz *Hyperfelder* genannt – auch für Hyperwirkungen ein Hindernis dar. Weiteres Unterscheidungskriterium ist die Struktur der eingesetzten Hyperfelder, bei denen es sich um statische oder dynamische, unvollständig geschlossene und in sich geschlossene handeln kann – je nach spezifischer Anwendung meist auf vielfältige Weise kombiniert. So ist mit der äußersten Hülle im Allgemeinen eine dünne Zone konzentrischer, auswärts weisender, hypermechanischer oder hypermechanisch abstoßender Wirkung verbunden, die im technischen Sprachgebrauch als Gradientfeld oder als Gradientkomponente bezeichnet wird (Gradient: Gefälle oder Anstieg einer Größe auf einer bestimmten Strecke beziehungsweise Maß für die räumliche Veränderlichkeit von Größen). Zu den weiteren Sonderfunktionen ge-

hören beliebig schaltbare Strukturlücken, einseitig wirksame Durchlass-
fenster, permanente oder intermittierende Projektionsweisen, auf Energie und/oder Masse beschränkte Wirkung oder geometrische Formen,
die von einer einfachen sphärischen Projektion abweichen.

Schwerer Kreuzer: Arkonidisches Kugelraumschiff von 200 Metern
Durchmesser. Gelten als vielseitig einsetzbare »Arbeitstiere« der Flotten
und stellen der Gros der Einheiten eines Geschwaders/Flottille/Flotte;
Aufgabenverteilung dementsprechend weit gefächert: Schlachtschiffun-
terstützung, Jagdverbände, in Lakans auf Patrouille, mit Schlachtkreuzern als Flankenschutz, als reine Träger für Raumjäger etc. (DOR-KATI-
Kreuzer z. B. vom Typ BA-TA mit großer Sekundärbeibootausstattung
in der Funktion als »Fernaufklärer«; vom Typ AL-KA in der Funktion
als »Jagdschutz«). Beschleunigung bei achtzehn Ringwulst-Impulstriebwerken: 500 km/s^2 (ältere Modelle auch 450 km/s^2). Zwölf Teleskop-Landestützen. Besatzung: 400 – davon 130 für Beiboote (als Trup-
pentransporter bis zu 1800); Beiboote: zwei Leka-Disken bis
Maximaldurchmesser dreißig Meter, dreißig Einmannjäger (bei der Ausführung als reine Träger gibt es nur eine Rhagarn an Bord; sprich eine
Staffel zu sechzig Maschinen), dreißig Flugpanzer.

Sek'athor: (Raumschiffs-)Kommandant Dritter Klasse (bis 300 m);
im Allgemeinen ein Einplanetenträger.

She'Huhan: Sternengötter; je zwölf Frauen und Männer, die jeweils zur
Hälfte – mitunter dann *Zorngötter* genannt – dem »Unterreich« (verkör-
pert durch das Große Schwarze Zentralloch der Öden Insel) und dem
»Oberreich« (symbolisiert durch die Sternenweite der Halo-Kugelstern-
haufen) zugerechnet werden; u. a. *Ipharsyn* (Gott des Lichts und der
Dreiheit), *Merakon* (Gott der Jugend und Kraft), *Qinshora* (Göttin der
Liebe und unendlichen Güte), *Tormana da Bargk* (als Wettergott auch
der von Sturm und Stärke, wurde in den Archaischen Perioden auch
Kralas genannt).

She'ianta: Wörtlich »Sonne(n)träger«, abgeleitet von -*'ianta, She*. Häufig in Kombination mit den Zahlwörtern Ein(facher), Zwei(facher),
Drei(facher): *Moas-She'ianta, Len-She'ianta, Tiga-She'ianta*. Als
Rangsymbol auf der linken Brustseite bis zu drei gelbe Sonnenscheiben
mit zwölfzackigem Rand, aber auch als einfacher Kreis.

Skärgoth: Wörtlich »Unwelt«, unzugängliche, ferne Welt – im Zusammenhang mit dem *Magnortöter Klinsanthor* genannt.

Sogmanton-Barriere: Nach seinem Entdecker Sogmanton Agh'Khaal
benanntes, fast vierhundert Lichtjahre breites, verdreht-schlauchför-
miges, überaus turbulentes Gebiet mit Hyperstürmen und dergleichen

unangenehmen Phänomenen, denen über Jahrtausende hinweg ungezählte Raumschiffe zum Opfer fielen. Eine Zone im Weltraum, der hier
nicht schwarz, sondern von eigentümlich rötlicher Farbe war, durchzogen von riesigen, bräunlich roten Schlieren. Arkonidische Hyperphysi-
ker deuteten das Phänomen als höherdimensionale Bezugsebene, die das
Standardkontinuum tangierte. In der Sogmanton-Barriere selbst kam es
zu hyperenergetischen Einbrüchen und Aufrissen: Der Austausch von
Normal- und Hyperenergie löste Hyperstürme, starke Strukturerschütterungen und Verzerrungen aus, und es gab übergeordnete Wirbel, Strudel und wechselnde Sogrichtungen. Staubballungen waren von Energie-
orkanen und Quantenturbulenzen durchdrungen. Stellenweise führten
die Kraftfeldlinien zu Transmitter- oder Transitionseffekten, bei denen
Objekte um Lichtstunden und mehr versetzt wurden oder aber gar nicht
mehr im Standardkontinuum auftauchten. Das Zentrum der Barriere,
fünf Lichtjahre im Durchmesser, war eine Ansammlung kosmischer
Materie, in der es ständig brodelte und gärte: Dort konzentrierten sich
die fremdartigen Energieströme und machten sich am deutlichsten bemerkbar. Im weiten Umkreis der Aufrisse waren Orter und Taster gestört. Sogmanton Agh'Khaal hielt das Barrierenzentrum für den Standort des legendären Ursprungsplaneten *Arbaraith*, eine Vermutung, die
erst sehr viel später indirekt bestätigt werden sollte. Die Sogmanton-
Barriere verschwand beim Höhepunkt rings um die Auseinandersetzung
mit den Cyén/Tekteronii der Jahre 2046 bis 2048 spurlos (siehe ATLAN-
Buch 16 und 19).

Strukturerschütterung: Mit einer Transition verbundene hyperphysikalische Erscheinung im normalen Raum-Zeit-Kontinuum (Standarduniversum), die sich überlichtschnell ausbreitet und angemessen werden
kann (Strukturorter/-taster).

Strukturorter/-taster: Fernortungsgerät zur Erfassung von Transitionen, da bei dem Sprung durch den Hyperraum eine Strukturerschütterung des Normalraums (Standarduniversum) erfolgt, die durch das
Gerät angemessen und zur Positionsbestimmung des georteten Schiffes
benutzt wird.

Ta-: Hochadliges Namenspräfix, auch als eigenständiger Titel »Ta« verwendet im Sinne von Fürst/Herzog. In Erweiterung der Abstufung wird
bei genauer Umschreibung die jeweilige Klasse hinzugefügt (Ta-moas,
Ta-len, Ta-tiga); ein Ta-moas ist also ein »Ta-Fürst Erster Klasse«.

Tai Arbaraith: Meisterhaftes Oratorium, das die Heroen-Saga um Arbaraith aufgreift; die symphonische Umsetzung des Lebens, des Kampfes
und der Entrückung des archaischen Heroen Tran-Atlan – vom Introitus

mit dem *Chor der Bestien* über die *Hymnen der Kristallobelisken* bis hin zu *Entrückung und Abschied* (u. a. verzweifelte Schlussarie der schönen Thu Digfin, die vom Entrücken ihres geliebten Tran-Atlan erfährt) und der *Schlusskantate*.

Tai Ark'Tussan: Großes Arkon-Imperium, meist nur als *Großes Imperium* übersetzt; umfasst neben den Kugelsternhaufen *Thantur-Lok* und *Cerkol* große Bereiche der als *Öde Insel* umschriebenen Milchstraßenhauptebene mit insgesamt mehreren zehntausend von Arkoniden und Fremdvölkern besiedelten Welten.

Tai-Khasurn: Wörtlich »groß(er) Kelch«; Großer Kelch ist die Bezeichnung für den Mittleren/Großadel. Anrede: *Zhdopandel*.

Tai-Laktrote: Großmeister, abgeleitet von *Laktrote, Tai*.

Tai Moas: Wörtlich »groß eins« – in der Bedeutung »Erster Großer von Arkon« = Imperator (als Oberfehlshaber der Arkonflotten im Rang eines *Begam*, des höchsten Offiziersrangs überhaupt – nur einmal vergeben, genau wie die Umschreibung *Höchstedler: Zhdopanthi*).

Tai Than: Großer Rat mit insgesamt 128 Mitgliedern (Unterausschüsse zum Beispiel der Zwölf(er) Rat, der Medizinische Rat usw.), abgeleitet von *Tai, Than*.

Taponar-Sektor: Die ersten Angriffe der *Methans* erfolgten aus dem Taponar-Sektor; schon zur Regierungszeit von Imperator Arthamin I. gab es hier, 29.953 Lichtjahre von Arkon entfernt, im Jahr 10.382 da Ark die ersten militärischen Auseinandersetzungen mit den Arkoniden.

Teleskop-Landestützen: Bezeichnung für die teleskopartig ausfahrbaren Stützen eines arkonidischen Raumschiffs; bei Kugelraumern meist zwölf Stück.

ter/Ter: Namenspräfix des Unteren Adels, auch als eigenständiger Titel »Ter« verwendet im Sinne von Baron. In Erweiterung der Abstufung wird bei genauer Umschreibung die jeweilige Klasse hinzugefügt (Termoas, Ter-len, Ter-tiga, Ter-lenim, Ter-wes, Ter-tharg); ein Ter-moas ist also ein »Ter-Baron Erster Klasse«.

Than: Rat.

Thantur-Lok: Wörtlich »Thanturs Ziel«, nach dem Flottenadmiral Thantur (ursprünglich Talur) bezeichneter Kugelsternhaufen im Halo-Bereich der als *Öde Insel* umschriebenen Milchstraße (Durchmesser 99 Lichtjahre, etwa 100.000 Sterne), der das Herz des Großen Imperiums darstellt. Von hier gingen die Besiedlungswellen der Arkoniden aus. Die terranische Bezeichnung lautet M 13 bzw. NGC 6205.

Tharg'athor: (Raumschiffs-)Kommandant Sechster Klasse (unterhalb 100 m); im Allgemeinen ein Einmondträger.

Thek: Hügel, auch Gipfel; abgeleitet davon *Thek-Laktran, Thek'athor, Thek-Go.*

Thek'athor: Admiral im Stab (Flottenzentralkommando Thektran) = Dreisonnenträger; wörtlich »Kommandeur auf dem Hügel/Gipfel«, abgeleitet von *Thek, Athor.*

Thek-Laktran: *Hügel der Weisen*, abgeleitet von *Laktrote, Thek.* Erstreckt sich als prächtige Parklandschaft auf einem Hochplateau und wird von mehreren Gipfeln überragt. Er bestimmt die Umgebung des Regierungszentrums von Arkon I. Gigantische Gebäudekomplexe, in charakteristisch arkonidischer Bauweise auf stielförmigen Fundamenten errichtet, recken sich wie die Kelche eines überdimensionierten Blumenbeetes bis zu fünfhundert Meter hoch in den klaren Himmel: Es sind die Ministerien und Verwaltungszentren des Großen Imperiums. Auf dem Hügel der Weisen wohnen die höchsten Würdenträger der arkonidischen Gesellschaft, hier können die Botschafter und Gesandten befreundeter oder ins Imperium integrierter Völker untergebracht werden. Mittelpunkt ist der *Kristallpalast*, die Perle Arkons – ein Trichterbau von 1000 Metern Höhe und einem oberen Durchmesser von 1500 Metern auf einem 500 Meter durchmessenden Sockel mit kristalliner Außenstruktur. Der Kristallpalast ist mehr als der Wohnsitz des Imperators, Tagungsort des Großen Rates oder Stätte prunkvollster Repräsentation und von Empfängen – er ist Symbol der unumschränkten Macht des Großen Imperiums.

Thektran: Flottenzentralkommando auf Arkon III, abgeleitet von *Laktrote, Thek.* Hier gebieten die Thek'athoren, die hoch angesehenen Dreisonnenträger, über ein Heer von Hunderttausenden Angestellten, die sogenannten Thek'pama. Organisatorisches und logistisches Zentrum ist der Komplex einer Großpositronik. Von hier aus wird die Flotte des Tai Ark'Tussan geleitet. An diesem Ort muss sich selbst der fähigste Raumschiffskommandant der Erkenntnis stellen, dass selbst er als Herr über Leben und Tod ein Bestandteil einer sehr viel größeren Ordnung ist. Das Flottenzentralkommando ist ein eigener Mikrokosmos; für jeden Arkoniden ein Traum, in dem märchenhafte Karrieren auch für Nichtadlige möglich werden, wo nicht die Herkunft allein entscheidet, wo (zumindest in der Theorie) jeder ein Sonnenträger sein kann; wo selbst der niedrigste Angestellte noch den Ruf genießt, einer Elite zugehörig zu sein.

Thermostrahler: Einem auf Lichtwellenverstärkung arbeitenden Laser vergleichbare Waffe, bei der elektromagnetische Strahlung des nicht sichtbaren Infrarotbereichs als ultraheiße, lichtschnelle Wirkung zum

Einsatz kommt, also hauptsächlich Wärmeenergie produziert wird; die Reichweite ist innerhalb von Atmosphären begrenzt, weil das Medium Luft einen Teil der Wärme aufnimmt und ableitet, sodass dieser Streuverlust auch nicht mehr im Ziel freigesetzt werden kann. In Atlans Jugendzeit waren Modelle der Serie T-15 im Einsatz.

Thi: hoch/höchst; zum Beispiel bei Thi-Laktrote (Hochmeister), Zhdopanthi (Höchstedler).

Thi-Khasurn: Wörtlich »hoch Kelch«, Bezeichnung für den Hochadel der *Agh', Ma-, Ta-*; Anrede: *Zhdopanda.*

Thi-Laktrote: Hochmeister, abgeleitet von *Laktrote, Thi.*

Thi Than: Hoher Rat, eine Art Volksparlament – im Gegensatz zum Großen Rat (Tai Than) frei gewählt. Mitglieder des Hohen Rats tragen weiße Roben sowie rote und violette Gewänder.

Thi-Thek: Wörtlich »höchster Gipfel«.

Tiga Ranton: Wörtlich »Drei Welten« – Umschreibung für Arkons Synchronsystem von Arkon I bis III, abgeleitet von *Ranton, tiga*. Die Planeten wurden in der Herrschaftszeit von Imperator Gonozal III. künstlich als Eckpunkte eines gleichseitigen Dreiecks gruppiert, das auf einer gemeinsamen Umlaufbahn von 620 Millionen Kilometern die Sonne Arkon umkreist. Nur Arkon III entspricht hierbei der ursprünglichen Zählung als dritter Planet; für das Umgruppierungs- und Synchronprojekt wurden die benachbarten Planeten II und IV hinzugezogen. Nachfolgende Imperatoren sorgten dafür, dass dieses System als einmalig und natürlich entstanden angesehen wurde, um die außergewöhnliche Stellung des arkonidischen Volkes und seine Bevorzugung durch die Götter propagandistisch hervorzukehren – nur wenige Informierte kannten fortan noch die wahren Hintergründe.

Tonta(s): Arkonidische »Stunde« = 1,42 Erdstunden (85,2 Minuten bzw. 5112 Sekunden); Unterteilung in Zehntel, Hundertstel, Tausendstel, also Dezitonta (8,52 Minuten bzw. 511,2 Sekunden), Zentitonta (0,852 Minuten bzw. 51,12 Sekunden), Millitonta (5,112 Sekunden).

Traktorstrahl/-projektor: Zugstrahlprojektor, der Objekte mittels eines hyperenergetischen Feldes erfasst und in eine beliebige Richtung bewegt (im Allgemeinen zum Projektor). Meistens gekoppelt mit einem Fesselfeld-Projektor, der das eingefangene Objekt immobilisiert und verankert.

Tran-Atlan: Einer der Zwölf Heroen, Namenspatron Atlans. Mit seiner Heroen-Saga verbindet sich unter anderem die *Mari-Danta*, das »Lied der Letzten Hoffnung«.

Transition: Hyperphysikalische Ortsversetzung von Raumschiffen, begleitet von Strukturerschütterungen und Entzerrungsschmerzen.

Transitionstriebwerk: Für die überlichtschnelle Fortbewegung eingesetzte Aggregate, deren Kernstück sogenannte Strukturfeld-Konverter sind und Gesamtreichweiten je nach Schiffstyp von bis zu 500.000 Lichtjahren erreichen; im Allgemeinen erfolgt eine Transition im hochrelativistischen Bereich nahe der Lichtgeschwindigkeit und ist verbunden mit Strukturerschütterungen und Entzerrungsschmerzen – je weiter der Sprung, desto gravierender. In Notfallsituationen können Transitionen durchaus schon bei geringerer Geschwindigkeit (im Extrem quasi »aus dem Stand heraus«) eingeleitet werden, doch verstärken sich hierbei die Nebenwirkungen; u. U. zerreißt es das ganze Schiff. Der Sprung direkt in ein Sonnensystem hinein oder aus einem solchen heraus, erst recht in direkter Nähe von Planeten, ist wegen der Negativauswirkungen verboten (tektonische Erschütterungen und dergleichen). Bei militärischen Einsätzen wird darauf jedoch häufig keine Rücksicht genommen, im Gegenteil: Ein solcher Direktsprung bringt taktische Vorteile. Als Standardweite je Einzelsprung gelten Distanzen zwischen 500 und 5000 Lichtjahren. Großraumer ab 500 Metern Durchmesser können auch Gewaltmanöver bis maximal rund 35.000 Lichtjahre durchführen – diese sind jedoch extrem belastend für Besatzung und Material. Trotz positronischer Berechnung bleiben die Sprungdatenermittlungen kompliziert und langwierig. Als Faustregel gilt: 30 Minuten je 5000 Lichtjahre, das heißt beispielsweise bei 20.000 Lichtjahren zwei Stunden. Nur bei Notmanövern oder Nottransitionen wird ein »Pi-mal-Daumen-Sprung« in Kauf genommen; die anschließende Positionsbestimmung kann dann aber unter Umständen Tage dauern.

Translator: Gerät zur Verständigung zwischen Intelligenzvölkern, die verschiedene Sprachen sprechen. Der Rechner eines Translators benötigt eine ausreichende Menge der bislang unbekannten Sprache, um deren Grundstruktur zu analysieren und eine rasche Kommunikation auf gegenseitiger Basis zu gestatten; Grundlage sind neben einer reichhaltigen Basissprachen-Datenbank diverse heuristische Analyse-Algorithmen zur Erfassung neuer Sprach- und sonstiger Kommunikationsformen. Solche Übersetzungsgeräte werden von Raumfahrern bei Einsätzen auf unbekannten Welten verwendet oder sind Funkanlagen von Raumschiffen und -stationen direkt vorgeschaltet. Translatoren können lautbildende Sprachen verarbeiten, Zisch-, Knurr- und Pfeiftöne nur bedingt. Kommunikationsweisen auf optischer, taktiler, olfaktorischer oder anderer Art sind mit normalen Geräten gar nicht zu entschlüsseln.

Trantagossa: 21.288 Lichtjahre von Arkon entferntes Sonnensystem mit zwölf Planeten; seit Atlans Jugend zusammen mit *Amozalan* und *Calukoma* einer drei Hauptflottenstützpunkte des Großen Imperiums neben Arkon III; Hauptwelt ist der vierte Planet Enorketron.

Tron'athorii Huhany-Zhy: Wörtlich »Hohe Sprecher des Göttlich-Übersinnlichen Feuers«, Umschreibung der Dagoristas, abgeleitet von *Athor, Huhan(y), Tron, Zhy.*

Tryortan-Schlund: Phänomen, das mitunter bei starken Hyperstürmen auftritt und sich als eine Art Trichterschlund darstellt, durch den sämtliche Materie mit unbekanntem Ziel entstofflicht und somit einer Zwangstransition unterworfen wird. Besonders häufig wurde Tryortan-Schlünde zu Beginn und am Ende der *Archaischen Perioden* beobachtet; aus dieser Zeit stammt auch der Ausruf: »Bei allen Dämonen des Tryortan-Schlundes«!

Ultraleichtkreuzer: Arkonidisches Kugelraumschiff von 60 Metern Durchmesser; eingesetzt als Beiboot (Reichweite 500 Lichtjahre) oder in eigenständigen Verbänden (hierbei dann mit deutlich größerer Reichweite). Kuriereinsatz, Aufklärung, mitunter müssen sie die Aufgaben von Leichten Kreuzern erfüllen (dann allerdings überproportional hohe Verluste). Beschleunigung bei achtzehn Ringwulst-Impulstriebwerken: 500 km/s^2. Besatzung: bis zu fünfzig. Beiboote: bis zu zwei Einmannjäger oder fünf Flugpanzer.

Urdnir: Ursprünglicher Name des Kugelsternhaufens *Thantur-Lok.*

Verc'athor: (Raumschiffs-)Kommandant Fünfter Klasse (bis 100 m); im Allgemeinen ein Zweimondträger.

Vere'athor: (Raumschiffs-)Kommandant Erster Klasse; im Allgemeinen ein Dreiplanetenträger.

Votan(ii): Wörtlich »Periode(n)«, auch »Zyklus, Kreis(lauf)«; arkonidische Bezeichnung für »Monat«.

Votanthar'Fama: Wörtlich »ewiges Leben«, Kernbegriff vieler galaktischer Mythen und Sagen, meist in Verbindung mit einer legendenumwobenen »Welt des Ewigen Lebens« genannt (= Kunstwelt der Superintelligenz ES) – *Ranton Votanthar'Fama.*

Vretatou: Mythische Rettergestalt der *Zwölf Heroen*; meist als lichtumglost beschrieben und so auch in diversen künstlerischen Umsetzungen dargestellt. Der ovale Schädel, glänzend wie uraltes Elfenbein, besitzt keine Detailmerkmale, das Gesicht fehlt, die Körperkonturen werden von faltenreicher Robe überdeckt. Halb erhobene Arme, die Handflächen ausgestreckt, recken sich stets in gebieterischer Geste angreifenden Bestien entgegen, scheinen deren Bewegungen zu stoppen.

Sämtlichen Sagas gemeinsam ist, dass er als Lichtgestalt aus der Sonne beschrieben wurde, die Früh-Arkoniden vor fürchterlich wütenden Bestien rettete, Anhänger um sich scharte und dann – nach der Ankündigung, in Zeiten größter Not erneut zu erscheinen – wieder ins Licht entrückt wurde. Diese lebendige Entrückung ins Nirgendwo oder -wann betraf auch das Schicksal der übrigen Heroen; das Tran-Atlans verband sich beispielsweise mit dem sagenhaften Land *Arbaraith* und dessen Kristallobelisken, angeblich Herkunftsort der Arkoniden, ehe sie Arkon besiedelten.

Xarph: Wildes Raubtier der Heroensagas, das sich nach der Entwöhnung selbst gegen die Mutter stellt und verbissen kämpft.

Yoner-Madrul: Bauchaufschneider; in den *Archaischen Perioden* entstandene arkonidische Umschreibung von Ärzten und Medikern; ihr Zeichen ist eine Amtskette aus Cholitt.

Zahlen: 0 = pales, 1 = moas, 2 = len, 3 = tiga, 4 = lenim, 5 = wes, 6 = tharg, 7 = homen (poetisch auch secinda, abgeleitet vom siebenblättrigen, Glück bringenden Secinda-Moos), 8 = dares, 9 = dschir, 10 = ber, 11 = bermoas, 12 = berlen etc., 20 = palen, 30 = patiga, 40 = palenim, 50 = pawes, 60 = patharg, 70 = pahomen, 72 = pahomenlen, 80 = padares, 90 = padschir; 100 = moastor, 144 = moastor-palenim-lenim, 1000 = moassar, 10.000 = bermoassar, 100.000 = moastor-moassar etc.

Zarakh: Wörtlich »Dunkelheit, Finsternis, fehlendes Tageslicht«, auch »Nachtseite (eines Planeten)«, wurde in der arkonidischen Frühzeit auch als Umschreibung für Auflösung, Begräbnis, Sarg oder als poetische Umschreibung für Tod verwendet, i. w. S. auch geheim, Geheimnis, rätselhaft.

Zeitrechnung: Ein Arkonjahr entspricht dem siderischen Umlauf von 365,22 Arkontagen (Pragos) zu exakt 28,37 (Erd-)Stunden. Gerechnet wird mit 365 Arkontagen je Arkonjahr: Alle 50 Arkonjahre ergibt sich somit ein Schaltjahr, in dem elf Arkontage angehängt werden (diese elf Schalttage entsprechen den elf Heroen, die Schaltperiode selbst wird nach dem mythischen zwölften Heroen »Pragos des Vretatou« genannt). Das Arkonjahr ist unterteilt in zehn Perioden/Votanii (= »Monate«) zu je 36 Arkontagen (Pragos), hinzu kommen die fünf Pragos der »Katanen des Capits« (Feiertage, die auf uralte Riten zurückgehen; früher wurden damit die Fruchtbarkeitsgötter geehrt, mit der Zeit verloren die Katanen an Bedeutung). Folgende Namen/Reihenfolge gilt: 1. der Eyilon, 2. die Hara, 3. der Tarman, 4. der Dryhan, 5. der Messon, 6. der Tedar, 7. der Ansoor, 8. die Prikur, 9. die Coroma, 10. der Tartor, dazu die Katanen des Capits vor dem Jahreswechsel. Umrechnung: 0,846 Arkonjahre = 1 Erdjahr; 1 Arkonjahr = 1,182 Erdjahre.

Zhdopan: Erhabener/Erlauchte, Hohe(r) – Ausdruck der Hochachtung; Anrede für alle Adligen und höhergestellte Personen, i. e. S. jene der Edlen Dritter Klasse (= Barone).

Zhdopanda: Wörtlich »Hochedle/Hochedler« – Anrede der Edlen Erster Klasse (= Fürsten, Herzöge), abgeleitet von *da, Zhdopan.*

Zhdopandel: Wörtlich »Edle/Edler« – Anrede der Edlen Zweiter Klasse (= Grafen), abgeleitet von *del, Zhdopan.*

Zhdopanthi: Höchstedler; Bezeichnung für den Imperator, abgeleitet von *Thi, Zhdopan.*

Zhdor: Gebieter. Anrede des deutlich schwächeren gegenüber dem höheren Rang; vor allem aber von Robotern allen Arkoniden gegenüber.

Zhido: Allgemein Hochachtung, im weiteren Sinne auch Ehre.

Zhy: Zentraler Begriff der Dagor-Philosophie, vergleichbar dem *Satori* im Zen; übersetzt als »transzendentales Licht« oder »übersinnliches Feuer«.

Zhy-Fam: Allgemein »Feuerfrau«, je nach Satzzusammenhang auch Feuertochter/-mutter (siehe: *Fam, Zhy*); Bezeichnung für vor allem auf Iprasa sowie bei den Raumnomaden lebende Frauen mit mehr oder weniger ausgeprägten Parakräften, die meist jedoch erst bei Blockbildung vieler in Erscheinung treten.

Zhygor: Wörtlich »Lichtkampf/Kampf ums Licht«; ein Begriff aus der Dagor-Philosophie, nach dem auch der Planet der *ES-Kontaktstelle* benannt wurde (siehe die ATLAN-Bücher 14 bis 16).

Zhygor'ianta: Wörtlich »Lichtkampf/Kampf ums Licht« + »zugehörig zu, Mitglied von, Inhaber/Träger von«, im Allgemeinen in der Bedeutung von »Lichtkämpfer« als Umschreibung für paranormal begabte Wesen, je nach Satzzusammenhang auch »Mutant« oder »Zauberer, Magier«.

Zhymthek'ianta: Vulkanträger; nur dem *mittleren Adel* zuzurechnender »Unter-Titel« (Symbol: Dreieck mit roter Spitze).

Zwölf Eherne Prinzipien der Dagoristas: Um 3100 da Ark entstandener Kodex der Dagoristas (u. a. Maßhaltung, Fürsorge des Starken für Schwache und Kranke, Gleichgewicht der Werte, Ganzheitlichkeit, Toleranz, Gnade und Großmut etc.).

Zwölf Heroen: Kern der Sagas sind vielfältige Erzählungen, die nicht allein auf den Kulturkreis der Arkoniden beschränkt sind und von den Taten der *Berlen Taigonii* berichten; elf außergewöhnliche Frauen und Männer, die gegen Bestien kämpften und sie besiegten – je nach Kultur und Erzählungsraum die verschiedensten Ungeheuer, Drachen oder

Monster – und nach dem Zwölften, einer mystischen Rettergestalt, suchten, allerdings vergeblich. Im arkonidischen Lebensraum ist der Retter als *Vretatou* bekannt; es gibt auch andere Aussprachen und Schreibweisen – *Vhrato* oder *Vhratatu* zum Beispiel. Fünf Frauen und sechs Männer stehen bei Darstellungen als Gruppe im Allgemeinen im Halbkreis vor dem mystischen Retter; die Frauen sind stets von idealisierter Schönheit, schlank, hochgewachsen, dennoch trainiert, an Leichtathletinnen erinnernde Gestalten mit weißen Haaren und roten Augen: *Hirsuuna, Osmaá Loron, Hattaga, Ovasa, Heydrengotha.* Ähnliches betrifft die Männer – *Tsual'haigh, Hy'Tymon, Teslym, Jang-sho Wran, Separei* und *Tran-Atlan* –, ihre Athletik ist noch ausgeprägter. Alle sind in rüstungsähnliche Kampfmonturen gekleidet und mit zum Teil archaisch anmutenden Waffen ausgestattet: Stachelbesetzte Morgensterne, rasiermesserscharfe Schwertlanzen, doppelschneidige Streitäxte; zum Beispiel eine Frau hat die Bogensehne bis zum Ohr gespannt, statt einer Pfeilspitze gibt es die Verdickung eines Minisprengsatzes; Tran-Atlan hält das Dagor-Langschwert hoch, auf dem Rücken trägt er eine Art Lyra. Wirklich aktuell sind diese Mythen selbstverständlich nicht, aber sie gehören zum Kulturgut des Großen Imperiums, genau wie auf der Erde die Taten eines Prometheus, Herakles, Achill, Odysseus oder König Arthur zu Phantasien anregten, in die Kunst einflossen oder zu gängigen Begriffen der Umgangssprache transformierten: Achillesferse, Odyssee, Tafelrunde und so weiter.

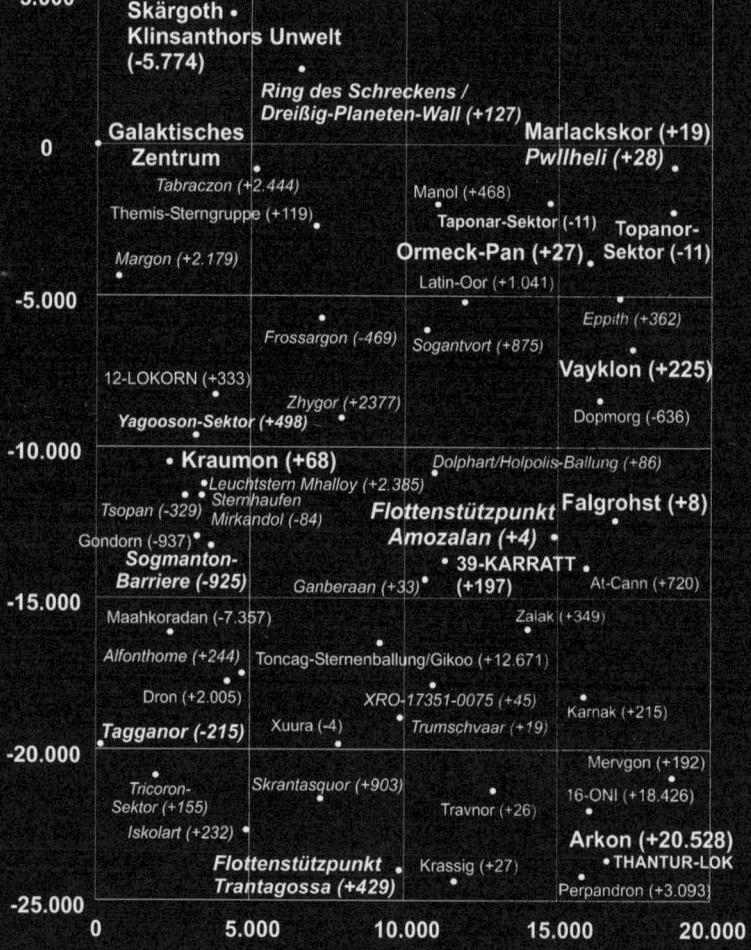